Klaus Kordon
**Im Spinnennetz**

Für Sophia

Klaus Kordon

# Im Spinnennetz

## Die Geschichte von David und Anna

Roman

Mit einem Nachwort des Autors

www.beltz.de
© 2010 Beltz & Gelberg
in der Verlagsgruppe Beltz · Weinheim Basel
Alle Rechte vorbehalten
Lektorat: Frank Griesheimer
Neue Rechtschreibung
Einbandgestaltung von Rothfos & Gabler, Hamburg
Umschlagfotos © Bildarchiv Preußischer
Kulturbesitz: bpk/F. Albert Schwartz (Hintergrund);
bpk/Friedrich Seidenstücker (Junge)
Satz und Bindung: Druckhaus »Thomas Müntzer«, Bad Langensalza
Druck: Beltz Druckpartner, Hemsbach
Printed in Germany
ISBN 978-3-407-81071-7
1 2 3 4 5 6 7   13 12 11 10

**Inhalt**

Erster Teil **Unter Verdacht**

    Fünf Männer in Grau  **11**
    Eigene Wege  **16**
    Neuer Tag, neues Glück!  **28**
    Carl, 12 Jahre alt  **35**
    Guter Löwe, böser Löwe!  **43**
    Es wird einmal  **59**
    Schatten  **65**
    Wer schießt schon auf den Kaiser?  **79**
    Maximilian Bohrer  **89**
    Die schöne Nelly  **101**
    Böse Blicke  **118**
    Briefe  **136**

Zweiter Teil **Hundstage**

    Den Himmel huckepack  **149**
    Kuckucksei  **163**
    Ein Tässchen Schokolade  **176**
    Knöpfe  **185**
    Im Schwalbennest  **193**
    Musike  **212**

Lügen erlaubt **225**
Läuse im Bauch **233**
Kanada **246**
Brot oder Tod **272**
Alles Glück der Welt **292**
Itzhak Landfahrer **306**
Kluge Kinder **316**
Ein ganz patenter Kerl **326**
Fluchtgefahr **340**
Auge in Auge **352**
Fremde Schuhe **368**
Hopsasa und Tralala **378**

Dritter Teil **Wenn der Teufel lacht**

Kein Kaiser, König oder Fürst **389**
Not lehrt beten **405**
Großer Bruder **413**
Du und ich **430**
Worte und Waffen **439**
Schnittblumen **447**
Im Sorgenstuhl **463**
Schnee **467**

Vierter Teil **Jeder Winter geht einmal vorüber**

Das große Aufatmen **475**
Mit Herz und Hand **482**
Geburtstagsgeschenke **492**

Keine Indianer mehr **505**
Eisschollen **519**

Nachwort **535**
Glossar **550**

Erster Teil
**Unter Verdacht**

### Fünf Männer in Grau

Es ist weit bis raus nach Plötzensee. Dort, mitten im Grün, liegt es, das Gefängnis, das David heute zum ersten Mal besuchen darf. Dazu müssen die Mutter und er erst die Stadt-, dann die Ring- und dann die Vorortbahn nehmen. Ein Weg, der sich hinzieht. Und das an einem so verregneten Tag. Seit dem frühen Mittag liegt er nun schon über dem Land, dieser unaufhörliche Leichenbitterregen. Als sollte alle Welt im Grau versinken, nur weil ein solches Wetter zu einem Gefängnisbesuch passt.

Und dann ist der Vorortzug um diese Zeit auch noch fast leer. Allein der kalte Tabakrauch verkündet, dass es Morgen für Morgen und Abend für Abend anders ist, weil der Zug dann die Arbeiter in die Stadt und wieder hinausbringt. Billigste Zigaretten, stinkende Zigarren und im Hals beißender, Husten auslösender Pfeifenknaster werden dann hier gequalmt; ein Gestank, der die Mutter alle paar Minuten hüsteln lässt.

Doch kein Wunder, dass der Zug so leer ist. Wer macht um diese Jahreszeit schon einen Ausflug nach Plötzensee? Etwa in die Badeanstalt? Die wenigen Männer und Frauen, die mit ihnen auf den Holzbänken im Coupé dritter Klasse sitzen und trübe vor sich hin starren, haben ganz sicher das gleiche Ziel; auch sie wollen ins Gefängnis. Doch sehen sie nicht aus, als freuten sie sich, bald ihre Lieben wiederzusehen. Nicht die beiden in viele Röcke und dicke Jacken gewickelten alten Mütterlein, die sich unentwegt gegenseitig ihr Leid klagen, weil sie so missratene Söhne haben, nicht der griesgrämige Schnauzbart mit den schläfrigen Augen, der hin und wieder Selbstgespräche führt, den Kopf schüttelt oder höhnisch vor sich hin lacht.

Und auch die Mutter macht kein vergnügtes Gesicht. Sie hat den Großvater schon oft besucht, kennt den Weg und das Gefängnis und weiß schon jetzt, wie ihr auf dem Rückweg zumute sein wird. Auf dem Hinweg, hat sie gesagt, spüre sie jedes Mal einen kleinen Stein in der Brust, auf dem Rückweg einen großen.

Von der Bahnstation aus geht es zu Fuß weiter. Am Anfang eine Chaussee, dann – zur Abkürzung – erst einen Feld-, später einen Waldweg entlang. Und wie schon vermutet, die meisten von denen, die mit ihnen im Zug saßen, schlagen die gleiche Richtung ein. Die noch immer miteinander tratschenden Frauen und den alten Griesgram haben die Mutter und er bald hinter sich gelassen, nach und nach überholen sie auch die anderen »Plötzenbesucher«. Sie gehen so rasch, als wollten sie die in den Zügen verlorene Zeit aufholen. Doch bessert das ihre Stimmung? Nein! Ist ja kein verschneiter Winterwald, durch den sie wandern, und noch lange kein richtiger Frühlingswald. Die Bäume blinzeln müde und uninteressiert, der Weg ist pfützenübersät, und der feine Regen fällt, als wollte er nie wieder damit aufhören.

Jener Tag vor zweieinhalb Jahren, an dem der Großvater verhaftet wurde! Damals regnete es auch, nur war es kein Frühjahrs-, sondern Herbstregen. Es war ja genau am 14. Oktober – Davids vierzehntem Geburtstag! Die Polizisten, die gar nicht wie Polizisten aussahen in ihren langen, grauen Mänteln und den tief in die Stirn gezogenen Hüten, mitten in die Kaffeerunde waren sie hineingeplatzt. Onkel August und Tante Nelly, Onkel Köbbe, Onkel Fritz und Tante Mariechen, die Mutter, die Großeltern und er, alle hatten sie um den großen, runden

Wohnzimmertisch gesessen, als die fünf Männer von der Politischen Polizei plötzlich an die Tür klopften. Und das so laut, dass es wie ein Hämmern klang. Da wussten sie gleich, dass das kein weiterer Geburtstagsbesuch war. Kein Freund oder Nachbar, auch kein Briefträger klopft so laut und auf so fordernde Weise.

Erst sahen sich alle nur erschrocken an, dann ging die Mutter hin und öffnete, und die fünf Grauen drangen in den Raum und fragten, ohne jeden Gruß und ohne sich auf irgendeine Weise vorzustellen, laut und barsch: »Welcher von den Anwesenden ist der Zimmerermeister Friedrich Wilhelm Jacobi?«

Der Großvater zögerte keine Sekunde. Er erhob sich, stand dann mitten im Raum, groß und kräftig, wie er ist, und machte eine einladende Geste. »Wenn die Herren mit mir vorliebnehmen wollen – bitte schön!«

Er hatte schon damit gerechnet, mal »geholt« zu werden, hatte längst bemerkt, dass er seit geraumer Zeit von zwei »Schutzengeln« – also Polizeispitzeln – beobachtet wurde. Abwechselnd hatten sie ihn durch die ganze Stadt verfolgt oder die Baustelle im Auge behalten, auf der er und seine Gesellen gerade tätig waren. Ausgerechnet an diesem Tag war es so weit. Kaum hatte der Großvater sein »Bitte schön!« heraus, da stürzte schon einer der Männer mit dem Ruf »Sie sind verhaftet!« auf ihn zu und befahl ihm, die Hände auszustrecken. Damit er ihm Handschellen anlegen konnte.

Der Großvater befolgte auch diese Anweisung voller Gelassenheit. »Tun Se, was Se nicht lassen können«, sagte er nur ernst.

Die Großmutter, klein und zierlich und schon damals mehr weiß- als grauhaarig, wollte sich nicht so friedlich in ihr Schicksal fügen. Mit hoch erhobenen Fäusten ging sie auf die Polizisten los. »Was wollen Sie von meinem Mann?«, schrie sie mit zornfunkelnden Augen. »Er hat nichts Unrechtes getan, hat noch nie im Leben etwas Unrechtes getan. Was fällt Ihnen ein, ihn wie einen Verbrecher zu behandeln?« Und zum Großvater gewandt schimpfte sie: »Und du, Frieder? Warum lässt du dir das so widerstandslos gefallen? Wirf sie raus, diese Banditen! Sie haben kein Recht, so mit dir umzugehen.«

Die Mutter musste sie festhalten, und der Großvater gab sich Mühe, sie zu besänftigen. »Nicht doch, Jette!«, bat er sie leise. »Was jetzt passiert, das musste doch irgendwann kommen. Sollen se mich ruhig einsperren, irgendwann müssen se mich wieder freilassen.«

Die Großmutter wollte sich dennoch nicht beruhigen. »Und ihr?«, fuhr sie ihre Söhne an. »Wollt ihr zusehen, wie euer Vater verhaftet und fortgeführt wird? Schämt ihr euch denn nicht?«

Onkel August, groß und schlank und bedacht wie immer, blickte nur traurig durch seinen Zwicker und rieb sich die Kriegsnarbe in seinem Gesicht. So wie fast jedes Mal, wenn er erregt ist oder intensiv über etwas nachdenken muss. Onkel Köbbe, nicht so groß, aber breit und kräftig und sonst stets voller Witz und mit klugen Worten schnell bei der Hand, starrte stumm auf den Kaffeetisch. Sie konnten nichts tun. Was die Großmutter in ihrer Angst um den Großvater von ihnen verlangte, war unklug. Hätten sie irgendeine Gegenwehr oder Gefangenenbefreiung versucht, wären sie ebenfalls verhaftet und vor Gericht gestellt worden.

Die Mutter wusste das, streichelte der Großmutter Gesicht und Arme und flüsterte ihr zu: »Aber Mutter! Soll denn alles noch schlimmer kommen? Willst du die halbe Familie hinter Schloss und Riegel bringen?«

Da schlug die Großmutter nur noch die Hände vors Gesicht und weinte und der Großvater wurde abgeführt. Vorneweg ein

Grauer, zu seiner Rechten und Linken einer, zwei hinterdrein …

Das Gefängnis! Sie haben es erreicht. Schwer und dumpf und riesig und fast gänzlich aus rotem Backstein, liegt es vor ihnen und wird von einer gut und gerne vier Meter hohen Mauer beschützt.

David wird langsamer. Ein bedrohlicher Anblick, dieses so breit angelegte, wuchtig daliegende, düstere Bauwerk inmitten der freien Natur! Wüsste er nicht, dass in einer der Zellen hinter den vielen kleinen, vergitterten Fenstern der Großvater auf sie wartet, würde er auf dem Absatz kehrtmachen und den Weg, den sie gekommen sind, zurückeilen.

Er hat mal eine Reportage über dieses größte preußische Staatsgefängnis gelesen. Viele ehemalige Insassen waren befragt worden, politische Häftlinge und kriminelle. Männliche, weibliche und jugendliche Strafgefangene sind darin untergebracht, und entgegen den sonst üblichen, strahlenförmig angelegten Gefängnisbauten ist es in einzelne Gebäudekomplexe mit sieben einzelnen Höfen eingeteilt. Die Zellen sind drei Meter lang, zwei Meter breit und drei Meter hoch, nicht anders als in anderen Gefängnissen. Doch sind in der »Plötze« anstatt eintausendvierhundert Häftlinge, für die die Zellenhäuser gedacht sind, oft bis zu zweitausend zusammengepfercht. Auch soll das ganze Gefängnis dermaßen verwanzt und das Essen so unvorstellbar schlecht sein, dass viele Insassen, die beides kennengelernt haben, ihre Zeit im Zuchthaus als weniger furchtbar empfanden, obwohl doch die Zuchthausstrafe die schlimmere sein soll.

»Na, was ist? Gleich bleibste ganz stehen.« Prüfend blickt die Mutter ihn an. »Hast du Angst, dass sie uns dort nicht wieder herauslassen? Keine Sorge! Wir haben ja alle schon mal den Großvater besucht, die ganze Familie, und ist etwa einer nicht wieder nach Hause gekommen?«

Sie lacht leise, und David muss daran denken, dass auch sie mal hier eingesperrt war. Zwar handelte es sich nur um sechs Wochen, doch wurden ihr auch die lang. Es muss furchtbar sein, zweiundvierzig Tage hintereinander nichts anderes tun zu können, als morgens aufzustehen und in einer kargen, dunklen Zelle auf das Ende jedes einzelnen dieser Tage zu warten. Und der Großvater hat im Herbst schon sein drittes Jahr hinter sich. Was für eine entsetzlich lange Zeit!

### Eigene Wege

Ein langer, fast tageslichtloser Gang, rechts und links Türen, nichts als Türen.

Davids Herz schlägt so laut, er kann es fast hören. Dabei ist das hier nicht mal eines der Zellenhäuser – in die Zellenhäuser lässt man die Besucher erst gar nicht rein, wie die Mutter ihm erklärt hat – und so schmoren hinter diesen Türen keine Gefangenen. Dahinter sind nur irgendwelche Verwaltungsräume. Trotzdem, am liebsten würde er immer noch fortlaufen. Zurück durch die klirrende Gittertür und den Pförtnerbereich mit den beiden mürrisch blickenden Wachmännern und dem schweren Stahltor und nichts wie weg. Wie können hier nur Menschen leben, in dieser kargen, kahlen Düsternis, in dieser abgestandenen Luft?

Sachte nimmt die Mutter seine Hand. »Bleib ruhig! Wir müssen wirklich nicht hierbleiben.« Und Mut machend lächelt sie ihm zu.

Der Gefängniswärter, der mit gemütlichen Schritten vor ihnen herlatscht, ein gedrungener Mann mit Kartoffelgesicht und pfiffigen Äuglein, hat es gehört. Er dreht sich um und grinst. »Na, liebe Frau, so jenau wissen Se das aber nicht. Die Schlüssel hab schließlich ick.«

Nur ein Scherz! Doch hat er nicht unrecht, dieser uniformierte Beamte mit dem riesigen Schlüsselbund in der Hand. Ohne seine Schlüssel kommen sie hier nicht wieder raus; jede Gittertür, die er vor ihnen öffnet, schließt er sorgfältig wieder ab. Und wurde in der Reportage über dieses Gefängnis nicht auch berichtet, wie leicht man hinter Gitter kommen kann? Da gab es die Geschichte von dem Diener, der seiner Gnädigen frech gekommen war. Prompt war die beleidigte Alte zur Polizei gelaufen, um unter Tränen zu beteuern, er hätte den Kaiser einen Ausbeuter genannt. Majestätsbeleidigung! Dafür gab's zwei Jahre …

»So! Hier ham wa unsre jute Stube!«

Der Wärter ist vor einer der Türen stehen geblieben, einer seiner vielen Schlüssel rasselt im Schloss und die schwere, mit Stahlbeschlägen verstärkte, hölzerne Tür wird geöffnet. Dahinter gähnt ein fast gänzlich leerer, grauer Raum. Einzige Möbel: ein langer, brauner Tisch mit je einem Stuhl an seinen beiden äußersten Enden und ein Hocker gleich neben der Tür.

»Bitte einzutreten, die hohen Herrschaften!«

Die Mutter betritt den Raum und blickt sich erst mal darin um, bevor sie höflich fragt, ob es nicht irgendwo noch einen Stuhl gebe. »Hab ja heute meinen Sohn mitgebracht. Soll er denn die ganze Zeit stehen?«

»Später, später! Nu packen Se erst mal aus. Ihr Filius hat ja noch junge Beine.«

Seufzend stellt die Mutter die schwere Tasche auf den Tisch, die sie unbedingt selber tragen wollte, und entnimmt, was sie dem Großvater mitgebracht haben. Eine lange Salami – von

Ernst Garleben und Großvaters Gesellen gespendet –, einen halben, bereits aufgeschnittenen Streuselkuchen – von Tante Mariechen gezaubert –, ein großes Stück Emmentaler Käse – von der Großmutter mit viel Liebe selbst ausgesucht. Zuletzt ein halbes Pfund Butter. Der Beamte schaut sich alles an, nimmt die Salami in die Hand, wiegt sie und lächelt entschuldigend. »Da wird doch wohl keine Feile drin sein?«

»Schauen Sie doch nach.« Die Mutter kennt das schon. Jede etwas längere Wurst gerät in Verdacht.

»Machen wir! Machen wir!« Er zieht ein Taschenmesser aus der Hosentasche, der Mann mit dem Kartoffelgesicht, lässt es aufschnappen und schneidet die Wurst mittendurch. Als er nichts findet, ist er nicht enttäuscht. »Sie wissen ja, Pflicht ist Pflicht!«

Und weil er seine Pflicht ordentlich erfüllen will, bekuckt er sich auch noch die leere Tasche – könnte ja ein doppelter Boden drin sein –, schaut genauso gründlich in Mutters Handtasche und bittet sie, ihren Mantel, und David, seine warme Jacke auszuziehen. Kaum haben sie das getan, tastet er den Stoff ab und schaut in alle Taschen, bevor er sich ihnen wieder zuwendet, um auch noch Davids Beine abzutasten und seine Hosentaschen umzukrempeln.

»Muss leider sein«, seufzt er. »Alles Routine! Reine Routine!«

Als er auch damit fertig ist, bittet er die Mutter, Platz zu nehmen, und setzt sich selber hin; das so schnaufend, als hätte er einen längeren Gewaltmarsch hinter sich gebracht. Und wie David schon vermutete, der Hocker neben der Tür gehört ihm.

So wird auf dem einzig noch freien Stuhl – durch den langen Tisch von der Mutter getrennt – der Großvater sitzen?

David beobachtet, wie die Mutter ihren braunen Lieblingshut abnimmt und auf den Tisch legt, wie sie in ihrer Handtasche kramt, ein Taschentuch herausnimmt, sich erst die Augenwinkel trocken tupft und sich dann schnäuzt. Gleich wird ihm ebenfalls ganz komisch und er starrt bedrückt die beiden Salamihälften an. Morgens soll es hier nur trocken Brot und Wasser und abends trocken Brot und dünne Suppe geben. Allein am Sonntag wird ein Stückchen allerbilligste Blut- oder Leberwurst hinzugefügt. Und auch das Mittagessen soll nicht besser sein. Doch noch nie hat der Großvater übers Essen geklagt …

Im Flur werden Schritte laut, verschiedene Schritte! Harte, selbstsichere, die auf ein festes Schuhwerk schließen lassen, und eher schlurfende, wenn auch eilig klingende Schritte. – Ist es so weit, wird er gleich den Großvater wiedersehen? Fast ein wenig ängstlich schaut David die Mutter an.

Sie hat ebenfalls aufgehorcht – und nun nickt sie ihm zu. Ja, soll das heißen, gleich ist es so weit, nach so langer Zeit wirst du zum ersten Mal deinen Großvater wiedersehen.

In diesem Moment wird auch schon die Tür geöffnet und ein großer, magerer alter Mann mit Käppi auf dem Kopf hereingeführt. Erst blickt er nur die Mutter an, die sofort aufgesprungen ist, um ihn zu umarmen, dann suchen und finden seine Augen David und zögernd nimmt er das Käppi ab.

Der Großvater? Ja, natürlich, er ist es! Doch wie hat er sich verändert! Das glatt rasierte, bleiche Gesicht, die tiefen Furchen zwischen den Brauen und das kurze, graue Haar … Wo ist sein früher so dichter und schöner blonder Kinnbart geblieben? Auch die abgetragene, ausgebeulte, gestreifte Häftlingskleidung, so schludrig ist der Großvater früher nie herumgelaufen …

Der Großvater sieht ihm seine Verwirrung an, quetscht das ebenfalls gestreifte, runde Häftlingskäppi in der Hand, als wolle er es auswringen, und lächelt fast ein wenig schuldbewusst. Doch dann breitet er beide Arme aus und sagt nur leise: »David!« Und da kann David nicht anders, laut aufheulend fällt er dem Großvater um den Hals.

»David«, wiederholt der Großvater nur immer wieder, »David!« Und lange streichelt er ihm die Schultern, das Haar und das Gesicht, bevor er ihn ein wenig von sich fortschiebt, um ihn richtig anschauen zu können. »Wie groß du geworden bist! Wie erwachsen! Ein richtiger Mann.«

»Setz ihm nur keine Flausen in den Kopf.« Die Mutter reicht David ein frisches Taschentuch, als habe sie es in weiser Voraussicht extra für ihn mitgebracht, und wendet sich danach noch mal an den Gefängnisbeamten mit dem Kartoffelgesicht. »Darf ich jetzt um einen Stuhl für meinen Sohn bitten?«

»Aber ja doch, Frauchen!« Er nickt freundlich, dieser nicht mehr junge Mann, der die Szene zwischen Großvater und Enkel gerührt mitverfolgt hat und wirklich nicht so ist, wie David sich einen Gefängniswärter vorstellte, und verlässt den Raum. Der Wärter, der den Großvater brachte, ein sehr viel kleinerer Mann mit gelbem, galligem Gesicht, nimmt an seiner Stelle Platz und befiehlt dem Großvater, sich ebenfalls zu setzen. »Se kennen doch de Regeln, Jacobi.«

Der Großvater beachtet ihn nicht, schaut nur David an, als bemühe er sich, das Bild, das er von seinem Enkelsohn im Kopf hatte, mit dem großen, bald siebzehnjährigen Jungen, der vor ihm steht, in Übereinklang zu bringen. Erst als der kleine Wärter ihn ein zweites Mal auffordert, sich endlich zu setzen, nimmt er der Mutter gegenüber Platz und legt das Käppi und seine großen, derben, noch immer schwieligen Zimmermannshände auf den Tisch.

Bestürzt schaut David zur Seite. An der linken Hand fehlt der Finger, der dem Großvater während der 48er Barrikadenkämpfe\* abgeschossen wurde; kein ihm neuer, doch ein in dieser Umgebung schmerzhafter Anblick.

Der Beamte mit dem Kartoffelgesicht bringt den Stuhl, stellt ihn neben den anderen Besucherstuhl und nickt David noch mal aufmunternd zu, bevor er sie mit dem Gelbgesichtigen allein lässt.

David setzt sich, der Großvater aber lässt ihn nicht aus den Augen. »Hab oft an dich gedacht«, sagt er ernst. »Hab mir alles über dich erzählen lassen.«

Ja, der Großvater hat auch in seinen Briefen immer wieder nach ihm gefragt. Wie geht es meinem David?, wollte er wissen, oder er hat gemahnt: Passt mir ja auf meinen David auf! Und er hat nicht nur an die Großmutter, die Mutter und seine Söhne geschrieben, in regelmäßigen Abständen bekam auch David einen Brief von ihm. Doch Briefe sind ja nur Briefe, dem Großvater gegenüberzusitzen und seinen prüfenden Blick zu spüren, ist etwas ganz anderes. Deshalb würde David nun so gern etwas sagen, doch fällt ihm nichts ein, das irgendwie zu dieser Situation passen könnte.

Der Großvater will ihm helfen. »Gehste immer noch so ungern aufs Gymnasium?«, fragt er mit heiser klingender Stimme.

Doch auch darauf kann David nur still nicken. Soll er jetzt etwa anfangen, auf das Colosseum zu schimpfen?

»Ach, Vater!« Die Mutter seufzt. »Alle diese Doktoren, Oberlehrer und Studienräte machen's ihm nicht gerade leicht. Sie bestrafen ihn für seine Familie!« Und damit wendet sie sich David zu. »Ich hab doch recht, oder?«

Er muss endlich etwas sagen, doch bringt er wieder nur ein

---

\* Mit einem Sternchen gezeichnete Wörter und Begriffe sind im Anhang am Ende des Buches kurz erklärt.

stilles Nicken zustande. – Verflucht, wie hat er sich darauf gefreut, den Großvater wiederzusehen, und nun sitzt er da, starr und stumm wie eine Gipsfigur.

Der Großvater reibt sich die Stirn. »Tja! Ist sicher nicht leicht für dich, David. Doch gibt's auf solche Anfeindungen nur eine einzige passende Antwort: Durchhalten! Wenn diese Herren etwas ärgert, dann dass einer von uns sich nicht unterkriegen lässt.«

Worte, die den Wärter an der Tür veranlassen, sich mal laut und vernehmlich zu räuspern.

Den Großvater kümmert das nicht. »Nützt ja alles nichts, Junge! Du musst deinen eigenen Weg gehen. Also vergiss nie, wer du bist und was für einer du sein willst. Lass dir nichts einreden, und lass dir nicht dreinreden von Leuten, die nicht in deiner Welt leben.«

Nanu? David horcht auf. Was der Großvater da eben gesagt hat, das muss er sich doch vorher zurechtgelegt haben … Das will er ihm *mitgeben*! Darüber soll er nachdenken. Dieser Besuch heute, das ist *sein* Besuch beim Großvater; er hat die Mutter nicht nur begleitet, es geht um ihn – um ihn und seine Unlust, weiter zur Schule zu gehen.

Gebannt schaut er den Großvater an und der nickt ihm zu. »Ja, David, das sind so Ratschläge eines alten Mannes. Ich weiß, dass es dir oft schwer gemacht wird. Jeden Tag begibst du dich in eine dir feindlich gesinnte Umwelt. Halte das aus, aber beuge dich nicht! Tritt immer für dich ein, auch wenn's mal hart auf hart kommt. Wer nicht für sich selbst eintritt, der tritt auch für niemand anderes ein, ist nur ein Blatt am Baum, wird hin und her gewedelt und schon beim leisesten Wind davongetragen.«

Baum! Verflucht, er hat gar nicht an Großvaters Eichen gedacht! Kurz nach Vaters Tod war der Großvater mit ihm in den Schlesischen Busch hinausgewandert. Um dort drei Eichen zu pflanzen. Sie sollten ihm Mut machen. Das ist nun schon fünf Jahre her, aber von diesem Tag an waren sie oft in den Schlesischen Busch hinausgewandert, um die Bäumchen zu gießen und nach ihnen zu schauen. Und gleich in seinem ersten Brief aus dem Gefängnis bat der Großvater ihn, auch weiterhin auf ihre Schützlinge achtzugeben. Damit sie immer genug Wasser hatten. Doch nun war er schon so lange nicht mehr bei ihnen, weiß nicht mal, wie sie über den Winter gekommen sind …

Er macht ein schuldbewusstes Gesicht, und der Großvater merkt ihm an, woran er eben gedacht hat. »Und sonst?«, fragt er. »Warst du mal wieder im Schlesischen Busch?«

»Im Winter nicht«, gesteht David leise. »Aber im Sommer, da hab ich sie oft gegossen. Und … und morgen, morgen will ich mal nachschauen, wie es ihnen geht.«

Jetzt lächelt der Großvater fast so wie früher, wenn sich sein blonder Kinnbart in die Breite zog. »Gut so, Junge! Du weißt doch noch: Unsere Bäume sollen wachsen. Als Symbol für unsere Hoffnung. Ohne Hoffnung, das is'ne Binsenweisheit, sind wir Menschen ja nichts als komische Vögel ohne Flügel.«

Die Mutter hat das Gespräch zwischen Großvater und Enkel nicht unterbrechen wollen, jetzt, da das Wort »Hoffnung« gefallen ist, kann sie nicht länger schweigen. »Vater«, sagt sie, »hast du schon davon gehört, dass der Reichstag das Sozialistengesetz\* nicht weiter verlängert hat?«

Der Großvater nickt. »Hab davon gehört. Vielleicht erspart mir das ein paar Monate meiner Haft, vielleicht auch nicht. Wer weiß das schon, wer kann das wissen? Doch kommt's darauf jetzt auch nicht mehr an. Darf hier seit Neuestem in der Tischlerei arbeiten, so vergeht die Zeit schneller. Außerdem fühle ich mich hier drinnen manchmal freier als draußen.«

Der letzte Satz hat den Gelbgesichtigen wieder aufhorchen

lassen. Der Großvater aber fährt genauso ruhig fort: »Hier drinnen weiß jeder, wer ich bin und wofür ich stehe. Hier muss ich nicht Versteck spielen.«

Jetzt grinst er, der Wärter an der Tür. Denkt er daran, dass der Großvater vor einem Jahr wegen »aufrührerischer Reden« für mehrere Monate in eine Isolierzelle verbannt war, wo er von morgens bis abends Wolle zupfen musste?

Ein Weilchen schaut der Großvater nur seine flach auf dem Tisch liegenden Hände an, dann sagt er leise: »Ich mach hier so manche Reise, Riekchen. In die Vergangenheit und in die Zukunft. Lerne dabei viel und treffe öfter Menschen, die schon lange nicht mehr leben … Plötzensee ist so was wie meine Universität geworden, bin mein eigener Professor und mein eigener Student.«

Zum Schluss hat seine Stimme immer heiserer geklungen und seine Hände haben nervös zu zucken begonnen.

Mit einer fahrigen Geste nimmt die Mutter ihr Taschentuch aus der Handtasche und wischt sich die Augenwinkel.

Das will der Großvater nicht sehen. Vorwurfsvoll schüttelt er den Kopf. »Nee, Riekchen! Das is nu wirklich nicht nötig. Man soll im Leben nicht unbescheiden sein. Hab ja auch viel Glück gehabt und werde ganz sicher noch weitere glückliche Jahre erleben. Meine Zeit, Brief und Siegel drauf, ist noch lange nicht vorüber.«

Die Mutter nickt, doch haben diese Worte ihre Tränen nur noch heftiger fließen lassen.

»Aber Rieke!« Jetzt werden Großvaters Hände sehr unruhig. Es sieht aus, als wolle die eine die andere festhalten. »Und Ernst?«, fragt er schließlich, um sie von ihrem Schmerz abzulenken. »Wie geht's Ernst Garleben? Klappt alles auf dem Bau?«

Eine Frage, hinter der mehr steckt als allein die Sorge um das

Wohlergehen der Firma. »Er kommt oft«, antwortet die Mutter leise. »Kümmert sich um alles … Ist … ist ein wahrer Freund.«

Der Großvater hat keine andere Antwort erwartet. Doch ist ihm deutlich anzusehen, dass es ihm lieber gewesen wäre, wenn die Mutter mit etwas mehr Wärme von Ernst Garleben gesprochen hätte, der, seit der Großvater im Gefängnis sitzt, für ihn die Zimmerei führt.

Die Mutter will noch etwas hinzufügen, wird aber unterbrochen. Der Wärter an der Tür klappert mit dem Schlüsselbund. »So! Nu kommen Se langsam zum Schluss. Die erlaubte Zeit ist vorüber.«

Sofort verstummt die Mutter, und der Großvater seufzt, als hätte seine innere Uhr ihm dieses abrupte Ende der Besuchszeit bereits angekündigt. Langsam kommt er um den Tisch herum, umarmt erst die Mutter und danach David.

»Macht euch um mich mal keine Sorgen«, sagt er dann. »Ich pass schon auf mich auf.« Und mit Blick auf David: »Und nicht vergessen, Junge: Nur wer sich selbst verlässt, ist wirklich verlassen.« Er lächelt. »Noch so'ne Binsenweisheit!«

Der riesige Beamte, der das große, schwere, stählerne Eingangstor bewacht und aussieht, als steckten zwei Männer in seiner ihm viel zu engen Uniform, hat sie wieder herausgelassen aus dem Gefängniskomplex. Eilig gehen sie davon; eine Flucht fort von all diesen Gittern, düsteren Fluren und beklemmenden Räumen.

Der Regen hat inzwischen aufgehört, eine grelle Sonne zwängt sich durch die Wolken, fast so, als dürfte sie erst jetzt, nachdem dieser Besuch vorüber ist, dem Tag einen etwas freundlicheren Glanz verleihen. Der Großvater aber hat nichts davon, sitzt sicher längst wieder in seiner dunklen Zelle oder arbeitet in der Gefängnistischlerei …

Plötzlich kann David nicht mehr weitergehen. Zornig schaut er zurück zu dem backsteinernen Koloss, der nun, nach dem Regen, wie frisch gewaschen in der Sonne liegt. Erinnern all diese schweigsamen Bauten denn nicht an ein gewaltiges Spinnennetz? – Man sieht die Spinne nicht, sieht nur das Netz, aber sie ist da und ihr Netz ist voller gefangener Menschen.

Auch die Mutter ist stehen geblieben, auch sie schaut zurück.

»Wie viel Kraft er hat!«, sagt sie bewundernd. »So ein Leben hinter Gefängnismauern – wer nicht genügend Substanz besitzt, den vernichtet es.«

»Aber dass es so etwas gibt«, flüstert David, »so ein Unrecht ...«

Er muss an die Gerichtsverhandlung denken, an der er zwar nicht teilnehmen durfte, über die in der Familie aber so oft und ausführlich geredet wurde, dass er fast jede Einzelheit kennt. Hochverrat, Majestätsbeleidigung, Landfriedensbruch, Vergehen wider die öffentliche Ordnung, Störung des öffentlichen Friedens, Aufwiegelung zum Aufruhr und Verschwörung gegen den Staat hat der Richter dem Großvater vorgeworfen. Kaum einen Gesetzesparagrafen ließ er aus. Und alles nur, weil der Großvater mit vielen seiner aus Preußen ausgewiesenen Parteifreunde Kontakt hielt, heimliche Versammlungen organisiert und in einer dieser Versammlungen den Kaiser – damals noch Wilhelm I.* – einen alten Knaster genannt hatte, der von Bismarck* an der kurzen Leine geführt werde ...

»Komm!« Die Mutter zieht ihn weiter. Und dann sagt sie mal wieder, dass Recht und Gerechtigkeit leider so gar nichts miteinander zu tun hätten. »Der Richter richtet doch gar nicht selbst. Er erfüllt nur die Wünsche der Obrigkeit, ist nichts als ein armseliger Büttel.«

»Aber dieser Richter und der Großvater sollen doch in ihrer

Jugend Freunde gewesen sein … Und trotzdem hat er ihn so streng bestraft!«

»Das bestätigt doch nur, was ich gesagt habe.« Die Mutter lacht bitter. »Büttel bleibt Büttel! Das Amt formt den Menschen, nicht der Mensch das Amt.«

Adam von Kittelberg, so hieß der Richter, der den Großvater zu jener dermaßen hohen Strafe verurteilt hat und die ganze Verhandlung über so tat, als würde er sich nicht an ihn erinnern. Dabei hatten sie als junge Burschen viel miteinander zu tun gehabt, der frisch ausgelernte Zimmerer Frieder Jacobi und der sommersprossige Jurastudent Adam Kittelberg, der einem Kreis von Studenten angehörte, mit denen der Großvater sich manchmal traf, obwohl er kein Student war. Zu jener Zeit waren sie für die gleichen Ziele eingetreten. Sie wollten mehr Demokratie durchsetzen, verlangten Presse- und Meinungsfreiheit, Arbeit für alle, eine gerechtere Entlohnung und nicht zuletzt Richter, die nur ihrem Gewissen, nicht aber der Obrigkeit verpflichtet sind. Jetzt, vierzig Jahre nachdem sie gemeinsam auf die Barrikaden gegangen waren und Freunde verloren hatten im Kampf gegen des Königs Militär, wollte der ehemalige und inzwischen geadelte Jurastudent von seinen früheren Träumen nichts mehr wissen. Vier Jahre Gefängnis hatte er dem Großvater aufgebrummt, keinen Tag weniger.

Ein Urteil, das allen im Saal die Sprache verschlug. Die meisten der nach dem Sozialistengesetz Verurteilten hatten nicht mehr als drei Jahre bekommen, von Kittelbergs Strafmaß fiel weit aus dem Rahmen. Und der Höhepunkt: Großvaters achtmonatige Vorstrafe aus dem Jahre 1847, als der junge Zimmerer zusammen mit vielen anderen gegen die viel zu hohen Lebensmittelpreise protestierte, hatte er als strafverschärfend angerechnet! Der Angeklagte, so seine Worte, habe seit seiner Jugend nichts dazugelernt, weshalb eine fühlbare Strafe von vier Jahren Gefängnis angebracht und jede Milde des Gerichts fehl am Platz sei.

Hätte die Mutter Onkel Fritz nicht davon abgehalten, wäre er diesem Richter noch im Gerichtssaal an den Kragen gesprungen und selber dafür ins Gefängnis gekommen. Die Großmutter aber, kaum hatte sie das Urteil vernommen, bekam plötzlich keine Luft mehr; Onkel August musste sie aus dem Gerichtssaal führen. Nur der Großvater, das sagen alle, die dabei waren, habe dieses Urteil voll äußerlicher Ruhe aufgenommen. Und Onkel August ist noch heute der Meinung, er habe es selbst provoziert, da er sich in seinem Schlusswort für nichts entschuldigt und auch nichts zurückgenommen hätte. Im Gegenteil, er habe seine Worte und Taten noch bekräftigt und dem Richter Obrigkeitshörigkeit vorgeworfen; eine Ohrfeige, die den ehemaligen Jugendfreund kurz erzittern und später zu jenem Strafmaß greifen ließ.

### Neuer Tag, neues Glück!

**D**er erste richtige Frühlingstag in diesem Jahr. Die Sonne strahlt vom Himmel herab, als wolle sie sich für ihr langes Fernbleiben entschuldigen. Ein Grund mehr für David, nur unlustig zur Schule zu gehen. Und das trotz aller aufmunternden, Mut machenden Worte. Es ist ja immer wieder er, der ins Colosseum – in die Löwenarena – muss, nicht der Großvater, nicht die Mutter, die Großmutter, Onkel Fritz oder Tante Mariechen.

Den Schirm der Gymnasiastenmütze tief in die Stirn gezogen, betritt er die noch so morgenstille Neue Jacobstraße. Kaum ist er ein paar Schritte gegangen, kommt ihm wie jeden Morgen der ganz und gar weiß gestrichene Milchwagen entgegengefahren. Mit einem lauten »Brrr!« bringt der blau bejackte und lang beschürzte Bimmel-Bolle seine Lotte zum Stehen und schwingt die große Glocke, um den Hausfrauen sein Erscheinen anzukündigen. Milch, Sahne, Butter und Käse liefert der dicke Albrecht mit dem von der vielen frischen Luft ganz roten Gesicht und den struppigen Augenbrauen und dazu jede Menge Scherze. Das Sprichwort »vergnügt wie Bolle auf 'm Milchwagen«, auf den ewig gut gelaunten Albrecht trifft es zu.

Übertrieben höflich nimmt der dicke Mann auf dem Kutschbock seine Mütze ab und zwinkert David kameradschaftlich zu. Obwohl sie noch nie ein Wort miteinander gewechselt haben, begrüßen sie sich jeden Morgen wie alte Freunde. Doch nun sind schon die ersten Hausfrauen aus den Häusern geeilt, um sich ihre Körbe und Krüge füllen zu lassen, und jetzt charmiert er, der Milch-Casanova, wie die Großmutter den dicken Albrecht manchmal nennt. Lautes Gelächter hallt durch die sonst so stille Straße.

Schade, dass er nicht stehen bleiben und zuhören darf! Aber so geht's ihm jeden Morgen, er, David Rackebrandt, groß wie ein Mann, aber leider noch längst nicht erwachsen, muss in die Schule. Das Leben bleibt hinter ihm zurück.

Es ist wirklich eine Löwenarena, das Köllnische Gymnasium mit all seinen Kreuzgängen und gotisch gewölbten Klassenzimmern. Die Pennäler spielen die Rollen der armen Christen und die Pauker – nicht alle, aber viele und besonders Dr. Savitius – die der blutrünstigen Löwen. Wenn er, David, wenigstens einen etwas weiteren Weg zurückzulegen hätte, eine halbe Stunde quer durch alle möglichen Straßen, um zwischendurch ein paar Mal tief durchatmen zu können … Doch nein, nur ein paar Schritte geradeaus, dann muss er schon links in die Inselstraße einbiegen, und der kastenförmige rote Backsteinbau, der bei einigem schlechten Willen tatsächlich an das Colosseum in Rom erinnert, liegt vor ihm.

Er sollte stolz und glücklich sein, dass er aufs Gymnasium gehen darf. Doch geht er ja nur der Mutter, Onkel Fritz und den Großeltern zuliebe dorthin. Einer, der nicht dumm ist, müsse was aus sich machen, sagen sie. So wie Onkel August, der einst auch aufs »Köllnische« ging und es vom Sohn eines Zimmermanns bis zum Arzt gebracht hat. Oder wie Onkel Köbbe, der Germanistik und Philosophie studiert hat und nach dem Studium Journalist geworden ist.

»Wer langsam geht, geht sicher, was?«

Utz von Sinitzki! Er hat ihn eingeholt. Mütze wie immer tief im Nacken, schaut er, das übliche vorsichtig-spöttische Lächeln im blassen Gesicht, zu ihm hoch.

Er *muss* zu ihm hochschauen. Utz ist eher klein und schmal. Gehen sie in der großen Pause nebeneinander über den Schulhof, wird gelästert, da kommen ja David und Goliath, nur dass eben er, David, der Goliath ist und Utz der David.

»Frühe Hast – späte Last!«, gibt er zurück. Eine von Großmutters Lebensweisheiten. Doch wird er nun noch langsamer und Utz passt sich seinem Tempo an. Er weiß, wie David zumute ist. Seit der Quarta gehen sie in dieselbe Klasse und sind, was das Colosseum betrifft, beide derselben Meinung – viel sehen und wenig gesehen werden, das ist die beste Methode, um zu überleben. Dass sie nur heimliche Freunde sind, liegt an ihren Familien. Utz' Vater, ein stadtbekannter Bankier, der mit seiner Frau und Utz und jede Menge Dienstpersonal in der vornehmen Mohrenstraße wohnt, will nicht, dass sein Sohn mit einem Rackebrandt befreundet ist. »Diese Revoluzzer«, hat er mal zu Utz gesagt, »neiden unsereinem den Wohlstand.«

Ihre Freundschaft trübt das nicht, haben sie doch eine große Gemeinsamkeit: Sie gehören beide zu den von den Lehrern eher nicht geliebten Schülern. Utz, weil er nur schwer lernt, David aus demselben Grund, aus dem Utz' Vater ihn ablehnt – weil er ein Rackebrandt ist.

»Und sonst? *Quid novi, fili?*« – Was gibt's Neues, Sohn? Utz verfällt gern in den übertrieben hochgestochenen Gymnasiastenton. Doch straft sein Anblick seine Worte Lügen. Um seinen schmalen Mund liegt etwas Verletzliches, aller Spott kann seine fortwährende große Unsicherheit nicht wegleugnen.

»*Next to nothing.*« So gut wie nichts. David hätte Utz auch auf Latein antworten können; dass er lieber Englisch spricht, hat etwas mit seinem Wunsch nach Abgrenzung zu tun. Im Lateinunterricht sind die meisten Schüler – vor allem Utz – eher schwach, außerhalb der Schule schwafeln sie Latein, als wären sie mit dieser toten Sprache aufgewachsen.

»Bei mir auch nicht.« Utz seufzt. Wenn es einen Schüler in der Klasse gibt, der noch weniger gern in die Penne strebt als David, ist es Utz. Für Utz hat alles, was irgendwie nicht stimmt, mit dem Colosseum oder dem Bankwesen zu tun. Er sagt von sich selbst, er sei, was das Lernen betrifft, keine große Leuchte, doch mache ihm das keine Sorgen, da er ja später ohnehin zum Militär gehen werde. Bei den Buntuniformierten müsse man nicht vor Bildung strotzen, um vorwärtszukommen, da reichten gute Beziehungen. Und die habe seine Mutter. Zu jeder größeren Festlichkeit im Hause Sinitzki kämen mindestens drei Generäle. Und was solle sein Vater, der ihn lieber in seiner Bank unterbringen würde, schon gegen diese Berufswahl einzuwenden haben? Seine Mutter entstamme nun mal einer Offiziersfamilie und wolle, dass die Tradition fortgeführt werde. Auch bedeute die militärische Laufbahn einzuschlagen so viel wie eine Eintrittskarte in den höheren Stand zu erwerben. Bei jeder öffentlichen Veranstaltung bekomme man Ehrenplätze eingeräumt, ganz anders als irgend so ein armseliger Gymnasiumslöwe.

Für David dennoch kein Lebensziel. Onkel August, der im Krieg 70/71* bis vor Paris marschieren musste, sieht in Soldaten nichts als Menschenschlächter auf Abruf. »Mord und Totschlag als Beruf? Nein danke!«, sagt er jedes Mal, wenn in seiner Gegenwart über des Kaisers liebste Kinder gesprochen wird. Oder: »Soldaten müssen töten, um nicht selber getötet zu werden. Und das trainieren sie in Friedenszeiten tagtäglich. Gibt es einen entsetzlicheren Beruf?«

Doch soll er Utz seine Träume nehmen? Utz weiß ja selbst, dass er der Bankenwelt seines Vaters, trotz des Wunsches seiner Mutter, am Ende nicht entkommen wird. Vergeht die Zeit, vergehen die Wünsche. Auch so einer von Großmutters Sprüchen.

Das hohe, wuchtige, weit offene Eingangstor. Schüler drängen sich hindurch – Quintaner, Sextaner, Quartaner, Tertianer, Sekundaner, Primaner. Die Schuluhr über ihren Köpfen zeigt an, dass es höchste Zeit ist. Wer zu spät kommt, hat nichts zu lachen. Entsprechend rabiat wird gestoßen, gedrängelt und geschubst.

David schlägt erst mal nur den Kragen seiner dicken Wolljacke zurück, den er wie jeden Morgen hochgeschlagen hatte, als würde ein hochgeschlagener Kragen ihm mehr Stärke und Sicherheit verleihen. – Abwarten! Irgendwann ist die größte Drängelei vorüber. Und dann: Neuer Tag, neues Glück! So die Mutter heute Morgen. Ein vergeblicher Versuch, ihn zum Lächeln zu bringen.

Utz hält sich wie immer dicht an ihn. »*Ora, labora et studia,* das ist des Lebens harter Kern«, witzelt er, von ähnlich trüben Gedanken bedrängt.

Ja, bete, arbeite und studiere! Vielleicht aber, so ein Wort von Onkel Köbbe, sollte man noch »diene« hinzufügen; diene, ohne zu denken, damit du dir keinerlei Zweifel angewöhnst.

In die Klapptüren im Inneren des Schulgebäudes sind bunte Glasscheiben eingesetzt: Friedliche Landschaften, religiöse Motive, Kriegsszenen. Ein sterbender Soldat, der noch im Niedersinken die Fahne seines Regiments hochhält, Truppen im Sturmangriff, martialische Feldherren. Die Türen, die zu den Klassenzimmern führen, zieren Porzellanschilder mit den Nummern der Klassenräume; zwischen den Klassenräumen sind Haken für Jacken, Mäntel und Mützen angebracht. Auch hier wird gedrängelt und geschubst, und richtig, kaum hat das Klassenzimmer sich gefüllt, ertönt bereits das lang anhaltende, gellend-schrille Geräusch der Schulklingel. »Onkel Max«, wie der kleine, bucklige Schuldiener von den Schülern nur genannt wird, ist immer auf die Sekunde genau.

Betont missgelaunt schiebt Utz seine Mappe ins Fach unter seiner Bank und lässt sich auf den Sitz plumpsen. »*Centum errant annos volitantque haec litora circum*«, deklamiert er anklagend: *Hundert Jahre umirrt der Schwarm hier hüben die Halde.*

Doch wird Utz von niemandem bedauert. Alle anderen sind in keiner besseren Stimmung. Wer weiß schon, wen es heute erwischt.

David sitzt von der Tafel aus gesehen links, zweite Bank Türreihe. Und damit so nahe an der Tür wie kein anderer. Aber ob das Zufall ist? Oder vom lieben Gott so gewollt, um ihn ganz besonders zu quälen? Der Fluchtweg nur zwei Schritte weit entfernt – und dennoch unerreichbar für ihn.

Sein Banknachbar ist Thomas Scharf; Thomas mit dem nach der neuesten Mode bis zum Hinterkopf durchgezogenen Mittelscheitel, der nur hält, wenn das Haar kräftig pomadisiert wird. Sie sind keine Freunde, haben aber auch nichts gegeneinander. Der kräftige, mittelgroße, nicht leicht lernende, doch immens fleißige Sohn vom Lebensmittelhändler Scharf aus der Annenstraße darf sein Schulgeld nicht absitzen, ohne dass es »Zinsen« bringt. Sein Vater, so wird erzählt, sperrt ihn sonst in den Kellerarrest.

Ein kurzer Blick in die Runde, dann lehnt David sich zurück. Alles wie jeden Morgen. In den drei Reihen zweisitziger, ehemals dunkelbrauner Pultbänke, die schon von vielen Schülerhintern und -armen blank gescheuert wurden, ein müdes Gesicht neben dem anderen. Allein um zwei Bänke haben sich laut schwadronierende Grüppchen gebildet – die Jungen, die in der Klasse den Ton angeben. In ihrer salopp-schneidigen, ans Militärische angelehnten Sprache prahlen sie von ihren gestrigen Erlebnissen. Zwei Wörter sind besonders oft zu hören: »kolossal« und »enorm«. Was man auch erlebt oder beobachtet hat, entweder ist es von kolossaler Bedeutung oder enormer Wichtigkeit. Tugenden, mit denen geprahlt werden darf, sind Rauchen, Trinken, enorme Körperstärke oder kolossale Erlebnisse mit Mädchen.

Er gehört keiner dieser Gruppen an und Utz auch nicht. Doch ist das in seinem Fall nicht sehr verwunderlich, ist er doch ein Rackebrandt. Utz hingegen meidet diese Jungen, die sich so betont männlich geben und alles schon erlebt haben wollen, weil sie ihn, den noch so unmännlichen, blassen Jungen, nur mit geringschätzigen Blicken betrachten. Wer mich nicht mag, den mag ich auch nicht, erklärt er trotzig.

### Carl, 12 Jahre alt

Erste Stunde – Englisch. Bei Ti Ätsch! So der Spottname für den ewig mit schnupfengeröteter Nase vor sie hintretenden Oberlehrer Dr. Hubertus Schmitt – »mit tt, wenn ich bitten darf!« Sehr in sich gekehrt betritt er den Klassenraum, wie immer trägt er den bis oben zugeknöpften hellbraunen Gehrock, der ihm bis weit über die Knie reicht und schon ein bisschen fadenscheinig wirkt. Das stark gelichtete, graublonde Haar und der breite, immer ein wenig zerzaust wirkende Backenbart wirken genialisch ungekämmt, der Zwicker auf der Schnupfennase müsste mal wieder geputzt werden.

Seufzend klemmt er sich hinters Lehrerpult, mit bleiernem Blick schaut er in die Runde. Musst du mal wieder an dein ungeliebtes Tagewerk gehen, scheint er sich selbst zu bedauern. Und wozu das alles? Nur um diesen begriffsstutzigen Untersekundanern ein paar Fitzelchen von dieser schönen, doch von ihnen nicht geliebten Sprache in die Köpfe zu hämmern.

Er seufzt noch mal, dann sortiert er seine mitgebrachten Lehrbücher, schiebt sie von links nach rechts, in die Mitte, tauscht sie wieder aus und sortiert neu. Eine alltägliche Zeremonie.

Hinter dem Lehrerpult die Tafel, rechts davon, gleich über der Weltkarte, die Fotografie des Kaisers – ein junges, hochmütig blickendes Gesicht mit steil nach oben gezwirbeltem Schnurrbart. Links von der Tafel, über der Deutschlandkarte, starrt noch immer Bismarck, der ehemalige Reichskanzler, auf die Klasse herab. Dabei ist dieser bullige alte Mann mit den buschigen Augenbrauen, den dicken Tränensäcken und dem dichten Seehundschnauzer schon seit vierzehn Tagen nicht mehr im Amt.

Er selbst habe seinen Rücktritt eingereicht, so die Mutter nicht ohne Schadenfreude, und Jung-Wilhelm* habe die Demission »promptens« angenommen.

Sein ganzes politisches Leben lang, höhnte sie zufrieden, habe jener »Hausmeister der Hohenzollern« gegen die Sozialdemokratie angekämpft und mit seinem Sozialistengesetz der Hetzjagd die Krone aufgesetzt. Am Ende aber bekamen die von ihm so gefürchteten, gehassten und verfolgten »Reichsfeinde« fast anderthalb Millionen Wählerstimmen, und er, der »Schmied des Reiches« und »Edeling der Nation«, musste seinen Hut nehmen. Zu danken sei dies einerseits der Tatsache, dass bei Reichstagswahlen Gott sei Dank die allgemeine, direkte und geheime Abstimmung* gilt, die allein diesen Wahlerfolg ermöglichte, andererseits aber auch Bismarcks Eitelkeit, der sich von einem so jungen Kaiser nicht reinreden lassen wollte in seine »einzig kluge« Politik.

Am meisten aber freute dieser Rücktritt den Großvater.

»Am 18. März 1848«, so schrieb er in einem seiner aus der »Plötze« geschmuggelten Briefe, »erhob sich in Berlin das Volk, um sich gegen eine willkürlich herrschende Monarchie zur Wehr zu setzen. Für den preußischen Junker Bismarck ein Teufelstag, den er uns nie verziehen hat. 1871 gingen die Pariser auf die Barrikaden. Und wann? Ebenfalls an einem 18. März. Weshalb unser eiserner Otto unsere längst siegreichen deutschen Truppen vor dem umzingelten Paris ausharren ließ, bis die französische Reaktion die eingeschlossenen Pariser endlich niedergemetzelt hatte. Und nun, an welchem Datum reicht er seinen Rücktritt ein? Wieder an einem 18. März! Wenn das keine göttliche Fügung ist …«

Ein Räuspern, und endlich hebt Ti Ätsch den Kopf und mustert mit unruhigem Blick die Klasse. Auch das dauert lange, weil er jeden Schüler einzeln ins Auge fasst, als überlege er, was dieser oder jener ihm wohl heute für Kummer bereiten wird.

»Nun denn!« Er schlägt sein kleines, schwarzes Notizbüchlein auf und fährt mit dem viel zu großen Zeigefinger die Namen entlang, die darin notiert sind. Alles wie jeden Morgen. Früher wurde darüber gespottet, jetzt langweilt diese Zeremonie nur noch. Wäre nicht die Furcht vor Ti Ätschs unerbittlicher Strenge bei der Notenvergabe, so manch einer würde längst an den Nachmittag denken. So schönes Wetter heute! Was kann man da nicht alles unternehmen!

»Nun denn! Vokabeln!« Ti Ätschs Zeigefinger hat inzwischen einen ihm genehmen Namen gefunden. »Von Gerlach!«

Justus springt auf, stellt sich in aufrechter Haltung neben seine Bank und wartet auf die deutschen Wörter, die Ti Ätsch jedes Mal irgendwo aus der Luft zu greifen scheint, so starr ist sein Blick zur Decke gerichtet, während er ein verschnupftes Wort nach dem anderen herausnäselt. Justus mit dem trotzigen Mädchengesicht kriegt er damit aber nicht klein; er ist ein eifriger Auswendiglerner. Nur das »th« bekommt er nicht richtig hin. Das aber ist das Ärgste, was ein Schüler Ti Ätsch antun kann; dieser Vorliebe für das englische »th« verdankt er seinen Spitznamen. »Was nützt Ihnen denn Ihr ganzes Gepauke«, ereifert er sich auch jetzt wieder, »wenn Sie das Ti Ätsch nicht richtig aussprechen? Jeder Engländer lacht Sie aus, wenn ›theatre‹ bei Ihnen wie ›Zieh – eter‹ klingt. Die Zunge zwischen die Zähne, hören Sie! Sie müssen die Zunge zwischen die Zähne nehmen!« Und damit steigt er in ihre Niederungen hinab und fährt den müde blinzelnden Oskar Grundl an: »Zehn Vokabeln mit Ti Ätsch. Aber korrekt gesprochen, bitte schön!«

In der Klasse wird gehustet, um ein Kichern zu unterdrücken. Doch interpretiert Ti Ätsch diesen gemeinschaftlichen Hustenanfall als mal wieder gegen sich gerichtet. Mit schmalen Augen blickt er sich um – und wendet sich David zu. »Setzen, Grundl! Rackebrandt übernimmt. Mal sehen, ob er mehr kann als husten.«

David stellt sich neben die Bank, was bei ihm, da er so groß ist, immer irgendwie linkisch aussieht, und rattert gleich mehr als nur zehn Wörter mit »th« herunter. Er hat kein Problem damit, die Zunge zwischen die Zähne zu nehmen. Dennoch ist Ti Ätsch nicht besänftigt. Die Stirn in tiefe Falten gelegt, bereut er mal wieder, nicht längst an eine Universität gegangen zu sein, dorthin, wo die Spreu bereits vom Weizen getrennt sei.

David, gezwungen, neben seiner Bank stehen zu bleiben, muss mit gefasstem Gesicht zuhören, bis Ti Ätsch seinem Herzen genügend Luft gemacht hat und weitere Schüler auf ihre Vokabelkenntnisse überprüft.

Auch Utz kommt dran. Und versagt kläglich. Er hat, wie er selber sagt, ein Gedächtnis wie ein Küchensieb. Alles rieselt durch. Weshalb Ti Ätsch nun eigentlich erneut lospoltern müsste. Doch so kurz vor der Pause noch mal in Zorn verfallen? Nein, das will er nicht. »Ist ja Ihre Zukunft, die Sie aufs Spiel setzen«, sagt er nur und trägt hinter »von Sinitzki« die entsprechend schlechte Note ein.

Erst Geografie beim kurzsichtigen und dünnlippigen Oberlehrer Ziehfuß mit dem dichten Haarschopf und der Goldrandbrille, der so gern Fremdwörter gebraucht, die seinen Schülern nicht geläufig sind, dann Physik bei Professor Raute.

Ein eher gemütlicher Löwe. Bauch, Tränensäcke, schwabblige, bleiche Wangen, Barbarossa-Bart; vor seiner nie korrekt zugeknöpften Weste die goldene Kette, an der wie an einem Wehrgehänge die goldene Taschenuhr befestigt ist. Zwei-, dreimal in jeder Stunde zieht er sie heraus, um zu überprüfen, ob sie wohl noch geht oder Onkel Max die Schulklingel vergessen hat. Und natürlich lässt er die Klasse mal wieder über einer Arbeit schwitzen. Es gibt keinen Pauker, der so gern Arbeiten schreiben lässt wie Professor Raute. Er tut das, wie in der Klasse vermutet wird, um sich zusätzliche Pausen zu verschaffen. Während sie schwitzen, muss er ja nur zwischen den Bankreihen auf und ab wandern, um aufzupassen, dass keiner mogelt. Er aber darf in dieser Zeit über die Entstehung des Weltalls nachdenken. Neben Physik und Chemie ist ja die Astronomie seine allergrößte Leidenschaft.

David bringt zu Papier, woran er sich gerade noch erinnert – endlos lange Formelketten, die sicher nicht mal zur Hälfte stimmen und mit Physik eigentlich gar nichts zu tun haben. Die sie aber dennoch pauken müssen, da Professor Raute, weil es Chemie als Unterrichtsfach nun mal nicht gibt, sein Fach gern in diese Richtung ausweitet.

Als ihm beim besten Willen nichts mehr einfällt, blickt er zu den sonnenüberfluteten Fenstern hin. Dieser Richter, der den Großvater verurteilt hat! Als junge Männer waren sie Freunde, standen gemeinsam auf den Barrikaden. Was hat sie auseinandergebracht?

Er muss an den 18. März vor zwei Jahren denken. Vierzigster Jahrestag der Revolution! Wie da bis auf den Großvater, der ja zu dieser Zeit schon seit einem halben Jahr in Plötzensee einsaß, die ganze Familie in den Friedrichshain zog. Hin zu den Gräbern der auf den Barrikaden Gefallenen.

Er war schon vorher öfter dort gewesen, meistens mit der Großmutter. Immer dann, wenn sie ihre Schwester Guste und Großvater Rackebrandt besuchte. Die Toten sind auf einem kleinen Hügel inmitten einer großen Parkanlage begraben, und an normalen Tagen ist dieser kleine Friedhof ein eher stiller und wegen der Büsche, die ihn umgeben, schwer zu findender Ort. An jenem sonnenstrahlenden Vorfrühlingstag war das anders. Da schob sich eine dicht gedrängte, unübersehbar große Menschenmenge auf den Friedrichshain zu – und eine Unzahl von berittenen Polizisten begleitete sie. Die Pferde kamen ihnen manchmal so nahe, dass, hätte eines der Rösser gescheut und ausgeschlagen, böse Verletzungen die Folge gewesen wären. Weshalb er immer wieder zu den Blauen hinschauen musste. Breit und wuchtig und in dicke Polizistenmäntel gehüllt, thronten sie auf ihren wohlgenährten Gäulen. Ihre Pickelhauben und die Silberknöpfe an den Mänteln blinkten in der Sonne, die »Plempen« – ihre Säbel – hielten sie griffbereit.

Später das niedrige, hölzerne Eingangstürchen zum Friedhof. Wie sich da die Menschen stauten, weil ein Zensor der Polizei, ein missmutig dreinschauender Mann mit stumpfen Augen und Ziegenbart, jeden einzelnen Kranz kontrollierte. Uninteressiert und kalt klang seine Stimme, seine Fragen waren so kurz angebunden, dass deutlich zu spüren war, am liebsten hätte er sie alle zum Teufel gejagt. Diejenigen, die hier beerdigt lagen, das verriet sein Gesicht, waren für ihn weder Opfer noch Helden, sondern nur Verbrecher.

Auch die von Onkel August und Onkel Fritz getragenen Kränze beäugte er kritisch. Kränze mit Inschriften, die das Kaiserhaus beleidigten oder zum Klassenkampf aufriefen, oder solche, die mit roten Schleifen verziert waren, durften nicht auf den Gräbern niedergelegt werden. Sie wurden zurückgewiesen oder mit der Schere »korrigiert«. Die Mutter wusste das, weshalb sie anstatt roter Schleifen einfach rote Tulpen in die Kränze geflochten und auf jede »böse« Inschrift verzichtet hatte. Zwar waren die Tulpen um diese Jahreszeit noch ziemlich teuer, doch dafür leuchteten sie glühend rot. Und sollten denn etwa auch rote Blumen verboten sein?

Darauf war er, David, besonders neugierig. Und so beobachtete er den Zensor mit dem Ziegenbart, während der die Tulpen anstarrte. Besuchern, die sich demonstrativ rote Schlipse umgebunden oder sich rote Taschentücher ins Knopfloch gesteckt hatten, hatte er den Zutritt zum Friedhof verwehrt. Doch rote Blumen im Kranz? Wie sollte er das werten?

Am Ende durften sie die Kränze mitnehmen. Aber war auf dem Weg zum Friedrichshain manchmal ein lautes Wort gefallen – Geschimpfe oder Spott –, so herrschte nun, auf dem Friedhof, allertiefste Stille. Und das, obwohl die Gesichter der Besucher große Empörung verrieten. Den wenigen in jener Barrikadennacht gefallenen Soldaten war im Park an der Invalidenstraße ein teures Nationaldenkmal errichtet worden, von der Stadt gehegt und gepflegt. Hier, in diesem immerwährenden Dunkel unter den dicht verschlungenen Zweigen der Bäume und Büsche, waren viele Grabinschriften schon so verwittert, dass sie nur noch mit Mühe zu entziffern waren.

Ihn bedrückte mal wieder, dass die meisten, die hier lagen, so jung sterben mussten. *Herrmann Schulz, Lehrling, 15 Jahre*, stand auf einem der Gräber. Auf einem anderen *J. E. Pahrmann, Schmiedelehrling, 19 Jahre*. Wieder ein paar Gräber weiter las er *A. E. Goldmann, Malergehilfe, 18 Jahre*. War ja klar, dass er da gleich an den Großvater denken musste, der damals auch erst achtzehn war. Wie leicht hätte auch er in jener Nacht den Kugeln oder Säbeln zum Opfer fallen können! Dann hätte jetzt auf einem der Grabsteine *F. W. Jacobi, Zimmerer, 18 Jahre* gestanden, und die Mutter, Onkel August, Onkel Köbbe und er, David, wären erst gar nicht zur Welt gekommen.

Über Tante Gustes Grab ließ eine Eberesche ihre Zweige herabhängen. *Auguste Mundt, Näherin, 21 Jahre*, stand auf der Steinplatte. Doch ist das nicht die ganze Wahrheit, Großmutters Schwester wollte erst Näherin werden. Bis dahin hatte sie ihren kleinen Sohn Fritz und ihre jüngere Schwester durchgebracht, indem sie Nacht für Nacht durch die Straßen zog und sich Männern anbot. Eine traurige Geschichte, doch waren die beiden Schwestern Waisen. Sie hatten niemanden, der für sie sorgte. Und mit Fabrikarbeit hätte Tante Guste keine drei Mägen satt bekommen. Andere Arbeiten aber kamen für sie nicht infrage, ihr Fritzchen war ja ein uneheliches Kind. Damit war sie für alle Zeit als liederlich und minderwertig abgestempelt.

Wie betrübt und bedrückt Onkel Fritz aussah, als er am Grab seiner Mutter den Kranz niederlegte! Er hat sie gar nicht mehr richtig kennengelernt, sich aber von der Großmutter alles über sie erzählen lassen.

Vor Großvater Rackebrandts Grab durfte dann er, der Enkel, den Kranz niederlegen. Es lag im Schatten einer hohen Buche und gleich neben einem dichten Fliederbusch, die an jenem Tag aber noch kein Grün zeigten. *Herrmann Louis Rackebrandt, Zimmermann, 41 Jahre*, so die Aufschrift. Er legte den Kranz so hin, dass eine der roten Tulpen von einem Sonnentupfen beschienen wurde, der durch die noch kahle Buche drang. Auf diese Weise leuchtete sie besonders schön, was die Mutter sogleich bemerkte. Dankbar streichelte sie ihm die Schulter.

Doch waren es nicht diese beiden Gräber, die er ja schon kannte, die ihn an jenem Tag am meisten erschütterten – es war ein Grab, das er erst auf dem Rückweg entdeckte und das ihm zuvor nie aufgefallen war. *Carl Ludwig Kuhn,* stand auf der Steinplatte, *12 Jahre*. Erschrocken starrte er diesen Namen an. Zwölf Jahre? Dann war er mit seinen vierzehn ja schon zwei Jahre älter als dieser Carl …

Die Klingel! Sie zerreißt die Stille, als bereite es ihr eine tiefe Genugtuung, all jene, die noch geschrieben haben, der Möglichkeit zu berauben, rasch noch etwas Rettendes zu Papier zu bringen. In fliegender Hast kritzelt Thomas die letzten Formelzeichen hin, dann steckt er den Federhalter in das Tintenfass auf seiner Bankseite und lehnt sich enttäuscht zurück. »Mann Gottes! Ich hätte mindestens doppelt so viel Zeit gebraucht.«

»Ich nur halb so viel.« Achselzuckend dreht David sich zu Utz um. Der hebt entsagungsvoll beide Arme. Mal wieder eine Niete, diese Arbeit, soll das heißen. Gleich darauf grinst er: Na und!

### Guter Löwe, böser Löwe!

Mathematik bei Dr. Ruin. Ein Name, der jeden Spitznamen überflüssig macht. Er steht an der Tafel, der schmalschultrige Mann mit der eingefallenen Brust, den farblosen Augen und dem blonden Spitzbart, entwirft lange mathematische Formeln und palavert mit sich selbst, wie die gestellte Aufgabe wohl zu lösen ist. Wer will, darf zuhören, wer nicht will, muss nicht. Dr. Ruin bringt es fertig, sich eine ganze Unterrichtsstunde lang mit einer Aufgabe zu beschäftigen, die nur ihn interessiert. Nicht mal Heinrich Friese, das Mathematik-Genie der Klasse, vermag dann noch, ihm zu folgen.

Auch heute hat Dr. Ruin sich eine Aufgabe gestellt, in der er baden kann wie in einem weiten, tiefen See. Die Tafel ist längst voller Zahlen und mathematischer Zeichen, er findet immer noch ein freies Eckchen, verzieht beim lauten Vortragen verzückt die Mundwinkel oder kraust die bleiche Stirn, wenn er befürchtet, sich auf dem Weg zum Ziel verrannt zu haben. David darf sich zurücklehnen und weiter seinen Gedanken nachhängen.

In der Stunde darauf: Deutsch. Beim Uhu, wie der nur mittelgroße Oberlehrer Zweckli mit der scharfen Hakennase und den großen, kreisrunden Augen von den Schülern genannt wird. Sogar seine Kopfbewegungen – stets ruckartig, stets plötzlich – erinnern an einen Nachtvogel.

Der Uhu liebt die deutschen Romantiker und heute ist mal wieder Biografien-Abfragen dran. Mit auf dem Rücken zusammengelegten Händen wandert er zwischen den Bankreihen hindurch, und David sieht, wie Utz immer kleiner wird. Der Uhu aber sieht es auch. »Nun, von Sinitzki?«, spießt er ihn gleich als Ersten auf. »Wie sieht's aus mit uns? Eichendorff, wann und wo geboren, was wo studiert, wo gelebt, wann was veröffentlicht, wann und wo gestorben? Auf geht's!«

Nur zögernd steht Utz auf, ratlos blickt er sich um. Ausgerechnet Eichendorff, einer von Uhus ganz besonderen Lieblingen, und er weiß kaum den Vornamen des Dichters. Dafür kommt er auf die Galeere, wie der Schulkarzer nur genannt wird.

»Nun?« Der Uhu wird ungeduldig. »Sie werden doch irgendetwas über Eichendorff wissen. Reden Sie! Reden Sie frei heraus! Sagen Sie, was Sie wissen; lassen Sie weg, was Sie nicht wissen.«

Das Letzte sollte ein Scherz sein, doch niemand lacht. Alle bedauern sie Utz. Uhus Biografien-Spinnerei! Wer soll sich denn alle diese Namen und Daten merken? Wer es genauer wissen will, braucht doch nur ins Lexikon zu schauen.

Der Uhu will es nicht glauben. »Wo, auf welchem Schloss ist der Freiherr von Eichendorff geboren? Das werden Sie doch wenigstens wissen, oder?«

Utz weiß es nicht; er weiß gar nichts.

»Sie wissen es nicht? Sie wissen nicht mal das?«

Still schüttelt Utz den Kopf.

»Eine korrekte Antwort, bitte schön!«

»Ich … ich weiß es nicht.«

»So! Sie wissen es nicht.« Der Uhu blickt sich in der Klasse um, als verstehe er die Welt nicht mehr. »Und das geben Sie so einfach zu? Ja, wissen Sie denn wenigstens, was für eine Blöße Sie sich damit geben? Eine so simple Frage, und die Antwort lautet: Ich weiß es nicht! Welch eine Schande, welch Blamage! Was hat denn, sagen Sie mal, einer wie Sie auf dem Gymnasium verloren? Mit welchem Recht verschwenden Sie meine Zeit?«

Fragen, auf die es keine Antwort gibt. So darf Utz sich endlich setzen und der beleidigte Uhu ruft Justus auf. Er will sich nicht weiter mit Ignoranten abquälen, weiß, dass Justus ihm alle entsprechenden Daten herunterrattern wird, und wird nicht enttäuscht.

Endlich – Latein! Es ist eher ungewöhnlich, dass ausgerechnet dieses Fach am meisten geschätzt wird, doch hat das allein mit Dr. Grabbe zu tun; Dr. Hyronimus Karl August Grabbe. Dr. Grabbe ist ein besonders friedfertiger Löwe und damit eigentlich ein Widerspruch in sich selbst. Die Bezeichnung Elefant würde besser zu ihm passen.

Dr. Grabbe liebt sein Fach, liebt Lukrez, Cicero, Vergil und Horaz und alle möglichen anderen alten Griechen und Römer, doch – und das ist das Gute an ihm – er verlangt nicht, dass seine Schüler seine Liebe teilen. Sind sie bereit, still zuzuhören, ist er schon zufrieden. So witzig und klug, wie er seinen Unterricht gestaltet, kostet es aber niemanden Mühe, ihm seine ungeteilte Aufmerksamkeit zu schenken. Da spielt es gar keine Rolle, dass der übermäßig dicke Mann mit dem goldblonden Kinnbart und der stark aufgestülpten Stupsnase im eher groben, von rötlichen Hautfasern durchzogenen Gesicht von allen Lehrern einer Witzfigur am nächsten kommt – Dr. Grabbe wird gemocht! Vielleicht, weil ihm drei seiner Leitsätze unsichtbar auf der Stirn geschrieben stehen.

Der erste: »Wer Gewalt ausübt, mag stark sein, noch stärker aber bewegt die Güte eines Menschen die Welt.« Der zweite: »Wer loben darf, sollte nicht zum Löffel, sondern zur Kelle greifen.« Der dritte: »Es gehört Mut dazu, seinen eigenen Verstand zu gebrauchen, nichts anderes aber verschafft einem eine so ungeheuer befriedigende Genugtuung.«

Dr. Grabbe redet aber nicht nur so, er handelt auch dementsprechend. In seinem Unterricht darf jeder alles sagen, er lacht auch über große Dummheiten nicht. Muss er schlechte Noten verteilen, verzieht er in gespielter Komik das Gesicht. Deine Faulheit tut mir weh, soll das heißen, und dann schämt sich der auf diese Weise doppelt Bestrafte dafür, Dr. Grabbe mal wieder enttäuscht zu haben.

Auch an diesem Morgen legt der Lateinlehrer los, wie es seine Art ist. »Nun, Kraus, woran erkennt man einen sicheren Freund?«

Der stets gut vorbereitete Arthur Kraus mit der Hasenscharte strahlt. Er hat seinen Plautus gelesen. »*Amicus certus in re incerta cernitur*«, trompetet er: Einen sicheren Freund erkennt man in einer unsicheren Situation.

»Bravo! Und Sie, von Sinitzki, wissen Sie, wer für Sie ein zweites Ich sein könnte?«

Utz! Schon wieder Utz! Er hat sich von seinem Englisch- und Eichendorff-Debakel noch nicht erholt, da trifft es ihn erneut. Wie ein Wurm, der gleich gefressen werden soll, windet er sich aus der Bank. Bei jeder passenden oder unpassenden Gelegenheit weiß er einen lateinischen Spruch anzubringen; doch wird er geprüft, versagt er jedes Mal. Sein Problem: Er weiß alles immer erst hinterher. Erst wenn er in die Mistgrube gefallen ist, so sagt er von sich selbst, weiß er, wie Mist schmeckt. Und an diesem Tag, und besonders nach seinem Reinfall in Deutsch, hat er schon genug Mist kosten dürfen. Da nützt es gar nichts, dass Arthur ihm das »*Amicus est tamquam alter ego*« zuflüstert, ein Freund ist wie ein zweites Ich. Das hat ja die ganze Klasse gehört, also – wie beabsichtigt – auch Dr. Grabbe. Plappert er es nach, macht er sich lächerlich.

Dr. Grabbe beachtet Arthur nicht. »Haben Sie ein zweites Ich, von Sinitzki?«

Eine Frage, die Utz nur noch verständnisloser blicken lässt.

»Ob Sie einen Freund haben«, hilft Dr. Grabbe nach.

Ein kurzer Blick zu David, dann nickt Utz.

»Also Sie, Rackebrandt! Nun: *Amicum an nomen habeas, aperit calamitas*. Können Sie das übersetzen?«

David steht auf. »Ob einer ein wahrer Freund ist oder nur so genannt wird, das zeigt sich erst im Unglück.«

»Gut, Rackebrandt! Ist in etwa richtig. Aber nun: Was schlussfolgern Sie daraus? Sind Sie bereit, Publilius Syrus zu folgen?«

Auf gut Deutsch heißt das: Sind Sie bereit, Ihrem Freund von Sinitzki Nachhilfestunden in Latein zu erteilen? David nickt erst nur still, dann sagt er laut: »Ja.«

»Na dann – *permitte divis cetera*!«

Thomas ist dran. Er übersetzt: »Das Übrige überlass den Göttern.«

»Gut!« Dr. Grabbe ist mit der Ausbeute seiner kurzen Fragerunde zufrieden, blickt dann aber doch noch mal zu Utz hin und zitiert einen ellenlangen, allen Schülern bisher unbekannten Text von Vergil und dazu die entsprechende Übersetzung:

>*»Keine Mühe und Gefahr,*
>*drin ich nicht Meister war.*
>*Wie auch die Hölle um mich streitet,*
>*ich bin auf alles vorbereitet.«*

Mehr muss er nicht sagen, alle haben ihn verstanden: Er will Utz noch eine Chance geben, doch ist er »auf alles vorbereitet«. Auch darauf, erneut eine Enttäuschung zu erleben. Nur weiß er nicht, wie er Utz dann noch helfen soll.

Geschichte. Bei Dr. Savitius, dem »bösesten« aller Löwen, von vielen nur »der Scharfrichter« genannt. Dr. Savitius mag allein Schüler, die vor ihm katzbuckeln; solche wie den großen, blonden Herrmann Bruns, Sohn eines niederen Magistratsbeamten, dessen Devise lautet: »Besser, unsereins verbeugt sich ein paar Zentimeter zu tief als ein paar Millimeter zu wenig.« Eine Lebensregel, die sein Vater ihm eingebläut hat.

Dr. Savitius ist Reserveoffizier und spielt diese Rolle auch in der Schule. Sein Lieblingswort: Disziplin. Betritt der noch junge Lehrer die Klasse, stehen alle Schüler besonders stramm neben ihren Bänken. Fragt er etwas, verlangt er eine rasche, kurze und vor allem präzise Antwort. Jedes »Geschwafel« überlässt er den »Demokraten im Reichstag«. Für Utz hat er Sympathien, weil er weiß, dass Utz die Offizierslaufbahn einschlagen will. Was ihn jedoch nicht daran hindert, ihn genauso streng zu behandeln wie alle anderen Schüler.

Hochgewachsen, eckschultrig und sehr gerade steht er vor ihnen, der Dr. Carl Wilhelm Savitius. Mit seinem schmalen Kopf, den großen, hellen, stets aufmerksam blickenden Augen und dem vollen schwarzen, korrekt zur Seite gekämmten Haar ist er fast ein schöner Mann. Nur die Nase ist ein wenig zu höckerig. Und die Gesichtsfarbe zu wächsern. Auch stören die tiefen Mundfalten, die den Eindruck erwecken, er habe stets und ständig etwas Saures im Mund. Der imposante, an beiden Enden hochgezwirbelte Stehschnurrbart verdeckt sie nur wenig. Es ist der gleiche Bart, den auch der Kaiser trägt. Weshalb David oft nicht anders kann, als seinen Blick von der Fotografie über der Weltkarte zu Dr. Savitius schweifen zu lassen. Original und Imitation, das findet man seit Neuestem öfter in den Amtsstuben, wie die Mutter weiß. Im Colosseum jedoch ist Dr. Savitius bisher der Einzige, der sich so deutlich dem neuen Herrscher angeglichen hat.

Ähnlich wie Dr. Grabbe hat auch Dr. Savitius oft gute Laune. Nur stellt er sie, wie David findet, ein wenig zu offen zur Schau und lässt sie sich auch durch die erbärmlichsten Leistungen seiner Schüler nicht trüben. Mit lächelndem Gesicht verteilt er gute und schlechte Noten. Jeder ist seines eigenen Glückes Schmied, so einer seiner Leitsätze. Und was kann er dafür, wenn einer ein schlechter Schmied ist? Wehe aber, er ist mal schlecht gelaunt, der Savitius! Dann macht er seinem Spitznamen »Scharfrichter« alle Ehre, dann hebt und senkt er den Daumen wie die römischen Cäsaren. Wer ihm an einem solchen Tag ausgeliefert ist, wankt nach Schulschluss wie ein verwundeter Krieger nach Hause.

Heute, trotz des schönen, sonnigen Vormittags, scheint Dr. Savitius besonders schlecht gelaunt zu sein. Die Mundwinkel sind so tief eingekerbt, als würde er Galle schmecken, die Lippen wölbt er, als wolle er sagen: »Erfreut Sie die Sonne? Wollen Sie raus in den Frühling? Nun, meine Herren, träumen Sie ruhig weiter. Ich werde Sie in die raue Wirklichkeit zurückholen.«

Wie oft hat David sich vorgenommen, sich nicht über Dr. Savitius zu ärgern. Auch die längste Unterrichtsstunde geht ja mal zu Ende. Doch will ihm das einfach nicht gelingen. Allein die Tatsache, dass er sich das jedes Mal erst lange vornehmen muss, ärgert ihn schon. Wer sich nicht grämen will, der tut's bereits, sagt Onkel Fritz. Wie aber sollte der Anblick dieses Lehrers ihm kein Bauchgrimmen verursachen? Seit ihrem ersten Aufeinanderprallen in der Untertertia, als der ihnen bis dahin nur aus den Schilderungen anderer Schüler bekannte Lehrer das erste Mal ihre Klasse betrat, sind sie Feinde. An jenem Tag hatte Dr. Savitius sich über den Namen David mokiert. »Sie heißen Rackebrandt? Was für ein schöner, alter deutscher Name! Wie um Himmels willen aber kamen Ihre Eltern auf die Idee, Sie David taufen zu lassen? Das ist doch eindeutig jüdisch. Sollen Sie ein zweiter David werden, der den Goliath erschlägt?«

Wie er das sagte, der Savitius! Und wie er dabei lächelte! Ein Lächeln ohne jeden Funken Heiterkeit in den Augen. – Nein, in diesem Augenblick war er kein schöner Mann, der stets so elegant gekleidete Dr. Savitius, in diesem Augenblick erschien er ihm wie eine Vereinigung von Fuchs und Wolf in Menschengestalt. Hätte er einem solchen Mann etwa antworten sollen, dass er mit seiner Vermutung gar nicht so falsch lag? Zwar hatte der Vater nicht gewollt, dass er irgendeinen Goliath erschlug, sondern nur, dass der kleine David sich vor all den Goliaths um ihn herum nicht fürchtete. Das aber wollte und konnte er diesem Mann nicht sagen. So starrte er den neuen Lehrer nur verwundert an. Noch nie hatte sich wer auf solche Weise über seinen Namen lustig gemacht; er war doch nicht der einzige David in der Stadt. Er verstand diesen Hohn nicht und spürte, dass hinter Dr. Savitius' Worten noch etwas anderes steckte. Und richtig, da kam es schon: »Nun ja, meinetwegen, der David sei Ihnen geschenkt. Hoffe nur, dass Sie mit dieser Gossenkünstlerin Rackebrandt nichts zu tun haben. Oder gibt es da ein entfernt verwandtschaftliches Verhältnis?«

Eine Frage, die ihm wie ein Messer in den Bauch fuhr: Dr. Savitius spielte auf die Mutter an! Als Malerin und Zeichnerin signierte sie alle ihre Illustrationen, Plakate und Gemälde nur mit R. R., doch wusste fast jeder, der sich für Kunst interessierte, dass dieses Kürzel für Rieke Rackebrandt stand.

Er spürte, wie er rot wurde, und wusste nicht mehr, wo er hinschauen sollte. Was wollte dieser Lehrer nur von ihm?

»Kennen Sie Ihre Namensvetterin vielleicht gar nicht?«, bohrte Dr. Savitius weiter. »Diese Dame ist natürlich niemand, der einen mit Stolz auf eine solche Namensverwandtschaft blicken lässt. Doch ist das ja kein Grund, sich zu schämen, wenn man außer dem Nachnamen nichts miteinander gemein hat.«

»Sie …«, konnte er da, neben seiner Bank stehend, nur durch die Zähne pressen, »ist … meine Mutter.«

»Oh!« Dr. Savitius spielte den Überraschten. »Dann verstehe ich, weshalb Sie zögerten, mit der Sprache herauszurücken. Dennoch, so leid es mir tut, ich kann nichts anderes sagen. Was Ihre Frau Mutter da fabriziert, ist nun mal Gossenkunst. Sie begeht damit Verrat an unserem Vaterland. Wer Tag für Tag das Elend sucht, wie soll er es nicht finden? Aber wer trägt denn Schuld daran, dass es tüchtige und weniger tüchtige Menschen gibt? Gott? – Nein, meine Herren«, und damit wandte er sich der ganzen Klasse zu, »wenn Sie wahre Kunst sehen wollen, dann gehen Sie in die Museen, studieren Sie die Werke von Rembrandt, Rubens oder Anton von Werner. Das sind Künstler. Alle diese Rinnsteinschmierer, von denen es zur Zeit leider immer mehr gibt, verehren das Kleine und Hässliche anstatt das Hehre, Schöne und Große. Sie sielen sich lieber im Dreck, als die Schönheiten unserer Welt zu preisen.«

In der Klasse war es so still wie selten zuvor. Kein Räuspern, kein Füßescharren. Was Dr. Savitius offensichtlich genoss, denn so konnte er sehr leise sprechen und trotzdem sicher sein, dass jedes seiner Worte verstanden wurde.

Und es kam noch schlimmer, denn nun fragte der Lehrer ihn wie nebenbei, ob die Mutter wegen ihrer »Wühl- und Kläfftätigkeit« denn nicht bereits mit dem Gefängnis Bekanntschaft gemacht habe. »Oder verwechsle ich da irgendetwas?«

Er verwechselte nichts. David war fünf Jahre alt, als die Mutter mal für sechs Wochen »verreist« war. Das hatte der Großvater ihm vorgeschwindelt, weil er einem so kleinen Jungen schlecht klarmachen konnte, dass seine Mutter im Gefängnis saß. Doch weshalb hatte man sie verurteilt? Weil sie in einer Zeitung eine Karikatur veröffentlicht hatte: zwei fette Pfarrer, die einer armen, schon sehr verhärmten Familie mit sonnigem Lächeln Gottvertrauen empfahlen. Mit dieser Zeichnung, so das Gericht, sei der Tatbestand der Beleidigung von Geistlichen erfüllt. Die Herausgeber der Zeitung kamen mit einer Geldstrafe davon, die Mutter musste für sechs Wochen nach Plötzensee.

»Erhalte ich keine Antwort?« Dr. Savitius genoss seine Verlegenheit.

Es war schlimm, aber irgendetwas musste er sagen. So flüsterte er schließlich mit zittriger Stimme: »Sie ... sie ist verurteilt worden. Aber ... zu Unrecht!« Und er wollte noch hinzufügen, dass die Mutter ja nichts als die Wahrheit gezeichnet habe. Es sei ja bekannt, dass viele Pfarrer sehr gut genährt seien, Hungernde aber gern aufs Himmelreich vertrösteten, anstatt ihnen auf Erden zu helfen. Doch dazu kam er nicht, denn nun wurde er laut, der Dr. Savitius. Unrecht? Er höre immer Unrecht! Was für eine infame Unterstellung! Und das in einem preußischen Klassenzimmer, unter den Bildern von Kaiser und Kanzler! Wisse er denn nicht, dass die Mutter von einem preußischen Gericht verurteilt worden sei? »Ein preußisches Gericht, schreiben Sie sich das hinter die Ohren, Rackebrandt, spricht Recht und nicht Unrecht. Und wird jemand verurteilt, dann allein zum Schutz des Gemeinwohls, weil wir nun einmal in einem fürsorglichen Staat leben, auch wenn gewisse Elemente das nicht wahrhaben wollen.«

Er schnaufte, und ihm war anzusehen, wie sehr er sich darüber ärgerte, wegen eines Schülers dermaßen die Fassung verloren zu haben. »Und überhaupt«, fuhr er in etwas gemäßigterem Tonfall fort, »die bisher vorliegenden Arbeiten Ihrer Frau Mutter weisen sie als bloße Amateurin aus. Fleiß mag ja vorhanden sein, doch kein wirkliches Talent. All diesen sogenannten Malweibern fehlt nun mal der geniale Funke.«

Eine Herabsetzung von Mutters Arbeiten, die ihm böse zusetzte. Sein Herz jagte, sein Hals war wie zugeschnürt. Am liebsten hätte er geheult. So viele bekannte Zeichner und Maler achteten die Mutter sehr, lobten ihren weiblichen, aber dennoch unbestechlichen Blick auf die Wirklichkeit, ihre Technik und ihren Mut – und nun kam dieser Savitius daher und lehnte alles, was die Mutter bisher geschaffen hatte, in Bausch und Bogen ab.

Dr. Savitius sah ihm an, wie ihm zumute war. Kühl zuckte er die Achseln. »Sie müssen meine Kunstauffassung nicht teilen, Rackebrandt. Doch werden Sie mir erlauben müssen, sie zu äußern.«

In diesem Augenblick hätte er, der damals Vierzehnjährige, dem Lehrer ins Gesicht schlagen mögen. Die Hände zu Fäusten geballt, stand er da und Dr. Savitius sah ihm auch das an und die Feindschaft zwischen ihnen war für alle Zeiten besiegelt. Und wuchs sich nur ein paar Wochen später zu offenem Hass aus. Denn da hatte der Savitius herausgefunden, dass der Hochverräter Friedrich Wilhelm Jacobi, der zu dieser Zeit schon seit fast einem Jahr im Strafgefängnis Plötzensee einsaß, sein Großvater war.

»Ich muss Abbitte leisten«, sagte er an jenem Tag zu ihm. »Hätte ich gewusst, dass Ihre Mutter eine geborene Jacobi ist, hätte sie von mir mildernde Umstände bekommen. Wie die Zucht, so die Frucht! Mit diesem Vater war ihr Weg so gut wie vorgezeichnet. Tja, und so haben natürlich auch Sie,

Rackebrandt, nie eine wirkliche Chance gehabt, ein brauchbares Mitglied unserer Gesellschaft zu werden. Der Großvater ein vaterlandsloser Geselle, die Mutter eine Feindin des Staates, und dann auch noch dieser ›Herr Onkel‹ Jacob Jacobi – ein Schmierfink, der sich auf hochstaplerische Weise als ›Journalist‹ bezeichnet.«

Es war wie beim ersten Mal. Wieder stand David neben seiner Bank und musste sich anhören, wie Dr. Savitius vom Leder zog. Diesmal gleich gegen die ganze Familie. »Ich muss schon sagen, eine feine Sippschaft ist das! Einer schlimmer als der andere. Und das jüngste Fohlen aus diesem verrotteten Stall sitzt mitten unter uns und wiegelt mit seinen Ansichten gar noch seine Mitschüler auf.«

An jenem Tag hätte der Savitius ihn am liebsten sofort am Kragen gepackt und an die Luft gesetzt. »Diese Sozialdemokraten«, schnaubte er weiter, »sind eine höchst gefährliche Bedrohung aller Ordnung im Staate. Sie streben eine ganz andere Gesellschaft, eine ganz andere Staatsform an. Nach ›Demokratie‹ rufen sie! Aber was besagt es denn, dieses Wort *Demokratie*? Volksherrschaft? Ja, aber wer, meine Herren, ist ›das Volk‹? In der so heiß ersehnten sozialen Demokratie werden doch nur die Rechte der Klügeren, Begabteren und Fleißigeren von der Mehrheit der Dummen, Unbegabten und Faulen beschnitten. Da regiert der Plebs! Ist aber allein der Plebs das Volk? Ja, und was ist, wenn wirklich eines Tages der Diener zum Herrn wird? Dann tyrannisieren die Dummen und Faulen die Klugen und Fleißigen und wirtschaften auf diese Weise den Staat kaputt – unseren gesunden deutschen Staat, den wir alle so bitter nötig brauchen.«

Bei diesen Worten sah er einen nach dem anderen an, und die Klasse blickte so artig zurück, als wollte sie ihm zu verstehen geben, dass sie ihm selbstverständlich in allen Punkten recht gab. Ein Anblick, der ihn beruhigte. Er ging zur Tafel, um ihnen eine neue Aufgabenstellung mitzuteilen, unterbrach sich dann aber, um sich erneut ihm, David, zuzuwenden. »Ich hoffe nur, Sie bedauern Ihren Großvater nicht allzu sehr. Wer das Gesetz bricht, gehört nun mal bestraft. Das ist auf der ganzen Welt so. Ich sage Ihnen das, obwohl ich nicht hoffe, damit in Ihrem Kopf ein Samenkorn Nachdenklichkeit gepflanzt zu haben.«

David ließ auch das still über sich ergehen. Wer nichts sagt, sagt wenigstens nichts Falsches. Sein Hass auf diesen Mann aber wuchs ins Unermessliche.

Ob Dr. Savitius' heutige schlechte Laune mit der letzten Klassenarbeit zu tun hat? Eine Frage, die sich die ganze Klasse stellt.

David beobachtet, wie der hochgewachsene Lehrer sich hinters Pult setzt, mit den Fingern seine Bartspitzen zwirbelt und die Hefte mit den Arbeiten durchblättert, bevor er den ersten »Ignoranten« vors Pult zitiert. Das Thema der letzten Klassenarbeit lautete *Friedrich II. und der Siebenjährige Krieg*, abzuliefern war eine komplexe Darstellung mit allen Daten, Hintergründen und Heldentaten; eine Arbeit, die niemanden begeisterte.

Der Erste, der vor den Scharfrichter muss, ist Eduard von Wettstädt, ein eifriger, aber sehr ängstlicher Schüler, Sohn eines Rechtsanwaltes aus der Friedrichstraße.

»Was Sie da wieder geschrieben haben, von Wettstädt!« Dr. Savitius schüttelt den Kopf, als fühle er sich von Eduards Darstellung jener so großen geschichtlichen Epoche persönlich beleidigt. »Eine erbärmliche Leistung! Hat unser großer König denn allein ›Glück‹ gehabt in diesem Krieg? Ist Ihnen nicht bekannt, dass es den vereinten großen Mächten Europas nicht gelang, das ganz auf sich allein gestellte Preußen niederzukämpfen? Mit Glück, von Wettstädt, hatte das nichts zu tun. Glück, so sagt schon der Volksmund, hat auf Dauer nur der Tüchtige. Der Siebenjährige Krieg, von Wettstädt, lassen Sie sich das gesagt sein, hat Friedrich II. als Feldherrn unsterblich gemacht. Sie aber haben mit Ihrer Darstellung der Geschehnisse eine größere Niederlage erlitten als alle Feinde unseres großen Fritz zusammen.«

Darüber soll gelacht oder wenigstens gelächelt werden – und es wird gelacht und gelächelt.

Der Nächste, der unters Schwert muss, ist Gustav Haussmann, rotblond, groß, kräftig, Offizierssohn. »Sie enttäuschen mich, Haussmann! Gerade Sie als Mitglied einer Offiziersfamilie müssten sich intensiver mit solchen Themen beschäftigen. Was Sie an Fakten bringen, schwankt zwischen nichts und gar nichts. Es genügt eben nicht, wenn Sie immer wieder darauf verweisen, wie sehr Friedrichs Soldaten ihren König verehrten. Ein paar Zahlen, Fakten und Schlussfolgerungen hätten Sie sich schon abringen müssen. – Nein, Haussmann, wenn Sie so weitermachen, kann ich Ihrer Versetzung zu Ostern nicht zustimmen.«

Er sagt es, doch ärgert es ihn, einem Offizierssohn einen solchen Rüffel erteilen zu müssen. »Geben Se sich doch mal'nen Ruck, Mann! Ihre Familie hat das verdient.«

Jetzt Thomas. Da wird er richtig zornig, der Savitius. »Ja, denken Sie denn, ich trete Tag für Tag vor Sie hin und rede mir den Hals wund, allein um die Luft zu bewegen? Ihre Arbeit beweist, dass Sie nichts von all dem verstanden haben, was diese heroische Zeit für unser Volk so bedeutsam macht. Da bringen Sie tausend lächerliche Einzelheiten, ansonsten aber stochern Sie im Nebel herum. Eine Beleidigung für jede Lehrkraft, Sie unterrichten zu müssen.«

Und so geht es weiter; kaum einer, der ungeschoren davonkommt. Utz hat auch diesmal versagt, hat nicht einmal gewusst, weshalb der Siebenjährige Krieg für Preußen siegreich endete. Arthur Kraus, der die beste Arbeit geschrieben hat, muss es noch einmal aufsagen: »Wir haben gesiegt, weil wir die letzten Schlachten bei Burkersdorf und Freiburg siegreich beendeten. Von da an hatten die Österreicher uns nichts mehr entgegenzusetzen und so konnte am 15. Februar 1763 zwischen Preußen, Österreich und Sachsen der Friede zu Hubertusburg geschlossen werden.«

»So ist es, meine Herren!« Arthur erntet ein mürrisches Kopfnicken. »So ist es immer: Wer die letzte Schlacht gewinnt, gewinnt den Krieg. Was für alle Lebenslagen gilt.«

Ein kurzer Blick auf David, dann ist wieder Utz dran. »Ich weiß nicht, wie ich Ihre schulischen Leistungen bewerten soll. Ein zukünftiger Offizier, der sich so wenig für unsere Militärgeschichte interessiert? Sie erinnern mich an ein Eichhörnchen, das keine Nüsse mag, von Sinitzki, also an etwas, das in der Natur eigentlich gar nicht vorkommt.«

Damit darf Utz wegtreten. David wird vors Pult gerufen.

Einen Augenblick lang sieht es so aus, als wolle Dr. Savitius sich jeglichen Kommentars enthalten und ihm die Arbeit schweigend zurückgeben. Doch schafft er das nicht. »Na, da hat unser zukünftiger Maurer sich ja mal wieder über alle Maßen angestrengt«, höhnt er. »Ja, ja, Fakten sind da, nur Schlussfolgerungen fehlen! Alles fleißig auswendig gelernt, was? Wenn man sieht, wie Sie sich anstrengen, Rackebrandt, denkt man unweigerlich an einen Schiffbrüchigen, der sich an den letzten Balken klammert. Er will noch hoffen, aber das Ufer ist fern.«

Still nimmt David sein Heft entgegen, still kehrt er auf seinen Platz zurück. Das mit dem zukünftigen Maurer ist nicht neu. Für den Savitius sind die Maurer, die öfter mal für ein paar Pfennige mehr Stundenlohn und weniger Arbeitszeit streiken, die schlimmsten Revoluzzer. Sie würden immer wieder zündeln, sagt er, und auch andere Berufsgruppen zu Streiks anstacheln. Was nicht ganz falsch ist. Letztes Jahr streikten nach den Maurern bald auch die Zimmerer, Bautischler, Schlosser und Glaser und am Ende alle Bergarbeiter Deutschlands. Es war so schlimm, dass sich sogar der Kaiser gezwungen sah, den Arbeiterfreund zu spielen. Er empfing drei Bergarbeiter, um ihnen eine zehn Minuten lange Moralpredigt zu halten. Eine »Menschenfreundlichkeit«, die Dr. Savitius ihm sehr übel nahm. »Zu großes Herz, unser Kaiser«, schimpfte er. »Mit solch faulem Gesindel darf man keine Freundlichkeiten austauschen. Mit denen muss man Deutsch reden und sie notfalls mit Gewalt in die Gruben zwingen.«

So groß war Jung-Wilhelms Herz dann aber doch nicht. Am Ende befolgte er Dr. Savitius' Ratschlag, Militär wurde eingesetzt und das Streikkomitee der Bergarbeiter ganz einfach verhaftet. Und da war dann auch Dr. Savitius wieder zufrieden. Den Maurern aber hat er nicht vergessen, dass sie es waren, die all die anderen Berufssparten »aufgehetzt« hatten.

Mit gespielter Lässigkeit schlägt David sein Heft auf – und kann sich ein Grinsen nicht verkneifen. Zwar ist viel rote Tinte zu sehen, doch ist das immer so bei Dr. Savitius. In Wahrheit hatte er gar nicht viel zu bemängeln; der Balken, an den der Schiffbrüchige Rackebrandt sich klammert, ist noch lange nicht der letzte. Ist diese Erkenntnis die Laus, die dem Savitius über die Leber gelaufen ist?

### Es wird einmal

Nach dem Mittagessen hat es geregnet, jetzt scheint wieder die Sonne. Und es ist noch milder geworden. Bestens gelaunt wandert David die lang gezogene, breite Köpenicker Straße hinunter, die zum Schlesischen Busch führt. Tief atmet er die neue, frische Luft ein, immer wieder lässt er den Blick schweifen.

Er ist diesen Weg schon oft gegangen, kennt alle Gebäude, an denen er vorüberkommt – Kattunfabriken, Kasernen, die Industriehöfe mit ihren hohen Schornsteinen, den riesigen Viktoriaspeicher –, es ist eine Straße raus aus der Stadt, nicht schön, aber tüchtig, wie die Großmutter sagt. An diesem sonnigen Tag jedoch und nach dem Regen, der alles wie frisch gewaschen erscheinen lässt, *ist* es eine schöne Straße. Glänzt ja alles – die roten Ziegel auf den Dächern, die grauen Steinplatten unter seinen Füßen, auch die Räder, das Ledergeschirr und die Eisenbeschläge der Droschken, die an ihm vorüberrattern. Sogar die Gesichter der Menschen, die ihm entgegenkommen, sind nicht ohne Glanz. Die Vorfreude auf den Frühling, überall ist sie zu spüren.

Was stört ihn da Dr. Savitius? Das hier ist das wahre Leben. Die Vormittage in der Schule, das sind doch nur ein paar Stunden am Tag, die er aushalten muss.

Erst die Schlesische, dann die Freiarcher Brücke, und er hat sein Ziel erreicht: den Schlesischen Busch, das kleine Wäldchen vor den Toren der Stadt, das sich, nur durch die Beermann'sche Maschinenbauanstalt von der Spree getrennt, am Freiarchengraben entlangzieht, dem so schmalen Seitenarm der Spree, der sich später in die Kanäle ergießt.

Zum Teil ist der Boden hier noch gefroren, ansonsten vom Regen aufgeweicht wie Brot in der Suppe. Die Bäume, Sträucher und Büsche blinzeln kahl, die Wiesenflächen dazwischen gähnen wintermüde.

Er tritt vorsichtiger auf. Die Stille hier beeindruckt ihn. Das Wasser im Graben plätschert so leise, als wolle es niemanden stören und von niemandem gestört werden ... Doch dann hat er sie schon erreicht, die großflächige Wiese, auf der der Großvater und er vor fünf Jahren die drei kleinen Eichen pflanzten.

Er war nur mitgegangen, um den Großvater, der sich bemühte, ihn von seinen Gedanken an Vaters Tod abzulenken, nicht zu enttäuschen. Doch wurde es ein Tag, den er nie vergessen sollte.

Damals war auch Frühjahr und bis zum späten Abend nieselte es grau vom Himmel herab. Die Erde, die der Großvater aushob, war feucht und schwer, und ihm, dem erst elfjährigen David, der anfangs nur lustlos dabeistand, fröstelte. Dennoch nahm er alles, was der Großvater an jenem Tag zu ihm sagte, in sich auf.

»Es gibt ein altes Sprichwort, David«, so der Großvater, während er trotz des Nieselregens ruhig und konzentriert vor sich hin arbeitete. »Es besagt, dass Bäume nicht bis in den Himmel wachsen können. Unsere Eichen aber, die können sehr alt, sehr groß und sehr mächtig werden. Vielleicht wird die eine oder andere noch in zwei-, drei- oder vierhundert Jahren hier stehen und Sommer für Sommer den Ausflüglern Schatten spenden. Na ja, und vielleicht fragen sich die Leute dann, wer diese Eichen mal gepflanzt hat. Und sie werden nichts von uns beiden wissen und trotzdem an uns denken.«

Eine Zukunftsvision, die ihn neugierig machte. Konnten Bäume so alt werden? Konnten diese kleinen Bäumchen, im Jahr 1885 gepflanzt, tatsächlich noch 2185 oder noch länger hier stehen und Jahr für Jahr neue Blätter treiben? Der Gedanke erschien ihm unglaubhaft, und er vermutete, dass der

Großvater das nur gesagt hatte, um ihn seinen Schmerz vergessen zu lassen. Und doch ist es so! Er hat es später in Onkel Augusts Lexikon nachgelesen. Darin wurde sogar von siebenhundert Jahre alten Eichen berichtet. Unvorstellbar und doch wahr! Wenn also der Schlesische Busch nicht irgendwann abgeholzt wird – für neue Häuser oder Fabriken, weil die Stadt ja immer weiterwächst –, dann haben der Großvater und er mit ihren Eichen den Menschen nach ihnen vielleicht wirklich eine Freude gemacht.

»Guten Tag! Wie geht's denn so?«

Der Großvater hat die drei kleinen Eichen weit auseinander gesetzt, damit sie später, wenn sie groß und mächtig sind, einander nicht Licht, Luft und Wasser stehlen. So muss er jede einzeln begrüßen und er tut es laut. Vielleicht erkennen sie ihn ja wieder, dann freuen sie sich.

Spinnerei? Na, und wenn schon! Hier sieht und hört ihn ja niemand.

Doch natürlich, die Eichen beantworten seinen Gruß nicht. Nackt und kahl und noch immer ein wenig zierlich stehen sie da, als warteten sie voller Sehnsucht auf den Sommer. Dann, so scheinen sie zu wissen, wird er wieder öfter kommen, um sie mit dem Wasser aus dem Freiarchengraben zu begießen. Jetzt kann er nichts für sie tun. Nicht mal nachsehen, ob Nagetiere sich an ihren Wurzeln zu schaffen gemacht haben, kann er. Das sieht er erst, wenn sie wieder Blätter treiben.

Jetzt ist die Sonne schon am Untergehen, ihr Gold wird blasser und ein leichter Grauschleier breitet sich über dem Schlesischen Busch aus. Doch nein, noch will David nicht umkehren; dafür war der Weg hierher viel zu weit.

Als der Großvater und er die Bäume pflanzten, sind sie danach auch nicht gleich nach Hause gegangen. Sie standen da, mitten im Nieselregen, und schwiegen lange. Bis der Großvater sich irgendwann laut fragte, wie die Welt wohl aussehen wird, wenn die drei Eichen groß sind. Ob es dann immer noch eine Obrigkeit gibt, die Menschen zwingt, sich vor ihr zu ducken.

Er hat, was der Großvater sagte, nicht Wort für Wort behalten, den Sinn seiner Worte und den Tonfall, in dem er zu ihm sprach, jedoch hat er nicht vergessen. Wie hoffnungsvoll der Großvater war! »Weißt du, David, der Wunsch nach mehr Gerechtigkeit und Freiheit, der ist schon sehr alt und den wird's immer geben«, sagte er zum Schluss. »Und irgendwann werden wir ihn durchgesetzt haben. Brief und Siegel drauf! Dein Vater hat dafür gekämpft und deine beiden Großväter auch. Dein Großvater Rackebrandt ist sogar dafür gestorben.«

Ein Schauer rinnt ihm über den Rücken. Alles schon so lange her – und doch bestimmt es sein Leben! Weil Großvater Rackebrandt auf den Barrikaden fiel, musste Großmutter Rackebrandt ihre fünf Kinder allein durchbringen. Das zermürbte sie, weshalb sie früh starb und er sie nicht mehr kennenlernte. Und auch ihre Kinder wurden nicht alt, fielen in Kriegen oder starben früh an Krankheiten. Allein der Vater lebte etwas länger. Weil er aber für die gleichen Ziele kämpfte wie sein Vater, kam er ins Gefängnis. Nicht nach Plötzensee, dieses Gefängnis gab es damals noch nicht, er kam nach Moabit. Und erst als er daraus entlassen wurde – nach zwei Jahren –, konnten die Mutter und er heiraten. Aber da war er schon krank. Er hatte sich in der kalten, feuchten Gefängniszelle die Tbc geholt, eine Lungentuberkulose, an der er später starb. Doch vielleicht wäre er nicht ganz so früh gestorben, wenn er mehr Rücksicht auf sich genommen hätte. Er ist ja immer weiter auf den Bau gegangen, war auch mit Leib und Seele Zimmermann. Und wie oft badete er mit der Mutter und ihm in eiskalten Seen und lief im Frühjahr als einer der Ersten in Hemd und Weste herum. Schimpfte die Mutter deshalb mit ihm, lachte er sie aus. »Soll ich hinterm Ofen verstauben? Nee, Riekchen, einen Stubenkasper machst du nicht aus mir ...«

Der Vater! Er denkt nicht mehr so oft an ihn, wenn aber doch, dann ist er ihm jedes Mal wieder ganz nah. – Was haben sie für Wanderungen unternommen! Auf nacktem Waldboden haben sie übernachtet oder in irgendwelchen Scheunen. Und im Herbst haben sie Kartoffeln vom Feld geklaut, sie auf Stöcke gespießt und am Lagerfeuer geröstet. Und immer haben sie sich unterhalten, endlos lange unterhalten, als wollte der Vater in diesen paar Jahren, in denen sie einander hatten, mit aller Gewalt erreichen, dass sein Sohn ihn nicht vergisst.

Es wird kalt, er muss sich bewegen. Langsam wandert David an der Beermann'schen Maschinenanstalt entlang und bleibt erst wieder stehen, als er den Knick erreicht hat, an dem die Spree sich in den Freiarchengraben ergießt. Hier kann er den Flussschiffen nachschauen, die spreewärts in die Stadt hinein- oder bereits wieder aus ihr herausschippern. *Bertha* heißen sie, *Emilie, Amalie, Johanna, Charlotte* ...

Es gibt ein paar Zeichnungen, in denen die Mutter das Leben der Flussschiffer festgehalten hat. Als Kind staunte er oft darüber, wie lebendig, wirklichkeitsgetreu und genau sie zeichnen kann. Doch ob allein ihre Arbeit sie glücklich macht? Die Großmutter sagt oft, die Mutter solle wieder heiraten. Die Mutter aber will davon nichts wissen. Sie hat nie einen anderen als den Vater geliebt und will nun erst recht nicht damit anfangen. Auch zu ihm, David, hat sie das mal gesagt. Und dabei feuchte Augen bekommen. Um sie zu trösten, fiel ihm nichts Besseres ein, als sie daran zu erinnern, dass sie ja immer noch ihn habe. Da konnte sie ihre Tränen nicht länger zurückhalten, presste seinen Kopf an sich und flüsterte: »Ja, ich hab dich! Und du hast mich! Und sind wir mal gegensätzlicher Meinung, sprechen wir uns aus, nicht wahr? Nie wollen wir einander belügen.«

Eine Art Schwur, der noch immer gilt. Dennoch fehlt der Mutter der Vater, deshalb redet sie so oft von ihm. Auch weshalb der Vater ins Gefängnis gekommen war, erzählte sie ihm mehrmals. Zusammen mit anderen Obdachlosen hatte er gegen die große Wohnungsnot protestiert, und das mitten auf dem Alexanderplatz. Mit selbst errichteten Lumpenhütten, aber ganz friedlich hatten die Männer, Frauen und Kinder auf die für viele Familien unbezahlbar hohen Mietpreise hingewiesen. Die Polizisten, die herangeritten kamen, waren nicht so friedlich gestimmt. Mit Säbeln schlugen sie drein ...

David schließt die Augen. Er weiß, er sieht dem Vater ähnlich. Auch er hat schwarze Augen und dunkle Locken. Nur die kräftige, gerade, vielleicht ein wenig zu groß geratene Nase, die hat er von der Mutter. Aber ob er auch sonst nach dem Vater kommt? Ob vielleicht auch er eines Tages ins Gefängnis muss?

Er sieht wieder die »Plötze« vor sich, den monumentalen Gefängnisbau mit all seinen langen, düsteren Fluren, und erneut rinnt ihm ein Schauer über den Rücken. Solche Bilder und dann diese Kälte! Es ist besser, er macht sich auf den Rückweg.

Erst geht er nur sehr rasch, dann verfällt er in einen leichten Trab, der immer mehr zum Wettlauf gegen sich selbst wird. Als er den Luisenkanal erreicht hat, ein im Sommer oft bestialisch stinkendes Gewässer, in dem sich die Lichter der Häuser rechts und links widerspiegeln, hetzt er dermaßen keuchend die Straße entlang, dass mehrere Passanten sich voller Neugier nach ihm umdrehen. Sicher glauben sie, dass er verfolgt wird oder zu einem Notfall muss.

Er muss lachen. So war es schon, als er noch ein kleiner

Junge war. Immer, wenn ihn etwas so beschäftigt, dass es ihn ängstigt oder er glaubt, damit nicht fertig werden zu können, beginnt er zu laufen. Hat er sich erst so richtig die Lunge aus dem Hals gehetzt, geht es ihm besser.

### Schatten

In der Küche ist die Petroleumlampe angezündet. Onkel Fritz hat seine übliche Flasche Bier vor sich stehen, Tante Mariechen schmaucht ihr Pfeifchen, die Mutter blättert müde in einem Stoß Zeitungen. Die Großmutter strickt.

Still setzt David sich dazu. Er mag sie, diese abendlichen Küchenrunden. Nach all dem, was ihm im Schlesischen Busch durch den Kopf gegangen ist, spürt er das wieder ganz besonders deutlich.

»Du rauchst zu viel.« Ein alter Vorwurf von Onkel Fritz an Tante Mariechen. Wenn ihm nichts anderes einfällt, um die Stille zu unterbrechen, sagt er das. Und er hat ja nicht unrecht. Es ist ohnehin ungewöhnlich, dass eine Frau Pfeife raucht, Tante Mariechen aber »nuckelt« fast ununterbrochen an einer ihrer diversen Tabakspfeifen. Mal ist das Porzellanpfeifchen dran, mal das mit dem gebogenen Stiel, mal das mit dem metallenen Pfeifendeckel. Aus allen aber steigt der Rauch ihres geliebten türkischen Tabaks so gleichmäßig blaugrau zur Zimmerdecke hoch, als wolle sie aller Welt demonstrieren, wie beruhigend Pfeiferauchen ist.

»Was de nich kannst ändern, musste lassen schlendern.« Tante Mariechen, sonst immerzu mit Kochen, Braten oder Backen beschäftigt, kennt ihr »Ehegespons«; sie weiß, dass er nur mal wieder etwas sagen wollte. Ungerührt raucht sie weiter.

Die beiden haben sich erst spät kennengelernt, leben jetzt aber schon seit acht Jahren zusammen, und Onkel Fritz sagt oft, Tante Mariechen sei sein Lebensglück. Hätte er sie nicht gefunden, wäre er nie erwachsen geworden. Weil unverheiratete Männer, so seine feste Überzeugung, nun mal ihr Leben lang kleine Jungen blieben, die immer nur spielen wollen. In seinen jungen Jahren hatte er öfter mal ein heiratswilliges Fräulein mit in die Familie gebracht, doch keine passte so richtig zu ihm. Die meisten hatten es nur auf seinen Besitz abgesehen, denn mit der Kriegsverletzung, die ihn zum Hinken zwingt, und dem früh licht gewordenen Haar war er schon damals kein »Märchenprinz«. Als dann schon keiner mehr zu hoffen wagte, dass der Topf doch noch seinen Deckel fand, kam Tante Mariechen.

David kann sich noch gut daran erinnern, wie sie das erste Mal in ihrer Wohnstube saß. Groß, wuchtig, mit zwei roten Pausbacken und lustigen, braunen, unentwegt zwischen all den fremden Gesichtern hin und her huschenden kleinen Erbsen als Augen, hatte sie sich genau in die Mitte des Sofas gesetzt. Onkel Fritz wirkte neben ihr richtig zierlich. Dann ihre Stimme! Sie erinnerte ihn, den erst Achtjährigen, sofort an Pellkartoffeln mit weißem Käse. Er wusste nicht, weshalb ausgerechnet dieser Vergleich, doch kaum hatte sie den Mund aufgemacht und ein bisschen von sich zu erzählen angefangen, musste er an Pellkartoffeln mit weißem Käse denken.

Der Mutter erging es ähnlich. Tante Mariechen reden hören, ohne sofort an Küche und Kochen oder irgendein schmackhaftes Gericht zu denken, ist unmöglich. Als sie ihr das noch am selben Abend eingestanden, musste sie herzlich lachen; sie kocht ja wirklich für ihr Leben gern. Und alle, die dabeisaßen, lachten genauso fröhlich mit. Keiner, der Tante Mariechen, die vor der Hochzeit Marie Dubois hieß, was Dübá ausgesprochen wird, da sie von Hugenotten* abstammt, nicht sofort ins Herz geschlossen hätte. Endlich war mal eine gekommen, die sich nicht in Onkel Fritz' Haus, sondern ganz ehrlich in ihn verliebt hatte, war er doch zuvor immer so etwas wie der Pechvogel der Familie. Durch den frühen Tod seiner Mutter gänzlich verwaist, da er seinen unbekannt gebliebenen Vater nie zu Gesicht bekommen hatte, war er vor dem Krieg gegen Österreich zu den Soldaten eingezogen worden. Und prompt hatte er diesen Hüftschuss abbekommen, der ihn noch immer zum Hinken zwingt. So konnte er, eigentlich auch gelernter Zimmerer, nur noch als Nachtwächter arbeiten – bis der bis dahin einzige Glücksfall seines Lebens ihn zum wohlhabenden Mann machte.

Die alte Frau Wesemann, der zuvor das Haus gehört hatte, in dem sie alle noch immer wohnen, hatte den trotz seines Unglücks immer so freundlichen, humorvollen Fritz sehr in ihr Herz geschlossen. Und da sie keinen anderen Erben hatte, vererbte sie ihm ihr gesamtes Vermögen. Na, und von diesem Tag an liefen sie ihm nach, all die Frauen und Fräuleins, von denen zuvor keine einzige auch nur einen Blick für den »armen Fritz« übriggehabt hatte. Eine enttäuschende »Erfahrung« nach der anderen warf ihn nieder, bis er irgendwann die Nase voll hatte von den »immer nur praktisch denkenden Weibern« und lieber ins Wirtshaus ging anstatt auf Brautschau.

Tante Mariechen lernte er auf dem Neuen Markt kennen. Am Fischstand. Sie hatte ebenfalls früh ihre Eltern verloren und danach ihr halbes Leben lang ihre Großeltern versorgt. In ihrer Jugend hatte sie für Liebesgeschichten keine Zeit, später dann, als »Fischmarie«, die Tag für Tag ihre Karpfen, Hechte, Aale, Schleie und Plötzen ausrief, war ihr nicht mehr nach »Poussieren«. Machte irgendein Witwer, der so ganz allein in seinem Bett fror, ihr Avancen, vertrieb sie ihn mit frechen Sprüchen.

Bis ihr irgendwann dieser glatzköpfige Hinkefuß auffiel, der so gar nicht mit ihr schäkern wollte, sie aber jedes Mal, wenn er den Mund aufmachte, mit seinen lustigen Charakterisierungen der feilgebotenen Fische zum Lachen brachte. Onkel Fritz aber bemerkte gar nicht, dass die Pfeife rauchende Fischmarie ihm schöne Augen machte, und so musste – darüber wird in der Familie noch immer gelacht – Tante Mariechen ihm eines Tages »eine Falle« stellen: Sie spielte die Kranke, blieb einfach zu Hause, ließ den Fischhändler, für den sie arbeitete, seine Ware selber verkaufen.

Zwei-, dreimal ging Onkel Fritz hin, um einzukaufen, bevor er sich das erste Mal nach der so gern lachenden Fischmarie erkundigte. Als er hörte, sie sei krank, zuckte er die Achseln: So was kommt vor. Tante Mariechen aber hielt aus, und tatsächlich, nach ungefähr zwei Wochen wurde Onkel Fritz unruhig. Was das denn für eine Krankheit sei, fragte er den Fischhändler. Der schimpfte irgendwas von Fauleritis und Weiberunpässlichkeit und das erschien Onkel Fritz höchst ungerecht. Er musste über die Fischmarie nachdenken – und bekam sie nicht mehr aus dem Kopf! Immer wieder sah er sie vor sich, diese große, ewig Pfeife rauchende, pausbäckige Frau, wie sie ihn mit ihren lustigen Augen anstrahlte. Er begann sich Sorgen zu machen und fragte den Fischhändler während seines nächsten Einkaufes nach ihrer Adresse.

»Wat woll'n Se denn von der?«, fragte der belustigt. »Etwa heiraten? Juter Mann, ick rate Ihnen ab. Die qualmt so viel, die macht Sie innerhalb dreier Tage zum Räucheraal.«

Tante Mariechen wollte schon langsam wieder gesund werden, da dieser humorvolle Glatzkopf offensichtlich so gar kein Interesse an ihrem Wohlergehen bezeugte, da tauchte er eines Tages doch noch bei ihr auf und sie musste ihre Rolle weiterspielen. Verlegen klagte sie über böse Magenschmerzen, gegen die nichts anderes helfe als Bettruhe. Onkel Fritz aber kannte noch ein »Medikament«: heiße Knochenbrühe. Und gleich lief er los, kaufte auf dem Neuen Markt einen Berg Fleischknochen und jede Menge Suppengrün und fabrizierte in Tante Mariechens Küche eine so herrliche Brühe, dass Tante Mariechen, selbst Meisterköchin, noch heute sagt, es wäre die beste ihres Lebens gewesen. Vor allem aber die »wirksamste«, denn schon nach drei Tagen waren die »Magenschmerzen« weg, und Onkel Fritz und sie beschlossen, von nun an nur noch gemeinsam Suppe zu essen.

Einen einzigen Schönheitsfehler hat diese späte Ehe: Tante Mariechen kann nicht lesen. Die kleine Marie hatte die Schule ja mehr von außen als von innen gesehen, weil sie immerzu für ihre kranken Großeltern sorgen musste.

Onkel Fritz versuchte alles, ihr das Lesen doch noch beizubringen. Ein Mensch, der nicht lesen könne, so seine Meinung, bliebe sein Leben lang ein armer Teufel. Und Tante Mariechen gab sich Mühe. Tag für Tag beugte sie sich mit Onkel Fritz über das *Volksblatt*, um flüsternd ein Wort nach dem anderen zu buchstabieren. Bis sie es eines Tages aufgab. »Also, Fritze«, sagte sie resolut, »entweder du nimmst mich, wie ick bin, oder ick kehre zu meinen Karpfen, Hechten und Plötzen zurück. Die können auch nicht lesen, machen mir wegen meiner Buchstabenblindheit aber wenigstens keine Vorwürfe.«

Seither liest Onkel Fritz wieder allein die Zeitung und Tante Mariechen werkelt in der Küche herum, kocht und backt für die ganze Familie und alle sind zufrieden. Und steht mal was in der Zeitung, was Tante Mariechen nach Onkel Fritz' Meinung unbedingt wissen muss, liest er es ihr vor. Dann hört sie brav zu, fragt aber jedes Mal erstaunt: »Jotte doch! Is das nu wirklich wichtig?« Oder sie stöhnt: »Ach herrje, was sind die Leute doch verrückt! Haben zu essen und zu trinken und machen solchen Lärm!«

Ernst Garleben kommt. Groß und hager tritt er in die Küche, nimmt höflich seinen Schauwerker ab, den melonenförmigen Zimmermannshut, reicht jedem seine breite und rissige, aber warme Zimmererhand und geht danach mit der Großmutter in die Wohnstube, um ihr die Abrechnungen der letzten Woche zu zeigen und über neue Aufträge zu reden.

Der Mann mit dem dichten, rotbraunen Haarschopf und dem kantigen Kinn führt seit Großvaters Verhaftung die Firma. Als er noch ein junger Bursche war, hatte der Großvater ihn in die Lehre genommen, ohne einen einzigen Pfennig dafür zu verlangen, weil der schüchterne Ernst nun mal für sein Leben gern Zimmerer werden wollte, seine Familie aber nicht das Lehrgeld aufbringen konnte. Dem Großvater war es einst nicht sehr viel anders ergangen, auch seiner Mutter und ihm, der in nächtlichen Botengängen für eine Apotheke hinzuverdienen musste, war es schwergefallen, das Lehrgeld aufzubringen. Das hatte der Großvater nicht vergessen. Und Ernst Garleben, inzwischen selbst Zimmerermeister, will ihm die »geschenkte Lehrzeit« nicht vergessen.

Die Großmutter verlangt nicht, dass der Ernst alles mit ihr bespricht. Sie vertraut ihm blind. Doch beharrt er darauf. »Muss ja alles seine Ordnung haben«, sagt er, und: »Ich hätte kein gutes Gefühl, wüsste ich nicht, dass mir über die Schultern geschaut wird.«

Ernst Garleben, das sagen alle, ist für die Familie so etwas wie ein Retter in der Not. Wie hätte es nach Großvaters Verhaftung denn sonst weitergehen sollen? So viele Zimmerermeister, die ehrlichen Herzens und mit Lust und Laune für einen anderen arbeiten, gibt es nicht. Doch kommt der stets so zurückhaltende Ernst nicht allein wegen der Aufträge und Abrechnungen so oft zu ihnen – er kommt auch wegen der Mutter. Bereits als Lehrling hatte er sich in sie verkuckt, nur war er damals viel zu schüchtern, um ihr zu zeigen, wie sehr sie ihm gefiel. Und dann war da ja auch noch der Vater, der schwarzlockige Tore Rackebrandt mit all seinem Charme und seinen Witzeleien, gegen den, so hatte er wohl gespürt, hatte er keine Chance. Nun ist die Mutter seit Jahren Witwe und er ist auch Witwer und kinderlos dazu, warum soll er nicht jetzt sein Glück versuchen? So setzt er sich, nachdem die Großmutter und er alles miteinander besprochen haben, jedes Mal noch ein bisschen zu ihnen und zeigt allen, wie wohl er sich in ihrer Mitte fühlt.

Es hat auch niemand was gegen seine Anwesenheit. Allein der Mutter sind diese häufigen Besuche unangenehm. »Er ist ein so guter Freund, wie es keinen besseren geben kann, doch soll er sich keine falschen Hoffnungen machen«, verteidigt sie sich gegen die Großmutter, die gar nichts dagegen hätte, wenn aus den beiden ein Paar würde. »So lieben, wie eine Frau ihren Mann lieben sollte, kann ich ihn nun mal nicht. Das muss *er* einsehen und das musst auch *du* einsehen.«

Ernst Garleben will die Hoffnung dennoch nicht aufgeben. Und in seinen Bemühungen, auch finanziell zu helfen, versucht er ständig, der Mutter eine ihrer Arbeiten abzukaufen. Das erste Bild, ein großes Gemälde mit dem Titel *Die Pflasterer*, hat sie ihm dann geschenkt. Weil sie doch einem so guten Freund nichts verkaufen kann. Und als er es geschenkt nicht nehmen wollte, war sie zornig geworden und hatte ihm angedroht, dann fortan auch jede seiner Hilfeleistungen ablehnen zu müssen.

Es war in Elias' Schuppen, Mutters Atelier im Hof, das nach einem alten Mann benannt ist, der früher dort seine Gipsgießerei gehabt und der jungen Rieke viel beigebracht hatte. Jetzt ist der Schuppen ein Atelier mit Glasdach, das der Großvater der Mutter dort hinaufgesetzt hat, damit sie genügend Licht hat, wenn sie arbeitet. Er, David, wollte der Mutter gerade ihren Tee bringen, da hörte er dieses Gespräch mit an. Weil er aber kein Lauscher sein und auch den Tee nicht kalt lassen werden wollte, trat er ein und sah, wie die beiden mit hochroten Köpfen einander gegenüberstanden und Ernst Garleben sich nicht länger zu wehren wagte. Mit verschämtem Gesicht ließ er sich dieses große und, wie es allgemein heißt, wirklich bedeutende Gemälde in die Hand drücken. Der Mutter aber stand dieses innere Glühen. Richtig schön sah sie aus, so erregt atmend und mit diesen funkelnden Augen.

Dennoch bedauerte er lange, dass die Mutter gerade dieses Bild weggeschenkt hatte. Drei noch sehr junge Männer sind darauf zu sehen. Mit nacktem, schweißglänzendem Oberkörper knien sie auf dem sonnenbeschienenen Bürgersteig und treiben mit spitzen Hämmern kleine Pflastersteine in den Sand. Im Hintergrund teeren ein paar ältere Kollegen die Fahrbahn. Der Teerofen dampft, von ihren Stirnen tropft der Schweiß, mit langen Rechen streichen sie den noch heißen Teer glatt. Alles Wesentliche – die kräftigen Männer, ihre so konzentriert der Arbeit zugewandten Gesichter, auch die Werkzeuge – wird stark betont; alles Unwesentliche – die Häuser im Hintergrund, die ihnen zuschauenden Passanten, der Himmel über der Stadt – bleibt angedeutet. Niemals hätte er gerade dieses Bild weggegeben. Nicht einmal einem so guten Freund wie Ernst Garleben.

Die Arbeitsgespräche sind beendet und sofort stellt Onkel Fritz eine zweite Flasche Bier auf den Tisch. »Na, Ernst, wat jibt's Neues auf'm Bau?«

»Langsam, Fritze!« Ernst Garleben greift erst mal nur in die Jackentasche seines schwarzen Zimmereranzugs und legt eine Zeitung auf den Tisch. »Für dich, Rieke!«

Rasch schiebt die Mutter alle anderen Zeitungen beiseite. Ernst Garleben hat den *Sozialdemokrat* mitgebracht, auch der *Züricher* genannt, weil dieses in Deutschland verbotene und zumeist nur vier Seiten umfassende Wochenblatt lange Zeit in Zürich herausgegeben wurde und nur illegal, oft als Schweizer Käse getarnt, nach Deutschland gebracht und dort verbreitet werden konnte. Vor zwei Jahren jedoch wurden die deutschen Mitarbeiter dieser Zeitung auf Betreiben der deutschen Regierung aus der Schweiz ausgewiesen, seither kommt der *Züricher* aus London.

Eine spannende Geschichte, wie David findet. Die Druckplatten werden über Hamburg geschmuggelt, erst dort, in einer kleinen Quetsche, entsteht die Zeitung. Doch funktioniert das Ganze nur, weil es ein so präzises Zusammenspiel der Londoner Redaktion, der Druckerei und der Auslieferung, vor allem aber der Abonnenten gibt. Wer das Blatt gelesen hat, gibt sein kostbares Exemplar an den nächsten Leser weiter; so teilen sich die Abonnenten die Kosten und jede einzelne Ausgabe gelangt in viele Hände.

Es werden jede Menge lustige Geschichten über die Schmuggelei der Druckplatten erzählt. Einmal sollen sie sogar mit einem Schiff nach Hamburg gebracht worden sein, mit dem der alte Kaiser nach Deutschland heimkehrte. Der *Sozialdemokrat* berichtete darüber und halb Deutschland lachte.

Das Exemplar, das Ernst Garleben mitgebracht hat, ist vom 8. März und feiert noch den Wahlsieg vom Februar. »Ja, kaum zu glauben«, freut sich die Mutter, während sie diese Zeilen liest, obwohl sie ihr keine Neuigkeit verkünden, »ein solcher Wahlsieg, wer hätte das zu hoffen gewagt!«

»Dein Vater«, antwortet Ernst Garleben lächelnd. »Der hat das gewagt, vor zwanzig Jahren schon.«

Einen Moment lang sind alle still, weil sie an den Großvater in seiner Gefängniszelle denken müssen, dann streicht die Mutter das Blatt in ihren Händen zärtlich glatt. »Zu schade, dass ich nicht für den *Züricher* arbeiten darf! Das einzige Blatt, in dem deutlich die Wahrheit gesagt wird.«

Ein Wunsch, den sie schon lange hegt. Sie arbeitet für das *Berliner Volksblatt* und die *Berliner Volks-Tribüne*, eine Tageszeitung und ein Wochenblatt. Beides Blätter, für die auch Onkel Köbbe schreibt und die von vielen Sozialdemokraten gelesen werden, weil sie immer wieder soziale Forderungen erheben und demokratische Rechte einfordern. Doch muss, wer für diese Blätter arbeitet, sehr vorsichtig sein, damit sie nicht eines Tages verboten werden wie so viele andere zuvor. Für den *Sozialdemokrat* jedoch darf die Mutter nicht arbeiten. Nicht mal unter Pseudonym. Ihr Stil ist zu bekannt. Spätestens drei Tage nach Erscheinen des Blattes würde man sie verhaften, so wie damals wegen ihrer Karikatur von den fetten Pfaffen.

Es gefällt Ernst Garleben, dass er der Mutter eine Freude machen konnte. Zufrieden blickt er sie an und gleich setzt sie sich wieder ein wenig straffer hin. Gerade diese Strenge aber steht ihr. Das schwere, aschblonde, zu einem üppigen Zopf geflochtene und im Nacken zur Brezel zusammengesteckte Haar, die graublaue Bluse mit den Zierfalten, der knöchellange braune Rock, der ihre schlanke Figur betont – mit siebenunddreißig wirken viele andere Frauen längst wie Matronen; die Mutter hat sich was Jugendliches bewahrt.

»Glaubst du das wirklich?«, fragt die Großmutter da auf einmal ganz erschrocken.

David hat nicht zugehört, worüber Onkel Fritz und Ernst Garleben zuletzt sprachen, neugierig wendet er sich ihnen zu.

»Ja.« Ernst Garleben nickt. »Bin mir ganz sicher. Sie wechseln sich ab, die Herren Schutzengel, aber sie beobachten mich. Bin extra zweimal ums Karree gelaufen, bevor ich zu euch kam. Irgendeiner ist immer hinter mir her.«

»Na, na!« Onkel Fritz, immer geneigt, von allen nur das Beste zu glauben, weiß nicht, ob das Ganze nicht nur ein Zufall war. »Denke nie von einem schlecht, solange er nichts Schlechtes jetan hat. Vielleicht haben da nur welche den gleichen Weg jehabt.«

»Und einer von denen steht jetzt ganz zufällig drüben im Haustor und schaut zu euren Fenstern hoch?« Ernst Garleben lacht. »Nee, Fritz, das sind Polizeispione. Sie beobachten mich, wollen wissen, was mich immerfort zu euch führt.«

Ein Polizeispion? Drüben vor dem Haustor? Im Nu ist David aufgesprungen, legt die Stirn an die Fensterscheibe und die Hände an die Augen und versucht, in der Dunkelheit irgendwas zu erkennen.

Lange sieht er nichts. Allein die wenigen, schwach funzelnden Gaslaternen und der matte Schein der drei, nein, vier Petroleumlampen im Haus gegenüber bieten seinen Augen Halt. Erst als sie sich an das Straßendunkel gewöhnt haben, gewahrt er im Tor gegenüber einen Schatten. »Tatsächlich!«, flüstert er. »Da steht einer.« Doch worauf wartet der? Dass Ernst Garleben ihr Haus wieder verlässt? Und dann? Will er ihm weiter nachgehen? Aber was hat er davon? Den *Sozialdemokrat* hat Ernst Garleben dann ja nicht mehr bei sich.

»David!«, bittet die Mutter. »Setz dich! Der sieht dich doch. Also weiß er, dass er entdeckt ist. So wird er sich bald noch mehr Mühe geben, nicht aufzufallen. Und das liegt nun ganz und gar nicht in unserem Interesse.«

Sie hat recht. Es war dumm, gleich nachzuschauen. Mit einer nagenden Unruhe im Bauch setzt David sich wieder. Kein schönes Gefühl, beobachtet zu werden! Und es soll ja so viele »Schutzengel« geben. Im *Sozialdemokrat* werden unter der Rubrik *Eiserne Maske* regelmäßig Name und Anschrift von Leuten aufgelistet, die sich von der politischen Polizei zu Spitzeldiensten anwerben ließen. Manche sollen sogar fest angestellt sein und für ihre »Dienste« zwischen fünfzig und dreihundert Mark im Monat bekommen, also viel mehr, als sie mit ehrlicher Arbeit verdienen könnten. Viele davon sind sogenannte »Faule«, verkleiden sich als Pferdebahner, Bierfahrer, Gepäckträger oder treten in die Partei ein, die sie bespitzeln sollen. Und können sie nichts Meldenswertes herausfinden, fantasieren sie irgendwas zusammen, nur um ihre so gut bezahlte »Stellung« nicht zu verlieren.

Am schlimmsten war es in den Tagen vor der letzten Wahl. Da saßen, wie Onkel Köbbe berichtete, in jeder Versammlung neben dem von der Polizeibehörde geschickten Kontrolloffizier noch mindestens drei Faule, die ihre Genossen zu irgendwelchen Unüberlegtheiten provozieren sollten oder sich heimlich Notizen machten. Ein Gedanke, der ihn, David, von Onkel Köbbe zweimal zu solchen Wahlveranstaltungen mitgenommen, nicht losließ. Beide Male versuchte er herauszufinden, welche wohl die Spitzel waren, doch wurden beide Versammlungen früh aufgelöst. Die eine fand im Restaurant *Zur Linde* statt, in der Skalitzer Straße, die andere im *Schweinekopf* am Spandauer Schifffahrtskanal. In der *Linde* war der Saal völlig überheizt, weshalb einer der Männer auf dem Podium bald ein Fenster aufmachte. Kaum war das geschehen, setzte der Polizeioffizier vom Dienst seinen Helm auf – Zeichen dafür, dass die Versammlung aufgelöst war! Begründung: Nun fände das Treffen unter freiem Himmel statt, was den Sozialdemokraten im Gegensatz zu anderen Parteien bekanntlich nicht gestattet sei. Wütend zogen die Versammlungsteilnehmer ab und verabredeten einen neuen Termin. Im *Schweinekopf*. Dort ließ man – aus Erfahrung klug geworden – die Fenster geschlossen. Doch natürlich wurde geraucht, sodass die Luft bald zum Schneiden dick war. Prompt setzte der Polizeioffizier erneut seinen Helm auf – es war derselbe, der in der *Linde* Dienst hatte! –, diesmal aus Gesundheitsbedenken!

Zwei Drittel aller Arbeiterversammlungen, so Onkel Köbbe, seien unter solch fadenscheinigen Begründungen aufgelöst worden. Mal war es ein zu schmaler Durchgang zwischen den Sitzreihen – was gegen die Brandschutzordnung verstieß –, mal eine Glastür, die im Gedränge womöglich eingedrückt werden könnte und die Anwesenden gefährdete, mal hielt sich ein »entlaufener« Hund im Saal auf. Ebenfalls eine ganz furchterregende Gefährdung der Anwesenden. Oder Frauen hatten an der Versammlung teilgenommen. Was genauso verboten war wie Davids Teilnahme, da er ja noch Jugendlicher ist. Doch sieht man ihm, da er so groß ist, nicht auf den ersten Blick an, dass er noch nicht volljährig ist. Bei Frauen ist das anders. Wenn sie sich nicht verkleiden, fallen sie sofort auf.

Danach traf man sich in kleineren Gruppen, was aber nicht ausschloss, dass dennoch Spitzel daran teilnahmen. Zu diesen Treffen nahm Onkel Köbbe ihn allerdings nicht mit. In Privatwohnungen, Fabriken, in der Eisenbahn oder auf Wanderungen, getarnt als Lesezirkel, Gesangsverein oder Tanzkränzchen, wurden jene Wahlkampfveranstaltungen abgehalten. Und manchmal wurden frech die Versammlungen der anderen Parteien besucht, um dort für die eigenen Kandidaten zu werben. Eine von Onkel Köbbes pfiffigen Ideen.

Nein, die Polizei siegt nicht immer. Trotzdem: Ein unangenehmer Gedanke, dass, während sie hier beieinandersitzen, auf der Straße jemand steht, der ihr Haus im Auge behält und nur darauf wartet, etwas Verdächtiges melden zu können. Nicht nur die Männer und Frauen in Plötzensee, sie alle – alle im ganzen Land! – sind wie in einem riesigen Spinnennetz gefangen, werden belauert, bespitzelt und verfolgt. War es da klug, dass Ernst Garleben ihnen den *Sozialdemokrat* ins Haus getragen hat, obwohl er wusste, dass er beobachtet wird? Und das sicher nur, um der Mutter einen Gefallen zu tun?

»Ernst!«, sagt die Großmutter, der Ähnliches durch den Kopf gegangen sein muss. »Du weißt, dass du immer gern gesehen bist. Manchmal aber bist du ein wenig zu leichtsinnig. Vielleicht solltest du besser nicht mehr so oft kommen. Wir Jacobis und Rackebrandts sind bei denen doch auf der schwarzen Liste. Und auch von dir wissen sie, welcher Partei du angehörst. Da hilft es gar nichts, dass sie dieses Schandgesetz nicht verlängert haben. Noch gilt es und deshalb dürfen wir uns nicht gegenseitig gefährden. Wir brauchen dich doch! Was soll denn aus der Firma werden, wenn du zu Frieder in die Zelle ziehst?«

Die Mutter nicht mehr so oft besuchen? Das kann Ernst Garleben nicht gefallen. Verlegen fährt er sich durchs Haar. Womit er Tante Mariechens Mitleid erweckt. »Aber Jette!«, protestiert sie, die Pfeife aus dem Mund nehmend und eine kräftige Qualmwolke aufsteigen lassend. »Was redeste nur? Gibt doch'nen einleuchtenden Grund, weshalb der Ernst so oft kommt: Er ist – natürlich nur zur Tarnung! – in unsre Rieke verliebt! Sollen die Herren von der Polizei ihm doch erst mal was anderes nachweisen.«

Sagt es und schmunzelt listig. Ist ja allen klar, dass Ernst Garlebens Liebe zur Mutter alles andere als nur Tarnung ist.

Onkel Fritz muss lachen – und setzt noch eins drauf. »Ihr könnt ja«, sagt er, »im *Volksblatt*'ne Verlobungsanzeige aufgeben … Natürlich auch nur zur Tarnung!« Und er will gleich mal den Text dafür entwerfen, wird aber unterbrochen.

An der Tür hat's geklopft.

Alle blicken sich an. Wer soll denn jetzt, um diese Zeit, noch kommen?

David will nachschauen gehen, die Mutter hält ihn zurück. »Nein!«, flüstert sie. »Ich gehe!«

Sie schiebt den *Sozialdemokrat* in eine Kissenhülle, knöpft sie sorgfältig zu und bittet Tante Mariechen, das Kissen unter ihren Allerwertesten zu nehmen. Erst danach – es hat nun schon zum dritten Mal geklopft – geht sie zur Tür, dreht sich aber, bevor sie öffnet, noch einmal um. »Wenn Fragen kommen, denkt dran: Ernst ist allein wegen der Abrechnungen und Neuaufträge gekommen. Bitte nicht irgendeinen Liebes- oder Verlobungssquatsch erfinden.«

Liebes- oder Verlobungssquatsch! Wie diese Worte Ernst Garleben schmerzen! Doch natürlich nickt er.

## Wer schießt schon auf den Kaiser?

**O**nkel Köbbe! Es ist Onkel Köbbe, der gekommen ist, kein Polizist und auch sonst niemand eher Unwillkommenes. Die Mutter muss lachen, und Onkel Köbbe, breit und schwer, in Hut und Paletot, den blonden Kinnbart im noch immer jugendlich wirkenden Gesicht frisch gestutzt, stemmt in gespielter Empörung die Arme in die Seiten. »Liebe Leute, ihr vergeudet meine wertvolle Lebenszeit! Lasst mich hier die Beine in den Bauch stehen, während ich doch mal wieder sehr in Eile bin.«

Gleich darauf nimmt er die Mutter in die Arme, küsst sie und blickt sich neugierig um. »Findet hier etwa ein konspiratives Treffen statt? Hab ich euch bei Attentatsplänen gestört?«

Alle schmunzeln. Teils weil sie so erlöst sind, dass niemand anderes vor der Tür gestanden hat, teils weil der Gedanke, dass sie sich mit Attentatsplänen beschäftigen könnten, sie belustigt.

Die Mutter nimmt dem Bruder Hut und Paletot ab. »Setz dich nur dazu, du eiliger Schreiberling! Ein so fantasievoller Attentäter wie du kann unserem Geheimbund sicher viele wertvolle Tipps geben.«

»Einverstanden!« Onkel Köbbe, schon immer um gutes Aussehen bemüht, fährt sich mit den Händen durch sein helles, blondes, vom Hut zerdrücktes Haar und begrüßt danach als Erste die Großmutter, indem er sie lange an sich zieht. Alle anderen müssen sich mit einem kräftigen Pochen auf den Küchentisch zufriedengeben. Kaum sitzt er, will er wissen, weshalb er denn so lange warten musste. Als die Mutter es ihm gesagt hat, grinst er vergnügt, was ihm durch seine ein wenig zu kurze, stets wie trotzig vorgeschobene Oberlippe ein lustiges Aussehen verleiht. »Hab den guten Mann gesehen. Er steht schräg gegenüber in der Hofeinfahrt und lässt keinen Blick von dem Licht in eurem Fenster. Wollte ihn schon bitten mitzukommen, muss doch ungemütlich sein, so ein langer Abend in der Kälte. Doch irgendwie sah er nicht sehr sympathisch aus, da hab ich's gelassen.«

»Du hast ihn gesehen?«, wundert sich die Großmutter. »Und trotzdem bist du gekommen?«

»Warum denn nicht?« Er zwinkert David zu, als wären sie miteinander verschworen und verstünden sich besser als alle anderen. »Ist doch gut, wenn man weiß, von wem und von wo aus man beobachtet wird. Er behält mich im Auge, ich behalte ihn im Auge – so passen wir aufeinander auf und keinem von uns beiden kann ein Leid geschehen.«

Ja, Onkel Köbbe hat Erfahrung mit Schutzengeln oder Faulen. Er hat David mal geschildert, wie das ist, wenn man sich im

Untergrund bewegt. Da ist zuerst die Angst, die jeder empfindet, der auf verbotenen Pfaden wandelt, sind die Gedanken an die Familie, die ja auch leidet, wenn der Vater oder Sohn verhaftet wird, ist der leichte Schlaf, der den im Geheimen Arbeitenden bei jedem noch so leisen Geräusch hochfahren lässt. Jeder einzelne Schritt muss sorgfältig geplant, nichts darf dem Zufall überlassen werden. Was auch geschieht, alles muss aufmerksam registriert und infrage gestellt, nichts darf voreilig als harmlos hingenommen werden. Weshalb Onkel Köbbe nur selten unvorsichtig agiert, obwohl er doch so voller Tatendrang ist. Und vor allem voller Selbstbewusstsein. Und warum denn auch nicht? Über fünfhundert Zeitungen und Journale gibt es in der Stadt, für mindestens fünfzig davon hat Onkel Köbbe schon mal geschrieben.

»Und warum bist du gekommen, wenn du so gar keine Zeit für uns hast?« Die Großmutter weiß, wenn ihr Köbbe kommt, ist immer was im Busch. Dann braucht er was oder bringt etwas oder hat was mit seiner Schwester zu bereden, irgendeine geheime Aktion oder Zeitungssache.

Nur kurz zögert Onkel Köbbe, dann blickt er David an. »Deinetwegen bin ich gekommen. Brauche deine Hilfe.«

»Der Junge?«, fragt die Mutter erstaunt. »Was soll er denn tun? Kann *ich* dir nicht helfen?«

»Nein, große Schwester!« Abwehrend hebt Onkel Köbbe beide Hände. »Das fehlte uns gerade noch: Die stadtbekannte Rinnsteinkünstlerin Rieke Rackebrandt mit einer staatsgefährdenden Flugblatt-Vorlage unterwegs! Welch herrlich nützliche Schlagzeile für die konservative Presse!«

Also um ein Flugblatt geht es! Sofort ist David hellwach. Nur Onkel Köbbes Flugblatt-Texte sind wahre Jacob-Jacobi-Texte, egal, mit welchem Pseudonym er sie unterzeichnet. Wenn er über einem solchen Text sitzt, sagt er gern, dann darf er die Flöte beiseitelegen, die er sonst so oft benutzen muss, und die Trompete aus dem Schrank holen ... Allerdings: Wenn es um Flugblätter geht, heißt es schnell sein. Meistens werden sie schon innerhalb weniger Stunden beschlagnahmt, sollen aber zuvor von möglichst vielen gelesen und weitergegeben worden sein.

»Was soll ich denn tun?«, fragt David.

»Vorläufig noch gar nichts.« Besorgt und beunruhigt schaut die Mutter ihren Bruder an. »Erst muss ich Genaueres wissen.«

Wieder hebt Onkel Köbbe die Hände, diesmal besänftigend. »Keine Angst, Rieke, es handelt sich um nichts Gefährliches. Der Text muss zu einem von unseren Leuten gebracht werden, einem Drucker. Für dich oder mich oder irgendeinen anderen von uns wäre es aber zu riskant, mit einem so hochverräterischen Stück Papier durch die Gegend zu laufen. Auf uns warten all diese kleinen Schnüffelnasen und zukünftigen Polizeipräsidenten doch nur. Ein Gymnasiast wie David wird kaum Verdacht erregen.«

»Hast du dieses Papier etwa bei dir?« Auch die Großmutter ist beunruhigt.

»Aber nein! Bin sauber wie Oma Krawulke nach der Beichte.« Onkel Köbbe kann nicht mehr sitzen bleiben, mit schweren Schritten geht er in der Küche auf und ab. Er wird leicht ungeduldig, das wissen alle in der Familie, doch versteht er die besorgten Fragen. »Der Text ist gut versteckt. David hat nichts weiter zu tun, als morgen ein bisschen früher aufzustehen, sich das Papierchen zu holen und es zu unserem Drucker zu bringen.«

»Und warum holt euer Mann sich dieses Papier nicht selbst?«

»Weil jeder Kontakt zwischen uns verhindert werden muss. Er ist einer unserer Vertrauensmänner, ein sehr wichtiger noch dazu. Es darf keinerlei Verbindung zwischen ihm und mir geben. Kann doch sein, dass irgend so ein Spitzel beobachtet hat, wie ich das Papier versteckt habe … Dann warten sie jetzt auf den, der es holen kommt. Ist das mein Drucker, haben sie uns beide am Wickel, ansonsten nur mich.«

»Ja, und David?« Die Mutter kann sehr mutig sein, besonders wenn sie für ihre Ideale eintritt, ihren Sohn aber würde sie am liebsten in Watte packen. Jede Maus, die ihm über den Weg läuft, wird in ihren Augen zum Tiger. »David willst du so einfach opfern?«

»Wieso denn ›opfern‹?« Abrupt bleibt Onkel Köbbe stehen. »Was kann David denn groß passieren? Auf dem Hinweg ist er nur einer von vielen Gymnasiasten auf dem Weg zur Schule – eben einer, der etwas früher als üblich aufgestanden ist, weil er seiner alten Tante zuvor noch ein paar Kohlen aus dem Keller holen will, damit die arme Alte nicht friert. Auch hat er dann noch gar nichts ›Unrechtes‹ bei sich, er muss nur aufpassen, dass er nicht verfolgt wird. Wird er aber verfolgt und er merkt es, na, dann lässt er den Text eben im Versteck und geht brav zur Schule. Und merkt er es nicht oder irgendwer lauert vor dem Versteck und er wird mit dem Text gefasst, dann hat er eben mir, seinem bösen Onkel, einen Gefallen tun wollen, ohne zu wissen, worum es sich handelt. Mein Drucker aber kann in aller Ruhe weiterarbeiten.«

»Wie schön!«, entgegnet die Großmutter hart. »Und dich sperren se dann ein oder verweisen dich des Landes und wir sehen dich ewig nicht wieder. Haste das auch bedacht, du Schlaukopf, du?«

»Aber Mutter!« Jetzt verliert Onkel Köbbe doch die Geduld. »Was sollen wir denn anderes tun? Uns verkriechen? – Nein! Gerade jetzt müssen wir uns zu Wort melden. Endlich hat der Reichstag eine weitere Verlängerung von Bismarcks Schmachgesetz abgelehnt, das heißt, ab 1. Oktober sind solche geheimen Botengänge nicht mehr nötig. Aber noch gilt es, noch sind wir gefährdet! Deshalb dürfen wir uns gerade jetzt – so kurz vor dem Ziel! – nicht zurücklehnen und abwarten. Bismarck ist weg, gut, aber sind seine Nachfolger uns etwa freundlicher gesinnt? Wir müssen noch immer mit allem rechnen. Auch mit der größten Lumperei und den allerbösesten Tricks.«

Dem kann niemand widersprechen. Sie wissen alle, worauf Onkel Köbbe anspielt. Es war im Sommer vor zwölf Jahren, als es Unter den Linden zweimal knallte. Damals fanden tatsächlich Attentate statt, und beide galten sie dem Kaiser, zu jener Zeit noch Wilhelm I. ...

Das erste Mal schoss ein junger Klempner. Es war direkt vor der russischen Botschaft. Zum Glück wurde der in einer zweispännigen, offenen Kutsche vorüberfahrende, bereits einundachtzigjährige Kaiser nicht getroffen. Der Revolver war unbrauchbar, der Schuss ging viel zu hoch, und der arbeitslose Klempner, ein verwahrloster, kranker und noch nicht mal volljähriger junger Mann, wurde in die Stadtvogtei* gebracht. Bei den Verhören kam dann heraus, dass er bereits als Kind kriminell geworden war und mit dreizehn Jahren in eine Erziehungsanstalt gesteckt werden musste. Sozialdemokrat war er nur ganz kurz gewesen, denn aus der SAP* hatte man ihn wegen der Unterschlagung von Parteigeldern bald rausgeworfen. Weshalb er aus Rache viele seiner ehemaligen Genossen denunzierte. – Und so einer schoss plötzlich auf den Kaiser?

Es war die Tat eines Wahnwitzigen, der wirren politischen Anschauungen nachhing. Ohne ordentlichen Prozess wurde er hingerichtet, und der Großvater, so wird erzählt, habe nur gelacht, als er hörte, Sozialdemokraten hätten diesen Klempnergesellen zur Tat angestiftet. »Erstens morden wir nicht«, soll er gesagt haben, »zweitens können wir brauchbare von unbrauchbaren Revolvern unterscheiden. Und drittens hätte dieser Mann in eine Klapsmühle gebracht werden müssen, anstatt ihn klammheimlich hinzurichten.«

Kanzler Bismarck aber glaubte, endlich einen Anlass gefunden zu haben, um im Reichstag sein seit Langem geplantes Sozialistengesetz durchzubringen. Zunächst allerdings wurde es trotz dieses Attentats mit überwältigender Mehrheit abgelehnt.

Dann, an einem Sonntag nur drei Wochen später, das zweite Attentat. Wieder Unter den Linden, diesmal vor dem Haus Nr. 18, und erneut war der alte Kaiser, berühmt durch seinen lang herabhängenden, dichten weißen Backenbart und die hellen blauen Augen, in seiner Kutsche unterwegs. Gerade legte er, von einer Ausfahrt in den Tiergarten heimkommend, die Hand an die Pickelhaube, um den Gruß eines Passanten zu erwidern, da wurde direkt über dem *Restaurant Busch* ein Fenster geöffnet und aus einer doppelläufigen Schrotflinte auf ihn gefeuert. Dreißig Schrotkugeln mussten später aus ihm herausgeholt werden. Doch kam er mit dem Schrecken davon. Zwar blutete er heftig an Arm, Stirn und Rücken, auch war er wegen des hohen Blutverlustes kurzzeitig in sich zusammengesackt, seine preußische Pickelhaube jedoch hatte ihm das Leben gerettet: Gleich achtzehn Kugeln waren in ihr stecken geblieben!

Natürlich stürzten sofort Leute von der Straße in das Haus Nr. 18, um den Täter zu stellen, der aber, ein dreißigjähriger Doktor der Landwirtschaft, war ihnen zuvorgekommen. Um der Verhaftung zu entgehen, hatte er sich selbst in den Kopf geschossen und sich damit Verletzungen zugefügt, an denen er drei Monate später starb.

Für die konservative Presse stand sofort fest, dass »auch« hinter dieser Tat die Sozialdemokraten steckten, obwohl später herauskam, dass es sich bei diesem Attentäter erneut um einen von Wahnvorstellungen getriebenen, strikten Gegner der Sozialdemokratie handelte. Aus Militärkreisen stammend – die Mutter war mit einem Major verheiratet, seine beiden Brüder waren Offiziere – und unter seiner beruflichen Situation leidend, da er wegen unzureichender Leistungen keine feste Anstellung gefunden hatte, war er eines Tages durchgedreht. Für die bismarckfreundliche Presse aber war und blieb er der Kaisermörder und die SAP die Partei der Kaisermörder. Selbst der Großvater, der schon viele Verleumdungen und Anfeindungen miterlebt hatte, soll bestürzt gewesen sein, was da auf einmal alles an Bösartigkeiten und rührseligen Opfergeschichten zusammengelogen wurde. Ein wahres Kesseltreiben gegen alle Sozialdemokraten begann; keinem einzigen von ihnen wurde noch ein einigermaßen anständiger Charakter zugebilligt. So hatte der Kanzler, der die Attentate zum Anlass nahm, das Parlament aufzulösen und Neuwahlen auszurufen, bald die benötigte Mehrheit zusammen, um sein inzwischen noch verschärftes »Sozialistengesetz« im Reichstag durchzubringen und es später, obwohl zuerst nur auf drei Jahre befristet, immer wieder zu verlängern.

Die Zeit der illegalen Arbeit begann. Was hätten der Großvater und später auch die Mutter und Onkel Köbbe denn auch anderes tun sollen, nachdem alle sozialdemokratischen Vereine aufgelöst, ihre Schriften beschlagnahmt und viele ihrer führenden Köpfe des Landes verwiesen worden waren? Hätten sie sich wie geschlagene Hunde nur leise aufjaulend in ihre Hütten zurückziehen sollen? Nein, sie wehrten sich – und lebten fortan gefährlich. Heimliche Flugblattverteiler wurden denunziert, bedroht und verprügelt und Hunde auf sie gehetzt. Es gab ja in fast jedem Treppenaufgang einen dienstbeflissenen Hauswirt oder kaisertreuen Mieter, der sich damit brüsten wollte, mal wieder einen dieser roten Gesellen abgefangen und der Polizei übergeben zu haben. Und auch sonst überall mussten sie achtgeben, nicht aufzufallen. Bahnhöfe wurden kontrolliert, und in Hotels und Kneipen wurde herumgeschnüffelt, in denen, wie die Polizei wusste, vorwiegend Sozialdemokraten verkehrten. Und wurden Hausdurchsuchungen vorgenommen, dann wurde alles weggeschleppt, was an Druckschriften, Aufzeichnungen oder verdächtigen Briefen aufzufinden war. Sogar verschlossene Briefe, bereits bei der Post aufgegeben, wurden kontrolliert. Die Politische Polizei erklärte sie einfach für verdächtig oder irrtümlich geöffnet.

Aber alle diese Einschüchterungsmaßnahmen fruchteten nicht, im Gegenteil, von Wahl zu Wahl gewannen die Sozialdemokraten mehr Stimmen für sich. Weshalb Bismarck noch kurz vor seinem Rücktritt ein erneutes, diesmal außerordentlich verschärftes Sozialistengesetz im Reichstag durchzupeitschen versuchte. Und nun arbeitete er sogar mit Drohungen. Sollte das Parlament dieses neue Gesetz nicht billigen, so seine »Empfehlung«, solle der Kaiser es auflösen und durch eine Verfassungsänderung die geheime Stimmabgabe durch eine öffentliche ersetzen. Außerdem sollte den Sozialdemokraten das passive Wahlrecht entzogen und bei Widerstand das Militär eingesetzt werden.

»Was für ein Eingeständnis der Erfolglosigkeit!«, spottete Onkel Köbbe in einem seiner Flugblätter. »Da will ein alter Sturkopf ein Blutbad provozieren, nur um am Ende uns, die in die Verteidigung gedrängten Sozialdemokraten, als die Urheber aller Gewalt hinstellen zu können. Aber so ist er eben, unser Herr von und zu Haudrauf! Immer wieder verwechselt er seine ganz persönlichen politischen Interessen mit denen des Reiches. Blut und Eisen schrieb er sich vor fast dreißig Jahren auf seine Fahne – und hat noch immer nichts dazugelernt: Das Eisen soll weiter klirren, das Blut weiter tropfen …«

Onkel Köbbe hat sich wieder gesetzt, eine seiner starken, schwarzen Zigaretten angesteckt und ein Weilchen schweigend geraucht. Nein, sagt er dann noch einmal, von des Kaisers Rösserwechsel mitten im Galopp dürfe sich niemand täuschen lassen. Egal, auf wem er da reitet, auf Bismarck oder auf seinem Nachfolger, diesem General Caprivi\*, jene kurzfristige, etwas langsamere Gangart sei nur eine Art Verschnaufpause. »Wir könnten nichts Dümmeres tun, als uns, nur weil sie ihr wirkungslos gebliebenes Gesetz nicht verlängert haben, von irgendwelchem Gesäusel einlullen zu lassen! Schaut doch aus dem Fenster – noch immer werden wir bespitzelt.«

Und damit zuckt er die Achseln, als wüsste er nicht, was es sonst noch zu erklären gäbe, und David hat das Gefühl, endlich auch einmal den Mund aufmachen zu müssen. Er ist doch kein Angstmeier; Frauen tragen Flugblätter aus, indem sie sie unter ihren Röcken und Blusen verstecken, Kinder transportieren sie in ihren Botanisiertrommeln, soll er da etwa kneifen?

»Na klar mach ich das!«, sagt er fest, blickt dabei aber nicht die Mutter, sondern nur Onkel Köbbe an. »Sag mir, wo du das Blatt versteckt hast und wo ich's hinbringen soll, und morgen früh ist es da.«

»Wusst ich's doch!« Dankbar legt Onkel Köbbe ihm die Hand auf die Schulter. »Wie heißt's so schön? Der Apfel fällt nicht weit vom Stamm. Du aber bist ein Rackebrandt *und* ein Jacobi. Kein Wunder, dass sie dich auf dem Colosseum noch nicht dummgeredet haben.«

**Maximilian Bohrer**

Es ist noch dunkel, gerade erst fünf Uhr vorbei, als David das Haus verlässt.

Ist er zu früh losgegangen? Nein, um Onkel Köbbes Auftrag zu erfüllen, muss er durch die ganze Innenstadt und wieder zurück. Und weiß er, ob nicht irgendetwas Unvorhergesehenes geschieht, das ihn zu Umwegen zwingt?

Die Mütze tief in die Stirn gezogen, blickt er sich immer wieder aufmerksam um, während er die stille, um diese frühe Morgenstunde noch stockdunkle Neue Jacobstraße in Richtung Alexanderplatz hinuntergeht. Nichts wäre dümmer, als von irgend so einem Schutzengel oder Faulen verfolgt zu werden.

Er setzt die Schritte schnell, kennt seine Straße in- und auswendig, ist hier aufgewachsen, kein Pflasterstein ist ihm fremd. Nur diese tiefe, frühmorgendliche Stille, die ist ihm nicht vertraut. Sonst rumpeln Pferdefuhrwerke über das holprige Straßenpflaster, verstopfen Rollwagen die Seitengassen, kreischen auf den Höfen Sägen oder dröhnt Gehämmer. Jetzt schweigt die Stadt, als falle es ihr schwer zu erwachen.

Halt! An der Ecke Inselstraße steht ein Mann, groß, breit, wuchtig. Mehr als sein Schatten ist aus dieser Entfernung nicht zu erkennen, dennoch biegt David vorsichtshalber nach rechts ein, in die Köpenicker anstatt nach links in die Inselstraße. Zwar trägt der Mann, der da so stumm herumsteht, keine Polizeiuniform, doch gerade das macht ihn verdächtig.

Der Mann folgt ihm nicht, bleibt unter der gelbbläulich funzelnden Laterne stehen, als warte er auf jemanden. David darf weitergehen und sich durch die Brückenstraße dem Alexanderplatz nähern.

Am Abend zuvor, bevor Onkel Köbbe und Ernst Garleben sich verabschiedeten, sahen sie nach, ob ihr Schutzengel noch vor dem Haus stand. Er war nicht mehr zu entdecken, doch was hatte das schon zu besagen? Vielleicht hatte er sich ja nur ein paar Häuser weiter in einen anderen Torbogen gestellt, wie die Großmutter sorgenvoll vermutete. Die beiden Männer aber fürchteten seine »Begleitung« nicht. »Soll er mich ruhig bis vor die Haustür bringen«, spottete Onkel Köbbe. »Ich schenk ihm zuvor noch'ne Stadtbesichtigung.«

Sollte ihn, David, jemand verfolgen, würde er das Gleiche tun. Beide Beine würden dem Spitzel abfallen, so lange würde er vor ihm her im Kreis herummarschieren.

Die Jannowitzbrücke. Unten die schwarz glänzende, leise plätschernde Spree, gleich hinter der Brücke die Bahnüberführung mit der Stadtbahn-Station. Hier ist schon mehr Betrieb. Die einen beeilen sich, ihre Bahn nicht zu verpassen, andere sind gerade erst ausgestiegen und streben den verschiedenen Straßen rund um den Bahnhof zu. Das ist gut! Unter so vielen Menschen fällt er nicht auf; da stört nicht mal der hochgewachsene, vollbärtige Blaue, der unter der Bahnüberführung steht, als habe er den Auftrag, zu kontrollieren, ob dieses Hin und Her auch in geordneten Bahnen verläuft. Vor lauter Lust am Abenteuer macht David sich den Spaß, ihn zu grüßen.

Der Polizist mit dem Säbel an der Hüfte grüßt nicht zurück, blickt nur streng unter seiner Pickelhaube hervor. Sicher fragt er sich, wo dieser wohlerzogene Gymnasiast so früh am Morgen hinwill; die Schule fängt doch erst in zwei Stunden an. Doch soll er sich das nur fragen, er, David, könnte ihm Auskunft geben: Er besucht seine kranke Tante Wilhelmine, will ihr die Kohlen aus dem Keller holen und den Ofen heizen. Gleich hinterm Alexanderplatz wohnt sie und Wilhelmine Kurzke heißt sie. Genaue Adresse: Georgenstraße 23, 2. Stock links.

Es gibt diese »Tante« wirklich. »Begleitet irgendein misstrauischer Beamter deinen David bis dorthin, erlebt er eine Überraschung«, so hatte Onkel Köbbe, bevor er sich verabschiedete, die Mutter beruhigt. »Selbst wenn er mit ihm bis vor ihr Bett marschiert – sie weiß, dass sie einen netten Neffen namens David Rackebrandt hat, der es ihr vor der Schule noch ein bisschen warm machen will in ihrer guten Stube.«

Alles bestens vorbereitet. Und noch trägt er ja nichts mit sich herum, das ihm gefährlich werden könnte. Wie sollte ihm dieser Auftrag da keinen Spaß machen? Vorsichtig blickt David sich noch einmal um und sieht, dass der Blaue ihm noch immer nachschaut.

Gut, dann schlägt er eben noch einen Bogen, wandert an der Parochialkirche vorbei, biegt nach rechts in die Klosterstraße ein, geht seitlich an dem mächtigen Viereck des roten Rathauses mit dem so imposant hohen Turm entlang und nähert sich durch die Königstraße dem Alex.

Auch hier ist noch alles morgendlich still, ganz anders als tagsüber. Einzig das rote Licht einer ihn überholenden Nachtdroschke, die mit müdem Gerassel über das Pflaster holpert, glimmt im Laternenschein auf. Ein, zwei Stunden später kommt man hier kaum noch vorwärts, so rege und geschäftig geht es zu. Nichts als ein einziges großes Hasten, Stoßen, Drängeln und Anrempeln. Pferdefuhrwerke, Mietdroschken, Omnibusse und die Pferdebahn, Postwagen und Equipagen begegnen sich, streifen hin und wieder einander und drängen weiter vorwärts. Die jetzt so schweigsamen, riesigen königlichen Kolonnaden mit ihren stuckverzierten Säulen und Türmchen, in der Dunkelheit wuchtig, düster und bedrückend, schauen dann nur voller Gelassenheit auf all dieses Gerassel und Geklingel herab. »Hetzt ihr nur«, scheinen sie sagen zu wollen. »Wenn ihr Eintagsfliegen schon lange tot seid, werden andere hier vorüberhasten, wir aber sind noch da.«

Die Großmutter legt ihnen diese Worte gern in den Mund. Ihr gefällt sie ganz und gar nicht, diese neue, laute Hektik in der Innenstadt. Früher sei es hier viel gemütlicher gewesen, schimpft sie. Er aber, David, liebt diese Gegend. Vor allem die Stadtbahn mit der Bahnüberführung am Ende der Königstraße. Als er noch klein war, verursachte es ihm jedes Mal einen angenehmen Kitzel, wenn er sich unter die Überführung stellte und die Dampfzüge über sich hinwegkollern, -rumpeln und -donnern ließ. Ja, und gleich links hinterm Bahnhof Alexanderplatz – das berühmte Sedan-Panorama! Ein siebzehneckiger Rundbau, in dem ein monumentales Gemälde von der Schlacht bei Sedan zu bewundern ist. Genau der Stand der Kämpfe am 1. September 1870 zwischen $13^{30}$ und $14^{00}$ Uhr wird wiedergegeben. Wie um diese Zeit die deutsche Infanterie die französischen Kavallerieattacken abwehrte. Jedes Jahr am schulfreien Sedantag, also dem Tag, an dem die französischen Truppen endlich kapitulierten und ihr Kaiser Napoleon III. gefangen genommen werden konnte, besuchen viele Schulklassen den Rundbau. Er war sogar schon zweimal dort, einmal als Sextaner, einmal als Quartaner. Staunend standen sie auf der riesigen Besucherplattform, die dreihundert Besucher gleichzeitig aufnehmen kann und einen anderthalb Meter breiten drehbaren Außenring besitzt, und zwanzig Minuten lang zog das fünfzehn Meter hohe und einhundertzwanzig Meter lange Schlachtengemälde an ihnen vorüber … Man muss nicht kriegsbegeistert sein, um dieses Wunderwerk der Technik zu bejubeln. Sogar Onkel August, in jenem Krieg selbst Soldat und aller Kriegsverherrlichung gegenüber ablehnend eingestellt, hat das zugegeben.

Er wird ein wenig langsamer. Dort, ganz rechts, wo früher das Arbeitshaus stand, in der ganzen Stadt nur Ochsenkopf genannt, erhebt sich seit Neuestem ein riesiger, viereckiger, hellroter Backsteinbau, der sich weit neben dem Stadtbahnviadukt hinzieht – das neue, noch nicht eingeweihte Polizeipräsidium! Auf allen vier Seiten befinden sich breite Gittertore und insgesamt fünf Jahre wurde daran gebaut. – Komisches Gefühl, mit einem solchen Auftrag im Kopf daran vorbeizugehen!

Von der anderen Seite des Platzes grüßt das viergeschossige, elegante *Grand Hotel*. Mit seinen vielen Türmen, Zinnen und noch mehr Stuck reckt es sich stolz gegen den noch immer nachtdunklen Himmel. Links vom Alex sind Zimmer zu beziehen – und nun bald auch rechts, so wird seit Neuestem in der Stadt gespottet. Nur sind die rechts nicht ganz so luxuriös.

Er wird wieder schneller, biegt in die Landsberger Straße ein, geht an der Georgkirche vorbei und schon hat er die Georgenstraße erreicht. Ein kurzer Blick zur Nr. 23 hin, wo im zweiten Stock diese Wilhelmine Kurzke wohnt, dann links rein bis zur Wadzeckstraße, rechts in die Keibelstraße eingebogen und nun sind es nur noch wenige Schritte und er hat die Friedhofsmauer der Marien- und Nicolaigemeinde erreicht. In deren Mauerwerk hat Onkel Köbbe den Text für das neue Flugblatt versteckt.

Jetzt heißt es vorsichtig sein. Hier schläft die Stadt schon lange nicht mehr. Viele Frühaufsteher sind auf dem Weg zur Arbeit, Männer, Frauen und auch ein paar Kinder, größere und kleinere.

Sind unter den Erwachsenen, die so harmlos blickend an ihm vorübergehen, vielleicht ein paar Faule, die nur darauf warten, dass endlich einer kommt, um Onkel Köbbes Text aus dem Versteck zu holen? Oder steht jemand vor einer Haustür oder in einem Torbogen, um die Friedhofsmauer im Auge zu behalten? Es sieht nicht danach aus, doch was, wenn hinter einem der dunklen Fenster jemand steht?

Nur: Wie soll er das herausfinden? Er kann doch nicht ewig hier herumlungern und warten. Das würde ja erst recht auffallen. David gibt sich einen Ruck und tritt an die Friedhofsmauer heran. Drei Schritte rechts vom Eingang soll sich zwischen zwei Ziegelsteinen eine Hohlstelle befinden, in die Onkel Köbbe den mehrfach zusammengefalteten Flugblatt-Text geschoben hat. Hat er ihn, soll er sich das Papier in die Unterhose schieben und einfach weitergehen; hin zu dem Treffpunkt an der Linienstraße. Sollte das Papier aber nicht mehr vorhanden sein, dann soll er, als wäre nichts geschehen, zur Schule gehen.

Er misst die drei Schritte ab, schaut sich noch einmal vorsichtig um und lässt die Finger die Mauer entlanggleiten. Hoffentlich ist der Text noch da! Er will doch nicht ganz umsonst diesen Morgenspaziergang unternommen haben … Doch da hat er ihn schon ertastet, den etwas breiteren Spalt im Mauerwerk. Seine Finger fahren hinein – und er kann es herausziehen, das Stück Papier, das so gefährlich ist, dass es versteckt und über mehrere Stationen weitergegeben werden muss.

Wieder schaut er sich erst vorsichtig um, dann geht er eilig davon, das Papier fest in der Hand.

Kommt ihm jemand nachgelaufen? Blaue oder Polizeispitzel in Zivil? Nein, niemand ist zu entdecken. Froh, dass alles so gut geklappt hat, hält er nach einer etwas abseitsstehenden Laterne Ausschau. Wäre ja dumm, Onkel Köbbes Text ungelesen abzuliefern. Er hat noch Zeit, und er ist doch kein Briefträger, der Post austrägt, ohne zu wissen, was die Leute einander schreiben. Er will wissen, was er durch die Stadt trägt.

Mit raschen Schritten biegt er in die Linienstraße ein, die im lang gezogenen Bogen fast um den gesamten Norden der Stadt verläuft, an der Ecke zur Kleinen Rosenthaler hat er die Laterne, die er sucht, gefunden. Noch ein Blick in die Runde, doch ist noch immer niemand zu sehen, der ihn beobachten könnte. Er darf den Zettel auseinanderfalten, ins Laternenlicht halten und lesen.

*Mitbürger! Arbeiter! Handwerker!*, so lautet die Überschrift und gleich zu Anfang befasst Onkel Köbbe sich mit dem Sozialistengesetz. Dreimal sei dieses Gesetz seit jenem Oktober 1878, als der Reichstag es mit den Stimmen der konservativen Parteien und der Mehrheit der Nationalliberalen verabschiedete, verlängert worden, schreibt er. Erst jetzt, am 20. Februar 1890, nach fast zwölf Jahren sturer Rechthaberei, habe die Mehrheit der Herren im Parlament eingesehen, dass man nicht ewig gegen ein ganzes Volk regieren könne.

*Dieser Sieg ist unser Sieg*, geht es weiter, *und der beste Beweis dafür, dass sich der Fortschritt nicht aufhalten lässt, auch wenn sich so mancher Gegner der Sozialdemokratie das wünscht. Wir aber, die wir diese Jahre unter der Knute jenes Schandgesetzes arbeiten, kämpfen, leben und leiden mussten, werden nicht vergessen, auf welch infame Weise man versuchte, uns mundtot zu machen. Wir werden uns keinen rosaroten Träumen hingeben, sondern weiter für unsere Ideale eintreten. Und das mit noch mehr Mut und noch mehr Leidenschaft als je zuvor, denn nun wissen wir, dass wir nicht zu besiegen sind. Nicht mit Verhaftungen, Landesausweisungen und anderen Drangsalierungen und erst recht nicht mit Gewehren und Kanonenkugeln.*

Das ist Onkel Köbbe. David sieht vor sich, wie er diese Zeilen zu Papier bringt – wie immer mit vor Erregung gerötetem Kopf und einem leisen Lächeln auf den Lippen, wenn ihm eine gute Formulierung gelingt.

Im nächsten Absatz beschäftigt er sich mit dem Kaiser: *Jung-Wilhelm wird in der konservativen Presse gern als sozialer Volkskaiser und Fürst des Friedens dargestellt. Frömmigkeit und Gottesfurcht will er pflegen, die Wohlfahrt des Landes för-*

*dern, den Armen und Bedrängten ein Helfer, dem Rechte ein treuer Wächter sein. Hehre Worte kommen unserem kaiserlichen Schwadroneur leicht über die Lippen, doch wo bleiben die Taten? Zwei Jahre regiert er nun schon und bisher haben wir vor allem seine Eitelkeit bewundern dürfen. Nein, dieser Hohenzoller ist kein »Volkskaiser«, er ist der Kaiser der Fürsten und Dummschwätzer.*

David spürt, wie ihm ganz heiß im Kopf wird, obwohl es doch so früh am Morgen noch ziemlich frisch ist. Was Onkel Köbbe da schreibt, ist Majetätsbeleidigung, zwei, drei Jahre »Plötze« kostet so etwas.

Wieder blickt er sich kurz um, um festzustellen, ob ein so früh am Morgen einen Brief oder irgendwas anderes lesender Gymnasiast unter all den zur Arbeit strebenden Männern, Frauen und Kindern nicht allzu sehr auffällt, dann liest er hastig weiter: *Unsere Regierenden stellen das Deutsche Kaiserreich gern als konstitutionelle Monarchie dar. Doch wie ist es wirklich? Der Kaiser ernennt den Reichskanzler und damit eine ihm wohlgefällige Regierung, zugleich ist er oberster Militär. Krieg und Frieden hängen ganz allein von ihm ab. Und weil das so ist, darf Jungspund Wilhelm Weltpolitik betreiben, als seien Glück und Wohlergehen unseres Volkes seine ganz private Familienangelegenheit. Wir aber, das Volk, wollen nicht nur angehört werden, wir wollen mitreden, wenn es um unser Schicksal geht.*

Schritte! Ein Mann geht vorüber und blickt David unter seiner Ballonmütze hervor verwundert an.

Er muss weitergehen, darf nicht längere Zeit unter ein und derselben Laterne stehen bleiben. Rasch schiebt er sich das Papier in die Hosentasche, dann geht er betont langsam von dieser Laterne fort, bis er drei Straßenecken weiter wieder eine etwas abseitsstehende Laterne erreicht hat.

*Wir Sozialdemokraten haben in letzter Zeit große Siege errungen*, so beginnt der nächste Absatz, *doch werden unsere Feinde, auch wenn das unselige Gesetz, das uns geknebelt und zu Verfemten und Verfolgten gemacht hat, am 30. September ausläuft, uns weiter verleugnen. Die Wahrheit aber ist: Wir Sozialdemokraten wollen nicht das Unterste zuoberst kehren und niemanden, der nicht auf unserer Seite steht, in seinen Rechten beschneiden. Unsere Absicht ist allein, mehr Demokratie und mehr soziale Verantwortung durchzusetzen. Und das im offenen geistigen Schlagabtausch.*

Erneut schaut David sich um. Der Text erregt ihn immer mehr. Wenn der einem Spitzel in die Hände fällt und herauskommt, wer der Verfasser ist, dann gute Nacht, Onkel Köbbe.

Da, am Ende schreibt er es selbst: *Diese Zeilen mussten im Geheimen verfasst und vervielfältigt werden. Wird der Verfasser oder der Drucker entdeckt, dann haben sie »Hochverrat« begangen und müssen das mit einer längeren Freiheitsstrafe büßen. Allein diese Tatsache beweist, dass wir noch immer in einem unfreien Land leben. Deshalb dürfen wir nicht nachlassen, die Wahrheit zu verbreiten. Und solange alle Presseerzeugnisse der Zensur unterliegen, auch auf diesem, geheimen Wege. Die Zukunft gehört uns – Ihr Maximilian Bohrer*

Maximilian Bohrer? Soll das »der große Bohrer« bedeuten? Weil Onkel Köbbe in seinem Text »nachbohrt«? Ein tolles Pseudonym!

Wieder kommt jemand die Straße entlang, der misstrauisch zu ihm hinblickt. Diesmal ein schon älterer, dickbäuchiger Mann im grauen Paletot und mit Melone auf dem Kopf. Er wird sogar langsamer. Frech schaut David ihm in die Augen, wie um zu beweisen, dass er kein schlechtes Gewissen hat, dann faltet er gelangweilt das Papier zusammen, steckt es in die Jackentasche und geht weiter.

Das mit der Unterhose, nein, das schafft er nicht mehr. Dazu sind die Straßen viel zu belebt.

Oder soll er etwa hier, mitten zwischen den nun immer mehr werdenden Passanten, seine Hose öffnen und darin herumfummeln? Manchmal hat dieser »Maximilian Bohrer« komische Ideen!

Der Koppenplatz! Hier soll er warten. Aber natürlich nicht rumstehen, das würde auffallen. Langsam überquert David den nicht sehr großen Platz, geht ein Stück in Richtung auf das riesige, backsteinerne Katholische Krankenhaus zu, spaziert bis zur Sophienkirche, die, umgeben von einem Friedhof mit sehr alten, hohen Bäumen, weit sichtbar alle anderen Gebäude überragt, macht kehrt, wandert den Weg zurück, überquert noch mal den Koppenplatz und steht wieder an der Ecke Linienstraße.

Um diese Zeit eine graue, hässliche Gegend. Viele Hinterhöfe, Hintertreppen und enge Gänge bestimmen das Bild. Tagsüber fällt das nicht so auf, dann sind die Straßen überaus belebt und starke Gerüche und laute Stimmen umwehen die Passanten. Und an den Abenden öffnen Nachtlokale ihre Pforten, *Liebesdiele*, *Feengrotte*, *Damenwahl* und so ähnlich heißen sie. Jetzt, um diese frühe Stunde, sind die alle geschlossen. Wären nicht die vielen Menschen, die, eine Tasche mit Broten und Getränken unter dem Arm, ihrer Arbeit zustreben, man könnte diesen Stadtteil für ausgestorben halten.

Der Pfiff einer Lokomotive dringt zu ihm hin, von weit her kommt er, und ein müdes Straßenmädchen schlendert an ihm vorbei. Sie ist nicht mehr jung und hat sich deshalb besonders schrill aufgetakelt – über dem Arm die unvermeidliche Handtasche, um den Hals einen falschen Fuchs, auf dem Kopf ein kleines, rotes Hütchen mit vielen bunten Federn. Sicher ist sie auf dem Weg nach Hause. Aber ob die Nacht ihr viel eingebracht hat?

Einen Moment lang schaut David der Frau nach. In dieser Gegend gibt es viele Huren, von Tante Mariechen früher oft als »Privatdozentinnen« verspottet, bis sie erfuhr, dass auch Großmutters Schwester Guste, Onkel Fritz' Mutter, sich auf diese Weise durchs Leben schlagen musste.

Ungeduldig wandert er ein zweites Mal die Große Hamburger Straße herunter, an Krankenhaus und Sophienkirche vorbei und noch ein Stück weiter, bis er wieder umkehrt und erneut am Koppenplatz anlangt. Doch noch immer ist niemand zu sehen, der hier auf ihn warten könnte. Seufzend macht er sich ein drittes Mal auf den Weg.

Dieses Flugblatt! Es wird bald viele hundert, vielleicht sogar zwei- oder dreitausend Mal gedruckt und danach in die Häuser und dort von Stockwerk zu Stockwerk getragen und unter der Tür hindurch oder durch den Briefschlitz geschoben werden. Und jeder dieser heimlichen »Briefträger« riskiert, erwischt und denunziert und nach Plötzensee oder in ein anderes Gefängnis gebracht zu werden. Wie viel Mut gehört dazu, es dennoch zu tun, Mut und die Überzeugung, sich für etwas sehr Notwendiges einzusetzen …

Da! Jetzt steht an der Ecke Linienstraße ein Mann. Er trägt eine Schirmmütze, ist gerade dabei, sich eine Zigarette anzuzünden, und schaut ihm aufmerksam entgegen. Ist er das? Ist das dieser Drucker? Wenn ja, hat er ihn bestimmt an der Gymnasiastenmütze erkannt. Doch Vorsicht! Wie furchtbar, wenn er Onkel Köbbes Text einem Polizeispion in die Hand drücken würde!

Der Mann, nicht groß, aber sehr breitschultrig, lässt ihn auf sich zukommen, und David geht, wie Onkel Köbbe es ihm eingeschärft hat, achtlos an ihm vorüber. Derjenige, den er treffen soll, wird *ihn* ansprechen. Er wird ihn fragen, ob er ihm den Weg zum Stettiner Bahnhof beschreiben kann. Er soll dann antworten: »Stettiner Bahnhof? Kenn ich nicht.« Kein anderer würde so antworten, es ist ja nur ein Katzensprung von hier bis zum Stettiner. Und diesen Bahnhof kennt in Berlin nun wirklich jeder.

Und tatsächlich, er wird angesprochen. »Verzeihung, junger Mann! Ich möchte zum Stettiner Bahnhof, können Sie mir den Weg beschreiben?«

»Stettiner Bahnhof? Kenn ich nicht.«

Er spielt seine Rolle sehr überzeugend, hat seiner Antwort einen unausgeschlafen-mürrischen Klang verliehen und geht einfach weiter.

Der Mann wartet noch einen Augenblick, dann setzt er sich in Bewegung, überholt ihn und geht zügig vor ihm her. Es geht in die Ackerstraße hinein und über die Elsässer hinweg, erst gegenüber dem Depot der Pferdebahn verschwindet der Mann in einem Hausflur.

Wie selbstverständlich geht David ihm nach und betritt ebenfalls den finsteren Hausflur. Erst als seine Augen sich an die Dunkelheit gewöhnt haben, kann er Umrisse erkennen.

Der Mann hat den Hof betreten. Dort, neben einem Parterrefenster, aus dem der gelbliche Lichtschein einer Öllampe dringt, erwartet er ihn. David sieht in ein lächelndes, breites Gesicht mit freundlichen Augen.

»Na«, sagt der Mann, »du bist mir ja ein Schauspieler! Solltest später zum Theater gehen.« Dann streckt er schon die Hand aus und David überreicht ihm Onkel Köbbes Text.

»Hast du ihn gelesen?«

David nickt nur still.

»Und? Hat er dir gefallen?«

»Ja.«

»Weil er von deinem Onkel ist?«

»Nein. Ich ... mir gefällt, was drinsteht.«

Da legt ihm der Mann seine große, schwere Hand auf die Schulter. »Ist ja auch alles richtig, was dein Onkel schreibt. Das sage ich, ohne diesen neuen Text schon zu kennen. Vor allem aber schreibt er so, dass man nicht studiert haben muss, um zu kapieren, was er meint. Und wer so was kann, Junge, der hat ein ganz besonderes Talent. Wäre zu schade, wenn so einer für Monate oder Jahre hinter Gefängnismauern verschwinden würde, nicht wahr?«

Ein deutlicher Hinweis, weiter vorsichtig zu sein. Der Breitschultrige zwinkert David noch mal verschwörerisch zu, dann ist er schon wieder im Hausflur verschwunden.

### Die schöne Nelly

Onkel August wohnt in der Christinenstraße, direkt am Teutoburger Platz. Im Sommer blicken Tante Nelly und er, wenn sie aus dem Fenster schauen, auf viel Grün, jetzt bescheint die rote Abendsonne nur kahle Bäume und Sträucher. Doch ist es ein Hoffnung machendes, warmes Frühlingsrot, das die wohlhabend wirkenden Häuserfassaden mit all ihren stuckverzierten Erkern und Balkonen erfasst. Bald wird der Laternenanzünder kommen und die Gaslaternen werden ihr schummriges Licht verbreiten. Dann beginnt die blaue Stunde, wie Tante Nelly diese Zeit immer nennt.

David wird schneller. Er freut sich auf das gemeinsame Abendessen mit Onkel August und Tante Nelly. Es ist stets gemütlich bei den beiden. Sie haben keine Kinder und so spielt er den »Ersatzsohn«. Heute jedoch kommt er nicht nur zum Essen und nicht mit leeren Händen, er kann vom Großvater berichten – wie es ihm geht, wie er ausgesehen, was er gesagt hat.

Die Nr. 23 unterscheidet sich kaum von all den anderen Häusern rings um den Platz, nur die zwei über der Haustür schwebenden, Trompete blasenden Engel verleihen ihm einen besonderen Charakter. Und natürlich die weiße Tafel mit den schwarzen Druckbuchstaben, die ankündigt, dass sich in diesem Haus eine Arztpraxis befindet; ein Emailleschild, auf das die Großmutter so stolz ist, dass sie es am liebsten mit Lorbeer umkränzen würde. *Dr. med. August Jacobi, praktischer Arzt und Geburtshelfer* steht darauf. *Alle Kassen. Sprechzeiten: Mo., Mi., Fr. 10–12 Uhr und 15–18 Uhr, Di. und Do. 10–12 Uhr.*

Ein Schild, das auch den Neffen stolz macht. Über die »Sprechzeiten« aber wird in der Familie nur gelacht. In Wahrheit hat Onkel August *immer* Sprechzeit. Wird er zu einem Kranken oder einer schwierigen Geburt gerufen, ist er sofort zur Stelle; egal ob Werktag, Feiertag, früh am Morgen oder spät in der Nacht. Auch die Ankündigung, erst ab 10 Uhr Sprechstunde halten zu wollen, darf nicht ernst genommen werden. Das gilt nur für wohlhabende, zahlende Patienten oder solche, die in einer Krankenkasse sind. Von denen *nimmt* Onkel August, wie er das nennt, als Ausgleich für jene Patienten, denen er *gibt*, weil sie zu arm sind, um ihn bezahlen zu können, und auch keiner Krankenkasse angehören. Diese, seine »treuesten« Patienten, sitzen bereits ab sieben Uhr morgens im Wartezimmer, denn schon um halb acht gibt es keinen freien Platz mehr. Wer dann noch kommt, muss sich an die Wand lehnen oder auf den Fußboden setzen. Dennoch lässt Onkel August keinen fort, ohne mit ihm gesprochen zu haben. Und manchmal gibt er auch noch kostenlose Medikamente mit, die ihm von den pharmazeutischen Firmen als Ärzteproben zu Werbezwecken überreicht wurden.

Der Großmutter hat er seine »Nächstenliebe« mal erklärt. »Was soll ich anderes tun?«, fragte er sie, als sie ihm vorwarf, zu arbeiten, wie eine Kuh grase – ohne Pause! –, und deshalb viel zu viel an andere und zu wenig an sich selbst zu denken. »Bin nun mal Arzt und kein Geschäftemacher. Für mich gibt's keinen schlimmeren Gedanken als den, dass jemand sagen muss: Wenn ich Geld für einen Arzt gehabt hätte, dann wäre mein Mann, meine Frau, mein Kind noch am Leben … Nein, Mutter, ich bin ein zufriedener Mensch, es geht mir gut, und ich übe den Beruf aus, von dem ich schon als junger Mann geträumt habe. Weshalb sollte ich denen, die nicht so viel Glück hatten, nicht ein bisschen was davon abgeben?«

Manche Patienten halten Onkel August für einen gläubigen Christen, der sich aus Barmherzigkeit »opfert«. Aber das stimmt nicht, Onkel August glaubt an keinen Gott. »Wer im Krieg war«, sagt er, »wie soll der denn noch auf diese dubiose Firma Gott & Sohn vertrauen?«

Auch Tante Nelly ist nicht fromm, möchte es sich jedoch, wie sie über sich selbst spottet, mit dem da oben nicht verderben. Falls es ihn doch gibt. Weshalb sie an den religiösen Feiertagen in die Kirche geht, das aber stets ohne Onkel August, der sich »die Erpressungsversuche der Herren Pfarrer« nicht anhören will. Macht Tante Nelly dann ein unglückliches oder besorgtes Gesicht, lacht er sie aus. »Aber Nellyken, was wäre dein lieber Gott denn für ein Christ, wenn er mir meine Zweifel an seiner Existenz übel nähme?«

Das Treppenhaus! Nein, keine von vielen Schuhen und Stiefeln ausgetretene, knarrende Holztreppe empfängt Onkel Augusts Patienten. Weiße, marmorne Steinstufen, belegt mit einem roten Teppich, den der Hausportier jeden zweiten Tag mit dem Handfeger und jeden Sonnabend mit dem Teppichklopfer reinigen muss, beeindrucken den Besucher. Nur im

Hinterhaus, da geht's nicht so vornehm zu, da wohnen ärmere Leute. Die im Vorderhaus verlangen ein solches rotes Prunkstück und sind nicht glücklich darüber, was für ein »Pack« da Morgen für Morgen über ihren Teppich die Treppe »hochgeschlichen« kommt, um sich in Onkel Augusts Wartezimmer zu begeben. Allein der nicht mit Gold aufzuwiegende Vorteil, einen so guten Arzt im Haus zu haben, der sogar in Amerika studiert hat, lässt sie den immer wieder neuen Dreck in ihrem Treppenhaus zähneknirschend ertragen.

Die Tür zur Praxis steht wie immer offen und David sieht gleich: Das Wartezimmer ist noch proppenvoll. Männer und Frauen und Frauen mit Kindern auf dem Schoß sitzen unter den glasgerahmten Farbdrucken und den beiden Schildern mit den Inschriften *Bitte, unterhalten Sie sich nur leise miteinander* und *Tabakrauchen ist Gift für den Körper*. Onkel August ist ein strikter Feind jeder »ungezügelten Qualmerei«. Nach dem Abendbrot eine Zigarre hält er für erlaubt – wohl weil er selber jeden Abend eine raucht –, das Zigarettenqualmen von frühmorgens bis spätabends hingegen bezeichnet er als Selbstmord auf Raten. Weshalb er Onkel Köbbe ständig in den Ohren liegt, mit seiner Nikotinsucht endlich Schluss zu machen. Der aber will auf »diese kleine Annehmlichkeit, die das Leben erst lebenswert macht«, nicht verzichten. »Ich lass dir deine Wanderungen durch die unberührte Natur«, so sein Friedensangebot, »du lässt mir meine Glimmstängel.«

»David! Schön, dass du kommst!«

Tante Nelly, an ihrem weiß gestrichenen Schreibtisch, auf dem schon die Karteikarten der nächsten Patienten bereitgelegt sind, sitzt sie, trägt einen genauso weißen, frisch gestärkten Kittel und sieht ihm erfreut entgegen. Gleich darauf zuckt sie bedauernd die Achseln. »Leider wirst du auf das Abendbrot noch ein bisschen warten müssen. Es nimmt heute mal wieder kein Ende. Erkältungen, Grippe, Lungenentzündungen – es ist wie jedes Frühjahr, die Leute sind einfach viel zu unvernünftig.«

Verlegen lächelt David sie an. Es ergeht ihm wie jedes Mal, wenn er Tante Nelly längere Zeit nicht gesehen hat: Sie gefällt ihm bei jeder Wiederbegegnung besser. Ihr seidig glänzendes schwarzes Haar, dazu ihre großen, grünen, immer freundlich blickenden Augen – kein Wunder, dass Onkel August sich in sie verliebt hat. Überhaupt: die ganze Liebesgeschichte der beiden, was für ein Roman!

Als sie sich kennenlernten, waren sie noch Kinder. Heimlich trafen sie sich und spazierten endlos lange durch die Stadt. Dann kam der Krieg gegen Frankreich und Onkel August meldete sich freiwillig zu den Soldaten. Kaum war er zurück, verbot Tante Nellys Vater, zu jener Zeit Rektor im Colosseum und lange Onkel Augusts Lieblingslehrer, seiner Tochter jeglichen Umgang mit dem »Zimmermannssohn«. Er verdächtigte Onkel August, sich allein aus Karrieregründen in seine Familie »einschleichen« zu wollen. Im Rektorenzimmer – in dem gleichen, in dem nun der ewig Tabak schnupfende Dr. Wirth sitzt – soll es zu einem furchtbaren Streit zwischen diesem Dr. Hertz und seinem aus dem Krieg heimgekehrten, ehemaligen Lieblingsschüler gekommen sein. Dieser Streit und die zerstörte Hoffnung, jemals seine Nelly heiraten zu dürfen, heißt es, habe Onkel August aus der Heimat fortgetrieben. Michael Meinecke, Großvaters engster Jugendfreund, der nach der Revolution von 1848 nach Amerika ausgewandert und ausgerechnet zu jener Zeit zum ersten Mal zu Besuch gekommen war, habe nur mit der Hand zu winken brauchen, schon sei Onkel August mit ihm mitgegangen in dieses ferne Land der unbegrenzten Möglichkeiten.

Für die Großeltern ein trauriger Abschied. Sie befürchteten, ihren ältesten Sohn niemals mehr wiederzusehen. Doch war es anders gekommen. Zwar hatte Onkel August auf Kosten dieses großzügigen Michael Meinecke, der in Amerika kinderlos, aber als erfolgreicher Rechtsanwalt nicht arm geblieben war, Medizin studieren dürfen und danach einige Zeit in New York als Arzt praktiziert, auf Dauer aber gefiel es ihm in der Fremde nicht. So war er vor sechs Jahren heimgekehrt. Groß, schlank und bartlos, saß da mit einem Mal ein noch recht jung wirkender Mann mit langem dunkelblondem Haar, Zwicker auf der Nase und Kriegsnarbe im Gesicht, in der Wohnstube. Er, David, sah ihn an jenem Tag zum ersten Mal und starrte viel zu ungeniert die Narbe an. Vom linken Mundwinkel bis zum linken Ohr zieht sie sich, aber aus irgendeinem Grund machte sie ihm diesen neuen Onkel auf Anhieb sympathisch.

Lange Abende wurde nichts anderes getan als erzählt. Lauter Weißt-du-noch- und So-ist-es-in-Amerika-Geschichten. Eines Tages aber geschah ein »Wunder«. Auf der Suche nach geeigneten Praxisräumen – möglichst in einer Straße, in der es noch keinen anderen Arzt gab –, war Onkel August am Stettiner Bahnhof vorübergekommen, dem »Urlaubsbahnhof«, von dem die Züge an die Ostsee abgehen. Entsprechend groß war an diesem heiteren Sommertag das Gewimmel vor dem Bahnhof. Aufgeregte, schwitzende, keuchende, sommerlich gekleidete Familien hasteten an Onkel August vorüber, Gepäckträger mit und ohne Karren kamen sich in die Quere, beschimpften sich und drängelten weiter voran. Onkel August war stehen geblieben, um dieses typische Berliner Treiben nach so langer Abwesenheit ein wenig zu genießen, da sah er auf einmal eine Frau ihm direkt entgegenkommen. Zuerst warf er ihr nur einen flüchtigen Blick zu – eine hübsche Frau mit einem Korb Blumensetzlinge in der Hand, na und? Dann glaubte er, sein

Herz würde aussetzen: Nelly? War diese Frau etwa – Nelly? Er starrte sie an und fremd und verwundert schaute sie zurück. Doch tatsächlich, sie war es! Sie war älter geworden und sah ernster aus, als er sie in Erinnerung gehabt hatte, auch trug sie einen sehr damenhaften Pfauenfederhut, doch gab es keinen Zweifel: Er stand vor seiner Nelly! Und auch ihr, die ihn anfangs eher abweisend angeschaut hatte, wich langsam die Farbe aus dem Gesicht. »August?«, flüsterte sie erschrocken.

»Nelly!« Mehr konnte er nicht sagen.

Und auch sie brachte kein weiteres Wort heraus, hatte sie ihn doch noch immer in Amerika vermutet. Es dauerte ewig, bis sie ihn fragen konnte, woher er denn so plötzlich komme. Doch siezte sie ihn; sie brachte es nicht fertig, nach all den langen Jahren der Trennung in das vertraute Du zurückzufallen.

Er versuchte, sich fröhlich zu geben. »Direktemang aus New York.«

»Sind Sie … sind Sie zu Besuch in Berlin?«

Nein, antwortete er, er bleibe. Und mit wenigen Worten erzählte er ihr, wie es ihm inzwischen ergangen war und dass er auf der Suche nach geeigneten Praxisräumen sei.

»Also bist du doch noch Arzt geworden!«, sagte sie – und damit hatte sie ihn wieder geduzt. Worüber sie erschrak.

Onkel August hingegen freute das altvertraute Du. »Lass nur, Nelly!«, tröstete er sie. »In dem Getümmel hört uns ja keiner. Und … und wenn ich an dich gedacht habe, hab ich dich ja auch immer geduzt.«

Da hätte sie ihn am liebsten gefragt, ob er denn oft an sie gedacht habe, wagte das aber nicht. Nun wollte er wissen, wie es ihr denn ergangen sei in all den Jahren, ob sie verheiratet sei und Kinder habe.

Erst wollte sie nicht reden. Doch dann hatte sie auf einmal das Gefühl, dass diese Wiederbegegnung vielleicht doch nicht so ganz zufällig zustande gekommen war, sondern dass irgendeine höhere Macht die Hand im Spiel hatte. Zaghaft fragte sie ihn, ob er ein halbes Stündchen Zeit habe, denn mit wenigen Worten könne sie ihm ihre Geschichte nicht erzählen. Sie sei gerade auf dem Weg zu ihrem Vater, der auf dem Sophien-Friedhof liege; wenn er wolle, dürfe er sie begleiten.

Wenn nötig, hätte Onkel August auch drei Tage Zeit gehabt. Wie konnte er denn jetzt an irgendwelche Praxisräume denken? Es war etwas passiert, was er nie zu träumen gewagt hätte: Er hatte seine Nelly wiedergetroffen! Als wäre, was ihm da widerfahren war, gar nicht wirklich wahr, so lief er, ihren Blumenkorb in der Hand, neben ihr her, und sie wusste lange nicht, wie sie beginnen sollte. Doch lag der Friedhof recht nah und vor dem Grab ihres Vaters wollte sie nicht schlecht über den Toten reden. So blieb sie, als sie das Friedhofstor erreicht hatten, mit einem Mal stehen, sah Onkel August erst nur lange an und schilderte ihm danach mit niedergeschlagenen Augen ihr Unglück.

Wenige Tage nachdem er nach Amerika abgereist war, hatten ihre Eltern sich mit ihr zusammengesetzt und an ihre Vernunft appelliert. Das mit diesem Zimmermannssohn, das sei doch nur so eine Art Kinderliebe gewesen, redeten sie ihr ins Gewissen, das müsse sie nun endlich einsehen, sie gefährde sonst ihr Lebensglück. Sie, ihre Eltern, meinten es doch nur gut mit ihr. Oder ob sie etwa daran zweifele? – Aber nein, das tat sie nicht! Sie liebte ihre Eltern und vertraute ihnen, obwohl es ihr innerlich das Herz zerriss, als ihr Vater von einem Ehekandidaten zu reden anfing, von dem er wollte, dass sie ihn wenigstens mal kennenlernte: Gotthold Tietze, ein strebsamer junger Erbe einer kleinen, aber stetig wachsenden Chemikalien-Fabrik.

Lange sträubte sie sich gegen Herrn Tietzes Sonntagnachmittagsbesuch, schließlich, von den Eltern mürbe geredet, willigte sie ein.

Gotthold Tietze kam – und erleichtert atmete sie auf. Dieser blonde junge Mann mit den wasserblauen Augen war niemand, vor dem sie Angst haben musste. Sehr gehemmt begrüßte er sie, kaum wagte er, sie einmal richtig anzuschauen. Sagten die Eltern etwas, nickte er, schon bevor sie zu Ende geredet hatten; sagte sie etwas, wurde er rot, als hätte ihn wer mit einem Eimer Farbe übergossen. Auf den allerersten Blick hatte er sich in sie verliebt.

Doch sie sich nicht in ihn. Sie hatte nur keine Furcht vor diesem schüchternen jungen Mann. Er erschien ihr harmlos wie ein Sofakissen. Und so willigte sie denn nach mehreren weiteren Begegnungen – mal während eines Theaterbesuchs mit ihren Eltern, mal im Konzert, mal während eines Kaffeekränzchens – endlich ein, ihn zu heiraten. Irgendeinen Mann würde ihr Vater ihr ja doch aussuchen, und da der, an den sie noch immer dachte, nicht infrage kam, war es ihr mehr oder weniger egal, wessen Frau sie wurde, wenn sie nur keine Angst vor ihrem zukünftigen Mann haben musste.

Es gab eine gemütliche Verlobungsfeier im kleinen Kreis und eine große, keine Kosten scheuende Hochzeitsfeier mit vielen ihr völlig unbekannten Gästen in einem sehr bekannten Restaurant in der vornehmen Friedrichstraße. Nicht lange danach begann ihr Unglück. Zwar tat ihr Mann ihr nichts an, doch war es ein langweiliges Leben an seiner Seite. Er entpuppte sich als reiner Arbeitsmensch. Schon mit sechzehn Jahren hatte er im Kontor der väterlichen Fabrik gesessen, und auch jetzt hieß es immer nur »die Fabrik, die Fabrik«. Wenn die Firma blühte und gedieh, dann war ihr Gotthold glücklich. Sie aber hockte in ihren vier Wänden und wusste nicht, was sie mit sich anfangen sollte. Er kam nun oft spät nach Hause; Theater, Konzert und Kaffeekränzchen interessierten ihn nicht mehr; ging er in Gesellschaften, dann nur, um Firmenkontakte zu pflegen.

Anfangs hoffte sie noch, irgendwann Kinder zu bekommen. Doch dann erlitt sie eine Fehlgeburt, und man sagte ihr, dass ihr Kinderwunsch nicht mehr in Erfüllung gehen würde. So musste sie mit ihrem kleinen Sohn auch diese Hoffnung begraben. Und ihr Mann, den sie nun bei sich nur noch »Tietze« nannte, kam aus seiner Fabrik fast gar nicht mehr heraus. Und war er doch mal zu Hause, behandelte er sie wie eine leicht zerbrechliche Porzellanpuppe. Sein Lieblingswort: Schone dich!

So lebte sie mehrere Jahre neben ihrem Mann her. Einzige Beschäftigung: Dienstmädchen und Köchin anleiten und sich, um den Firmenkontakten ihres Mannes nützlich zu sein, hin und wieder schön zu machen. Ein Leben, das ihr so zusetzte, dass sie ihres Mannes Zärtlichkeiten schon bald nicht mehr ertragen konnte. Worunter er litt. Er hielt ihre Zurückweisungen für Herzenskälte. Er tat doch alles für sie, ging es ihr etwa nicht gut? Oder konnte er etwas dafür, dass sie keine Kinder mehr bekommen würden?

Sie begriff, dass ihr Unglück über seinen Horizont ging, und entschuldigte ihn damit, dass wohl nur sehr wenige Männer sich in ihre Lage hätten versetzen können. Doch dann kam er immer öfter des Nachts nicht nach Hause, und sie fand heraus, dass er mit seinen Geschäftsfreunden in Restaurants mit »Damenbedienung« verkehrte. Erst war sie erschüttert, dann brachte sie auch dafür ein gewisses Verständnis auf. »Tietze« war ja noch ein recht junger Mann und sie hatte ihn in letzter Zeit nur noch abgewiesen. Andererseits wusste sie, dass sie ein solch »abgestelltes Leben« auf Dauer nicht ertragen konnte. So lief sie eines Morgens, als er mal wieder nicht nach Hause gekommen war, in einer plötzlichen Aufwallung von Entschlossenheit fort.

Es war ein eiskalter, grauer Wintermorgen, an dem sie wieder bei ihren Eltern vor der Tür stand, und natürlich waren sie entsetzt. Sie hatte etwas getan, was eine Frau nicht tut, und so wollte ihr Vater sie sofort zu ihrem Mann zurückbringen. Doch ging sie nicht mit. Ihr Vater tobte und schrie, sie aber blieb stur …

Was sollte Onkel August zu dieser Geschichte sagen? »Bist du denn noch mit ihm verheiratet?«, brachte er schließlich nur heraus, bemüht, die Frage so zu betonen, dass nichts von der sofort in ihm erwachten neuen Hoffnung mitschwang. Sie sollte nicht glauben, er freue sich über ihr Unglück.

Nein! Sie hatte die Scheidung durchgesetzt. Und das, obwohl ihr Vater gedroht hatte, sie zu enterben, sollte sie nicht zu ihrem Mann zurückkehren. Bis zu seinem Tod hatte er darunter gelitten, eine »Geschiedene« an seinem Tisch sitzen zu haben.

»Und deine Mutter?«, wollte Onkel August da nur noch wissen, als er kurz entschlossen gemeinsam mit Tante Nelly durch das Friedhofstor ging. Er musste einfach mit ihr mitgehen, obwohl es ja irgendwie unpassend war, dass er, August Jacobi, das Grab jenes Mannes besuchte, der ihm während ihrer letzten Begegnung so verletzende Vorwürfe gemacht hatte.

Ihre Mutter hatte ihr beigestanden, obwohl auch sie die Tochter nicht verstehen konnte. Wäre sie nicht gewesen, allein mit ihrem Vater hätte Tante Nelly, wie sie zugeben musste, es zu Hause nicht ausgehalten.

Doch Onkel August fragte nicht, wohin sie in diesem Fall denn hätte gehen wollen. Eine Frau aus gutbürgerlichem Hause, die nie etwas anderes gelernt hatte außer Sticken und Haushaltsführung, wie hätte die sich durchschlagen sollen so ganz allein? Hätte sie etwa in die Fabrik gehen, Dienstmädchen oder Näherin werden wollen? Oder hätte ihr jüngerer Bruder sich für sie eingesetzt?

Eine Frage, die Onkel August ebenfalls nicht zu stellen wagte, doch musste Tante Nelly sie ihm angesehen haben. »Nein«, sagte sie, »zu meinem Herrn Bruder hätte ich nicht gehen können. Der ist Kirchenvorstand, für den gibt's nur Ehe bis zum Tod. Wer ›desertiert‹, der ist es nicht wert, dass man sich um ihn kümmert.«

Damit war alles gesagt, und Onkel August sah nur noch still zu, wie Tante Nelly das Grab ihres Vaters in Ordnung brachte, Unkraut jätete und mit einer kleinen Schaufel die Erde auflockerte, um die mitgebrachten Blumensetzlinge einpflanzen zu können. Später trug er mit der Gießkanne das nötige Wasser heran.

*Hier ruht in Gott*
*mein lieber Mann und unser guter Vater*
*Rektor Dr. Carl-Friedrich Hertz*
*Stadtverordneter von 1866 bis 1883*
*geb. 12.7.1829 – gest. 3.11.1883*

stand auf dem Grabstein. Für Onkel August ein seltsames Gefühl, jenen Namen zu lesen. Wie hatte er Tante Nellys Vater einst verehrt – und wie bitter war er von diesem Mann enttäuscht worden! Und Tante Nelly nicht weniger. Und nun stand da »unser guter Vater«!

Sie erriet auch diese Gedanken. »Doch!«, sagte sie, als sie den Friedhof bereits verlassen hatten. »Solange ich Kind war, war er ein guter Vater. Was später geschah, das hat er nicht verstehen können. Oder nicht verstehen wollen. Er lebte in einer ganz anderen, sehr ›alten‹ Welt.«

»In der leben viele«, gab Onkel August zu. »Die sich ins Neue vorwagen, das sind stets nur wenige.«

Ein Trost, der Tante Nelly gefiel. »Bist noch immer der kluge August!«, scherzte sie. »Wenn ich mal krank bin, komme ich zu dir in die Praxis.«

Ein »Scherz«, der Onkel August aufhorchen ließ. War darin nicht eine heimliche Frage versteckt? Eine Frage wie: Könnte das, was gegen unseren Willen zerrissen wurde, nicht vielleicht doch wieder zusammengeflickt werden?

Ernst sah er ihr in die Augen, bis sie den Blick senkte. »Glaub nur nicht, die Geschiedene sucht ein neues Nest. Ich lebe sehr gut mit meiner Mutter zusammen. Doch weshalb sollte ich, wenn ich mal krank bin, nicht ausprobieren, ob tatsächlich ein guter Arzt aus dir geworden ist? Hast doch früher immer so getan, als könntest du alles heilen, wenn man dich nur lässt.«

Sagte es – und hatte plötzlich Tränen in den Augen. Gleich nahm er ihre Hand und hielt sie fest. »Warum willst du warten, bis du krank bist? Haben wir nicht lange genug aufeinander gewartet? Ich würde dich gern ohne jegliche ärztliche Notwendigkeit wiedersehen. Und das bald! Sehr bald sogar. Sag nur, wann und wo.«

Das Wunder war geschehen: Tante Nelly und Onkel August hatten sich wieder! Erst trafen sie sich in Cafés, dann unternahmen sie gemeinsam Ausflüge, zum Schluss besuchte er ihre Mutter, die gar nicht glauben wollte, dass dieser junge, weltgewandte Arzt, der sogar in Amerika studiert hatte, jener Zimmermannssohn war, den ihr Mann und sie einst solch übler Absichten verdächtigten. Mehrfach entschuldigte sie sich bei ihm und hoffte fortan inbrünstig, dass ihre geschiedene Tochter doch wieder unter die Haube kam. Aber nicht um ihr diesen Wunsch zu erfüllen, heirateten Onkel August und Tante Nelly bald darauf, sondern allein weil sie, wie Tante Nelly sagt, von Anfang an füreinander bestimmt waren. Sie hätten eben nur ein paar Umwege gehen müssen ...

»Junge, du frisst mal wieder mit den Augen.« Tante Nelly lacht. »Geh mal lieber ins Wohnzimmer, da steht Obst auf dem Tisch.«

Er hat sie viel zu lange angestarrt. David wird rot und rasch betritt er das Wohnzimmer.

Es ist zu dumm, alle in der Familie wissen, dass er verliebt in Tante Nelly ist. Besonders Onkel Fritz reißt darüber gern Witze. Doch was soll er tun? Er kann sich einfach nicht dagegen wehren. Wie Tante Nelly hinter ihrem Schreibtisch sitzt, so zart und schlank in ihrem weißen Kittel! Wie sie lacht mit ihren großen, grünen, schönen Augen! Wie sie Kinder auf die Waage stellt oder ihnen den Rachen auspinselt! Es ist ja nicht allein ihre Schönheit, die sie so anziehend macht, es ist auch diese Wärme und Herzlichkeit, die sie ausstrahlt. – Und es ist ihre Geschichte! Wie tapfer sie sich aus ihrer Ehe befreite und wie sie danach an Onkel Augusts Seite auflebte und mit großer Wissbegierde alles von ihm lernte, um ihm in seiner Praxis zur Seite stehen zu können! Vor Frauen wie Tante Nelly, so die Mutter, muss man den Hut ziehen ...

Die Schale mit dem Obst lächelt verlockend. Er nimmt sich einen schon etwas verkrumpelten Winterapfel und beißt hinein, während im Sprechzimmer, nur durch eine Tür vom Wohnzimmer getrennt, plötzlich eine alte Frau zu hören ist. »Doktorchen«, bittet sie, »nu reden Se doch nich lange drum herum. Sagen Se mir, wat ick habe und ob et wat Schlimmet is, und wenn et wat Schlimmet is, wie lange ick noch zu leben habe. Mir wirft ja so leicht nischt um. Hab zwee Männer verloren und drei Kinder und viere hab ick großjekriegt und mein kleener Jemüseladen looft ooch ohne mir janz jut. Wenn ick nu bald zum Herrn heimkehre, übernimmt mein Ältester den Laden und weiter passiert nischt. De Meechens sind alle verheiratet und jut versorgt. Also kann ick mir ruhig hinlegen, wenn et nu schon mal so weit is.«

»Jute Frau«, berlinert auch Onkel August mit seiner warmen, tiefen Stimme, »sind Se immer so optimistisch? Wieso glauben Se denn, dass Se sterbenskrank sind? Wegen det bissken Wasser in den Beenen? Also wissen Se! Woll'n Se etwa fuffzig Jahre hinterm Ladentisch stehen und Beene haben wie'n junget Mädchen? – Ich verschreibe Ihnen jetzt mal was zur Entwässerung. Das nehmen Se dreimal täglich, morgens, mittags und abends, und am besten immer nach dem Essen. Und außerdem marschieren Se täglich fünf Runden ums Karree. Inzwischen kann ja Ihr Sohn die Kundschaft bedienen. Aber bleiben Se nich bei jeder juten Kundin stehen, um mit ihr'n Schwätzerchen zu halten, sonst kommt Ihr Blut nie in Fluss. Gehn Se zügig, gehen Sie, bis Sie ins Schnaufen kommen. Das tut Ihrem Herzen gut und Ihren Beinen auch.«

Ein Weilchen ist nichts zu hören. Sicher ist die Patientin enttäuscht, keine »Krankheit zum Prahlen« zu haben, wie Onkel August das immer nennt, wenn Patienten zu ihm kommen, die meinen, von einer ganz außergewöhnlichen, in ihrer Nachbarschaft noch nie vorgekommenen Krankheit heimgesucht worden zu sein. »Na, wenn Se meinen«, kommt es dann zaghaft. »Denn her mit's Jift. Ick will ja nur nich so janz unvorbereitet ins Grab sinken.«

»Grab! Papperlapapp! Das hat noch Zeit. Überlassen Se den Friedhof vorerst mal den Toten. Doch wenn's Ihnen ein Trost ist: Irgendwann dürfen wir alle da einziehen. Nur wer nie geboren wurde, stirbt nicht.«

Onkel August! So kann nur er reden. Die Mutter sagt gern, ihr großer Bruder habe zwar einen sehr komplizierten Verstand, doch dafür ein Herz, das ganz einfach denkt. Und Onkel Fritz staunt nach jedem Arztbesuch: »Wenn Justl mir meine Krankheiten erklärt, werden se mir direkt sympathisch.«

Wieder ist die alte Frau ein Weilchen still, dann seufzt sie. »Na ja! Nee, nee! Eilig hab ick's ja nu jerade nich, aber manchmal kommt's so plötzlich. Wie bei meinen beeden Selijen. Jestern ham se noch Kartoffelkisten jestemmt, heute kippen se um und können nich mal mehr Adieu sagen ... Dit aber will ick nich. Ick will vorbereitet sein und meinem Sohn de Kassenbücher ordentlich überjeben und noch'n bisschen über allet nachdenken dürfen – eben über dit Leben und wie dit so war mit meine beeden Männer und die Kinder, die ick nich großjekriegt hab. Und ob ick da nich vielleicht wat falsch jemacht habe.«

»Aber liebe Frau Lischke!« Jetzt spricht Onkel August mit sehr ernster, überhaupt nicht spaßiger Stimme. »Was woll'n *Sie* denn falsch gemacht haben? Es gibt Krankheiten, gegen die ist nun mal kein Kraut gewachsen. Und nennen Sie mir doch bitte nur eine einzige Frau, die siebenmal entbunden und alle Kinder großbekommen hat!«

»Ja, da ham Se wohl recht, Doktorchen!« Der Stuhl knarrt. »Da bleibt mir bloß noch übrig, mir knicksend zu bedanken – für dit Rezept und für die juten Worte. Dit nächste Mal, da schick ick Ihnen die Mine. Dit is meine Jüngste, die mag so Kinderchen und kriegt keene. Vielleicht muss se mehr Obst essen und Milch trinken und sich'n bissken wärmer anziehen?«

»Schicken Sie mir ruhig Ihre Tochter. Werd ihr mal ins Gewissen reden.« Onkel August bleibt ernst. »Aber jetzt denken Sie zuallererst an sich. – Also: Nicht nur die Medizin schlucken, hören Sie! Die täglichen Runden ums Karree sind genauso wichtig. Und wenn Sie hinterm Ladentisch stehen – immer mal hinsetzen, wenn keine Kundschaft da ist, ja? Ihre Beine, Frau Baronin, sind genauso alt wie Sie.«

»Ach, Jottchen – Baronin!« Jetzt muss sie lachen, die alte Gemüsehändlerin. »Sie haben vielleicht Humor, Doktorchen! Na, bewahren Se sich den mal, in schlechten Zeiten können Se'n brauchen.«

Die Tür zum Wartezimmer wird geöffnet, Onkel August lässt sein »Der Nächste bitte!« ertönen, und David wandert an den Bücherregalen vorbei, die sich an den Wänden entlangziehen. Wahllos lässt er seinen Blick über die Buchrücken schweifen: medizinische Fachbücher, philosophische Schriften von Platon bis Schopenhauer, Hegel und Karl Marx, dann: Bertha von Suttners *Die Waffen nieder*. Ein Buch gegen den Krieg. Das kennt er, es kommen furchtbare Grausamkeiten darin vor. Onkel August hatte es ihm geliehen, weil er der Meinung ist, jeder müsse wissen, was es heißt, in einen Krieg zu ziehen.

Im dritten Regal steht die schöngeistige Literatur: russische, französische, englische und deutsche Autorennamen, darunter auch ein Buch von Theodor Fontane. Tante Mariechen schwärmt von diesem Schriftsteller, obwohl sie, da sie ja nicht lesen kann, gar nichts von ihm kennt. Sie ist nur deshalb so stolz auf ihn, weil auch dieser Fontane hugenottischer Abstammung ist. Was sie ihrer Meinung nach fast zu Verwandten macht.

*Irrungen, Wirrungen* heißt der Roman, vorn hat Onkel August etwas hineingeschrieben. *Meiner Nelly!* steht da, und darunter: *Nichts im Leben ist umsonst. In Liebe – Dein Gustl!*

Neugierig blättert David in dem Buch, dann beschließt er, Tante Nelly zu fragen, ob er es sich ausleihen darf. Eine solche Widmung, die muss doch was zu bedeuten haben.

## Böse Blicke

Das war mal wieder ein typisches Tante-Nelly-Abendessen: Käse- und Spiegeleibrote, dazu Krautsalat mit Möhrengeschnipsel und eine große Kanne Milch frisch aus der Kuh. Der Stadtbauer Kursawe aus der Franseckistraße liefert alles jeden Morgen frisch an – und das schmeckt man! Und weil es David so schmeckte und Tante Nelly ihn immer wieder zum Zugreifen nötigte, hat er mehr gegessen, als er wollte. Er ist so satt, muss sich Mühe geben, nicht laut aufzustoßen.

Onkel August und Tante Nelly sind »halbe Vegetarier«, Fleisch und Wurst kommen ihnen nicht auf den Tisch. Weil sie doch keine Mörder sind, wie Onkel August sagt. Nur auf Fisch will er nicht verzichten. An einem frischen Hecht, Karpfen oder Schlei oder meilenweit nach Räucherkammer duftenden Bückling einfach vorübergehen? Das schafft er nicht, das Fischessen liegt in der Familie, da wird er dann doch zum »Mörder«. »Fische machen ja weder muh noch mäh«, spottet er über sich selbst. »Im eigentlichen Sinne sind sie Wasserpflanzen – nur eben ohne Wurzeln.«

Jetzt sitzt er in seinem gemütlichen Schaukelstuhl, den weißen Arztkittel hat er längst aus- und dafür seine braune Strickjacke übergezogen. Die langen, dünnen Beine entspannt übereinandergeschlagen, raucht er seine Abendzigarre – Belohnung für einen arbeitsreichen Tag –, während David vom Großvater erzählt.

Wie er diesen ersten Plötzensee-Besuch denn verkraftet habe, will Tante Nelly danach von ihm wissen. Ob ihn die Mauern und Gitter nicht zu sehr erschreckt haben? Ja, und wie der Großvater auf ihn wirkte? Immer noch so stark und ungebeugt?

David antwortet bereitwillig, und am Ende nickt Onkel August: Ja, nicht anders ergehe es ihm bei seinen Plötzensee-Besuchen. Erst große Bedrückung, dann viel Hochachtung vor der inneren Festigkeit seines Vaters. »Weiß nicht, ob ich diese Kraft aufbrächte. Da vergehen die Jahre und er bereut nichts. Würde mir gern ein Scheibchen von diesem Lebensmut abschneiden.«

Später fragt er, was sein Herr Neffe denn in letzter Zeit sonst noch so getrieben habe. Nur kurz zögert David, dann erzählt er von Onkel Köbbes Auftrag.

Ein Weilchen blickt Onkel August nur seinen Rauchkringeln nach, dann sagt er ernst: »Ich weiß nicht, ob es klug von Köbbe war, dich da mit hineinzuziehen … Hast du diesen Auftrag denn so ganz und gar aus eigener Überzeugung übernommen? Oder nur, weil du wusstest, dass es deinem Onkel und sicher auch deinem Großvater gefällt, wenn du dich für ihre Sache engagierst?«

Was für eine Frage! Darüber hat er gar nicht nachgedacht.

»Siehst du! So ist das oft!« Onkel August schiebt sich seinen Zwicker etwas näher an die Augen, um ihn besser anschauen zu können. »Aber darauf kommt's doch an: Stehe ich selbst hinter dem, was ich tue – oder will ich nur anderen gefallen?«

»Anderen?« Tante Nelly schüttelt den Kopf. »Du sprichst von seiner Familie!«

»Aber genau das ist es ja, was mich besorgt!« Onkel August zieht die Stirn kraus. »Wer von einer Sache überzeugt ist, der muss danach handeln. Richtig! Aber wenn ihm nun etwas nur eingeredet wird, vielleicht von Leuten, die er liebt und verehrt?« Er verstummt, zieht an seiner Zigarre, merkt, dass sie bereits ausgegangen ist, und missmutig legt er sie auf den Rand des Aschenbechers.

David senkt den Blick. Wenn Onkel August ins Grübeln gerät, färbt sich seine Kriegsnarbe quer über der linken Gesichtshälfte rot und juckt. Und meistens reibt er sie dann, bis sie immer dunkler wird. So auch jetzt. Sicher denkt er nun wieder an seine eigene Jugend, als ihm und seinem Freund Moritz eingeredet worden war, Krieg sei etwas sehr Notwendiges und Herrliches, und sie voller Begeisterung mitmarschiert waren, bis hin vor Paris, wo sein Freund einer Franzosenkugel zum Opfer fiel.

»Ich weiß natürlich, dass es um keine schlechte Sache geht«, fährt er fort, nachdem Tante Nelly ihm die Hand auf den Arm gelegt hat, um ihn daran zu erinnern, dass er seine Narbe besser in Ruhe lässt. »Die Sozialdemokraten haben keine unredlichen Ziele. Nur vermitteln sie mir manchmal ein zu stures Feindbild. Sie tun, als hätten sie alle Wahrheit für sich gepachtet, und wer anders denkt, der lebt für sie im Mittelalter. Doch gibt es nun mal keine endgültigen Wahrheiten, es gibt immer nur ›Meinungen‹.«

Wieder schaut er David so aufmerksam an. »Kannst mir glauben, Junge, nichts im Leben ist gewiss! Was unsereins zu wissen glaubt, ist oft genau das, was wir uns wünschen … Deshalb mag ich es nun mal nicht, all dieses Parteiengetue. Es gibt in allen Parteien und Religionsgemeinschaften ehrliche, gute und vielleicht sogar selbstlose Menschen, nur eben leider auch andere. Bin ich aber Mitglied einer Partei oder gehöre ich einer Religionsgemeinschaft an, bin ich mehr oder weniger gezwungen, andere Parteien und Religionen abzulehnen. Deshalb stehe ich lieber ein paar Schritte abseits. Nur so kann ich eine Sache vorurteilslos betrachten. Mitten im Kampfgetümmel wird viel zu viel Qualm gemacht.«

Er blickt einen Moment lang fragend, als erwarte er eine Gegenrede. Als nichts kommt, zündet er sich seine Zigarre neu an. »Auf jeden Fall muss erlaubt sein, das eine oder andere Schlagwort der Sozialdemokraten infrage zu stellen. Zum Beispiel das Wort ›Freiheit‹. Ich weiß gar nicht, was ich mir unter wirklicher Freiheit vorstellen soll. Ich weiß nur, was Unfreiheit bedeutet … Dass man meinen Vater eingesperrt hat, der doch seit frühester Jugend für nichts anderes eingetreten ist als ein bisschen mehr Gerechtigkeit im Miteinander der Menschen. Das, jawohl, ist ein Beweis dafür, dass wir in Unfreiheit leben. Dass seine Partei noch immer kriminalisiert wird, ebenfalls. So weit, so schlecht! Aber nun, was ist das für eine ›Freiheit‹, die uns von den Sozialisten angepriesen wird?«

Wieder blickt er so fragend, doch was könnte er, David, darauf schon antworten? Onkel Köbbe müsste jetzt hier sein. Oder die Mutter. Sie würden Onkel August etwas entgegenhalten können; sie streiten ja fast immer, wenn sie sich treffen.

Ein Weilchen pafft Onkel August nur still vor sich hin, dann will er wissen, ob David sich schon mal mit den Marx'schen Theorien\* beschäftigt hat.

David schüttelt nur stumm den Kopf, und Onkel August nickt: »Na, da hast du nicht viel versäumt. Für mich ist der Mann ein bloßer Theoretiker. Der hat noch keine Fabrikhalle von innen gesehen. Und die klassenlose Gesellschaft, die ihm vorschwebt, ist nichts als eine fixe Idee. Alle Menschen eine einzige Bruderschaft? Das kann nicht funktionieren. Und warum nicht? Weil wir Menschen so viel Größe nicht besitzen. Es wird immer welche geben, die sich über andere erheben, ganz egal wie das System genannt wird, in dem wir leben.«

Es ist wie so oft, er verteidigt sich vor David dafür, dass er nicht so denkt wie seine Geschwister.

»Natürlich haben Marx und Engels\* recht, wenn sie schreiben, dass die modernen Kapitalisten die Produktionsmittel besitzen und die Lohnarbeiter von ihnen ausgebeutet und zum bloßen Zubehör der Maschinen degradiert werden.« Nun nickt Onkel August sich selber zu. »Auch ist es richtig zu kritisieren, dass der Lohnarbeiter nur mit einem Bruchteil dessen abgespeist wird, was er mit seiner Arbeit an Werten schafft. Doch was wird diesem unbarmherzigen System der Ausbeutung als Alternative entgegengestellt? Eine Diktatur des Proletariats! – Lieber David, was hat eine Diktatur mit dem Grundsatz ›gleiches Recht für alle‹ zu tun? Allein das Wort ›Diktatur‹ besagt ja schon, dass die einen diktieren und die anderen zu gehorchen haben.«

Aber auch darauf kann und will David nichts erwidern. Er weiß nur, dass auch der Mutter und Onkel Köbbe nicht alles gefällt, was der Sozialist mit dem dichten Vollbart, der lange in London lebte und vor einigen Jahren starb, an klugen Gedanken veröffentlichte. Seine Kritik an den bestehenden Verhältnissen aber teilen sie. Er habe geschrieben, dass in der kapitalistischen Welt alles zur Ware würde, sagte die Mutter erst letztens wieder, sogar die menschliche Arbeitskraft: »Der Mensch wird ›eingekauft‹, und das so billig wie möglich, damit der Profit höher ausfällt. Ob er in Lumpen geht, ob seine Kinder hungern, spielt keine Rolle; Hauptsache, er kann noch arbeiten.«

»Na ja!« Tante Nelly seufzt. »Auch ich glaube ja nicht an die ›Wissenschaftlichkeit‹, mit der der Untergang der bürgerlichen Gesellschaft vorausgesagt wird. Immerhin geht es voran. Seit sieben Jahren haben wir eine Krankenversicherung, seit sechs Jahren die Unfall- und seit vorigem Jahr auch eine Alters- und Invaliditätsversicherung. Das ist so ziemlich einmalig in der Welt, oder?«

Da endlich kann David mitreden. »Aber Mutter sagt, das habe Bismarck den Leuten nur aus Furcht vor der Sozialdemokratie zugestanden. Und die erste Rente wird ja erst ab dem siebzigsten Geburtstag ausgezahlt. Und welcher Arbeiter oder Handwerker wird denn schon siebzig? Sie nennt das ein sehr billiges Zugeständnis. Alles reine Taktik! Mal Zuckerbrot, mal Peitsche.«

»Na, wunderbar!« Onkel August lacht. »Erstens beweist das mit der Furcht doch, dass es auch ohne Revolution geht. Und zweitens: Alles im Leben beginnt mit einem ersten Schritt. Und der ist mit diesen Versicherungen getan, auch wenn das Ganze noch längst nicht zufriedenstellend ist.«

Er will noch etwas hinzufügen, wird aber unterbrochen: Jemand hat an der Klingel gezogen.

»Wohl wieder ein Notfall!« Im Nu ist Tante Nelly an der Tür.

Es ist ein Mädchen, das gekommen ist. In einem bei der Abendkälte viel zu dünnen Kleid unter der schon mehrfach gestopften Strickjacke und mit an den Füßen viel zu großen, altmodischen Schnürstiefeln betritt sie das Wohnzimmer, auf ihrem Arm ein in ein graues Brusttuch gewickelter, fieberroter kleiner Junge. Als sie den Doktor ohne seinen weißen Kittel erblickt, schaut sie sich erschrocken nach Tante Nelly um.

»Schon gut, Anna!« Tante Nelly lächelt ihr beruhigend zu. »Wenn der Doktor da ist, dann ist er da!«

Immer noch ein wenig verlegen, macht das Mädchen einen Knicks, dann legt sie los: »Ick ... ick weeß ja, det ick erst morjens in de Früh kommen soll, aber der Bruno, der hustet und hustet ... Ick hab Angst, der stirbt mir weg.«

Der Junge, nicht älter als fünf, sieht wirklich schlimm aus, dennoch kann David sich ein Grinsen nicht verkneifen. Wie die spricht! Und wie sie aussieht! Dünn wie ein Faden, hinter einem Besenstiel könnte sie sich umziehen.

Sie hat es bemerkt und schaut auf einmal gar nicht mehr so eingeschüchtert drein. Rot wie eine Wintermöhre ist sie geworden, ihr zuvor so zartes, weiches Kinn rückt energisch vor, und ihre ein wenig schräg stehenden, grauen Katzenaugen werden noch schmaler, so böse funkelt sie ihn an.

»Macht doch nichts, Anna«, beruhigt auch Onkel August das Mädchen. »Unsereins ist Störungen gewöhnt.« Und rasch geht er in seinen Praxisraum, um sich die Hände zu waschen.

Tante Nelly nimmt dem Mädchen den Jungen ab, setzt ihn auf den Tisch, wickelt ihn aus dem Brusttuch und pellt ihn aus mehreren zerschlissenen Hemden. Dann schüttelt sie traurig den Kopf. »Ihr müsst eurem Bruno mehr zu essen geben, vor allem Milchbrei. Und auch mal'n Klecks Butter. Er ist viel zu schwach für sein Alter.«

»Weeß ick ja! Weeß ick ja!« Jetzt schnieft sie, diese Anna. »Aber woher denn nehmen? Wir haben ja nich bloß Brunon, wir haben fünfe, und alle sind se so kleene, blasse Sprotten.«

Der Junge auf dem Tisch, trotz seines Fiebers neugierig wie ein Eichhörnchen, blickt sich in dem fremden Wohnzimmer um. Als er David sieht, verharrt sein Blick, und David kann nicht anders, er schneidet ihm eine Fratze, um ihn aufzuheitern. Doch verzieht der Junge keine Miene, starrt ihn nur weiter so stumm an.

Dem Mädchen gefällt dieser Annäherungsversuch nicht. »Wat soll'n dit?«, zischt sie. »Biste Clown im Zirkus?«

»Na, na!«, wiegelt Tante Nelly ab. »War doch nur Spaß.«

»Spaß!«, beschwert sich die kleine Zicke. »Mein kleener Bruder is todsterbenskrank und der macht Spaß!«

»Na, das mit dem todsterbenskrank, das wollen wir doch erst mal sehen.«

Onkel August hat sich nicht nur die Hände gewaschen, er hat auch seinen weißen Kittel übergezogen. Vorsichtig nimmt er den kleinen, halb nackten, so mageren Jungen auf den Arm, trägt ihn in seinen Praxisraum und legt ihn auf die schwarze Untersuchungsliege mit dem weißen Metallgestänge. Tante Nelly und das Mädchen gehen mit und David schließt sich ihnen an. Wozu allein zurückbleiben?

Auch Onkel August stellt fest, wie unterernährt Bruno ist. »Du bist aber mächtig schmächtig! So hast du auch dem leichtesten Infekt nichts entgegenzusetzen.«

»Trinkste täglich Appelsaft, wirste stark und heldenhaft!« Als wäre sie all dieser Hinweise auf Brunos körperlichen Zustand überdrüssig, so verzieht diese Anna nun das Gesicht. »Wenn de aber keenen Appelsaft hast, musste Plumpenwasser trinken. Und denn is sich wat von wejen heldenhaft.«

»Na ja«, tröstet Onkel August den kleinen Jungen, »wenn du auch nicht gerade ein Herkules bist, ansonsten ist an dir aber alles dran. Und wie gut alles angeordnet ist! Unten die Beine, oben die Arme, in der Mitte der Bauch! Ein perfekter Mensch!«

Mit großen Augen schaut Bruno ihn an. Fast so, als sei es der liebe Gott persönlich, der sich um ihn kümmert.

Onkel August hilft ihm, sich aufzusetzen, und horcht ihn ab. »Einatmen! So ist's schön! So brav hat ja überhaupt noch niemand eingeatmet … Und nun ausatmen! Na, das klappt ja noch besser! Und jetzt noch einmal: Einatmen! Ausatmen! Einatmen! Ausatmen! So, und jetzt huste mal! Richtig laut! Deine Schwester sagt, du hustest so viel, aber hier bei mir hast du noch kein einziges Mal gehustet. Magst du mich etwa nicht?«

»Vielleicht is ihm der Husten verjangen.« Ein böser Blick von Anna in Richtung David. »Weil so ville fremde Leute dabei sind.«

Da muss er sich beherrschen, ihr nicht auch eine Fratze zu schneiden. Eine tolle Blüte, diese Anna! Schaut ihn an, als wäre er schuld daran, dass ihr Bruder krank ist … Andererseits: Wie alt sie wohl ist? Auf den ersten Blick wirkt sie wie dreizehn, doch ist sie sicher schon fünfzehn. Ihre Augen blicken sehr erwachsen.

Bruno hustet – und es hört sich furchtbar an; als wäre er innen hohl wie eine leere Blechbüchse.

»Tja!« Onkel August nimmt seinen Zwicker ab und putzt ihn. »Das klingt nun gar nicht gut, das müssen wir uns ein bisschen genauer ansehen.« Er lässt sich von Tante Nelly einen Holzspatel reichen und bittet: »Jetzt mach mal schön den Mund auf! Und das gaanz, gaanz weit …«

Doch nein, der Mund bleibt verschlossen. Bruno kuckt den Doktor nur erschrocken an und Rotz läuft ihm aus seiner kleinen Murmelnase.

»Der Mund!« Mit einem Tuch wischt Onkel August ihm den Rotz weg und zeigt auf seinen Mund. »Das hier, Herr Geheimrat, direkt zwischen den Lippen, das ist der Mund. Also bitte mal gaaanz weit aufmachen!«

Bruno aber kuckt und kuckt nur, bis seiner Schwester der Kragen platzt. »Brauchste zur Uffmunterung vielleicht'ne Backpfeife? Der Doktor hat jesagt, du sollst'n Mund uffmachen.«

Das ist zu viel. Onkel August dreht sich zu ihr um. »Lass gut sein, Anna! Wir verstehen ja, dass du Angst um deinen Bruder hast. Mit Drohungen aber hilfst du ihm ganz bestimmt nicht.«

Verschämt blickt sie auf ihre viel zu großen Schnürstiefel. »Na ja! Ick renne mit ihm hierher und störe Ihnen, obwohl Se doch längst keene Sprechstunde mehr haben, und nu will er nich mal'n Mund uffmachen.«

Bruno, von diesem Disput noch mehr eingeschüchtert, kullern erbsendicke Tränen aus den Augen. Tante Nelly muss ihn trösten. »Anna ist ja gar nicht böse mit dir. Sie hat dich nur sehr lieb und deshalb große Angst um dich.«

Wieder muss David dieses Mädchen anschauen. Sie fängt

seinen Blick auf, reckt den Hals und streckt ihm die Zunge raus, und da sieht er, dass sie am Hals ein Muttermal hat. Wie eine angeklebte, dunkelbraune Rosine sieht er aus, dieser leicht erhabene Fleck an ihrem mageren, weißen Hals.

Zu aller Erleichterung hat Bruno sich inzwischen entschieden, doch endlich den Mund aufzumachen, und wird dafür von Onkel August gelobt. »Na, siehste, ist doch ganz einfach! Und jetzt streck mal schön die Zunge raus und sag ›Ah!‹.«

Bruno sagt: »Ah!«, und Onkel August lehnt sich zurück und nickt. »Dachte ich's mir doch! Da kündigt sich eine handfeste Diphtherie an.«

»Wie bei Rischie?«, fragt Anna sofort.

»Ja!« Onkel August nickt. »Wie bei deinem Bruder Richard. Aber diesmal wird's wohl nicht so kompliziert, diesmal seid ihr zum Glück rechtzeitig gekommen. Ich geb dir eine Einweisung ins Krankenhaus. Bring ihn gleich morgen früh hin, dann habt ihr euren Bruno schon in ein paar Tagen zurück.«

Auch David hat erschrocken aufgeblickt. Utz von Sinitzki hatte mal Diphtherie, er konnte kaum noch sprechen. Ein Luftröhrenschnitt musste gemacht werden, sonst wäre er erstickt … Er will sich schon vorsichtig ins Wohnzimmer zurückziehen, hat nun doch das Gefühl zu stören, da beginnt das Mädchen plötzlich zu wanken, und er muss auf sie zustürzen, um sie festzuhalten.

»Nich«, flüstert sie und will ihn fortstoßen. »Is ja bloß …« Im selben Augenblick beginnt sie schon zu weinen.

Tante Nelly nimmt sie ihm ab, führt sie zu einem Stuhl und lässt sie sich setzen. »Was bin ich dumm!«, schimpft sie mit sich selbst. »Sicher habt ihr Hunger. Ich hätte euch zuallererst ein Brot machen sollen.«

Abwehrend will Anna den Kopf schütteln, doch dann weint sie nur noch still vor sich hin.

Beide haben sie gegessen, Anna drei dick belegte Käsebrote, Bruno einen Brei aus Milch, Butter und Zwieback. Jetzt liegt der kleine Junge satt und schläfrig in Davids Armen und zu dritt steigen sie die Treppe hinab.

Tante Nelly hat ihn gebeten, die beiden nach Hause zu bringen; Anna sei ja viel zu schwach, um den kleinen Bruder den weiten Weg bis zur Schönholzer Straße auch noch zurückzutragen. »Du musst nicht befürchten, dich anzustecken«, hat sie ihn beruhigt. »Press nur immer schön seinen Kopf an deine Brust und halte dich von seinem Mund fern.«

So trägt er den Kleinen die Treppe hinab, während Anna, die für seine Begleitung nicht gerade dankbar zu sein scheint, steif vor ihm hergeht. Erst als sie bereits vor der Haustür angelangt sind, dreht sie sich zu ihm um. »Warum sagste'n nischt? Biste stumm – oder dumm?«

»Du hast ja auch nichts gesagt.«

»Muss ick ja ooch nich.«

Wie blöd! Sie muss nicht, er soll!

Auf der Straße ist es inzwischen dunkel wie im Hutkarton, allein der matte Laternenschein weist ihnen den Weg. Stumm gehen sie nebeneinanderher, bis Anna irgendwann wieder den Mund aufmacht. Mürrisch fragt sie, ob denn der »Herr Jymnasiast« die Schönholzer Straße überhaupt kenne.

Er nickt nur still. Zwar ist die Schönholzer nur eine sehr schmale, ärmlich wirkende Seitenstraße zwischen der Brunnenstraße und der Ruppiner, doch ist er schon mal daran vorbeigekommen.

»Na, denn wirste dir ja hoffentlich nich graulen. Da, wo ick wohne, da möchte nämlich sonst keen Schwein auch nur'ne halbe Stunde lang grunzen.«

Soll er darüber lachen? Ein seltsames Mädchen! Was die so alles daherplappert.

»Isser schwer?«

»Wer?« Er wird sich doch von ihr kein Gespräch aufdrängeln lassen, solange sie nicht gewillt ist, etwas freundlicher zu ihm zu sein.

»Jevatter Bär!«, reimt sie, als wüsste sie genau, weshalb er sich so dumm stellt. Im gleichen Augenblick bleibt sie stehen, direkt unter einer Laterne, und schaut ihn von oben bis unten an, wie um für einen neuen Anzug Maß zu nehmen. »Bist ja ziemlich groß, kannst mit'ner Dachrinne Brüderschaft trinken. Aber biste auch stark? Schaffste's bis zur Schönholzer?«

Besser nichts antworten.

»Na, wat is? Biste aus Watte, Jummi, Holz oder Eisen?«

Ein Maul hat die! Wie konnte er nur denken, dass sie zart und zerbrechlich ist! Die ist nur unterernährt, hat'nen Busen wie ein zehnjähriger Knabe, aber zerbrechlich ist sie nicht. Mit ihren drei Käsestullen im Bauch zieht sie vom Leder wie ein besoffener Droschkenkutscher.

Da er noch immer nichts sagt, rückt sie ein bisschen näher an ihn ran. Und als er vor ihr zurückweicht, lacht sie ihn aus. »Wat denn nu? Denkste, ick will dir küssen? Igitt, ick bin doch nich Dornröschen!«

»Es war der Prinz, der Dornröschen zuerst geküsst hat. Hab nicht die Absicht, es ihm nachzutun.«

»Wat du nich allet weeßt! Is det die komische Mütze, die dir so schlau macht?«

Sagt es und nimmt David, der sich nicht wehren kann, da er ja Bruno auf dem Arm hat, die Mütze ab, um sie sich selbst aufzusetzen und sich damit vor ihm im Kreis zu drehen. »Würd jern mal wissen, wie ick damit aussehe. Vielleicht wie eene vom Theater?«

»Eher wie'n Fliegenpilz.« Diese magere, kleine Spitzmaus soll nicht denken, sie könne sich alles mit ihm erlauben.

Sofort funkeln ihre Augen wieder böse. »Ick bin nich jiftig!«
»Oh, Verzeihung, die Dame! Hab nicht gewusst, dass Euer Empfindlichkeit nur austeilen, aber nicht einstecken können.«
»Quatsch nich so jeschwollen! Ick steck schon jenug ein, mach dir um mir mal keene Sorjen.« Sie setzt ihm seine Mütze wieder auf – verkehrt herum, mit dem Schirm nach hinten – und muss kichern. »Jetzt siehste aus wie'n Osterhase.«

Sie gehen weiter und Annas Laune bessert sich immer mehr. Bald schlenkert sie mit den Armen und Beinen, dass es aussieht, als wollte sie jeden Moment zu tanzen anfangen. Bis sie plötzlich wissen will, wie es denn auf dem Gymnasium so ist. Ob er dort sehr viel lernen muss und ob das viele Lernen Spaß mache.

Er zuckt die Achseln. »Schule ist Schule! Manche Fächer machen Spaß, andere nicht.«

»Ja?«, fragt sie erstaunt. Und diesmal, das sieht er ihr an, will sie ihn nicht auf den Arm nehmen. Sie dachte wirklich, es wäre reiner Spaß, aufs Gymnasium zu gehen. »Und warum nicht?«

»Kannste dir das nicht denken?«

»Nee! Woher denn? Bin ja kaum in'ner Schule jewesen.«

Jetzt ist's an ihm, verblüfft zu kucken. »Und warum nicht?«

»Na, weil ick viel krank war. Und wenn ick nich krank war, war ick ooch krank. Weil denn nämlich Mutter krank war oder gerade wieder'n Kind jekriegt hat. Denn musste ick helfen, ick bin ja die Älteste.« Und nun blickt sie ihn mit ihren schrägen Katzenaugen voller Stolz an. »Außerdem hab ick Jeld verdient. In'ner Papierblumenfabrik. Zwee Mark fuffzig die Woche.«

»Wie alt bist du denn eigentlich?«

Eine Frage, auf die sie gehofft hat. Gleich stemmt sie die Arme in die Seiten, als wolle sie, dass er sie besser betrachten kann. »Schätz mal.«

»Siebenunddreißig?«

»Haha! Nee, Männeken, im Ernst.«

Da sagt er »Fünfzehn« und ihr bleibt der Mund offen stehen. »Woher weeßte denn dit? Sonst schätzen mir immer alle viel jünger.«

»Na, wenn du die Älteste von sechs Geschwistern bist, dann kannste doch nicht mehr fünf sein.«

»Schlaukopp!« Diese Antwort scheint ihr zu gefallen. Nachdenklich schaut sie ihn an. »Würd jern mal wissen, wat du für eener bist! Janz schwarze Augen haste, und wie heißt et so schön: Schwarze Oogen, schwarze Seele! Aber so kommste mir eijentlich jar nich vor.«

»Und wie komm ick dir vor?«

Da lacht sie wieder frech und herausfordernd. »Na, eben wie'n Jymnasiast! Wie'n janz langweilijer Jymnasiast! Oder haste vielleicht jedacht, dit is wat Tollet, so groß und stark zu sein und immer noch zur Schule zu jehen?«

Die Schönholzer! Eine Straße, die aussieht, als wohne hier kaum jemand, so eng und dunkel ist sie. Die paar Laternen spenden kaum Licht, fast jeder Hauseingang liegt im Schatten, nur hinter wenigen Fenstern blaken Kerzen oder Öllampen.

Erst beobachtet Anna David nur, dann nickt sie. »Siehste, Onkelchen, jetzt graulste dir doch! So schön isset in Rattenhausen!«

Rattenhausen, so wird über das Viertel der feuchten Kellerwohnungen, düsteren Spelunken und kleinen Hinterhoffabriken im Norden der Stadt oft gespottet. Und es ist ja auch wirklich keine schöne Gegend. Aber das zugeben, vor Anna, die ja hier zu Hause ist? »Wovor soll ich mich denn graulen? Ratten gibt's auch woanders.«

Sie will ihm seine lässige Haltung nicht so recht glauben, antwortet aber nichts mehr, nimmt ihm nur Bruno ab. »So!

Und nu vielen Dank für die hochherrschaftliche Hilfe! Von jetzt an jeh ick lieber alleene weiter. Sonst glooben noch alle, ick hab neuerdings'nen feinen Freund.«

Ja, jetzt könnte er Adieu sagen, sich umdrehen und fortgehen. Er weiß selbst nicht, weshalb er zögert. Vielleicht, weil sie das mit dem feinen Freund gesagt hat. Es gibt viele arme Mädchen, die für ein bisschen Geld mit wohlhabenden Männern mitgehen. Aber sieht er wie ein »feiner Freund« aus? »Hab noch gar keine Lust zu gehen. Bring dich noch bis vor die Haustür.«

»Wenn de unbedingt willst ...« Sie zuckt die Achseln. »Aber beschwer dir nich, wenn dir wat passiert. Ick hab dir jewarnt.«

»Was soll mir denn passieren? Beißen eure Ratten?« In herausfordernder Haltung geht er neben ihr her, bis sie wieder stehen bleibt.

»Nu verschwinde doch endlich!«, flüstert sie und schaut sich ängstlich um. »Hier jibt's nischt, wat sich anzukieken lohnt.«

Sie hat recht, er sollte jetzt gehen! Doch komisch, irgendwie findet er es schade, so sang- und klanglos abzuziehen. Wenn diese Anna auch manchmal die Kesse spielt, irgendwas an ihr gefällt ihm. Ein so zierliches, dünnes Persönchen und ein solches Mundwerk, das gibt's nicht oft. »Weiß gar nicht, weshalb du dich für deine Straße schämst«, sagt er, um ein neues Gespräch anzuknüpfen. »Ich kann dir Gegenden zeigen, da sieht's noch düsterer aus.«

Verdutzt schaut sie ihn an. »Ick mir schämen? Wer hat dir denn dit ins Ohr jepustet? Ick schäme mir doch nich, ick seh nur allet durch'ne jeputzte Brille, mache mir nischt vor. Vor allem aber will ick nich in'nen falschen Verdacht jeraten ... Bin nämlich keene, die für'ne Stulle Brot allet mit sich machen lässt. Und deshalb will ick nich, det et heißt, nu hat die kleene Liebetanz ooch'n Schmalzkavalier.«

»Liebetanz? Heißt du so mit Nachnamen?«

»Na und? Darf ick nich?«

Er muss lachen. »Jeder darf so heißen, wie er heißt.«

Sie will noch etwas erwidern, verstummt dann aber plötzlich. Aus dem Haustürschatten nähern sich drei Gestalten. Wie Füchse, die in Hühnerställe einbrechen wollen, schleichen sie heran, Hände in den Hosentaschen, Zigaretten schief in den Mundwinkeln. Es sind Jungen in Davids Alter, nur der Große in der Mitte scheint bereits auf die Zwanzig zuzugehen. Er trägt eine tief in die Stirn gezogene Melone auf dem Kopf und unter dem dicken, ihm lose um den Hals geschlungenen Schal ein rot geblümtes Halstuch. Seine Hose ist ihm zu kurz, die Jacke zu eng. Die beiden Jungen neben ihm, noch zerlumpter gekleidet, tragen Ballonmützen und grinsen angriffslustig.

»Siehste!«, flüstert Anna. »Warum biste nich abjehauen?« Gleich darauf aber strafft sie sich, als beabsichtige sie, ihren Begleiter mit allen ihr zur Verfügung stehenden Kräften zu verteidigen. »Juten Abend, Karl!«, ruft sie mit fester Stimme. »Willste mir Bruno abnehmen? Ick war mit ihm beim Doktor, und der hier, der hat'n mir nach Hause jetragen. Bruno hat nämlich Diphtherie und … und mir isser zu schwer.«

Die drei bleiben vor ihnen stehen, der Bursche mit der Melone nimmt seine Zigarette aus dem Mund, schnippt etwas Asche in Davids Richtung und schaut ihn mit drohend zusammengezogenen Augenbrauen an. »Sieht aus wie'n Joldlöffel, dein Babyträger.« Und damit zieht er Schleim hoch und spuckt aus, direkt vor Davids Füße.

David tritt einen Schritt zurück. Was für ein blasses, krank wirkendes, von vielen kleinen Narben durchzogenes Gesicht dieser Melonen-Karl hat! Die lange, gebogene Nase senkt sich fast bis auf die Oberlippe, das blonde, strähnig und fettig wirkende Haar quillt ihm unter der Melone hervor. Ein Weilchen blicken sie einander in die Augen, dann wendet dieser Karl sich wieder Anna zu. »Aber warum haste denn nischt jesagt, Ännchen? Ick hätte dir Bruno doch jetragen, hin und ooch wieder zurück.«

»Jing ja allet so schnell«, entschuldigt sie sich. »Hatte keene Zeit, dir zu suchen.«

Ja, jetzt würde David sich am liebsten umdrehen und gehen. Doch da mustert dieser Karl ihn schon wieder so herausfordernd und er muss den Blick aushalten. Er kann doch nicht davonlaufen wie ein Hund, dem man auf den Schwanz getreten hat.

Anna jedoch möchte ihn nun endlich loswerden. »Denn jeh mal jetzt«, sagt sie und hält ihm die Hand hin. »Und schönen Dank noch mal fürs Tragen.«

Er nimmt die Hand und hält sie – wie vom Teufel geritten – zwei, drei Sekunden lang fest, um ihr zu zeigen, dass er noch immer keine Eile hat.

Vielsagend blicken die drei einander an, dann tritt der Kleinste von ihnen, ein Bursche, der mit seinem krummen Rücken und dem kurzen, dürren Hals an einen halb verhungerten Raben erinnert, ihm in den Weg, während der blonde Karl so nahe an ihn heranrückt, bis sie fast Brust an Brust stehen. »Jefällt dir die Kleene?«

Soll er Nein sagen? Das wäre eine Lüge. Die dünne Anna mit ihrem hustenden, röchelnden und keuchenden Bruno auf dem Arm ist keine Schönheit, doch irgendwie gefällt sie ihm; er weiß selbst nicht, warum. Sagt er Nein, glaubt sie das vielleicht und schiebt es auf ihre Magerkeit und ärmliche Kleidung; sagt er Ja, wird dieser Melonen-Karl wütend, und die drei haben einen Grund gefunden, ihn zu vertrimmen. Ihm bleibt gar nichts anderes übrig, als die Hände in den Hosentaschen zu Fäusten zu ballen und frech zu werden. »Klar jefällt se mir. Morjen woll'n wa heiraten.«

Er hat es noch nicht ganz heraus, da packt Karl ihn schon an den Jackenaufschlägen und zieht ihn so dicht an sich heran, dass er seinen Nikotinatem riechen kann. »Heiraten willste se? Kiek an! Kiek an! Denkst wohl, die nimmt dir? Vielleicht weil de so'n Joldlöffel bist?«

»Aber dit war doch nur'n Scherz, 'n janz blöder Witz. So wat kannste doch nich ernst nehmen.« Rasch drückt Anna Bruno dem dritten Jungen in die Arme, einem aufgeschwemmt wirkenden, ewig grinsenden Pickelgesicht, und versucht, Karl von David fortzuzerren. Der große, kräftige Bursche aber lässt nicht locker. »Will dir mal wat sagen, Joldlöffel: So feine Pinkel wie dich lieben wir hier nich. Wampe satt – Fresse glatt – Neese platt!, heißt et bei uns. Und wat unsereens jar nich verknusen kann, dit is, wenn eener von eure Sorte nach unsre Weiber schielt. Mach du deins, lass mir meins, is 'ne schöne Regel. Und an die wirste dir halten, verstanden?« Und mit dem letzten Wort versetzt er David einen so heftigen Stoß, dass er ein, zwei Meter rückwärts taumelt und lang hinschlägt.

Die drei lachen laut, und der Rabe kräht: »Mensch, Schnösel, verdrück dir! Fliegste noch mal durch die Luft, wachsen dir Flügel.«

Wieder lachen die drei und David brennt vor Scham das Gesicht. Er will hoch und es diesem Karl zurückgeben, doch Anna ist schneller. Sie hilft ihm auf – und hält ihn fest. Und dann schreit sie die drei an: »Pisst nich so hohe Bögen, ihr Fatzkes! Nur janz kleene Wichte machen sich wichtig. Drei jejen eenen, mit so'nen Helden jewinnt der Kaiser keenen Krieg.«

Einen Moment lang blickt Karl sie eingeschüchtert und vorwurfsvoll an, dann verteidigt er sich: »Denkste etwa, ick lass zu, det dir so'n Joldlöffel verliebtet Zeuch ins Ohr flüstert, nur um dir rumzukriegen und dir danach sitzen zu lassen? Vielleicht mit'nem Balg im Bauch? Du jehörst mir, verstehste?

Lass mir nur erst Arbeit haben, denn heirate ick dir. Und fasst dir'n anderer an, brech ick ihm det Jenick.«

»Wat is los? Ick jehöre dir?« Jetzt tut Anna, als müsse sie sich vor Lachen biegen. »Haste Maden im Kopp? Wieso denn? Etwa weil de mir mal beim Kohlentragen jeholfen hast? Da müsst ick aber viele Onkels heiraten.«

Und mit schnellem Blick gibt sie David zu verstehen, dass er doch nun endlich verschwinden soll.

Er zögert – will sich nicht feige verdrücken –, doch dann nickt er ihr kurz zu und geht betont lässig davon. – Was soll er noch hier? Mit diesem Karl über seine Heiratspläne diskutieren? Da kann er sich Schöneres vorstellen.

### Briefe

In Mutters Werkstatt brennt noch Licht. Sie sitzt über irgendwelche Skizzen gebeugt. Um zu malen, reicht das Licht der beiden Öllampen auf ihrem Arbeitstisch nicht aus, dazu braucht sie Tageslicht; zeichnen oder skizzieren kann sie auch bei Kerzenschein.

Leise klopft David an das kleine, staubverschmutzte Schuppenfenster und gleich dreht sie sich um und nickt ihm lächelnd zu. Will sie nicht gestört werden, schüttelt sie nur den Kopf und er weiß Bescheid.

»Kommst aber spät«, sagt sie, nachdem er sie zur Begrüßung auf die Wange geküsst hat. »Hat August dir wieder Vorträge gehalten?«

»Nur einen kleinen.« Er setzt sich neben sie und grinst. Nicht allein die Mutter und Onkel Köbbe, auch die Mutter und Onkel August mögen einander sehr. Die Mutter ist nur wenig jünger, ihre ganze Kindheit und Jugend über steckten die beiden zusammen; kaum etwas, das sie nicht miteinander besprachen. Jetzt sind sie oft verschiedener Meinung, an ihrer geschwisterlichen Zuneigung aber hat das nichts geändert.

»Worum ging's denn?«, will die Mutter wissen. Doch erhält sie keine Antwort. Davids Blick ist auf die Skizzen gefallen, die da so zerstreut auf dem Arbeitstisch liegen. Alle haben sie mit ihrem Gefängnisbesuch zu tun. Da gibt es die verschiedenen Wärter, die ihnen die Türen geöffnet, sie durch die Gänge geführt oder ihr Gespräch mit dem Großvater bewacht haben, und viele geschlossene oder halb offene Türen und Gitterfenster, durch die nur wenig Licht fällt. Wieder andere Skizzen zeigen den Großvater, wie er spricht oder schweigt, und ihn, David, wie er mal mit erschrockenem, mal mit lauschendem Gesicht dem Großvater gegenübersitzt.

»Hast du die alle erst heute gemacht?«, fragt er erstaunt. Eine dumme Frage; wann hätte sie diese Skizzen denn sonst machen sollen? Heute oder gestern, weiter zurück lag ihr Besuch ja nicht.

Die Mutter lacht nicht. Sie nimmt ihm nur all diese Blätter, wenn er sie lange genug betrachtet hat, aus der Hand und überprüft sie selbst noch mal. Es sind bedrückend wirkende, oft Angst machende Szenen oder Stillleben. Aber so sind sie eben, Mutters Arbeiten, sie verschönern und verharmlosen nichts. »Wer etwas ändern will an den Hässlichkeiten dieser Welt«, hat sie mal zu ihm gesagt, »muss mit dem Finger drauf zeigen. Es ist besser, wenn die Wahrheit die Leute aufschreckt, als dass eine Lüge sie tröstet, die Ursachen unseres Versagens aber unangetastet bleiben.«

Doch wie Dr. Savitius diese Skizzen bewerten würde? Gossenkunst! Und nicht nur er, viele Kritiker bekämpfen Mutters Arbeiten. Voriges Jahr hatte sie ein Ausstellungsplakat entworfen. Die Ausstellung hieß *Die Frau im Heim* und das Plakat zeigte abgemergelte, düster blickende Heimarbeiterinnen an ihren Nähmaschinen. Man sah diesen Frauen förmlich an, dass sie von morgens um sechs bis nachts um zwölf hinter diesen Maschinen saßen, um sie herum ihre Kinder, magere, halb nackte, um ein Stückchen Brot bettelnde Geschöpfe – lauter kleine Brunos! Das Plakat hing nur zwei Tage an den Litfaßsäulen, dann wurde es auf Verlangen der kaiserlichen Zensur entfernt. Verleumdung wurde der Mutter vorgeworfen, Schwarzmalerei und Elendsromantik. Sie hatte auch gar keine andere Reaktion erwartet. »Sie lassen sich nun mal nicht gern vors Schienbein treten, die Herren, die meinen, alle Moral für sich gepachtet zu haben«, sagte sie nur achselzuckend.

Und auch als er sich mal bei ihr über Dr. Savitius' Einschätzung ihrer Arbeiten beschwerte, blieb sie so ruhig. »All diese Savitiusse«, spottete sie stolz, »sind gar nicht so dumm, wie sie tun. Sie spüren, dass meine Arbeiten nicht allein Anteilnahme am Schicksal der im Elend Lebenden ausdrücken, sondern dass ich damit gegen unsere Gleichgültigkeit protestiere. Was ihnen nicht gefällt. Also protestieren sie zurück.«

Nur als er sie mal fragte, weshalb sie denn nicht zur Abwechslung auch mal andere, »schönere« Bilder male oder zeichne, einen See, eine Wiese oder einen Wald, glaubte sie, sich verteidigen zu müssen. »Wozu denn? Die Natur bejubeln genügend andere. Und was schön ist, das sieht doch jeder. Da reicht es, zu staunen und zu genießen.«

Als sie das sagte, schämte er sich fast, sie danach gefragt zu haben. Die Mutter jedoch meinte, ihm ihre Arbeit noch weiter erklären zu müssen. Jeder wahre Künstler habe eine Mission, eine Aufgabe, so fuhr sie fort, weshalb er seinen ganz eigenen Weg gehen müsse, egal ob dieser Weg dem Publikum gefällt oder nicht.

Worte, die er bis heute nicht vergessen hat. Soll der Savitius doch hetzen, soll er die Mutter niedermachen, er, der Untersekundaner David Rackebrandt, weiß, dass seine Mutter eine wirkliche Künstlerin ist.

Wie war es ihr schwer gemacht worden, ihren ganz eigenen Weg zu gehen! Mit vierzehn aus der Schule entlassen, weil es zu ihrer Zeit noch keine weiterführenden Schulen für Mädchen gab, hat sie vier Jahre lang nichts anderes tun können, als der Großmutter beim Besticken von Kopfkissenhüllen, Servietten oder Tischdecken zu helfen und dem Großvater das Essen auf den Bau zu bringen. Erst danach bot sich ihr die Chance, einen Beruf zu erlernen: Porzellanmalerin. Eine Tätigkeit, die ihren Neigungen entgegenkam, wollte sie doch schon von frühester Jugend an am liebsten nur zeichnen oder malen.

Auf Dauer allerdings genügte ihr die Arbeit in der Porzellanmanufaktur nicht. Sie nahm Zeichenunterricht bei einem Bildhauer, der keine Vorurteile gegen künstlerisch begabte Frauen hatte, und wurde später in der inzwischen gegründeten Berliner Künstlerinnenschule aufgenommen, in der sie seit Neuestem selber unterrichtet – Grafik und Zeichnen. Die Kunstakademien lehnen weibliche Studenten ja nach wie vor ab; Frauen werden dort nur als Aktmodelle zugelassen.

Ihre »wahre Schule« jedoch, so sagt sie, sei von Anfang an die Straße gewesen. Immer wieder hat sie überarbeitete, abgehetzte, ständig schwangere Frauen gezeichnet, Männer, die ihr Unglück im Schnaps ertränken, oder Kinder mit aufgetriebenen Hungerbäuchen. Dazu Szenen aus dem Arbeitsleben: Ein alter Hucker, der eine zwei Zentner schwere Molle mit Steinen schleppt, ein verzweifelter Kutscher, der neben seinem auf der Straße zusammengebrochenen Gaul hockt, ein von ihrer Herrschaft mit Schimpf und Schande davongejagtes Dienstmädchen, das mit stierem Blick in die Spree starrt, und viele andere ähnliche Alltagsszenen.

Nun diese Gefängnisskizzen. Er war ja dort gewesen, hat alles gesehen, weiß, dass nichts grauer oder bedrückender dargestellt ist, als auch er es empfunden hat. Voller Respekt nimmt er ein Blatt, das ihn besonders fasziniert hat, noch einmal in die Hand. Links im Bild der Großvater, wie er ihn ernst und nachdenklich, aber nicht mutlos oder verzagt, sondern eher voller Zuversicht anschaut. In der Mitte der lange Tisch, rechts im Bild, auf der anderen Seite des Tisches, er, der Enkel, der seinen Großvater besucht. Im Hintergrund das karge, fahle Licht des Wintertags, das durch das kleine, vergitterte Fenster fällt.

»Soll das was Größeres werden?«, fragt er leise.

Die Mutter, lange hat sie ihn nur still beobachtet, macht ein überraschtes Gesicht. »Woher weißte denn das?«

»Es sieht so aus.«

»Alle Achtung!« Sie lächelt stolz. »Hast den richtigen Blick. Ja, das könnte was in Öl werden. Vielleicht sogar was ziemlich Großes ... *Der Besuch* wäre ein schöner Titel.«

Ja, *Der Besuch* wäre ein sehr schöner Titel. Egal, ob da ein Enkel seinen Großvater oder ein Sohn seinen Vater besucht, die Situation, die Gefühle des alten Mannes und die des jungen Burschen werden sehr deutlich.

»Und was sind das für Briefe?« Er greift nach einem der vielen Kuverts, die die Mutter neben den Skizzen aufgestapelt hat, und erkennt die gestochen scharfe Handschrift. »Von Großvater?«

»Ja. Alles, was er uns in diesen Jahren geschrieben hat ... Das unterstützt meine Arbeit.« Auch die Mutter nimmt einen dieser Briefe zur Hand und streicht sachte darüber hin. »Man fragt sich doch, woher das kommt, dieses Ungebrochensein, dieser Lebensmut ... Eine Frage, die mich schon lange beschäftigt. Jetzt, nach diesem Besuch mit dir, ist mir einiges sehr viel klarer geworden.«

Ein paar Haarsträhnen fallen ihr in die Stirn, mit einer nachdenklichen Handbewegung schiebt sie sie fort. Eine Gebärde, die David so vertraut ist, dass ihm ganz warm in der Brust wird. Er muss sich abwenden, sie mögen beide keine Rührseligkeiten, es ist besser, ihr jetzt nicht um den Hals zu fallen.

»Ich würde die Briefe auch gern lesen«, sagt er leise. »Darf ich sie mit in meine Kammer nehmen?«

Zwar kennt er einige der Briefe schon, der eine oder andere ist ja an ihn gerichtet, doch noch lange nicht alle. Auch wurden ihm aus manchen nur bestimmte Stellen vorgelesen, da einige Schilderungen des Gefängnislebens, wie die Großmutter befürchtete, ihn zu sehr beunruhigt haben würden. Jetzt, mit sechzehn, in einem halben Jahr siebzehn, und nach diesem Besuch in Plötzensee, möchte er alles lesen.

Die Mutter schaut ihn nur kurz an, dann nickt sie. »Ja, lies nur! Dann verstehst du so manches sicher gleich viel besser.«

Viele von Großvaters Briefen sind keine offiziell erlaubten Gefängnisbriefe; Zellengenossen haben sie bei ihrer Entlassung herausgeschmuggelt. So konnte er hin und wieder ganz ungeschminkt seinen Alltag beschreiben oder Meinungen äußern, die ihm die Gefängniszensur nicht hätte durchgehen lassen. Und natürlich sind diese Briefe die interessanteren.

Der erste dieser illegalen Briefe ging an die Großmutter. Er versucht, sie aufzumuntern, macht ihr Hoffnung, dass sie nicht die ganzen vier Jahre getrennt sein werden. Dann schreibt er über sich: »Bin nicht niedergeschmettert, Jetteken. Sitze ja nicht wegen Räuberei oder Betrug, sondern allein weil ich für eine gerechte Sache eintrete ... Keine ›Strafe‹ kann mich von diesem Weg abbringen. Entlassen sie mich aus der Haft, werde ich dort weitermachen, wo ich aufgehört habe. Einfach, weil diese Arbeit notwendig ist. Das tut mir leid für Dich, doch in meinem Alter ändert man sich nicht mehr. Aber Du hast ja gewusst, wem Du Dich versprochen hast, nicht wahr? – Ach, Jette, es ist ein großes Glück, dass Du, allen Anfechtungen zum Trotz, bei allem, wofür ich eingetreten bin, immer an meiner Seite geblieben bist. Das lässt mich alles leichter ertragen, und dafür bin ich Dir so dankbar, wie es sich mit Worten gar nicht ausdrücken lässt.«

David hat den Docht der kleinen Petroleumlampe auf dem Nachttisch neben seinem Bett so hoch wie nur irgend möglich gedreht und wird von Brief zu Brief immer munterer. Er hört beim Lesen Großvaters Stimme, sieht sein Gesicht vor sich, die klugen, nachdenklichen Augen …

In einem Brief drei Monate später, wieder an die Großmutter gerichtet, heißt es: »Es ist wohl so: Willst du dein Vaterland kennenlernen, musst du in seine Gefängnisse gehen. Hier erfährst du, in was für einem Staat du lebst.« Und ein paar Zeilen weiter: »Das Gefängnis raubt einem Menschen nicht nur seine Freiheit, es versucht auch, ihm seinen Charakter zu nehmen. Einer läuft hinter dem anderen her, jeder trägt die gleiche Anstaltskluft, isst das gleiche Essen, muss sich an denselben Tagesablauf halten. Es kostet Kraft, der zu bleiben, der man sein will.« Und am Ende: »Viele Wärter behandeln uns Häftlinge ohne jeden Respekt. Sie halten sich für den Staat und uns für den Kehricht dieses Staates.«

In einem anderen Brief an die Großmutter, erst vor wenigen Wochen geschrieben, schlägt der Großvater eher resignierte Töne an. »Ja, Jetteken, die Zeit verrinnt, wir werden älter und meine Sehnsucht nach Dir, den Kindern und David wächst von Stunde zu Stunde. Es ist ein großes, bitteres Unrecht, das uns zugefügt wird.«

Am Ende dieses Briefes erinnert er sich: »Wir beide, als wir jung waren! Weißt Du noch, Rosenstraße 7? Ist mir damals gar nicht aufgefallen, dass die Rose doch für ›Liebe‹ steht. Doch wie war ich verliebt in Dich! Und was für eine Liebe ist im Lauf der Jahre daraus geworden … Nein, nein, Du musst nicht glauben, dass ich in meiner Männereinsamkeit immer nur die junge Jette vor mir sehe, so ein fideler Hahn bin ich nicht mehr. Fliehe ich in meinen Träumen aus der Zelle, dann machen wir beide, Du und ich, einen Waldspaziergang, irgendwo rund um einen See, wo alles grün ist. Oder wir sitzen im Hof unter der Linde, es ist Abend, ich trinke mein Bier und Du Deinen Tee und wir schweigen. Sind aber Rieke, David, Fritz und Mariechen dabei, oder Köbbe, Gustl und Nelly sind zu Besuch, wird viel geredet und gelacht … Ja, Jette, im Gefängnis sind es gerade die alltäglichen Dinge, die man am meisten vermisst.«

Er schreibt dann noch, wie sehr ihm das gemeinsame Arbeiten auf den verschiedenen Baustellen, der Geruch des Holzes und die Mittagspausen fehlen, in denen jeder Zimmerer seine Flasche Bier in der Hand hält und in der viel geflachst und gewitzelt wird, und David spürt, wie ihm die Tränen kommen. Nur gut, dass er in seiner Kammer allein ist, da kann er wenigstens ungeniert heulen.

In seinem ersten Brief an die Mutter schreibt der Großvater: »Hier denkt man viel über das Leben nach, an all das, was man miterlebt hat. Vieles war schön und ermutigend und die Erinnerung daran wird zum guten Freund, anderes war von Enttäuschungen geprägt. Musste denn wirklich alles so kommen, fragt man sich. Hätten wir, meine Generation, in den Jahren 48 und 49 nicht klüger handeln müssen?«

Im selben Brief die Worte: »Ja, Riekekind, mein Kopf arbeitet unermüdlich. Draußen, in all dem Trubel, kommt man ja kaum dazu, alles gründlich zu überdenken. Hier sinniere ich unentwegt und würde so gern auch mit Dir über all das reden, was mir da Tag für Tag durch den Kopf geht.«

In einem anderen Brief, geschrieben nach einem Jahr Haft, teilt er der Mutter mit, dass er nichts beschönigen will. »Der Aufenthalt hier ist so eine Art Feuerprobe für den Charakter. Schlechte Nachrichten drücken nieder, gute gibt es kaum. Das Schlimmste aber ist, eine Zeit lang gar keine Nachricht zu erhalten. Dann glaubt man sich von aller Welt verlassen und möchte am liebsten gegen die Wände anrennen.«

Ein paar Zeilen weiter heißt es dann: »Im Gefängnis verändern sich manche Menschen sehr. Der eine beweist eine Festigkeit, wie er sie sich zuvor gar nicht zugetraut hat, der andere, der sich zuvor gern stark und hart sah, wird weich, ängstlich und fügsam. Eines aber gilt für alle: Willst du überleben, musst du lernen, dir deine kleinen Zufriedenheiten zu schaffen. Dazu gehört, dass man sich innerlich sauber hält und auch mit den stursten Wärtern mal ein paar freundliche Worte wechselt …«

Er kann nicht mehr weiterlesen, sieht wieder vor sich, wie der Großvater ihm gegenübersaß. Sie haben ihn nicht kleingekriegt, alle diese Wärter, sogar freundliche Worte hat er mit ihnen gewechselt … Kein Wunder, dass Onkel Köbbe und Onkel August und auch die Mutter ihren Vater so sehr respektieren.

Nur schade, dass die Mutter sich nicht auch die Briefe geholt hat, die ihre beiden Brüder von ihm bekommen haben; die Briefe jedoch, die der Großvater ihm, David, geschrieben hat, sind dabei. Jetzt, nach diesem Besuch, will er sie noch mal lesen, und zwar mit ganz neuen Augen.

Ein Weilchen schaut David noch starr in sich hinein, um wieder Herr seiner Gefühle zu werden, dann greift er zu dem ersten »seiner« Briefe, zwei Monate nach der Urteilsverkündung geschrieben.

»Lieber David!«, so beginnt er. »Du hast ja alles mitbekommen und weißt, dass wir uns lange nicht sehen werden. Das tut mir sehr leid, doch muss ich mich für nichts schämen oder entschuldigen. Man hat mich zu diesen vier Jahren Gefängnis verurteilt, weil ich für mehr Freiheit und Gerechtigkeit eingetreten bin, und nicht etwa, weil ich irgendein Verbrechen begangen hätte. Doch das wirst Du Dir ja sicher denken können. Ich habe viel Vertrauen zu Dir und weiß, dass auch Du mir vertraust.«

Später schreibt der Großvater: »Das Gericht, das mich verurteilt hat, vertritt nicht das Recht. Es vertritt nur den Staat, der in Wahrheit auf die Anklagebank gehört, da kein Mensch verpflichtet ist, sich unmoralischen Gesetzen zu unterwerfen. Das solltest Du nie vergessen. Letztlich ist jeder für sich selbst verantwortlich.«

Noch später diese Worte: »Lieber David, sicher fragst Du Dich, ob das nicht sehr schwer für mich ist, so eingesperrt leben zu müssen. Doch was bedeutet es schon, eingesperrt zu sein? Es gibt ein altes Lied: *Die Gedanken sind frei*. Einen Menschen, ja, den kann man einsperren, nicht aber seinen Kopf. Der Kopf bleibt so frei, wie er immer war, wenn es sich denn um einen freien Kopf mit eigenen Gedanken handelt. Wirklich eingesperrt, lieber David, sind nur die, die hinter den Gittern ihrer Vorurteile leben …«

Dr. Savitius! Ja, der Savitius ist ein Paradeexemplar für solch einen »Eingesperrten«! Und viele andere sind es auch … Und deshalb war es richtig, dass er Onkel Köbbes Flugblatt weitergeleitet hat! Er hat es ja wirklich nicht nur getan, um Onkel Köbbe einen Gefallen zu tun – er hat es getan, weil er sicher ist, dass er, der Großvater und die Mutter das Richtige wollen. Das muss er Onkel August beim nächsten Besuch unbedingt sagen.

Zweiter Teil
**Hundstage**

### Den Himmel huckepack

Was für ein schöner, warmer Frühsommermorgen! Auf den Wiesen blüht leuchtend der Löwenzahn, schläfrige Bienen, emsige Wespen und dickwollige Hummeln schwirren umher, Bäume und Büsche präsentieren stolz ihr frisches Grün. Ein Sonntag, der seinen Namen verdient.

Sie sind früh aufgebrochen, Onkel August, Tante Nelly und David. Es ist ihr erster gemeinsamer Ausflug in diesem Jahr. Wie immer ging es zwei Stunden vor dem Aufstehen, der Himmel war noch grau, zur Bahn und wie stets war Onkel August allerbester Laune, scherzte viel und freute sich auf den Tag bei Mutter Natur. In Köpenick ausgestiegen, nahmen sie dann den inzwischen schon etwas blaueren Himmel huckepack, wie Onkel August und Tante Nelly das nennen, wenn sie, Rucksäcke auf den Rücken, vom frühen Morgen bis zum späten Abend durch Wald, Wiesen und Felder streifen.

Die beiden lieben solche Wanderungen, und fast jedes Mal fragen sie David, ob er nicht Lust hat, sich ihnen anzuschließen. Ein Angebot, das er noch nie ausgeschlagen hat, und so schreiten sie auch heute zu dritt nebeneinanderher und Tante Nelly bewundert mal wieder jede Wiesenblume, jeden Schmetterling, Grashüpfer oder Waldkäfer. Und begegnet ihnen auf ihrem Weg durch die frühe Sonne eine Ringelnatter, Blindschleiche, Kröte oder Eidechse, hält sie vor Begeisterung die Luft an. »Schaut nur, diese Farben! Diese Bewegungen! Ach, wer in der Stadt lebt, versäumt so viel.«

Onkel August bricht nicht in solche Begeisterungsstürme aus, doch kennt er jedes Kraut und dessen Heilkraft und die meisten Insekten, die über den Boden kriechen oder durch die Luft schwirren. Etwas Schöneres als eine bunt schillernde Libelle mit ihren zarten Flügeln gibt es für ihn nicht.

An diesem Morgen stoßen sie schon nach wenigen hundert Metern Waldweg auf einen besonders großen Ameisenhügel. Gleich legt Onkel August sich der Länge nach auf den kiefernnadelübersäten Waldboden, um die kleinen Krabbler bei ihrem emsigen Treiben zu beobachten. »Was für ein geordnetes, fleißiges, solidarisches Leben!«, freut er sich. »Von denen könnten wir'ne Menge lernen.« Und beim Weitergehen erzählt er, dass man aus in Wasser gekochten Ameisen einen Trank herstellen könne, der Rheumatismus lindere. Nur wisse das kaum noch jemand in einer Zeit, in der pharmazeutische Fabriken wie Pilze aus dem Boden schössen.

»Ameisentee?« Ein Gedanke, bei dem es Tante Nelly schüttelt. »Das würde ich nicht trinken. Lieber würd ich mir 'nen Buckel wachsen lassen.«

Gelegenheit für Dr. Jacobi, seine Sprechstundenhilfe zu belehren. »Menschen mit einem Höcker leiden nicht an Rheumatismus. Die wahren Gründe sind uns leider noch nicht gänzlich bekannt, interessant aber ist, dass du unter unseren armen Patienten dreimal so viel von dieser Krankheit Betroffene findest wie unter den wohlhabenden.«

Tante Nelly bedankt sich für diese »Dezimierung ihres Nichtwissens« mit einem tiefen Knicks, alle müssen lachen, und weiter geht's, bis sie am Rande einer sumpfigen Wiese auf eine besonders interessante Kröte stoßen. Vorsichtig nimmt Onkel August sie auf, um sie durch seinen Zwicker hindurch »gründlichst« zu betrachten.

Es ist eine sehr breitmäulige, erdverkrustete, über und über warzenbehaftete und, wie David findet, sehr hässliche Kröte. Sie zuckt mit ihren kurzen, unbeholfenen Beinen und plustert sich auf, um diesem riesigen Menschen, der sie da so einfach in die Höhe gehoben hat, zu drohen.

Beruhigend redet Onkel August auf sie ein. »Keine Sorge, Madame, ich will Ihnen nichts tun. Es ist ein rein wissenschaftliches Interesse, das mich antreibt.«

Kaum hat er die Kröte auf die Erde zurückgesetzt, erklärt er David, dass kein einziges Tier hässlich sei. »Nur unser menschlicher Unverstand ist schuld daran, dass wir dermaßen wertend empfinden. Diese Kröte zum Beispiel hat einen wunderschön gefleckten Bauch, ihr Herr Gemahl ist sicher ganz verliebt in sie.«

Da darf Tante Nelly David mal wieder schmunzelnd zuzwinkern. So ist er, dein Onkel, soll das heißen, muss man ihn nicht lieb haben?

Auf diese Weise, immer wieder stehen bleibend und etwas betrachtend, egal ob Kraut, Insekt oder Tier, und nur selten von entgegenkommenden Wanderern gestört, ziehen sie weiter durchs Grün. Mit einer Fähre überqueren sie die Müggelspree, und als es Zeit für eine Rast ist, haben sie ein einsames, schmales Wiesenstück zwischen vielen hohen Bäumen direkt am friedlich vor sich hin plätschernden Müggelsee erreicht.

Inzwischen ist es später Vormittag geworden. Die Sonne steht hoch, es ist heiß zum Eierbraten.

»Ich geh gleich ins Wasser.«

Tante Nelly ist schon dabei, sich auszuziehen, und David zögert keine Sekunde, es ihr nachzutun. Er findet es großartig, dass sie so mutig ist. Jedes Baden außerhalb fest umbauter und gegen jeden Einblick streng geschützter Badeanstalten ist verboten, Onkel August und Tante Nelly aber kümmern sich nicht um diese Verbote »gegen jedwedes Naturvergnügen«. Und noch tollkühner: Inzwischen baden sie ebenfalls nackt, obwohl deshalb schon Leute ins Gefängnis gesteckt wurden.

Davids Vater hatte es einst aufgebracht, dieses Nacktbaden. Er mochte nicht nur die von Menschen wimmelnden Badeanstalten nicht, in denen Männer und Frauen getrennt baden müssen. Besonders hasste er die nach jedem Eintauchen in den See von den Knien bis zum Hals klitschnassen Badetrikots. »Was ist so unschön an mir, dass ich's verstecken muss?«, fragte er lachend, und nach einigem Zögern tat die Mutter, gerade erst ein paar Wochen mit ihm verheiratet, es ihm nach und spottete bald ebenfalls über die knöchel- und ärmellangen, mit Rüschen und Röckchen garnierten, bunt gestreiften oder gepunkteten »Faschingskostüme« der Damen in den Badeanstalten, zu denen auch noch eine Mütze gehört. So war er, David, es von klein auf gewohnt, nackt in den See zu gehen, hatte es nie anders kennengelernt. Dass dieses Nacktbaden »ungehörig« ist und als Vergehen wider die öffentliche Ordnung noch strenger bestraft wird als nur das Baden außerhalb von Badeanstalten und man deshalb unentwegt achtgeben muss, dass man nicht dabei erwischt wird, musste ihm erst mühselig beigebracht werden. Er wäre sonst, so die Mutter, im Sommer mal nackt zur Schule gegangen.

Onkel August und Tante Nelly hatten das Nacktbaden erst lernen müssen – von der Mutter und ihm. Der Vater war schon tot und Onkel August und Tante Nelly hatten gerade erst geheiratet, da waren sie mal zu viert an den Wannsee gefahren. Onkel August zu überzeugen, dass ein nackter Körper – erst recht unter Verwandten – nichts sei, wofür man sich schämen müsse, war nicht schwer. Er sah gleich ein, dass Menschen Kleider eigentlich nur benötigten, um im Winter nicht zu erfrieren. Tante Nelly jedoch genierte sich sehr, zog ihr rot-weiß gestreiftes Trikot an und saß danach in ihrem triefenden Badekostüm wie ein begossener Pudel zwischen den drei Nackten. Bis sie sich irgendwann dumm vorkam, hinter ein Gebüsch lief und sich ebenfalls auszog. Darüber muss Onkel August noch heute lachen: »Extra hinters Gebüsch rennen, um sich auszuziehen – und nackt wieder hervorkommen! Dahinter steckt so viel Logik, das ist schon fast Philosophie.«

Inzwischen ist sie fast immer die Erste im See und lobt besonders dieses »herrliche Gesetz«, das das Baden außerhalb von Badeanstalten verbietet. Wäre es anders, dann wäre es jetzt hier nicht so still und menschenleer und sie müssten sogar hier ein Badetrikot tragen.

»Fertig?«, fragt sie.

»Fertig!«, antwortet David und schon fassen sie sich an den Händen, und laut lachend und den ersten Kälteschock überkreischend, laufen sie in den noch nicht sommerwarmen See und schwimmen weit raus. Onkel August mit seinen langen Armen wird sie im Nu eingeholt haben.

»Ach, ist das schön!«, jubelt Tante Nelly, als ihr endlich warm geworden ist. »Es gibt nichts Schöneres als das erste Schwimmen im See nach einem so langen Winter.«

Kein Gedanke mehr daran, dass sie sich mal geniert hat! Auch kein Gedanke daran, dass die Großmutter noch immer entsetzt ist über diese neumodische Freikörperkultur und nach wie vor nicht verstehen kann, dass die Mutter auch ihn, David, dazu »erzogen« hat. Allein Tante Mariechen hat Verständnis für die »Nacktärsche«. »Jedem Hühnchen sein Körnchen«, sagt sie nur achselzuckend, wenn die Großmutter mal wieder schimpft. »Wem's gefällt, der soll's tun, wem's nicht gefällt, der soll's lassen! Ich jedenfalls werde die liebe Sonne mit meinem Anblick nicht erschrecken.«

Nach dem Baden liegen sie auf der Wiese und genießen die Wärme auf ihren noch nassen Körpern.

Sie waren weit rausgeschwommen, wollten einfach nicht umkehren, so schön war es im See. Nun dürfen sie verschnaufen und das Blut spüren, das da so heftig in ihren Adern pulsiert. Grillen zirpen, auf einem schräg in den See ragenden Baumstamm hockt eine Entenfamilie und putzt sich, der Himmel leuchtet blau.

»Ach!« Tante Nelly fühlt sich noch immer so froh und beglückt. »Ist das nicht schön? Ist das Leben nicht wunderschön? Vor fünfzig Jahren haben andere hier gelegen und in fünfzig Jahren werden wieder andere hier liegen, doch jetzt liegen wir hier und können noch ganz oft wiederkommen. Eigentlich müsste man unentwegt in Dankgebete verfallen.«

Doch denkt sie nicht daran, jetzt zu beten. Vor lauter Lust am Leben leise vor sich hin summend, springt sie auf und macht sich an den Rucksäcken zu schaffen. »Wer Hunger hat, schreit: Hier!«

»Hier!« David hat einen Riesenhunger. Erst die lange Wanderung, dann das Schwimmen im See, er könnte ganze Stullenberge verdrücken.

Kartoffelsalat, Brot, Käse, hart gekochte Eier und Unmengen Radieschen hat Tante Nelly mitgebracht. Sie stellt eine Flasche mit kaltem Tee und eine mit Milch dazu und beginnt gleich zu futtern. Ihre schönen grünen Augen leuchten vor Appetit. Gleich langt auch David zu, und dann kauen und schlucken sie miteinander um die Wette, während Onkel August, die Arme unter dem Kopf verschränkt, noch immer zum Himmel hochschaut.

»Ja«, sagt er schließlich, »das ist es, das Leben! Unsere Seele, das einzige menschliche Organ, das uns zum Wundern befähigt, sie verkümmert, wenn wir nicht ab und zu einmal zur Natur heimkehren, die uns geboren hat.«

»Klingt nicht gerade sehr wissenschaftlich, Herr Doktor«, spottet Tante Nelly. Und dann hebt sie den Zeigefinger und ahmt Onkel Augusts so viel tiefere Stimme nach: »Merk dir, Nelly, wir Menschen bestehen aus nichts anderem als mehreren Häufchen Materie, Blut und Blutgefäßen. Wir können sehr unterschiedlich aussehen, zerlegt man uns jedoch in unsere Einzelteile, findet man keine großen Unterschiede mehr. Und die berühmte Seele, auf die die Kirche so pocht, hat noch kein einziger Pathologe je gefunden.«

Onkel August lächelt. »Ja, so hab ich früher geredet. Inzwischen bin ich nicht nur älter, sondern hoffentlich auch klüger geworden. Und so frage ich mich seit Neuestem, ob es dieses unsichtbare Etwas – jenseits aller kirchlichen Wunschvorstellungen – nicht vielleicht doch gibt. Was sonst sollte uns Menschen dazu befähigen, all das Schöne um uns herum wahrzunehmen?«

»Bravo!« Tante Nelly legt Onkel August ein Käsebrot auf den Bauch. »Und nun, nach dieser gewaltigen sportlichen und geistigen Kraftanstrengung, wird Körper und Seele erst mal Nahrung zugeführt, damit beides auch in Zukunft nicht verkümmert.«

Brav richtet Onkel August sich auf, beißt in das Käsebrot und beginnt von seinem französischen Freund Yves zu erzählen, den er im Krieg kennengelernt hat. Damals lag er, der neunzehnjährige Soldat August Jacobi, vor der Stadt Paris, die vom deutschen Militär ausgehungert werden sollte. Als sie nach dem Friedensschluss endlich hätten abrücken können, kam es dort zur Revolution, denn im Gegensatz zu ihrer nach Bordeaux geflüchteten Regierung war den Parisern die von den Deutschen geforderte Kriegsentschädigung zu hoch. Sie wollten den Krieg lieber fortführen, als einem solchen Schandfrieden zuzustimmen. Auch wollten sie sich fortan selbst regieren. Ihre Regierung schickte Truppen und ein grausames Gemetzel begann, Franzosen gegen Franzosen. Weshalb auf Wunsch der französischen Regierung Onkel August und seine Kameraden die Stadt weiter belagern mussten, damit die Revolutionäre, die sich Kommunarden nannten, nicht fliehen konnten. Yves gelang es dennoch, der Gefangenschaft zu entkommen. Von einer Kugel getroffen, versteckte er sich auf dem Dachboden der Bäuerin, auf deren Gehöft Onkel Augusts Kompanie einquartiert war, und Onkel August und ein mit ihm befreundeter Sanitäter kümmerten sich um den verletzten »Feind«.

»Weißt du, David«, Onkel August hält beim Essen inne, »seit damals frage ich mich, wie Menschen fähig sein können, gegeneinander Krieg zu führen, ganz egal, ob es sich dabei um fremde Völker oder um die eigenen Landsleute handelt. Deshalb dachte ich lange, dass wir eigentlich gar keine Seele haben können. Inzwischen jedoch frage ich mich, wie ein Mozart oder Chopin, Beethoven oder Haydn so wunderbare Musik hätten komponieren können, wenn wir Menschen nicht doch eine Seele hätten.«

»Das ist so, weil wir zu allem fähig sind«, stellt Tante Nelly resolut fest. »Zum Guten ebenso wie zum Schlechten.«

Onkel August nickt erst nur, dann sagt er: »Yves sieht das nicht sehr viel anders. Deshalb glaubt er, dass wir Menschen umerzogen werden müssen. Unsere Seelen, so sagt er, müssten mit Vernunft gefüttert werden. Er ist inzwischen Kommunist geworden, glaubt an die Lehren von Marx und Engels, die ich, wie ihr ja wisst, nur teilweise nachvollziehen kann. Auch sage ich mir, dass mit Vernunft bestenfalls der Kopf gefüttert werden kann, nicht aber die Seele eines Menschen.«

Spätestens alle zwei Jahre fahren Onkel August und Tante Nelly nach Paris, um jenen Yves zu besuchen. Eine Reise nach Berlin wäre für den Pariser Drechslermeister zu teuer, er müsste dann ja jedes Mal seine Werkstatt schließen. Über Onkel Augusts und Tante Nellys Besuche aber freut er sich.

Dann führt er sie durch seine Stadt und lädt sie zu sich nach Hause ein, sie trinken Wein und reden viel. Im letzten Jahr fand zur gleichen Zeit ein Internationaler Sozialistenkongress dort statt. Aus allen Ländern Europas und sogar aus Amerika waren Teilnehmer angereist, und Yves' Hoffnung, dass die Menschen irgendwann mal zu klug und zu vernünftig sind, um noch Kriege oder Bürgerkriege zu führen, erhielt neue Nahrung. Später jedoch, als Onkel August ihm schrieb, dass er diese schöne Hoffnung nicht teile, wurde Yves böse. Wenn die Menschen nicht endlich klug würden, so schrieb er zurück, würde Europa bald in die allerschlimmste Barbarei zurückfallen, nachdem in den letzten Jahren so viele neue, noch grausamere Waffen erfunden worden seien.

Eine seltsame Freundschaft, die zwischen Onkel August und diesem Yves! In vielen Fragen denken sie ähnlich, oft aber auch ganz anders. Dennoch sind sie einander treu; geriete einer von ihnen in Not, so würde der andere alles tun, um zu helfen. Nur schade, dass Yves nie nach Berlin kommen wird. David hätte ihn gern kennengelernt. Gerade will er das sagen, da hat Tante Nelly in der Ferne einige Wanderer entdeckt. Rasch schlüpft sie in ihr Kleid und Onkel August und er ziehen ihre Hosen und Hemden über. Im vorigen Jahr hatte sie ein alter Mann beim Nacktbaden überrascht, gleich rannte er los, um sie bei der Polizei anzuzeigen. Nur die rasche Flucht rettete sie.

Die Wanderer, eine Großfamilie, ausgerüstet mit Botanisiertrommeln und Schmetterlingsnetzen, ziehen vorüber, doch nun lohnt es nicht mehr, sich noch mal hinzulegen. Sie wollen ja noch zum Teufelssee und danach den Kleinen Müggelberg hoch.

Jetzt ist es schon später Nachmittag und noch heißer geworden. Die Erde scheint zu dampfen, die Luft flirrt, durch das

Blau über ihnen ziehen nur ganz wenige, verirrt wirkende, weiße Wölkchen.

Mit bereits schweren Beinen erklimmen sie den Kleinen Müggelberg und schauen dabei immer wieder zu dem neu erbauten, hölzernen Turm hoch, der auf dem höchsten Punkt errichtet worden ist. Im Stil einer chinesischen Pagode wurde er erbaut, wie Tante Nelly in der Zeitung gelesen hat, man soll von dort aus das ganze Müggelland überblicken können.

Was nicht übertrieben ist, wie sie feststellen können, als sie endlich oben angelangt und auch noch die Turmstufen zur Aussichtsplattform hochgestiegen sind und schwer atmend die Köpfe in den hier leicht wehenden Wind halten. Auf der einen Seite ist in der Ferne der riesige Müggelsee zu erkennen, in dem sie gerade erst gebadet haben, links davon grüßen die Köpenicker und Friedrichshagener Schornsteine. Auf der anderen Seite, näher, aber tief unter ihnen, glitzert der Lange See, und eine Kette von Spreedampfern, Bugwellen vor sich hertreibend und Rauchfahnen hinter sich herziehend, keucht stadtauswärts.

Am 1. Mai war auch Onkel Köbbe hier oben. Auf jenem Pariser Sozialistenkongress war ja beschlossen worden, den 1. Mai zum internationalen Kampftag der Arbeiterbewegung auszurufen. Von nun an soll an diesem Tag nicht mehr gearbeitet, sondern auf die Straße gegangen werden, um für den Acht-Stunden-Arbeitstag zu kämpfen, so wie im vorigen Jahr schon in Amerika und Australien. Für das Stadtgebiet von Berlin aber war jede Maifeier verboten worden, so musste, wer dem Aufruf Folge leisten wollte, ins Grüne ziehen. Und viele, sehr viele Arbeiter taten das, obwohl sie dafür auf einen vollen Tageslohn verzichten und befürchten mussten, als »rote Hetzer« gebrandmarkt zu werden und ihre Arbeit zu verlieren. Nach dem großen Wahlsieg vom Februar jedoch waren viele mutig geworden. Vormittags demonstrierten sie für acht Stunden Arbeit, acht Stunden Freizeit und Bildung und acht Stunden Schlaf, nachmittags feierten sie in Gartenlokalen oder machten Dampferfahrten. Onkel Köbbe und Tausende seiner Parteifreunde aber waren hierhergewandert, in die Müggelberge; Herrenpartie mit Damen, bewacht von einem riesigen Polizeiaufgebot. Doch waren die Maifeiernden viel zu gut gelaunt, um sich durch den Anblick der Pickelhauben provozieren zu lassen. Sie riefen den Blauen sogar zu, sie sollten sich einreihen. Ohne ihre Uniformen, so argumentierten sie, wären sie doch auch nichts anderes als Arbeiter oder Handwerker …

»Ja!« Onkel August atmet tief die würzige Waldluft ein. »Wer hoch steht, kann weit blicken … Aber zuallererst mal muss er hinaufsteigen auf Berg und Turm. Wer jede Mühe scheut, der kriegt nicht viel mit von unserer schönen Welt.«

Auch Tante Nelly kann sich nicht sattsehen an all den dunklen Fichten- und hellen Birkenwipfeln und den im Sonnenschein glitzernden Seen. »Hier sein Häuschen haben«, flüstert sie ergriffen, »nicht groß, aber gemütlich. Drum herum ein paar Blumenbeete, alles eingefasst von einem weißen, mit eigener Hand angestrichenen Zaun. Das wäre das Paradies auf Erden.«

»Schaut mal – hier!« Auf der hölzernen Umrandung des Geländers, auf das sie sich stützen, haben einige Turmbesteiger ihre Namen eingeritzt. Ein »David« ist auch dabei.

»Gute Idee!« Im Nu hat Onkel August sein Taschenmesser aus der Hosentasche gezogen, klappt es auf und beginnt ebenfalls das Holz zu bearbeiten.

»Wenn das nun jeder macht!«, flüstert Tante Nelly und blickt sich erschrocken um. »Wie das dann bald aussieht!«

»Lebendig sieht's aus!« Onkel August lässt sich nicht beirren. »Jeder Name ein Gruß an die, die in fünfzig Jahren hier oben stehen.«

Er ritzt die drei Anfangsbuchstaben ihrer Vornamen in das Holz, streicht alles mit der Hand glatt und grinst David zu. »Wenn du mal mit deinen Enkelkindern hier oben stehst, lässt du sie raten, welche Namen sich hinter N, D und A verbergen. Und dann erzählst du ihnen von deiner längst verstorbenen Tante Nelly und deinem genauso toten Onkel August, denen deine Mutter und du das unsittliche Baden beigebracht haben.«

Erst will Tante Nelly ihn empört schlagen, weil er von ihr als längst verstorben gesprochen hat, dann muss sie lachen. »Ja! Und wehe, eines deiner Enkelkinder zieht ein Badetrikot an! Das wäre Verrat an jedem einzelnen unserer schönen Ausflüge.«

Hoch und heilig verspricht David, niemals in seinem späteren Leben ein Badetrikotgeschäft betreten zu wollen, dann will er wissen, wie es denn nun eigentlich dem kleinen Bruno geht. Das mit den Enkelkindern hat ihn an den kleinen Jungen erinnert, den er – wie lange ist das nun schon her, drei Monate? – jener Anna nach Hause trug. Er hat in der Zwischenzeit öfter mal an das Mädchen denken müssen, wiedergesehen jedoch hat er sie nicht.

»Bruno geht's gut. Er ist längst wieder aus dem Krankenhaus entlassen. Aber die kleine Emma, die hat jetzt Keuchhusten, und natürlich ist's Anna, die alle paar Tage mit ihr angelaufen kommt.« Besorgt kraust Tante Nelly die Stirn. »Schon traurig, was so eine große Schwester alles auf sich nehmen muss. Irgendwann geht sie daran zugrunde.«

»Wieso kümmern ihre Eltern sich denn nicht um die Kleinen?«

»Die Eltern haben wir noch nie gesehen.« Onkel August schüttelt erst nur den Kopf, dann lacht er böse. »Die machen's sich einfach, schicken immer nur das Mädchen. Ist kaum noch mit anzusehen, wie sie sich für ihre Geschwister opfert. Allein ihre große Klappe hält sie am Leben.«

»Weißt du eigentlich, dass sie jedes Mal nach dir fragt?« Neugierig schaut Tante Nelly David an.

»Nach mir?« Die Frage kam so überraschend, dass ihm alles Blut in den Kopf schießt. »Wieso denn ausgerechnet nach mir?«

»Sie sagt, für einen Gymnasiasten wärst du gar kein übler Kerl. Na ja, und du weißt ja, für ihre Verhältnisse ist das schon fast eine Liebeserklärung.« Tante Nelly muss sich ein Kichern verkneifen.

Jetzt weiß er gar nicht mehr, wo er hinschauen soll; vor allem weil er spürt, dass weder Tante Nelly noch Onkel August ihn aus den Augen lassen. »Die kann einem aber auch leid tun«, sagt er schließlich nur, als handele es sich bei Anna um ein Mädchen, genauso klein und krank wie ihr Bruder Bruno, »was die für'n Pech hat!«

Ein dummes Wort! Pech! Aber irgendwas musste er ja sagen.

Tante Nelly scheint sich nicht daran zu stoßen. »Ja«, sagt sie nur, »und nun auch noch diese neue Arbeit!«

»Was denn für'ne Arbeit?«

»In einem Knopfladen in der Rheinsberger Straße. Sie ist dort Ladenmädchen bei einer alten Frau, die nicht mehr so recht kann. Zehn Stunden am Tag muss sie auspacken und einpacken, aufräumen, putzen und hinter dem Ladentisch stehen. Kein reines Vergnügen, so eine Arbeit, doch für ihre Familie so etwas wie ein zaghafter Hoffnungsschimmer. Die Armenfürsorge allein erhält niemanden am Leben.«

David sieht es wieder vor sich, das zierliche, blasse Mädchen mit den schrägen Katzenaugen, das ihn vor diesem Melonen-

Karl und seinen Freunden in Schutz nahm. Nun ist sie also Ladenmädchen in einem Knopfladen! Sicher muss sie da einen grauen Kittel tragen.

Tante Nelly, einmal in Fahrt, erzählt gleich weiter. Bereits als Zwölfjährige habe Anna arbeiten müssen, in einer Papierblumenfabrik. Und das dreizehn Stunden am Tag und für einen so jämmerlichen Lohn, dass sogar die ärmsten Kirchenmäuse protestiert hätten. Doch hätte sie schon damals keine andere Wahl gehabt. Ihre Mutter wollte nicht, dass sie irgendwo in Stellung ging. Viele Hausfrauen bevorzugten ja nur deshalb so junge Dinger, weil sie so schön billig und ohne jeden Anspruch seien, also vierundzwanzig Stunden am Tag schikaniert werden konnten.

»Was hat sie denn da gemacht? Ich meine, in der Papierblumenfabrik?«

»Das Papier zu Blumen gefaltet, sie gefärbt und danach zu kleinen Sträußen gebunden. Hört sich leicht an, ist aber kein Zuckerschlecken, wenn man dabei von sechs Uhr morgens bis sieben Uhr abends stehen muss und nur ganz kurze Pausen machen darf. Und Lesen und Schreiben lernt man dabei auch nicht. Was bedeutet, dass man für eine bessere Arbeit wohl niemals mehr infrage kommt.«

»Ein Verbrechen, das da an den Kindern begangen wird! Raub, Diebstahl und Körperverletzung, alles zugleich!« Von plötzlichem Zorn überwältigt, schlägt Onkel August mit der Faust auf das hölzerne Geländer. »Aber diese Unbarmherzigkeit unserer Gesellschaft wird sich eines Tages noch mal bitter rächen! Und das auf eine Weise, die sich keiner von uns wünschen sollte. Auch aus diesen Kindern werden ja mal Erwachsene.«

Ein Weilchen schweigen sie, als gäbe es dazu nichts weiter zu sagen, dann blickt Tante Nelly David vorsichtig an. »Wäre eigentlich schön, wenn du Anna mal besuchen würdest. Sicher würde sie sich darüber freuen.«

Besuchen? Er dieses Mädchen besuchen? Aber er kennt sie ja gar nicht richtig, hat sie nur einen Abend lang gesehen und ist am Ende von einem, der sie irgendwann heiraten möchte, in den Dreck gestoßen worden.

»Ja, besuch sie doch mal!« Auch Onkel August hält das offenbar für eine gute Idee.

Ein Weilchen kratzt David nur mit dem Zeigefingernagel auf dem hölzernen Geländer herum, als müsse er irgendeinen Hubbel begradigen, dann murrt er leise: »Kann ich ja mal machen. Aber nur wegen Bruno. Der ... der gefällt mir irgendwie.«

## Kuckucksei

Montagmorgen. Wie jeden Montag geht es als Erstes zur Andacht in die Turnhalle. Religiöse Stärkung nennt Rektor Wirth diese Zeremonie. Pfarrer Wechselberg predigt, die Schüler stehen in Reih und Glied und haben Mühe, die Augen offen zu halten. Die einen wispern sich etwas zu oder kichern leise, andere bemühen sich, ergriffene Gesichter zu machen.

David ist einer von den sehr Müden. So schön der Ausflug mit Onkel August und Tante Nelly war, die viele Sonne und die frische Luft haben ihn am Abend niedergestreckt. Todmüde sank er ins Bett und konnte dennoch lange nicht einschlafen. In seinem Kopf summte es, als hätten sich Tausende Bienen, Hummeln oder Wespen darin eingenistet und schwirrten ganz aufgeregt darin umher, weil sie keinen Ausgang fanden. Und als er dann doch endlich eingeschlafen war, träumte er so verrücktes Zeug, dass er immer wieder aufschreckte.

Diese Anna! Seit Tante Nelly von ihr erzählt hat, geht sie ihm nicht mehr aus dem Kopf. Kein Wunder, dass er nachts von ihr geträumt hat. Doch wieso gleich dreimal?

Im ersten Traum schwamm er mit ihr über den Müggelsee. Es war ihr Wunsch, den gesamten See zu überqueren. Er warnte sie, der See sei viel zu groß, den würde sie nicht schaffen. Sie aber lachte nur übermütig und schwamm immer weiter. Bis sie auf einmal weg war. Einfach verschwunden. Voller Panik rief er ihren Namen, und dann tauchte er, um sie zu retten. Dabei schluckte er Wasser und fürchtete, ebenfalls zu ertrinken, obwohl er doch gut schwimmen konnte. Schweißgebadet wachte er auf und brauchte lange, um sich in der Wirklichkeit zurechtzufinden.

Der zweite Traum erschreckte ihn noch mehr. Da saß er mitten in der Nacht mit Anna auf einem Dach, tief unter ihnen die düstere Schönholzer Straße. Und erneut brachte Anna sich in Gefahr. Als wollte sie ihren eigenen Mut ausprobieren, rutschte sie immer weiter vor, bis ihre Beine auf den schräg abfallenden Ziegeln lagen. Wieder blieb er an ihrer Seite, um auf sie aufzupassen. Sie aber lachte ihn aus, riss sich los und versank irgendwo in der Finsternis. Und als er nach ihr greifen wollte, rutschte er ab und fiel und fiel, bis er endlich hochschreckte.

Gegen Morgen der dritte Traum. Der begann recht heiter. Anna, er und der kleine Bruno, wie sie einen Rummelplatz besuchen. Eine Kapelle schmetterte den *Hohenfriedberger*, und die an diesem sonnigen Nachmittag überaus alberne Anna marschierte, die Beine werfend wie beim Paradenmarsch, an all den vielen Karussells, Schieß- und Würfelbuden vorbei, bis sie vor einer Luftschaukel stehen blieb. Auf dem Schild über der Kasse stand *Flug ins Glück*. »Da will ick hin«, rief sie, und ohne ein Billett zu lösen, stieg sie in die weißgolden angestrichene Gondel, die einem Schwan nachgebildet war, und begann hin- und zurückzuschwingen. Er wollte ihr zurufen, dass sie erst noch bezahlen müssten und dass Bruno und er auch mitfliegen wollten, da löste sich der Schwan plötzlich vom Gestänge und erhob sich in die Luft. Aber die Gondel war nicht etwa zum wirklichen Schwan geworden, es war die alte Blechkiste vom Rummelplatz, die höher und höher flog, und Bruno, der der Schwester anfangs nur ganz verdutzt nachgeschaut hatte, fing herzzerreißend an zu weinen …

Wieder schrak er schweißüberströmt auf, und danach konnte er dann gar nicht mehr einschlafen, so sehr hatten ihn diese Träume verstört.

»Guten Moorgen!« Jemand tippt ihm von hinten auf die Schultern.

Utz! David wendet sich ihm kurz zu, um ihm zur Begrüßung zuzunicken, und erntet dafür einen strengen Blick von Rektor Wirth. Der Rektor, nur mittelgroß und sehr rundlich, mit rotblondem Kinnbart, langem, weichem Haar und dicken »Kusslippen«, steht nicht weit entfernt und ist jedes Mal hellauf empört, wenn ein Schüler nicht genügend heiligen Ernst aufbringt, um Pfarrer Wechselberg zu folgen.

Also muss er mal wieder Aufmerksamkeit heucheln! Das hat er oft genug geprobt; viel Schauspielkunst ist dazu nicht vonnöten.

Erste Stunde: Physik. Sie sitzen in dem von der Sonne aufgeheizten Physikraum mit den ansteigenden drei Bankreihen und dem langen, gefliesten Experimentiertisch und Professor Raute beschäftigt sich mal wieder mit Chemie. Auf dem Tisch hat er alle möglichen Fläschchen, Reagenzgläser und Phiolen aufgebaut, die er aus den beiden Glasschränken rechts und links der Tafel geholt hat, im Raum stinkt es zum Gotterbarmen: Schwefelwasserstoff-Experimente! Da können die Fenster noch so weit offen stehen, den Geruch nach faulen Eiern werden auch die Klassen, die nach ihnen in diesem Raum unterrichtet werden, noch inhalieren dürfen.

Die Sonne steigt höher, Hitze und Gestank nehmen zu und Professor Rautes Stimme klingt immer eintöniger. Die Klasse muss sich Mühe geben, nicht einzudösen, und David darf weiter an Anna denken.

Seine Träume! Was haben sie zu bedeuten? Tante Mariechen erzählt oft von solchen »Traum-Hellsehereien!« In einer ihrer Geschichten hat eine Frau vom Tod ihres Mannes geträumt – und das genau in der Nacht, als er, ein Polizeiwachtmeister, von einem herabfallenden Ziegelstein erschlagen wurde. Onkel Köbbe spottete gleich, da habe auf dem Dach wohl einer gesessen, der mit dem Wachtmeister noch eine Rechnung offen hatte, doch ändert das – falls die Geschichte stimmt – irgendetwas daran, dass die Frau den Tod ihres Mannes vorausgeträumt hatte?

Nur: Bei Tante Mariechens Geschichten handelt es sich stets um eine Frau und ihren Mann, Kinder und ihre Eltern – wieso träumte er, dass dieses ihm doch eigentlich sehr fremde Mädchen irgendwohin entschwand? Und weshalb waren sie in diesen Träumen beisammen, als wären sie Geschwister?

Nächste Stunde: Französisch, beim langen und hageren Monsieur Mercier, dessen Adamsapfel immer so lustig vor- und zurückkullert, wenn er sich aufregt. Ansonsten eine ebenfalls sehr trockene, zum Nachdenken einladende Veranstaltung.

Danach: Dr. Savitius. Da sind alle gedanklichen Abschweifungen untersagt; da muss er auf der Hut sein und kann nur hoffen, dass die Stunde rasch vorübergeht und er einigermaßen ungeschoren davonkommt.

Doch nein, kaum hat der hochgewachsene, eckschultrige Mann mit dem korrekt gekämmten Haar und dem Jung-Wilhelm-Bart die Klasse betreten, da hat er ihn bereits ins Visier genommen. David spürt, wie er innerlich einen Buckel macht – wie ein Igel, der sich vor einer drohenden Gefahr zusammenrollt. Eine Savitius-Tirade an einem solch heißen, sonnenüberfluteten Tag ist das Letzte, was er sich wünscht.

Dr. Savitius legt erst mal nur seine Hefte und Bücher aufs Lehrerpult, dann dreht er sich um, kommt auf ihn zu und zieht eine Zeitung aus der Jackentasche. Mit aufreizender Langsamkeit faltet er sie auseinander.

Es ist das *Berliner Volksblatt*, für das die Mutter manchmal arbeitet.

Ist vielleicht eine Illustration oder Skizze von ihr darin abgedruckt, und Dr. Savitius, der auch Blätter liest, die er eigentlich ablehnt, um in Erfahrung zu bringen, was die Gegenseite denkt und beabsichtigt, will sich darüber lustig machen? Um sich zu wappnen, ballt David die Fäuste. Dann jedoch, als der Savitius ihm die Zeitung unter die Nase hält und er aufstehen muss, wird ihm ganz kalt in der Brust: Es *ist* eine Illustration der Mutter darin abgedruckt, doch ist es nicht irgendeine – es ist jene Skizze, die sie vom Besuch in Plötzensee gemacht hat! Der Großvater und er an dem langen Tisch in der Besucherzelle …

»Na, Rackebrandt, erkennen Sie den jungen Herrn auf dieser Kritzelei?«

Ganz und gar Genugtuung ist er jetzt, der Herr Dr. Savitius, nichts als Genugtuung. Er schwitzt richtig vor Glück. So, als hätte er den Obersekundaner Rackebrandt bei einem Diebstahl oder Einbruch ertappt.

»Sehr aufschlussreich, was Sie in Ihrer Freizeit für Ausflüge machen! Aber warum auch nicht? Vielleicht ganz klug von Ihnen, sich schon mal mit allen Eventualitäten des Lebens vertraut zu machen.«

Stur blickt David zur noch leeren, sauber gewischten Tafel hin. »Vor Schultyrannen niemals den Blick senken!«, hat Onkel Köbbe ihm mal geraten. »Sonst wirkst du schuldbewusst und das verschafft ihnen Genugtuung. Schau links oder rechts an ihnen vorbei und denk an was Schönes – an das hübscheste Mädchen, das du kennst, oder an die nächsten Ferien.«

»Nun? Haben Sie dazu nichts zu sagen?« Dr. Savitius hält ihm noch immer die Skizze vors Gesicht.

»Nein.«

»Was – nein? Ist das etwa ein Satz?«

»Ich habe dazu nichts zu sagen.«

»So? Schade! Sehr schade! Wäre interessant zu wissen, was in dem Kopf eines unserer Schüler vorgeht, der in seiner Freizeit Vaterlandsverrätern Besuche abstattet.«

Es liegt David auf der Zunge zu antworten, er habe keinen Vaterlandsverräter besucht, sondern nur seinen Großvater. Doch wozu sich diese Mühe machen? Einen Savitius bringt niemand von seiner vorgefassten Meinung ab.

Dr. Savitius mustert ihn kurz, dann präsentiert er der Klasse die Skizze. »Diese Zeichnung soll eine Anklage sein«, erklärt er, durch die Bankreihen gehend. »Eine Anklage gegen unseren Staat, unsere Gesellschaftsordnung und unsere Monarchie. Der Enkel besucht seinen Großvater im Gefängnis! Und natürlich leiden beide sehr unter der Knute ihres ja so böswilligen und ungerechten Staates. Womit oder wodurch sich der Herr Großpapa schuldig gemacht hat, tja, danach wird allerdings nicht gefragt. Der kleine Dieb gilt als Gesetzesbrecher, den bemitleidet niemand, der gehört zu Recht hinter Schloss und Riegel. Die großen Sünder aber, diejenigen, die unseren Staat zerschlagen und damit ein ganzes Volk um das Größte berauben wollen, was es sich durch Fleiß und Tüchtigkeit erschaffen und mit Blut und Tränen gegen alle Feinde verteidigt hat, die wollen ehrenwert und bemitleidenswert sein? – Nein, meine Herren, so verquer funktioniert die Welt nicht! Auch politische Verbrecher sind Verbrecher, und kein noch so hohes Alter setzt einen Großvater, der sich seinem Staat gegenüber schuldig gemacht hat, ins Recht.«

Er atmet tief durch, legt die Zeitung zu seinen Heften und Büchern aufs Pult und spaziert danach mit vor der Brust gefalteten und mit den Fingerspitzen gegeneinanderwippenden Händen weiter zwischen den Bankreihen hindurch. »Unsere Herren und Damen Sozialisten wittern anscheinend Morgenluft. Sie glauben, dass ihnen mit der Nichtverlängerung des Gesetzes gegen ihre gemeingefährlichen Bestrebungen freie Bahn gegeben ist. Nun ja, Hoffen und Harren macht manchen zum Narren!« Er lacht gekünstelt, wird aber gleich wieder ernst. »Zu Ihrer Information, Rackebrandt: Dieses Gesetz ist noch lange nicht vom Tisch, nur weil es vorerst nicht verlängert wurde. Und selbst wenn es eines Tages nicht mehr existent sein sollte, würde das unseren Staat noch lange nicht wehrunfähig machen. Es werden auch zukünftig Revoluzzer und andere Wirrköpfe, die sich strafbar gemacht haben, hinter Gefängnisgittern verschwinden und ihre Enkel sie dort besuchen dürfen. Ob allerdings solche Enkel auf ein deutsches oder gar preußisches Gymnasium gehören, das ist eine ganz andere Frage.«

Noch zwei-, dreimal geht er schweigend auf und ab, um diese letzte Drohung im Raum schweben zu lassen, dann bleibt er erneut vor David stehen. »Nehmen Sie's doch endlich zur Kenntnis, Rackebrandt: Sie sind auf unserer Schule ein Kuckucksei. Wollen Sie nicht endlich zur Einsicht kommen und die Konsequenzen ziehen?«

Die Tafel! Nur die Tafel anblicken! Und vor allem keine feuchten Augen bekommen!

Wieder wendet Dr. Savitius sich der Klasse zu. »Nun, meine Herren Schlauköpfe, was meine ich wohl mit der Metapher vom Kuckucksei?«

Herrmann Bruns darf sein Wissen zum Besten geben: »Die Metapher vom Kuckucksei besagt, dass der Schüler Rackebrandt ein Fremdkörper an unserer Schule ist. Er ist uns sozusagen untergeschoben worden.«

»Und von wem?«

»Von seiner Kuckucksfamilie.«

Die Tafel! Nur die Tafel anblicken! Keine Regung zeigen! Doch dazu gehört Kraft, viel Kraft, denn in David brodelt es. Soll er Herrmann nach der Schule mal zeigen, wozu so ein Kuckucksei alles imstande ist? – Aber nein, Herrmann ist als Schüler keine Leuchte, er hofft auf gute Noten, deshalb pariert er und schluckt alles runter, egal wie eklig es schmeckt. Der Savitius, der ihm diese Worte in den Mund gelegt hat, der gehört bestraft; den aber bestraft keiner, der darf sagen, was er will …

»Gut, Bruns! Setzen!« Dr. Savitius zögert kurz, dann greift er sich erneut die Zeitung, tritt ein weiteres Mal vor David hin und zerreißt sie dicht vor seinen Augen in viele kleine Schnipsel, die er achtlos auf den Boden fallen lässt. Als er damit fertig ist, befiehlt er kühl: »Heben Sie das auf, Rackebrandt! Und dann ab in den Kehricht mit diesen Verunglimpfungen unserer heiligsten Werte.«

Erst starrt David die Schnipsel nur an, dann bückt er sich, hebt sorgfältig jedes einzelne Stückchen Papier auf und trägt es zum Papierkorb rechts von der Tafel. Als er zurückkehrt, liest er weitere Schnipsel auf. Er bewegt sich dabei sehr langsam; sollen alle sehen, dass Dr. Savitius' Worte ihn nicht beeindruckt haben. Doch spielt er nur eine Rolle, in Wahrheit ist ihm hundeelend zumute.

Schweigend sieht Dr. Savitius ihm zu – und plötzlich verändert sich sein Gesicht. Es drückt nun fast so etwas wie Mitgefühl aus. »Warum verlassen Sie uns denn nicht, Rackebrandt?«, fragt er mit versöhnlich klingender Stimme. »Nur weil Ihre Familie auf irgendeine Weise das Schulgeld aufbringt? Mag ja alles ganz ehrenwert gedacht sein, doch gehören Sie nun mal nicht hierher. Schuster, bleib bei deinen Leisten, so lautet ein altes deutsches Sprichwort. Sprechen Sie mit Ihrer Familie, sagen Sie Ihrer Frau Mutter, sie soll Sie von der Schule nehmen. Für so große und kräftige Kerle wie Sie gibt es doch viele von der Gesellschaft sehr geschätzte Tätigkeiten.«

Solange Dr. Savitius zu ihm sprach, musste David stehen bleiben und ihn anhören. Jetzt darf er den letzten Schnipsel aufheben und ihn zum Papierkorb tragen. Danach stellt er sich wieder neben seine Bank, den Blick stur zur Tafel gerichtet.

Da winkt Dr. Savitius nur noch ab. »Sapienti sat!« – dem Weisen genügt es! Dann beginnt er mit dem Unterricht.

Als die Stunde vorüber ist, springt niemand erlöst auf. Alle bleiben sie in ihren Bänken sitzen und tuscheln erregt miteinander. Nur Utz kommt zu David, schlägt ihm auf die Schulter und grinst verlegen. »Wir Kuckuckseier sind nicht die Schlechtesten, was? Später stoßen wir die anderen aus dem Nest. Der Savitius wird noch mal enorm staunen.«

Nein, keine Reaktion! Kein überhebliches Mitgrinsen, kein Der-Savitius-kann-mich-mal-Gesicht. Utz ist kein Kuckucksei. Es gibt in der ganzen Klasse nur ein einziges Kuckucksei – und das ist er, David Rackebrandt, Zimmermannssohn und Zimmermannsenkel. Er ist es, der im fremden Nest liegt, er ganz allein! Doch nicht er wird die anderen hinausstoßen – alle diese Beamten-, Offiziers-, Fabrikanten- und Kaufmannssöhne werden ihn hinausstoßen! Er befindet sich in ihrer Welt, nicht sie in seiner. – Er hat ja auch recht, der Dr. Savitius: Der Obersekundaner Rackebrandt geht nicht gern zur Schule. Er tut es nur, weil die Mutter, die Großeltern, weil seine ganze Familie es sich von ihm wünscht …

»Es ist vieles möglich, wenn du nur willst. Hast doch ein helles Köpfchen!« Mutters Worte! Sie hofft so sehr, dass er den Weg geht, der ihr verwehrt und der auch dem Vater versperrt war. Er soll vorwärtskommen, was aus sich machen, die Chance, die sich ihm bietet, nutzen. Er aber hat dazu gar keine Lust, er will nur niemand enttäuschen – nicht die Mutter, die so viel Hoffnung in ihn setzt, nicht Onkel Fritz, der für sein Schulgeld aufkommt, und erst recht nicht den Großvater, der der festen Überzeugung ist, dass einer wie er sich an Bildung einverleiben muss, was er nur kriegen kann. »Wie sollen wir uns gegen die da oben, die uns so gern für dumm verkaufen wollen, denn sonst behaupten?«, stand in einem seiner Briefe …

Ja, der Savitius hat recht! Aber das nur, weil er ihm das Colosseum zur Hölle macht und ihm damit das letzte bisschen Lust aufs Lernen nimmt. Ansonsten haben alle anderen recht: Weshalb soll er denn nicht aufs Gymnasium gehen und später irgendwas studieren? Er ist zu Ostern versetzt worden, aus der Unter- in die Obersekunda, und das mit durchweg annehmbaren Zensuren. Das Traurige ist nur: Fast hätte er sich gewünscht, nicht versetzt worden zu sein – dann hätte er der Mutter vorlügen können, er schaffe das Gymnasium nicht.

Englisch. Bei Ti Ätsch. Inzwischen ist es draußen noch heißer geworden. Wie ein Schwergewicht lastet die Hitze auf dem Schulgebäude und sie dürfen nicht mal ihre Jacken ausziehen, schwitzen Hemd und Unterwäsche nass und sollen dennoch dem Unterricht folgen. Aber nicht mit ihm, dem Kuckucksei David Rackebrandt! Soll Ti Ätsch sich eine englische Verzierung nach der anderen abbrechen, er, David Rackebrandt, macht nicht mehr mit. Der Savitius hat es gesagt: Er ist ein Fremdkörper an dieser Schule. Und ein »gesunder Organismus« stößt Fremdkörper ab, ein Naturgesetz! Also: Wozu noch länger hier versauern? Warum nicht Dr. Savitius' Empfehlung folgen? Adieu, Colosseum! Adieu, Dr. Savitius! Good bye, Mr. Ti Ätsch!

»David!« Es ist Thomas, der ihn anstößt. Ti Ätsch hat ihn aufgerufen und er hat es nicht gehört.

Wie benommen steht er auf und bekommt nur langsam mit, dass Ti Ätsch mal wieder zum Vokabelabfragen übergegangen ist, seiner Lieblingsbeschäftigung.

Thomas wispert ihm zu, nach welcher Vokabel zuletzt gefragt wurde, doch nein, wozu noch Lerneifer heucheln? Nur unlustig gibt David Antwort.

Weitere Vokabeln werden abgefragt, und er wüsste die Antworten, wenn er sie wissen wollte. Doch starrt er Ti Ätsch nur an, als begreife er gar nicht, was von ihm gewollt wird.

Der so kurz gewachsene Lehrer in seinem viel zu langen Gehrock reibt sich staunend die schnupfengerötete Nase – ein solches Desinteresse ist er vom Schüler Rackebrandt nicht gewöhnt –, dann bestraft er ihn kopfschüttelnd mit der schlechtesten Note.

In den beiden Stunden darauf: Mathematik. Und auch Dr. Ruin erlebt einen gelangweilt wirkenden, geistig völlig abwesenden Schüler Rackebrandt. »Ist Ihnen heiß?«, will er wissen. »Ja, mein Gott, denken Sie denn, ich friere? Man muss sich doch zusammennehmen können!«

Hab mich viel zu lange zusammengenommen, hätte David da

am liebsten geantwortet. Doch soll er dem Mathedoktor vergelten, was der Savitius verbrochen hat?

Letzte Stunde: Latein. Erst erscheint Dr. Grabbes Bauch in der Tür, dann betritt er selbst den Klassenraum. Und sofort blickt der Lehrer mit dem goldblonden Kinnbart und der ebenso goldenen langen Haarmähne zu David hin.

Haben die Herren Oberlehrer und Doktoren schon über ihn gesprochen? Hat Dr. Savitius seinen Kollegen klargemacht, dass der Obersekundaner Rackebrandt, Sohn einer gemeingefährlichen Mutter, Sprössling einer vaterlandsverräterischen Familie, endlich des Gymnasiums verwiesen werden muss? – Keine Bange, meine Herren! Dieses Kuckucksei stößt sich selbst aus dem Nest.

Dr. Grabbe legt seine Bücher und Hefte aufs Lehrerpult, dann nähert er sich David mit nachdenklicher Miene. Als David aufstehen will, winkt er ab. »Bleiben Sie sitzen, Rackebrandt, ich will Sie nicht examinieren. Es geht um etwas anderes: Ich habe im *Volksblatt* die Zeichnung Ihrer Frau Mutter gesehen. Hat mich sehr beeindruckt, wirklich!« Er nickt mehrfach, wie um seine Worte zu bestätigen, dann sagt er: »So waren Sie also im Strafgefängnis, um Ihren Großvater zu besuchen? Nun, das war sicher kein sehr erbauliches Erlebnis, doch in gewisser Weise vielleicht lehrreich. – Übrigens verfolge ich den Werdegang Ihrer Frau Mutter schon seit Langem. Sie dokumentiert die Auswüchse unserer Zeit, zeigt unser soziales Versagen auf, eine enorm wichtige Aufgabe. Diese Skizze aber ist mehr, das ist ein erster Schritt hin zu großer Kunst.«

Was war denn das? Die Klasse hält den Atem an. Erst Dr. Savitius, der die Arbeiten der Mutter des Schülers Rackebrandt in den Orkus verbannte, jetzt Dr. Grabbe, der sie auf den Olymp hebt?

Auch David ist bestürzt. Alles hätte er vermutet, nur das

nicht. Natürlich, unter den Lehrern war Dr. Grabbe schon immer so etwas wie ein weißer Rabe, aber dass er eine so entgegengesetzte Meinung zu seinem Kollegen Savitius vertritt und sie vor der gesamten Klasse so laut und deutlich äußert?

»Doch, doch!« Dr. Grabbe nickt ihm noch einmal freundlich zu. »Ihre Frau Mutter verleiht dem Volk, das sich aufgrund mangelnder Bildung oft nicht richtig zu artikulieren weiß, eine kräftige Stimme. Das ist sehr verdienstvoll, davor muss unsereins den Hut ziehen. Sie wissen doch: Vox populi, vox dei. – Übersetzen Sie mal, von Sinitzki.«

Utz, froh und dankbar, dass endlich mal ein Lehrer Davids Partei ergreift, löst diese Aufgabe mit Bravour. »Die Stimme des Volkes ist die Stimme Gottes«, kräht er laut.

»So ist es!« Mit nachdenklicher Miene tritt Dr. Grabbe an die Tafel, um einen Vers des Horaz anzuschreiben. Als er damit fertig ist, übersetzt er:

> *»An Kraft, an Aussehen und an Witz,*
> *an Tugend, Herkunft und Besitz:*
> *Die Ersten mögen mich zum Letzten zählen,*
> *wenn nur die Letzten mich zum Ersten*
> *wählen.«*

David werden die Augen feucht. Er hätte Dr. Grabbe umarmen mögen. – Ach, wenn es doch nur mehrere solcher Lehrer gäbe! Wie leicht wären die zwei oder drei Savitiusse dann auszuhalten!

## Ein Tässchen Schokolade

**U**tz ist wirklich ein Freund. Wie er auf dem Heimweg von der Schule auf David einredet! »Mensch, was der Grabbe gesagt hat, das ist die Wahrheit! Vergiss den Savitius. Der ist doch so kolossal bescheuert, der redet seinen eigenen Arsch mit Sie an.«

Es tut gut, Utz so reden zu hören. Und doch: David will nicht mehr! Dr. Grabbe ist ja der einzige Lehrer, der auf seiner Seite steht; der Einzige, der ihm so etwas wie Sympathie zeigt. Was also soll er, das Kuckucksei, noch auf dem Colosseum?

Gedanken, die Utz ihm ansieht, so redet er weiter auf ihn ein. Sein Vater sage oft, im Leben bereue man, was man *nicht* getan habe, seltener als das, was man trotz aller Zweifel letzten Endes *doch* getan habe. Wenn einer also nicht genau wisse, was richtig und was falsch ist, solle er lieber abwarten. »Irgendwann gibt ihm das Schicksal einen Schubs – und dann genau in die richtige Richtung!«

Bankiersweisheiten!

Was soll er, David, damit anfangen? Utz befürchtet ja nur, ohne ihn irgendwie allein zu bleiben im Colosseum. Doch ist er, Sohn aus gutem Hause und egal ob zukünftiger Offizier oder Bankier, eben wirklich kein Kuckucksei. Schlechte Noten bekommen auch andere. Außerdem hat er sich, seit sie ab und zu miteinander pauken, schon sehr verbessert und ist Ostern ebenfalls versetzt worden.

»Ohne dich macht mir die Penne noch weniger Spaß«, gesteht Utz da auch schon ein. »Die anderen sind mir alle enorm fremd.«

Ja, das ist seltsam: Diejenigen in der Klasse, denen Utz sich aufgrund seines Namens und des Berufes seines Vaters zugehörig fühlen müsste, sind ihm fremd; nur mit ihm, dem Zimmermannssohn, kann er reden. Wüsste der Savitius davon, würde er Utz für krank halten.

Doch wie würde der Savitius wohl reagieren, wenn er, David, sich bei ihm anbiederte? Etwa so wie Herrmann Bruns? Und wenn auch die Mutter und der Großvater, wenn seine ganze Familie sich als »Stütze der Gesellschaft« hervortun würde? Würde der Savitius ihn dann mit anderen Augen sehen? Vielleicht ist es ja gar nicht der Zimmermannssohn, den er ablehnt, vielleicht ist es ja nur die »rote Familie«, die ihm gegen den Strich geht?

Gedanken, die er Utz nicht verrät. Er sagt etwas ganz anderes: »Dein Vater will, dass du in die Bank eintrittst, du aber willst lieber Offizier werden. In Ordnung! Meine Familie will, dass ich das Gymnasium absolviere, doch will ich nicht ewig Schulstaub schlucken, sondern lieber einen Beruf erlernen. Warum soll das nicht in Ordnung sein?«

Darauf weiß Utz keine Antwort. Er findet wohl, dass dieser Vergleich hinkt. Ein Offizier, so steht es ihm ins Gesicht geschrieben, das ist doch etwas ganz anderes als irgendein Handwerksberuf.

»Ich will unter Leuten sein, die es nicht stört, wenn ich sage, was ich denke«, fährt David fort. »Das kann ich auf dem Colosseum nicht, das darf ich nicht als Offizier, das ist in keinem Amt erlaubt. Auf dem Bau aber, unter den Maurern oder Zimmerern, da darf ich meine Klappe aufmachen, da machen alle den Mund auf.«

Er hat den Maurer absichtlich hinzugefügt; gerade weil der Savitius ihn immer in diese Richtung schieben will. In Wahrheit denkt er mehr an den Zimmermann. Warum denn auch nicht? Beide Großväter Zimmerer, der Vater Zimmerer – warum soll nicht auch er Zimmerer werden? Er hat diese Arbeit schon immer gemocht, freute sich als kleiner Knirps jedes Mal, wenn der Großvater ihn auf den Bau mitnahm. Der Geruch nach Holz, die Witzeleien der Männer in der Mittagspause; vielleicht ist die Liebe zu einem Beruf ja vererbbar.

An der Ecke Neue Jacobstraße trennen sich ihre Wege. An diesem Tag aber können sie nicht einfach weitergehen. In der glühenden Sonne stehen sie, die Jacken lose über die Schultern geworfen, und schauen sich an. So ernsthaft haben sie noch nie miteinander geredet.

»Aber wieso ist es dir denn so wichtig, immer und überall deine Meinung sagen zu dürfen?«, will Utz wissen. »Mein Onkel Alex sagt, seit Jahrtausenden habe es immer wieder kluge Leute gegeben, die der Menschheit sagten, was alles falsch läuft auf der Welt. Die Menschen aber würden gar nicht zuhören.«

Utz' Onkel – Alexander von Sinitzki – besitzt ein Rittergut nicht weit von Berlin. Utz hat schon oft von ihm erzählt. Er soll sehr wohlhabend sein, lebt aber wie ein Bauer. Allein die Landwirtschaft interessiere ihn, sagt Utz, mit der übrigen Welt habe er abgeschlossen. Einfach weil sie nicht so sei, wie er sie sich wünsche.

»Bin kein kluger Mann«, wehrt David ab, »will nur nicht ewig die Klappe halten müssen.« Doch hat Utz das Richtige gesagt. Immer wenn er von seinem Onkel erzählt, horcht David auf. Er findet diesen Onkel Alex spannend. Das gibt's ja nicht oft, dass einer sich von allem zurückzieht, weil ihn außer seinen Feldern, Misthaufen und Jauchegruben die übrige Welt nicht mehr sehr interessiert. Er, David, lebt in einer Familie, die sich, gerade weil ihr so vieles missfällt, überall einmischen will; Utz' Onkel denkt und handelt total entgegengesetzt.

»Los!«, schlägt Utz da kurz entschlossen vor. »Komm auf einen Sprung mit zu mir. Dann zeige ich dir Fotografien von der vorjährigen Ernte. Da ist nicht nur er drauf. Seinen Hof, sein ganzes Gut hat er fotografieren lassen. Er will mir damit Lust machen, dort eines Tages den Bauern zu spielen, weil er selber ja keine Kinder hat …«

»Hast du ihm denn nicht gesagt, dass du Offizier werden willst?«

»Wie werd ich denn!« Utz grinst. »So'nen kolossal vermögenden Erbonkel vergrault man doch nicht.«

David überlegt nur kurz. Was soll er zu Hause? Die Mutter und auch die Großmutter und Tante Mariechen werden ihm ansehen, dass was passiert ist, und dann muss er in aller Ausführlichkeit berichten. Außerdem war er noch nie bei den Sinitzkis, hat die vielen Fenster der Beletage, die Utz' Familie bewohnt, stets nur von außen gesehen. Allein die Frage, was Utz' Vater, der ihre Freundschaft nicht gern sieht, oder was Utz' Mutter zu einem solchen Überraschungsgast sagt, lässt ihn zögern.

»Kannst ruhig mitkommen.« Utz errät seine Bedenken. »Mein Vater ist um diese Zeit nie zu Hause und Mutter ist bei 'ner Cousine zu Besuch. Deshalb hat unser Mädchen Ausgang, und nur Marthchen, unsere Köchin, hütet die Wohnung. Aber die hat noch keinen gefressen. Sie wird dich nur fragen, ob du ein Tässchen Schokolade willst, ist nämlich ihre Spezialität.«

Was für ein Haus! Hoch, solide und massiv gebaut, mit Säulen, Türmchen, Simsen und Stuck kaum weniger verziert als das *Grand Hotel*. Das marmorne Treppenhaus ist so breit, dass eine Kompanie Soldaten hindurchmarschieren könnte, ohne dass der rechte oder linke Flügelmann eine von den pausbäckigen Gipsputten, die die Wände schmücken, herunterreißen würde. Dazu ein eigener Dienstboteneingang. Und überall elektrische Beleuchtung! Es ist ein richtiger Wohnpalast, in dem Utz' Eltern die ganze erste Etage bewohnen.

Auch in der Wohnung gibt es elektrisches Licht. Und in dem so weitläufigen, mit Teppichen ausgelegten Korridor, gleich neben dem Wandkasten, an dem das Dienstmädchen nach dem Läuten ihrer Herrschaft erkennen kann, in welchen Raum es gerufen wird, ist ein Telefon befestigt.

Außer in Onkel Köbbes Zeitungsredaktion hat David noch nirgendwo einen solchen Hör- und Sprechapparat gesehen. Damals, er war gerade erst in der Sexta, hatte er den schwarzen Kasten mit der Sprechmuschel und dem Hörrohr so ungläubig angestarrt, dass die Männer in der Redaktion und die Frau an der Schreibmaschine laut lachen mussten. Und um ihm zu beweisen, dass man mit diesem Kasten wirklich durch die ganze Stadt telefonieren konnte, drehte ein ulkiger Dicker mit Halbglatze an der Kurbel und presste sich das Hörrohr ans Ohr. Gleich darauf verlangte er irgendeine Nummer und hielt ihm das Rohr hin.

Zuerst hörte David nur ein mal rauschendes, mal knarrendes Geräusch, dann eine Stimme wie vom anderen Ende der Welt. »Meier! Wer da bitte?« Danach noch einmal, nur ein bisschen ungeduldiger: »Meier! Wer ist denn da?« Aber war das nun eine Frau oder ein Herr Meier, die oder der da zu ihm sprach? Er war so perplex, dass er lange gar nichts und dann nur leise »David« sagen konnte.

Darüber mussten wieder alle lachen, und dann übernahm erneut der ulkige Dicke das Hörrohr und sagte: »Georg? Ich bin's – Kowalke! Sei mir nicht böse, aber wir haben hier einen jungen Besucher, der wollte partout nicht glauben, dass so ein Telefon wirklich funktioniert.« Der Herr Meier war dann auch gar nicht böse, aber er, David, war böse. Dieser Mister Bell hätte ein besseres Telefon erfinden sollen, eines, mit dem man Männer- und Frauenstimmen unterscheiden kann, so dachte er wütend.

»Nun komm schon!« Utz lacht, wie um ihm die Befangenheit zu nehmen. »Oder willste im Flur Wurzeln schlagen?«
Nur zögernd folgt David ihm über den weichen Teppich. Er bereut schon, mitgegangen zu sein, kommt sich wie ein Eindringling in diese ihm so fremde Welt vor. Utz aber macht es Spaß, ihn beim Vorübergehen voller stolzem Spott auf die vielen einzelnen Räume hinzuweisen: Empfangszimmer, Salon, Speisezimmer, Rauchzimmer, Herrenzimmer, Schlafzimmer, Ankleideraum, Badezimmer, Dienstmädchenkammer, Bügelzimmer und immer so weiter. Da viele Türen offen stehen, ist jede Menge Stuck und Plüsch zu sehen, dazu samtbezogene Stühle, schwere Sessel und Sofas, wuchtige Eichenmöbel und Bilder in Goldrahmen. In dem riesigen Herrenzimmer allerdings befindet sich nichts als ein mächtiger Schreibtisch und ringsherum bis zur Zimmerdecke reichende Bücherregale, vollgestellt mit jeder Menge goldschnittprunkenden Büchern.
Auch in Utz' Zimmer sieht es nicht sehr viel anders aus. Neben dem großen, sicher vom Dienstmädchen so ordentlich gemachten Bett steht ein Schreibtisch, direkt gegenüber ist ein Regal aufgebaut. Nur befinden sich darin keine Bücher, sondern Zinnsoldaten. Unmengen von Zinnsoldaten! Ganze Kompanien, Regimenter und Bataillone sind da angetreten, alle farbenprächtig gekleidet, alle in Originalausstattung.
Bereitwillig erklärt Utz, um welche Truppenteile es sich handelt, und sagt, dass er diese Zinnfiguren bereits seit acht Jahren sammelt und immer weitersammeln wird, weil das nun mal sein Hobby sei.
Auf dem Weg in die Küche, in der das schon sehr alte, bereits ganz weiß- und dünnhaarige Marthchen herumwirtschaftet, kommen sie auch am Bad vorüber. »Darf ich mal?«, fragt David beklommen. Utz soll nicht denken, allein Neugier treibe ihn in dieses hochherrschaftliche Bad.

»Aber klar!« Utz grinst. »Fühl dich nur ganz wie zu Hause.«
Auch so eine Art kleiner Palast, dieses Badezimmer, ganz und gar weiß gekachelt und schwarz-weiß gefliest. An einer Wand eine etwas erhöht angebrachte, weiß glänzende Porzellanschüssel – das Wasserklosett. In Onkel Augusts Wohnung gibt es ein ähnliches Becken, nur eben aus Gusseisen und von Tante Nelly kaum sauber zu bekommen. Das hier glänzt, dass er kaum wagt hineinzupinkeln. Über der Schüssel, verbunden mit einem Rohr, ein Bottich mit einer langen Kette dran – die Spülung!

Höhepunkt des Ganzen aber ist die Badewanne, außen blassgrün, innen weiß emailliert, mit dem ebenfalls blassgrünen Badeofen; Holz und Kohlen liegen schon bereit.

Wie anders ist es in der Neuen Jacobstraße! Wer baden will, muss erst Feuer im Herd machen, Wasser aufsetzen und die Zinkbadewanne vom Boden holen. Und das Klo ist auf dem Hof – Bretterverschlag mit Grube, wie er in den meisten Mietshäusern zu finden ist, von allen Jacobis seit jeher nur »Tante Meier« genannt. Würde er, David, hier wohnen, würde ihm nicht alles gefallen – vieles erscheint ihm zu vornehm und zu fremd –, das Bad aber würde er genießen. Und natürlich das elektrische Licht. Doch das können sich nur sehr wenige, sehr wohlhabende Haushalte leisten. In der Neuen Jacobstraße sind sie auf Petroleumlampen und Kerzen angewiesen, und Onkel August besitzt nur Gaslicht, das zischt, wenn man es anzündet. Zwar redet Tante Nelly oft davon, dass auch sie sich bald eine elektrische Steigleitung leisten müssten, ein Arzt benötige nun mal richtig helles Licht in der Praxis, Onkel August jedoch sträubt sich dagegen. Da sind ja nicht nur die teuren Steigleitungen, die bezahlt werden müssen, auch der Strompreis geht ins Geld. Außerdem funktioniert das elektrische Licht nicht zuverlässig. Was, wenn es ausfällt, während er einen Patienten behandelt? Dann muss er seine alte Petroleumlampe hervorkramen, die nun nicht gerade sehr hilfreich ist.

Die alte Köchin, an einem neuen, sehr modernen Gasherd herumhantierend, ist offenbar gerade dabei, irgendwelche Fleischsuppen auf Vorrat zu kochen. Als David eintritt, lächelt sie ihm zu. »Na, Jungchen! Hast doch sicher Hunger?«

Er nickt nur still. Er hat Hunger. Aber interessant, dass dieses Marthchen sofort erkannt hat, dass sie den Besuch, den ihr junger Herr mit nach Hause gebracht hat, nicht siezen muss! Eduard von Wettstädt, Gustav Haussmann oder Justus von Gerlach hätte sie sicher trotz oder gerade wegen der Gymnasiastenmütze gesiezt. Doch ist es ihm lieber so; die alte Frau mit der weißen Schürze über dem schwarzen Rock, der steif gestärkten braunen Bluse und dem weißen Häubchen im Haar gefällt ihm. Eine Köchin wie auf einer Reklametafel. Und die Schinkenbrote, die sie dann vor ihm hinstellt, gefallen ihm nicht weniger. Sie sind nicht nur dick belegt, sondern auch noch mit Spreewaldgürkchen verziert.

Vorsichtig sieht er Utz an. »Isst du nichts?«

Grinsend schüttelt der Freund den Kopf. »Ich esse später. Bin ja heut allein zu Hause, da macht Marthchen mir, was ich sonst nie kriege.«

»Und was ist das?«, fragt David schon mit vollem Mund. Die Brote sehen so appetitlich aus, was soll er noch länger warten? Zu Hause steht sicher längst das Mittagessen auf dem Tisch, und die Mutter, die Großmutter, Onkel Fritz und Tante Mariechen fragen sich, wo er bleibt. Irgendwie jedoch passt es zu diesem Tag, dass alles so ganz anders ist und er nicht zu Hause am Mittagstisch sitzt, sondern hier, in jener ihm so fremden Welt, und sich von diesem freundlichen Marthchen bedienen lässt.

»Kartoffelpuffer.«

»Kartoffelpuffer?« Er muss ein wirklich blödes Gesicht gemacht haben, denn Utz lacht hell auf und auch die alte Köchin schmunzelt vergnügt. Doch wieso sind Kartoffelpuffer etwas Besonderes? Tante Mariechen macht sie mehrmals im Monat, die Großmutter und Onkel Fritz essen sie mit Apfelmus, Tante Mariechen, die Mutter und er mit Zucker bestreut. »Warum gibt's die denn sonst nie?«, fragt er verlegen.

»Meine Mutter sagt, das ist ein proletarisches Gericht, und mein Vater traut sich nicht zu widersprechen.« Utz lacht noch immer und nun grinst David mit. Sympathisch von Utz' Vater, dass er Kartoffelpuffer mag, aber auch irgendwie feige, dass er sich so bevormunden lässt.

»Und was ist nun mit den Fotos?« Immer deutlicher hat David das Gefühl, dass die Einladung, sich doch mal die Fotografien von Utz' Onkel anzuschauen, nur ein vorgeschobener Grund ist. Um ihn von seiner Absicht, dem Colosseum den Rücken zu kehren, abzubringen. Utz glaubt wohl, dass er ihn, wenn er ihm beweist, was für ein guter Freund er ist, nicht im Stich lassen darf.

»Ach ja!« Utz läuft aus der Küche, kehrt mit einem prall gefüllten Briefumschlag in den Händen zurück und breitet die Fotografien auf dem Küchentisch aus.

Auf einem der Fotos steht sein Onkel Alex – dichter Schnauzbart, weit offenes Hemd, Strohhut auf dem Kopf und Heugabel in der Hand – auf einem vollbeladenen Heuwagen und grinst breit, und mehrere Erntearbeiter, ebenfalls Hüte auf den Köpfen, aber mit nacktem Oberkörper, umgeben ihn. Auf einem anderen ist ein zweistöckiges, lang gestrecktes Gutshaus mit Auffahrt und zwei Säulen über der Freitreppe zu sehen. Auf wieder anderen sind Bauernkaten abgebildet, vor denen ganze Familien stehen: Männer, Frauen und jede Menge halb nackte, neugierig in die Sonne blinzelnde Kinder; Fotografien, die David sich besonders lange anschaut.

Warum blicken die Erwachsenen so ernst? Aus Scheu vor der Kamera? Lassen sie sich vielleicht gar nicht freiwillig fotografieren, stehen sie nur deshalb so aufgereiht da, weil Utz' Onkel es ihnen befohlen hat?

Verwirrt legt er die Bilder zurück. Was soll er dazu sagen? Dieser Onkel Alex sieht sehr sympathisch aus, weshalb soll er nicht gut zu seinen Leuten sein? Auf Fotografien schauen ja viele so bedeppert drein.

»Na, Jungchen, jetzt vielleicht'n Tässchen Schokolade?« Die alte Köchin lächelt ihm aufmunternd zu.

»Gerne!« Warum etwas abschlagen? Es gefällt ihm in dieser Küche. Das Geschirrtuch an der Wand – ein Spruch ist drauf gestickt, dunkelblau auf altweiß: *Kurzes Fädchen, fleißig Mädchen* – erinnert an die Großmutter. Über ihrem Herd hängt genau das gleiche Tuch. Und sieht dieses Marthchen nicht aus, als ob sie eine ganz wunderbare Schokolade kochen kann?


### Knöpfe

Die Großmutter, Onkel Fritz, Tante Mariechen, natürlich wollen sie wissen, wo er denn so lange gesteckt hat. Sie hätten mit dem Mittagessen gewartet, bis es nicht mehr ging, schimpft die Großmutter. Wäre ja sonst alles kalt geworden. Doch Tante Mariechen hat ihm etwas aufgehoben. Kohlrouladen gibt es, eines seiner Lieblingsgerichte. Das hätte sie nicht übers Herz gebracht, ihm seine Roulade vorzuenthalten. Heute allerdings wäre ihm lieber gewesen, wenn sie es doch getan hätte, er ist ja noch satt von den Schinkenbroten.

Aber da hilft alles nichts: Er darf Tante Mariechen nicht enttäuschen. So isst er noch einmal, während er von seinem

Besuch bei Utz berichtet; nur eben ohne die Schinkenbrote zu erwähnen. Ein solches »Fremdgehen« könnte Tante Mariechen verletzen.

Keiner weiß, wie er jenen Ausflug »fünf Etagen höher« bewerten soll. Bis Onkel Fritz anfängt, sich über die »Geldverwalter« lustig zu machen. »Ick kenn den juten Herrn von Sinitzki ja nich, deshalb will ick mir keen Urteil erlauben, aber im Alljemeinen is dit'n Menschenschlag, der mir zu sehr uffs Verdienen versessen ist. Verschluckste'n Groschen, schlitzen se dir'n Bauch auf und holen ihn raus, weil Jeld nu mal arbeeten muss und dir nich faul im Magen rumliejen darf. Nee, ick seh se lieber jehen als kommen.«

»Utz' Vater isst gerne Kartoffelpuffer.«

Gut, dass die Mutter unterwegs ist und alle anderen ihm seine wirklichen Sorgen nicht ansehen. Die Mutter hätte sofort bemerkt, dass ihn etwas bedrückt, das nicht im Geringsten mit seinem Besuch bei Utz zu tun hat.

»Na und?« Verblüfft reibt Onkel Fritz sich die Nase. »Ick ooch! Wat is dabei?«

»Aber er kriegt ja keine.« Nun darf David sogar grinsen. »Er traut sich nicht, sich welche zu bestellen. Seine Frau erlaubt es nicht. Puffer sind ihr zu proletarisch.«

Das ist so verrückt, da bleibt sogar Onkel Fritz die Spucke weg. Dann aber muss er lachen. Er lacht, bis ihm die Tränen kommen. »Kinder, dit muss man sich mal durchs Jehirn plumpsen lassen – traut sich nich, sich'ne ordentliche Portion Kartoffelpuffer zu bestellen! Und dieser Jeldesel bildet sich ein, 'n Rennpferd zu sein!«

Nun dürfen auch die Großmutter und Tante Mariechen lachen. Sie kichern und glucksen, bis sie keine Luft mehr bekommen und Tante Mariechen David unter Atemnot verspricht: »Morgen, Söhneken, mach ich dir'nen ganzen Berg Kartoffelpuffer. Musst nur pünktlich nach Hause kommen. Aufgebraten schmecken se nur halb so gut.«

Da ist er, der Knopfladen in der Rheinsberger Straße. *Johanna Czablewski* steht über der Eingangstür und darüber, größer, *Kurzwaren*, denn natürlich handelt diese Frau Czablewski nicht nur mit Knöpfen, davon könnte sie nicht leben.

David geht erst mal nur an dem Laden vorüber, dann kommt er zurück und stellt sich vors Schaufenster. Auf Pappe genähte Knöpfe aller Größen und Farben sind darin ausgestellt, dazu Nähseide, Zwirn, Stopfgarn, Wolle, Strick- und Häkelnadeln, Nähnadeln, Stecknadeln und Sicherheitsnadeln. Auch Druckknöpfe, Gummibänder, Strumpfhalter, Strümpfe und Korsettstangen entdeckt er. Er zögert einen Moment, dann legt er die Hände an die Augen und presst die Stirn an die Schaufensterscheibe, um im Innern des kleinen, von außen düster wirkenden Ladens irgendwas zu erkennen.

Nach einiger Zeit schält sich ein kleiner, schmaler Ladentisch aus dem Halbdunkel und dahinter ein riesiger Schrank mit diversen Schublädchen, an denen wiederum Knöpfe oder andere Kleinteile angebracht sind. Daneben und davor sind Kartons gestapelt, Kartons über Kartons. Ein menschliches Wesen allerdings ist nirgends zu sehen, keine Anna und auch sonst niemand.

Aber das muss der Laden sein, von dem Tante Nelly erzählt hat! Er ist die Rheinsberger auf- und abgelaufen, es gibt hier keinen zweiten Knopfladen. Ist Anna vielleicht gerade in einem der hinteren Räume beschäftigt? Soll er warten, bis sie irgendwann auftaucht? Oder einfach hineingehen? Wenn die Ladenklingel schrillt, wird sich schon jemand zeigen.

Doch was, wenn dann nicht Anna kommt, sondern diese Frau Czablewski? Was sagt er dann? Ja, und auch wenn Anna kommt, um den vermeintlichen Kunden zu bedienen – wie erklärt er ihr seinen Besuch?

Er wird einfach nach einem Knopf fragen! Farbe grün, ein bisschen oval, ein bisschen eckig, nicht zu groß, nicht zu klein. Wenn dann in dem ganzen Laden kein passender Knopf zu finden ist – Pech! Es kann ihn ja niemand zwingen, irgendeinen Knopf zu kaufen, wenn es das Exemplar, das nur in seiner Fantasie existiert und dem er beliebig oft ein anderes Aussehen verleihen kann, nun mal nicht gibt.

Seine Idee gefällt ihm so gut, dass er sich ein Lachen verkneifen muss. Und so zögert er nicht länger, sondern drückt die Klinke der Ladentür herunter. Die Ladenklingel schrillt und schon ist er in das Halbdunkel eingetaucht; ein Schummerlicht, an das seine Augen sich erst gewöhnen müssen.

Es dauert nicht lange und er entdeckt ein altes, verhutzeltes Muttchen. Ganz links in der Ecke des Ladens sitzt sie, trägt ein rüschenverziertes, altmodisches schwarzes Seidenkleid, schwarze Zwirnhandschuhe und ein ebenso schwarzes Strickhäubchen auf dem Kopf. Die Hände auf einen Stock gestützt, schaut sie ihn ganz verwundert an. Sonst betreten wohl nur Frauen oder Mädchen diesen Laden.

Er grüßt höflich, kann seine Enttäuschung aber nicht verbergen. Klar, durch die Schaufensterscheibe hat er die Alte nicht entdecken können, so still und dunkel gekleidet, wie sie da in der äußersten Ecke ihres Ladens hockt.

»Ich ... ich brauche einen Knopf«, stottert er. »Einen grünen Knopf.«

Die alte Frau, sicher jene Johanna Czablewski selbst, mustert ihn von oben bis unten. »Einen Knopf?«, fragt sie dann mit zartem Stimmchen. »Einen einzigen Knopf? Ist er Ihnen abgegangen?«

»Nee ... nicht mir, meiner Mutter.«

Wieder mustert sie ihn lange . »Vom Kleid? Vom Mantel? Von der Bluse?«

»Von der Bluse.« Er nickt erleichtert. »Es ist so'n kleiner grüner, ovaler.«

Wie dumm von ihm, einfach hineinzugehen! Anna ist nirgends zu sehen und nun muss er dieses alte Weiblein anlügen. Er kann doch jetzt nicht einfach wieder verschwinden.

»Haben Sie ein Muster mitgebracht?«

Richtig, wer einen passenden Knopf sucht, bringt ein Muster mit! »Das … das hab ich ganz vergessen.« Er ist schon wieder an der Tür. »Dann geh ich mal schnell eins holen.«

»Aber nun warten Sie doch!« Mühselig stemmt die Alte sich hoch, will ihren zurzeit einzigen Kunden um keinen Preis der Welt fortlassen. »Wissen Sie denn, wie er aussah, der Knopf Ihrer Frau Mutter? Wir haben ja ganz viele grüne Knöpfe am Lager. Auch ovale. Ich ruf gleich mal mein Bedienfräulein, die kann Ihnen einige zeigen.« Und damit zirpt sie auch schon los: »Anna! Anna! Komm mal gesprungen. Ist Kundschaft im Laden.«

Im Flur links vom Ladentisch werden ein paar rasche Schritte laut – und Anna steht im Türrahmen! Und tatsächlich, es ist so, wie er sich das ausgemalt hatte: Sie trägt einen ihr bis zu den Knöcheln reichenden, langärmeligen und hochgeschlossenen, bauschig geschnittenen grauen Kittel. Bestimmt hat der mal der Alten gehört.

Zuerst erkennt sie ihn nicht, dann reißt sie verdutzt die Augen auf.

»Der junge Herr sucht einen Knopf«, tönt da das alte Weiblein mit einem Mal schrill wie ein Feldwebel. »Einen ovalen grünen Blusenknopf. Die sind ganz oben in der zweiten Schublade von links. Flink, zeig dem jungen Herrn, was wir im Repertoire haben.«

Anna braucht einen Moment, um sich zu fangen, dann macht sie ein gleichmütiges Gesicht, nimmt die Leiter, lehnt sie gegen den Schrank, steigt hinauf und mit mehreren kleinen Schachteln in den Händen wieder hinab. Ohne ihn anzublicken, öffnet sie die Schachteln. Eine nach der anderen stellt sie vor ihn hin. »Wat für'n Grün suchen Se denn?«, fragt sie dann, als wäre er wirklich nur irgendein Fremder, der einen ganz bestimmten Knopf sucht. »Eher so'n hellet – oder'n dunklet?«

»Ist für die Bluse seiner Mutter«, wiederholt die Alte, die sich wieder gesetzt hat. »Ein Muster hat er nicht, also soll er sich unser Repertoire mal ansehn.«

Vorsichtig zwinkert David Anna zu. Sie soll wissen, dass das mit dem Knopf nur ein Vorwand ist, sie wiederzusehen. Doch übersieht sie das. Mit Unschuldsaugen wie eine Heilige im Kirchenfenster blickt sie ihn an. »Soll der Knopp eher kleen oder groß sein, rund oder viereckig?«

»Oval!«, tönt die Alte, unzufrieden mit ihrem begriffsstutzigen Bedienfräulein, und pocht mit dem Stock auf den Fußboden. »Und Blusenknöpfe sind meistens eher klein.«

Gelegenheit für David, Anna beizustehen. »Ich suche aber einen eher großen ... Das ist so'ne Bluse mit großen, ovalen Knöpfen.« Kurz zuvor hat er noch gesagt, er sucht einen kleinen, doch was soll's, der Kunde ist König und Könige dürfen sich schon mal irren oder ihre Meinung ändern. Erneut zwinkert er Anna zu. Sie jedoch starrt ihn an, als begreife sie nicht, was diese andauernde Zwinkerei soll. Fehlt noch, dass sie ihn fragt, ob er einen Augenfehler hat.

Doch Anna fragt nichts, sie schiebt nur eine Schachtel mit sehr großen grünen Knöpfen vor ihn hin. »Bitte schön!«

Er schaut sich die Knöpfe an. Kein einziger ist oval, und für einen Mantel wäre diese Größe gerade richtig, nur eben nicht für eine Bluse. Also weiß sie, weshalb er gekommen ist.

»Nee!«, sagt er betont sachlich. »Der, den ich brauche, der ist nicht ganz so oval. Und noch größer. Und heller. Es ist ein sehr helles Grün, kein dunkles.«

Sie pustet sich eine Haarlocke aus der Stirn und schiebt einen anderen Karton vor ihn hin, diesmal mit sehr kleinen und sehr dunklen Knöpfen, wie Stecknadelköpfe sehen sie aus.

»Nee, die sind nu wieder zu oval. Und zu groß. Und auch zu hell.« Er grinst frech. Anna soll nicht glauben, dass sie ihn auf den Arm nehmen kann.

»Und die?« Sie legt die nächste Schachtel mit grünen Knöpfen vor ihn hin, diesmal wahre Mammuts unter den Knöpfen.

»Zu klein. Viel zu klein. Und ja auch gar nicht oval.«

»Und die?«

»Zu dunkel. Viel zu dunkel.«

»Die?«

»Nee, das is'n ganz falsches Grün.«

»Die?«

»Die hatten wir schon.«

Einen Moment lang blickt sie nachdenklich auf all die offenen Schachteln auf dem Ladentisch, dann sagt sie mit einem Mal: »Ach, jetzt weeß ick, die sind's!« Und wieder schiebt sie eine Schachtel vor ihn hin, die sie ihm schon mal gezeigt hat.

Er macht ein trauriges Gesicht. »Tut mir leid, aber die sind's auch nicht. Die haben ja so komische Verzierungen, so was trägt meine Mutter nicht.«

Diesmal jedoch zieht sie die Schachtel nicht zurück. Ohne mit der Wimper zu zucken, starrt sie ihn an, diese kleine Portion im viel zu großen grauen Ladenmädchenkittel. »Doch, mein Herr, die sind's! Ick kenn ja Ihre Frau Mutter, kenne ooch die Bluse. Jenau die Knöppe, die sind's!«

So eine kesse Maus! Lügt jetzt noch dreister als er! Denkt sie etwa, dass sie ihm auf diese Weise beikommen kann? In gespielter Verzweiflung schüttelt er den Kopf. »Tut mir leid, Fräulein, wirklich! Aber die sind's nun mal nicht ... Außerdem: Woher wollen denn Sie meine Mutter kennen?«

»Ick kenn se eben. Die war mal bei ihr'm Bruder, dem Dr. Jacobi, na ja, und an dem Tag, da hat se die Bluse anjehabt.«

Nicht dumm! Aber nicht schlau genug. »War das so'ne gelbe mit'nem hohen Kragen?«

Sie überlegt nur kurz. »Nee, die Bluse is nich jelb. Eher appelsinenfarbig. Jelb und grün, dit würde sich ja beißen.« Ein triumphaler Blick trifft ihn.

Soll er jetzt sagen, seine Mutter habe überhaupt keine apfelsinenfarbene Bluse? Nein, das würde sie ihm übel nehmen. Respekt, wer Respekt verdient! »Ja, richtig!«, ruft er da nur noch aus und greift sich an die Stirn, als erinnere er sich plötzlich doch noch. »Apfelsinenfarbig ist sie, die Bluse. Na, dann ist's ja wohl doch der richtige Knopf, dann nehme ich den.«

»Nur eenen?« Jetzt spielt sie die Mütterliche. »Vielleicht verliert Ihre Frau Mutter ja schon bald den nächsten Knopp. Und denn müssen Se extra wiederkommen. Nehmen Se doch zwee, denn haben Se eenen als Ersatz.«

»Einer reicht.« Sie soll's nicht übertreiben. »Außerdem komme ich gern mal wieder. Bei so'ner kompetenten Bedienung!«

Ein Weilchen schaut sie ihn ernst an, dann nickt sie: »Ja! Kommen Se nur irjendwann wieder. Ihre Frau Mutter hat ja sicher nich nur eene Bluse. Aber verjessen Se nich wieder det Muster, denn sparen wir viel Zeit.«

Soll er noch irgendwas erwidern? Nein, besser nicht! Zu viel ist zu viel. So legt er nur den Pfennig auf den Ladentisch, den es kostet, diesen Knopf zu erwerben, nickt der alten Frau neben der Tür noch einmal freundlich zu, sagt laut »Auf Wiedersehen!« und tritt auf die sonnengleißende Straße hinaus.

## Im Schwalbennest

Der Laden, so steht es an der Eingangstür, schließt um achtzehn Uhr. Doch dauert es danach noch eine gute halbe Stunde, bis die Ladentür endlich geöffnet wird und Anna erscheint. In dem alten, zerschlissenen, knöchellangen Rock, in dem David sie kennengelernt hat, und einer verwaschenen Bluse mit hochgekrempelten Puffärmeln tritt sie aus der Tür und blinzelt in die Sonne.

Hat sie ihn gesehen? Oder will sie ihn nicht sehen? Vorsichtig löst er sich aus dem Schatten des Hauseingangs, vor dem er gewartet hat, und hebt die Hand, um sie auf sich aufmerksam zu machen.

Mit gekrauster Stirn schaut sie zu ihm hin, dann tritt sie, ohne sich um ihn zu kümmern, den Heimweg an.

Er läuft ihr nach, holt sie ein und tippt ihr von hinten auf die Schulter. »Na, Fräulein Anna, was machen die Knöpfe?«

Gleich blitzt sie ihn voller Hohn an. »Ach Jottchen, der junge Herr, der sich nur eenen Knopp leisten kann!«

Er lacht, nimmt den Knopf aus der Hosentasche und drückt ihn ihr in die Hand. »Hier – für deine apfelsinenfarbene Bluse, falls du mal eine haben solltest.«

Ein Weilchen sieht sie den Knopf nur an, dann reicht sie ihm das gute Stück zurück. »Nee, lieber nich! Wat eener bezahlt, det muss er haben.« Und schnell geht sie weiter.

»Bleib doch mal stehen«, bittet er.

»Wozu denn? Wat willste denn von mir?« Sie rennt die Straße entlang, als habe sie es eilig.

Ja, was will er von ihr? »Mal hören, wie's Bruno geht.«

»Nach drei Monaten?«

»Haste mitjezählt?« Sie soll ihm jetzt bloß nicht dumm kommen.

»Klar! Jede Minute. Willste wissen, wie viele et insjesamt waren?«

»Nee! Sag mir lieber, wie's Bruno geht. Und ... und warum du immerzu nach mir gefragt hast.«

»Icke? Nach dir?« Jetzt bleibt sie doch stehen, und das so abrupt, dass er beinahe gegen sie geprallt wäre. Und dann lacht sie laut. »Denkst wohl, jeder Regenwurm is'n Prinz, wat?«

»Bin kein Regenwurm!« Langsam wird er böse. »Und du *hast* nach mir gefragt! Meine Tante hat's mir gesagt, und wozu hätte sie sich das ausdenken sollen?«

»Ja, ja! Und wenn deine Tante vier Räder hätte, wär se'n Omnibus.«

Puh! Auf diese Weise kommen sie nie zu einem Ende. Er muss das Thema wechseln. »Sag mal, hast du auch solchen Hunger wie ich? Um die Ecke is'n Bäcker, da gibt's Streuselschnecken.«

Er hat keinen Hunger, ist noch immer satt. Erst die Schinkenbrote, dann die Kohlroulade, doch vielleicht eine gute Gelegenheit, Anna etwas milder zu stimmen.

Sie durchschaut ihn. »Denkst wohl, schönet Wetter is der einzije Luxus, den unsereens sich leisten kann, nur weil ick an dem Abend mal Hunger hatte? Nee, Onkelchen, een zufriedenet Herz is immer satt.«

Sie hat Hunger, das sieht er ihr an. Schließlich hat sie den ganzen Tag gearbeitet und die alte Frau Czablewski hat sie bestimmt nicht mit Schinkenbroten oder Kohlrouladen verwöhnt. Zugeben aber wird sie das nie. Hilflos hebt er die Hände. »Warum zierste dich denn so? Ist doch nicht schlimm, wenn man Hunger hat. Ich könnte andauernd was essen.« – Wieder so eine Lüge!

»Hast wohl Mitleid mit mir?«

Was soll er denn darauf antworten? Ein Ja würde sie beschämen, ein Nein wäre die dritte Lüge. Doch lässt sie ihm gar keine Zeit, irgendetwas zu erwidern. »Ick hab mit keenem Mitleid«, erklärt sie resolut. »Wozu denn? Mitleid hilft ja nischt.«

Darauf weiß er erst recht nichts zu erwidern. So steht er nur da, die Hände in den Taschen, und sie schaut ihn von unten herauf an, bis ihr Blick an seiner Gymnasiastenmütze hängen bleibt. »Musste den Piependeckel eijentlich immer tragen?«

Nein, das muss er nicht. Doch ist es Usus bei den Gymnasiasten, stets und ständig die Mütze zu tragen.

»Is doch viel zu heiß.« Sie schüttelt den Kopf. »Und ooch 'ne Jacke haste an! Sollen deine Flöhe schwimmen lernen?«

Er lacht nicht. »Hab keine Flöhe.«

»Schade!« Sie kichert. »Wenn de welche hättest, wärste vielleicht lebendiger.«

Was soll das denn nun wieder heißen? Er – nicht lebendig genug? »Na, dann guten Tag und guten Weg!« Es reicht ihm, er geht davon. So hat er sich ihr Wiedersehen nicht vorgestellt; was für eine blöde Idee von Tante Nelly und Onkel August, ihn zu ihr zu schicken!

Einen Augenblick zögert sie, dann kommt sie ihm nachgelaufen. »Spiel jetzt bloß nich den Beleidigten. War ja nich bös jemeint.«

Unschlüssig scharrt er mit den Schuhen auf dem Straßenpflaster. Es ist schwer, mit Anna klarzukommen, er sollte besser weitergehen. Doch da fragt sie mit einem Mal mit der unschuldigsten Piepsstimme der Welt: »Die Streuselschnecken, war dit ernst jemeint?«

»Was denn sonst?«

Sie überlegt ein Weilchen, dann zuckt sie gnädig die Achseln. »Na, ick will dir nich beleidijen. Wenn de unbedingt zum Bäcker willst … Vielleicht spendierste mir ja noch 'ne Limonade. Durst hab ick nämlich ooch.«

»Wenn du willst.«

Wieder überlegt sie, dann winkt sie ab. »Nee, lieber doch nich! Streuselschnecke reicht. Limonade is zu viel des Juten.«

Aus diesem Mädchen soll einer schlau werden! »Für'ne Limonade würde mein Geld schon noch langen.«

»Nee, danke schön! Erfüllte Wünsche sind verlorene Wünsche. Ick heb mir die Limonade für später auf.«

Nanu! Wie klang denn das? Das hörte sich ja an, als rechne sie mit weiteren Treffen. »Gut!« Er wird mutig. »Dann heute die Schnecke und das nächste Mal die Limonade.«

Prompt spielt sie die Überraschte. »Willste denn noch mal wiederkommen?«

So eine Raffinierte! Erst redet sie von »später«, dann tut sie, als wäre das auf seinem Mist gewachsen. »Klar! Wenn du dir die Limonade für später aufheben willst, muss ich ja noch mal wiederkommen.«

Lange blickt sie ihn an, dann wird sie auf einmal ganz ernst. »Warum biste'n überhaupt jekommen? Aber nu mal janz ehrlich!«

»Um zu sehen, wie's Bruno geht.« Er wird ihr doch nicht sagen, dass er letzte Nacht von ihr geträumt hat. Und das gleich dreimal.

»Jut!« Sie nickt. »Dit erledijen wir heute. Und denn? Warum willste'n noch mal wiederkommen?«

»Weil ich heute ja nur sehe, wie's ihm heute geht. Ich will aber auch wissen, wie's ihm morgen geht und übermorgen. Er gefällt mir eben, dein kleiner Bruder.« Sagt es und grinst.

Sie bleibt so ernst. Das war eine Antwort auf ihrem Niveau, davor hat sie Respekt. Gleich darauf wird sie wieder kess. Ob sein Geld vielleicht auch für zwei Schnecken reicht, wenn sie denn schon auf die Limonade verzichtet, will sie wissen. »Ick meine, zwee für mich! Wenn de ooch eene willst, musste drei koofen.«

Davids Geld hat sogar für vier Schnecken gereicht, drei für Anna, eine für ihn.

Auf den Steinstufen der Haustür gleich neben der Bäckerei sitzen sie und verdrücken ihre Kuchenstücke, und Anna erklärt ihm, weshalb sie nicht mit hineinwollte in den so herrlich nach Brot und Kuchen duftenden Laden. »Die kenn' mir da. Hab erst vorige Woche wieder verjessen zu bezahlen.«

Sie hat dort geklaut?

Er vergisst zu kauen. »Und wie hast du das angestellt? Kennst du einen Trick?«

Erst kuckt sie nur misstrauisch, doch als sie echtes Interesse erkennt, erklärt sie ihm, dass sie ganz einfach in den Laden geht, ein Brot oder zehn Schrippen verlangt und, sowie man ihr das Gewünschte auf den Ladentisch gelegt hat, danach greift und rausrennt. »Mehr is nich dabei. So wat kann jedet flinke Huhn!«

Er will es nicht glauben. »Aber das klappt doch nur ein einziges Mal. Beim nächsten Mal kennen sie dich schon.«

»Na, denn jeh ick eben zu'nem anderen Bäcker. Oder auf'n Markt. Findet sich immer irgend'ne Jelegenheit. Leerer Bauch hat scharfe Augen.«

Sie sagt das so abgeklärt, dass es darauf nichts zu erwidern gibt.

»Na, is doch wahr!«, verteidigt sie sich. »Für jeden Happen sollste gleich berappen! Wenn de aber keen Jeld hast, musste Ideen haben.«

»Aber du kannst doch nicht immer nur Brot und Schrippen essen.«

»Nee, manchmal jeh ick zu Lina Morgenstern in den Weinbergsweg. Da is'ne Volksküche.«

Davon hat er schon gehört. Für fünfzehn bis zwanzig Pfennig bekommt man dort eine warme Mahlzeit und die Armensuppe ist sogar kostenlos. Doch natürlich, in diese Suppe kucken mehr hungrige Augen rein als Fettaugen heraus.

»Jefällt dir nich, wat?« Sie verputzt bereits die dritte Streuselschnecke. »Een Mädchen, det klaut, so eene haste noch nich kennenjelernt, oder?«

Wieder so eine Frage, von der er nicht weiß, wie er sie beantworten soll. »Hab überhaupt noch kein Mädchen richtig kennengelernt«, weicht er aus.

Eine Antwort, die sie verblüfft. »Wat? Noch keen Mädchen richtig kennenjelernt? Wie alt biste denn?«

»Sechzehn – im Oktober siebzehn.«

Sie denkt ein Weilchen nach, dann will sie wissen: »Is det so in eure Jegend – links de Mädchen, rechts de Jungen? Kommt ihr nie zusammen?«

»Doch, als Kinder haben wir zusammen gespielt.«

Hätte er das doch bloß nie gesagt! Es ist ihm so herausgerutscht. Weil es nun mal die Wahrheit ist. Die Mädchen in der Neuen Jacobstraße sieht er, seit sie keine Kinder mehr sind, nur noch von Weitem. Ihre Mütter passen auf, dass sie sich mit keinem Jungen einlassen; sie befürchten, sie sonst nicht mehr anständig verheiraten zu können.

Erneut denkt Anna erst ein Weilchen nach, dann schüttelt sie den Kopf. »Dit is bei uns janz anders. Da mischt sich allet. Da musste uffpassen, det dir keener unter de Röcke will. Die Kerle denken immer, wir Mädchen sind nur für ihr Vergnüjen da.«

Vorsichtig schielt er auf ihren Hals. Das Muttermal! Komisch, was für Gefühle ihn ankommen, wenn er diese Rosine auf ihrem sonst so weißen Hals sieht! Am liebsten würde er sie dort küssen. Ein Gedanke, der ihm das Blut in den Kopf steigen lässt.

Sie sieht es – und versteht es falsch. »Musst nich glooben, det ick mir so wat jefallen lasse. Grabscht eener nach mir, schreie ick so laut, det de Wände zittern. Und haut er immer noch nich ab, trete ick ihm jenau dahin, wo er sich Hoffnung jemacht hat. Denn schreit der noch lauter als ick und ick hab meine Ruhe.«

Wie sie das sagt! So klingt es beinahe lustig. Aber sie ist doch nur ein sehr zierliches Mädchen, sicher gibt es in ihrer Straße Kerle, die sich nicht auf so einfache Weise vertreiben lassen.

»Jetzt biste platt, wat?« Sie hat ihre letzte Schnecke gegessen, nun schaut sie ihn wieder so von unten herauf an, wie es manchmal ihre Art ist. »Hast wohl Angst um Fräulein Anna? Brauchste nich. Wenn dir Jott mag, beißt dir keen Köter. Und wenn er dir nich mag, nützt allet Heulen nischt, denn beißen se dir alle.«

Diese Sprüche! Woher sie die nur alle hat?

»So, Herr Zuckerbäcker!« Sie steht auf, klopft sich die Krümel vom Rock und sieht ihn auffordernd an. »Jetzt darfste mir begleiten.«

»Wohin denn?«

»Na, zu Bruno! Willst doch wissen, wie et Brunon jeht. Oder etwa nich?«

Doch! Jedenfalls hat er sein Auftauchen bei ihr damit begründet. Nur dachte er, dass sie längst begriffen hat, um wen es ihm in Wahrheit geht.

Hat sie auch, die schlaue Rübe! Deshalb lächelt sie so zufrieden.

»Aber … störe ich denn nicht?«

»Stören? Wen denn? Etwa meine werte Familie? Det ick nich lache! Den hab ick noch nich kennenjelernt, der meinen Vater bei irjendwat stören würde. Der stört sich nur selbst manchmal.« Sie nimmt seine Hand, zieht ihn hoch und mit sich fort.

»Nee, ehrlich, bei uns steht den janzen Tag die Tür offen. Nur nachts machen wir se zu. Wejen die Einbrecher. Obwohl, wat soll'n die schon klauen? Nehmen se Oma mit, bringen se se nach drei Minuten zurück, so viel Arbeit macht se ihnen.«

Sie kichert vergnügt, findet den Gedanken lustig, dass irgendwelche Einbrecher ihre Oma stehlen könnten. Danach jedoch wird sie ganz still; fast so, als hätte sie Angst, er könne sich von ihr losreißen, wenn sie allzu viel redet.

Da ist es, das Haus in der Schönholzer Straße, das David an jenem Abend zum ersten Mal gesehen hat. Bei Tage sieht alles noch viel schlimmer aus; Putz fällt von der Fassade, die Fenster glotzen ausdruckslos in die Gegend, die Fensterrahmen wirken verfault und schimmlig. Er muss an die Auseinandersetzung mit diesem Melonen-Karl denken und bleibt stehen.

Sie ahnt den Grund. »Schiss vor Karl, wat?«

Erst will er nur den Kopf schütteln, dann nickt er. »Wenn sie wieder zu dritt sind ... Macht keinen Spaß, sich wie'n Köter davonjagen zu lassen.«

»Ja, is nich schön!« Sie macht ein bekümmertes Gesicht. »Aber so is det Leben nu mal: Keene Freude ohne Leid!«

Vorn im Haus ist eine Tischlerei, die hatte David an jenem Abend vor drei Monaten gar nicht bemerkt. Ein Korbstuhl steht vor der Kellerwerkstatt, ein verkrumpelt wirkender Mann liegt drin, hält die Beine von sich gestreckt und schnarcht. Speichel läuft ihm aus dem Mund, sein struppiger Bart schimmert grünlich, die Handrücken sehen aus, als wüchse auf ihnen bereits Moos. Neben ihm steht eine leere Schnapsflasche.

»Dit is der olle Hugo«, flüstert Anna. »Der säuft wie'n Loch. Seine Frau is ihm deswegen schon wegjerannt und nu kommt er jar nich mehr zum Arbeeten, weil er sich von morjens bis abends immer nur selber zuprostet.«

»Und wovon lebt er?« Der Mann tut David leid, gleichzeitig ekelt er sich vor ihm.

»Er vermietet. Die Stube an'ne Familie mit zwee kleenen Kindern, seine Schlafkammer an die olle Berteln, det Küchensofa an'nen Schlafburschen. Er selber pennt in seiner Werkstatt.«

Wie Anna das sagt! Wie eine weise alte Frau, die nichts mehr verwundern kann.

Im halbdunklen, dumpf riechenden Hausflur kommt ihnen eine dickliche, weißblonde Frau entgegen. Sie trägt einen schmutzig-grauen Arbeitskittel und tastet sich mit weit aufgerissenen Augen die Wände entlang. Als sie ihre Schritte hört, bleibt sie stehen und schaut fragend in ihre Richtung. »Wer kommt denn da?«

»Icke, Tante Kussak«, meldet sich Anna. »Nur icke.«

»I, die Anna!« Die Frau atmet erleichtert auf und tastet sich weiter auf sie zu. »Ick such meinen Karl«, jammert sie dabei. »Det faule Stück is mal wieder'n janzen Tach nich nach Hause jekommen. Dabei soll er mir doch helfen, ick schaff det nich alleene.«

»Bleiben Se mal lieber in Ihrer Werkstatt.« Fürsorglich legt Anna den Arm um die Frau, die, wie David endlich begriffen hat, ganz und gar blind ist, und führt sie den Weg, den sie gekommen ist, zurück. »Karl kommt schon noch. Vielleicht hat er ja heute Glück jehabt und Arbeet jefunden. Und denn muss er dit bejießen.«

»Meinste, Anna?« Langsam beruhigt sich die blinde Frau Kussak. »Is ja nur, weil ick so viel zu tun habe. Und da könnt er mir doch wirklich mal helfen. Fressen tut er für drei, der Lumpenkerl, aber mal seiner Mutter helfen, nee, dit is nich.«

Sie sagt es, bleibt plötzlich stehen, dreht sich zu David um und lauscht. »Da is ja noch eener ... Wer is denn det? Wen haste denn da mitjeschleppt?«

Anna verdreht die Augen. Sie weiß nicht, was sie antworten soll. Schließlich zuckt sie die Achseln. »Dit is David, der Neffe von dem netten Doktor Jacobi. Der kennt Brunon und will wissen, wie et ihm jeht.«

Die Blinde wittert dennoch weiter so misstrauisch in Davids Richtung. »Nich det de mir Männer ins Haus schleppst, Anna! Bist meinem Karl versprochen. Wenn ick mal alt bin, denn brauch ick'ne tüchtije Schwiejertochter.«

»Bin jar keenem versprochen!« Jetzt wird Anna böse. »Wat mein Oller mit Karl verabredet hat, interessiert mir nich. Mir kann keener jejen'ne Pulle Schnaps eintauschen. Und David, der is ja noch jar keen Mann, der is man bloß'n Junge. Und der will wirklich nur zu Brunon, nich zu mir.«

Sie zwinkert David zu – eine stille Bitte um Vergebung –, dann schiebt sie die blinde Frau in den Hof hinaus, wo vor einer offenen Kellertür mehrere Körbe, Tische und Stühle aufgebaut sind. Alles aus Weidengeflecht, darunter vieles noch nicht ganz Fertiges. – Also ist die Alte Korbflechterin? Sie arbeitet auf diesem Hof und im Winter sicher im Keller und hat sich von ihrem Sohn Hilfe erhofft?

»Nu setz dir man, Tante Kussak! Dein Karl wird schon noch kommen.«

Anna hilft der Frau, auf ihrem Arbeitshocker Platz zu nehmen, dann zieht sie David in den Hausflur zurück. »Dit is die Witwe Kussak«, flüstert sie ihm zu. »Karls Mutter. Se will immer, det er ihr hilft. Aber er will nich, weil man nämlich mit de Korbflechterei nischt verdienen kann. Is'n Hungerberuf, sagt er. Aber lebt davon, der Schmarotzer! Und so eener gloobt nu, det ick'n mal heirate. Na ja, jut jeträumt heißt jut jelaunt.«

Das Treppenhaus. Die Stufen sind ausgehöhlt und knarren laut, das wacklige Treppengeländer ist von Holzwürmern zerfressen. Und das einzige Klosett im Haus, im Parterre liegt es, stinkt bis zum ersten Stock hoch.

Nur vorsichtig steigt David neben Anna die Treppe empor. Auf jeder Halbetage starren ihn schmutzige, ewig nicht mehr geputzte Fenster an, hinter den Türen, an denen sie vorüberkommen, sind laute Stimmen zu hören. Im ersten Stock schimpft ein Mann, im zweiten weint ein Kind, im dritten keift eine Frau. Neben den Türen stehen Waschtröge und Töpfe und liegen irgendwelche Lumpenbündel; mal riecht es stark nach Kohlsuppe, mal nach alten Heringen.

Am liebsten würde er gleich wieder umkehren. Was soll er hier? Wozu hat Anna ihn mitgeschleppt? Macht es ihr Spaß, ihm ihr Haus zu zeigen?

Mit spöttisch verzogenen Mundwinkeln sieht sie ihn an. »Mäuschen, sei leise, der Kater sucht Speise!«

»Wie ... wie hoch wohnt ihr denn?«

»Sehr hoch, mein Herr! Janz nahe beim lieben Jott. So'nen feinen Nachbar hat nich jeder.«

»Im fünften?«

»Jawohl, direktemang unterm Dach. Im Schwalbennest, wie Mutter immer sagt. Da isset im Winter so kalt, det dir die Spucke einfriert, und im Sommer so heiß, det dir dit Wasser im Arsch brodelt.«

Warum spricht sie nur so? David ist nicht zimperlich, kennt die derben Sprüche der Männer vom Bau, doch ist es etwas anderes, ob Bauarbeiter so reden oder ein Mädchen wie Anna.

Der fünfte Stock ist eigentlich gar keine Wohnetage, von hier aus geht es direkt in die Bodenräume, an der Tür links aber ist ein beinahe vornehmes Emailleschild befestigt: *Ludwig Liebetanz*, in sehr geschwungenen Buchstaben. Die Tür steht tatsächlich offen. Anna braucht sie nur ein wenig weiter aufzustoßen, und David sieht, dass es dahinter keinen Flur gibt. Wer durch die Tür tritt, steht gleich in einem großen, düsteren Bodenraum, nicht viel heller als das Treppenhaus. Allein die zwei Kippfenster im schrägen Dach lassen etwas Licht herein.

Zögernd folgt er Anna bis in die Mitte des Raumes. An den Wänden stehen überall Betten; ein Kohlenherd, von dem ein zerbeultes Ofenrohr durch das nicht sehr dichte Dach ins Freie ragt, und ein schon sehr abgeschabter, wacklig wirkender Tisch mit einem Berg schmutzigen Geschirrs darauf sollen die Küche darstellen. Unter diesem Tisch ist eine halb verrostete Blechwanne zu sehen, an der Wand darüber hängt ein großer, zerbrochener Spiegel. Einen Wasseranschluss jedoch gibt es nicht in dieser »Küche«. Also muss jedes bisschen Nass vom Hof oder aus einer der unteren Wohnungen geholt werden, es ist ja gerade erst wieder gewaschen worden. Quer durch den Raum ist eine Leine gespannt, darüber hängen viele frisch gewaschene Wäschestücke. Munter tropfen sie auf den hölzernen, offensichtlich schon recht morschen Fußboden.

Davids Augen haben das alles schnell registriert und bleiben an den beiden wuchtigen, braunen, schon oft geflickten und bereits schlimm durchgesessenen Sesseln hängen, die mitten im Raum stehen, als wären sie irgendwann dort abgestellt und danach nie wieder verrückt worden. In dem einen liegt ein schon recht kahler alter Kater, der den Neuankömmling mürrisch anstarrt, in dem anderen sitzt ein fetter Mann mit nacktem, schweißglänzendem Oberkörper. Der Kater hat sich in dem durch das eine Kippfenster dringenden Sonnenstrahl ausgestreckt, die große Hitze in diesem Raum so nah der Sonne scheint ihm zu gefallen. Der andere Sessel steht im Schatten und mit verschwiemelt-schläfrigem Blick betrachtet der dicke Mann David. Ein Strick um die Hose ersetzt ihm den Gürtel, die fleischige Brust ist stark mit borstigem, rostfarbenem Haar bedeckt. »Wen haben wir denn da?«, fragt er schließlich mürrisch. »Wen haste da anjeschleppt, Anna? Wir sind uff so feinen Besuch nich injerichtet.«

»Dit ist keen Besuch«, erwidert Anna streng. »Dit is nur David, der Neffe vom Doktor. Der soll mal kucken, wie et Brunon jeht.«

Nachdenklich fährt sich ihr Vater über den struppigen Haarschopf, danach kratzt er sich lange den dichten, ebenfalls rostfarbenen Backenbart. »Brunon? Brunon jeht's jut. Der feine Pinkel soll mir mal fragen, wie et mir jeht. Denn erzähl ick ihm wat, det ihm vor Staunen de Kinnlade runterklappt.«

David lächelt nur. So, als hätte Annas Vater nichts als einen guten Witz gemacht. Und wünscht sich noch heftiger fort! Wozu hat Anna ihn hier hochgeschleppt? Sie hat doch gewusst, was er zu sehen bekommt. Will sie ihm damit vors Schienbein treten? Kiek her, Herr Jymnasiast, so leben wir!

Anna ahnt, wie ihm zumute ist. Verlegen aber wird sie nicht. Im Gegenteil, sie macht ein zufriedenes Gesicht. »Da isser, unser Bruno.« Sie weist auf eine dunkle Ecke hin. Und dann befiehlt sie: »Komm mal her, Brunoken! David is hier. Den kennste doch. Sag mal juten Tach.«

Erst jetzt sieht David, dass in diesem Teil des Raumes fünf Kinder hocken. Sie tragen mal zu große, mal zu kleine, hinten zugeknöpfte, oft geflickte und schon sehr verwaschene Kittelschürzen und jedes von ihnen sitzt auf einer niedrigen, sicher von ihrem Vater gezimmerten Fußbank. Doch sitzen sie nicht untätig herum, Hand in Hand arbeitend stellen sie irgendetwas her. Ein Anblick, der an das Plakat *Die Frau im Heim* erinnert.

Bruno schaut einmal kurz zu David hin, traut sich aber nicht aufzustehen.

Verlegen räuspert David sich. Die Kinder sind alle zwischen

fünf und zwölf Jahre alt, eines von ihnen, das mittlere Mädchen, hustet hin und wieder. Ob das die kleine Emma ist, von der Tante Nelly erzählt hat, dass sie Keuchhusten hat? Wenn ja, dann muss dieses so blasse, sicher erst acht Jahre alte Mädchen an einem so heißen Tag in der stickigen Luft dieses »Schwalbennestes« arbeiten, obwohl sie krank ist …

»Na los, Bruno! Komm her! Sag Juten Tach. Schimpft schon keener!« Anna wird ungeduldig, und David begreift: Bruno wagt nicht aufzustehen, um den Arbeitsablauf nicht zu stören. Und richtig, vorsichtig schielt der kleine Junge zu seinem Vater hin. Erst als von dieser Seite kein Widerspruch kommt, legt er sein Arbeitsgerät – einen Löffel – beiseite, kommt auf David zu und gibt ihm die Hand. »Tach!«

»Tach!«, sagt auch David, und dann hebt er Bruno hoch, schaut ihm prüfend ins Gesicht und fragt lächelnd: »Na, alles gut überstanden? Und waren se nett zu dir im Krankenhaus?«

Bruno macht erst nur große Augen, dann nickt er still. Kaum hat David ihn auf die knarrenden Holzdielen zurückgestellt, läuft er zu seiner Arbeit zurück. David folgt ihm, hockt sich zu den Kindern und schaut ihnen ein Weilchen zu.

Sie nähen allerlei Tierfiguren zusammen. Aus Stoffresten. Hunde, Katzen, Schweine, Kühe, Mäuse, Schafe erkennt er. Das große Mädchen schneidet die vorgezeichneten Figuren aus, die beiden anderen Mädchen nähen die zueinanderpassenden Stücke zusammen. Bruno füllt sie mit Sägespänen, und sein großer Bruder überprüft, was ihm gereicht wird, und näht den noch offenen Spalt zu.

Es gibt viele Kinder, die ähnliche Tiere herstellen. Mal aus Lumpen gefertigt, mal aus Holz geschnitzt. Sie laufen durch die Straßen und bieten mitleidigen Passanten an, was sie da im Auftrag ihrer Eltern angefertigt haben – in der stillen Hoffnung, aus den paar Pfennigen für das Material jede Menge

Groschen zu machen. Onkel Fritz kauft ihnen oft etwas ab, um es dann an die Kinder in den Nachbarhäusern zu verschenken.

David will sich schon wieder abwenden, da fällt sein Blick auf eine laut tickende Wanduhr direkt über den Kindern, die ihn an Großmutters »laute Johanna« erinnert. Eine solche, ja nicht gerade billige Uhr in dieser Dachbodenfinsternis? Irgendwie passt das nicht. Warum wurde dieses Prachtstück denn nicht längst gegen etwas zu essen eingetauscht? »Die ist aber schön!«, sagt er zu dem großen, rotblonden Mädchen und zeigt auf die Uhr. »Wir haben so eine ähnliche. So schön wie eure ist die aber nicht.«

Das Mädchen, etwa zwölf Jahre alt, erinnert trotz ihrer Magerkeit und ihrer so ernst blickenden Augen an ein Porzellanpüppchen. Ringellocken umrahmen ihren runden Kopf, die kleine Stupsnase zieren ein paar blasse Sommersprossen. Doch arbeitet sie nur still weiter, sagt nichts.

»Vadder is Uhrmacher«, antwortet Anna an ihrer Stelle. »Die Uhr hier war sein Jesellenstück. Er hat se repariert, aber denn isse nicht abjeholt worden und da hat sein Meester se ihm jeschenkt.«

»*War* Uhrmacher!«, verbessert ihr Vater sie, als habe er nur auf eine Gelegenheit gewartet, sich wieder zu Wort zu melden. »Erzähl dem feinen Herrn nischt Falschet!« Und mit theatralischer Geste hebt er die Hände: »Ein Erinnerungsstück, Herr Baron! Aber vorbei is vorbei! Hab nervöse Pfoten. Für Feinarbeiten nich mehr zu jebrauchen. Aber so isset nu mal, dit Leben, heute uff seid'nen Kissen, morjen in die Spree jeschissen.«

»Red du man nur! In Wahrheit kommt allet nur vom Suff.« Eine bleichgesichtige Frau mit bitterem Zug um den Mund hat das gesagt. In einer anderen Ecke des Bodenraumes sitzt sie und sortiert Stoffreste. Sicher damit die Kinder sie später zurechtschneiden und zusammennähen können.

»Guten Tag!«, sagt David leise. Auch die Frau mit der breiten, weißen Strähne im dunkelblonden Haar, die da so still vor sich hin arbeitet, ist ihm erst jetzt aufgefallen. Und er will noch etwas hinzufügen, um seinen Besuch hier oben zu begründen, wird aber von Annas Vater unterbrochen.

»Suff? Ja, ja! Macht mir nur Vorwürfe! Hätt ick die Krankheit nich jekriegt, würd ick nich saufen.« Und sich erneut David zuwendend, erklärt er voll übertriebener Würde: »Jawohl, Herr Baron, Ludwig Liebetanz säuft! Na und? Bin ick etwa der Einzige? Die halbe Straße schluckt. Irjendwat muss der Mensch doch haben von seinem Leben. Eh de's merkst, liegste uff'n Sterz! Na, und denn? Denn lutschen dir die Würmer und haben dabei noch nich mal'n schlechtet Jewissen.«

Er kratzt sich den fülligen Bauch. »Reichtum is Sünde, schwafeln die Pfaffen, und Armut Strafe. Aber warum bestraft der böse Onkel im Himmel denn jerade mir so streng? – Nee, nee, junger Herr, et jibt keene ordentliche Ordnung inne Welt, keene Rejeln, die Ludwig Liebetanzen akzeptiern kann. Also macht er sich seine Rejeln selbst. Sollen die anderen sich um ihre Epidermis kümmern, ick kümmer mir um meine.«

Das Wort »Epidermis« – Haut – passt irgendwie nicht in diese Rede. Nun muss David doch wieder Annas Vater ansehen.

Der nickt zufrieden. »Jawohl, Herr Baron, Ludwig Liebetanz is nich doof, ooch wenn er nie die Ehre hatte, 'ne höhere Schule zu besuchen. Aber wenn wa schon mal dabei sind, Wissen auszutauschen: Haben Sie, Barönchen, 'ne Ahnung davon, wie det is, wenn einen der Hunger piesackt? Haben Se eventuell höchstpersönlich schon mal jehungert? Falls nich, kläre ick Se jerne auf.«

Einen Moment lang sieht er David abschätzend an, dann fährt er fort: »Hunger, Euer Hochwohljeboren, richtijer Hunger, dit is, als ob dir eener mit'ner Schere den Bauch uffschneidet und jedet Stück Einjeweide einzeln rauspolkt. Et is zum Hilfeschreien, aber dieser verdammte Chirurgus, dieser Misthund, will ewig schnippeln. Willste'n ruhigstellen, musste ihm'n paar Brocken hinwerfen. Woher de die nimmst, is dem Herrn Dr. Schnippschnapp ejal. Ob de stiehlst oder mordest, Hauptsache, er bekommt wat zu fressen.«

»Is ja jut, Vadder!« Endlich mischt Anna sich ein. »Jetzt weeß er Bescheid. Darfst'ne Pause machen.«

»Wieso denn? Lass mir doch reden! Is doch'n janz vernünftiger Kerl, dein Herr Baron. Groß und breit und satt jefressen isser. So eener verträgt schon wat.«

Und nun wird er auf einmal richtig väterlich, der halb nackte Mann in seinem Sessel, der vom Hunger schwafelt, obwohl er doch so fett und schwabbelig ist. »Junger Freund, Sie wissen dit vielleicht noch nich, aber dit janze Jeschimpfe uff'n Alkohol is falsch. Hin und wieder'n Schlückchen, dit is nämlich sehr jesund. Et desinfiziert die Einjeweide und stabilisiert den Charakter.« Sagt es und grinst David plötzlich listig zu. »Wenn Se vielleicht den eenen oder anderen Groschen übrig haben … Anna rennt runter und holt uns wat. Und denn trinken wir zwee beede Brüderschaft, und ick kiek nich so jenau hin, wat Se mit meiner kleenen süßen Anna machen.«

Jetzt würde David am liebsten einfach rausrennen, die Treppe runter und weg. Was hat er denn hier noch zu suchen? Vorsichtig schielt er zu Anna hin – und erschrickt: Mit was für einem Hass sie ihren Vater anschaut. Und auch ihre Mutter, nichts als Ablehnung und Verachtung liegt in deren Blick. »Ludwig, et reicht!«, sagt sie nun laut. »Hast dir jenug blamiert.«

Er muss den Blick abwenden. Was für einen harten und müde wirkenden Mund diese Frau hat! Die spitze Nase fleischlos, die fast wimpernlosen Augenlider rot. Ihre Hände sind die einer Waschfrau, so rissig, ausgezehrt und schrumplig …

Doch hat er zu spät weggeschaut. Annas Mutter hat seinen Blick bemerkt. Für einen Moment treffen sich ihre Augen. – Was hat meine Anna da nur für einen seltsamen Jungen mitgebracht, scheint Annas Mutter sich zu fragen. Und wozu? Allein, damit er sich das dumme Gerede meines Mannes anhört?

Für kurze Zeit ist es still im Raum, dann kommt von einem der Betten, von dem David glaubte, dass nur irgendwelche Kleider darauf abgelegt seien, die klägliche Stimme einer schon sehr alten Frau. »Hedwig, Kind, mir is kalt!«

Annas Mutter eilt hin, hilft der alten, unter den Kleidern begrabenen Frau, sich aufzurichten, und schimpft mit ihr: »Aber Muttchen, heute isses doch so heiß! Du frierst nur, weil de dir nich bewegst. Komm in die Sonne.« Sie hilft der Alten, gänzlich aufzustehen, und führt sie zu dem Sessel, in dem der Kater liegt. Mit einer raschen Handbewegung jagt sie ihn davon und setzt ihre Mutter an seine Stelle.

Die alte Frau wirft einen mürrischen Blick auf David, als wollte sie etwas sagen, schließt dann aber nur ihre von der Sonne geblendeten, altershellen Augen und genießt die Wärme.

Nie zuvor hat David einen so klapperdürren Menschen gesehen; nichts als ein trauriges Skelett in viel zu großen, ausgetretenen grauen Filzschuhen und einem löchrigen, kittelartigen schwarzen Kleid ist Annas Großmutter. Ihr schmaler, von vielen tiefen Falten überzogener, fast haarloser Kopf erinnert an ein noch nacktes Vogelküken. Und das Schlimmste: Sie stinkt ganz furchtbar nach Urin.

Bittend schaut er Anna an. Er muss jetzt hier weg!

Sie hat verstanden. »Komm, Bruno!«, befiehlt sie. »Sag David janz lieb Auf Wiedersehen. Er is ja nur deinetwejen jekommen.«

Wieder legt Bruno seinen Löffel weg, macht ein paar Schritte auf David zu und reicht ihm brav die Hand.

David hält sie fest. Er würde Bruno so gern noch was Freundliches sagen, doch fällt ihm nichts Rechtes ein. So fragt er ihn schließlich nur, ob er schon schwimmen kann. In dieser Hitze, so sagt er, gebe es nichts Schöneres, als an einen kühlen See zu fahren und wie ein Fisch darin herumzuschwimmen.

Bruno schüttelt nur stumm den Kopf, Anna kuckt verwundert. »Kannst du denn schwimmen?«

»Klar!«

»Und von wem haste's jelernt?«

»Von meinem Vater.«

»Ha!«, lacht sie da böse auf. »So'nen Vater würd ick ooch jerne haben! Von uns kann keener schwimmen.«

Der dicke Mann im Sessel hat es gehört. Mit zusammengekniffenen Augen schaut er seine Tochter an, sagt jedoch nichts.

Wie dumm von David, dass er das mit dem See gesagt hat. Annas Geschwister müssen in dieser unter dem Dach ganz besonders drückenden Hitze arbeiten und er plappert was von Fisch im kühlen See! Ein Zurück aber gibt es nicht mehr. »Wenn ihr wollt, bring ich's euch bei, das Schwimmen. Ist nicht schwer zu erlernen.«

Sofort schauen alle Kinder zu ihrem Vater hin. Ob er ihnen so viel Freizeit zugesteht?

David wartet einen Augenblick, und als von Annas Vater nichts kommt, wendet er sich wieder Bruno zu. »Willste's denn lernen? Du gehst ja noch nicht zur Schule, also hast du viel Zeit.«

Er weiß, was er gesagt hat. Zeit hätten sie ja alle fünf, wenn sie nicht unentwegt Stofftiere anfertigen müssten. Und er würde wirklich gern mit Bruno an die Spree gehen und mit allen anderen auch. Wenn er sieht, wie sie hier oben arbeiten müssen, überkommt ihn Wut.

»Klar will er!«, antwortet Anna für den kleinen Bruder. Und mit feindseligem Blick auf ihren Vater fügt sie hinzu: »Wir wollen alle! Schwimmen is jesund, hat Dr. Jacobi jesagt. Und dit janz besonders für Kinder, die viel arbeiten müssen.«

### Musike

Langsam steigen sie die Treppe wieder hinab, bis Anna auf halbem Weg stehen bleibt. »Siehste!«, sagt sie, so tief Luft holend, als fühle sie sich nicht weniger erlöst als er. »Jetzt weißte Bescheid. Haste'n Schreck jekriegt?«

»Nee!« Das ist keine große Lüge. David hat nicht gefallen, was er zu sehen bekam, einen Schreck aber hat er nicht bekommen. Die Großeltern und Onkel Fritz und auch der Vater und Großmutter Rackebrandt, so wurde ihm oft genug erzählt, haben früher auch längere Zeit auf Dachböden hausen müssen. Dort soll es sogar noch schlimmer gewesen sein, da hätten in einem solchen Schwalbennest gleich mehrere Familien gelebt – und das auch noch Bauch an Bauch, wie Onkel Fritz sagt.

Nur: Was soll dieses »Bescheid wissen«? Hat sie ihn deshalb in dieses Schwalbennest hochgeschleppt? Damit er über sie und ihre Familie Bescheid weiß? »Denkste etwa, das macht mir was aus?«, fragt er betont gleichgültig. »Hab schon andere arme Leute gesehen.«

»Ooch so'ne wie uns?«

Nein, eine solche Armut hat er zuvor nicht gekannt, wenn er auch wusste, dass es sie gibt. Doch wozu das sagen?

Sie versteht sein Schweigen richtig. Mit schüchtern fragendem Kinderblick schaut sie ihn an. »Macht et dir wirklich nischt aus?«

Eine Bitte, nichts anderes. »Wieso denn? Deine Geschwister gefallen mir und deine Mutter ... die ist tüchtig, das sieht man gleich. Und dass ihr in so'nem Schwalbennest wohnen müsst, dafür kannst du doch nichts.«

Über ihr Gesicht huscht ein vorsichtiges Sonnenscheinchen. »Und mein Vater? Meine Oma?«

»Deine Oma ist alt, was ist dabei? Na, und dein Vater ... der redet'n bisschen viel.«

Ihr fällt wieder ein, was ihr Vater über sie gesagt hat, und sie wird rot wie eine Feuersäule. »Dit mit den Groschen und denn darfste mit mir machen, wat de willst, dit ... dit war nur der Schnapsjieper. Wenn er Durst hat, redet er immer so.«

»Weiß ich doch.«

»Wirklich?«

»Na klar!« Er macht sein ehrlichstes Gesicht und da packt sie ihn mit einem Mal an den Armen, stellt sich auf die Zehenspitzen und drückt ihm einen Kuss auf den Mund. Gleich darauf flitzt sie die Treppe hinunter.

Mehr begeistert als erschrocken starrt er ihr nach. Kaum zu glauben, sie hat ihn geküsst! Hat ihn einfach geküsst! Also hat sie nicht nur kesse Sprüche auf Lager ... Wie der Wind läuft er ihr nach, und als er sieht, dass sie nicht auf die Straße, sondern auf den Hof gelaufen ist, folgt er ihr auch dorthin.

In einem der Korbsessel der Witwe Kussak, die wohl gerade in ihrem Keller zugange ist, sitzt sie und macht ein hochmütiges Gesicht. »Denk nur nich, ick liebe dir, nur weil ick dir jeküsst habe.«

»Und warum haste's dann getan?«

»Dit war'ne Belohnung. Weil de so nett bist.« Sie wird wieder rot, beharrt aber darauf: »Mit Liebe hat dit nischt zu tun.

Lieben heißt nämlich leiden. Kaum ausjesprochen, schon det Herz jebrochen! Mutter war erst fuffzehn, als sie Vaddern kennenjelernt hat – und mit sechzehn hab ick ihr schon an de Brust jehangen und er hat se kommandiert.«

Er rechnet nach. Wenn Annas Mutter mit sechzehn Anna bekam, dann ist sie jetzt einunddreißig – sechs Jahre jünger als seine Mutter! – und sieht doch so viel älter aus …

»Wat is denn? Wat kiekste'n uff eenmal so komisch?« Misstrauisch runzelt sie die Stirn. »Haste dir etwa wat einjebildet?«

»Nee!«, sagt er nur.

»Klar!«, widerspricht sie. »Dit seh ick doch! Aber ick bin nich so eene. Ooch wenn mein Oller so redet. Mit dem«, ihr schießen die Tränen in die Augen, »mit dem hab ick nämlich jar nischt zu tun. Der hockt den janzen Tag da oben, träje wie'n Eiterpickel. Drückste druff, platzt er; lässte'n wachsen, wird er immer fetter. Kann jar nich glooben, det so eener mein Vater is.«

»Na, na! So schlimm ist er ja nun auch nicht.«

»Doch, isser! Du weeßt ja nich, wat ick weeß. Der is nich hü und nich hott, so eener bringt seiner Familie keenen Nutzen. Mutter jeht den janzen Tach zu fremden Leuten waschen … Haste ihre Hände jesehn? Nischt wie Einweichen, Kochen, Rubbeln, Wringen, Spülen. Und det jeden Tag, von morjens bis abends. Manchmal, sagt se, möchte se sich nur noch hinlejen und sterben. Aber se jeht immer wieder los, weil se ja nu mal uns hat, sechs Kinder und ihre olle Mutter. Mein Alter aber furzt nur den Sessel voll, und luchst er mal irjendwem'n Groschen ab, versäuft er den.«

Der Großvater hat mal gesagt, es gebe nur ganz wenige wirklich schlechte Menschen. Bei vielen seien es nur die Bedingungen, unter denen sie leben müssten, die sie verdorben hätten. Vorsichtig bringt David das an – und erntet sofort heftigen

Widerspruch: »Ach so, denn sind wohl alle Menschen in Wahrheit jut? Alle Menschen uff de janzen Welt? Se dürfen's bloß nich zeigen?«

»Nicht alle, aber viele.«

Ein Weilchen sieht sie ihn an, als sähe sie ihn zum ersten Mal, dann lacht sie ihn aus. »Biste so blöde zur Welt jekommen oder haste dit uff'm Jymnasium jelernt? Meinen Alten könnteste von morjens bis abends mit Sahnetorte füttern und ihm zum Nachtisch'ne Villa schenken, der würde sich nich ändern. Een Einbeinijer kann eben nich Polka tanzen, janz ejal, wie lange de sein Holzbeen schmeichelst und streichelst.«

Mal wieder einer ihrer Sprüche! Doch soll er jetzt nachgeben? Wenn der Klügere stets und ständig nachgibt, ist er ja irgendwann der Dumme. »Was man nicht ausprobiert hat, kann man nicht wissen«, gibt er ärgerlich zurück.

Da lacht sie nur noch böse. »Kann ick nich ausprobieren, weil mir dazu dit Jeld fehlt. Und brauch ick nich auszuprobieren, weil ick meinen Alten kenne, Herr Baron!«

Das ist zu viel. Erst küssen und dann »blöd zur Welt jekommen« und »Herr Baron« genau wie ihr Vater. »Na, wenn du meinst, bitte schön, dann eben nicht!« Und damit will er gehen. Dieser Streit ist ihm zu dumm. Annas Vater ist ihm nicht gerade sympathisch, doch ist er nun mal ihr Vater und vielleicht kann er ja wirklich nichts für sein Elend.

Kaum ist er drei Schritte gegangen, kommt Anna ihm nachgelaufen und packt ihn am Arm. Nur zögernd wendet er sich zu ihr um – so schnell will er keine Entschuldigung annehmen –, da schlägt sie ihm schon ins Gesicht. Die Ohrfeige ist so hart und wuchtig, dass er sie nur ganz erschrocken anblicken kann.

Mit finster zusammengezogenen Augenbrauen starrt sie zurück, bis ihr erneut die Tränen in die Augen schießen. Rasch läuft sie davon, durch den dunklen Hofdurchgang in den zweiten Hof hinein und weiter.

Der dritte Hof ist noch enger und düsterer als der erste und der zweite, aber voller Kinder. Auf den Müllkästen haben sie Decken mit Schüsseln und Tellern ausgebreitet und spielen Hochzeit. Die Braut hat sich einen Gardinenrest über den Kopf gehängt, der Bräutigam trägt einen ihm viel zu großen, schon ziemlich lädierten Zylinder. Ansonsten sind die Kinder fast nackt; an einem so heißen, noch in den Abendstunden schwülen Tag werden die Kleider geschont.

Anna hat sich auf die mannshohe Mauer gesetzt, die diesen Hof von dem des Nachbarhauses trennt, lässt die Beine baumeln und sieht David, der sich still neben sie setzt, nicht an.

»Hast'nen ganz schönen Schlag am Leib«, beginnt er nach einer Weile angestrengten Schweigens. »Hätt ich so'nem Krümel wie dir gar nicht zugetraut.«

Er hat sie Krümel genannt, weil er will, dass sie protestiert und wieder mit ihm redet. Doch schaut sie nur weiter so stumm zu den Kindern hin. Bis sie plötzlich leise sagt: »Hast ja recht. Mein Vater ... der war früher jar nich so ... Da hat er manchmal sein Schifferklavier rausjeholt und den Donauwellenwalzer jespielt ... Und die Hilli und ick, wir haben danach jetanzt.«

Hilli, das muss die ältere ihrer drei jüngeren Schwestern sein. Doch will er sie jetzt lieber nicht unterbrechen.

»Nu is die Quetsche weg, verkooft, weil Vadder eben immer Pech jehabt hat. Wat er ooch versucht hat, allet jing schief. Nich mal zum Lumpenhändler hat er jetaugt. Mutter sagt, et jibt eben solche Pechvögel, wenn die Lampen verkoofen wollen, jeht die Sonne nich mehr unter.«

»Warum arbeitet er denn nicht mehr als Uhrmacher? Wirklich nur, weil er nervöse Hände hat?«

»Er hat'ne Herzvergrößerung und deshalb janz jeschwollene Füße. Seit er dit weeß, säuft er. Und davon isser immer fetter jeworden und hat nervöse Pfoten bekommen. Und nu lastet er wie'n toter Hund uff uns und dit passt ihm nich und deshalb säuft er noch mehr.«

Ein Leierkastenmann schiebt seinen Wagen in den Hof, von der Hochzeitsgesellschaft mit lautem Jubel begrüßt. Jetzt haben sie für ihre Feier sogar Musike. Der Leierkastenmann, ein Kriegsinvalide – das halbe Gesicht ist weg – zieht seine Mütze, um nach allen Seiten und zu den Fenstern hoch zu grüßen, dann beginnt er, seine Orgel zu drehen. Sofort fassen die Kinder sich an den Händen, um sich nach der Walzerseligkeit im Reigen zu drehen, und in den Fenstern, die an diesem heißen Tag weit offen stehen, tauchen immer mehr Gesichter auf; Männer und Frauen, die erst nur der Drehorgel zuhören und danach in Papier gewickelte Sechser und Pfennige in den Hof werfen. Die Kinder, die nicht mittanzen, lesen sie auf und legen sie in das Schälchen auf der Drehorgel, von dem so schlimm aussehenden Mann mit dankbarem Nicken quittiert.

Anna schaut noch immer zu den Kindern hin, nimmt aber, was sie sieht, offensichtlich gar nicht wahr. »Na ja, und nu säuft er schon so lange«, erzählt sie weiter. »Und richtig böse is er jeworden, und die Schuld sucht er bei allen anderen, nur nich bei sich selbst. Und bei so eenem soll ick bleiben? Da wird ja nie wat aus mir.«

»Willste denn was lernen?«, fragt David vorsichtig. »Ich meine, irgendwas Richtiges?«

»Denkste etwa, ick will immer nur Knöppe verkoofen? Bei die olle Czablewski werd ick ja irjendwann selber zum Knopp.«

Eine gute Gelegenheit, ihr zu erzählen, was Tante Nelly auf dem Müggelturm gesagt hat, nämlich dass sie sich mal umhören will, ob sie nicht eine bessere Arbeit für Anna findet.

Baff erstaunt blickt sie ihn an. »Ehrlich?«

»Weshalb sollte ich das erfinden?«

Nun lassen ihre schrägen, schmalen Augen ihn gar nicht mehr los.

Endlos lange, so erscheint es ihm, schaut sie ihn an, bevor sie leise fragt: »Warum seid ihr eijentlich so, du und deine Tante und dein Onkel? Ick hau dir – und du haust nich mal zurück. Ick störe den Doktor, wo er doch längst Feierabend hat, und deine Tante futtert Bruno und mir ooch noch ab.«

Er zuckt die Achseln. »Ihr habt eben Hunger gehabt ... Und wieso hätte ich denn zurückhauen sollen? Dann wärste doch gleich bis nach Potsdam geflogen.«

Er will, dass sie nicht mehr so betrübt dasitzt. Ist doch in Wahrheit gar nichts Schlimmes passiert.

Verwundert starrt sie vor sich hin. »Dit musste mal meinem Alten erzählen. Der sagt immer, Kloppe tut jut. Sparste an der Rute, machste deine Kinder zu Banditen.«

Worte, wie sie öfters zu hören sind; Dr. Grabbe nennt so was einen pädagogischen Offenbarungseid.

»Mir tut ja nur Mutter leid.« Anna seufzt. »Een Kind nach'm anderen macht er ihr ... und wir, wir dürfen immer zuhören ... Richtig eklig is det.«

Was Anna ihm alles erzählt! Sie kennen sich doch noch gar nicht richtig. Hat sie so viel Vertrauen zu ihm? Und das trotz der Ohrfeige?

»Denk nich, dit is nur bei uns so.« Sie ahnt mal wieder, was in ihm vorgeht. »Hier sind de Wände dünn, da kriegste allet mit. Und Hilli, Rischie, Emma, Lina, Bruno und ick, wir sind ja nich schwerhörig ... Mutter will ja nie, is immer viel zu müde. Is ja nur er, der drängelt. Sojar ... aber nee, dit sag ick dir lieber nich, dit jeht dir nischt an.«

Er will auch gar nicht mehr wissen, und so schweigen sie

wieder, bis Anna erneut anfängt: »Weeßte, wat ick mir manchmal wünsche?«

Stumm schüttelt er den Kopf.

»Det ick jar nich erst erwachsen werde.«

Ist das ernst gemeint? Misstrauisch schaut er sie an. Sie sagt ja öfter mal was ganz Verrücktes, nur um ihn aus der Fassung zu bringen.

»Doch!«, beharrt sie. »Jar nich erst erwachsen werden, dit is det Allerbeste.«

»Und warum?«

»Keene Sorjen wejen irjendwat, keene Kinder, die dauernd Hunger haben, im Winter nich frieren.«

So etwas hat er ja noch nie gehört! Da muss er widersprechen, und zwar heftig. »Aber das heißt dann ja früh sterben! – Nee, danke schön! Ich möchte möglichst lange leben. Will ja sehen, wie alles weitergeht.«

Großvaters Eichen! Er möchte wirklich gern wissen, wie die Welt später mal aussieht.

»Ja, du!« Sie pustet sich eine Locke aus der Stirn. »Du wirst ja irjendwann'n richtig feiner Wilhelm. Bei mir is dit wat anderet. Oma sagt immer, nur junge Leichen sind schöne Leichen!"

Was für ein blöder Spruch! »Aber du weißt doch gar nicht, ob es dir später nicht mal besser geht. Irgendwann bist du ja verheiratet und hast Kinder. Und vielleicht könnt ihr's euch dann ja schön machen.«

»Icke und heiraten? Icke und Kinder?« Voller Entsetzen tippt sie sich an die Stirn. »Dit Allerliebste allerwärts, dit is und bleibt dit Mutterherz, wat? Nee, Herr Pfarrer, nich mit mir! Mit'nem Haufen Kinder jeht et mir ja bald jenauso dreckig wie Muttern.«

»Aber wieso denn? Es gibt doch auch andere Männer, solche,

die Geld verdienen und für ihre Familie sorgen.« Blöd, dass er das sagen muss!

Eine Sekunde lang schaut sie ihn an wie eine schon sehr erfahrene, ältere Frau einen dummen, kleinen Jungen, dann lacht sie laut. »Erzähl du mir nischt über Männer! Die spielen nur Flöte, solange se ihre Weiber noch nich einjetütet haben. Später hauen se uff die Pauke.«

Die Drehorgel verstummt, der Kriegsinvalide grüßt noch mal nach allen Seiten, dann fährt er seinen Wagen vom Hof und die Gesichter in den Fenstern verschwinden.

Ein Weilchen ist es still im Hof, dann gerät die Hochzeitsgesellschaft, die eben noch so vergnügt miteinander getanzt hat, lauthals ins Streiten. Es geht um die Rollenverteilung, jedes Mädchen will mal die Braut, jeder Junge der Bräutigam sein. Es wird geschrien, geplärrt und gehauen.

Mit einem Satz springt Anna von der Mauer. »Ruhe, ihr Biester!«, schreit sie die Kinder an. »Eene Hochzeit is was Schönet, da wird nich jehauen und jeheult, verstanden?«

Beeindruckt verstummen die Kleinen, und Anna, auf einmal wieder fröhlich, lacht David zu. »Siehste! So musste's machen, wenn de dir Respekt verschaffen willst.«

Er lacht mit, wenn auch aus einem ganz anderen Grund. »Heiraten willste nicht, aber'ne Hochzeit ist was Schönes!«

Überrascht schaut sie ihn an. Sie hatte gar nicht gemerkt, dass sie sich soeben selbst widersprochen hat. »Na ja«, sagt sie dann großzügig, »bis zur Hochzeit wird ja ooch nur jeflötet.«

Sie bringt David noch zur Ecke Brunnenstraße. Um auf ihn aufzupassen, wie sie sagt. Als er ihr dort zum Abschied die Hand gibt, hält sie sie einen Augenblick lang fest.

»Kommste trotzdem wieder?«

»Wieso denn trotzdem?«

»Na, wejen der Backpfeife ... Aber dit war nich bös jemeint, ick hab mir nur so uffjeregt.«

Er winkt ab. »Schon vergessen.«

»Wirklich?« Gleich hat sie wieder Zucker in der Stimme. »Und wann kommste?«

»Morgen. Ich hol dich vom Laden ab.«

»Au ja!« Sie freut sich. »Und denn jehn wir janz woandershin, ja? Denn jehen wir spazieren, wo uns keener kennt.«

»Von mir aus. Mich stört hier nichts.«

»Wohnst hier ja ooch nich. Ick aber, ick bin hier zu Hause. Und wenn du dabei bist, denn seh ick allet mit deinen Augen. Und denn jefällt's mir janz und jar nich.«

Unmöglich, ihr zu widersprechen.

»Also kommste?«

»Hab ich doch gesagt!«

Drohend hebt sie den Zeigefinger. »Wer wat verspricht und hält et nich, det is fürwahr een Bösewicht!«

Wie viele Sprüche sie kennt! Wahrscheinlich Tausende. Er schaut sie an und lächelt, und als sie da ebenfalls lächelt, blickt er sich hastig um, ob sie auch niemand beobachtet, dann drückt er ihr einen Kuss auf. Nicht anders, als sie es im Treppenhaus mit ihm getan hat.

»Kiek an!«, staunt sie. »Bist janz schön mutig!«

»Wieso?«

»Na, uff de Straße, wo uns alle sehen können!«

Ein zweiter Blick in die Runde und schon hat er ihr noch einen aufgedrückt. »Ist doch gar kein richtiger Kuss«, sagt er dann, stolz auf seine Großtat. »So küsse ich meine Großmutter auch.«

Erst lacht sie nur, dann kuckt sie neugierig. »Willste mir denn mal richtig küssen?«

»Klar!«, sagt er nur und wird rot.

221

»Da musste mir aber vorher fragen.«
»Kann ich ja machen.«
Sie sehen sich an und am liebsten hätte er sie gleich jetzt gefragt.
»Also denn – bis morgen!« Sie gibt ihm die Hand und läuft rasch davon. Doch dann dreht sie sich noch mal um und winkt, und er winkt zurück, bis sie nicht mehr zu sehen ist.

Was für ein Heimweg durch den schönen, warmen Sommerabend! Am liebsten würde David tanzen. Alles in ihm hüpft, die Brust wird ihm weit und Arme und Beine wollen sich selbstständig machen.

Erst hat sie ihn geküsst, dann hat er sie geküsst – und das gleich zweimal! Und das, obwohl er doch noch nie zuvor ein Mädchen geküsst hat! Sicher, hätte Anna es ihm nicht vorgemacht, hätte er das nie gewagt. Auch waren es ja wirklich nur ganz harmlose Küsse, Mutter-Sohn- oder Oma-Enkel-Küsse. Aber es waren Küsse! Er hat ihre Lippen gespürt, sie waren spröde und weich und schmeckten irgendwie salzig, aber es waren ihre Lippen; die Lippen eines Mädchens, das ihn ganz offensichtlich mochte.

Die gerade erst vom Laternenanzünder zu neuem Leben erweckten Laternen zwinkern ihm zu und in den Fenstern rechts und links grüßen die ersten Lichter. Er hätte wirklich tanzen mögen, tanzen und trällern – bis er mit einem Mal aufschreckt: Was für Burschen kommen denn da um die Ecke gebogen? Ein großer mit Melone auf dem Kopf und zwei kleinere mit tief in die Stirn gezogenen Leinwandmützen. – Nein, keine Verwechslung, das sind Karl Kussak und seine Freunde! Geradewegs kommen sie auf ihn zu …

Ihm wird so heiß, als hätte ihn jemand mit Brühwasser übergossen. Soll er auf die andere Straßenseite hinüberwechseln? – Aber nein, dann macht er sich ja lächerlich, die drei haben ihn doch ebenfalls längst erkannt. Er muss weitergehen, einfach weitergehen, darf nicht mal langsamer werden, will er nicht von ihnen verspottet werden.

Die drei kommen näher und näher und bleiben schließlich vor ihm stehen, und das so, dass er nicht an ihnen vorbeikann.

»Wen haben wir denn da?« Es ist Karl, der mal wieder das große Wort führt. »Kennen wir uns nicht?«

»Guten Abend!« Gespielt lässig tippt David sich an die Mütze, dann will er sich zwischen den dreien hindurchdrängeln.

»Nich so hastig, Joldlöffel!« Karl hält ihn fest. »Sag erst, wat dir schon wieder in unsre Jejend verschlagen hat.«

»Was geht dich das denn an?« Nur keine Schwäche zeigen. Das könnte diesen drei Hechten so passen: dass er, der mit dem goldenen Löffel im Mund Geborene, Angst vor ihnen hat!

»So, jeht mir nischt an?« Drohend zieht Karl die Augenbrauen zusammen. »Na, denn sag ick dir mal, wo de herkommst – von Anna kommste, oder etwa nich?«

Lügen macht keinen Sinn. Auch wäre das feige. »Na und?«, fragt David nur. »Ist das etwa nicht erlaubt?« – Nein, er wird sich nicht auf einen Bruno-Besuch herausreden. Er war bei Anna. Und er wird sie wieder besuchen. Oder soll er sich das etwa von diesem selbst ernannten Bräutigam verbieten lassen?

»Jute Frage, klare Antwort: Nee, du Tintenschiffer, dit is *nich* erlaubt! Anna jehört mir, verstehste? Und ick will nich, det du meiner Verlobten irjendwat ins Ohr säuselst. Die denkt nachher noch, du meinst et ernst.«

»Vielleicht mein ich's ja ernst.« Nur jetzt nicht klein beigeben, sonst muss er ewig vor diesem Karl zittern.

»Willste mir verscheißern?« Jetzt blickt er noch düsterer, der lange, blonde Bursche in der viel zu kurzen Hose und der zu engen Jacke. »Ihr Joldlöffel meint et doch nie ernst. Wenn ick euch schon sehe, muss ick Essig pissen. Und det tut weh, verstehste! Ick will aber nich, det et mir wehtut. Und ick will nich, det de Anna wehtust. Wir können unsere Weiber selber vögeln.«

Einen Moment lang starrt er David nur fest in die Augen, dann kommt sie, die Aufforderung: »Wat hab ick jesagt?«

Er soll seine Worte wiederholen. Eine Demütigung! David holt tief Luft. Gleich wird Karl ihn schlagen, doch geht es nun mal nicht anders. »*Deine* Anna? Da kann ick ja nur lachen, Anna sagt was ganz anderes ... Und morgen, da sind wir wieder verabredet, ob dir das nun gefällt oder nicht.«

Da kommt er schon, der Schlag. David will sich wegducken, doch zu spät, Karls harte Faust trifft ihn wie ein Hammer vor die Stirn. In seinem Kopf dröhnt es, die Knie sacken ihm weg. Karls Freunde aber halten ihn fest, sodass der wütende Karl immer weiter zuschlagen kann, und das mit beiden Fäusten, immer abwechselnd, ins Gesicht, in den Bauch und wieder ins Gesicht ...

»Letzte Warnung, Joldlöffel!«, keucht er, als er endlich von ihm ablässt. »Lass die Pfoten von meiner Braut. Sonst nehm ick dir dit nächste Mal inne Mangel, det dir deine eijenen Eltern nich wiedererkennen. Haste kapiert?«

Nichts antworten! Nur nichts antworten!

»Ob de kapiert hast, will ick wissen?«

Nein, diesen Gefallen wird er Karl nicht tun. Soll er weiter auf ihn einprügeln, zum Kriechtier lässt er sich nicht machen. David nimmt nur das Taschentuch aus der Hosentasche, presst es sich unter die blutende Nase – und geht dann einfach an Karl vorbei.

Er rechnet damit, festgehalten und erneut geschlagen zu werden, doch für diesmal lassen die drei ihn gehen.

**Lügen erlaubt**

Wie siehst du denn aus?« Die Mutter ist bei seinem Anblick kalkweiß geworden. »Was ist passiert? Wer hat dich so böse zugerichtet?«

Auch die Großmutter ist bestürzt. Wie ein nervöser Spatz flattert sie um David herum, und immer wieder fragt sie: »Junge, was hast du da nur angestellt?« Am liebsten würde sie ihn sogleich in der Wohnstube aufs Sofa legen, um ihn zu verarzten, wie sie es früher immer getan hat, wenn er als kleiner Junge beim Spielen gestürzt oder vom Baum gefallen war.

Er antwortet nichts, schaut nur in den Spiegel über dem Küchenausguss. Alles tut ihm weh, Kopf, Bauch, sogar die Arme und Beine, die doch gar nichts abbekommen haben. Doch ist es kein Wunder, dass die beiden Frauen so erschüttert sind, der Kopf ist voller Beulen und Schrunden, das Blut, das ihm aus Mund und Nase lief, hat er sich, damit es ihm nicht auf die Kleider tropfte, quer übers Gesicht geschmiert. Schweigend dreht er den Wasserhahn auf, wäscht und kühlt sich das Gesicht, schweigend nimmt er das Handtuch, das die Mutter ihm reicht, schweigend trocknet er sich ab.

»Aber nun red doch endlich!«, bittet die Mutter. »Du siehst ja aus, als wärst du unter eine Dampfwalze geraten. Das musst du uns doch erklären.«

»Ja doch! Gleich!« Er sagt es, doch dann setzt er sich nur an den Küchentisch, stützt die Arme auf den Tisch und den noch immer so schweren Kopf in die Hände und starrt stumm in sich hinein.

So etwas ist ihm noch nie passiert. Als kleiner Junge hat er sich manchmal geprügelt, mit Jungen aus der Straße, der Schule oder der näheren Umgebung. Doch waren das ganz andere Auseinandersetzungen. Was er heute erlebt hat, das war keine

Prügelei; das war eine Bestrafung, fast schon eine Hinrichtung. Zwei halten einen fest, damit der dritte sich in aller Ruhe an seinem Opfer austoben kann …

»Vielleicht trinkst du erst mal was.« Die Großmutter stellt ihm ein Glas Milch hin. Er leert es in einem Zug. Gleich darauf reicht sie ihm ein frisches, angefeuchtetes Handtuch. Zum Kühlen. Er nimmt es und presst es sich vors Gesicht.

»So! Und jetzt rede!« Die Mutter. Und nun ist es keine Bitte mehr.

Ja, er muss endlich reden, muss alles erklären. Doch womit anfangen? Will er die Wahrheit sagen, muss er mit Anna beginnen. Stockend berichtet er von jenem Abend bei Onkel August und wie er Bruno nach Hause trug. Er schildert, was an jenem Abend vor Annas Haustür geschah, und gibt zu, dass er seither oft an sie denken musste. Es wird ein Gestotter, das ihm die Hitze in den Kopf treibt. Gut, dass wenigstens Onkel Fritz und Tante Mariechen nicht dabei sind; Spott, egal wie gut gemeint, könnte er jetzt nicht ertragen.

»Weiter«, mahnt die Mutter.

So erzählt er nun, wie er Anna im Knopfladen besucht hat, wie er danach bei ihren Eltern und Geschwistern im Schwalbennest oben war und was er dort gesehen und zu hören bekommen hat und wie er auf dem Heimweg wieder diesen drei Burschen über den Weg lief und nicht bereit war, auf Karls Forderung einzugehen.

Er berichtet absichtlich so ausführlich, hat das alles ja noch gar nicht richtig verdaut.

Die beiden Frauen schweigen lange. Dann fragt die Mutter vorsichtig: »So gehst du also morgen wieder zu diesem Mädchen?«

»Ja«, sagt er sofort. Da gibt es kein Zögern. Zwar verspürt er keinerlei Lust, erneut diesem Melonen-Karl und seinen Kumpanen zu begegnen, doch das Versprechen, das er Anna gegeben hat, nicht zu halten, ist unmöglich.

Die Mutter nimmt ihm das feuchte Tuch aus der Hand und betupft ihm damit Augen, Nase und Stirn. »Du magst das Mädchen wohl sehr?«

Darauf muss er nichts antworten, da genügt ein fester Blick.

»Dann musst du hingehen.« Die Mutter seufzt. Sie hat Angst um ihn, doch ist sie viel zu klug, um nicht zu wissen, dass er gar nicht anders kann, will er vor sich selbst bestehen können.

Um sie zu beruhigen, sagt er, dass Anna und er diesmal in ganz anderen Gegenden spazieren gehen wollen. Das erleichtert sie ein wenig, vorsichtig kommt sie auf die Familie Liebetanz zu sprechen. »Klang gar nicht gut, was du da erzählt hast. Die arme Frau! Und die armen Kinder! Solche Väter stürzen sie eines Tages noch ins Verderben.«

»Ja.« Auch die Großmutter kraust die Stirn. »Und so ein Mädchen, besonders wenn es die älteste ist, ist immer am schlimmsten dran.«

»Wenn man sich das mal vorstellt«, die Mutter starrt in die leicht flackernde Petroleumlampe, »die Hälfte der Menschheit besteht aus Frauen – und doch sind wir rechtlose und oft auch ganz und gar wehrlose Wesen, der anderen Hälfte untertan. Diesen Herren Liebetanz ist alles erlaubt, auch faul rumsitzen, ihr Unglück beklagen und Schnaps saufen. Unsereinem ist so gut wie alles verboten. Entweder sind wir Arbeitssklaven oder Schmuck des Hauses.«

Sie hat Ähnliches schon oft gesagt, will sich nicht damit abfinden, als Frau ein zweitrangiger Mensch zu sein. Doch natürlich gehören dazu Kraft und Mut; ein Mut, den Annas Mutter längst verloren hat.

»Ach, Riekchen!« Die Großmutter, eben noch sehr besorgt,

jetzt vor Erleichterung darüber, dass ihrem einzigen Enkel nichts wirklich Schlimmes passiert ist, eher heiter gestimmt, zwinkert David zu. »Was nützen all deine Klagen denn unserem David? Er hat sich in ein Mädchen verkuckt, was in seinem Alter ja ganz normal ist, ihr Leben ändern kann er aber nicht. Es sei denn, er heiratet seine Anna eines fernen Tages, damit sie nicht diesem Rabauken Karl in die Hände fällt.«

Ein Scherz, über den die Mutter nicht lachen kann. »Siehste, Frau Jacobi!« Sie hebt den Zeigefinger. »Da haben wir's wieder: Der einzige Ausweg für ein solches Mädchen ist die Flucht in die Ehe.«

»Wenn sie einen guten Mann erwischt – warum denn nicht?« Die Großmutter lächelt verschmitzt. »Ich bin mit meinem Frieder nicht unglücklich geworden und du mit deinem Tore doch auch nicht, oder?«

Endlich lächelt die Mutter zurück. Die beiden Frauen haben schon oft solche Gespräche geführt und denken im Grunde ähnlich.

»Tante Nelly hat gesagt, sie will ihr helfen«, schaltet David sich wieder ein. »Sie will Onkel Augusts Patienten fragen, ob nicht irgendwer eine bessere Arbeit für Anna hat. Wenn sie eine richtige Arbeit findet, dann muss sie nicht heiraten … Jedenfalls nicht so bald.«

Kaum hat er das gesagt, spürt er, wie er rot wird.

»Ja.« Die Mutter lächelt noch breiter. »Tante Nelly mögen viele, sicher wird einer dabei sein, der Rat weiß.«

Sie hat das »viele« betont, um anzudeuten, dass zu diesen Vielen auch ihr eigener Sohn gehört. Gleich glüht David noch mehr auf. Immer wieder dieses Lästern über ihn und Tante Nelly!

»Na, na! Ist doch kein Verbrechen, seine Tante zu bewundern, wenn sie nun mal vom lieben Gott mit so viel Schönheit beschenkt wurde.« Zärtlich fährt die Mutter ihm durchs Haar. »Ich bewundere sie ja auch, kam mir als junges Mädchen immer ganz blass neben ihr vor.«

Was soll das denn heißen? Die Mutter blass? Er will gegen diese Selbsteinschätzung protestieren, doch sie winkt ab. »Bin ja kein junges Mädchen mehr, weiß inzwischen, dass es nicht das Wichtigste auf der Welt ist, eine Schönheit zu sein. Wenn ich jemanden um etwas beneide, dann ganz sicher um andere Talente, von denen deine Tante Nelly zum Glück ja auch so einige vorzuweisen hat.«

Sie hat recht. Es gibt wichtigere »Talente« als Schönheit. Anna ist ja auch keine Märchenprinzessin und dennoch gefällt sie ihm. Und Ernst Garleben wirbt nun schon seit so vielen Jahren um die Mutter, sicher ist sie für ihn die tollste Frau von ganz Berlin.


Er hat sich nicht die Petroleumlampe, sondern nur eine Kerze ans Bett gestellt, so lenkt ihn nichts von seinen Gedanken ab.

Was für ein Tag war das heute! Zwei Besuche hat er gemacht – erst war er bei Utz, dann bei Anna –, und zwei ganz verschiedene Welten hat er kennengelernt. Kaum zu glauben, dass beide Welten nur wenige Straßenzüge voneinander entfernt liegen.

Ja, und ein wahres Glück, dass er nicht in solcher Armut aufwachsen muss wie Anna! Und ein noch viel größeres Glück, dass er mit seinen Leuten so reden kann wie mit der Mutter und der Großmutter … »Wenn allein der Gedanke daran, dass deiner Anna Schmerz zugefügt werden könnte, dir wehtut, dann hast du sie wohl wirklich lieb«, hat die Großmutter zum Schluss gesagt. Und damit hat sie den Nagel auf den Kopf getroffen; sie kennt ihn so gut, weiß genau, was er empfindet, wenn er an Anna denkt …

Schritte auf der Treppe. Die Mutter kommt, bringt ihm ein frisches feuchtes Handtuch zum Kühlen, legt es ihm auf die Stirn und sieht ihn fragend an. »Und? Was wirst du morgen in der Schule erzählen? Man wird ja wissen wollen, was dir zugestoßen ist.«

Die Schule! Ans Colosseum hat er zuletzt gar nicht mehr gedacht und der Mutter deshalb noch nichts von Dr. Savitius' neuestem Auftritt erzählt. Hastig berichtet David, wie Dr. Savitius ihm das *Volksblatt* mit der Gefängnisskizze vor die Nase gehalten und was er dazu gesagt hat. »Er hat so gegeifert, fast wäre ihm die Spucke das Kinn runtergelaufen.«

Die Mutter ist nicht überrascht. »Tut mir leid für dich«, sagt sie nur bedauernd. »Ich hätte dich vorwarnen müssen. Doch hat die Redaktion den *Besuch* früher gebracht als geplant.« Eine Weile sieht sie ihn schweigend an, dann nimmt sie seine Hand und streichelt sie. »Hast du meinetwegen mal wieder Ärger bekommen! Schlimm für dich! Aber ich kann ja die Hände nicht in den Schoß legen, bis du das Gymnasium hinter dir hast.«

»Ich will ja gar nicht mehr hingehen«, platzt es da aus ihm heraus. »Der widert mich an, dieser Savitius! Und auch all die anderen Pauker ... Mit keinem kann man richtig reden. Außer mit Dr. Grabbe.« Und als Trost und Entschädigung für Dr. Savitius' Schelte will er der Mutter berichten, was Dr. Grabbe alles an Positivem über sie gesagt hat, doch lässt sie ihn gar nicht erst weiterreden.

»Was soll das heißen – nicht mehr hingehen?«, fragt sie erschrocken. »Sollen wir dir einen Privatlehrer engagieren?«

Keine ernst gemeinte Frage, sie beweist nur, wie gut die Mutter ihn kennt. Sie weiß, dass er nicht allein aus einer augenblicklichen Laune heraus alles hinwerfen will, deshalb fährt sie so starke Geschütze auf.

»Privatlehrer wäre das Allerbeste«, schießt er zurück. Wenn die Mutter ihn so was fragt, weshalb soll er nicht auf gleiche Weise antworten?

»Red nicht so daher!« Jetzt wird sie ärgerlich.

»Aber ich halt's auf der Penne nicht länger aus!« Er wird zu laut, weiß es selbst. »Vom ersten Tag an haben sie mich dort angefeindet. Und es ist ja gar nicht wegen mir, es ist wegen dir, Großvater und Onkel Köbbe. Ich bin ja nur der Ohrfeigenmann, der abkriegt, was euch zugedacht ist.«

»Ach so!« Ihre Augen werden immer größer. »Der Herr will, dass wir vor diesen Savitiussen kuschen, damit er seine Ruhe hat?«

»Nein! Natürlich nicht! Aber jeden Tag diese Stinkmorchel … Wozu muss das denn sein? Warum darf ich nicht Zimmermann werden – wie Vater! Und Großvater!«

Sie überlegt nicht lange, sagt gleich: »Von mir aus kannst du gern Zimmermann werden, ist ja ein ehrenwerter Beruf. Dein Vater und dein Großvater aber hätten gern noch ein bisschen mehr aus sich gemacht. Als Großvater seine Meisterprüfung bestanden hat, soll er gesagt haben: So! Und jetzt wird euer Frieder Architekt! Nur ein Scherz, aber ein Fünkchen Bitternis steckte wohl auch darin … Und dein Vater, wie oft hat er trompetet, aus meinem Sohn wird mal ein ganz berühmter Professor an der Universität oder ein zweiter Herr von Goethe. Aber auch hinter dieser Witzelei steckte mehr, nämlich so etwas wie eine große Hoffnung.«

Mit dem Vater hätte sie ihm nicht kommen dürfen. Ein mutiger David, das war Vaters Wunsch; kein David, der vor den Goliaths Reißaus nimmt.

»Ja, ja! Schon gut! Ich geh ja wieder hin.« Ein Stoßseufzer, und dann schließt er ergeben die Augen. »Aber Spaß macht mir das nicht, das kannste mir glauben.«

»Ich weiß.« Sie nickt bekümmert. »Ist traurig, wie diese arroganten Oberlehrer und Doktoren mit Jungen wie dir umgehen. Aber deshalb aufgeben? Damit würden wir ihnen doch nur einen Gefallen tun.«

»Und was soll ich morgen in der Schule sagen?« Er weist auf sein Gesicht. »Die Wahrheit?«

»Nein! Besser nicht! Denk dir irgendeine glaubhafte Geschichte aus. Ist nicht schön, diese Lügerei, doch wer dazu gezwungen wird, der ist entschuldigt.« Sie lächelt ihm verschwörerisch zu. »Außerdem ist das Ganze deine Privatsache. Was du für Anna empfindest, das geht nun wirklich niemanden was an.«

Nicht zu fassen, die Mutter, die doch nichts so sehr hasst wie die Lüge, empfiehlt ihm, sich mit einer Lüge herauszureden, so sehr wünscht sie, dass er auf dem Colosseum bleibt!

»Und was soll ich lügen? Was ist ›glaubhaft‹ genug?«

»Hast du denn keine Fantasie? In einer Stadt wie Berlin kann dir doch überall was zustoßen, an jeder Straßenecke, vor jedem Haustor.«

»Kellertreppe runtergefallen?«

»Nein.« Sie muss lachen. »Dabei brichst du dir eher das Genick … Du bist zusammengeschlagen worden, das sieht doch sowieso jeder. Du musst dir nur einfallen lassen, von wem und aus welchem Grund.«

»Vielleicht bin ich unter die Räuber gefallen?«

»Jaa! Warum denn nicht? Das stimmt doch sogar! Oder will dir dieser Karl nicht dein Mädchen rauben?« Zufrieden nickt sie ihm zu. »Am geschicktesten lügt, wer der Wahrheit am nächsten bleibt, heißt es. – Na also! Mach aus ›Mädchen‹ ›Portemonnaie‹ und alles hat seine Richtigkeit.«

## Läuse im Bauch

**D**er Erste, dem David seine Lügengeschichte auftischen muss, ist Utz. Das fällt ihm schwer. Doch darf er so viel Vertrauen zu Utz haben, dass er ihm die Wahrheit sagt? Darf er ihm von Anna erzählen? Und von Karl?

Der Freund zweifelt seine Geschichte keine Sekunde lang an, ist nur bestürzt, dass so ein Raubüberfall überhaupt möglich ist. »Am helllichten Tag? Auf offener Straße? Ist ja enorm! War denn kein Blauer in der Nähe?«

»Nein.« Wie ist David diese Lügerei peinlich! Aber was soll er machen, sein inzwischen grün und blau schimmerndes und bei jeder Mundbewegung schlimm schmerzendes Gesicht, wie soll er das verstecken?

»Und es waren drei? Und die sind ganz einfach über dich hergefallen? Und nur weil du eine Gymnasiastenmütze trägst, haben sie gedacht, du hättest ein dickes Portemonnaie in der Hosentasche?«

Utz soll damit aufhören. Wie lange will er denn noch darüber reden? »Ist doch gar nicht so schlimm … Verheilt ja alles wieder. Und ich hatte ja auch kaum Geld im Portemonnaie. Nicht mal zwei Sechser.«

Die Antwort kommt so unlustig daher, und das nicht nur wegen der Schmerzen, die David bei jedem Wort empfindet, dass Utz endlich verstummt. Doch schaut er ihm immer wieder prüfend ins Gesicht. Einen so böse Zusammengeschlagenen hat er noch nicht gesehen.

Die Klasse reagiert nicht anders. Alle umringen sie David und so muss er noch einmal erzählen. Jetzt aber, und das findet er beinahe lustig, gibt es keinen mehr, der nicht auf seiner Seite ist. Dieser Raubüberfall geschah nur, weil er eine Gymnasiastenmütze trug? Was für eine kolossale Schweinerei! Dann hätte in dieser Straße ja auch ihnen etwas zustoßen können. Und sie hätten ganz sicher mehr als nur zwei Sechser, sie hätten sogar Markstücke im Portemonnaie gehabt.

»Würdest du die Burschen wiedererkennen?« Gustav Haussmann, der große, kräftige, immer so gut gekleidete Offizierssohn, kameradschaftlich legt er David die Hand auf die Schulter.

»Bestimmt.« Wie sollte er die drei Räuber denn nicht wiedererkennen? Dass sie maskiert gewesen wären, nein, eine solch hanebüchene Lügengeschichte würde ihm niemand abnehmen.

»Dann müssen wir dort mal zusammen durch die Straßen gehen!« Der sich gern kraftvoll gebende Gustav ist aufrichtig empört. Eine Schande, dass einem seiner Klassenkameraden so etwas angetan werden konnte; da ist es auch egal, dass er mit David während ihrer gesamten Schulzeit kaum drei Worte gewechselt hat.

Ein Vorschlag, der überall begeisterte Zustimmung findet. Die gesamte Obersekunda will mitgehen. Diese Banditen gehören hinter Schloss und Riegel, so die einhellige Meinung.

Aber soll er, David, jetzt etwa mit all diesen Rächern seiner Ehre durch die Straßen ziehen? Und dann niemanden wiedererkennen? Er überlegt schon, mit welch neuen Lügen er sich aus diesem Vorhaben rauswinden könnte, zum Glück bleibt ihm das erspart. Das Wort von »Schloss und Riegel« hat alle daran erinnert, wer da überfallen worden ist. Zwar ein Klassenkamerad, aber doch einer, der eher nicht zu ihnen gehört, hat er doch selber einen Großvater hinter Schloss und Riegel sitzen. Die Empörung wird leiser und dann klingelt es auch schon zur ersten Stunde und alle dürfen sich in ihre Bänke verdrücken.

Dr. Grabbe kommt und natürlich bemerkt auch er sofort die

verschiedenen Farbtönungen in Davids Gesicht. »Was ist Ihnen denn zugestoßen?«, fragt er verwundert, noch bevor er seine Hefte und Bücher auf dem Pult abgelegt hat. »Sie sehen ja furchtbar aus.«

Wieder die Lüge vom Raubüberfall. Und diesmal tut sie besonders weh.

Mit gesenktem Blick hört Dr. Grabbe sich die Geschichte an, dann schüttelt er verständnislos den Kopf. »*Avarita vehementissima generis humani pestis*. Übersetzen Sie, von Gerlach.«

Justus steht auf und blickt sich ratlos um. Diesen Spruch hat er noch nie gehört, also konnte er ihn nicht auswendig lernen.

Er darf sich setzen, und Dr. Grabbe, beide Arme in die Seiten gestützt, was seinen prallen Bauch noch stärker hervortreten lässt, schaut interessiert blinzelnd in die Klasse. »Na, wer wagt es, Knappersmann oder Ritt, zu schlauchen in diesen Tund?«\*

Thomas meldet sich. »Wort für Wort weiß ich's nicht, doch hat es irgendwas mit Habgier und Seuche zu tun. Und mit Menschheit.«

»Na, immerhin!« Dr. Grabbe wiederholt die lateinischen Wörter noch einmal, dann übersetzt er: »*Habgier ist die verheerendste Seuche der Menschheit*! – So weit Seneca! Tja, und er hat wohl recht. Wenn je ein Kernsatz im Lateinischen seine Berechtigung gehabt hat, dann dieser. Er trifft in fast jedem menschlichen Miteinander zu, ob im Kleinen – das Portemonnaie eines Gymnasiasten – oder im Großen, also in der Volks- und Weltwirtschaft. Auswüchse münden in grausamste Kriegshandlungen. Aber darüber zu referieren, steht mir nicht zu, das ist nur im Privaten mein Fachgebiet.«

Womit er sich wieder David zuwendet. »Waren Sie beim Arzt?«

»Bei meinem Onkel.« Oh, wie schämt er sich, Dr. Grabbe

schon wieder belügen zu müssen. Ausgerechnet Dr. Grabbe! »Er … er ist ja Arzt.«

»Na, dann! Es wäre ja auch eine Gehirnerschütterung nicht auszuschließen. Wenn Ihnen also schlecht werden sollte, Rackebrandt, nicht zu lange warten. Packen Sie einfach Ihre Sachen und gehen Sie noch mal zu Ihrem Onkel. Fatal, wenn diese unschöne Sache sich dauerhaft auf Ihre Gesundheit auswirken würde.«

»Jawohl!« David nickt dankbar, dann darf er sich wieder setzen und tief ausatmen. Das wäre überstanden.

In der Stunde darauf: Mathematik. Mit seinen farblosen Augen starrt Dr. Ruin David an. »Wer hat denn Sie so malträtiert?«

David lügt seine Geschichte herunter und Dr. Ruin ist entsetzt. »Zeiten sind das! Diese Proleten werden immer dreister. Aber daran sind nur die Politiker schuld, alle viel zu lapp und schlapp.«

Dritte Stunde: Der Uhu. »Sind Sie zwischen Windmühlenflügel geraten?« Aber natürlich schluckt auch er die Geschichte und zeigt sich empört. »Da haben wir's! Keine Moral mehr auf unseren Straßen! Ein eiserner Besen fehlt, der die Spreu vom Weizen trennt.« Länger jedoch will er sich nicht mit dem Missgeschick des Schülers Rackebrandt befassen; das Leben geht weiter und der Unterricht muss fortgesetzt werden.

Vierte Stunde: Dr. Savitius. Verwundert über das, was er zu hören bekommt, kraust er die schmale Stirn. »So, so! Hat man Sie also mit jemandem aus gutem Hause verwechselt … Nun, dann konnten Sie ja mal studieren, wozu das von Ihrer Frau Mutter so überaus bemitleidete und gepriesene niedere Volk alles in der Lage ist! Vielleicht eine ganz heilsame Lektion im leider nicht an den Gymnasien gelehrten Fach ›Traum und Wirklichkeit‹.«

Er fühlt sich mal wieder bestätigt. Dennoch, etwas an Davids Geschichte gefällt ihm nicht. Wäre ihm ein politischer Hintergrund dieser Verletzungen lieber gewesen?

Immer wieder blickt er während des Unterrichts zu David hin, wie um herauszufinden, ob der Obersekundaner Rackebrandt etwas vor ihm verbirgt. David, in dem befreienden Gefühl, mit dem Savitius die schlimmste Prüfung überstanden zu haben, gelingt es, Gleichmut vorzutäuschen. Soll er ruhig grübeln, der Savitius! Soll er vor Neugier darüber, was wirklich hinter diesem Überfall steckt, seinetwegen platzen. Er wird es ihm nicht sagen. Wenn er ein schlechtes Gewissen haben muss, dann allein wegen Karl. Der hat ihn ja nicht ausgeraubt, er fürchtet nur um seine Anna.

Und ist diese Furcht etwa unbegründet?

Es ist früher Abend und der Knopfladen hat noch nicht geschlossen. Im Gegenteil, wegen der Hitze steht die Tür weit offen, fast so, als wolle sie David zum Eintritt verlocken. Heute jedoch will er den Laden der alten Frau nicht betreten, will er keinen grünen, blauen, roten oder gelben Knopf kaufen. Sein Gesicht ist farbig genug und das will er Anna nicht im Laden präsentieren.

Als sie dann endlich kommt – im gleichen Rock und in der gleichen Bluse wie tags zuvor und dennoch irgendwie erwartungsfroh zurechtgemacht –, gibt er sich Mühe, ihr nicht gleich entgegenzueilen. Langsam, ganz langsam soll sie sich mit seinem Anblick vertraut machen.

Sie hat ihn bemerkt. Strahlend kommt sie ihm entgegen. Dann aber verblasst es, dieses ihr so gut stehende, fröhliche Lächeln. »Wat is dir denn passiert?«, fragt sie erschüttert. »Wer hat dir denn so verkloppt?«

Er versucht zu grinsen, damit er nicht allzu sehr nach verlorener Schlacht aussieht, doch hat sich inzwischen in seinem Gesicht Schorf gebildet. Jede Mundbewegung verursacht Schmerzen, und so wird sein Bericht kürzer, als er es sich vorgenommen hatte.

Ein Weilchen starrt Anna mit zusammengepressten Lippen aufs Pflaster nieder, dann bricht es zornig aus ihr heraus: »Dieser Schubiack! Dieser faule Zahn! Der Kerl taugt ja noch weniger als schimmlijet Brot. Wat denkt der sich denn? Hab ihm schon so oft jesagt, det mir keener an ihm anjeschraubt hat, aber der hört ja einfach nich, klebt an mir wie'n nasset Hemd.«

»Vielleicht glaubt er, du überlegst es dir noch.«

»Quatsch! Der passt doch jar nich zu meine Möbel.«

Nein, nicht lachen, das schmerzt noch mehr als Grinsen. »Haste denn welche?«

»Nee, aber zu die, die ick mir mal koofe, zu die passt der nich!«

Sie sagt das so heftig und wütend, dass David sich die Frage, ob denn er zu ihren Möbeln passen würde, lieber verkneift. »Und?«, fragt er nur. »Was machen wir jetzt?«

»Na, spazieren jehen! Wenn ... wenn de noch Lust dazu hast?«

Er hat Lust, und darüber freut sie sich, und sie hat auch schon einen Wunsch: »Jehen wir durch die feine Jegend, ja? Da traut Karl sich janz bestimmt nich hin. Oder«, – sie schaut an sich herab, auf Rock und Bluse und die viel zu großen, sicher mit Papier ausgestopften Schuhe –, »oder schämste dir mit mir?«

»Wenn du dich mit mir nicht schämst ...« Er zeigt auf sein Gesicht und grinst nun doch, trotz aller Schmerzen.

»Nee!« Sie muss kichern. »So passen wir doch janz jut zusammen.« Und damit ist alles entschieden, und mutig wandern sie die Brunnenstraße herunter, spazieren über den Hackeschen Markt und an der Börse vorüber und überqueren hinter

Dom und Schloss die neue, steinerne, mit Stuckfiguren und Kandelabern versehene, nachts elektrisch beleuchtete Kaiser-Wilhelm-Brücke, die im vorigen Jahr die alte, hölzerne Kavaliersbrücke abgelöst hat. Dann müssen sie tief Luft holen. Hier, auf dem so breiten und vornehmen Boulevard Unter den Linden, fallen sie besonders auf. Doch übersehen sie einfach die verwunderten oder abschätzigen Blicke der Passanten, die an ihnen vorüberflanieren. Sollen sie kucken; Blicke tun nicht weh.

Aber es ist wirklich eine sehr feine Gegend hier. Ein exquisites Geschäft reiht sich an das andere, und die Hotels, Cafés und Restaurants lösen einander ab, als wollten sie in ihrem Glanz einander übertreffen. Dort das *Restaurant Hiller*, von dem Utz David mal erzählt hat, dass er hier ekligen Kaviar und noch ekligere Austern essen musste, da das *Café Bauer*, das schon elektrisches Licht besitzt. Ein Dynamo im Keller sorgt dafür, wie Professor Raute der Klasse mal in aller Ausführlichkeit vorgetragen hat. Fällt er allerdings aus, dieser Dynamo, müssen die Kellner Unmengen von Kerzen oder Petroleumlampen auf die Tische stellen. Wozu sonst die achthundert Zeitungen und Zeitschriften, die im *Bauer* zum Lesen bereitliegen, wozu sonst die so künstlerisch gestalteten Szenen aus dem alten Rom an den Wänden?

Er erzählt Anna von dem Kaviar, den Austern und dem Dynamo und sie ist beeindruckt. »Bist hier wohl richtig zu Hause?«

»Was denn sonst! Sieh mal da drüben, das ist mein Häuschen.« Grinsend weist er auf das *Hotel Royal*, das mit seiner Prunkfassade und dem generalsmäßig ausstaffierten Portier davor an ein Märchenschloss erinnert.

Anna lacht, kriecht aber immer mehr in sich zusammen. All diese Prachtbauten und die vielen Menschen, die den Boulevard bevölkern, schüchtern sie ein. Sind ja alles Leute, wie sie sie in ihrer Gegend nie zu Gesicht bekommt. Offiziere sind darunter, Monokel im Auge, Schnurrbart kaisermäßig hochgezwirbelt, Studenten mit schräg aufgesetzten, bunten Korpsmützen, würdige Herren mit steifen Zylindern auf dem Kopf und jede Menge sehr vornehme Damen: junge und alte, dicke und dünne, doch fast alle tragen sie pompöse Hüte auf der sorgfältig arrangierten Frisur.

»Hab jar nich jewusst, det dit in Berlin so ville feine Leute jibt«, flüstert sie David zu.

Er erklärt ihr, dass, wer hier herumläuft, nicht unbedingt aus Berlin kommen muss. »Da sind auch Märker drunter, Bayern, Sachsen und Ausländer. Wer Geld hat, der steigt nur dort ab, wo es standesgemäß genug ist.«

Erneut ist sie beeindruckt und wird erst wieder munter, als er mit ihr die Kaiserpassage durchquert. Von den Linden schräg zur Friedrich-, Ecke Behrenstraße führt sie. Hier ist das Menschengedränge noch größer und auch Afrikaner, Chinesen und Inder mit Turban auf dem Kopf ziehen durch die Passage.

»Wie kommen die denn alle hierher?«, staunt sie.

»Mit Passagierschiffen und der Eisenbahn.« Langsam wird es ihm unangenehm, dass er sich hier so viel besser auskennt als Anna. Da wohnt sie nun gar nicht weit entfernt und war noch nie in dieser Gegend unterwegs?

Als Antwort nickt sie nur stumm und staunt weiter: Diese vielen Türmchen und Zinnen in der mit Gold und Stuckpuppen verzierten Einkaufspassage! Die imposante Rotunde mit dem berühmten *Café Keck* und dem Springbrunnen mit der vier Meter hohen Wasserfontäne in der so breiten, himmelhohen Terrakotta-Halle! Und oben drüber nichts als ein riesiges Glasdach, das dafür sorgt, dass die Lampen tagsüber ausgeschaltet bleiben können, weil ja das Tageslicht hell genug ist für all die vielen Schaufenster der Läden und Lädchen rechts und links! Ja, und dann, was in diesen Schaufenstern alles ausliegt! Schmuck und vornehme Kleider, teures Porzellan und Kunstgegenstände, Reiseandenken und Ansichtskarten und in einem besonders schmalen Lädchen ganz besondere Heftromane *nur für Herren*. Gleich dahinter ein Reisebüro – *Besuchen Sie mit uns die große, weite Welt!* –, eine Theaterkasse und ein Friseur. Nur wenige Schritte weiter, zum Nase-platt-Drücken, der Hinweis auf ein »weltberühmtes« Panoptikum. Vitrinen mit Fotografien werben dafür. Auf den Fotos der alte und der junge Kaiser im vertraulichen Arbeitsgespräch miteinander, Fürst Bismarck am Sterbebett des alten Kaisers, Graf Moltke bei der Manöverkritik, Napoleon I. und Napoleon III., der Riese Machnow – größter Mensch der Welt! –, der Papst und das gesamte Haus Hohenzollern. Und als neueste Sensationen angekündigt, ein furchtbar blutrünstig dreinschauender Raubmörder und fünfzig wilde und halb nackte Kongoweiber mitsamt ihren Männern und Kindern.

Kaum zu glauben, dass alle diese so lebendig ausschauenden Figuren in Wahrheit nur aus Wachs sind. »Die sehen ja aus wie richtije Menschen«, staunt Anna. »Nur eben ausjestopft!«

Wieder ein paar Schritte weiter die Reklametafel, die zum Eintritt in das *Kaiserpanorama* verlocken will, das es auch in dieser Passage zu bestaunen gibt und zu dem Utz David mal einlud. Dort sitzt das Publikum im Kreis um einen riesigen Guckkasten, jeder späht durch seine gemieteten zwei Löcher, die an ein Fernglas erinnern, und ganze Landschaften, berühmte Persönlichkeiten, Schlachtengemälde und andere historische Szenen wie das schreckliche Erdbeben von San Francisco ziehen am Betrachter vorüber, ohne dass er seinen Platz wechseln muss.

»Wenn du willst, gehen wir mal dahin.« David kommt sich

nun doch ein bisschen blöd vor. Wozu zeigt er Anna das alles? Sie muss ja traurig werden, wenn sie sieht, was andere Leute sich für Vergnügungen leisten können.

»Ist doch sicher viel zu teuer.« Fast erschrocken schüttelt sie den Kopf.

Es ist teuer, aber nicht zu teuer. »Vielleicht zu Weihnachten.« Er lacht. »Musst es dir auf deinen Wunschzettel schreiben.«

Erneut eine Ausstellungsvitrine. Die Kolossal-Schaubilder *Der Harem des Sultans Boabdill im Löwenhof der Alhambra* und *Venus im Bade mit ihren Gespielinnen – schöne Frauengestalten* werden angepriesen. Ein Weilchen schaut Anna nur still zu den Männern hin, die sich den Sultansharem und die noch spärlicher bekleideten badenden Frauengestalten ansehen wollen und deshalb in langer Schlange an der Kasse anstehen, dann will sie wissen, ob David sich auch so etwas anschauen würde, wenn es nicht so teuer wäre.

»Geht nicht.« Mit gespieltem Bedauern zeigt er auf den Hinweis, dass Jugendliche zu diesen Schaubildern keinen Zutritt haben.

»Aber würdeste, wenn de dürftest?«

Er zögert. Ja sagen darf er nicht, das würde Anna nicht gefallen. »Hab ich noch nicht drüber nachgedacht.«

Streng schaut sie ihn an. »Mein Vater würde. Und Karl ooch. Die janze Schönholzer Männerei würde hier anstehen, wenn's nich so teuer wäre.«

»Ist ja auch nichts Schlimmes dabei.« Er zuckt die Achseln. »Sonst wär's ja verboten.«

Eine Ausflucht, die Anna nicht überzeugt. »Is vieles verboten und wird trotzdem jemacht«, weist sie ihn zurecht. »Und anderet is nich verboten und is trotzdem nich schön.«

In der engen Friedrichstraße wandeln Sandwichmänner hin und her – vor dem Bauch eine Tafel mit einem Reklamespruch, auf dem Rücken ebenfalls –, andere »Werbeheinis« verteilen Zettel. Bierrestaurants, Modehäuser und Schuhgeschäfte preisen sich an. Verlangend streckt Anna die Hand aus und breit grinsend überreicht ihr ein Bursche mit Sportmütze einen dieser Zettel. *Krauses Etablissement* mit zwölf lustigen jungen Damen lädt den geneigten Gast zum Besuch ein.

»Junge Damen, die immer lustig sind?« Anna tippt sich an die Stirn. »So wat jibt's doch überhaupt nich!«

An der Ecke Leipziger Straße überqueren sie die Schienen der Pferdebahn und Anna darf mal wieder staunen: Im original chinesischen Handlungsgeschäft bedienen echte »Zopfchinesen« die Kundschaft! »Ick dachte, die sind bloß erfunden«, sagt sie. »Für Märchenbücher. So wie Hexen und Zwerge.«

Danach geht es am Reichspostamt und Kriegsministerium vorüber und über den Leipziger und den Potsdamer Platz hinweg in die Bellevuestraße hinein, bis zur Siegesallee hoch und weiter durch den sommerlich grünen Tiergarten. Anna will unbedingt noch die Siegessäule besteigen. Von da oben soll man den schönsten Überblick über die Stadt haben, wie sie mal gehört hat.

Nie Unter den Linden, nie in der Kaiserpassage, nie auf der Siegessäule! David hätte nicht gedacht, dass es so etwas gibt. Da kommen Leute aus Amerika oder Indien, um sich alles anzuschauen, Anna Liebetanz aus der Schönholzer aber hat es noch nicht bis hierher geschafft!

Ja, und dann stehen sie vor dem Wahrzeichen der letzten drei gewonnenen Kriege[*], eine goldene, einen adlergekrönten Helm tragende, über acht Meter hohe Schlachtenjungfrau. In der rechten Hand hält sie den Lorbeerkranz, in der linken das Feldzeichen mit dem Eisernen Kreuz. Vom Purpur der Abendsonne überstrahlt, lodert der Helm, die Standarte mit dem Eisernen Kreuz blitzt, der Lorbeerkranz glüht. Anna wird ein wenig beklommen zumute. Es ist ja nicht nur die Viktoria ganz und gar mit Gold überzogen, auch die drei Reihen Beutekanonen, die den Turm schmücken, gleißen im Sonnenlicht. Die untere Reihe, das weiß David seit der Sexta, besteht aus dänischen, die mittlere aus österreichischen, die obere aus französischen Kanonen. Aber ist das nun ein schönes Kriegsdenkmal? Onkel August mag es nicht. An Kriege, so sagt er, dürften nur Mahnmale erinnern, keine Siegessäulen.

»Und dit is allet mit echtem Jold anjemalt?« Anna will es nicht glauben.

Er beteuert es hoch und heilig, doch zweifelt sie noch immer. »Und wenn nu eene Kanone runterfällt, darf ick mir denn'n bisken Jold abkratzen?«

»Wenn du unbedingt'ne Gefängniszelle von innen kennenlernen willst, warum nicht?«

Sie muss lachen, und dann steigen sie die Stufen zur Säulenrundhalle mit dem Mosaikfries hoch, die sich zwischen dem granitenen Sockel und dem Turm mit den Kanonen erhebt – eine einzige sehr farbenprächtige, oft ebenfalls goldglänzende Walhalla von Heldengestalten. Onkel August spottet gern über dieses »Fantasiegemälde«. Er sagt, mit dem wahren Krieg habe es so wenig zu tun wie der Osterhase mit dem Eierlegen.

David flüstert Anna diesen Vergleich zu, doch will sie sich die Feierlichkeit dieses Augenblicks nicht nehmen lassen. Trotz ihrer bereits müden Beine stiefelt sie die zahllosen Steinstufen der Wendeltreppe hoch und dann stehen sie schweratmend auf der Aufsichtsplattform mit dem Adlerfries und blicken auf eine riesige, viereckige Baustelle hinunter. Dort soll der neue Reichstag entstehen. Vor sechs Jahren wurde der Grundstein gelegt und erst in ein paar Jahren soll dieses palastartige, wahrhaft monumentale Gebäude fertig sein. Rechts davon liegt das Brandenburger Tor – von hier oben seltsam niedrig wirkend –, gleich daneben steht eine puppenhaft kleine Luftballonverkäuferin mit vielen roten, grünen, gelben und blauen Luftballons in der Hand und von einer Giebelwand grüßt ein übergroßes Reklame-Kaffeemädchen. Häubchen auf dem Kopf, offeriert sie den Vorübereilenden ein Paket Kneipp'schen Malzkaffee. Weiter hinten ist neben dem Schloss der Lustgarten mit den Resten des alten Doms zu entdecken. Ein neuer, noch viel größerer Dom mit gewaltiger Kuppel soll an dieser Stelle errichtet werden. Stare treffen sich dort. Tausende müssen es sein. Sie umrunden die Domruine, als suchten sie die ihnen vertrauten Nistplätze, bis sie sich müde und enttäuscht im Kastanienwäldchen niederlassen, direkt vor der Singakademie.

»Dit is'ne janz andere Stadt«, flüstert Anna, von diesem Anblick zutiefst berührt. »Die kenn ick jar nich. Kann jar nich glooben, det ick hier wohne.«

Wieder auf dem Erdboden angelangt, will David wissen, ob Anna von der langen Stadtwanderung nicht Durst bekommen hat. Sie habe ja noch eine Limonade bei ihm gut.

»Nee!«, wehrt sie verschämt ab. Doch sie hat Durst, das sieht er ihr an.

»Versprochen ist versprochen! Nicht weit von hier ist'ne Milchhalle, da gibt's auch Limonade.«

Zwei Sekunden lang geniert sie sich noch, dann gibt sie nach: »Na, wenn de unbedingt willst!« Um gleich darauf lustig vor ihm her zu hüpfen und mal wieder einen ihrer Sprüche vom Stapel zu lassen: »Mach dir's im Leben jut und schön, im Tode jibt's keen Wiedersehn!«

So wandern sie erneut durch den Tiergarten, vorbei am Goldfischteich und vielen hohen, grünen, reich verzierten Straßenpumpen, aus denen sie Wasser trinken könnten, wenn sie nur wollten, hin zum Flora-Platz.

Die Waldmeister-Limonade ist stark gekühlt, aber sie schmeckt. »Schön, det de so spendabel bist!«, sagt Anna.

Er schaut sie an, ihr erhitztes, frohes Gesicht, und am liebsten hätte er sie gleich wieder geküsst. Mitten zwischen all den Spaziergängern und Flaneuren aber geht das nicht. So spielt er den Strengen: »Trink nicht so hastig! Von kalter Brause kriegste Läuse im Bauch.«

Eine Mahnung, die sie nicht kümmert. In kräftigen Zügen leert sie ihr Glas und dann lächelt sie wieder glücklich. Sogar die Knöpfe an ihrer Bluse strahlen.

### Kanada

Jeden Tag nach dem Colosseum im Schatten des Lindenbaumes Schularbeiten machen, weil es in den Wohnräumen durch die große Hitze, die nun schon seit Tagen auf der Stadt lastet, kaum noch auszuhalten ist, am frühen Abend vor dem Knopfladen auf Anna warten. Schöne, freundliche Tage! Oft hat David das Gefühl, in einer ganz anderen Welt zu leben, seit er sich mit Anna trifft. Er sieht nun alles mit doppelten Augen – mit seinen und Annas.

Es gibt nichts, was sie nicht kennenlernen will; kaum eine große Straße, die sie nicht abwandern. Am besten aber gefällt es ihr in der riesigen Markthalle am Alexanderplatz. In diesem erst wenige Jahre alten, von hohen Kuppeln gekrönten, roten Backsteinbau mit den mächtigen Eingangstoren könnte sie stundenlang herumspazieren. Zwar stinkt es dort in manchen Ecken nach faulem Gemüse oder Fischabfällen, doch was gibt es in diesem unendlichen Gewirr und Gewühle von Menschen nicht alles zu erspähen und zu beschauen! Herrliches Obst, alle möglichen anderen Leckerbissen, Käfige, vollgepfropft mit laut schnatterndem Geflügel und sich ängstlich duckenden Hasen und Kaninchen, und jede Menge große Tonnen mit gurgelndem Wasser, in denen sich Aale, Schleie, Karpfen und andere Fischarten tummeln. Und mitten im Gedränge immer wieder ärmlich gekleidete Kinder, die zwischen den aus Blech- und Zinnplatten errichteten und nach Ladenschluss mit Drahtgittern abgesicherten, ebenfalls an Käfige erinnernden Verkaufskojen hindurchflitzen, um irgendeine gestohlene Beute in Sicherheit zu bringen; Kinder, deren Partei Anna ergreift. Werden sie verfolgt, läuft sie den Verfolgern wie unabsichtlich in den Weg, um sie aufzuhalten und den kleinen Dieben einen Zeitgewinn zu verschaffen.

Nicht zuletzt aber auch die lustigen Marktweiber und das bunte Markthallen-Publikum! Hier kaufen keine Herrschaften ein, sondern Dienstmädchen, Köchinnen und Hausfrauen. Mit lauten Stimmen werden ihnen Hühner, Karpfen, Radieschen oder Kirschen angepriesen und dann beginnt das Gefeilsche. Auch das gefällt Anna, das macht ihr Spaß, da darf sie lachen.

Noch mehr lachen allerdings muss sie vor den Schaufenstern des berühmten *Kaufhaus Hertzog* in der Breiten Straße. Die dort ausgestellten Damen-Schaufensterpuppen in ihren Kleidern mit Unmengen von Rüschen- und Bortenbesatz und den Federboas und langen, durchgeknöpften Glacéhandschuhen sehen aus, als wären sie von Seiner Majestät höchstpersönlich zum Kaffee eingeladen worden. Gleich daneben, in einem etwas kleineren Schaufenster, sind Fischbeinkorsetts zu sehen; die vielen Schnüre, Häkchen und Ösen an diesen Korsetts verraten, wie die feinen Damen zu ihren Wespentaillen kommen.

»Wie kann man sich nur so einschnüren!« Sie zieht ihren

nicht vorhandenen Bauch ein, hält die Luft an und lässt sie pfeifend wieder ausströmen. »Ob so wat Spaß macht?«

Einmal fahren sie auch mit der elektrischen Straßenbahn. Vom Anhalter Bahnhof bis raus nach Lichterfelde und wieder zurück. Und das mit gut zwanzig Kilometern in der Stunde. Für Anna die erste Straßenbahnfahrt ihres Lebens. Noch nicht mal mit der Pferdebahn ist sie zuvor gefahren. Sie befürchtet, dass ihr schwindlig wird, was dann aber doch nicht passiert.

Höhepunkt all ihrer Stadtwanderungen jedoch wird ein Besuch auf dem Rummelplatz. Zwar war Anna dort schon mal, hatte aber alles nur bestaunen dürfen. Jetzt wirft sie mit Stoffbällen nach Blechbüchsen – sechs Wurf ein Groschen – und trifft nichts und beklatscht laut die artistischen und musikalischen Darbietungen der kleinen Menschen im Liliputaner-Theater. Und im Lachkabinett mit den Zerrspiegeln macht sie sich vor Lachen über Davids und ihre mal unerhört dicken, mal unsäglich dünnen Figuren fast in ihren Schlüpfer. Nicht für alles langt Davids Geld, doch für *Pluto, den Höllensohn*, einen Mann im karmesinfarbenen Trikot und feuerroter Hahnenfeder an der Mütze, der vor ihren Augen das Wunder vollbringt, geschmolzenes Blei zu trinken, und den *Propheten* im blauen Sternenmantel, der ihnen mit geheimnisvollem Blick eine wunderbare gemeinsame Zukunft verheißt, sowie eine lustige Karussellfahrt reicht es auch noch. Alles dank Onkel Fritz' Großzügigkeit.

Vor der Luftschaukel muss David an seinen Traum denken – wie Anna sich mit der einem Schwan nachgebildeten Schaukel in die Lüfte erhob und fortflog und er mit dem weinenden Bruno an der Hand zurückblieb. Wie anders ist die Wirklichkeit! Die Luftschaukel interessiert sie überhaupt nicht. »Schaukeln kann ick an jeder Teppichklopfstange«, sagt sie.

Den letzten Sechser werfen sie in den Zylinder des seltsamen Paares, das am Rande des Rummelplatzes Opernarien schmettert. Ein schon sehr alter, ganz und gar schwarz gekleideter Mann mit strengen Gesichtszügen, die wenigen ihm noch verbliebenen Haare italienisch gelockt in die Stirn gekämmt, spielt Geige, ein Mädchen, klein, rundlich und pausbäckig, vielleicht seine Tochter, singt dazu. Sie hat eine sehr schöne Stimme und der Geiger spielt virtuos; Anna und David hätten stundenlang dort stehen bleiben und lauschen können. Und das, obwohl das Mädchen tatsächlich nur italienische Opernarien singt und sie kein Wort davon verstehen.

Etwas allerdings gefällt Anna nicht an ihren gemeinsamen Spaziergängen – dass immer er alles bezahlen muss! Wie lange hat sie sich gegen die neuen roten Knöpfstiefel gewehrt, die sie jetzt so stolz trägt! Allein seine Drohung, sonst nur noch mit ihr auf irgendwelchen Parkbänken herumsitzen zu wollen, um ihre in ihren alten, an große Oderkähne erinnernden Schuhen längst wund gelaufenen Füße zu schonen, bewog sie, Onkel Fritz' und Großmutters Geschenk am Ende doch noch anzunehmen.

Doch wie zierte und genierte sie sich zuvor! »Ick kenn deine Oma und deinen Onkel doch jar nich, wieso schenken die mir wat?«, fragte sie ihn mehrmals voller Scham, und er musste sie damit beschwichtigen, dass die Großmutter und Onkel Fritz diese Stiefel ja eigentlich nicht ihr, sondern ihm zum Geschenk machen wollten. »Weil sie ganz genau wissen, wie gern ich mit dir durch die Stadt gondele. Wenn du aber nicht mehr mitkannst, weil dir die Blasen an den Füßen schon bis zum Kinn hochgewachsen sind, geht das nicht mehr.«

Eine leicht durchschaubare Schwindelei, doch wollte sie ihm wohl glauben. So zogen sie durch mehrere Schuhläden und am Ende entschied sie sich für dieses Paar knallrote

Knöpfstiefel. Eine schlimme Wahl! Annas grauer, schon so oft geflickter Rock, dazu die zerschlissene Sommerbluse – und als einziger Farbklecks diese an einen Aufschrei erinnernden lackglänzenden, roten Knöpfstiefel? Daran musste er sich erst gewöhnen.

Anna aber liebt ihre roten Stiefel. Es sind die bisher schönsten ihres Lebens. Den Ärger zu Hause nahm sie in Kauf. Und das, obwohl ihr Vater schon an den Tagen zuvor die Stirn gekraust hatte. Bisher war sie nach der Arbeit immer gleich nach Hause gekommen, um der Mutter im Haushalt zu helfen, jetzt wurde es jeden Tag später.

»Wo haste dich rumjetrieben, Miststück?«, beschimpfte er sie gleich nach ihrer ersten Tour. »Triffste dich etwa mit diesem Fatzke vom Jymnasium?«

Annas kesse Antwort: »Fatzke? Nee, eenen, der so heißt, kenn ick nich. Der, mit dem ick mir treffe, heißt David. Und ick gloobe nich, det er sich von dir umtaufen lässt.«

Sie erntete dafür zwei harte Ohrfeigen, und ihr Vater befahl ihr, am nächsten Tag sofort nach der Arbeit nach Hause zu kommen. Ein Befehl, den sie nicht befolgte. »Den janzen Tag im dustern Knopfladen mit de Kartons jonglieren und abends ooch noch schuften? Nich mit mir!«

Zum Glück steht ihre Mutter ihr bei. »Lass Anna jefälligst dit bisken Verjnüjen. Se hat doch sonst nischt von ihre Jugend«, schimpfte sie ihren Mann aus, als er tags darauf wieder auf Anna losgehen wollte.

Dann aber, als sie mit ihren roten Knöpfstiefeln nach Hause kam, war ihr Vater noch fuchtiger geworden. »Wo haste die her?«, brüllte er sie an. »Hat dir die etwa dein Fatzke jeschenkt? Und wat haste dafür mit dir machen lassen? Sag et schnell, sonst bring ick den Kerl um und dir gleich mit.«

Er schimpfte und schimpfte, bis er immer nachdenklicher

und zum Schluss sogar scheißfreundlich wurde, wie Anna erzählte. Da habe er auf einmal ganz lieb den Arm um sie gelegt und ihr ins Ohr geflüstert, dass er sie doch nur beschützen wolle. Er kenne eben die Männer, wisse, was die von so'nem Mädchen wollten. Und er habe ja auch gar nichts dagegen, wenn sie sich hin und wieder mit diesem Gymnasiasten treffe; sie müsse nur wissen, was sie wert sei. Auf diese Weise könne sie vielleicht auch was für die Familie tun, vor allem für ihre Geschwister, die doch immer so viel arbeiten müssten.

»Falsch wie Jalgenholz war der uff eenmal. Der will mir an dir verkoofen, fallste verstehst, wat ick meine.« Sie aber habe ihn nur ausgelacht und da sei er dann doch wieder wütend geworden und sie musste weglaufen, runter in den Hof. Und da habe sie dann gesessen und gewartet, bis sie sicher war, dass er längst schnarchte. Erst dann sei sie zu ihrer Mutter hochgegangen. Die aber habe schon auf sie gewartet und sich lange mit ihr unterhalten. »Aber wat se jesagt hat, dit erzähl ick dir nich. Dit is Frauenjetuschel, dit müssen Männer nich wissen.«

Er hat auch gar nicht noch mehr wissen wollen, hat immer ein so enges Gefühl in der Brust, wenn Anna von ihrem Vater erzählt.

Ja, schöne Abende, die sie miteinander verbringen. Da stört nicht mal die Hitze dieser so lang anhaltenden Hundstage. Nur nimmt die Trockenheit immer mehr zu, und so wird es höchste Zeit für David, mal wieder in den Schlesischen Busch hinauszuwandern. Großvaters Eichen! Sind sie erst einmal verdorrt, kann er die gesamte Spree darüber hinwegleiten, zu retten sind sie dann nicht mehr.

Doch warum allein dort hinausmarschieren? Weshalb soll er nicht Anna mitnehmen? Zwar hat er ihr von den Eichen noch nichts erzählt, über den Großvater aber weiß sie Bescheid. Ein

Mann, der kein Verbrechen begangen hat und dennoch im Gefängnis sitzt? Das hat sie interessiert. Und so hat er ihr während ihrer gemeinsamen Ausflüge viel vom Großvater erzählt und später auch von seinem Vater, der ja auch mal unschuldig im Gefängnis saß, von der Mutter, der Großmutter, Onkel Köbbe, Onkel August und Tante Nelly, sogar von Onkel Fritz und Tante Mariechen. Anfangs fragte sie viel, dann immer weniger, und er antwortete auch nur noch das Notwendigste. Es war ihr deutlich anzusehen: Sie stellte Vergleiche an! Und die fielen für ihre eigene Familie nicht gut aus.

Nun Großvaters drei Zöglinge! Was wird sie dazu sagen?

Es ist ein Freitagabend, als er ihr von den sicher schon sehr durstigen Bäumchen erzählt und vorschlägt, dass sie ihn am Sonnabend dort hinbegleitet, weil der Knopfladen dann ja schon gegen Mittag schließt. »Du musst aber nicht mitkommen«, schränkt er gleich darauf ein. »Nur ich, ich muss da jetzt hin. Weiß ja keiner, wann es mal wieder regnet.«

Doch nein, kein Zögern, sie möchte mitgehen, wenn sie das Ganze auch noch nicht so recht verstanden hat. »Wieso habt ihr denn da Bäume jepflanzt? Habt ihr'n Jarten?«

Er erklärt es ihr noch einmal und sie gerät mal wieder ins Staunen. »So alt können Eichen werden? Zwei- oder dreihundert Jahre?«

»Manche sogar noch viel älter.«

»Und dein Großvater und du, ihr wollt, det die Leute denn noch an euch denken? Aber die kennen euch doch jar nich, dit is doch albern.«

Geduldig erklärt er ihr, dass die Menschen in dieser fernen Zeit nicht an den Großvater und ihn, sondern nur an die denken sollen, die mal die Eichen pflanzten. Und dass sie sich über die Schatten spendenden Bäume freuen sollen. Er gibt sich Mühe mit ihr, doch kann er nicht verhindern, dass seine Stimme verärgert klingt. Kann sie denn gar kein Verständnis für Großvaters Wünsche und Träume aufbringen? Hat sie denn keine Fantasie?

»Nu sei doch nich gleich so empfindlich!«, verteidigt sie sich. »Will ja mit! Hab doch nur jefragt.«

»Brauchst aber nicht mit. Bin ja immer allein gegangen, kann's wieder tun.« Ach, hätte er sie doch gar nicht erst gefragt!

»Wenn ich aber doch will!« Jetzt wird sie zornig, stampft sogar mit dem Fuß auf. »Und du, vielleicht willste mich ja jar nich mitnehmen, sondern redest bloß so.«

Nein, eigentlich möchte er sie nicht mehr mitnehmen. Was soll sie im Schlesischen Busch, wenn sie das Ganze nicht versteht? Doch wenn er ihr das sagt, ist sie erst recht beleidigt. Er hat in den Apfel gebissen, nun muss er ihn auch essen. So beteuert er halbherzig, er würde sich ja freuen, wenn sie mitkäme, doch müsse sie das wirklich *wollen* und nicht etwa nur mitgehen, um ihm einen Gefallen zu tun. Wenn sie also *will*, wird er am Sonnabendmittag vor dem Knopfladen warten. Sollte sie es sich aber anders überlegen, sei er ihr nicht böse. »Wir sind ja nicht aneinander festgeschraubt, müssen nicht alles zusammen tun.«

Worte, die sie mal benutzt hat, als sie von Karl sprach, die ihr jetzt aber nicht gefallen, wie sie ihm deutlich zeigt. Doch als er dann in der Sonnabendmittagshitze, den Wassereimer mit den von Tante Mariechen gut belegten Stullen und eine Flasche mit kaltem Tee für ein kleines Picknick in der Hand, auf sie wartet, geht sie mit.

»Ist aber ein weiter Weg«, warnt er sie noch einmal. »Und wir müssen schnell gehen, sonst kommen wir erst morgen früh dort an.«

»Flotter Jang macht schlank!« Ihre einzige Antwort. Und

dann bemüht sie sich, mit ihm Schritt zu halten. Was ihr nicht leichtfällt in dieser Hitze und mit ihren viel kürzeren Beinen.

Als sie den Schlesischen Busch dann endlich erreicht haben, erschrickt David. Er hat zu lange gewartet! Die drei kleinen Eichen lassen Zweige und Blätter hängen, als seien sie schon kurz vor dem Verdursten. Ihre Wurzeln wachsen noch nicht tief genug, um in den tiefer gelegenen Bodenschichten ein bisschen was zu trinken zu finden. Hastig nimmt er Brote und Tee aus dem Eimer und läuft zum Freiarchengraben, um Wasser zu holen, und dann immer hin und her, um alle drei Bäumchen mehrere Male begießen zu können. In der trockenen Erde versickert das Wasser schnell, schon beim zweiten Hinkucken ist alles weg.

Anna, im hohen, würzig duftenden Gras sitzend und an einem Halm kauend, spottet über seinen Eifer. »Habt ihr euren Kinderkens denn ooch Namen jejeben?«

»Bisher noch nicht. Aber ab heute heißen sie alle drei Anna – Anna Faul, Anna Doof und Anna Übergescheit.«

»Woher weeßte denn, det die alle drei Mädchen sind?« Sie lacht. Aber dann beschwert sie sich: »Hättest ja zwee Eimer mitnehmen können, denn hätte Anna Faul ooch wat zu tun.«

»Kannst mich ja mal ablösen.« Eine Zeile von Goethe kommt ihm in den Sinn, der Uhu hat sie erst letztens mit ihnen durchgenommen. *Durchsichtig scheint die Luft und rein – und trägt im Busen Stahl und Stein!* Genauso ist ihm jetzt zumute. Es wäre wirklich besser gewesen, Anna wäre erst gar nicht mitgekommen.

»Nee, nu jerade nicht!« Stur kaut sie weiter auf ihrem Grashalm herum. Als er dann endlich glaubt, seinen Schützlingen für diesen Tag genug Wasser spendiert zu haben, setzt er sich weit von ihr ins Gras, blinzelt in die Backofenhitze, die über dem Schlesischen Busch liegt, und schweigt.

»Weeßte, wat ick gloobe?«, sagt sie da mit einem Mal. »Ick gloobe, det deine janze Familie nur aus Bäumen besteht.«

»Wieso denn das?«

»Na, weil se dir so behüten. Sitzt in ihrem Schatten und lässt et dir jut jehen – wie so'n Pfifferling im Wald.«

»Willste mir veräppeln?« Er verfällt absichtlich in ihre Sprache. Manchmal versteht sie ihn nur dann ganz richtig.

»Wieso denn? Is doch jut, wenn man behütet wird.«

Nein, das wird kein schönes Gespräch. Er springt auf. »Na denn: Adieu! Ick jeh jetzt baden.«

Verdutzt blickt sie ihn an. »Baden? Wo denn?«

»In Mäusespucke.«

»Haha!«, macht sie. »Biste immer so lustig?«

»Na, in der Spree bade ich!«, schreit er sie da an. »Wo denn sonst? Die is doch gleich um die Ecke.«

Sie begreift, dass er es ernst meint, und wird unsicher. »Aber dit is doch verboten.«

»Ist vieles verboten und wird trotzdem gemacht!« So ihre eigenen Worte in der Kaiserpassage, als sie über die nicht jugendfreien Schaubilder redeten.

Ihre schrägen, schmalen Augen werden zu Schlitzen. »Hast ja jar keen Badetrikott dabei.«

»Trikot – das t spricht man nicht mit.«

»Meine Mutter sagt aber immer Trikott.«

»Es ist trotzdem falsch. Und außerdem: Wozu denn'n Trikot?« Oh, jetzt werden ihr vor Staunen gleich die Augen aus dem Kopf fallen. »Ich geh nie im Trikot schwimmen. Brauch keinen Strampelanzug.«

»Anjeber!« Mit überlegener Miene tippt sie sich an die Stirn. »Denkst wohl, du kannst mir uff'n Arm nehmen.«

»Wieso denn? Meine Mutter, Onkel August, Tante Nelly – alle gehen wir nackt baden. Immer schon!«

Erst klappt ihr vor Staunen die Kinnlade runter, dann wird sie rot, fast so rot wie ihre Knöpfstiefel. Wahrscheinlich hat sie sich gerade vorgestellt, wie Onkel August, Tante Nelly und er nackt ins Wasser springen. Am Ende will sie es doch wieder nicht glauben. »Quatschkopp! Willst mir ja bloß verkohlen ... Nackend baden! Und denn ooch noch mit deiner schönen Tante! Dit wünschste dir wohl?«

Jetzt wird *er* rot. »Was du dir denkst! Danach kucke ich ja überhaupt nicht. Wir baden nackt, weil's so mehr Spaß macht. Und wenn du's mir nicht glauben willst, dann komm doch mit zur Spree, dann wirste schon sehen, dass ich keine Märchen erzähle.«

Und damit dreht er sich um und geht in Richtung Spree davon. Will sie nicht allein hier sitzen bleiben oder nach Hause gehen, muss sie ihm folgen. Zwar ruft sie noch »He! Dein Eimer!«, greift dann aber selbst danach, legt die Brote und die Flasche mit dem kalten Tee hinein und kommt ihm nachgelaufen. »Willste dit wirklich machen?«

»Ja.«

»Aber wenn nu'n Blauer kommt oder Leute dir sehen?«

»Ich kenn eine Stelle, da sieht mich keiner.«

»Aber ick, ick seh dir doch!« Fast ein wenig ängstlich packt sie ihn am Arm. »Und ick will dir nich nackend sehen.«

»Musst ja nicht hinkucken.« Ein Ruck und er geht weiter.

Wieder kommt sie ihm nachgelaufen, sagt aber nichts mehr, geht nur schweigend neben ihm her. Bis sie plötzlich kichern muss. »Wenn ick nich hinkieke, denn weeß ick ja nich, ob de schummelst.«

»Bin ja nass, wenn ich aus 'm Wasser komme. Und 'ne Klappe im Bauch, in der ich das Trikot verschwinden lassen könnte, hab ich nicht.«

Ihr wird immer unheimlicher zumute. »Aber ick will dir

nich nackend sehen! Ejal, ob nass oder trocken. So'ne Schweinerei mach ick nich mit.«

»Herr, du meine Güte, mein *Kopf* ist dann ja auch ganz nass. Und den kennst du doch schon … Oder du schaust mich nur von hinten an, von hinten sehen wir alle gleich aus.« So langsam macht es ihm Spaß, sie in immer neue Verlegenheiten zu stürzen. »Oder denkste etwa, an so'nem heißen Tag geh ich nicht baden, nur weil Fräulein Anna sich geniert? Ganz früher, da gab's ja überhaupt keine Badetrikots. Wer da ins Wasser wollte, durfte sich auch nicht genieren. Und in hundert Jahren gibt's sowieso keine mehr, weil die Leute bis dahin längst kapiert haben, dass es dumm ist, sich für was zu schämen, was alle haben – die einen so und die anderen eben'n kleines bisschen anders. Komm lieber mit ins Wasser, dann wirste schon sehen, wie schön das ist.«

»Aha!« Nun glaubt sie, ihn durchschaut zu haben. »Dit willste! Nee, hätt ick nich von dir jedacht, det de so eener bist.«

Verdutzt starrt er sie an. Glaubt sie wirklich, er will nur, dass sie sich vor ihm auszieht? Böse lacht er auf und dann geht er noch rascher. Soll sie in dieser Hitze doch Küken ausbrüten, er ist nicht ihr Bruder, nicht ihr Vater und nicht ihr Onkel, sie darf tun, was sie will.

An dem schmalen, kienäpfelübersäten Sandstrand verschwindet er hinter einem Busch und nur drei Sekunden später stürzt er sich in die hoch aufspritzenden Wasserfluten; das aber in einem solchen Tempo, dass Anna, die am Ufer stehen geblieben ist, nur seinen Rücken zu sehen bekommt, falls sie denn überhaupt hinblickt.

»Ach, ist das ein Genuss!«, ruft er gleich darauf begeistert aus. »Ist das herrlich! So schön kühl und frisch.«

Von Anna keine Reaktion. Sie hat inzwischen den Eimer

leer gemacht, ihn mit der Öffnung nach unten in den Sand gestellt und sich draufgesetzt. Und so sitzt sie nun da, einsam wie die liebe Sonne, und schaut zu, wie er immer weiter rausschwimmt. Ab und zu blickt er zu ihr hin – und plötzlich tut sie ihm leid. Hat sie nicht gesagt, dass sie und alle ihre Geschwister nicht schwimmen können? Ja, und dann dieser Traum, in dem sie versuchte, über den Müggelsee zu schwimmen, und plötzlich nicht wieder auftauchte ... »Wenn du schwimmen lernen willst«, ruft er ihr in versöhnlichem Ton zu, »bring ich's dir bei.«

»Dit könnte dir so passen!« Sie zeigt ihm einen Vogel.

»Na gut, dann eben nicht!«

»Denkst wohl, ick lass mir von dir anfassen?«

»Ich kann dir's auch ohne Anfassen beibringen.«

»Gloob ick nich.«

»Stimmt aber!«

Ein Weilchen schweigt sie, dann kommt es zögernd und unentschlossen: »Ja, aber dann siehste ja alles.«

»Wenn du im Wasser bist«, prustet er, »dann ... dann kann ich ja gar nichts sehen.«

Das stimmt nicht. Ihre Brüste könnte er schon sehen, sie wird ja nicht immerzu bis zum Hals im Wasser stehen. Aber wäre das so schlimm? Die von der Mutter und Tante Nelly kennt er ja auch, und außerdem hat sie noch gar keine, so klein und zierlich, wie sie ist.

Sie zögert immer noch, dann ruft sie plötzlich: »Und wenn ick nu komme, drehste dir denn um?«

»Versprochen!«

Wieder denkt sie nach, dann fragt sie noch mal, diesmal mit fast piepsiger, kindlich klingender Stimme: »Wirklich ehrlich? Janz ehrlich?«

»Ehrlich, ehrlicher, am ehrlichsten!«

»Aber … aber wenn nu doch nich? Wenn de mich nur reinlejen willst?«

»Aber das will ich ja nicht!«

»Wenn nu aber doch?«

Mein Gott, was soll er denn noch sagen! »Also, wenn ich das tue, dann … dann darfste meine Sachen nehmen und … und ich laufe nackend nach Hause.«

Sie lacht nicht, bleibt ganz ernst. »Durch de janze Stadt?«

»Durch die ganze Stadt.«

»Bis inne Neue Jacobstraße?«

»Bis in die Neue Jacobstraße.«

Sie überlegt. Überlegt und überlegt! Und dann glaubt sie wohl, dass er ein solches Risiko nicht eingehen wird. »Na jut! Denn tu ick's! Aber dreh dir um!«

»Ja doch!«

Noch mal droht sie: »Wehe, wenn de mich reinlegst!«, dann ist sie schon hinterm Busch verschwunden. Gehorsam dreht er sich vom Ufer weg, schwimmt weit hinaus und dann – rückenschwimmend – wieder näher ans Ufer heran.

Irgendwann hört er ihre leise, zitternde Stimme hinter sich: »Ick bin drin.«

»Darf ich mich jetzt umdrehen?«

Lange bekommt er keine Antwort. Erst nach zweimaligem Nachfragen ist ein fast nur gehauchtes Ja zu hören.

Sie steht gar nicht weit von ihm entfernt, ist so weit hineingelaufen, dass ihr das Wasser tatsächlich bis ans Kinn reicht, und hält auch noch die Arme über der Brust gekreuzt. Auf diese Weise kann er doppelt nichts sehen. Er lacht. »Na, ist's schön?«

»K…kalt isses!«, ruft sie bibbernd.

»Bei der Hitze?«

»Die Hitze is heiß, aber dit Wasser is kalt.«

»Das ist nur, weil du so steif dastehst. Du musst dich bewegen.«

»Wat ... wat soll ick denn machen?«

»Zuerst musst du ein bisschen weiter zurückgehen, ins Flache. Um Schwimmen zu lernen, bist du schon zu tief drin.«

»Aber denn siehste mir ja.«

»Ich dreh mich wieder um.«

»Aber ... aber wie willste mir denn so dit Schwimmen beibringen?«

»Ich geb dir Kommandos.« Er sagt das, als wäre es das Einfachste von der Welt, jemandem, ohne ihn dabei zu beobachten, das Schwimmen beizubringen, und dreht sich wieder um.

Keuchend kämpft sie sich durchs Wasser ein Stück in Richtung Ufer zurück, dann hört er wieder ihre hilflose, zaghafte Stimme. »Und nu?«

»Jetzt leg dich auf den Bauch und mach mit den Armen solche Bewegungen, wie ich sie dir zeige.« Und damit führt er ihr ein paar Schwimmbewegungen vor.

Sie probiert es aus, er hört sie strampeln und glucksen und Wasser ausspeiend wieder hochkommen. »So ... so jeht dit nich. Mir ... mir muss eener festhalten.«

»Aber festhalten ohne hinkucken und anfassen geht nicht.«

»Denn jeh ick eben wieder raus.«

Das klang traurig. So als würde sie wirklich gern schwimmen lernen, wenn nur diese blöde Scham nicht wäre. Er überlegt kurz – dann dreht er sich doch zu ihr um.

Sie erschrickt und kreuzt sofort wieder die Arme über der Brust. »Biste verrückt jeworden? Wat bildeste dir ein?«

Doch kümmert er sich nicht um ihren Protest, geht einfach auf sie zu und befiehlt: »Leg dich hin!«

Entgeistert starrt sie ihn an, und da bespritzt er sie mit Wasser und befiehlt noch mal: »Leg dich hin! Dir wird überhaupt nichts passieren.« Und als sie immer noch nicht bereit ist, dieser Aufforderung Folge zu leisten, stößt er sie um, packt sie an den Hüften und hält sie fest. Leicht wie eine Libelle ist sie. »So! Und nun mach, was ich dir gezeigt habe.«

Erst will sie sich wehren, dann, ganz plötzlich, gehorcht sie. »Gut!«, lobt er sie. »Nur nicht so hastig.«

Da wird sie langsamer – und geht unter. »Kann nich«, bringt sie nur noch heraus, dann ist sie weg.

»*Kann nicht* liegt auf'm Friedhof.« Sich weiter so streng gebend, hilft er ihr auf und kommandiert: »Das Gleiche noch mal!«

Sie gehorcht, und irgendwann vergisst sie, dass sie ja beide nackt sind, und übt immer eifriger. Er lobt sie auf Teufel komm raus, um ihren Eifer noch weiter anzustacheln, dann gönnt er ihr eine Pause – »Schau, was ich jetzt mache!« – und schwimmt im Kreis um sie herum. »Siehste, wie ich die Beine bewege? Das musst du auch versuchen, sonst muss dich ewig einer festhalten. Wenn du mit Armen *und* Beinen schwimmst und immer schön im Rhythmus bleibst, kommste bis nach Kanada.«

Aufmerksam schaut sie zu, dann probiert sie es aus. Und wieder lobt er sie, lobt und lobt, bis sie auf einmal schreit: »Loslassen!«, und ganze drei Meter allein schwimmt, bevor sie dann doch wieder abgluckert. Als sie wieder hochkommt, strahlt sie: »Ick kann schwimmen! I, det gloobt mir ja keener! Ick kann wirklich schwimmen!«

»Ja!« Er klatscht ihr Beifall. »Bist'n Naturtalent. So schnell hab ich's nicht gelernt.«

Eine nette Lüge, die sie zu weiteren Schwimmausflügen ermuntern soll. Und das klappt. Längst ist er ans Ufer zurückgekehrt, um sich, Bauch im Sand, ein wenig auszuruhen, bevor auch er noch mal ins Wasser gehen will, da übt sie immer noch und juchzt und jauchzt dabei: »Schwimmen is herrlich! Dit machen wir nu jeden Tag, ja?«

Er lacht. »Haste denn überhaupt'n Trikot?«

Inzwischen aber ist sie längst wieder die alte Anna. »Wat soll ick denn damit?«, kräht sie. »Ohne is doch viel schöner. Oder jenierste dir etwa?«

Rücken an Rücken, damit weder er noch sie allzu viel zu sehen bekam, haben sie sich von der Sonne trockenbacken lassen und danach wieder angezogen. Nun sitzen sie nebeneinander, essen Tante Mariechens inzwischen bereits etwas angetrocknete Stullen, trinken von dem lauwarmen Tee und schauen auf die in der Abendsonne orangefarben glitzernde Spree hinaus.

Ein zarter Windhauch ist aufgekommen und bewegt das Laub in den Büschen und Bäumen, blaurote Schmetterlinge torkeln vorüber und lautes Vogelgezwitscher dringt zu ihnen her. Über den Himmel ziehen kleine, weiße Wattewölkchen.

Sie essen und kucken und schweigen und David ist stolz auf Anna. Wie mutig von ihr, hier mit ihm baden zu gehen, ohne Angst vor der Polizei und ohne jede Rücksicht auf die Sittlichkeit. Was, wenn ein Ausflugsdampfer an ihnen vorübergekommen wäre? – Nein, was Anna getan hat, das hätten sich bestimmt nicht viele Mädchen getraut. Ist ja ein riesengroßer Unterschied, ob man so etwas das erste Mal mit den Eltern, Onkel und Tante oder mit einem Jungen tut, der nicht mal der eigene Bruder ist.

Irgendwann fragt Anna: »Wo liegt'n dit eijentlich, dieset Kanada?«

»Gleich hinter Treptow«, witzelt er.

Misstrauisch blickt sie ihn an. »Veräppelste mir?«

»Nur'n bisschen. Kanada gehört zu Amerika, genauer gesagt: zu Nordamerika.«

»Aber so weit kann doch keener schwimmen.«
»War ja auch nur'n Scherz.«
»Haha!« Anna schüttelt den Kopf und dann schweigen sie wieder.

Dumpf tuckernde Schleppdampfer ziehen Spreekähne in die Stadt hinein, aus ihren Schornsteinen steigt dunkler Rauch und auf vielen ist vom Bug bis zum Kapitänshäuschen eine Wäscheleine gespannt. Die Wäschestücke flattern so lustig im Fahrtwind, als wollten sie ihnen zuwinken, und auf fast jedem Kahn ist ein Kinderwagen festgemacht oder rennt ein aufgeregt kläffender Hund herum. Bellt einer besonders laut, äfft Anna ihn nach, was die Hunde an Bord in Raserei versetzt. Am liebsten würden sie wohl ins Wasser springen und zu ihr hinschwimmen, um sie zu beißen, doch hat man ihnen beigebracht, an Bord zu bleiben.

Anna lacht leise glucksend und David verspürt ein angenehm schmerzhaftes Ziehen in der Brust. Verdammt noch mal, wie lieb er sie hat! Egal, wie oft und wie schlimm sie mit ihm herumstänkert, er würde sie jetzt am liebsten ganz fest in die Arme schließen und nie mehr loslassen.

Das Wehen und Rauschen in den Bäumen und Büschen wird stärker, auch die beiden Silberpappeln rechts von ihnen, die so eng zusammenstehen, als wären sie Bruder und Schwester, geraten immer mehr in Bewegung.

»Woran denkst'n jetzt?«, fragt er leise.

Erst kommt gar keine, dann eine typische Anna-Antwort: »Ick erzähl mir jerade Witze. Und stell dir vor, den letzten hab ick noch jar nich jekannt.«

Lieber würde sie sterben als auf eine komische Antwort verzichten!

»Sind se denn wenigstens gut, deine Witze?«
»Hab mir schon bessere erzählt.«

Was soll er dazu noch sagen? »Richtig ernst bist du wohl nie?«

»Nee, wozu denn?«

»Um den schönen Abend zu genießen.«

»Mach ick doch.«

»Und erzählst dir Witze!«

Prüfend sieht sie ihn an, dann zuckt sie die Achseln. »Ick bin eben, wie *ick* bin – und du bist, wie *du* bist.«

»Und wie bin ich?«

»Unjeduldig wie'n Lehrer in der Schule.«

Eine solche Antwort hat er nicht erwartet, nicht nachdem er ihr das Schwimmen beigebracht hat. »Wieso denn ungeduldig?«

»Weeß nich! Kommst mir eben manchmal so vor!«

Da bleibt ihm nur, den Kopf zu schütteln, und dann schweigen sie wieder, lauschen der Spree, die immer unruhiger ans Ufer schlägt, und schauen dem Reiher nach, der so dicht über sie hinwegfliegt, als hätten sie ihn neugierig gemacht. Um sie herum wird es langsam dunkel. Erst schimmert der Himmel bläulich, dann erinnert er an eine mit vielen kleinen Lichtern besetzte schwarze Samtdecke.

»Musst du jetzt nicht bald nach Hause?«, fragt er leise.

Ihre Antwort: »Wer glücklich is, verjisst die Zeit.«

Also ist sie jetzt gerade glücklich? Und das, obwohl sie ihn so schnippisch abgefertigt hat? Aber nein, das fragt er sie lieber nicht; er will sich keine erneute Abfuhr einhandeln.

Doch nun will sie plötzlich reden. »Ick könnt die janze Nacht hier sitzen und kieken«, sagt sie leise. »Hier isset richtich schön.«

»Und was würde dein Vater dazu sagen?«

Eine Frage, auf die sie nicht eingeht. »Wat dit nur allet für Sterne sind!«, wundert sie sich. Und dann will sie wissen, ob man sie von den Sternen aus sehen könnte, wenn da oben Menschen wären.« »Ick meine, mit'm Fernglas. So eens wie inne Sternwarte, so'n großet, mit dem se immer'n Mond ausspionieren. Hab da mal so'n Foto jesehen.«

»Nee«, antwortet er und gibt sich Mühe, nicht zu lachen. »Von da oben würdeste nicht mal die Spree erkennen. Unsere Erde ist von dort aus gesehen ja auch nur'n Stern.«

Eine Antwort, die sie beeindruckt, und so erzählt er ihr, was Professor Raute mal ausgeführt hat, nämlich dass der Planet Erde zu neunundneunzig Prozent aus Feuer besteht und die Menschen, die auf der dünnen Erd- und Wasserkruste leben, auf ihr wie auf einem riesigen Feuerball durchs Weltall fliegen.

Ungläubig schaut sie ihn an. »Und det weeß dein Professor?«

Er grinst. »Der weiß noch viel mehr, nämlich, dass das Licht der Sterne, die da so hell auf die Erde herunterstrahlen, schon vor Tausenden von Jahren entstanden ist und seither mit einer unvorstellbaren Geschwindigkeit reist, aber erst jetzt von uns zu sehen ist.«

Sie tippt sich an die Stirn. »Du veräppelst mir schon wieder! Dit is wie mit Kanada, du gloobst, die is so doof, die nimmt mir allet ab. Dit kann dein Professor ja jar nich wissen. War er dabei, isser mitjereist?«

Er schwört ihr hoch und heilig, dass er sie diesmal nicht auf den Arm nehmen will, und sagt, dass Professor Raute sich in seiner Freizeit viel mit solchen Dingen beschäftigt. »Er weiß'ne Menge übers Weltall. Auch dass es ganz verschiedene Sternensysteme gibt und dass das nächste Sternensystem nicht weniger als zwölf Millionen Lichtjahre von uns entfernt ist.«

»Lichtjahre?« Sie kraust die Nase. »Wat is'n dit schon wieder? Weihnachten?«

»Das ist genau die Strecke, die das Licht in einem Jahr zurücklegt. Allerdings nur in einem Vakuum.«

»Va... Vaku... Vaku – wat?«

»Vakuum! Etwas, wo keine Luft drin ist.«

Nein! Jetzt will sie ihm endgültig nicht mehr glauben. »Du verkackerst mir! Is ja überall Luft drin. Sojar in deinem Kopp. Da is vielleicht sojar janz besonders ville Luft drin.«

Er will ihr erklären, wie ein Vakuum entsteht, doch das interessiert sie nicht. »Sag mir lieber, wie viele von diesen Sternensystemen et denn jeben soll.«

»Wahrscheinlich viele Milliarden.«

Sie starrt ihn an. »Sagt dit dein Professor?«

»Das sagen viele.«

»Und die wissen dit janz jenau?«

»Ganz genau nicht, aber so ungefähr.«

»Also wissen se et nich!«

»Man kann auch etwas nur *ungefähr* wissen.«

»Nee, Herr Lehrer!« Jetzt darf sie triumphieren. »Entweder weeß man's oder man weeß et nich! *Unjefähr* is detselbe wie *vielleicht*. Vielleicht wird morjen jebacken, vielleicht ooch nich, aber Hunger hab ick heute.«

Da sagt er nichts mehr und sie verstummt auch. Bis sie wieder anfängt. Jetzt will sie wissen, ob, wenn denn die Erde nur'n Stern ist, auf den anderen Sternen auch Menschen und Tiere leben und Pflanzen wachsen.

»Vielleicht! Vielleicht wird morgen gebacken, vielleicht auch nicht.«

»Na, wat denn nu? Weeß dein Professor dit oder nich?«

Da wird er wirklich ungeduldig. »Das weiß keiner so ganz genau. Aber wenn's dort Leben gibt, dann sieht's sicher ganz anders aus als auf unserer Erde. Wäre ja der größte Witz, wenn die da genauso leben würden wie wir.«

Zwei, drei Minuten denkt sie nach, dann fragt sie weiter: »Und wo is dit allet mal zu Ende, diese janze Sternenblinkerei? Und wie sieht's dahinter aus?«

»Da is 'ne Bretterwand. Und drauf geschrieben steht: Achtung! Achtung! Ende der Welt, weitergehen verboten!«

Sie lacht nicht. »Und wat is hinter der Bretterwand?«

»Noch'ne Bretterwand.«

»Und wat steht da drauf?«

»Achtung! Achtung! Hier beginnt'ne neue Welt. Eintritt erlaubt für alle, die keine doofen Fragen stellen.«

»Und?« Sie bleibt so ernst. »Is die neue Welt schöner als unsre?«

Eine Frage, die ihn nachdenklich werden lässt. »Nee!«, antwortet er dann mit gekrauster Stirn. »Schöner als unsere nicht, aber vielleicht gerechter.«


Jetzt schwimmt der Mond in der Spree, um die Büsche schwirren Glühwürmchen, und die Frösche quaken, als wollten sie alle Welt auf sich aufmerksam machen. Irgendwo bei Treptow pfeift ein Zug.

Lange hat Anna geschwiegen, jetzt quält sie wieder eine Frage. »Aber wozu jibt's denn dit allet, die Sterne, Tiere, Pflanzen, Menschen und immer so weiter?«

»Das musste den lieben Gott fragen.«

»Gloobste an den?«

Er muss erst überlegen. Onkel August glaubt an keinen Gott, die Mutter und Onkel Köbbe auch nicht. Tante Nelly allerdings ist sich nicht sicher, und die Großmutter und Tante Mariechen schwanken auch, mal reden sie so und mal so. Er selber hat eigentlich noch nie richtig darüber nachgedacht.

Er gibt das zu und sie ist enttäuscht. Sie hatte von ihm eine klare Antwort erwartet. Leise sagt sie, dass sie sich nicht vorstellen kann, dass es irgendeinen Gott gibt. »Schon jar nich den auf den Heilijenbildern. So een schlauer Opa hätte doch keene Mücken und Ratten erschaffen und keene Flöhe, sondern nur nützliche Tiere wie Bienen, Hühner und Pferde. Oder schöne wie die Glühwürmchen da. Und der würde ooch nich zulassen, det dit so ville arme Menschen jibt und denn ooch noch Räuber und Mörder und allet so'n Kroppzeuch.«

Aber nein, dazu möchte er jetzt lieber nichts sagen. Sonst findet ihr Gespräch bestimmt nie ein Ende. Ist ja nun schon richtig finster; sie müssen nach Hause. Anna jedoch, das sieht er ihr an, würde wohl wirklich die ganze Nacht hier sitzen bleiben, Mond und Sterne ankucken und Fragen stellen.

»Wenn et ihn aber doch jibt«, fährt sie in ihren Überlegungen fort, »denn isser'n Faulpelz, der sich um nischt kümmert. Und so eenen können wir eijentlich nich jebrauchen, oder?«

»Wir müssen jetzt gehen«, weicht er aus. »Dein Vater springt aus seinen Filzlatschen, wenn du nicht bald kommst.«

Sie überhört die Mahnung, sitzt nur da, die Arme um die Knie geschlungen, und denkt nach.

»Mademoiselle Annette!«, hakt er nach. »Wir müssen uns langsam auf die Socken machen, haben noch einen weiten Heimweg.«

»Denn jeh doch, wenn de unbedingt willst.« Sie seufzt tief. »Ick bleib noch'n bisskön. Wer weeß, ob ick noch mal so'nen schönen Abend erlebe.«

»Warum denn nicht?« Er lacht. »Noch viele, ganz bestimmt noch sehr, sehr viele!«

»Det sagste nur, weil de mich weglocken willst. Doch eh man sich versieht, is man verblüht! Dit sagt Mutter immer. Und denn biste alt und hässlich und halb blind und ärjerst dir, det de nich viel öfter mal die Sterne anjekiekt hast.«

»Kann schon sein.« Eine so verträumte Anna hat er bisher noch nicht kennengelernt; irgendwie eine ganz neue, sehr schöne Seite an ihr.

Neugierig schaut sie ihn an. »Deine Tante Nelly und dein Onkel Aujust, die haben sich wohl sehr lieb?«

»Glaub schon.« Will sie jetzt etwa auch noch über Onkel August und Tante Nelly reden?

»Ob ick ooch mal eenen finde, der mir so lieb hat?«

Oha! Er merkt auf. »Warum denn nicht?«

»Bin ja nich so schön wie deine Tante.«

Was will sie denn nun von ihm hören? Dass es auf Schönheit allein gar nicht ankommt? Oder dass sie, Anna, nur weil sie nicht so schön ist, deswegen noch lange keine Vergleiche scheuen muss? Er könnte ihr das sagen, könnte ihr ehrlichen Herzens gestehen, dass sie zumindest ihm sehr gefällt. Besonders vorhin, als sie im Wasser stand, so klein und mager und aus lauter Scham die Arme über der Brust gekreuzt, die noch gar keine ist, da hätte er sie am liebsten ganz fest in seine Arme genommen und von oben bis unten abgeküsst. Doch natürlich, das darf er ihr nicht sagen, das würde sie vielleicht ganz falsch verstehen. Außerdem muss sie doch spüren, wie gern er sie hat. Oder was glaubt sie, weshalb er sie jeden Tag vom Knopfladen abholt und danach stundenlang mit ihr durch die Straßen latscht?

Sie hat darauf gewartet, dass er ihr widerspricht. Als nichts kommt, schaut sie ihn böse an. »Wenn de nich weeßt, wat de sagen sollst, sag de Wahrheit.«

»Die Wahrheit ist, dass wir jetzt nach Hause müssen. Dein Vater gibt sonst mir die Schuld daran, wenn du erst so spät kommst.«

Immer noch keine Antwort, die Gnade vor ihren Augen findet.

»Mensch, bist du öde! Morjen is Sonntag, da muss ick nich

zur Czablewski, da pennt die Familie Liebetanz bis inne Puppen.«

»Trotzdem macht dein Vater Ärger.«

»Soll er doch!«

Puh! So etwas Hartnäckiges hat er noch nicht erlebt. Aber was soll er machen, er kann sie doch nicht ganz allein hier sitzen lassen.

»Wohin möchteste später mal reisen?« Schon wieder schlägt sie ein neues Thema an. »Ick meine, wenn de erwachsen bist und viel Jeld verdienst.«

»Nach Kanada.«

»Nee, jetzt mal im Ernst!«

»Nach Paris. Onkel August sagt, das ist die schönste Stadt der Welt.«

»Jut!« Sie nickt zufrieden. »Denn will ick ooch dahin. Und danach ans Meer und zu die hohen Berge. Hab ick ja allet noch jar nich jesehen.«

»Machen wir.« Er steht auf und nimmt den Eimer. »Aber erst mal gehen wir nach Hause. Meine Mutter macht sich bestimmt schon Sorgen.«

»Du sagst deine und meinst meine.« Spöttisch schaut sie zu ihm hoch. »Aber jut, wenn de unbedingt willst, denn jehen wir jetzt. Zieh dir aus!«

»Was?«

»Ausziehen! Du sollst dir ausziehen. Du hast jesagt, wenn de dir doch nach mir umdrehst, denn läufste nackend nach Hause. Na, und haste dir etwa nich umjedreht?«

»Ja, aber das doch nur, weil du anders nie schwimmen gelernt hättest.« Meint sie das etwa ernst, was sie da von ihm verlangt?

»Umjedreht is umjedreht! Außerdem haste Glück, is ja schon dunkel. Wenn wir früher jejangen wären, denn hätten dir alle jesehen, die janze Stadt. Und der erste Blaue, der dir entdeckt hätte, hätte dir festjenommen.«

Er lacht unsicher. »Du glaubst doch nicht etwa, dass ich nackt nach Hause laufe, nur weil ich das vorhin gesagt habe?«

»Umjedreht is umjedreht und versprochen is versprochen!«

»Aber das ist ja lächerlich!« Er lacht noch lauter, nun aber schon ein bisschen ärgerlich. »Hab doch gar nicht richtig hingekuckt, war ja auch fast nichts zu sehen.«

»Woher weeßte denn, det nischt zu sehen war, wenn de nich jekiekt hast?«

»Weil …« Ihm fällt keine gute Antwort ein.

»Von wejen nich richtig hinjekiekt! Hab jenau jesehen, wie de jekiekt hast. Aber ick hab nischt jesagt, weil ick ja schwimmen lernen wollte. Und anjefasst, anjefasst haste mir ooch!«

»Aber doch nur, damit du nicht untergehst.«

»Anjefasst is anjefasst!«

Zornig stößt er die Luft aus. Diese kleine Portion bringt es fertig und streitet die ganze Nacht mit ihm herum. »Pass auf!«, schlägt er ihr schließlich vor. »Wir einigen uns auf ein Tauschgeschäft. Ich darf angezogen nach Hause laufen und dafür bleib ich noch ein Weilchen mit dir hier sitzen. Abgemacht?«

»Tauschen zwei, wird einer weinen dabei!«

Wie sie das wieder gesagt hat! Ganz Grande Dame mit jeder Menge Parfüm in der Stimme.

»Na denn – gute Nacht!« Ohne noch ein weiteres Wort zu sagen, geht er davon, bis die Dunkelheit ihn geschluckt hat.

Nicht lange, und sie kommt ihm nachgelaufen. »Also jut, brauchst dir nich ausziehen. Aber versprich so wat nie wieder. Und wenn de mir wat lernst, denn sei nich wieder so streng wie vorhin im Wasser. Und jib nich so ville an mit deinem Kanada, Bretterwände und Vakudingsbumse.«

Er atmet auf. Gut, dass sie gekommen ist! Er hätte sonst wie ein geprügelter Hund zu ihr zurückkehren müssen. »Nee«, ahmt er sie nach, »dir versprech ick so schnell nischt mehr. Aber streng muss ick doch manchmal sein. Sonst lernste nämlich überhaupt nischt. Und überhaupt nischt, dit is nich jerade viel.«

## Brot oder Tod

Er hat keine anderen Gesichter erwartet. Wie ein Strafgericht sitzen sie um den Küchentisch, die Mutter, die Großmutter, Onkel Fritz und Tante Mariechen. Sie haben sich Sorgen gemacht, nun wollen sie den armen Sünder, der da mit seinem Eimer in der Hand vor ihnen steht, zur Rede stellen.

David sucht erst gar nicht nach Ausflüchten. War ja alles gar nicht seine Schuld. Erst wollte Anna ewig nicht nach Hause, und als sie dann endlich vor ihrer Haustür angelangt waren, war die – wie schon erwartet – längst verschlossen. Und rufen, damit ihre Mutter ihr den Haustürschlüssel runterwarf, das war ihr zu viel »Krakeel«. »Denn kriegt die janze Straße mit, det ick erst so spät nach Hause jekommen bin«, sagte sie. »Und denn wird jetratscht, jetzt is die Anna ooch uff Abweje jeraten und so.«

Er hätte ihr Vorwürfe machen können, doch verkniff er sich das. Es war ein so schöner Tag und noch viel schönerer Abend gewesen, am liebsten hätte ja auch er die ganze Nacht über an der Spree gesessen und weiter alles Mögliche zusammengesponnen.

Auf der gegenüberliegenden Straßenseite, im Schatten einer Haustürnische, haben sie dann gestanden und auf einen »Nachtfalter« mit Haustürschlüssel gewartet. Dem wollte Anna irgendwas von einem Verwandtenbesuch vorschwindeln, egal, ob dieser Jemand ihr glaubte oder nicht, und danach mit ins Haus huschen. Er aber, so sagte sie, könne ruhig nach Hause gehen, ihr würde schon nichts passieren. Doch wusste er, wer so spät am Abend in dieser Gegend noch alles unterwegs war? Sicher auch viele Betrunkene, und wenn dann ein Mädchen so ganz allein auf der Straße herumstand?

Beide hatten sie Angst, dass Karl und seine Kumpane auftauchen könnten, sprachen aber nicht darüber, blickten sich nur immer wieder aufmerksam um. Und näherte sich ihnen jemand mit Melone auf dem Kopf, wichen sie tiefer in den Schatten zurück. Wenn sie danach aber wieder näher an der Straße standen, schien der helle Mond Anna mitten ins Gesicht. Und da sah sie ihn öfter an, als wollte sie ihm irgendetwas sagen, brachte es aber nicht heraus. Als ob ein Wort zu viel all das Schöne, was sie an diesem Tag erlebt hatten, zerstören würde.

Dann, endlich, näherte sich jemand dem Haus Nr. 27 und zog einen Schlüssel aus der Tasche. »Der Riedel aus'm zweiten Stock«, flüsterte Anna erleichtert. »Der is Bahnwärter und kommt oft erst spät nach Hause. Und fast immer isser müde und redet nich ville … Also denn«, sie blickte ihn noch mal an, »bis Montag, ja? Morjen is ja Sonntag und da kann ick nich. Da hat mir mein Vater den janzen Tag unter Kontrolle.«

»Montag!«, sagte auch er, nun aber irgendwie traurig. Weil dieser lange, gemeinsame Abend damit endgültig vorbei war. Er blickte ihr nach, bis sie in der Haustür verschwunden war, dann machte er sich auf den Heimweg. Er ging schnell, doch war es noch ein ganzes Stück zu gehen, und so ist es später und später geworden und nun steht der kleine Zeiger von Großmutters lauter »Johanna« bereits auf der Elf. In einer Stunde ist Mitternacht.

Doch was gibt es für eine so späte Heimkehr aus dem Schlesischen Busch schon für Verteidigungsgründe? Da hilft nur schonungslose Ehrlichkeit. Auch ist es nützlich, Verständnis dafür zu zeigen, dass seine so überaus lange Abwesenheit alle besorgt hat.

David zeigt sehr viel Verständnis, und auf diese Weise milde gestimmt, bemüht sich das hohe Gericht, ebenfalls Verständnis zu zeigen. Natürlich durfte er Anna nicht allein in der dunklen Schönholzer Straße herumstehen lassen. Aber dass sie so lange an der Spree gesessen haben? Um das zu verstehen, so die Mutter, müsste sie wohl zwanzig Jahre jünger sein. Lächelnd sagt sie das, wird aber gleich wieder ernst. »Außerdem konntest du ja nicht wissen, dass du gleich noch mal wegmusst.«

Er? Noch mal weg? Um diese Zeit? Hat er richtig gehört?

»Er *muss* nicht«, verbessert die Großmutter ihre Tochter mit strenger Miene und will noch etwas hinzufügen, wird aber von ihr unterbrochen: »Nein, müssen muss er nicht, aber wollen wird er wollen! Oder soll ich's ihm etwa verschweigen?« Und vorsichtig rückt die Mutter damit heraus, dass ihr Bruder Köbbe lange auf ihn gewartet hat. »Es geht um eine große Plakataktion, weshalb in dieser Nacht viele Beine und Hände gebraucht werden. Und da hat er eben auch an dich gedacht. Wenn du mitmachen willst, sollst du zu ihm kommen, hat er gesagt. Und das gleich jetzt.«

Plakate kleben? Nach diesem Tag mit Anna? Nein, darauf hat er keine Lust. Er möchte jetzt nichts als in sein Bett verschwinden, die Augen schließen und alles noch mal an sich vorbeiziehen lassen … Anna und er in der Spree! Ihre magere, ganz weiße Gestalt, wie sie vor Aufregung zitterte und bibberte … Und wie sie dann jubelte, als sie tatsächlich ein wenig schwimmen konnte! Auch wie sie danach am Fluss saßen, über ihnen der Himmel mit all seinen Sternen … Es muss schön sein, mit all diesen Bildern im Kopf einzuschlafen.

»Was sind das denn überhaupt für Plakate? Was steht drauf?« Er möchte Onkel Köbbe nicht enttäuschen, aber er ist doch kein Hampelmann, an dem man nur zu ziehen braucht und dann setzen seine Beine sich in Bewegung.

Die Mutter seufzt. »Sofortige Freiheit für alle politischen Gefangenen! Das ist das Schlagwort. Darunter wird aufgelistet, wie viele Jahre Haft dieses unselige Sozialistengesetz unsere Leute nun schon gekostet hat. Und es wird verlangt, dass jetzt, nachdem das Gesetz nicht mehr verlängert wurde, alle diejenigen, die aufgrund dieses Gesetz zu Haftstrafen verurteilt oder des Landes verwiesen wurden, innerhalb kürzester Frist rehabilitiert werden.«

*Darum* geht es! Nein, da braucht David nicht länger zu überlegen. Die Mutter hat recht, er muss nicht müssen, aber er will, Lust hin oder her. Unmöglich, sich ins Bett zu legen und von Anna zu träumen, wenn es um so wichtige Dinge wie Großvaters Freilassung geht.

»Ich geh gleich los«, sagt er kurz entschlossen. »Muss nur erst was essen, mir knurrt der Magen wie'nem Droschkengaul.«

Im Nu hat Tante Mariechen ihr Pfeifchen weggelegt, und schon ist sie dabei, ihm ein paar Stullen zu schmieren. Allein die Großmutter murrt: »Mitten in der Nacht den Jungen in solch eine Sache hineinzuziehen! Was Köbbe da nur wieder eingefallen ist.«

»Aber Jetteken!«, widerspricht Onkel Fritz. »Wann soll so'ne Aktion denn sonst starten? Am helllichten Tage? Auch is der janze Plan ja nich allein auf Köbbes Mist jewachsen. Da haben viele ihre Finger drin. Und det David da mitmacht, dit jehört sich einfach so. Jeht ja ooch um seinen Großvater! Wenn ick mein Hinkebeen nich hätte, ick wäre der Erste, der losmarschiert.«

»Jottedoch, Fritz, das weiß ich ja alles!«, wehrt sich die Großmutter. »Aber soll sich der Enkel für den Großvater opfern? Nachher sperren sie ihn uns auch noch ein.«

»Noch ist von ›Opfer‹ ja wohl nicht die Rede.« Der Mutter fällt der Gedanke, ihn noch mal fortzuschicken, auch nicht leicht, doch steckt sie in einer Zwickmühle: Einerseits möchte sie ihren Sohn beschützen, andererseits ihren Vater wiederhaben. »Außerdem kann ich David doch nicht verbieten, etwas zu tun, was ich selbst für völlig richtig und wichtig halte.«

Inzwischen hat Tante Mariechen den Stullenteller auf den Tisch gestellt. Aber David hat jetzt keine Zeit und Ruhe, die dick mit Wurst belegten Brote am Tisch zu essen. Er wird sie unterwegs verdrücken. Rasch klappt er sie zusammen, während er versucht, die noch immer besorgt blickende Großmutter zu beruhigen. »Ist doch gar keine gefährliche Sache. Seh ich 'nen Blauen nur von fern, bin ich schon über alle Berge. Die meisten sind ja viel zu fett, um mich einholen zu können.«

»Dein Wort in Gottes Ohr!« Die Großmutter gibt sich geschlagen, steht auf, zieht ihn an sich und tätschelt ihm die Wangen. »Aber du musst mir versprechen, gut auf dich aufzupassen, ja? Und behalt die Mütze auf. Ein Gymnasiast, das sieht so schön harmlos-bürgerlich aus ... So einer klebt doch keine Plakate.«

Es ist noch immer eine sehr helle Nacht. Der Mond erscheint David so nah – einmal die Hand ausstrecken und er kann bei ihm anklopfen.

Sich dicht im Schatten der Häuser haltend, wandert er die Straßen entlang; sieht er in der Ferne einen Schutzmann, biegt er sofort in die nächste Seitengasse ein. Falls er aber doch einem in die Hände laufen sollte, so hat die Mutter ihm eingeschärft, solle er nicht irgendwelche unglaubhaften Lügengeschichten erfinden. Sein Onkel Jacob sei krank, soll er sagen, weshalb er ihm zu dieser späten Stunde noch Medizin bringen müsse. Diese Medizin hat sie ihm sogar mitgegeben – Tante Mariechens Magentropfen! Notfalls soll er sie vorzeigen.

Mal wieder eine Geschichte zum Tarnen seiner »bösen Absichten«! Aber schön, dass alle sich so große Sorgen um ihn machen. Nur: Was kann so schlimm sein am Plakatkleben? Er hat lange Beine, den Blauen möchte er sehen, der schneller läuft als er.

Trotzdem, irgendwie unheimlich, so eine nächtliche Stadt! Die Häuser wirken wie tot, obwohl doch ganz viele Menschen jetzt dort in ihren Betten liegen. Wenn in all dem von den Laternen nur spärlich erhellten Dunkel irgendeine Gestalt auftaucht, traut man der gleich sonst was zu. Dieselbe Straße bei Tag und bei Nacht, das sind zwei ganz verschiedene Welten.

Onkel Köbbe wohnt in der Nähe vom Kammergericht, worüber gern gespottet wird, weil bei ihm der Richter sozusagen ständig vor der Tür steht. Der Weg zieht sich hin. Erst die ganze Neue, dann die lange Alte Jacobstraße hinunter, an der Reichsdruckerei und der Reitbahn vorüber, bis endlich links die Simeonstraße kommt. Dort, Nr. 4, dritter Stock, wohnt er, der Journalist Jacob Jacobi.

Die Haustür wird schon abgeschlossen gewesen sein, nicht anders als in der Schönholzer Straße, doch hat Onkel Köbbe sie bestimmt wieder aufgeschlossen. Denn rufen, das darf er nicht, und kleine Steinchen ans Fenster werfen ist schwierig, wenn einer im dritten Stock wohnt. Die Scheibe zu treffen, ist nicht ganz einfach, und so kräftig zu werfen, dass das Steinchen hoch genug fliegt, aber nicht dermaßen kräftig, dass die Scheibe zerspringt, das ist ein kleines Kunststück.

Die Nr. 4, da ist sie! Und wie schon erwartet, die Haustür lässt sich aufklinken. Vorsichtig tastet David sich durch das dunkle, nur durch wenige Fenster mondlichterhellte Treppenhaus. Hier gibt es noch keine Elektrizität wie bei den Sinitzkis oder Gaslicht wie bei Onkel August, hier muss, wer spät kommt oder geht, eine Kerze oder ein Zündholz bei sich haben, nicht anders als in der Neuen Jacobstraße.

Dritte Etage rechts wohnt Onkel Köbbe. Es sind nur Stube und Küche, doch hat er sich seine kleine Wohnung sehr gemütlich eingerichtet, obwohl man vor lauter Bücher- und Zeitschriftenstapeln kaum auftreten kann.

Er klopft leise und sofort nähern Schritte sich der Tür.

»Wer?«, fragt Onkel Köbbe.

David juckt es, irgendwas Lustiges zu antworten – »die Mitternachtspost« oder »Graf Koks von der Gasanstalt« –, doch dann flüstert er nur seinen Namen. Onkel Köbbes Vorsicht ist berechtigt. Es sind schon viele Journalisten, Schriftsetzer und Drucker verhaftet worden, nur weil in einem Artikel etwas stand, was der Obrigkeit nicht gefiel. Außerdem besuchen Onkel Köbbe oft Leute, die ebenfalls gefährdet sind. Steht jemand Falsches vor der Tür, können er oder sein Besuch durch das Küchenfenster verschwinden. Davor gibt es einen Mauervorsprung, auf dem man bis zum Dach des nur zwei Stockwerke hohen Nachbargebäudes laufen kann. Und welcher Blaue oder Zivilpolizist rechnet schon damit, dass einer, der im dritten Stock wohnt, durchs Küchenfenster flüchtet?

Die Tür wird geöffnet und breit und wuchtig steht Onkel Köbbe vor ihm. Das Hemd wegen der noch immer anhaltenden Hitze weit offen, in seinem jungenhaften Gesicht mit dem stets akkurat gestutzten blonden Kinnbart ein freudiges Lächeln.

»Wusst ich's doch, dass du mitmachst«, sagt er zufrieden, als er die Tür geschlossen hat.

David will sagen, dass er gern gekommen ist, verstummt aber sofort. Onkel Köbbe ist nicht allein. Sein Freund Nickel ist bei ihm, raucht eine von Onkel Köbbes starken, schwarzen Zigaretten und macht wie fast immer ein sehr ernstes, fast düsteres Gesicht. Neben ihm, im Dämmerlicht der kleinen Petroleumlampe mit dem grünen Schirm, sitzt eine junge Frau, die ebenfalls raucht. Sie hat langes, braunes, zu einem schweren Zopf zusammengeflochtenes Haar, eine schmale, leicht gebogene Nase und sehr aufmerksam blickende, dunkle Augen. Über dem grünen Friesrock trägt sie trotz der sich in der Wohnung stauenden Hitze eine blau-grün karierte Jacke.

»Das ist mein Neffe David«, stellt Onkel Köbbe ihn der jungen Frau vor. »Und diese dir noch unbekannte junge Dame, lieber David, ist Larissa Matwejewna Koslowa. Oder besser: meine Lissa und vielleicht auch bald deine Lissa – nämlich deine *Tante* Lissa!« Er lacht. »Ja, ja, junger Mann, auch dein Onkel Jacob träumt von einem ruhigen Hafen! Mach dich damit vertraut, dass du nicht ewig meiner Eltern einziges Enkelkind bleibst.«

Ein Scherz, der dieser Lissa nicht gefällt. »Was du nur immer redest!«, schimpft sie, während sie David die Hand reicht, um ihn mit einem für eine Frau ungewöhnlich festen Händedruck zu begrüßen. »Nachher glaubt der Junge das noch.«

Eine Russin! Der Name hat es David schon verraten, ihre Stimme bestätigt es. Zwar spricht sie ein perfektes Deutsch, muss also schon lange in Deutschland leben, aber ihr Tonfall, dieses Gutturale in der Stimme, klingt fremd.

Da sagt Onkel Köbbe es auch schon: »Lissa kommt aus Moskau, ist aber inzwischen schon eine echte Berlinerin. Ihre Eltern und sie haben sich mit dem Zaren und seinen Ministern nicht besonders gut verstanden, so mussten sie, bevor man sie festsetzen konnte, in westlichere Gefilde entfliehen.«

David nickt nur still und gibt auch Onkel Köbbes Freund Nickel die Hand, den er schon ein paar Mal hier getroffen hat und der ihn jedes Mal neugierig macht. Er hat einen verkrüppelten Fuß, dieser Nickel, einen sehr runden, von einem wild wuchernden, kartoffelfarbenen Vollbart umrahmten Borstenkopf und viel zu kleine, durch eine starke Brille sehr vergrößerte Augen und heißt eigentlich Nikolaus Patzke. Die beiden Männer kennen sich seit ihrer Kindheit, und bevor sie Freunde wurden, hatte der zwei, drei Jahre ältere, viel größere und stärkere Nickel den kleinen Köbbe gern verhauen – und das nur, weil Onkel Köbbe bei allen Kindern so viel beliebter war als er und auch nicht einer so armen Familie entstammte wie der Lumpenhändlersohn mit den vielen Geschwistern. Doch dann soll Onkel Köbbe mal für ihn eingetreten sein, als er von einem sehr viel älteren Jungen gequält wurde und wegen seines verkrüppelten Fußes nicht schnell genug weglaufen konnte.

Seither, so heißt es, sind die beiden allerbeste Freunde, und es vergehen keine zehn Tage, ohne dass der Nickel bei Onkel Köbbe aufkreuzt, um sich mit ihm zu unterhalten. Oft streiten sie dann heftig miteinander, aber nie schickt Onkel Köbbe seinen Freund Nickel fort. »Er poltert nun mal gern, der Nickel, doch ist er kein schlechter Kerl«, verteidigt er ihn. »Außerdem hat er im Leben so viel Pech gehabt, dass es niemanden wundern darf, wenn er hin und wieder die Geduld verliert. Wer immerzu geschlagen wird, den juckt es eben, mal zurückzuschlagen. Sein Zorn und sein Hass aber sind zielgerichtet und so aller Ehren wert.«

Ja, so empfindet es auch David. Irgendwie ist der Nickel von einem furchtbaren Zorn erfüllt. Wenn er mit Onkel Köbbe streitet, gestikuliert er oft wild in der Luft herum und schimpft auf alle, die auf irgendeine Weise zu Wohlstand gelangt sind. Er verachtet die Welt, weil die Welt ihn verachtet, wie Onkel Köbbe diesen Zorn erklärt. Da die Welt aber über jede Verachtung durch einen so armseligen Kerl wie Nikolaus Patzke nur lache, wolle er, dass sie wenigstens Angst vor ihm hat, wenn sie ihn schon nicht ernst nimmt.

Streiten die beiden Freunde mal nicht, isst und trinkt der Nickel kräftig und singt danach lauthals Lieder, in denen Soldaten ihre Flinten wegwerfen, um sich ein gemütliches Leben zu machen, oder selbstherrliche Fürsten für ihre Arroganz und Grausamkeit böse bestraft werden. Er arbeitet auf dem Potsdamer Güterbahnhof, ent- und belädt Waggons. Eine schwere körperliche Arbeit, für einen Behinderten eigentlich unzumutbar, der Nickel aber, so Onkel Köbbe, sei trotz seines verkrüppelten Fußes so stark, zäh und gewandt, dass man ihn sogar zum Vorarbeiter gemacht habe. Auch gehe er zweimal in der Woche in den Arbeiterbildungsverein, um nachzuholen, was er in seiner Jugend versäumt hat.

Er ist kein Dummkopf, der Nickel, nur halten ihn viele dafür. Was ihn ärgert und weshalb er sich oft bemüßigt fühlt, diesen Irrtum aufzuklären. Und das besonders gern in einer verräucherten Kellerkneipe zwischen Brunnen- und Ackerstraße, in der sich Abend für Abend viele solcher Hitzköpfe treffen und die in der ganzen Stadt als »Dynamitkeller« verspottet wird. Onkel August hat deswegen keine gute Meinung vom Nickel. Helden und Banditen seien aus dem gleichen Teig gebacken, sagt er, und wirft seinem Bruder Köbbe vor, »Nickels Bäcker« sein zu wollen: »Aber warten wir mal ab, was aus deinem Backwerk geworden ist, wenn es aus dem Ofen kommt.«

»Nimm Platz!« Onkel Köbbe steckt sich eine neue Zigarette an, und so wird es für die Plakataktion noch zu früh sein. Still setzt David sich neben die junge Frau, die ihn über den sich sanft kräuselnden Rauch ihrer Zigarette hinweg freundlich anlächelt, verlegen lässt er den Blick schweifen.

Er mag Onkel Köbbes kleine, unordentliche Junggesellenwohnung mit den vielen Bücher-, Zeitungs- und Zeitschriftenstapeln, in der es immer nach geistiger Arbeit aussieht und in der stets und ständig zwei, drei leer getrunkene Teetassen und nicht weniger vollgequalmte Aschenbecher herumstehen. Auf dem kleinen Schreibtisch liegen viele verstreute Papiere, vollgekritzelt mit Onkel Köbbes rascher, flüchtiger Handschrift, sicher alles Entwürfe für Artikel, Flugblätter oder Reportagen. Über dem Schreibtisch hängt eine Fotografie – ein schmaler Mann mit grauem, an einigen Stellen schon weißem Haar, gepflegtem Spitzbart und hellen, nachdenklich blickenden Augen ist darauf abgebildet: August Bebel*, der bekannteste und beliebteste aller Sozialdemokraten; ein Mann, den auch die Großeltern, die Mutter und Onkel Fritz verehren und über den sogar Onkel August noch nie etwas Schlechtes gesagt hat. Sohn eines preußischen Unteroffiziers ist er und von Beruf Drechslermeister und doch hat er schon mehrere Bücher geschrieben.

Natürlich, verglichen mit dem riesigen Bismarck, der sich gern im langen, hellblauen Rock mit dem gelben Kragen der Halberstädter Kürassiere ablichten ließ und dessen Foto noch immer im Klassenzimmer hängt, obwohl er ja nun schon seit Monaten nicht mehr Reichskanzler ist, wirkt der kleine Bebel in seinem schwarzen Magisterrock eher unbedeutend. Wie ein »Räuberhauptmann« aber sieht er nicht aus, auch wenn Dr. Savitius ihn oft so nennt, eher wie ein Gelehrter oder Dichter …

Die Diskussion der drei am Tisch, die vor dem mit einer Decke zugehängten, geschlossenen Fenster sitzen, damit niemand zuhören kann, was hier geredet wird, ist lauter geworden.

»Nein!« Onkel Köbbe pocht so heftig auf den kleinen, runden Tisch, dass die Teetassen klappern und im Aschenbecher die Zigarettenasche hochwirbelt. »Wir dürfen uns nicht provozieren lassen! Das wollen sie doch gerade: uns auf die

Barrikaden treiben, damit sie uns als schieß- und rauflustige Gesellen hinstellen können! Fallen wir darauf herein, dürfen sie das Militär gegen uns hetzen, und dann sind wir, um uns zu verteidigen, ebenfalls gezwungen, zur Gewalt Zuflucht zu nehmen. – Menschenskind, Nickel, wir müssen den Staat auf klügere Weise verändern! Durch Kritik, Offenheit dem Volke gegenüber und Mitwirkung! Wir sind es doch, die die besseren, menschlicheren Ideen haben. Deshalb werden wir uns eines Tages auch durchsetzen. Auf jeden Fall aber müssen wir eine friedlich-freiheitliche Partei bleiben.«

Er zieht an seiner Zigarette, als wolle er sie mit einem Zug zum Verglühen bringen, streift die Asche ab und fährt genauso leidenschaftlich fort: »Was wir vorhaben, das ist doch nicht mehr und nicht weniger, als an der Erdachse zu rütteln, um sie zugunsten der Benachteiligten und Unterdrückten zu verschieben. Mit kleinen Scharmützeln bewegen wir nichts. Erst einmal müssen die, für die wir da sein wollen, erkennen, was gut für sie ist und was schlecht. Die heute Regierenden flößen ihren Völkern Furcht ein, um sie niederzuhalten. Willst du auf die gleiche Weise verfahren? Nein, auf demokratischem Weg müssen wir die Mitbestimmung erkämpfen! Die stetigen Stimmengewinne der letzten Jahre haben doch bewiesen, dass dies die einzig richtige Strategie ist. Oder haben ihnen all die Steine, die sie uns in den Weg legten, und all die Fallgruben, die sie uns schaufelten, etwas genützt?«

Nickel hat nur voller Ungeduld zugehört. »Immer dasselbe!«, bricht es nun aus ihm heraus. »Immer nur reden, fordern, deklarieren, Plakate kleben und Flugblätter verteilen. Als ob mit Bitten, Betteln und Beten je ein wirklicher Fortschritt erreicht wurde. Eure großen Worte sind doch nur Zuckerstreusel auf einem ungenießbaren Kuchen. Damit blast ihr den Leuten Nebel in die Köpfe, aber ihr verändert nichts. Solange wir die braven, dummen Arbeitsbienen abgeben, bleiben die da oben die fett gefressenen Raubwespen. – Nee, Köbbe, eine soziale Befreiung, ohne dass wir uns zuvor politisch befreien, wird es nicht geben. Wer darauf setzt, träumt.«

Er atmet erregt, seine Augen flackern, jedes zweite Wort unterstreicht er mit kräftigen Handbewegungen. »Was ihr wollt, das ist nichts weiter als ein billiger Almosensozialismus. Dabei kommt es doch darauf an, die Einteilung der Welt in Ausbeuter und Ausgebeutete zu beseitigen. Weniger reden, mehr handeln, das müsste auf der Tagesordnung stehen. Was sind wir Arbeiter denn für unsere Herren, solange wir uns so untertänig verhalten? Nischt sind wir! Sie brauchen uns bloß für ihre Fabriken, Gutshöfe und Kriege. Und gehen wir in ihren Kriegen zugrunde oder weil wir die Knochenarbeit nicht länger aushalten, winken sie nur ab – weg mit Schaden, der Nächste bitte!« Mit verächtlicher Miene schüttelt er den Kopf. »Nee, Köbbe, die da oben wissen ganz genau: Wir, das Volk, sind wie Gras, sie können uns niedertreten, so oft sie wollen, wir wachsen immer wieder nach.«

»Aber Nickel!« Das kann auch Lissa nicht unwidersprochen lassen. »Willst du etwa mit Mord und Totschlag die Welt verbessern? Wer so etwas versucht, der kegelt mit dem Teufel, wie man bei uns in Russland sagt.«

»Ja, und du? Glaubst du etwa, dass Bitten, Eingaben und Ermahnungen die wirksameren Waffen sind? Wann hat die Obrigkeit sich denn jemals von dem Geschwätz irgendwelcher Prediger beeindrucken lassen?« Mit nervösen Händen drückt Nickel seine Zigarette aus, um sich gleich darauf eine neue anzuzünden. »Wer, liebste Lissa, will denn schon Mord und Totschlag? Doch genau das geschieht jeden Tag in den Elendsquartieren der Städte und Dörfer! Einfach, weil die Bedingungen, unter denen viele von uns leben müssen, Mord- und

Totschlagbedingungen sind. – Nee, liebe Leute, seit 1848, über vierzig Jahre lang, haben wir vergebens an fest verschlossene und mehrfach verriegelte Türen geklopft. Es ist, verdammt noch mal, an der Zeit, die Türen aufzubrechen. Aber wie soll das gehen, ganz ohne Gewalt? Es ist doch immer der Unterdrücker, der die Art und Weise des Kampfes bestimmt. Dem Unterdrückten, der sich ja nur zur Wehr setzt, bleibt doch gar nichts anderes übrig, als diese Methoden zu übernehmen. Wie willst du einen Miststall säubern, ohne dich dabei dreckig zu machen?«

Auf Lissas Stirn bildet sich eine tiefe, energische Falte. »Aber du wirst dabei doch nicht nur dreckig! Du besudelst dich mit Blut.«

»Na und? Ist's denn meine Schuld? Bin ich es, der das Unrecht verwaltet?« Nun zittern Nickel die Hände noch stärker. »Zwölf Jahre lang hat man uns wegen Aktionen verfolgt, die nicht auf unserem Mist gewachsen sind! Was ist so schlimm daran, wenn wir wirklich mal zuschlagen? – Ach, ihr Moralapostel, ihr lebt ja auf dem Mond! Begreift ihr denn nicht, solange wir denen, die uns ausbeuten, nicht auf die Finger hauen, lachen die über uns. Waffen müssen her – und dann: Revolution! Was soll diese ewige Angst vor der Gewalt? Die, die unsere Kinder verhungern lassen, üben doch eine viel furchtbarere, täglich überall zu besichtigende Gewalt aus … Nee, lieber verbrennen als verdorren! Nur nicht ewig der Ochse sein, der still im Geschirr geht und zieht, während der auf dem Wagen ihm lustig eins mit der Peitsche überzieht.«

»Schöner Vergleich!« Onkel Köbbe schnaubt ärgerlich. »Aber ändern wirst du mit deinem Heldentod und dem sehr vieler anderer, die du vielleicht mitgerissen hast mit deinen Barrikadengesängen, kaum etwas. Du wirst nur dein Gewissen belasten.«

»Oh, Gott!« Jetzt springt er auf, der Nickel, und hinkt, groß und hager, wie er ist, im Zimmer auf und ab, als würde ihm jedes weitere Stillsitzen körperliche Schmerzen verursachen. »Was schwatzt ihr nur so altbacken daher, du und deine kluge Lissa! Man könnte meinen, ihr kommt geradewegs aus der Kirche ... Aber natürlich, der Herr Journalist und die Frau Lehrerin sind ja nicht betroffen von all dem Elend, haben keine Schwielen an den Händen und mehr zu fressen als jeden Tag nur Hering mit faulen Kartoffeln oder Brotsuppe. Doch genau darum geht es: Brot oder Tod ...«

David hat schon öfter mal zuhören dürfen, wenn die beiden Freunde miteinander stritten, jetzt, in dieser Dreierrunde, prallen die gegensätzlichen Standpunkte noch heftiger aufeinander. Vielleicht weil eine junge Frau mit am Tisch sitzt und keiner der beiden Männer vor ihren Augen den Kürzeren ziehen will?

Ja, und diese Lissa ist also Lehrerin? Damit ist klar, weshalb ihr nicht gefiel, mit welchen Worten Onkel Köbbe sie vorstellte. Lehrerinnen dürfen nicht verheiratet sein, so wird sie, falls sie nicht ihren Beruf aufgibt, nie seine Tante werden. Aber dass Onkel Köbbe überhaupt davon gesprochen hat? Und sogar Kinder haben will? Bisher hat er seine »Bekanntschaften« immer recht schnell gewechselt. Mal war er mit einem Fräulein Lotte aus der Schmidstraße liiert, mal mit einer Minni, die am Leipziger Platz in einem Büro arbeitete, mal mit einer blonden Hildegard aus Treptow, an eine Hochzeit oder Kinder aber hat er zuvor noch nie gedacht. »Du verliebst dich so oft, weil du für keine Frau so etwas wie wahre Liebe empfindest«, zieht die Mutter ihn gern auf. »Und warum? Weil du dein Herz längst vergeben hast – an dein Tintenfass!«

»Du willst also die Revolution«, sagt Lissa nun, nachdem

alle drei eine Weile nur schweigend geraucht haben. »Alles wie 1789 in Frankreich, als die Köpfe wie Steckrüben rollten? Ja, weißt du denn überhaupt, wovon du redest? Die Herren Revolutionäre aus dem vorigen Jahrhundert haben sich am Ende doch gegenseitig abgeschlachtet. Und warum? Weil jeder glaubte, alle strittigen Fragen allein auf dem Wege der Gewalt lösen zu können. – Nein, Nickel, jede Gewalt kennt nur einen einzigen wirklichen Rechtfertigungsgrund und der heißt Notwehr!«

»Ha!«, braust Nickel da gleich wieder auf. »Und wo beginnt sie, deine Notwehr? Erst wenn dir einer das Messer an die Kehle setzt? Oder vielleicht bereits dann, wenn du zusehen musst, wie Kinder den Hungertod sterben?«

»Sie beginnt beim hungernden Kind«, antwortet Lissa ruhig. »Aber ist diesem Kind geholfen, wenn sein Vater auf einer Barrikade fällt oder selbst zum Totschläger wird? – Was wir wollen, Nickel, ist doch auch eine Revolution. Nur eben keine bewaffnete. Ich sage es noch einmal: Wir wollen das alte Denken ausrotten und nicht die Menschen, die diesem Denken verhaftet sind. Irgendwann sickert das Wasser auch durch das dickste Mauerwerk, wir müssen es nur immer hübsch am Fließen halten.«

Aber nein, auch diese Worte überzeugen Nickel nicht. Er ist nur müde geworden, winkt ab und lächelt trübe. »Na, dann setzt mal schön weiter auf die ferne Zukunft. Ich behalte mir vor, etwas ungeduldiger zu sein.«

Wieder wird geschwiegen und David muss an den Großvater denken. Seine Eichen! Auch er setzt all seine Hoffnungen auf die Zukunft. Ist Nickel wirklich nur zu ungeduldig, oder hat er recht, wenn er sagt, dass die Not längst groß genug und damit jede Notwehr erlaubt ist?

Onkel Köbbes Wanduhr schlägt. Ein Uhr morgens. Doch

seltsam, nun fühlt David sich gar nicht mehr müde. Je länger er dieses Gespräch verfolgte, desto munterer wurde er. – Brot oder Tod! Wie furchtbar das klingt! Es muss etwas geschehen, darüber sind die drei am Tisch sich einig. Nur über den Weg streiten sie. Aber weiß er, David, wer recht hat? Wer will denn schon Blutvergießen! Doch wenn gar nichts anderes hilft?

Lissa seufzt, steht auf und dreht die Petroleumlampe etwas herunter. Danach tritt sie ans Fenster, nimmt die Decke ab und öffnet es weit. Durch die viele Qualmerei ist die Luft im Raum so dick, dass sie sich zum Schluss kaum noch erkennen konnten. Jetzt ist ihr politisches Gespräch beendet; was nun geredet wird, darf jeder hören.

Schwülwarme Luft dringt in die kleine Stube, nur zögernd ziehen die Rauchschwaden ab. Ein Weilchen bleibt Lissa noch am Fenster stehen, um still in die Nacht hinauszublicken, und David beobachtet sie. Dass Frauen rauchen, gilt als unschicklich und passiert deshalb eher selten – Tante Mariechen und ihre Pfeife ist eine der ganz wenigen Ausnahmen –, Onkel Köbbes Lissa jedoch hat nicht weniger geraucht als die beiden Männer.

Zurück am Tisch, zieht sie ihre Jacke aus, unter der sie eine weiße, steif gestärkte Bluse trägt, die ihr gut steht, und legt Nickel ihre schmale, feingliedrige Hand auf den Arm. »Stimmen wir also darin überein, dass wir mal wieder nicht übereinstimmen, ja? So trennen wir uns nicht im Zorn.«

»Alles wie immer!« Auch Onkel Köbbe nickt seinem Freund friedlich zu. Der verzieht sein rundes Gesicht mit dem struppigen Kartoffelbart zu einer komischen Grimasse. »Hab mal irgendwo gelesen, der wahre Adel liegt im Verzeihen. Also gut, ich verzeihe euch eure naiven Belehrungs- und Bekehrungsversuche.«

Es wird gegrinst und gelacht und einander zugenickt, dann erhebt der Nickel sich. »Wird Zeit. Den bösen Wolf zieht's in die Wälder.« Nachdenklich blickt er David an. »Und was ist mit dem Junior? Geht er mit mir?«

»Nein!«, antwortet Onkel Köbbe flüsternd, da ja nun das Fenster offen steht. »Er geht mit Gottlieb. Du triffst dich mit den anderen am Depot, der kleine Hubert ist dein zweiter Mann. Ich selber«, betrübt verzieht er das Gesicht, »bin ja mal wieder zum Nichtstun verdammt.«

»Na, na!« Lissa nimmt seine Hand und streichelt sie, als wäre er noch ein Kind und sie müsse ihm einen Schmerz wegpusten. »Von dir stammt schließlich der Text. Das ist doch auch etwas. Außerdem ist es deine eigene Schuld. Wärst du nicht ein so guter Schreiber und deshalb so wichtig für uns, dürftest du dich unters Fußvolk mischen.«

Dankbar küsst Onkel Köbbe sie auf die Wange, dann begleitet er den Freund zur Tür. Gelegenheit für David, endlich auch einmal etwas zu sagen. »Sie sind Lehrerin?«, fragt er Lissa vorsichtig. »An welcher Schule denn?«

»An einer Kreuzberger Mädchenschule. Leider nicht auf einem Mädchen*gymnasium*.« Achselzuckend lächelt sie ihm zu. »Weil es die ja bekanntlich noch nicht gibt.«

Das Letzte hat Onkel Köbbe noch mitbekommen. Stolz erklärt er David, dass das mit der Mädchenschule nicht die ganze Wahrheit sei. »Lissa unterrichtet auch im Arbeiterbildungsverein. Stell dir vor: Ein ganzer Saal voller Männer, alte und junge, kluge und dumme, dicke und dünne, darunter manche laut lospolternd, wenn sie etwas nicht verstehen, und mittendrin eine junge Frau, die mit ihrem Unterricht alle in ihren Bann zieht. Eine Tigerbändigerin im Zirkus hat's leichter. Tja, und womit schafft sie das? Mit jeder Menge Charme und Köpfchen! – Alle liegen sie vor ihr auf den Knien, die Herren der Schöpfung, alle beten sie an. Nur einen Einzigen aus der Gilde der holden Männlichkeit aber hat sie erhört – deinen Onkel Köbbe!« Er grinst. »Das aber nur, weil ich keiner ihrer Schüler bin. Mein größter Vorzug!«

»Jetzt ist's aber genug!« Sie lacht, greift sich eine der überall herumliegenden Zeitschriften und schlägt damit nach ihm. »Was soll David denn von mir denken? Außerdem birgt jedes Zuviel an Lob die spätere Enttäuschung bereits in sich.«

David lacht mit, hat aber das Gefühl, in diesem Moment sehr überflüssig zu sein. Onkel Köbbe bemerkt es. Gleich erzählt er, dass Lissa und er sich über Nickel kennengelernt haben. »Er ist einer ihrer Schüler. Als sie da im Unterricht mal einen meiner Artikel auseinandergenommen hat, hat er heftigst protestiert und ihr am Ende seiner Ausführungen erklärt, dass er mit mir befreundet ist. Weshalb sie mich über ihn zur Verteidigung meines Geschreibsels in ihren Unterricht eingeladen hat. Tja, und dabei ist's passiert! Kaum gesehen, schon geschehen! Hab sofort gewusst: Die oder keine.«

Wieder müssen alle lachen, dann fährt Onkel Köbbe im Flüsterton fort: »Aber noch mal zu Nickel. Hast ja mal wieder eine unserer beliebten Diskussionen mitbekommen. Doch musst du wissen, dass Nickel nicht der Einzige ist, dem alles zu langsam geht. Wir haben viele Nickels in unseren Reihen. Sie wollen die ungerechte Gesellschaft mit eisernem Besen beiseitefegen und begreifen nicht, dass das der falsche Weg ist. Doch muss man diese Ungeduld verstehen! Mein Nickel hat eben ein richtig großes Herz, auch wenn er es gern unter einer Kruste von Beschimpfungen versteckt.«

»Ja.« Lissa nickt. »Poltern oder Weinen, anders geht's bei ihm nicht. Und da er nicht weinen will, poltert er.«

Über den Nickel aber will David jetzt nicht mehr reden; er will wissen, wer denn dieser Gottlieb ist, mit dem zusammen er auf Tour gehen soll.

Als er das fragt, schließt Onkel Köbbe, bevor er antwortet,

erst mal sorgfältig das Fenster und hängt die Decke vor, während Lissa das Licht etwas höher dreht. »Du kennst ihn schon«, sagt er dann schmunzelnd. »Gottlieb ist unser Drucker. Hast ihm damals den Text für das Flugblatt gebracht. Passenderweise trefft ihr euch vor der Jacobikirche, und zwar in genau zehn Minuten. Danach trägst du den Eimer mit dem Kleister und streichst die Wände ein, während er die Plakate klebt. Werdet ihr entdeckt, wirfst du den Eimer fort und flitzt. Egal wohin und egal was mit Gottlieb passiert. Er handelt genauso. Besser sie nehmen nur einen fest anstatt zwei. Zwar ist die Gefahr nicht sehr groß, aber du weißt ja, der Zufall is'n Teufel. Er lauert hinter jeder Ecke, und hat er dich erst am Schlafittchen, kommst du so schnell nicht wieder von ihm los. Für den Fall aber beteuerst du laut und beleidigt, mit alldem nichts zu tun zu haben. Du hättest mit deiner Mutter Streit gehabt und wärst auf dem Weg zu deinem Onkel.« Traurig lächelnd hebt er die Hände. »Leider nicht zu mir, das würde dir nicht viel nützen. Zu Onkel August. Er weiß Bescheid. Und unsere schöne Nelly auch.«

»Onkel August weiß von der Aktion?« Jetzt ist David doch überrascht.

»So ist es, Euer Ehren!« Onkel Köbbe grinst, dass sich sein blonder Kinnbart noch mehr in die Breite zieht. »Hab meinem großen Bruder davon erzählt und er hatte – sieh an, sieh an! – nichts dagegen einzuwenden. Aber wie sollte er denn auch? Schließlich geht's ja auch um seinen Vater.«

## Alles Glück der Welt

Ja, David erkennt ihn wieder, den nicht sehr großen, breitschultrigen Mann mit den so hellwach blickenden, grauen Augen, den er an jenem Morgen nur so kurz gesehen, doch gut in Erinnerung behalten hat. Er erkennt ihn wieder, obwohl es vor der Jacobikirche nur eine einzige Laterne gibt und jener Gottlieb diesmal ganz anders gekleidet ist. Trotz der Hitze trägt er einen dunkelbraunen Rock, eine auf Falte gebügelte graue Hose und überaus blank geputzte, wenn auch für diese Aufmachung ein wenig zu derbe Schuhe.

Vergnügt lächelnd hält er David die Hand hin. »Vom Jacobi zur Jacobikirche, wenn das kein gutes Omen ist!« Dann wird er ernst und kommt sofort zur Sache: »Hör zu! Falls wir angehalten und nach unserem Woher und Wohin gefragt werden: Ich bin ein höchstseriöser Kaufmann namens Wilhelm Kufstein und du bist mein Sohn David. Es geht dir nicht gut und ich will dich ins Katholische Krankenhaus in der Großen Hamburger bringen. Schlimme Bauchschmerzen haste, kannste dir das merken?«

Erst Onkel Köbbe Magentabletten bringen, jetzt selber Bauchschmerzen haben. Lauter Krankengeschichten! Doch warum sollte er sich das nicht merken können?

»Gut! Das nur für den Fall, dass irgendein Blauer wissen will, warum wir die Nacht zum Tage machen. Ansonsten: Unser Einsatzgebiet liegt nördlich vom Alex, werden wir bei der Arbeit überrascht, müssen wir alle Verwandtschaft natürlich vergessen. Dann werfe ich meine Plakate weg und du Eimer und Pinsel. Und was du dann zu tun hast, ich glaube, darüber hat Köbbe schon mit dir gesprochen.«

»Ja.« David nickt. »Aber wo sind denn die Plakate?« Dieser Gottlieb steht da, als wäre er wirklich nur unterwegs, um seinen Sohn ins Krankenhaus zu bringen; keine Rolle mit Plakaten, kein Eimer, kein Pinsel.

»Aber Junge!« Jetzt spielt er den Entsetzten, der »Kaufmann« Gottlieb. »So was trägt man doch nicht mit sich herum. Ist ja gegen alle Regeln der Konspiration.« Und mit listiger Miene zieht er ein Augenlid herunter. »Alles gut versteckt, Monsieur! Wenn wir an unserem Nibelungenhort vorüberkommen, nehmen wir es ganz en passant mit.«

Um in den Norden der Stadt zu gelangen, müssen sie die ganze Innenstadt und danach das berühmt-berüchtigte Scheunenviertel durchqueren, von Dr. Savitius gern die Jüdische Schweiz genannt.

Hier, in den busch- und baumlosen Straßen mit den zumeist altersgrauen, oft bereits zerfallenen, nur zwei oder drei Stockwerk hohen Gebäuden, liegen eng nebeneinander viele kleine Läden, Gast- und Bethäuser. Fast alle Wände und Schaufenster sind mit hebräischen Buchstaben beschriftet und tagsüber gibt es in diesem Stadtteil ein lebhaftes Hin und Her. Heftig miteinander schwatzende Frauen spazieren auf und ab, ärmlich angezogene Kinder spielen irgendwelche Ball-, Lauf-, Hüpf- und Springspiele, Straßenhändler preisen Bilder und Möbel an und Hausierer ziehen durch die engen Gassen; Tischtücher, Handtaschen, Hosenträger, Schnürsenkel, Kragenknöpfe, Schürzenbänder, Schuhsohlen und sogar Damenunterwäsche bieten sie an.

Besonders auffällig aber sind die vielen Schlachtereien, vor denen zu beobachten ist, wie die jüdischen Schlachter auf blutbesudelten Hackklötzen Fleischseiten zerteilen, die alle irgendwelche Stempel tragen – Beweis dafür, dass das Fleisch koscher* ist, weil die Tiere nach rituellen jüdischen Gesetzen und unter der Aufsicht von Rabbis geschlachtet wurden. Um die Hackklötze herum stehen ständig ein paar ältere Frauen mit schweren Perücken auf den Köpfen, die keinen Blick von dem Hackebeil wenden. Aber passen sie auf, dass ihnen nur ja keine unreine Ware untergeschoben wird, oder befürchten sie, dass mit dem Gewicht geschummelt wird? Das haben Utz und David, die eine Zeit lang gern durch dieses Viertel gestreift sind, weil sie sich hier wie in einer anderen Welt fühlten, nie herausfinden können.

Onkel Köbbe hat mal eine Reportage über diese Gegend veröffentlicht. Westlich des Scheunenviertels, so berichtete er, habe er sich nicht wohlgefühlt. Dort, rings um die Mulackstraße, hätte sich die Unter- und Halbwelt eingerichtet, schlimmste Verbrecher und die ärmsten Huren lebten dort. Im Scheunenviertel hingegen habe er sich zwar fremd, aber nicht abgestoßen gefühlt. Fast alle, die hier lebten, seien in den letzten zwanzig Jahren aus Russland oder Galizien zugezogen und träumten von einer Weiterreise nach Amerika. Armut, Verfolgungen und Pogrome hätten sie aus ihrer Heimat vertrieben, im mietpreisbilligen Scheunenviertel hätten sie ein neues Zuhause gefunden. Und hier, so Onkel Köbbe, würden die meisten wohl auch hängen bleiben, da sie das Geld für die geplante Weiterreise nach Amerika nicht zusammenbekämen.

Scheunen haben Utz und er während ihrer Streifzüge nicht mehr zu Gesicht bekommen, egal wie viele Stunden sie unterwegs waren, um dieses fremdartige, quirlige Treiben zu betrachten. Doch haben sie viel gestaunt! Da waren die Kellner in den zahlreichen kleinen, alle mit dem Davidstern gekennzeichneten Gasthäusern und Restaurants, die mit seidenem Käppchen auf dem Kopf von Tisch zu Tisch flogen, als hätten sie Schlittschuhe unter den Füßen, da waren die unzähligen Schneiderstuben, hinter jedem Schaufenster ein Meister Zwirn auf seinem Tisch oder hinter der Nähmaschine, der, während er arbeitete, neugierig auf die Straße hinausblickte. Dann die Auslagen der Bäckerläden. Solches Gebäck hatten sie noch nie zuvor gesehen, fast alles mit Mohnsamen oder Kümmel bestreut, die meisten Brote aus schwarzem Teig gebacken. Vor dem Hotel *Kaiser Franz Joseph* mit dem rot angestrichenen, bereits abblätternden Putz studierten sie ewig lange die Tafel, auf der der Besitzer stolz verkündete, seinen Gästen einen königlichen Empfang zu bereiten und nur sehr kulante Preise zu berechnen, egal ob für Zimmer oder Bett. Sie wollten es einfach nicht glauben. Konnte man in diesem Hotel denn nur ein Bett mieten? Ohne Zimmer? Das bedeutete ja, dass in einem Raum mehrere Betten standen und dass, wer ein solches Bett mietete, sich dieses Zimmer mit mehreren anderen, sicher oft völlig fremden Leuten, teilen musste.

Interessante Studienobjekte waren auch die vielen alten und jungen Männer in ihren langen, schwarzen, oft schon sehr zerschlissenen Kaftanen, Mänteln oder Röcken, die einen ebenfalls schwarzen, breitkrempigen Samthut oder eine Melone auf dem Kopf trugen. Den Gebetsriemenbeutel unter dem Arm, standen sie in Grüppchen beieinander und diskutierten irgendwas. Manche trugen lange, andere mittellange oder kurze Schläfenlocken und die meisten zierten tief herabhängende, zweizipflige, schwarze, graue oder weiße Bärte. Gingen Utz und er an einer solchen Gruppe vorüber, blickten ihnen einige der Männer jedes Mal genauso neugierig nach, wie sie zu ihnen hingeschaut hatten.

Ja, so sieht es tagsüber hier aus! Jetzt, mitten in der Nacht, liegen die engen Gassen wie ausgestorben still unter dem Mond. Fast ein wenig unheimlich ist sie, diese düstere Ruhe, die die beiden Stadtwanderer empfängt und begleitet.

Gottlieb ist lange nur schweigend neben David hergegangen, nun sieht er ihn aufmerksam an. »Kennste dich aus in dieser Gegend? Wenn du flitzen musst, hier gibt's herrlich viele Ecken und Nischen, in denen du dich verstecken kannst.«

»War schon ein paar Mal hier.«

»Aha!« Gottlieb hebt die Augenbrauen. »Und? Fürchtest dich nicht vorm schwarzen Mann?«

Seltsame Frage! Wen meint Gottlieb damit? Die Juden? Weil sie fast immer schwarz gekleidet sind? Oder geht es ihm um den »bösen Mann«?

Gottlieb erklärt ihm, worauf er hinauswill. »Vieles ist unsereinem hier doch sehr fremd ... Da gibt's nur zwei Möglichkeiten, entweder es stößt ab – oder es macht neugierig. Das ist wie mit dem Essen. Die einen essen nur, was sie schon von Kindesbeinen an kennen, andere wiederum haben große Lust darauf, auch mal von fremden Gerichten zu kosten. Mit fremden Menschen, fremden Sitten, Gebräuchen und Religionen ist's ähnlich.«

»Bin eher neugierig.«

»Gut so!« Gottlieb grinst. »Hätte mich auch sehr gewundert, wenn es anders wäre – bei der Familie!«

Ein hoher Busch unweit der *Königstädter Actien-Brauerei*. Gottlieb bleibt stehen und blickt sich um. Als er niemanden entdeckt, der sie beobachten könnte, verschwindet er in dem Busch, drückt David gleich darauf Eimer und Pinsel in die Hände und taucht wenig später mit einer Papierrolle unter dem Arm und einer Bürste in der Hand erneut auf.

»So!«, sagt er munter. »Los geht's!« Und schon überquert er die Straße, tritt auf die nächste Hauswand zu und weist mit der Bürste auf eine freie Fläche direkt neben der Ladentür eines Seifengeschäftes. »Nun beweisen Se mal Ihr Können, Meister Kleister.«

Auch David will sich zuvor vorsichtig umblicken. »Lass

das!«, beruhigt ihn Gottlieb. »Du musst nichts befürchten. Während du die Wand einstreichst, behalte ich die Gegend im Auge. Bist du fertig und ich kleb das Plakat an, drehst du mir den Rücken zu und hältst Ausschau. Deshalb arbeiten wir ja zu zweit, auf diese Weise können wir nicht überrascht werden.«

Da taucht David, ohne noch länger zu zögern, den Pinsel in den Kleister und streicht die Hauswand damit ein.

»Das genügt«, flüstert Gottlieb schon nach kurzer Zeit. »Geh sparsam damit um, der Eimer füllt sich nicht von selbst. Und pass auf, dass dir kein Kleister auf die Kleidung tropft oder an den Fingern hängen bleibt. Sonst kannste im Fall der Fälle lügen, so viel du willst, du trägst die Beweismittel, die dich überführen, selbst mit dir rum.«

Hinweise, die Davids Herz schneller klopfen lassen. Schwer atmend vor Aufregung lässt er von der Wand ab und behält an Gottliebs Stelle die Straße im Auge.

Gottlieb arbeitet ganz ruhig, klebt das weiße Plakat mit den schwarzen Buchstaben an der Wand fest und streicht es danach mit der Bürste glatt.

David würde gern lesen, was auf dem Plakat steht – ist ja mal wieder ein Text von Onkel Köbbe –, doch darf er sich nicht ablenken lassen, muss immer wieder nach links und nach rechts blicken. Nur die Überschrift bekommt er mit: *Freiheit für alle politischen Gefangenen.*

»Na, siehste!« Gottlieb nickt zufrieden. »Klappt doch ganz gut mit uns beiden Gesetzesbrechern! Auf zum nächsten Streich!«

In der Lottum- und in der Christinenstraße, auch am Teutoburger Platz, direkt gegenüber von Onkel Augusts Praxis, kleben sie ihre Plakate, dann nehmen sie sich die Choriner Straße vor, biegen in die Schwedter ein und bearbeiten alle Straßen rund um die Zionskirche. Danach geht es die lange Kastanienallee hoch bis zum Pratergarten und alles läuft wie geschmiert. Erst als sie in die breite Schönhauser Allee eingebogen sind, um wieder in die Stadtmitte zurückzugelangen, müssen sie für einige Zeit in den Schatten eines Haustors verschwinden. Gegenüber der *Schultheiss-Brauerei*, direkt vor dem Vaudeville-Theater, steht ein Schutzmann. Er sieht sie nicht, weil er sich bemüht, trotz der nur schwach funzelnden Gaslaterne die leicht bekleideten Schauspielerinnen und Artistinnen auf den Fotos in den Schaukästen zu betrachten, doch könnte er sich jeden Moment zu ihnen herumdrehen.

»Keine Sorge! Der ist in Gedanken ganz weit verreist!« Gottlieb lacht. »Der würde nicht mal mitbekommen, wenn hinter ihm der Mond auf die Erde stürzt.«

Und richtig, als der Blaue weitergeht, hält er den Kopf mit der Pickelhaube so hoch erhoben, als sehe er die halb nackten Damen auf den Fotos in Gedanken noch immer vor sich. Sie warten, bis die Dunkelheit ihn geschluckt hat, dann kleben sie auch an die gelbe Backsteinmauer der Brauerei eines ihrer Plakate.

David findet die ganze Aktion inzwischen eher lustig. Warum die Großmutter nur solche Befürchtungen hatte! Die Straßen sind so gut wie menschenleer, niemand stört sie bei ihrem Tun.

Dann, an der Ecke Wörther Straße, kurz vor dem Jüdischen Friedhof, passiert es. David ist noch mit dem Einstreichen der Wandfläche beschäftigt, als Gottlieb ihn plötzlich anstößt. »Weg! Nichts wie weg!« Und damit wirft er auch schon die restlichen Plakate und die Bürste fort und hastet in die Wörther Straße hinein.

David erstarrt: Nicht weniger als drei Blaue kommen auf ihn zugelaufen! Einer von links, einer von rechts, einer von vorn. Gottlieb ist dem, der ihm aus der Wörther Straße entgegenkam, geschickt ausgewichen, doch der, ein Hüne von Gestalt, läuft ihm nicht nach. Das Bürschchen mit dem Eimer, so scheint er zu denken, das kriegen wir zu dritt ganz bestimmt. Und haben wir den, haben wir auch den anderen.

All das schießt David in Sekundenschnelle durch den Kopf, und sofort weiß er, was er tun muss. In wilder Entschlossenheit stürmt er auf den Kleinsten der drei Schutzmänner zu. Der – er hatte wohl damit gerechnet, ihm nachlaufen und ihn am Kragen packen zu müssen – bleibt vor Überraschung stehen. »Halt!«, schreit er und breitet beide Arme aus. David aber wird nicht langsamer; er stürmt auf den kleinen Polizisten zu, als wolle er ihn einfach umrennen.

»Stehen bleiben!«, ruft der Blaue noch einmal und reißt vor Schreck die Augen auf. Doch da ist David schon heran, schleudert ihm mit voller Wucht den Eimer mit dem Rest Kleister an den Kopf und den Pinsel hinterher und stürzt an ihm vorbei die Schönhauser Allee hinunter. Er hastet am Jüdischen Friedhof und an der *Königstädter Actien-Brauerei* vorüber, springt über die Lothringer Straße, biegt nach links in die Linienstraße und später rechts in die Dragonerstraße ein und hat damit das Scheunenviertel erreicht, ganz wie Gottlieb es ihm geraten hat.

Keuchend presst er sich in einen Hauseingang und wartet. Der Schweiß, der ihm über den Körper rinnt, kitzelt auf der Haut, juckt im Nacken und läuft ihm in die Augen. Voller Anspannung auf die Schritte seiner Verfolger lauschend, nimmt er die Mütze ab und wischt sich die Stirn trocken. – Zu blöd, dass er die Mütze nicht zu Hause gelassen hat! Bei dieser Hitze. Doch war Großmutters Rat ja nicht schlecht, auch Gottlieb war der Meinung, dass Gymnasiasten, nicht anders als Kaufleuten, so schnell keine gesetzwidrigen Aktionen zugetraut werden.

Da! Stiefelschritte! Das müssen sie sein, die drei Schutzmänner! Also sind sie ihm trotz ihrer schweren Uniformen,

Säbel und Pickelhauben durch die schwülheiße Nacht bis hierher nachgelaufen? Doch wohin jetzt? Auf die Straße zurück kann er nicht, dann sehen sie ihn. Hier stehen bleiben kann er aber auch nicht, in jeden Torbogen, jede Haustürnische werden sie spähen ... Ach, wäre er doch nur weitergelaufen! Jetzt sitzt er in der Falle, denn die Haustür hinter ihm, die ist doch sicher abgeschlossen, jetzt, mitten in der Nacht.

Vorsichtig drückt er auf die Klinke – und dann durchrieselt es ihn so heftig, dass er beinahe laut aufgeschrien hätte: Was für ein Glück! Was für ein Riesenglück! Sie lässt sich ja doch öffnen ...

Rasch drückt er sie etwas weiter auf – und erschrickt erneut: Verdammt! Sie quietscht in den Angeln und das müssen die drei Blauen gehört haben. So wissen sie nun, wo er sich befindet ... Also vorwärts, die Mütze tiefer in die Stirn gezogen und hinein in die Stockfinsternis dieses Treppenhauses. Doch langsam, langsam, nur nicht stürzen! Irgendwo müssen die Stufen beginnen.

Die Treppe, hier ist sie! Vorsichtig nimmt er Stufe für Stufe, eine Hand immer am Treppengeländer. Doch knarren die Holzstufen so laut, als wollten sie sich einen Spaß daraus machen, ihn zu ärgern ... Und die Finsternis um ihn herum ist so undurchdringlich, dass sie förmlich auf die Augäpfel drückt ...

Die Haustür, die hinter ihm zugefallen ist, nun quietscht sie erneut. Also sind sie bereits im Hausflur ... »Halt, stehen bleiben!«, ruft da auch schon einer von ihnen, und ein anderer: »Komm zurück, Junge! Wo willste denn hin? Ist ja alles zwecklos. Wir kriegen dich ja doch.«

Ja, bestimmt kriegen sie ihn. Doch was gewinnt er, wenn er jetzt aufgibt? Immer weiter steigt David die Stufen hoch, hinter ihm die schweren Schritte der drei Männer, die zum Glück ebenfalls nicht schneller vorankommen. Sie fluchen, sind sich seiner aber sicher. Ihm bleibt ja nur eine einzige Möglichkeit – er muss aufs Dach hinaus, um über die Dächer weiterzufliehen. Doch müsste er dazu erst einmal in den Bodenraum gelangen und auch der ist in der Regel abgeschlossen.

Der letzte Treppenabsatz! In fliegender Hast tastet David die Wände ab, sucht die Tür zum Bodenraum. Der Schweiß rinnt ihm den Körper herunter, ihm ist zumute wie im entsetzlichsten Albtraum. Doch hat er keine Zeit, sich zu bedauern; er muss die Tür finden! Findet er sie und sie lässt sich öffnen, hat er noch eine Chance davonzukommen – lässt sie sich nicht öffnen, haben sie ihn in zwei Minuten am Kragen.

Die Tür! Da ist sie! Aber natürlich, eine Klinke hat sie nicht; Türen zu Bodenräumen haben nie Klinken, nur Schlüssellöcher und manchmal einen Griff zum Aufziehen. Mit beiden Händen tastet er über die Stelle hin, auf der er das Schlüsselloch vermutet – und dann kann er es kaum fassen: Der Schlüssel! Er steckt! Jemand hat den Schlüssel stecken lassen … Aus reiner Bequemlichkeit? Oder weil er ihn vergessen hat? Was geht es ihn an, alles Glück der Welt hat er in dieser Nacht für sich gepachtet!

Rasch dreht er den Schlüssel herum und öffnet die Tür. Und das im letzten Augenblick, denn nun sind die Schritte schon ganz nah; viel zu nahe, um noch genügend Zeit zu haben, den Schlüssel abzuziehen und die Tür hinter sich zu verschließen. Wie sollte er denn in dieser Finsternis so flink das Schlüsselloch finden? Er muss weiter vorwärts, raus aufs Dach! Doch jetzt hat er Pech – der gesamte Bodenraum ist mit feuchten Wäschestücken vollgehängt! Wie soll er da so schnell die Luke finden?

Mit aller Gewalt kämpft er sich durch die Wäsche, reißt runter, was ihn behindert – und dann hat er sie endlich entdeckt, die Dachluke, durch die der helle Mond seinen Gruß in diese

Finsternis schickt. Endlich wieder ein wenig Helligkeit; Licht verscheucht Gespenster, heißt es …

Da, der alte Korbsessel! Er schiebt ihn unter die Luke, und kaum hat er ihn bestiegen, kommen sie durch die Tür. »Bleib doch endlich stehen!«, rufen sie. »Oder glaubste, du kannst fliegen?«

Nein, fliegen kann er nicht! Aber laufen. Und springen. Sollen sie doch auf dem Dach Fangen mit ihm spielen! Er packt den Rand der Luke, zieht sich hoch und kriecht auf die noch sonnenwarme Dachpappe hinaus. Auch das im letzten Augenblick; einer der drei Schutzmänner war ihm schon ganz nah.

Erleichtert wischt er sich den Schweiß vom Gesicht – und greift sich gleich darauf voller Entsetzen an den Kopf: Seine Mütze! Wo ist seine Mütze? Er muss sie, als er sich durch die Wäschestücke kämpfte, verloren haben … Wie dumm! Damit war alles vergebens. Wenn die drei Blauen sie finden, wissen sie, wer da vor ihnen davonlief. In der Mütze stehen ja seine Initialen; die Großmutter hat sie ins Mützenband gestickt, damit sie nicht verwechselt werden kann. Alle in der Klasse haben ihre Mütze auf irgendeine Weise kenntlich gemacht …

Soll er aufgeben? Zurück in den Bodenraum klettern und sich freiwillig festnehmen lassen? – Nein! Vielleicht finden sie die Mütze unter all diesen Wäschestücken ja gar nicht oder es gibt mehr D. R., als er sich vorstellen kann … Er huscht ein Stück von der Luke fort, presst sich neben einem hohen Schornstein, der einen langen Schatten wirft, flach aufs Dach und späht zu der Lukenöffnung hin.

Nicht lange und der kleine Blaue, dem er den Eimer an den Kopf warf, taucht darin auf. »He, Bürschchen!«, ruft er mit noch junger Stimme. »Wir haben deine Mütze und wissen, dass du noch Schüler bist und man dich sicher nur verführt hat. Weshalb hast du solche Angst? Stell dich und wir bringen dich zu Muttern. Wir sind doch keine Unmenschen, haben Kindern noch nie etwas getan.«

Also doch: Sie haben die Mütze! Aber was der da erzählt – Kinder! Als ob er mit fast siebzehn Jahren noch ein Kind ist. Der will ihn nur weichreden, deshalb lügt er; es gibt genug Kinder und Jugendliche, die in Gefängnissen oder Arbeitshäusern schmoren. Erwischen sie ihn, stellen sie ihn vor Gericht. Und dann – die düsteren Flure in der »Plötze«, die Gitter …

»Denkste etwa, du entkommst uns? Im Nu haben wir die ganze Straße abgesperrt. Und dann warten wir einfach ab, bis Hunger und Durst dich in unsere Arme treiben. Und wenn's drei Tage dauert. Oder wir schicken Hunde aufs Dach. Die finden dich gleich. Nur wird's dann ein bisschen wehtun, Hunde kennen nun mal kein Mitleid.«

Erst die Absperrung, dann die Hunde! Und alles nur wegen eines von Bösewichtern verführten Gymnasiasten, der verbotene Plakate geklebt hat? Für wie bekloppt hält der ihn!

Die drei beratschlagen irgendwas, dann steigt der kleine Polizist aufs Dach hinaus und späht in alle Richtungen. Als er ihn entdeckt hat, hebt er beide Hände, wie um ihm zu verstehen zu geben, dass er ihm nichts tun will. »Komm her, Junge! Ich nehm dir das mit dem Eimer ja gar nicht übel. Hast sicher nur Angst gehabt.«

Als Antwort springt David auf und läuft weiter übers Dach; der Blaue ihm nach, bis er endlich einsieht, dass er ihn doch nicht bekommt. Nicht mal zu dritt hätten sie hier oben eine Chance, so viele Schornsteine, hinter denen er sich verstecken, und so viele unterschiedlich hohe Dächer, die er erklimmen oder auf die er hinunterspringen kann, gibt es in diesem Häuserkarree.

»Nimm doch Vernunft an«, bittet der Blaue. »Wenn du nicht aufpasst, kann alles Mögliche passieren. Ist schon manch einer vom Dach gestürzt, nur weil er sich von uns nicht festnehmen lassen wollte.«

Red du nur, denkt David. Auf dein Süßholzgeraspel fall ich nicht rein. Und weiter läuft er, hastet über die Dächer, klettert Schornsteinfegerstiegen hoch, springt auf niedrige Dächer herunter, umkurvt Schornsteine. Er läuft, bis er den Blauen und der Blaue ihn nicht mehr sehen kann. Erst dann bleibt er stehen, verschnauft und schaut vom Dachrand auf die Straße hinunter.

Das kann nur die Grenadierstraße sein, der Dragonerstraße zum Verwechseln ähnlich. Soll er versuchen, hier in die Bodenräume hinunterzusteigen und, falls er irgendwo eine offene Tür findet, die Treppe hinunterzulaufen? – Nein, kein guter Gedanke! Die drei Blauen werden die Straßen ringsum im Auge behalten. Dafür genügen ja schon allein zwei von ihnen, sie müssen sich nur so an die Straßenecken postieren, dass einer die Münz- und die Grenadierstraße und der andere die Dragonerstraße und die Schendelgasse im Blickfeld hat. Auf diese Weise haben sie das ganze Karree unter Kontrolle.

Noch ein vorsichtiger Blick auf die nächtlich stille Straße hinunter, dann setzt er sich in den Schatten eines Schornsteins, den Rücken ans Mauerwerk gelehnt. Er wird auf dem Dach bleiben. Die ganze Nacht über. Muss warten, bis es Tag ist und die Straßen voller Menschen sind. Dann können die drei spähen, so viel sie wollen – in dem Gewühl einen einzelnen Burschen herauszufinden, den sie nur zweimal kurz im Dunkeln gesehen haben, dürfte ihnen schwerfallen. Und es ist ja nicht Winter; in dieser Hitze wird er auf dem Dach nicht erfrieren.

Das Sternenzelt über ihm, diese vielen hellen Sterne! Und Anna und er, wie sie unter diesen Sternen an der Spree gesessen haben! Kaum zu glauben, dass das erst wenige Stunden her ist; ihm ist, als wären seither ganze Tage vergangen.

Er muss an den Traum denken, in dem Anna und er in der Schönholzer Straße auf dem Dach saßen und erst sie und danach auch er abstürzte. Wie gut, dass sie jetzt nicht bei ihm ist, sonst würde er wohl Angst bekommen, dass dieser Traum sich am Ende doch noch bewahrheitet.

Eigentlich komisch, dass immer, wenn er von Anna träumt, in diesem Traum etwas Schlimmes passiert. Dabei ist noch nichts von dem eingetroffen, was seine Träume ihm vorgaukelten. Sie ist, als sie in der Spree badeten, nicht ertrunken und auf dem Rummelplatz nicht davongeflogen. Und jetzt, auf dem Dach, ist sie nicht bei ihm …

Eine andere Dachgeschichte fällt ihm ein, eine, die vom Großvater erzählt wird. Wie er als ganz junger Bursche in jener Märznacht, als der König auf die Barrikadenkämpfer schießen ließ, mit seinem Freund Michael, dem Studenten, der später nach Amerika ging, ebenfalls auf ein Dach flüchten und eine ganze Nacht darauf ausharren musste. In den frühen Morgenstunden, als sie schließlich doch herabsteigen mussten, weil sie da oben bei hellem Tageslicht die besten Zielscheiben abgegeben hätten, war dem Großvater dann der Finger abgeschossen worden.

Eine ähnliche Situation wie jetzt seine? Nein! Keiner schießt auf ihn, er will nur nicht ins Gefängnis und im Verhör niemand verraten müssen …

Seine Gedanken verwirren sich – Anna und die Sterne, die beiden jungen Burschen auf jenem anderen Dach; er wird müde, die Augen fallen ihm zu. Erschrocken reißt er sie wieder auf und lauscht. War da nicht irgendein Geräusch? Ist der kleine Blaue vielleicht noch auf den Dächern unterwegs, schleicht er sich heimlich an, um ihn festzunehmen?

Nein, alles ist still. Sicher haben die drei längst die Lust verloren, noch länger nach ihm zu suchen. Oder es ist bald Dienstschluss und sie wollen nach Hause zu ihren Familien ... Trotzdem, er darf nicht voreilig aufatmen, muss warten, bis die Sonne aufgeht und die Straßen voller Menschen sind.

Wieder fallen ihm die Augen zu, und nun kann er sich der Müdigkeit nicht länger erwehren und sitzt plötzlich wieder in Onkel Köbbes vollgequalmter Stube und alle streiten miteinander. Bis Lissa sich mit einem Mal in Anna verwandelt. Diese ihm so fremde Anna lächelt aber nicht ihm, sondern Onkel Köbbes Freund Nickel zu. Er möchte ihr sagen, dass das, was der Nickel anstrebt, gefährlich ist, doch bringt er kein Wort heraus. Wie ein Karpfen auf dem Trockenen, so bewegt er den Mund und bringt keinen einzigen Laut über die Lippen. Voller Panik schreckt er auf und lauscht erneut in die Nacht hinein.

Aber nein, kein verdächtiges Geräusch! Und falls die drei Blauen doch noch nach ihm suchen, langsam ist's ihm egal; er will nur endlich schlafen. In seiner ganzen Länge legt er sich auf die noch immer warme Dachpappe und es dauert keine drei Minuten und er ist weg.

### Itzhak Landfahrer

Der rötliche Schein der Morgensonne weckt David. Lange weiß er nicht, wo er sich befindet, beim Anblick der Schornsteine und Brandmauern jedoch fällt ihm alles wieder ein und er springt auf. Die drei Blauen, ob sie noch auf ihn warten?

Vorsichtig nähert er sich dem Dachrand, doch auf der Straße ist nichts Auffälliges zu entdecken. Allerdings – und daran hatte er in der Nacht gar nicht gedacht – es ist Sonntag. Also wird das übliche geschäftige Treiben, in dem er untertauchen wollte, ausbleiben.

Unschlüssig starrt er auf die noch leere, morgenmüde Straße hinab. Bleibt das so? Oder werden irgendwann nicht doch ein paar Leute zu sehen sein? Wird doch niemand an diesem sicher wieder heißen Sommertag in seiner stickigen Wohnstube hocken bleiben wollen. Die Frage ist nur, ob er so lange warten kann.

Da, jetzt sind drei Männer zu sehen! In langen, schwarzen Kaftanen und mit schwarzen Hüten auf den Köpfen treten sie aus einem Haustor und wandern ins Gespräch versunken die Straße auf und ab.

Ob Polizisten sich manchmal auch als fromme Juden tarnen? – Nein, das kann er sich nicht vorstellen, er darf jetzt nicht ins Spinnen geraten … Aber an den Straßenecken oder in den Haustürnischen, vielleicht stehen da irgendwelche Spitzel herum? Behutsam auftretend, um niemand in den Wohnungen unter ihm auf den Dachwanderer aufmerksam zu machen, marschiert er ums ganze Häuserkarree herum. So kann er auch auf die anderen Straßen herabschauen. Aber auch dort bleibt alles unauffällig.

Was soll er tun? Er muss ja irgendwann wieder hier runter. Die Mutter, die Großmutter, Onkel Fritz und Tante Mariechen, auch Onkel Köbbe, Onkel August, Tante Nelly, alle werden sich schon große Sorgen machen. Vielleicht glauben sie sogar, die Blauen hätten ihn geschnappt, und laufen zum nächsten Polizeirevier, um etwas über ihn in Erfahrung zu bringen. Tun sie das, ist alles verloren; dann kann er das Versteckspielen gleich aufgeben, dann wissen die Blauen, wer D. R. ist.

Vorsichtig inspiziert er eine Dachluke nach der anderen. Mal sehen, ob sich eine davon öffnen lässt. Nur die, durch die er aufs Dach gestiegen ist, meidet er.

Er findet eine, die nicht ganz geschlossen ist, kann hineingreifen und sie öffnen und in den Bodenraum spähen. – Gerümpel, nichts als Gerümpel! Alte Koffer, kaputte Stühle, ein morscher Schrank. Sonst nichts als Staub, Spinnweben und wieder Staub.

Ein Weilchen zögert er, dann gibt er sich einen Ruck. Nutzt ja alles nichts, er muss mal wieder sein Glück versuchen, muss hinabtauchen in das Halbdunkel unter ihm. Wenn dann die Tür zum Treppenhaus nicht zu öffnen ist, muss er eben zurück aufs Dach und die nächste offene Luke suchen.

Mit den Beinen voran, die Hände am Lukenrand festgeklammert, hangelt er sich hinab, findet keinen Halt und lässt sich fallen. Doch – verdammt! – da lag was auf den Dielen! Er knickt mit dem linken Fuß um, ein höllischer Schmerz durchzuckt ihn.

Zwei Sekunden ist er vor Schreck wie gelähmt, dann rappelt er sich mühsam auf und muss die Tränen niederkämpfen. Sein Fuß! Er muss sich irgendwas getan haben … Und der Lärm, den er gemacht hat! Den muss doch irgendwer gehört haben. Es werden Leute kommen, um nachzuschauen, was hier oben passiert ist …

Schnell, er muss schnell sein, Schmerz hin oder her, muss zur Tür und, wenn sie sich öffnen lässt, auf die Straße runter und weg.

Doch erst mal lauschen! Vielleicht kommt ja bereits jemand. Dann muss er zurück aufs Dach.

Er spürt sein Herz klopfen, es klingt überlaut in dem so stillen Bodenraum, und wartet. Er will ganz sicher sein, dass niemand kommt. Erst als lange alles still bleibt, hinkt er zur Tür und versucht, sie zu öffnen. Doch nein, sie ist fest verschlossen.

Also zurück aufs Dach! Und das mit dem schmerzenden Fuß! Hastig blickt er sich um, entdeckt zwei noch ziemlich stabil aussehende Koffer und will sie unter die Luke zerren. Schon beim ersten Schritt durchzuckt ihn erneut dieser furchtbare Schmerz.

Er bleibt stehen, verbeißt sich die Tränen und überlegt fieberhaft. Sein Vergleich mit dem Spinnennetz! Ist er der riesigen Spinne, die sie alle bewacht und belauert, nun auch ins Netz gegangen, soll er aufgeben? Aber wie denn? Ist ja alles noch viel schlimmer jetzt; er ist in dieser Bodenkammer gefangen, kein einziger Blauer weiß, wo er steckt. Und solange niemand kommt, um nach den Sachen hier oben zu sehen, wird ihn keiner finden. Nicht mal, wenn er drei Wochen hier oben schmort, drei Wochen ohne Essen und Trinken, drei Wochen, die er nicht überlebt …

Er muss klopfen! Laut klopfen! Und das immer wieder, vielleicht hört ihn ja doch jemand. Den schmerzenden Fuß nur vorsichtig belastend, hinkt er zur Tür und will gerade die Hand heben, als mit einem Mal ein Schlüssel ins Schlüsselloch geschoben und herumgedreht wird.

Zu Tode erschrocken, weicht er zurück, belastet dabei den linken Fuß doch, spürt wieder diesen rasenden Schmerz und stürzt hin. Doch ist jetzt keine Zeit für Tränen: Die Tür wird geöffnet und ein verwittert aussehender, vollbärtiger alter Mann im altmodischen, dunklen Sonntagsrock und mit einem schwarzen Käppi auf dem ungewöhnlich langen grauen Haar schaut zu ihm herein.

Zunächst starrt der Alte ihn verdutzt an, dann stiehlt sich ein zufriedenes Lächeln in sein Gesicht. »Hob gewusst ja doch, dass nischt verhört mich hob«, sagt er leise zu sich selbst. »Aber Mila immer alles besser wejss.«

Sich am Boden abstützend, um den schmerzenden Fuß zu

schonen, richtet David sich auf und hält sich an einem Dachbalken fest. Weiter kann er nichts tun; er kann nur abwarten, was dieser Alte nun tun wird.

Der alte Mann überlegt einen Moment, dann betritt er den Bodenraum, kratzt sich am Kopf und mustert ihn erst mal nur lange mit seinen dunklen Augen. »Nu?«, fragt er danach. »Was bist für ajner? Siehst mir nischt aus nach Dieb. Bist a Unbehauster? Oder a Flichtling?«

David überlegt nur kurz. »Ein Flüchtling.«

»A Flichtling? Oiweh! Gott der Gerechte!« Bekümmert wiegt der Alte den Kopf. »War auch mal Flichtling, Jahre zuvor, lange her. Laufen, immerzu laufen, so is das!« Dann wird er neugierig. »Und? Bist geflichtet vor was?«

»Vor … vor der Polizei.«

»Vor die Polizej? Oijoijoijoi!« Er nimmt einen Finger, dieser langhaarige Alte, und polkt damit in seinen großen, gelben Zähnen herum, als helfe ihm das beim Nachdenken. »Nu ja, nischt angenehm das! Aber far woss bist geflichtet, wenn erlaubt is zu fragen.«

»Weil …« David verstummt, überlegt kurz und beschließt, aufs Ganze zu gehen. Was hat er denn jetzt noch für eine Wahl? Entweder lässt dieser Alte ihn laufen oder er ruft die Blauen; flüchten kann er mit dem schmerzenden Fuß ohnehin nicht mehr. »Hab Plakate geklebt. *Freiheit für alle politischen Gefangenen* steht drauf. Das ist verboten und … und deshalb musste ich weglaufen.«

Der Alte reißt die Augen auf. »Bist a Politischer?«

David nickt erst nur, dann hat er plötzlich eine Idee. »Mein Großvater, der ist etwa so alt wie Sie und … und sitzt im Gefängnis. Das aber nur, weil auch er ein Politischer ist. Und … und wenn sie mich erwischen, dann stecken sie mich auch ins Gefängnis.«

Jetzt nickt er, der Alte. »Willst da nischt hin! Nu, wer schon will dahin? Von Itzhak Landfahrer zu befürchten aber hosst nischt. Hob kennengelernt Gitterstäbe. Nischt gerächt geht sie zu, die Welt, nischt gerächt! Nur kannst nischt bleiben hier. Kajn Bett, kajn Stuhl, kajn Tisch.« Er weist auf Davids Fuß. »Hosst Schmerzen? Is zugestoßen dir a Unglick?«

»Bin gestürzt. Mein Fuß, er tut weh und ist ganz heiß … Aber ich muss nach Hause. Meine Mutter … meine Großmutter …« Er bricht das Gestammel ab, holt tief Luft und sagt etwas gefasster: »Doch werd ich's schon schaffen. Kann ja langsam gehen und viele Pausen machen. Muss nur erst auf die Straße hinunter und … und dabei darf mich niemand sehen.«

Kopfschüttelnd streicht dieser Itzhak Landfahrer sich den Bart. »So a Begägnung! Milaleben schon dachte, bist a Dibbuk.«

Nein, so wie dieser alte Mann redet, wird er ihn ganz bestimmt nicht der Polizei ausliefern. Vertrauensvoll hinkt David auf ihn zu. »Was ist denn das, ein Dibbuk?«

»Kennt ihr nischt, ihr Christenvolk! Nu ja, a Totengajst! Kann fahren in dich oder ajgene Gestalt annehmen. Willst leben ruhevoll, musst trajben aus. Aber hartnäckig is, stur wie alter Esel. Majne Mamme seligen Angedenkens hatte a böse Großmutter, immer sie firchtete, ihr Dibbuk wirde ergreifen Besitz von ihr. Aber vergebens, zu majner Freude.«

David nickt nur höflich. So ganz hat er diese Dibbuk-Geschichte noch immer nicht verstanden.

»Und? Hosst a scheenen Namen?«, will der langhaarige Alte nun wissen.

»David heiße ich. David Rackebrandt.«

»Oi!« Jetzt freut er sich noch mehr, dieser Itzhak Landfahrer. »Majn Schwestermann, der Herr erhalte ihn, is auch a David.«

Nein, dieser freundliche Alte fühlt sich nicht in seiner Sonntagsruhe gestört, ganz im Gegenteil, er will sich mit ihm unterhalten. Er aber, David, muss endlich hier weg, ganz egal wie sehr sein Fuß schmerzt. »Darf ich jetzt gehen?«, fragt er leise und schielt zur offenen Bodentür hin.

»Far woss nischt? Aber besser, Itzhak geht voran. Altes Blut, kaltes Blut! Is farninftig, nimmst Weg durch Werkstatt.«

David überlegt nur kurz, dann nickt er. Wozu erst lange fragen, was das für eine Werkstatt ist, er muss für jede Hilfe dankbar sein.

Es ist eine Schusterwerkstatt. Sie liegt im Keller des Hauses; ein düsteres, feuchtes Loch mit mehr schwärzlichen als weißen Wänden. Es riecht nach Leder, überall in den Regalen stapeln sich Schuhe und auf zwei Arbeitstischen liegen Werkzeuge.

»Tja!«, sagt Itzhak Landfahrer. »Hier ich farbring majne Tage. Nischt scheen, aber geht.«

David nickt nur stumm und da seufzt der alte Mann. »Nischt Geduld zum Reden? Wart a Moment! Ans Fenster ich klopfe, dann komm.«

Und damit steigt er, den Kopf schüttelnd über all das, was im Leben so passieren kann, die fünf Stufen zu der kleinen Tür hoch, die zur Straße hinausführt. Ein paar Minuten vergehen, und David beginnt vor Ungeduld schon, auf und ab zu hinken, ganz egal wie sehr sein Fuß schmerzt, als endlich an das staubverschmierte kleine Werkstattfenster, durch das kaum Licht in den Keller fällt, gepocht wird. Nun darf auch er die paar Stufen hochsteigen, die ins Freie führen. Doch geht er langsam, schleicht sich vor wie eine Katze; auf der gesunden Pfote hüpfend, immer auf Rückzug bedacht.

Greller Sonnenschein empfängt ihn, er muss die Augen zukneifen.

»Nu, Jingelchen«, verabschiedet sich Itzhak Landfahrer. »Auf dajnen Wegen viel Glick. Hob nicht entdecken können einen von diesen Menschenfängern.«

Dankbar reicht David dem Alten die Hand. »Auf Wiedersehen und – vielen Dank!«

»Zu danken far woss?« Der Alte macht ein verwundertes Gesicht. »Aber Wiedersehen – gutt! Wenn Stiefel brauchen neue Sohlen – komm! Kostet dich billiger. Dafir erzählst über Großvater und das Politische. Bin, sagt majne Mila, bester Zuhörer zwischen Moskau und Paris.«

Ja, David wird wiederkommen. Auch ohne Freundschaftspreis. Dieser langhaarige Itzhak Landfahrer, was ist er denn anderes als sein Lebensretter?

In der Neuen Jacobstraße ist die Aufregung bis in die Wände hinein zu spüren. Die Mutter, die Großmutter, Onkel Fritz und Tante Mariechen – als er nicht nach Hause kam, haben sie vor lauter Sorge die ganze Nacht kein Auge zugetan. Und als er dann am Morgen endlich herangehinkt kam, mit dem Fuß, der während seines langen Weges durch die Stadt so sehr schmerzte, dass er immer öfter die Zähne zusammenbeißen musste, und der nun dick wie eine Pauke ist, wie sie ihn da umflatterten! Und wie er trotz all seiner Schmerzen erzählen musste, von der Plakataktion und seiner Flucht ins Scheunenviertel bis hin zu Itzhak Landfahrer.

Inzwischen verdrängt die Sorge, wie die Geschichte enden wird, jedes Mitleid. Die Mütze, daran zweifelt niemand, wird die Polizei auf seine Spur bringen. Natürlich wird er morgen nicht zur Schule gehen – er kann ja überhaupt nicht auftreten, braucht ständig eine Schulter, ein Geländer oder eine Wand zum Abstützen –, doch wenn die Polizei im Colosseum nachfragt, wird man ihr die entsprechenden Auskünfte geben. Und sie wird nachfragen, sie wird alle Gymnasien der Stadt abklappern, in der Hoffnung, über ihn, David, seinen »Hintermännern« auf die Spur zu kommen ...

Voller Nervosität bringt die Mutter immer neue frisch angefeuchtete Handtücher, um damit seinen Fuß zu kühlen, während er in der Wohnstube auf dem mit rot geblümtem Kattunstoff bezogenen Sofa liegt, das eigentlich viel zu schade für ein Krankenlager ist. Alles nicht sehr viel anders als wenige Tage zuvor, als sie sein Gesicht kühlte.

»Wir müssen uns Argumente einfallen lassen«, beschwört sie immer wieder sich und alle anderen, »müssen Beweise finden, die belegen, dass David es gar nicht gewesen sein kann, den sie in der Nacht verfolgten. – Mein Gott, er wird doch nicht der einzige Gymnasiast mit den Initialen D. R. sein! Davon muss es in einer so großen Stadt doch mehrere geben.«

»Ja, aber die können ihre Mütze vorzeigen, David kann das nicht.« Auch die Großmutter läuft in der Stube auf und ab, ringt die Hände und macht sich Vorwürfe. Sie war es ja, die ihn gebeten hatte, die Mütze aufzubehalten. »Und kaufen wir ihm rasch eine neue, macht ihn das erst recht verdächtig.«

Allein Onkel Fritz nimmt das Ganze nicht gar so tragisch. »Ach wat, die Mütze! Die is doch keen Beweis! Die hat ihm eener jeklaut und is damit wegjerannt, irgendeener, der Jymnasiasten nich mag ... So wat soll schon vorjekommen sein. Und kann ihm wer wat anderet nachweisen? Wir müssen nur alle schön brav aussagen, det er die janze Nacht über in seinem Bett jelegen hat, denn kann ihm jar nischt passiern.«

»Und sein Fuß?« Tante Mariechen, unglücklich, nichts für David tun zu können – keine heiße Brühe kochen, die Tote wieder zum Leben erweckt, keinen Spezialpudding oder irgendwas anderes, was ihm und seinen Lebensgeistern guttun würde –, Tante Mariechen bleibt skeptisch. Vor lauter Sorge ist ihr sogar ihr Pfeifchen ausgegangen. »Wie erklärst du das mit seinem Fuß?«

»Na, dit is doch dit Allerbeste!« Onkel Fritz muss nicht lange überlegen. »Dit is sein Alibi! Er wollte dem Mützendieb nachlaufen – und dabei is er umjeknickt. Und dit schon jestern Nachmittag. Wie soll er da nachts Plakate jeklebt haben?«

Die Mutter ist nicht überzeugt. »Ja, ja, erzählen können wir viel. Aber wie sollen wir das beweisen? Wir sind seine Familie, man wird uns nicht glauben.«

»Nee, Rieke!« Onkel Fritz will sich seine schöne Geschichte nicht miesreden lassen. »Andersrum wird'n Schuh draus, vor Jericht muss die Schuld bewiesen werden, nich de Unschuld!«

»August!« Die Großmutter ist so plötzlich stehen geblieben, als wäre sie gegen eine Wand geprallt. »Er ist Arzt, er muss David attestieren, dass er gestern Nachmittag bei ihm war, um sich seinen Fuß anzusehen.«

»Aber August ist doch auch Familie!«, wendet die Mutter ein. »Ihm werden sie genauso wenig trauen wie uns.« Nach einem kurzen Moment des Nachdenkens jedoch huscht ein zaghaftes Leuchten über ihr vor Sorge gerötetes Gesicht. »Einer seiner Kollegen muss das Attest ausstellen! Der ist unverdächtig … Die Frage ist nur, ob Gustl einen Kollegen kennt, dem er mit einem solchen Ansinnen kommen kann.«

»Frag ihn«, entscheidet die Großmutter kurz entschlossen. »Lauf gleich hin. Wir dürfen nicht warten. Heute ist Sonntag, da sind alle Gymnasien dicht, bereits morgen wird die Polizei auf die Suche gehen.« Und schon befreit sie Davids Fuß von all den feuchten Tüchern, mit denen er umwickelt war. »Nicht mehr kühlen! Soll der Fuß ruhig noch ein bisschen weiter anschwellen. Wenn die Polizei kommt, soll sie was zu sehen haben.«

## Kluge Kinder

Die Polizei *wird* kommen. Wenn nicht am Montag, dann am Dienstag, aber kommen wird sie, davon sind alle überzeugt. Es liegt an ihnen, sich darauf vorzubereiten und Abwehrmaßnahmen zu treffen.

Zum Glück kennt Onkel August tatsächlich einen Kollegen, der bereit ist, das gewünschte Attest auszustellen. Noch am Sonntagnachmittag kommt er, um sich Davids Fuß anzuschauen. David muss bestimmte, sehr schmerzhafte Bewegungen damit machen, dann sind Onkel August und sein Kollege überzeugt, dass es sich um keinen Bruch, sondern nur um eine böse Prellung handelt.

»Bei entsprechender Behandlung in vierzehn Tagen abgeklungen«, sagt der schon etwas ältere, weißhaarige Dr. Richter aus der Badstraße. »Bis der Knöchel wieder ganz belastbar ist, wird's allerdings noch ein bisschen länger dauern.« Und ohne mit der Wimper zu zucken, stellt er das Attest aus, vordatiert auf den Sonnabend.

»In ungewöhnlichen Situationen«, so entschuldigt er sich beim Gehen vor sich selbst, »muss man zu ungewöhnlichen Maßnahmen bereit sein.« Jedes Dankeswort lehnt er ab. »Vielleicht bitte ich meinen Kollegen Jacobi ja schon bald um einen ähnlichen Gefallen. Mein Enkel ist auch so ein ungestümer Bursche, da weiß man nie, was alles passieren kann.«

Als er gegangen ist, reibt Onkel Fritz sich die Hände. »Richter heißt der jute Mann – und nun hat er einem anderen Richter die Arbeit abjenommen!« Er ist noch immer voller Stolz, dass auch Onkel August seine Idee gutgeheißen hat.

Onkel August ist nicht so froh gelaunt. Es gefällt ihm nicht, dass er vorläufig nichts gegen die Schwellung verordnen darf, keine Kühlung, keine Salbe. Müde nimmt er seinen Zwicker ab. »Wenn's nur nicht so heiß wäre! Jedes Grad mehr verschlimmert die Schmerzen. Kann sein, dass David Fieber bekommt. Dann muss unbedingt etwas dagegen getan werden.«

Bedenken, die die Großmutter gleich wieder besorgt in die Runde blicken lassen. Für die Mutter hingegen ist alles, was ihren Sohn vor dem Gefängnis bewahrt, das kleinere Übel. »Da passen wir schon auf. Aber bestrafen sie ihn – und wenn es nur für drei Monate ist –, dann ist er ein Vorbestrafter und damit sein Leben lang gebrandmarkt. Nicht nur, dass er nie wieder auf ein Gymnasium gehen darf, sie machen ihm auch sonst die allergrößten Schwierigkeiten. Denk nur an Vater. Noch im hohen Alter hat der Richter ihm seine ›Jugendsünde‹ vorgeworfen. Vergebung darf man von solchen Christen nicht erwarten.«

Nachdem dann auch Onkel August gegangen ist, kommt Onkel Köbbe. »Tut mir leid, dass ausgerechnet dir das passiert ist«, sagt er bedrückt zu David. »Alle anderen haben weiterarbeiten dürfen, die ganze Nacht lang, nur Gottlieb und du, ihr hattet Pech ... Aber Lamentieren hilft ja nichts, jetzt müssen wir durchhalten. Sollen sie doch vermuten, was sie wollen, die Blauen! Was nicht zu beweisen ist, ist nicht zu beweisen.«

Ansonsten aber, so fährt er fort, sei ihre Aktion ein großer Erfolg gewesen. Die ganze Stadt sei mit Plakaten zugeklebt. »Zwar sind die Herren Staatsschützer emsig bemüht, sie wieder abzureißen, doch das wird dauern. Bis dahin hat sie wohl fast jeder gelesen.«

Onkel Köbbe, das ist ihm deutlich anzusehen, möchte sich freuen über diesen Erfolg ihrer nächtlichen Aktion; er kann es nur nicht, da ausgerechnet sein Neffe mit der Polizei zusammengerasselt ist. Bekümmert lächelt er David zu. »Gottlieb lässt dich herzlich grüßen. Herkommen aber will er nicht – deinetwegen! Er ist ja ein polizeilich bekannter Sozi, sein Besuch könnte dir schaden. Doch ist er mächtig stolz auf dich. Er hat gesehen, wie du den Eimer nach dem Polizisten geworfen hast. Hat ihm imponiert, diese Attacke.«

Das Abendbrot will David nicht im Liegen zu sich nehmen. Vorsichtig hinkt er in die Küche. Doch kaum sitzt er, strömt Blut in den Fuß und er schmerzt noch mehr. So isst er nur wenig, dann hinkt er, auf die Mutter gestützt, zum Sofa zurück. Dort lassen sie ihn für ein Weilchen allein.

Er liegt da, den Fuß auf drei übereinandergestapelte Kissen gebettet, und starrt zur Zimmerdecke hoch. Er soll sich ausruhen, haben sie gesagt. Doch wie soll das gehen, bei all diesen Gedanken, die ihm durch den Kopf schwirren?

Ja, schön, dass die Aktion ein solcher Erfolg wurde, aber wird sie den Gefangenen wirklich helfen? Wird der Großvater und werden auch die anderen politischen Gefangenen bald freigelassen? Nur wenn das geschieht, dann sind ihre Bemühungen tatsächlich von Erfolg gekrönt und er darf von sich sagen, mit dazu beigetragen zu haben …

Auch Onkel Köbbe vertraut auf Onkel Fritz' Geschichte vom Mützendiebstahl mitsamt dem ärztlichen Attest. »Ein unbescholtener Arzt«, sagte er beim Abendessen, »was wollen sie gegen dessen Aussage ins Feld führen?« Alles richtig, und doch: Was, wenn der kleine Polizist, dem er den Eimer an den Kopf warf, ihn wiedererkennt? Zwar war es dunkel und er hat ihn auch auf dem Dach nur ganz kurz und von Weitem gesehen, doch was, wenn er dreist behauptet, ihn wiederzuerkennen, nur um jemanden für den Eimerwurf bestraft zu sehen?

Und Anna! Nun wird er sie morgen nicht vom Knopfladen abholen können, und vielleicht glaubt sie dann, dass er ihr den Streit an der Spree übel genommen hat. Oder dass sie ihm nicht gefallen hat, als er sie so mager und blass im Wasser stehen sah … Oder dass sie ihm langweilig geworden ist, weil er sie für dumm hält …

Sorgen über Sorgen und dazu der schmerzende Fuß, der immer dicker wird, weil er ihn nicht kühlen darf. – Nein, es macht keinen Spaß, allein zu bleiben! Von all dieser Grübelei bekommt er ja wirklich noch Fieber.

Er will nach der Mutter rufen oder der Großmutter – lasst mich hier nicht im eigenen Saft schmoren! –, da kommen sie schon ganz von selbst, die Mutter, die Großmutter, Onkel Fritz, Tante Mariechen und Onkel Köbbe. Und auch Onkel August ist zurück und hat Tante Nelly mitgebracht. Alle setzen sie sich in der kleinen Wohnstube irgendwohin oder lehnen sich ans Fensterbrett und schauen ihn an – ihn, David, den verunglückten Helden der vergangenen Nacht – und ihre Gesichter drücken Schuldgefühle aus. Haben nicht sie es zu verantworten, dass er in diese Geschichte hineingeraten ist?

Er möchte sie trösten, ihnen sagen, dass niemand anderes daran die Schuld trägt als die, die den Großvater und so viele andere in die Gefängnisse gesteckt haben. Doch da wird an der Tür geklopft, und Onkel Köbbe geht hin, weil er schon weiß, wer da jetzt klopft – es ist Lissa, die er heute, bei dieser Gelegenheit, der Familie vorstellen will.

»Tja«, sagt er, stolz auf die hübsche junge Frau, die an diesem mal wieder brütend heißen Tag einen breitkrempigen Strohhut und ein weites, duftiges hellblaues Kleid trägt. »Da habt ihr sie nun, meine Larissa Matwejewna. Wenn es nach mir ginge, würde sie ja schon bald mit Nachnamen Jacobi heißen, doch ist sie nun mal Lehrerin und will es bleiben und da muss so ein verliebter armer Tropf wie ich sich natürlich fügen.« Er schüttelt den Kopf. »Wie beschränkt doch die Behörden sind! Zu glauben, unverheiratete Frauen würden sich intensiver um die ihnen anvertrauten Kinder kümmern … Dabei hat man mit zehn bis zwölf eigenen Kindern doch viel mehr Erfahrung.«

Alle lachen, und Lissa muss sie reihum begrüßen, sodass sie sich erst nach diesem freundlich-neugierigen Händeschütteln nach Davids Befinden erkundigen kann. Ob sein Fuß sehr schmerzt, will sie wissen, und ob sie ihm irgendetwas Gutes tun könne. Schließlich habe doch auch sie ihn geradewegs in sein Unglück geschickt.

Er antwortet leichthin, dass von »Unglück« nicht die Rede sein könne und die Schmerzen auszuhalten seien, es ihm also gut gehe und er zur Zeit nichts brauche.

Alle hätten sie lieber irgendwas für ihn getan, das sieht er ihnen an. Da er aber keine Wünsche hat, wenden sie sich Lissa zu. Ein paar Fragen fliegen hin und her und sie gibt bereitwillig Auskunft. Von ihrer Familie erzählt sie, weshalb sie aus Russland fliehen musste und wie es ihr danach in Berlin erging.

Ein Gespräch, das auch David interessiert. Lissas Vater war wegen seiner politischen Ansichten in Russland sogar einmal in das ferne, im Winter so eiskalte Sibirien verbannt gewesen. Zehn Jahre musste er dort zubringen. Was für eine lange Zeit, welch schlimme Strafe! Und alles nur, weil er Gedichte schrieb und heimlich veröffentlichte, in denen er Kritik an der zaristischen Regierung übte. Jetzt, in Berlin, arbeitet er in einem kleinen russischen Exilverlag, der sich bemüht, die Texte der in Russland verbotenen Autoren herauszubringen und auf allen möglichen Wegen in die Heimat zu schmuggeln. Und Lissas Mutter ist Klavierlehrerin. Mit ihrem Privatunterricht hat sie viele Jahre lang die ganze fünfköpfige Familie ernährt.

Lissa erzählt das alles, als sei ihre Geschichte gar nichts Besonderes, was der versammelten Runde gut gefällt. Die Sympathie für sie wächst, und die Großmutter drückt insgeheim wohl schon die Daumen, dass ihr Köbbe diese »Damenbekanntschaft« nicht so schnell wieder sausen lässt wie all die anderen zuvor.

Allein Onkel August folgt dem Gespräch nur mit halbem Ohr. Immer wieder blickt er seinen jüngeren Bruder an, als ob er dringend etwas mit ihm zu besprechen hätte. Als Lissa alle Fragen beantwortet hat und die fünf Frauen einander ansehen, als wollten sie sagen »Wir werden uns schon verstehen«, nutzt er die Gelegenheit. »Hab neulich einen Artikel von dir gelesen, Köbbe«, beginnt er. »Gefiel mir ganz gut, was du darin zum Besten gegeben hast, nur erschien mir manches zu einfach gestrickt. Auch kamen mir zu viele Parolen darin vor.«

»Welchen Artikel meinst du?« Im Nu richtet Onkel Köbbe sich auf, den ganzen Körper in Verteidigungsbereitschaft.

»Den über die deutsche Wirtschaft, das Deutsche Reich und deine Partei. Du schreibst darin, das Bismarck-Reich sei gegen den Gang der Geschichte und den Strom der Zeit errichtet worden. Nun, du weißt, dass ich kein Bismarck-Freund bin. Er hat Menschen wie Schachfiguren in seine Kriege geschickt, das stößt mich noch heute ab. Aber muss man ihm nicht zugestehen, dass er mit derselben kühl kalkulierenden Leidenschaft, mit der er diese Kriege führte, in den letzten zwanzig Jahren den Frieden verteidigte? – Ich weiß, ich weiß!« Abwehrend hebt Onkel August beide Hände; er will sich nicht unterbrechen lassen. »Er hat das nur getan, weil es, wie er selber sagt, für das Deutsche Reich mit dem Schwert nichts mehr zu erobern, wohl aber viel zu verlieren gibt. Doch ob das ohne ihn so bleiben wird? Unser ehrgeiziger junger Wilhelm, von keinem alten Kanzler mehr gebremst, lässt da in mir einige Befürchtungen aufkommen.«

Wieder will Onkel Köbbe ihn unterbrechen, wieder hebt Onkel August die Hände. »Du hast geschrieben, ein Reich, das sich nur auf Gewalt und Militär stützt und nicht auf Freiheit und Gerechtigkeit und in dem es nichts als Obrigkeit und Untertanen gibt, wird seinen inneren Frieden nicht finden können. Da gebe ich dir recht. Aber dann klagst du, die Macht würde dem Geist misstrauen und deshalb allein auf die Wirtschaft, nicht aber auf die Köpfe des Reiches setzen, und stellst deine Utopie dagegen – eure beliebten Parolen von Freiheit und Gleichheit! Ja, aber hast du denn deinen Goethe nicht gelesen? Ich zitiere: *Gesetzgeber oder Revolutionärs, die Gleichsein und Freiheit zugleich versprechen, sind Fantasten oder Scharlatans.* Und das, verzeih mir, lieb Brüderlein, sehe ich genauso. Wo die wahre Freiheit zu Hause ist, da kann es keine Gleichheit geben. Es wird immer Höhere und Niedere geben, Tüchtigere und Untüchtigere. Vor dem Gesetz, ja, da müssen alle gleich sein und dem Schwachen muss geholfen werden. Darüber wird niemand ernsthaft streiten wollen. Im wirklichen Leben jedoch wird es nie wahre Brüderlichkeit geben, um auch das dritte deiner Schlagworte aufzugreifen.«

Vor Erregung hat sich seine Narbe dunkelrot gefärbt. Onkel August, das kann er nicht verbergen, hat sich auf dieses Gespräch offensichtlich schon sehr gefreut. Gespannt wartet er auf die Antwort.

Doch nun lässt Onkel Köbbe – zuvor so ungeduldig, dass er seinem Bruder immer wieder ins Wort fallen wollte – sich Zeit. »Danke für die Gründlichkeit, mit der du meinen Artikel gelesen hast«, sagt er erst mal nur und klatscht leise Beifall. Dann zählt er auf: »Zu Punkt 1, meinem einfachen Strickmuster, wie du das nennst: Ich bin nun mal Zeitungsschreiber und fühle mich verpflichtet, meine Wahrheiten und Erkenntnisse so unters Volk zu bringen, dass es mit meinen Worten etwas anfangen kann. Jede ausschweifende, gezierte oder hochgestochene Schreiberei wird leider nie ganz deutlich, deshalb misstraue ich ihr. Zu Punkt 2: Dass die intrigante Spielernatur Bismarck außenpolitisch in den letzten Jahren Kreide gefressen hatte, mag sein. Innenpolitisch allerdings gebärdete er sich dafür umso kriegerischer, indem er komplexe Sachverhalte stets und ständig auf schlichte Machtfragen reduzierte. Punkt 3: Was hast du gegen Parolen? Kurze, prägnante, kraftvolle Schlagwörter, die allen klarmachen, worum es in Wahrheit geht, sind das Salz in der politischen Suppe. Und Punkt 4: Es ist nun mal so, unser politisches System setzt allein auf Wirtschaft und Technik, dem Geist wird misstraut. Wer selber denkt, anstatt nur nachzubeten, was ihm vorgebetet wird, gilt als unsicherer Kantonist. So ist denn auch Bismarcks so hochgelobte neue Sozialpolitik allein zwei Zielen untergeordnet: Sie soll beweisen, wie unnötig wir Sozialdemokraten sind, und die Wirtschaft am Laufen halten. Ein marodes Volk ist nicht leistungsfähig, so die ›kluge‹ Erkenntnis. Nur kommt das Soziale im Gegensatz zum viel gepriesenen technischen Fortschritt leider viel zu kurz, wie du, lieber großer Bruder, in deiner Praxis jeden Tag studieren darfst. Deshalb habe ich in meinem Artikel die Frage gestellt: Wer ist für wen da, der Mensch für die Wirtschaft – oder die Wirtschaft für den Menschen? Und zum Thema Gleichheit: Niemand will, dass wir alle aus einem Trog fressen, doch muss dafür gesorgt werden, dass kein Starker einen Schwachen ins Hungerloch schubst, nur damit er sich selber fett mästen kann.«

Onkel August lacht und reibt sich die Hände. Der Disput macht ihm Spaß. »Zu Punkt 1: Ich weiß, welcher Profession du nachgehst, und begreife durchaus, wer gelesen und verstanden werden will, muss oft zu einfachen Worten greifen. Deshalb – entschuldige bitte! – geben Zeitungen ja stets nur einen Schatten der Wirklichkeit wieder. Und je nachdem, wo sie politisch angesiedelt sind, werfen sie ihren Schatten entweder nach links oder nach rechts. Deine Artikel allerdings werfen sehr, sehr linke Schatten. Nun, dagegen hab ich nichts, ich muss mir als Leser nur stets bewusst sein, wer da schreibt. Zu Punkt 2: Wer geschichtliche Betrachtungen anstellt, muss fair sein. Das gilt für Zeitungsschreiber jeder Couleur und erst recht, wenn es um so umstrittene Politiker wie Bismarck geht. Punkt 3: Schlagwörter als Argumente können leicht zu Totschlagwörtern werden, weil sie allzu viel auslassen und jeden Zweifel an ihrer Wahrheit von vornherein ersticken. Und was Punkt 4 betrifft: Nicht die Wirtschaft und der technische Fortschritt sind die Feinde der Menschheit, gegen die Arroganz derer, die allein auf Wirtschaft und Technik vertrauen und den Geist verteufeln, müsst ihr zu Felde ziehen.«

Jetzt ist es mit Onkel Köbbes Ruhe vorbei. »Hältst du mich für einen Maschinenstürmer*?«, fragt er betroffen. »Nein, Gustl, da liegst du falsch. Ich habe nichts gegen den technischen Fortschritt. Wogegen ich anschreibe, das ist dieses Alles-auf-eine-Karte-Setzen. Und diese Karte heißt nun mal ›Wirtschaft und Technik‹. Doch wird damit ja nur die innere Leere in unserem Staat überdeckt, dieses unsägliche Schauspiel der Macht mit dem Kaiser an der Spitze, diesem schlechten Komödianten, aber begnadeten Darsteller seiner selbst. Unsere Monarchie spielt Mittelalter, während der moderne, unmenschliche Kapitalismus der freien Konkurrenz sich von Tag zu Tag mehr zu einer Riesenkrake mit großem Maul und tanzenden Fangarmen entwickelt. Nützt diese Art von ›Fortschritt‹ den Patienten, die du frühmorgens behandeln musst, weil sie sich keine Krankenkasse und also auch keinen Arzt leisten können?«

»Alles Fragen, die ich mir selbst stelle.« Onkel August reibt sich mal wieder seine Narbe. »Aber was lieferst du für Antworten? Glaubst du wirklich an das marxistische Gut und Böse? Meines Erachtens gibt es in allen Klassen Hirn- und Herzlose, nicht nur unter den Konservativen. Euer Marx schreit nach der

Diktatur des Proletariats, aber hat es denn jemals kluge oder gar vernünftige Diktaturen gegeben? Ist doch ein Widerspruch in sich selbst; was hat denn Diktatur mit Demokratie, erst recht mit Sozialdemokratie zu tun? – Nein, Köbbe, die Diktatur des Proletariats, wenn sie denn irgendwann kommen sollte, wird eine Diktatur vor allem *über* das Proletariat sein. Bei Fontane – entschuldige, dass ich dir schon wieder mit einem Zitat komme –, bei Fontane heißt es: *Unanfechtbare Wahrheiten gibt es überhaupt nicht, und wenn es welche gibt, so sind sie langweilig.* Euer Marx aber gebärdet sich als Messias, der alle Wahrheit für sich gepachtet hat, und er predigt zudem auch noch den Umsturz, also Gewaltanwendung. Was bedeutet, dass er die eine Willkürgesellschaft nur durch eine andere ersetzen will. Und wenn das geschieht, werden wieder all jene Köpfe unterdrückt, die der Staatsdoktrin nicht folgen wollen.«

»Aber Gustl!«, mischt sich endlich die Mutter ein. »Wieso kommst du Köbbe mit Marx? In einer Volkspartei gibt's nun mal viele verschiedene Strömungen und Meinungen, entscheidend ist doch, was die Mehrheit will. Quer- und Ganzanders-Denker wird es immer geben. Und das ist ja auch gut so, die Meinungen müssen aufeinanderprallen, damit sich durchsetzt, was für alle das Beste ist.«

Lissa, die ebenfalls sehr aufmerksam den Disput der beiden Brüder verfolgt hat, ist derselben Meinung. »Marx hat in vielem recht«, sagt sie, »aber sicher nicht in allem. Wenn ihr mich fragt: Sozialismus und Demokratie gehören zusammen. Das eine ist ohne das andere nicht denkbar. Irrtümer und Fehlentwicklungen aber müssen in Kauf genommen werden. Wieso sollen denn ausgerechnet wir immer gleich den richtigen Weg finden?«

»Gut! Gut! Gut!« Onkel August muss lachen. »Will ja nur sagen, dass mir ein vernünftiges Miteinander lieber ist als eine wechselseitige Unterdrückung. Euer Marx und alle, die ihm folgen, besitzen mir einfach zu viele ›unumstößliche Erkenntnisse‹. So starre Prinzipien aber bedeuten, werden sie durchgesetzt, das Ende aller Freiheit.«

Erneut will Onkel Köbbe widersprechen, doch jetzt reicht es der Großmutter. Mit der flachen Hand schlägt sie auf den Tisch und sieht ihre Söhne zugleich stolz und strafend an. »Was hab ich nur für kluge Kinder! Über alles können sie disputieren, nur eines wissen sie nicht, nämlich dass es für alles und jedes eine richtige und eine falsche Zeit gibt. Schon morgen können die Blauen vor der Tür stehen und David verhaften – und da sorgt ihr euch um den längst abgehalfterten Bismarck, den Kaiser, das Reich und die Welt!«

»Bravo!« Tante Nelly, die sich in solch brüderliche Streitgespräche nie einmischt, weil sie glaubt, nicht genügend von all diesen Dingen zu verstehen, klatscht in die Hände. »Das richtige Wort zur richtigen Zeit! Zwei so kluge Söhne zu haben, Mutter, das ist wohl auch nicht immer das wahre Vergnügen.«

»Na ja«, murrt die Großmutter da nur noch leise, »einen von den beiden Streithammeln hast du mir ja abgenommen.« Und neugierig schaut sie Lissa an. Ob ihr wohl trotz aller gegenteiligen Beteuerungen auch der zweite Sohn bald abgenommen wird?


### Ein ganz patenter Kerl

Wieder eine Nacht mit wenig Schlaf. David hat alles Bettzeug von sich geworfen, starrt zu dem kleinen Dachfenster hoch und glaubt, die schwülheiße Luft, die auf dem

Haus lastet, mit Händen greifen zu können. Irgendwann kann er dann nicht mehr liegen bleiben. Trotz seines heftig pulsierenden, schmerzenden Fußes steht er auf und hüpft auf dem gesunden Bein zu dem kleinen Fenster hin. Mit Mühe besteigt er den Stuhl, über den er am Abend zuvor seine Wäsche gehängt hat, und schiebt den Kopf ins Freie.

Kein Lufthauch ist zu spüren, dort hinten aber, hinter all den anderen Dachgiebeln und Schornsteinen, muss die Schönholzer Straße liegen. Wäre er eine Taube oder ein Spatz, in wenigen Minuten wäre er bei Anna.

Er versucht, sich vorzustellen, wie sie in einem der Betten im Schwalbennest liegt, sicher nicht allein, sondern zusammen mit einer ihrer Schwestern, doch gelingt es ihm nicht. Er kann sich keine schlafende Anna vorstellen. *Seine* Anna ist stets wach und kess und nur manchmal ganz still und in sich gekehrt. Doch welche von den beiden ihm die liebste ist? Wie soll er das wissen; mal ist es die kesse mit den frechen Sprüchen, mal die stille, nachdenkliche. Auf jeden Fall aber, das ist ihm bei all dem Im-Bett-Herumwälzen klar geworden, muss er ihr eine Nachricht zukommen lassen. Sie darf nicht denken, dass er sie nicht mehr sehen will, nur weil sie sich nun längere Zeit nicht treffen können.

Ein Gedanke, der ihn so unruhig macht, dass der Stuhl zu wackeln beginnt und er froh ist, ohne Sturz wieder hinunterzugelangen.

Zurück im Bett ahnt er, dass er nun erst recht nicht mehr wird einschlafen können. Eine neue Sorge ist aufgetaucht: Wie kann er Anna möglichst rasch eine Nachricht zukommen lassen? Sie muss unbedingt erfahren, was passiert ist und dass er keine Schuld daran trägt, wenn sie sich in den nächsten Tagen – und vielleicht sogar sehr viel länger – nicht sehen können.

Das kleine Viereck über ihm wird dunkelblau, hellblau und irgendwann purpurrot, orangenfarben und gelb. Und jetzt, erst jetzt, da schon die grelle Sonne durch das kleine Dachkammerfenster lugt, kann David doch noch einschlafen. Und nun schläft er so tief und fest, dass alle, die kommen, um nach ihm zu sehen – die Mutter, die Großmutter, Onkel Fritz, Tante Mariechen –, sich auf Zehenspitzen wieder entfernen. Wozu sollen sie ihn wecken, da er doch an diesem Montag ohnehin nicht zur Schule gehen wird?

Gegen Mittag erwacht er. »Langer Schlaf – rasche Gesundung!« Die Großmutter freut sich. Doch sagt sie das nur, um ihn aufzuheitern, denn sein Fuß, noch immer dick und inzwischen in allen Farben schillernd, sieht nicht nach Gesundung aus.

Zum Mittagessen, eine Hühnersuppe von Tante Mariechens Hand, wie sie auch der Kaiser nicht lukullischer serviert bekommt, hinkt er wieder in die Küche. Er kann nicht länger liegen bleiben, erträgt das Bett nicht mehr.

Kaum hat er sich, nach endlich wieder erwachtem Appetit, zwei Teller davon einverleibt, kommt Onkel August. »Tut mir leid«, sagt er, sich den Schweiß von der Stirn wischend, »aber es ging nicht früher. Das Wartezimmer war mal wieder proppenvoll. Wir Berliner sind eben nicht tropentauglich.«

Mit Davids Fuß ist er zufrieden. »Nicht besser, nicht schlechter. Die Farbpalette muss euch nicht sorgen. Das ist normal bei einer solch bösen Prellung.« Gleich darauf aber macht er ein besorgtes Gesicht. »Die Herren Blauen werden ja nun bald kommen. Benachrichtigt mich nur gleich, ja? Und tut mir den Gefallen, lasst Köbbe aus dem Spiel. Er ist viel zu impulsiv. Nützt ja nichts, sich moralisch im Recht zu fühlen, wenn die Obrigkeit sich um diese Moral nicht kümmert.«

Will er etwa die Diskussion vom Vortag wieder aufwärmen?

Tante Mariechen, bereits mit dem Abwasch beschäftigt, fährt herum. »Fängste schon wieder an, Gustl?«, schimpft sie, den nassen Kochtopf drohend erhoben. »Was ihr nur alle mit eurer Politik habt! Mir können se gestohlen bleiben, die Herren Polütüker. Was se wirklich meinen, das sagen se nich, und was se sagen, das meinen se nich. Ihr gutherzigen Leute aber zerbrecht euch die Köpfe darüber, wie's richtig ist.«

»Gut gebrüllt, Löwin!« Onkel August muss lachen. »Aber genau das ist das Dilemma: Es zerbrechen sich immer nur die Gutherzigen die Köpfe über das Wohlergehen der anderen. Die einen, indem sie polütüsüren, die anderen, indem sie ihre Lieben mit allerlei Leckerbissen verwöhnen.«

Kichernd bespritzt Tante Mariechen ihn mit Abwaschwasser, und David überlegt kurz, ob er Onkel August nicht bitten soll, Anna im Knopfladen zu besuchen, um ihr zu sagen, weshalb er heute nicht kommen kann. Doch dann verwirft er diesen Gedanken. Onkel August hetzt sich so ab, um zwischen den Sprechstunden noch Patientenbesuche zu machen, da darf er ihn nicht auch noch durch die Gegend schicken.

Wieder liegt er auf seinem Bett, den schmerzenden Fuß auf Kissen gebettet.

»Wenn du sitzt«, hat die Großmutter ihm erklärt, bevor sie ihn erneut in die Dachkammer hochscheuchte, »strömt das Blut in deine Beine und dein Fuß schmerzt noch mehr. Wenn du liegst, wird er entlastet.«

Eine Erfahrung, die er selbst schon gemacht hat, und da er ohnehin nicht wusste, was er anderes tun sollte, hüpfte er, sich am Treppengeländer festhaltend, Stufe für Stufe wieder in die Dachkammer hoch. Hier oben aber ist es inzwischen noch heißer geworden, er liegt da wie ein Brot im Ofen, das gebacken werden soll.

Er versucht zu lesen, doch schweifen seine Gedanken immer wieder ab. Es ist mal wieder ein Buch von diesem Theodor Fontane, das Tante Nelly ihm mitgebracht hat. Es heißt *Der Stechlin* und spielt am Stechlinsee und in Berlin. Doch ist dieser Roman viel schwerer zu lesen als *Irrungen, Wirrungen*, vor allem, weil er so personenreich ist. Wenn einem die Verhaftung droht, das Blut im Fuß puckert und der Kopf vor Hitze platzen will, hat ein solches Buch keine Chance.

*Irrungen, Wirrungen* hatte er in einem Zug durchgelesen. Er fand es sehr spannend, ging es darin doch um eine Liebesgeschichte, die ihn an Tante Nelly und Onkel August erinnerte, nur eben andersherum: Im Roman kam der Baron Botho aus einem höheren Stand und durfte seine Lene nicht heiraten, bei Onkel August und Tante Nelly war es genau umgekehrt. Leider ahnte er schon nach wenigen Seiten, dass die Geschichte nicht gut ausgehen würde. Weil sie sonst sicher gar nicht erst geschrieben worden wäre. Dennoch klammerte er sich an die Hoffnung auf ein gutes Ende. Einfach, weil dieser Botho und seine Lene so sympathisch waren. Wie die Geschichte ausging, das hat ihn dann sehr nachdenklich gemacht: Botho muss aus finanziellen Erwägungen und weil seine Umgebung es nicht verstanden hätte, wenn er ein Fräulein aus niederen Kreisen geheiratet hätte, auf seine Lene verzichten und eine ewig plappernde, eher oberflächlich denkende Frau heiraten; Lene vermählt sich bald darauf mit einem sehr frömmelnden, langweiligen Mann. Beide fügen sich in ihr Schicksal, obwohl sie immer wieder aneinander denken müssen. Das schien ihm, je länger er darüber nachdachte, ein viel trostloseres Ende zu sein, als wenn sie miteinander in den Tod gegangen wären.

Hat Onkel August Tante Nelly dieses Buch geschenkt, weil sie eine ähnliche Liebesgeschichte hinter sich haben? Wollte er sie daran erinnern, was für ein Glück es war, dass sie am

Ende einander doch noch bekamen? Er stellt sich diese Frage auch jetzt wieder, an diesem so hitzelastenden, hellen Sommernachmittag auf seinem Bett. Anna und er, sie erleben ja auch so eine Geschichte. Zwar ist er kein Baron, auch wenn ihr Vater ihn gern so tituliert, doch geht er aufs Gymnasium und wird vielleicht eines Tages studieren. Anna hingegen lebt in bitterster Armut, muss von morgens bis abends Knöpfe verkaufen und wird eines Tages vielleicht irgendeinen Karl heiraten ...

Ein Gedanke, den er nicht mehr loswird. Immer unruhiger starrt er zu dem kleinen, weit offenen Dachfenster hoch. – Er muss Anna Bescheid geben! Sie muss erfahren, dass er ihr nichts nachträgt, sondern sie seit ihrem Badeausflug vielleicht sogar noch lieber hat als zuvor. Doch darf er nicht mehr lange warten, wenn er Pech hat, stehen schon in wenigen Minuten die Blauen vor der Tür ...

Onkel Fritz! Onkel Fritz könnte zu ihr gehen, mit Onkel Fritz kann man reden! – Er muss sich Mühe geben, nicht aufzuspringen, hüpft auf dem gesunden Bein zur Tür und danach immer dicht am Geländer entlang die Treppe hinab.

Im Haus ist alles ruhig, die Großmutter und Tante Mariechen haben mit der großen Wäsche zu tun und Onkel Fritz wird wie immer im Hof sitzen. Er liest bei dieser Hitze seine Zeitung gern im Freien.

Richtig, auf der Bank neben der Regentonne sitzt er, Zeitung neben sich, Kopf auf die Brust gesunken. Sicher ist er in der Hitze eingedöst und hat nicht mitbekommen, dass der Schatten, den die Linde wirft, inzwischen weitergewandert ist. Längst scheint ihm die pralle Sonne auf die Glatze; eine gefährliche Angelegenheit. Vor zwei Jahren hat er sich auf diese Weise mal einen grässlichen Sonnenbrand geholt.

David hüpft auf ihn zu, lässt sich neben ihm nieder und

stößt ihn sachte an. »Onkel Fritz! Wir müssen die Bank in den Schatten rücken. Sonst kriegste wieder Ärger mit Klärchen.«

Klärchen, so nennt Onkel Fritz die Sonne, der er es nicht »verargen« will, dass er eine so empfindliche Glatze hat und immer wieder seinen Sonnenhut vergisst.

Er schrickt auf, fährt sich mit der Hand über den Kopf und seufzt erleichtert: »Oje, jing jerade noch mal jut! Hab wohl zu viel nachjedacht.« Und gleich steht er auf und zu zweit schieben sie die Bank in den Schatten.

»Worüber haste denn nachgedacht?«, fragt David, als sie sich wieder gesetzt haben. Er kann doch nicht gleich mit der Tür ins Haus fallen, klopft lieber erst mal vorsichtig an.

»Übers Leben, mein Junge«, antwortet Onkel Fritz feierlich. »Is ja allet ziemlich verrückt, nich wahr? Wenn de alt wirst, David, haste so viel erlebt, was de jar nich allet verstehen kannst. Dein Jehirn treibt Blasen, du aber kapierst nischt. Na ja, und denn … Da hab ick nu mein Mariechen und müsste glücklich und froh mit ihr sein, aber so'ne richtje Familie mit Kinderkens und so, die is mir nich verjönnt jewesen und dit ärgert mir zuweilen.«

In einer solchen Stimmung hat David Onkel Fritz noch nicht erlebt. Eingesunken wie ein alter Mann sitzt er da, die Hände im Schoß, die Stirn in tiefe Grübelfalten gelegt. »Nu ja«, fährt er fort. »Dit sind so Jedanken, wie se einem in de Mittagshitze kommen. Aber is ja wahr: Wenn ick mal weg bin, wat bleibt'n von mir? Keen kleener Fritz, keene Friederike.«

Dass gerade Onkel Fritz das sagen muss!

Wieso soll denn nichts von ihm bleiben? Hat er dank seiner Erbschaft denn nicht immer für andere gesorgt? Onkel Köbbes Studium, auch Mutters Studien und sein, Davids, Schulgeld fürs Gymnasium, nichts wäre möglich gewesen ohne Onkel Fritz' Hilfe.

»Klar bleibt wat von dir«, widerspricht er und grinst. Wer Onkel Fritz aufheitern will, muss Witz haben.

»Und wat soll det Schönet sein, junger Herr?«

»Na ick – ick bin dit! Oder bin ick dir etwa nich schön jenuch?«

Es hat geklappt. Einen Moment lang starrt Onkel Fritz ihn verblüfft an, dann nickt er begeistert: »Da haste nu wieder recht, Davidchen. Wie konnt ick dit nur verjessen – meiner lieben Tante Enkel, der bleibt von mir!«

Sie lächeln einander zu, dann schaut David zögernd zu der von Insekten und Vögeln umschwirrten Regenwassertonne hin. »Onkel Fritz! Ich hab da mal'ne Bitte.«

»Na, denn raus damit! Brauchste Jeld? Vielleicht für'n neuen Frack?«

Onkel Fritz ist wieder Onkel Fritz, und da wagt David, ihm von Anna zu erzählen, und sagt, dass er sie eigentlich am Abend vom Knopfladen abholen müsste. Was er mit seinem Fuß ja nun nicht könne. Doch hätten sie zuletzt öfter miteinander gestritten, und nun glaube sie vielleicht, dass er, wenn er nicht kommt, böse mit ihr ist. Was aber gar nicht stimme. »Und deshalb ... deshalb muss einer hin und ihr sagen, weshalb ich nicht kommen kann. Und ... und auch morgen nicht und ... und vielleicht sogar ganz lange nicht.«

Er will es nicht, doch kann er nicht verhindern, dass er bei diesen Worten feuchte Augen bekommt.

Betroffen wendet Onkel Fritz den Blick ab. »Hast die Kleene wohl sehr jern?«

Darauf kann David als Antwort nur nicken.

»Und sie? Hat se dich denn ooch jern?«

Da kann er nur die Achseln zucken.

»Na, wat macht se denn so mit dir? Sieht se jeden Fleck auf deinem Hemd? Sagt se dir, det de deine Schuhe fest schnüren musst, weil de sonst stolpern könntest? Wenn ja, dann isse wie Tante Mariechen und denn hat se dich jern.«

»Anna ... Anna ist ganz anders. Sie spottet nur immer über alles. Aber ... aber ich mag sie trotzdem.«

»Und sie dich ooch! Dit steht fest. Denn wat sich liebt, det neckt sich. Dit war schon bei Adam und Eva so.«

Sagt Onkel Fritz das nur, um ihm Mut zu machen? Aber nein, er macht ein ganz ernsthaftes Gesicht. »Kannste mir ruhig glauben, Junge. Wozu sonst hat der liebe Jott alle Lebewesen paarweise erschaffen? In erster Linie doch wohl, damit man immer wen zum Streiten hat. Wäre ja furchtbar langweilig auf der Welt, wenn alle Pärchen sich immer nur verliebt in die Oogen kieken würden.« Sagt es und legt zum Schwur die Hand aufs Herz. »Und wat deine Bitte betrifft, selbstverständlich mach ick den Postillon d'Amour! Hab ja sonst nischt zu tun. Musst mir nur beschreiben, wo ick se finden kann, deine kleene Prinzessin.«

Anna! Wie aus dem Hut gezaubert, steht sie am Abend auf einmal vor ihm, während er, erneut in seine stickig-heiße Kammer verbannt, halb nackt auf seinem Bett liegt.

Er starrt sie an, als wäre sie ein Spuk.

Beschämt senkt sie den Blick. »Dein Onkel hat jesagt, ick soll einfach hochjehen. Du ... du wartest schon, hat er jesagt.« Sie hatte nicht damit gerechnet, ihn hier so ganz allein anzutreffen, und das nur in Hose und Unterhemd.

»Aber«, kann er nur stammeln, »wieso bist du denn überhaupt gekommen?«

»Na, weil dein Onkel jesagt hat, det ick am besten gleich mitkommen soll. Weil ... weil ick dir sonst vielleicht janz lange nich sehe.«

Onkel Fritz! Da hat er seinen Auftrag einfach ausgeweitet … David versucht, sich aufzurichten. Geht ja nicht, dass er auf dem Bett liegt und Anna die ganze Zeit vor ihm steht.

»Nee!«, ruft sie erschrocken. »Bleib doch liejen, tut ja bestimmt weh, dein Fuß.« Und dann schnappt sie sich den einzigen Stuhl, den es in seiner Kammer gibt, und rückt ihn nah ans Bett. »Nu erzähl doch mal! Wat is denn passiert? Dein Onkel hat jesagt, du sollst mir allet selber erzählen, sonst sagt er noch wat Falschet.« Sie muss kichern. »Der is lustig, dein Onkel! Der hat janz lange bei der Czablewski im Laden jestanden und von dir erzählt … Wusst ick noch jar nich, det de als kleener Junge mal von de Waisenhausbrücke jefallen bist und er dir aus de Spree fischen musste.«

»Ist ja auch ewig lange her. Kann mich nicht mal mehr daran erinnern.«

Er ist noch immer überrascht, weiß nicht so richtig, wie er sich verhalten soll. Sie spürt das, verstummt und kuckt ihn nur noch an. Und da muss er endlich den Mund aufmachen und von der Plakataktion und seiner Flucht aufs Dach erzählen. Ganz gegen ihre Art hört sie nur still zu, unterbricht ihn kein einziges Mal. Erst als er fertig ist, sagt sie, und ihre Stimme klingt so baff erstaunt, als hätte er ihr gestanden, in Wahrheit der Sohn irgendeines amerikanischen Indianerhäuptlings zu sein: »*Du* warst dit? All die Plakate in der Stadt hast *du* jeklebt?«

Er erklärt ihr, dass er nicht allein unterwegs war, kann aber einen gewissen Stolz nicht unterdrücken. Sie hat die Plakate also gesehen? Und viele andere haben sie auch gesehen? Dann hat Onkel Köbbe recht, dann war die Aktion doch ein Erfolg, auch wenn bisher noch kein einziger Häftling deswegen freigelassen wurde.

»Na klar hab ick die jesehen«, antwortet sie auf seine Frage und strahlt ihn an. »Eens hing ja ooch inne Schönholzer, gleich neben de Nr. 37. Dit haben alle jesehen.«

»Und? Was haben sie dazu gesagt?«

»Na, det dit richtig is, dit mit die Freiheit für alle Jefangenen. Hab dabei gleich an deinen Opa gedacht.«

»Nicht Freiheit für *alle* Gefangenen«, verbessert er sie. »Freiheit für alle *politischen* Gefangenen.«

»Danke, Herr Lehrer!« Gleich wird sie wieder schnippisch. Doch dann wird ihr bewusst, dass er ja trotzdem einer der Plakatklebehelden ist, und erneut strahlt sie ihn an. »Aber det du dabei warst, dit hätt ick nich jedacht. Du bist doch Jymnasiast.«

»Na und?«

»Ick dachte immer … Aber is ja ejal, jetzt biste jedenfalls 'n richtig doller Kerl.«

Sie sagt das so bewundernd, dass David nicht anders kann, als sich zu freuen. Es gibt Unschöneres, als für einen tollen Kerl gehalten zu werden. Allerdings wird dieser tolle Kerl vielleicht bald verhaftet werden und er sie dann lange nicht wiedersehen und bei dem Gedanken verblassen aller Stolz und alle Freude.

Sie sieht ihm an, dass etwas nicht stimmt. »Wat haste denn mit eenem Mal? Isset wejen deinem Fuß? Kannste mir doch sagen, wenn dir wat wehtut, bin doch deine Freundin.«

Nun hat sie schon wieder etwas Schönes gesagt! Deine Freundin! Er, David Rackebrandt, hat eine Freundin, eine, die ihn mag und sich um ihn sorgt und sich vielleicht schon bald noch sehr viel mehr um ihn sorgen wird … Leise sagt er ihr, wovor er sich fürchtet.

Ihre Augen werden immer größer. »Du musst ins Jefängnis, nur weil de Plakate jeklebt hast?«

Verflucht, jetzt würgt es ihm im Hals und aus dem Nicken wird ein Schluchzen.

Ein Weilchen schweigt sie, bis sie sich auf einmal über ihn beugt und ihn kurz, aber fest auf den Mund küsst. »Wenn de wirklich injesperrt wirst«, sagt sie danach wie selbstverständ-

lich, »denn wart ick uff dir. Da musste keene Angst haben ...
Ick meine, wejen Karl und so.«

Eine Liebeserklärung, eine richtige Liebeserklärung! Und sie hat das so ganz einfach gesagt ... Er schaut sie an, und da überkommt es ihn wieder, dieses seltsame Ziehen in der Brust, jener angenehme Schmerz, den er am Abend an der Spree schon mal gespürt hat. Er stützt sich auf, streckt vorsichtig die Hand aus und streichelt mit zwei Fingern das Muttermal an ihrem Hals. Er muss das nun endlich mal tun.

Sie zuckt zurück. »Wat machste denn da?«

Er wird rot wie Paprika. »Wieso? Ist das denn schlimm? Sie ... sie gefällt mir eben, deine Rosine am Hals.«

»Der braune Pickel?« Jetzt schaut sie ihn an, als wäre er nicht mehr ganz richtig im Kopf. »Haste Fieber?«

»Nee! Ich finde es nur einfach schön, dieses Muttermal ...« Er wird immer verlegener.

Entgeistert schüttelt sie den Kopf. »So, also dit jefällt dir an mir! – Weeßte, wat mir an dir jefällt?«

»Nee.«

»Ick ooch nich!«

Sie lacht, hat ihn wieder mal reingelegt.

Er bleibt ganz ernst. »Man muss nicht über alles Witze machen.«

»Entschuldigung, Herr Lehrer! Wird nich wieder vorkommen.« Sie muss noch immer lachen, kann dann aber ihre Neugier nicht länger zügeln. »Biste etwa verliebt in mir?«, fragt sie mit ganz schmalen Augen.

Was soll denn das? Hat sie nicht eben erst gesagt, dass sie auf ihn warten will, falls er wirklich ins Gefängnis kommen sollte? Und war das etwa *keine* Liebeserklärung? »Na und?« Er zuckt die Achseln. »Wäre das so schlimm? Du ... du gefällst mir eben ... Lange schon!«

So! Jetzt muss sie Farbe bekennen. Zumindest will er hören, dass auch er ihr nicht übel gefällt.

Einen Moment lang schaut sie ihn nur an, dann schüttelt sie heftig den Kopf. »Nee, ick verliebe mir noch nich! Bin ja erst fuffzehn, verlieben tu ick mir erst mit achtzehn.«

Was für eine dumme Antwort! »Ich werd aber bald siebzehn. Was, wenn ich mich vorher in eine andere verliebe?«

Jetzt erschrickt sie. »Wehe! Dit darfste nich!«

Das ist verrückt. Sie will, dass er bei ihr bleibt, obwohl sie mit dem Verlieben noch warten will? Will sie ihn irgendwie in Reserve behalten, für den Fall, dass sie keinen Besseren findet? »Ja, aber wenn ich dich nun schon liebe und du mich noch nicht, was soll ich denn so lange tun? Däumchen drehen?«

»Na klar! Wat denn sonst? Denn musste eben warten.«

Sie sagt das so selbstverständlich, als hätte er sie nur gefragt, ob draußen noch immer die Sonne scheint. Niemals zuvor hat er ein solch verrücktes Gespräch geführt. »Na gut«, sagt er schließlich. »Dann warte ich. Aber wehe, ich warte umsonst!«

Gleich strahlt sie wieder. »Nee, da musste keene Angst haben. Wenn ick mir mal verliebe, denn nur in dir.«

Die Mutter ist gekommen, hat sich zu ihm aufs Bett gesetzt und Anna ein bisschen ausgefragt. Nicht lange, und Anna legte alle Schüchternheit ab und antwortete, wie es ihre Art ist, ohne ein Blatt vor den Mund zu nehmen. Wie es ihr im Knopfladen gefällt, was sie zu Hause alles tun muss und von ihren Geschwistern erzählte sie. Sie hat geredet und geredet und, da kennt David seine Mutter ganz genau, sie hat ihr gut gefallen.

Nach dem Abendbrot jedoch, zu dem auch Anna eingeladen war, stellt sich heraus, dass es einen gibt, der noch begeisterter von ihr ist: Onkel Fritz. Kaum ist sie gegangen, trompetet er schon los: »Also, dit is'n Mädel –'n janz patenter Kerl! Und

Augen hat die Kleene! Jar nich groß und jar nich besonders hübsch, aber da steckt wat drin. Kiekt se'n Stein an, bejinnt der vor Rührung gleich von seiner schweren Kindheit zu erzählen. Nur eenen Fehler hat se: Sie berlinert'n bisschen ville.«

Alle müssen lachen. Dass ausgerechnet Onkel Fritz das sagt!

»Na ja«, verteidigt er seine Kritik. »So'n Mädel muss doch'n bissken anders reden als unsereener. Die muss flöten und nich husten. Und wenn se schon nich weeß, wann et ›mir‹ und wann et ›mich‹ heißt, soll se doch einfach ›ma‹ sagen. ›Ick hab ma uffs Sofa jesetzt‹ – dit stimmt immer! Da weeß keener, ob se ›mir‹ oder ›mich‹ sagen wollte.«

Wieder wird gelacht, die Großmutter aber hat nur Augen für David. »Und ich dachte immer, du suchst dir mal so'ne Hübsche wie Tante Nelly. Wie man sich doch irren kann!«

Er weiß vor Verlegenheit nicht mehr, wo er hinblicken soll.

»Tja.« Die Großmutter seufzt. »Gegen's Herze kann man nichts machen. Nur wirst du's mit deiner Anna nicht gerade leicht haben. Ihr Gold ist unter vielen Bergen Sand und Lehm versteckt, da musst du lange buddeln, um ranzukommen.«

Die Mutter sieht das anders. »Es wird nicht leicht, doch glaube ich nicht, dass einer, der sie wirklich mag, allzu tief graben muss. Das Gold schimmert ja überall durch. Das Mädel hat einen klaren Verstand, mit ein wenig Hilfe findet sie ihren Weg.«

Sie will noch etwas hinzufügen, da sind im Treppenhaus plötzlich Schritte zu hören; schwere Schritte, Schritte, die an jenen Tag erinnern, als der Großvater abgeholt wurde. – Wie dumm von ihnen! Nun haben sie über Annas Besuch ganz und gar vergessen, wovor sie sich den ganzen Tag gefürchtet haben.

**Fluchtgefahr**

Es sind keine Blauen, die gekommen sind, um David zu verhaften, es sind mal wieder »Graue«, zwei seltsame Figuren in grauen Paletots, auf den Köpfen schwarze Melonen. Der eine ist schmal, hat eine Habichtsnase, einen dichten Schnauzbart, fliehendes Kinn, fahlblonde Haare und sehr dunkle, fast schon schwarze Augen, der andere, ein schwammig aussehender, kleiner Mann, wirkt kalt und glatt wie ein Frosch.

Wie zwei sie bedrohende Fremdkörper stehen sie in der Küche, das Wort führt der Habicht. »Sie sind Frau Rackebrandt?«, fragt er betont gleichgültig. »Ihr Sohn heißt David?«

»Ja«, antwortet die Mutter ruhig. »Beides ist richtig.«

Da lächelt der schmale Mann mit den dunklen Augen; ein Lächeln, als wollte er der Mutter zu verstehen geben: Was ich sage, ist immer richtig. Laut und betont amtlich erklärt er: »Dann muss ich Ihnen zu meinem Bedauern mitteilen, dass wir Befehl haben, Ihren Sohn zur Klärung einer staatspolitischen Angelegenheit zum Polizeipräsidium am Molkenmarkt zu bringen.«

»Das wird nicht gehen.« Die Mutter bleibt so ruhig. »Mein Sohn wurde am Sonnabend zum zweiten Mal Opfer eines Raubüberfalls. In der Woche zuvor wurde ihm sein Portemonnaie gestohlen, diesmal wurde ihm seine Mütze entrissen. Dabei stürzte er so unglücklich, dass er sich den Fuß prellte. Er ist bettlägerig und kann nicht gehen. Wenn Sie möchten, zeige ich Ihnen gern das ärztliche Attest.«

»Sie haben ein Attest?« Der Frosch macht Glubschaugen. »Ja, wieso haben Sie sich denn gleich ein Attest geben lassen? Ahnten Sie vielleicht, dass wir kommen würden?«

»Wie hätte ich das ahnen sollen?« Jetzt spielt die Mutter die Überraschte. David kann nur staunen. Dass sie kühl und sachlich bleiben würde, hatte er erwartet; er weiß, dass sie sich sehr zusammennehmen kann. Aber dass sie so überzeugend schauspielert? Die Angst um ihn muss ungeahnte Talente in ihr freigesetzt haben.

Sie wiederholt noch mal: »Wie hätte ich Ihren Besuch denn ›erahnen‹ sollen? Was kann mein Sohn mit irgendwelchen staatspolitischen Angelegenheiten zu tun haben? Das Attest benötigen wir für die Schule. Er geht aufs Gymnasium und wird ein paar Tage fehlen. Außerdem beabsichtige ich, Strafanzeige zu stellen. Ist doch unerhört, dass mein Sohn innerhalb von nur wenigen Tagen zweimal Opfer eines Überfalls wird. Offensichtlich gibt es so viel Armut in unserer Stadt, dass manche Menschen sich nicht anders zu wehren verstehen, als sich durch Überfälle und Diebstähle am Leben zu erhalten.«

Das war besonders klug von ihr. Sie muss ja damit rechnen, dass dem Habicht und dem Frosch die Namen Rackebrandt und Jacobi bekannt sind. Dann wissen sie, wo sie politisch steht. Ihnen die brave, staatskonforme Bürgerin vorzuspielen, wäre dumm.

Und tatsächlich, die beiden Melonenmänner grinsen einander zu und der Habicht sagt: »Na, dann geben Sie Ihr wunderwirkendes Attest mal her.«

Die Mutter zögert kurz, dann schüttelt sie den Kopf. »Nein, meine Herren! Ich sprach von ›zeigen‹, nicht von ›hergeben‹. Überreichen würde ich dieses Attest nur einem Untersuchungsrichter – was nach dieser ›Klärung‹ Ihrer ›Angelegenheiten‹ allerdings überhaupt nicht mehr notwendig sein wird.«

»Trauen Sie uns etwa nicht?« Der Frosch ist beleidigt. »Wir sind Diener des Staates, dem Gesetz verpflichtet. Wir kauen Ihr Attest nicht weich und schlucken es runter.«

Der Habicht bleibt kühl. »Behalten Sie Ihr Attest, wenn Sie denn unbedingt möchten. Wir wollen es gar nicht sehen. Ich bin mir sicher, dass Sie sich ein ›gutes‹ Attest besorgt haben. So wie Sie sich ja auch die Geschichte mit der gestohlenen Mütze passend zurechtgelegt haben und ...«

»Aber erlauben Sie mal!« Die Großmutter, zuvor nur voller Unruhe zuhörend, hält es nicht länger auf ihrem Stuhl. Sie stellt sich so aufrecht hin, dass sie größer wirkt, als sie ist. »Bezichtigen Sie meine Tochter etwa der Lüge? – Mein Herr, ich fordere Sie auf, sich auf der Stelle für diese unverschämte Verleumdung zu entschuldigen.«

Kaum zu glauben, auch die Großmutter kann schauspielern! Und alles nur seinetwegen? Wüsste David es nicht besser, würde er ihre Empörung teilen. Aber natürlich, die Mutter und die Großmutter wirken nur deshalb so überzeugend, weil hier ja trotz allem Unrecht geschieht – ein staatliches Unrecht, das zur Folge hat, dass Menschen eingesperrt werden, nur weil sie anders denken und leben wollen, als es der Regierung gefällt. Und noch schlimmer: ein Unrecht, gegen das nicht einmal protestiert werden darf.

»Ihr Name ist Henriette Jacobi?«, fragt der Habicht ungerührt.

»Ganz richtig, mein Herr!« Die Großmutter wird noch ein wenig größer. »Und Ihr Name lautet?«

Da lächelt der Habicht. Ich stelle hier die Fragen, soll das heißen, mein Name tut gar nichts zur Sache. »Dann sind Sie, wenn ich richtig vermute, die Ehefrau von Friedrich Wilhelm Jacobi, der zur Zeit wegen Hochverrats und zahlreicher anderer Delikte in Plötzensee einsitzt?«

Für einen Moment sackt die Großmutter ein wenig in sich zusammen. Großvaters Name und die Wörter »Hochverrat« und »Plötzensee« haben sie erschreckt. Gleich darauf hat sie sich wieder gefasst. »Jawohl, mein Herr, ich bin die Frau von Friedrich Wilhelm Jacobi, der seit drei Jahren von Ihnen und

Ihresgleichen im Strafgefängnis festgehalten wird. Wenn Sie nun aber nach dem Großvater auch noch den Enkel einsperren wollen, nur weil er in einer Familie groß geworden ist, die ihre eigenen Ideale und Wertvorstellungen hat, dann, meine Herren, sollten Sie sich fragen, ob Sie noch ein Herz im Leibe haben!«

»Nu beruhigen Se sich doch, gute Frau«, mischt sich der Frosch wieder ein. »Wir bringen Ihren Enkel nur zum Molkenmarkt, danach hat sich der Fall für uns erledigt. Über alles Weitere haben andere zu entscheiden.«

»Und wie woll'n Se'n transportieren?« Onkel Fritz, der mit Tante Mariechen vor dem wegen der Abendhitze weit offenen Fenster steht und schon öfter empört den Kopf geschüttelt hat, kann auch nicht mehr an sich halten. »Woll'n Se'n eventuell huckepack nehmen? Sie seh'n doch, der Junge kann nich laufen. Sein Knöchel is so heiß, wenn Se'n antippen, zischt et.«

Wieder grinst er so spöttisch, der Habicht. »Und warum kühlen Sie ihn dann nicht? Weiß doch jedes Kind, dass man in solchen Fällen kühlen muss. Steckt da vielleicht eine Absicht dahinter?«

»Wir haben den Fuß gestern den ganzen Tag gekühlt«, antwortet die Mutter so sachlich, als hätte er sie nur nach dem Wetter gefragt. »Und auch heute haben wir unentwegt mit feuchten Handtüchern herumgefuhrwerkt – bis es meinem Sohn lästig wurde, weil er sich ja schließlich mal bewegen muss.«

»Und wo sind se, die feuchten Handtücher?« Der Frosch macht ein listiges Gesicht. Er glaubt, die Mutter bei einer Lüge ertappt zu haben, die er ihr leicht nachweisen kann.

»Sie hängen im Hof. Zum Trocknen.« Über eine so dumme Frage kann die Mutter nur lachen. »Wenn Sie sich überzeugen wollen, bitte, treten Sie ans Fenster.«

Doch das will er nicht, der Frosch. Mutters Gelassenheit hat ihn davon überzeugt, dass im Hof tatsächlich Handtücher hängen. »Wir haben da unsere Erfahrungen«, sagt er nur, um gleich darauf streng in die Runde zu blicken. »So! Das wär's! Abtransport! Oder wollen Se sich etwa'ner Polizeimaßnahme widersetzen?« Und damit tritt er vor David hin. »Stehen Se auf!«

Umständlich und sich dabei auf die Mutter stützend, erhebt David sich und sieht zu, wie der Habicht und der Frosch einander bei den Händen packen, um so, vierhändig, eine Art Sitz herzustellen. Dann kommt der Befehl: »Setzen Se sich drauf. Wir tragen Sie die Treppe runter. Vor dem Haus wartet eine Droschke.«

Einen Augenblick schwankt David, dann schüttelt er den Kopf. Er wird sich von den beiden doch nicht abtransportieren lassen wie ein Stück Frachtgut. »Bis zur Haustür schaff ich's schon«, sagt er leise, dann hinkt er, auf die Mutter gestützt, zur Tür.

»David!« Die Großmutter kommt ihm nachgelaufen, zieht seinen Kopf an sich, weint und küsst ihn. »Davidchen! Ach, David! Was machen se nur mit uns! Was sind das nur für Menschen!«

Nun hätte er am liebsten mitgeweint. Andererseits ist da auf einmal eine zuvor nie gekannte Stärke in ihm. »Ich komm ja wieder«, tröstet er die plötzlich wieder so klein gewordene Großmutter. »Wirst sehen, in ein paar Stunden bin ich wieder da. Hab nichts Unrechtes getan, weshalb sollte man mich bestrafen?«

Kaum ist es heraus, staunt er über sich: Wie selbstsicher und voller Überzeugung er gesprochen hat! Also kann auch er schauspielern? Vielleicht können in der Not alle Menschen schauspielern?

Stolz blickt die Großmutter ihn an, dann tätschelt sie ihm die Schulter. »Na, wenn's so ist, dann kannste ja ruhig in Hausschuhen gehen. Sollte es regnen, wenn du zurückkommst, kaufen wir dir eben ein Paar neue.«

Daran hatte er gar nicht gedacht: Er trägt ja nur Hausschuhe! Mit dem dicken Fuß kommt er in keinen festen Schuh. Und mit einem Leder- und einem Hausschuh an den Füßen im Polizeipräsidium aufzutauchen, das würde albern aussehen.

»Weshalb sollte es denn regnen«, sagt er nur noch, »hat ja schon tagelang nicht mehr geregnet.« Und dann hüpft er, auf die Mutter gestützt, aus der Wohnung und die Treppe hinab.

Die Fahrt zum alten Polizeipräsidium am Molkenmarkt führt am Köllnischen Gymnasium vorüber. Laut klacken die Hufe der Gäule auf das Straßenpflaster, mit bedrückter Miene schaut David zu dem wuchtigen, in diesen abendlichen Stunden tot und finster daliegenden Backsteinbau hin.

Die beiden Grauen, die mit der Mutter und ihm in der Droschke sitzen, müssen viele Gymnasien abgeklappert haben, bevor sie dem Besitzer der Mütze mit den Initialen D. R. auf die Spur gekommen sind – hier waren sie fündig geworden und werden bei den Namen Rackebrandt und Jacobi nicht lange gezweifelt haben, auf der richtigen Fährte zu sein. Was dann die Mutter zu seiner Verteidigung angeführt hat – die gestohlene Mütze, den Fuß, das Attest –, das alles hat ihren Verdacht nur noch erhärtet; er wäre an ihrer Stelle auch nicht darauf hereingefallen.

Bei Lichte betrachtet, bleibt ihm nur eine Hoffnung: Trotz allem hat die Polizei keinen einzigen stichhaltigen Beweis für seine Mittäterschaft. Deshalb müssen die Mutter und er auf Onkel Fritz' Geschichte beharren, egal wie fadenscheinig sie klingt und wie sehr sie angezweifelt wird. Einziges Problem ist und bleibt der kleine Polizist: Erkennt er ihn wieder, falls es eine Gegenüberstellung gibt, oder nicht?

Als der Kutscher die Droschke am Molkenmarkt zum Stehen bringt, seufzt die Mutter. Doch gilt dieser Seufzer nicht allein ihm; hier, unweit der Nikolaikirche, liegt die Stadtvogtei, jenes alte Gefängnis, in das der Großvater als junger Bursche eingeliefert worden war, bevor er der Hausvogtei überstellt wurde, dem Gefängnis für politische »Verbrecher«. Vielleicht muss die Mutter daran denken, dass ihr Vater damals nur wenige Monate älter war als jetzt er, ihr Sohn.

Das Gebäude, vor dem die Droschke hält, ist längst zu klein für das Polizeipräsidium einer so großen Stadt. Nur anderthalb Stockwerke ist es hoch, grau und unscheinbar liegt es unter dem inzwischen düsteren, schwülen, stark nach einem Gewitterregen aussehenden Himmel. Es wird Zeit, dass der Umzug an den Alexanderplatz erfolgt; der gesamte Molkenmarkt scheint diesen Umzug sehnlichst zu erwarten.

Durch einen nur schwach beleuchteten Flur geht es in eine noch düstere Stube. Zwei flackernde Gaslampen bescheinen drei Schreibtische und eine lange Bank an der Wand, auf der sie Platz nehmen müssen. Der Frosch und der Habicht tuscheln mit den drei Blauen hinter den Schreibtischen, die neugierig aufblickten, als sie hereingeführt wurden, dann verschwinden sie hinter einer Tür.

Gespannt beobachtet David die drei Männer hinter den Schreibtischen. Hängt sein Schicksal von ihnen ab?

Einer ist eine richtige Karikatur. Runder Schmerbauch unter der prall gespannten Uniform, volles, weiches Mondgesicht, dünnes Schnurrbärtchen und nur noch wenige, sorgfältig auseinandergekämmte, blonde Resthaare auf dem Kopf. Wie ein Werbeplakat für eine Schlachterei sieht er aus: Der Schweinskopf, aus dem später Sülze wird. Er bemerkt Davids

Blick und runzelt streng die Stirn; Beamte beobachten nicht erlaubt, soll das wohl heißen.

Der links neben dem Schweinskopf hat ein eher mageres, knochiges Gesicht und einen dichten, dunklen Savitius- oder Jung-Wilhelm-Bart. Mit freudlos wirkender Gewissenhaftigkeit schreibt er irgendwelche Papiere voll und blickt bei jedem Eintauchen seines Federhalters in das Tintenfass zu ihnen hin. Doch verraten seine müden Augen weder Ablehnung noch Mitgefühl; sie blicken so gleichgültig, als ginge ihn, was in dieser Wachstube geschieht, eigentlich gar nichts an.

Der dritte Schutzmann, rechts vom Schweinskopf, ist ein noch sehr junger, sorgfältig herausgeputzter Mann mit stark geröteten, wimpernlosen Augenlidern. Auch er ist mit irgendwelchen Schreibarbeiten beschäftigt, zeigt seine Neugier aber am deutlichsten. Was haben die beiden nur verbrochen?, scheint er sich zu fragen. Das sind doch bestimmt Mutter und Sohn.

Die Mutter nimmt Davids Hand und drückt sie. Bleib ganz ruhig, soll das heißen, wir haben nicht so schlechte Karten, wie es aussieht.

Kräftig drückt David zurück. Ich hab keine Angst, so seine Antwort, jedenfalls keine sehr große. Mein Großvater hat das ausgehalten, mein Vater hat das ausgehalten, also werd ich's auch aushalten. Und um den drei Blauen zu zeigen, wie wenig es ihn berührt, dass man ihn hierhergebracht hat, studiert er gelangweilt das Kaiserporträt hinter den drei Schreibtischen. Es hängt dort, als kontrolliere der Monarch von Gottes Gnaden mit aufmerksamer Miene, ob die drei Männer an ihren Schreibtischen auch fleißig arbeiten.

Es ist aber noch der alte Kaiser, der hier hängt. Mit seinem langen, weißen Flügelbart schaut er ernst und würdig auf die drei Schutzmänner herab. Als der Großvater erst in die Stadt-

und dann in die Hausvogtei eingeliefert wurde, war Wilhelm I. noch Kronprinz. Sein älterer Bruder Friedrich Wilhelm IV. regierte in Preußen. Doch wurde dieser Kronprinz Wilhelm vom Volk aufs Fürchterlichste gehasst. Es hieß, er habe den Befehl gegeben, mit Kartätschen* auf die Barrikadenkämpfer zu schießen. Später jedoch, nachdem er erst König und dann Kaiser geworden war, so die Großmutter, hätten die meisten Leute ihm diese »Jugendsünde eines Einundfünfzigjährigen« verziehen und ihn zum gütigen, alten Papa verklärt. Ein Stimmungsumschwung, den der Großvater nicht mitmachte, für ihn blieb Wilhelm ein verkalkter, alter Militärknochen. Und so war er vor zwei Jahren, als der alte Kaiser starb, in keinem seiner Briefe auf diesen Tod eingegangen.

Utz und er jedoch waren bei dem feierlichen Leichenzug dabei gewesen. Er führte vom Dom, wo der Kaiser aufgebahrt lag, die Linden entlang bis hin zum Mausoleum im Schloss Charlottenburg, und es schien, als hätte sich an diesem eiskalten, grauen Märztag ganz Berlin versammelt, um Wilhelm I. das letzte Geleit zu geben. Wer einen Fensterplatz ergattern wollte, musste fünfhundert Mark dafür hinblättern, ein Stuhl auf der offenen, regennassen Tribüne kostete sechzig, ein Dachfenster, von dem aus so gut wie nichts zu sehen war, auch noch vierundzwanzig Mark. Onkel Fritz hatte das Tante Mariechen aus der Zeitung vorgelesen und über dieses »ertragreiche Totenbrimborium« nur den Kopf schütteln können. Utz und er aber brauchten keine Logenplätze, sie drängelten sich bis ganz nach vorn durch und dann standen sie zwischen all den anderen Gaffern, und der unermüdlich fallende Regen tropfte von den aufgespannten Schirmen und den Trauerfloren, mit denen die Gaslaternen verhängt waren, auf ihre Mützen und Wintermäntel, während der nicht enden wollende Trauerzug an ihnen vorüberzog.

Doch nicht nur die Laternen waren schwarz verhängt, aus allen Fenstern hingen schwarze Flaggen und sogar das Brandenburger Tor war mit einem riesigen schwarzen Tuch verhüllt. Darauf stand *Vale senex Imperator!*, und Utz, der damals schon Schwierigkeiten mit Latein hatte, wusste nicht, dass das »Lebe wohl, alter Kaiser!« hieß. Er übersetzte es ihm, und Utz wunderte sich: »Wieso ›Lebe wohl‹? Ich denke, er ist tot?«

Eine Bemerkung, die den Leuten um sie herum nicht gefiel. Alle machten sie so ergriffene Gesichter, als wären sie durch diesen Tod zu Waisen geworden, und flüsterten sich immer wieder stolz zu, dass zu Wilhelms Beerdigung aus ganz Deutschland Kränze geschickt worden seien. Sechshundertzwanzig an der Zahl, so habe es in der Zeitung gestanden. »Und das hat er ja wohl auch verdient, unser guter Wilhelm.«

Onkel Köbbe sah das ganz anders. Ein Monarch, der nie ein Konzert, Theater oder Museum besucht und außer militärischen Schriften keine Bücher gelesen habe, sei kein Vorbild für sein Volk, so schrieb er in seiner Reportage über diese Trauerfeier. Nun aber gebe es die Hoffnung, dass der neue Kaiser Friedrich III., der leider so kranke Sohn von Wilhelm I., aus anderem Holz geschnitzt sei und für ein liberales Deutschland eintreten werde. Eine Hoffnung, die trog, denn Friedrich regierte nur neunundneunzig Tage, dann starb er, und sein Sohn, Wilhelm II. – Jung-Wilhelm –, wurde Kaiser. Für Onkel Köbbe eine Katastrophe. Dumm schwatzendes Muttersöhnchen, Aufschneider und Selbstdarsteller, Möchtegern-Cäsar und dreiste Null, so schimpfte er im privaten Kreis über den dritten Kaiser in diesem Drei-Kaiser-Jahr. Ein Abgott des Heeres wolle er sein, dieser mal den roten, goldverschnürten Waffenrock der Leib- und Gardehusaren, mal den weißen Koller oder roten Paraderock der Gardes du Corps tragende eitle Pfau. Wenn dieser Kaiser überhaupt etwas liebe, so Onkel Köbbe, dann nicht sein Volk oder sein Vaterland, sondern ganz allein sein eigenes Spiegelbild ...

Ein ohrenbetäubendes Krachen schreckt David aus seinen Gedanken. Das Foto des alten Kaisers wackelt und der junge Polizist mit den wimpernlosen Augen blickt nicht weniger erschrocken um sich. Allein der Schweinskopf zeigt keine Regung. »Et jewittert«, stellt er nur sachlich fest. Und dann, eher zufrieden: »Na, dit wurde aber auch langsam Zeit. Muss ick wenigstens nich mehr jeden Tag de Blumen jießen.«

Besorgt schaut die Mutter Davids Hausschuhe an, so, als wären seine nassen Füße nun ihr größtes Problem. Doch dann nutzt sie die Gelegenheit, den über den Regen frohen Polizeibeamten höflich zu fragen, wie es denn jetzt weitergehen wird. »Wie lange müssen wir denn noch warten? Meinem Sohn schmerzt der Fuß, er muss ihn kühlen. Auch fiebert er.«

»Jute Frau, da werden Se wohl noch'n bisschen Jeduld haben müssen. Dafür sind wir nämlich jar nich zuständig.« Den Schweinskopf, sicher der ranghöchste Blaue in dieser Revierstube, scheint die Aussicht, einmal nicht seine Blumen gießen zu müssen, gnädig gestimmt zu haben.

»Aber Sie haben hier doch sicher was zu sagen«, versucht die Mutter ihm zu schmeicheln.

»Nee, Gnädigste, hab ick nich. Jedenfalls nicht, was Ihren Fall betrifft.« Er streicht sich sein dünnes Bärtchen, der Mann mit dem runden Gesicht, und lächelt mit einem Mal so freundlich, dass er mehr an einen strahlenden Papiermond erinnert als an eine Reklametafel für Schweinssülze. »Bei uns hat jeder sein festjelegtes Aufjabenjebiet. Dit is nu mal so.«

Die Mutter will erneut etwas fragen, da kracht es zum zweiten Mal; diesmal so laut, als hätte es direkt über ihnen eingeschlagen.

Ängstlich springt der junge Schutzmann auf, erntet einen

strafenden Blick von seinem wiederum unbeweglich sitzen gebliebenen Vorgesetzten und bleichen Gesichts setzt er sich wieder.

Im gleichen Augenblick kommt der Habicht zurück. Er tuschelt ein Weilchen mit dem Rundgesicht, dann sagt er kalt: »Es ist besser, Sie gehen jetzt, Frau Rackebrandt. Ihren Sohn allerdings müssen wir hierbehalten. Die Vernehmung kann erst morgen früh stattfinden, und da Fluchtgefahr besteht, müssen wir ihn in Gewahrsam nehmen.«

»Fluchtgefahr?« Die Mutter glaubt, sich verhört zu haben. »Aber wohin soll er denn fliehen – mit *dem* Fuß? Und Sie verlangen doch nicht etwa von mir, dass ich ihn allein hier zurücklasse? Er ist doch erst sechzehn Jahre alt.«

»Erst – oder schon?« Den Habicht freut, dass er die Mutter in Aufregung versetzt hat. »Das liegt doch wohl ganz in der Ansicht des Betrachters. Aber natürlich, wenn Sie wollen, können Sie gern auf dem Rinnstein draußen Platz nehmen und auf Ihren Sohn warten. Hierbleiben allerdings dürfen Sie nicht. Ein Polizeipräsidium ist keine Wärmestube.«

Die Mutter will etwas Harsches erwidern, verkneift es sich aber. Hat ja keinen Sinn, mit jemandem zu streiten, der alle Macht besitzt und Spaß daran hat, sie auszuspielen. Sie überlegt kurz, dann sieht sie David fest an. »Ich geh zu Dr. Fahrenkrog. Dieses Unrecht nehmen wir nicht hin. Sei ganz ruhig, lange wird man dich nicht festhalten.«

Sie sagt das gegen all ihre Überzeugung, das sieht David ihr an. Doch gibt auch er sich tapfer. »Mach dir um mich mal keine Sorgen. Was kann mir hier schon groß passieren? Aber du? Du darfst doch nicht in dieses Gewitter hinausgehen.«

»Ich halt mich dicht an den Hauswänden.« Die Mutter versucht zu lächeln. »Bei uns hat der Blitz ja längst eingeschlagen – zweimal auf dieselbe Stelle trifft er nie.«

**Auge in Auge**

Der magere Polizist mit dem Jung-Wilhelm-Bart führt David ab. Es geht einen langen Gang mit vielen Holztüren entlang, der an die Flure im Gefängnis Plötzensee erinnert. Vor einer dieser Türen bleibt der Mann stehen, schließt sie, laut mit den Schlüsseln rasselnd, auf und schiebt David in das dunkle Loch hinter dieser Tür.

»Hast Glück, Söhnchen«, sagt er dann, sich noch einen Augenblick an die Türöffnung lehnend und mit dem Schlüsselbund spielend. »Ist nicht viel los heute, hast ein Appartement für dich allein. – Na ja, wird dir nicht gefallen, unsre Logierstube, doch keine Angst, hier bleibt keiner lange. Entweder schicken se dich morgen früh wieder nach Hause oder du wirst in die Untersuchungshaftanstalt eingeliefert. Nur schade, dass du dir's nicht aussuchen darfst, was?«

Er verzieht das Gesicht, als hätte er einen besonders guten Scherz gemacht, dann verschließt er die schwere Tür und macht dabei nicht weniger Lärm als zuvor.

David holt tief Luft, dann blickt er sich um. Eine vom Alter schon fast schwarz gefärbte Holzpritsche, ein zerbeulter Eimer und ein kleines, vergittertes Fenster dicht unter der Decke, das ein wenig düsteres Abendlicht hereinlässt, mehr bekommt er nicht zu sehen. Das kleine Fenster jedoch steht offen, und so hört er ihn nun, den Regen, der auf die Stadt niederprasselt, aber kaum für frischere Luft sorgt.

Ein Weilchen steht er nur starr da, dann hüpft er zur Pritsche, setzt sich drauf und stützt den Kopf in die Hände.

Nun hat er doch Angst, eine große, schlimme Angst! Was, wenn er nun ganz lange Zeit in solchen Zellen bleiben muss? Ein Gedanke, der sich nicht verdrängen lässt. Er muss sich zusammennehmen, um nicht vor Angst zu zittern. Die »Plötze«, die Düsternis dort, der Großvater, die Wärter ... Rasch steht er wieder auf und hüpft durch die Finsternis zum Fenster, um ein wenig nach draußen zu lauschen. Doch bietet das Geräusch des unentwegt niederprasselnden Regens keinen Trost. So kehrt er bald zur Pritsche zurück.

Er muss versuchen, dieses Loch, in das sie ihn gesperrt haben, zu vergessen, muss an was anderes denken. An Dr. Fahrenkrog. Die Mutter ist auf dem Weg zu ihm und das ist gut so. Wenn einer helfen kann, dann Dr. Fahrenkrog. Er ist ja Reichstagsabgeordneter und die Großeltern kennen ihn schon lange. Oft kommt er sich erkundigen, wie es dem Großvater geht. Zwar ist er immer in Eile, der schon etwas ältere Mann mit dem langen Weißhaar unter dem schwarzen Hut und dem schmalen Zwicker auf der stets leicht geröteten, ein wenig zu spitzen Nase, den Großvater aber vergisst er nicht.

Einmal, da war er, David, noch keine zehn Jahre alt und Dr. Fahrenkrog saß noch nicht im Reichstag, wurde er des Landes verwiesen. Es war ein schöner Sommertag, und die Großeltern waren, um ihn zu verabschieden, zum Schlesischen Bahnhof gefahren und hatten ihn mitgenommen. Doch waren sie nicht allein dort, die halbe Stadt wollte Dr. Fahrenkrog das Geleit geben, so beliebt war und ist er noch immer in seiner Partei. Weshalb die Polizei den Bahnhof abgeriegelt hatte; nur wer eine Fahrkarte besaß, durfte auf den Fernbahnsteig. Die aber kostete im billigsten Fall anderthalb Mark, für viele ein halber Tagesverdienst. Also zog die Menschenmenge zum Bahnhof Warschauer Straße, bestieg dort die Stadtbahn und fuhr in mehreren Zügen an dem Bahnsteig vorüber, auf dem Dr. Fahrenkrog auf den Zug wartete, der ihn aus Preußen hinausbringen sollte.

Eine Stadtbahn nach der anderen rollte an dem damals schon weißhaarigen Mann vorüber, aus allen Fenstern wurde ihm zugewinkt und überall wurden Mützen und Hüte geschwenkt. Und auf den nächsten Bahnhöfen stiegen die Leute aus und warteten auf den Fernzug, der mit Dr. Fahrenkrog hier vorbeikommen musste. Die Großeltern und er standen auf dem Bahnhof Alexanderplatz, der ganz schwarz von Menschen war. Als dann endlich der Zug mit Dr. Fahrenkrog kam, wurde wieder gewinkt und gerufen, und Dr. Fahrenkrog hinter seinem Abteilfenster erkannte die Großeltern, winkte zurück und musste seinen Zwicker abnehmen, um ihn zu putzen, so gerührt war er.

Er war aber längst nicht der Einzige, dem ein solches Schicksal beschieden war. Im *Sozialdemokrat* hatte mal gestanden, wie viele Hundert solcher Landesausweisungen es schon gegeben hatte. Oft sogar ohne jede Gerichtsverhandlung und ohne Rücksicht auf die Familien, die nun keinen Ernährer mehr hatten. Es brauchte nur ein Spitzel jemanden als »sozialistischen Agitator« denunzieren, sofort wurde er in den nächsten Zug gesetzt und außer Landes gebracht. Es reichte schon, zum Kaisergeburtstag eine rote Fahne aus dem Fenster zu hängen, um für längere Zeit des Landes verwiesen zu werden. Dr. Fahrenkrog aber hatte in der Hasenheide eine Rede gehalten, in der er Bismarcks Politik der Verteufelung seiner politischen Gegner anprangerte, da war es kein Wunder, dass er danach sofort verhaftet und ihm für drei Jahre die Aufenthaltsgenehmigung entzogen worden war. In diesen drei Jahren musste er seine Familie, so gut es ging, von Bayern aus unterstützen. Aber auch die Großeltern und viele andere Sozialdemokraten halfen seiner Frau und den beiden schon fast erwachsenen Kindern. Jetzt sitzt Dr. Fahrenkrog im Reichstag, hat also ein bisschen was zu sagen, aber ob er wirklich helfen kann?

Nein! Solche Gedanken machen ihn nur noch unruhiger. Wieder hüpft David zum Fenster und lauscht auf den unablässig rauschenden Regen. – Was soll er denn sonst machen, ganz allein in dieser düsteren, ihn ängstigenden Zelle? An Anna denken? Sich fragen, ob sie sich wohl sehr um ihn sorgt, wenn sie erst alles weiß?

Wie sie ihn geküsst hat, als er in seiner Dachkammer auf dem Bett lag! Es war wieder nur so ein Kleinkinderkuss, aber auch solche Küsse verteilt man ja nur, wenn man jemanden gern hat ... Andererseits: Er wird nicht klug aus ihr! Bevor sie ging, verriet er ihr, wie sehr er sich um Großvaters Eichen sorgt. Wenn es weiter so trocken bleibt und er verhaftet wird, so sagte er, würden sie sicher bald eingehen, weil dann ja niemand mehr da ist, der extra ihretwegen bis in den Schlesischen Busch hinauswandert, um sie zu gießen. Seine stille Hoffnung war, dass sie diesen Weg auf sich nehmen würde. Wenn auch nur seinetwegen. Doch kuckte sie nur dumm. »Aber dit sind doch nur Bäume. Davon jibt's doch'ne janze Menge inner Stadt. Wer soll die denn alle jießen?«

Sie hat noch immer nicht begriffen, dass es sich bei Großvaters Eichen um ganz besondere Bäume handelt. Wenn sie ihn, David, aber tatsächlich mag, weshalb bringt sie dann so wenig Verständnis für ihn auf?

Verflucht! Auch keine beruhigenden Gedanken! Außerdem schmerzt sein Fuß nun so sehr, dass er sich das Heulen verkneifen muss; das Herumhüpfen hat ihm nicht gutgetan. Mit einem bitteren Gefühl im Herzen kehrt David zur Pritsche zurück – und legt sich endlich hin. Plötzlich ist es ihm egal, wie viele andere Häftlinge zuvor diese Pritsche so schwarz geschwitzt haben. Einfach einschlafen können, das wäre jetzt das Allerbeste! Schlafen und an nichts mehr denken und nichts mehr mitbekommen müssen von allem.

Ein Blitz zuckt über den Himmel, zerschneidet die Wolken und taucht das kleine, vergitterte Fenster für Bruchteile von

Sekunden in ein grelles Licht. Ein Donnerschlag folgt – und nun prasselt der Regen noch heftiger auf das Straßenpflaster nieder. Die Stadt da draußen, sie muss ein einziger Wasserfall sein. Und ja, jetzt können sie trinken, die drei kleinen Eichen, können sich richtig satt trinken. Der Regen geht auf alle Pflanzen nieder, nicht nur auf die in Polizistengärten ...

Er muss dann doch irgendwann eingeschlafen sein. Als er erwacht, glaubt er, das Gewitter nur geträumt zu haben. Hinter den Gitterstäben zieht ein blauer Tag herauf, es ist viel heller in der Zelle als zuvor, und die frische Luft, die durch das kleine Fenster dringt, beweist, dass eine Abkühlung stattgefunden hat.

Sein Fuß aber ist über Nacht noch dicker geworden. Die Schmerzen sind bald nicht mehr auszuhalten. Auch drückt ihn die Blase. Ist dieser Eimer neben der Tür zum Hineinpinkeln da? Oder soll er an die Tür klopfen und fragen, ob es hier irgendwo eine Toilette gibt?

Er überlegt noch, da rasselt mit einem Mal ein Schlüssel im Türschloss, die Tür wird geöffnet, und ein Schutzmann, den er bisher noch nicht kennengelernt hat, steht vor ihm; ein krummes, nervös wirkendes Männlein mit eng stehenden Augen und stark ausgeprägten Schläfenknochen. »David Rackebrandt?«, fragt er militärisch knapp.

David will antworten, kann aber nur nicken, so trocken ist ihm auf einmal im Hals.

»Mitkommen!«

Vorsichtig rutscht er von der Pritsche und hüpft auf dem gesunden Bein zur Tür.

Das Männlein in der blauen Uniform starrt ihn verwundert an. »Was soll'n das? Sind wir hier beim Zirkus?«

»Ich ... ich hatte'nen Unfall«, entschuldigt sich David, dann stützt er sich an der Wand ab und hüpft langsam neben dem immer noch verwundert blickenden Schutzmann durch den vieltürigen Flur in das ihm bereits bekannte Dienstzimmer.

Die Mutter! Zwischen Onkel August und Dr. Fahrenkrog steht sie, und sofort kommt sie auf ihn zugestürzt, damit er sich bei ihr aufstützen kann.

»Wie geht's dir?«, fragt sie besorgt. »Wie hast du die Nacht verbracht? Hast du schlafen können?«

»Gut«, sagt er nur und: »Ja.« Mehr bringt er nicht heraus. Er sieht ja, *sie* hat nicht schlafen können.

Andere Männer als in der Nacht schauen ihm entgegen, zwei Blaue und ein Zivilist. Der in Zivil, das muss ein höherer Beamter sein. Fettleibig, mit Melone auf dem kahlem Schädel und wucherndem Backenbart steht er mitten im Raum, im rechten Auge ein Monokel. Seine Kleidung ist so sauber wie aus dem Ei gepellt, der steife Kragen blütenweiß, die dunkelblaue Krawatte ziert eine hellgrüne Perlennadel.

Die beiden Blauen neben ihm haben Habt-Acht-Stellung eingenommen. Vor lauter Respekt wagen sie kaum zu atmen.

David vergisst, dass er ja eigentlich zur Toilette muss. Jetzt, jetzt wird sich alles entscheiden!

»Schönen guten Morgen, du schlimmer Verbrecher! Hast du in der Nacht auch keinen deiner Zellengenossen abgemurkst?« So Onkel Augusts Morgengruß. Damit will er allen zeigen, was er von dieser Polizeimaßnahme hält. Gleich darauf hilft er David, auf der Bank Platz zu nehmen, um sich seinen Knöchel anzuschauen.

»Muss das jetzt sein?« Der Zivilist nimmt sein Monokel aus dem Auge, um es mit dem Taschentuch blank zu putzen, bevor er es sich wieder ins Auge klemmt, um Onkel August strafend anzublicken.

Onkel August macht ein Gesicht, als wolle er sich selbst zureden, jetzt nur nicht die Geduld zu verlieren, hält es dann aber doch nicht aus. »Ja, das muss sein!«, beschwert er sich laut. »Der Fuß gehört in Behandlung, das sieht doch jeder Laie. Eine Unverschämtheit, den Jungen hier eine ganze Nacht lang ohne jede ärztliche Versorgung festzuhalten. In was für einem Staat leben wir denn? Und in welcher Zeit? Im Mittelalter?«

Dr. Fahrenkrog, wie immer im dunklen Gehrock und in der rechten Hand seinen Spazierstock, redet ihm begütigend zu. »Nicht doch, Dr. Jacobi! Solche Vorwürfe, egal wie berechtigt sie sind, bringen uns doch jetzt nicht weiter.« Dann lächelt er David zu. »Guten Morgen, mein Lieber! Mach dir mal keine Sorgen, wir werden dich schon freibekommen.« Womit er sich dem Zivilisten zuwendet, der entweder ein höherer Polizeibeamter oder bereits der Untersuchungsrichter sein muss. »Wie schon gesagt, Herr Dr. Fink, ein dermaßen in seiner Bewegungsfreiheit eingeschränkter Junge kann unmöglich jener gewesen sein, der Ihren Polizisten durch so viele Straßen und danach auch noch über mehrere Dächer hinweg entkommen ist. Es sei denn, Sie finden heraus, dass ihm anstelle seiner Schulterblätter Flügel gewachsen sind. Ich bin mir sicher, die Mütze mit den Initialen – ihr einziges Beweismittel! – ist ihm, wie von der Mutter dargelegt, gestohlen worden, um im Fall der Fälle eine falsche Spur legen zu können.«

Das ist gut! Das mit der falschen Spur ist sogar sehr gut! Für einen Moment vergisst David den pochenden Schmerz in seinem Fußgelenk. Wie will dieser Dr. Fink denn beweisen, dass es nicht so gewesen ist?

Dr. Fink hingegen gefällt diese Auslegung des Tatbestandes ganz und gar nicht. Missmutig runzelt er die Stirn. »Herr Dr. Fahrenkrog, machen wir es uns doch einfach und warten ab, was der Beamte sagt, der von dem Täter angegriffen wurde. Er ist bereits hierher unterwegs und wird Ihren Schützling wiedererkennen oder nicht. Warten wir also in Ruhe die Gegenüberstellung ab.«

Gegenüberstellung? Beinahe wäre David ein Ausruf des Schreckens entfahren. Also doch, er muss, wie er schon befürchtet hat, dem kleinen Polizisten gegenübertreten! Und vielleicht »erkennt« der ihn dann wieder, obwohl er ihn in Wahrheit gar nicht wiedererkennt …

Die Mutter nimmt seine Hand und drückt sie kräftig. Er darf sich nicht verraten; verrät er sich durch irgendeine unbedachte Reaktion, ist alles verloren.

Onkel August allerdings, der den Fuß inzwischen mit einer kühlenden Salbe eingerieben hat, kann sich erneut nicht beherrschen. »Gegenüberstellung!«, höhnt er. »Es war Nacht, Ihr ›Täter‹ ist an dem Beamten vorbeigerannt, wie Sie erst vor wenigen Minuten ausgeführt haben, und auch auf dem Dach war der Mond seine einzige Lampe. Woran also will er ihn wiedererkennen? Am Schattenriss? Da können Sie jeden Jungen nehmen, der einigermaßen Größe und Gestalt des ›Täters‹ hat, er wird ihn ›wiedererkennen‹!«

Dr. Fink macht ein gelangweiltes Gesicht. »Herr Dr. Jacobi, die Aussagen des Beamten zu beurteilen, obliegt dem Gericht. Hier und jetzt kommt es einzig und allein darauf an, ob genügend Verdachtsmomente vorliegen, um einen Haftbefehl auszustellen. Vergessen Sie nicht, es geht hierbei nicht allein um Ihren Neffen, es geht vor allem darum, seiner Hintermänner habhaft zu werden.«

Also handelt es sich bei diesem Dr. Fink tatsächlich um den Untersuchungsrichter; von ihm hängt es ab, ob er nach Hause zurückdarf oder in eine Untersuchungshaftanstalt eingeliefert wird … Aber dass er so schnell hergekommen ist! Das kann nur an Dr. Fahrenkrog liegen. Als Reichstagsabgeordneter ist er wer, und da muss er gleich am frühen Morgen alle Hebel in Bewegung gesetzt haben, um diesen Dr. Fink hierherzulotsen ...

»Hintermänner hin oder her, verlangen Sie etwa, dass wir den Gerichten trauen?« Jetzt sprühen Onkel Augusts Augen vor Zorn. Seine Stirn wird zum Gebirge, seine Narbe ist mal wieder dunkelrot. »Hab miterleben dürfen, wie man meinem Vater vor Gericht mitgespielt hat ... Unter Medizinern würde man ein solch hanebüchenes Urteil einen absichtlich herbeigeführten Kunstfehler nennen.«

Beunruhigt wedelt Dr. Fahrenkrog mit seinem Spazierstock. Bitte, Herr Dr. Jacobi, bleiben Sie doch ruhig, will er damit sagen. Wenn wir etwas im Sinne Ihres Neffen erreichen wollen, dürfen wir doch diesen Dr. Fink nicht verärgern.

Onkel August übersieht das. Lang, wie er ist, tritt er vor den so viel kleineren, dicken Dr. Fink hin. »Sie wollen mit all der Macht, die Ihnen zur Verfügung steht, ein Verbrechen aufdecken, das eigentlich gar keines ist«, fährt er ihn an. »Das ist schon schlimm genug. Noch schauderhafter und unverständlicher aber ist, dass Sie einen jungen Burschen als Verbrecher überführen wollen, der nicht mal teilgenommen hat an diesem sogenannten Verbrechen. Geht es Ihnen nur darum, Ihrem Vorgesetzten einen Erfolg melden zu dürfen? Oder hassen Sie diejenigen, die diese Plakate geklebt haben, so sehr, dass Sie irgendwen hinter Gitter bringen wollen, ganz egal, ob er daran beteiligt war oder nicht?«

Das ist böse, sehr böse. Nicht nur Dr. Fahrenkrog, auch die Mutter ist entsetzt. Da wollte Onkel August nicht, dass Onkel Köbbe sich in diese Sache einschaltet, weil er oft den Mund nicht halten kann, und nun läuft ihm selbst die Galle über.

Dr. Fink bleibt ganz kalt. »Ich ziehe es vor, Sie nicht wegen Beamtenbeleidigung zu belangen. Ich übe Nachsicht, weil ich Ihre Furcht um das weitere Schicksal Ihres Neffen respektiere.

Aber bitte mäßigen Sie sich fortan! Meine Geduld ist begrenzt. Und was den Fall Ihres Herrn Vaters angeht, kann ich Sie beruhigen. Ich kenne die Akten, von Unrechtsurteil kann gar keine Rede sein. Im Übrigen: Weshalb regen Sie sich auf? Wenn der Beamte den Jungen nicht wiedererkennt, dann ist ja alles in bester Ordnung. Dann können Sie Ihren Neffen stante pede mit nach Hause nehmen und wir ermitteln in anderer Richtung weiter.«

»Und wenn er ihn ›wiedererkennt‹, obwohl mein Sohn unschuldig ist, wie es das Attest beweist?«, wirft die Mutter leise ein. »Es könnte doch tatsächlich sein, dass der Täter in etwa seine Größe und Figur hat … Außerdem ist dieser Beamte vielleicht verärgert über den Eimerwurf und will jemanden bestraft sehen.«

»Das Letztere schließe ich aus.« Nun verraten Dr. Finks Augen unverhohlenen Spott. »Alles andere wird vor Gericht geklärt. Allein der Richter entscheidet, welchen Beweismitteln er glauben will oder nicht, Ihrem ›Attest‹ oder der Aussage eines preußischen Staatsbeamten.« Er lächelt den beiden Blauen zu, die noch immer neben ihm stehen, diensteifrig lächeln sie zurück.

Ein heftiger Widerwille überkommt David. In welch demütiger Haltung sie dastehen, diese beiden Schutzmänner! Der eine mit schläfrig herabhängenden Augenlidern, der andere sich hin und wieder sein dünnes, rötliches Schnurrbärtchen zwirbelnd. Befiehlt dieser Dr. Fink ihnen, Pferdeäpfel zu fressen, heucheln sie Appetit.

Dr. Fahrenkrog hat es inzwischen geschafft, Onkel August zu beruhigen. Er setzt sich neben ihn auf die Bank, stützt beide Hände auf seinen Spazierstock und nickt laut aufseufzend: »Ja, ja! Ganz richtig! Warten wir die Gegenüberstellung ab. Vielleicht hat Ihr Beamter ja Fledermausaugen und sieht im Finstern besser als im Hellen.« Zu David gewandt sagt er: »Keine Angst, mein Junge! Kommen wir über'n Hund, kommen wir auch über'n Schwanz.«

Im gleichen Augenblick sind Schritte zu hören, und der kleine Blaue, dem David in jener Nacht den Eimer entgegenwarf und der ihm später auf dem Dach gegenüberstand, betritt das Dienstzimmer. David spürt, wie ihm ganz kalt wird. Wie soll dieser Mann ihn denn nicht wiedererkennen, er hat ihn doch auch sofort wiedererkannt ...

Zögernd kommt er näher, der kleine Schutzmann, unsicher schaut er sich um, und dann steht er stramm, um Dr. Fink Meldung zu erstatten. Er nennt Dienstgrad und Namen und sagt, zu welchem Revier er gehört. David, der anfangs das Gesicht weggedreht hatte, um dem Schutzmann keine Gelegenheit zu geben, ihn genauer zu studieren, schielt nun doch wieder hin. Wie jung er noch ist, dieser kleine Blaue!

»Sie ... äh, du da, komm mal her!« Dr. Fink will die Sache nun rasch zu Ende bringen. Mit seinem dicken Zeigefinger winkt er David heran, und, auf die Mutter gestützt, hüpft David ein paar Schritte auf die vier Männer zu, von denen einer nun gleich sein Urteil über ihn sprechen wird.

»So! Nun stell dich mal gerade hin«, befiehlt Dr. Fink weiter, »und wende dem Herrn Wachtmeister dein Gesicht zu.«

David befolgt auch diesen Befehl, stützt sich aber weiter auf die Mutter, die ihn festhält, wie um ihm mehr Rückgrat zu verleihen. Ja, und dann, dann stehen sie einander gegenüber und sehen sich an, der kleine Mann in der blauen Uniform mit dem Säbel an der Seite und der Pickelhaube auf dem Kopf, und er, David Rackebrandt, Gymnasiast, noch keine siebzehn Jahre alt. Der Schutzmann schaut ihm fest in die Augen – und sofort weiß David, dass er ihn wiedererkannt hat.

Er holt tief Luft. Ist es möglich, mit den Augen zu bitten?

Bitte, verraten Sie mich nicht, möchte er dem kleinen Mann zurufen, ich will nicht ins Gefängnis. Das mit dem Eimer, das tut mir ja wirklich leid; hab's nur aus Angst getan. Und auch auf dem Dach, es war ja nur die Furcht vor dem Eingesperrtwerden, die mich immer weiterlaufen ließ … All das möchte er sagen, doch muss er den Mund halten. Er darf nur mit den Augen flehen und muss achtgeben, dabei nicht von diesem Dr. Fink beobachtet zu werden. Der würde sofort begreifen, was er dem kleinen Blauen zu verstehen geben will.

Den schmalen Mund im noch so jungen, bartlosen Gesicht fest verschlossen, blickt der kleine Polizist ihn an. Das also ist der Bursche, der uns in jener Nacht so viel Mühe gemacht hat, scheint er zu denken. Aber wieso hinkt er denn plötzlich? Hat er sich bei seiner Flucht über die Dächer verletzt?

Eine Gegenüberstellung, die endlos lange dauert. Jedenfalls aus Davids Sicht. Doch überkommt ihn von Sekunde zu Sekunde mehr Hoffnung. Er blickt ja nicht feindselig, dieser kleine Blaue. Auch hat er ihn längst wiedererkannt, weshalb rückt er nicht mit der Sprache heraus? Tut er ihm leid, bringt er es nicht über sich, ihn ins Gefängnis zu schicken? – David strafft sich und schaut dem jungen Schutzmann noch fester in die Augen. Das werde ich Ihnen nie vergessen, wenn Sie mich nicht verraten, will er ihm bedeuten.

»Nun?« Wie ein Stein in einen spiegelglatten Teich, so plumpst Dr. Finks ungeduldige Frage in die allgemeine Stille hinein. »Wie lange brauchen Sie denn noch? Steht der Täter vor Ihnen oder nicht?«

Der kleine Blaue sieht David noch einmal kurz an, dann wendet er sich Dr. Fink zu – und schüttelt den Kopf. »Nein! Der war's nicht. Der mir da auf dem Dach gegenüberstand, der war zwar nicht größer, aber viel breiter. Und sein Gesicht – ich hab's zwar nur im Dunkeln gesehen, aber auch das war ganz anders.

Der Täter hatte ein viel breiteres und kantigeres Kinn ... Nein, der hier, der war's ganz bestimmt nicht.«

Was für ein erlösendes Gefühl! David wird so schwach in den Knien, dass die Mutter ihn auffangen muss. Am liebsten hätte er laut losgeheult. Dieser kleine Schutzmann, er hat für ihn gelogen ...

Auch die Mutter, Onkel August und Dr. Fahrenkrog blicken sich erleichtert an. Dr. Fink jedoch will nicht glauben, was er da zu hören bekommen hat. »Sind Sie sich sicher?«, fragt er mit misstrauisch gekrauster Stirn. »Sind Sie sich ganz sicher?«

Noch einmal schaut der kleine Blaue David ernst an, dann nickt er. »Jawohl! Ganz sicher!«

Da seufzt Dr. Fink nur noch ergeben, und die beiden Beamten neben ihm blicken so bekümmert, als würden sie mit ihm mitleiden. Diese ganze anscheinend so einfache und sichere Täterüberführung – ein einziger Misserfolg!

»Tja!« Dr. Fahrenkrog erhebt sich, tritt auf Dr. Fink zu und reicht ihm die Hand. »Dann darf ich den Jungen jetzt wohl mitnehmen?«

Dr. Fink zögert erst einen Moment, dann nimmt er die dargebotene Hand und nickt mürrisch. Es ist ihm anzusehen, dass ihm die ganze Sache nicht gefällt. Doch was soll er tun? Er darf doch die Aussage eines preußischen Staatsbeamten nicht anzweifeln. Außerdem: Weshalb sollte dieser junge Schutzmann lügen? Er ist es doch, der angegriffen wurde und demzufolge alles Interesse der Welt daran haben muss, dass der Angreifer hinter Schloss und Riegel kommt.

»Und die Mütze?« Die Mutter ist so froh, sie muss sich Mühe geben, ihren Triumph nicht allzu deutlich werden zu lassen. »Was ist denn nun mit der Mütze? Bekommt mein Sohn, was ihm gestohlen wurde, zurück? Eine neue Mütze kostet Geld, und die ist ja noch nicht alt und passt ganz vorzüglich.«

Eine abfällige Handbewegung von Dr. Fink, und der schläfrig blickende Beamte tritt an einen Schrank, nimmt die Mütze heraus und überreicht sie der Mutter mit missbilligendem Blick.

»Danke!«, sagt sie fröhlich. »Danke, aber nicht Auf Wiedersehen! Man hat nicht jedes Mal das Glück, auf einen gewissenhaften Schutzmann zu treffen.«

Das ist zu viel für Dr. Fink. »Gehen Sie endlich!«, blafft er die Mutter an. »Doch glauben Sie nicht, dass Sie ständig ungeschoren davonkommen. Wir Patrioten werden uns auch weiterhin gegen Umstürzler wie Sie zu wehren wissen. Und es wäre ein Irrtum, zu glauben, dass Sie fortan tun und lassen dürfen, was Sie wollen, nur weil ein bestimmtes Gesetz nicht verlängert wurde.«

Worte, die Dr. Fahrenkrog die Zornesröte ins Gesicht treiben. »Patrioten?«, entgegnet er gereizt. »Treiben Sie bitte nicht Schindluder mit diesem Wort! Ein wahrhafter Patriot handelt im Interesse und zum Wohle seines Volkes und nicht, indem er Missstände und politisches Versagen der jeweils Herrschenden akzeptiert oder unterstützt. Ein wahrhafter Patriot, Herr Dr. Fink, hat den Mut, Fehlentwicklungen zu benennen und auch mal gegen den erklärten Willen seiner Obrigkeit zu handeln, wenn es dem Vaterland nützt.«

Eine Abfuhr, die den Untersuchungsrichter abwechselnd rot und bleich werden lässt. Er zerrt an seinem steifen Kragen, als wäre der ihm plötzlich zu eng geworden, und blickt sich antwortheischend nach den beiden Blauen um. »Meine Herren, haben Sie das gehört?«

»Jawoll!« Die beiden nicken so eifrig, dass klar wird, sie haben alles gehört, was sie gehört haben sollen.

»Nun denn!« Dr. Fink fasst sich wieder. »Dann sind Sie meine Zeugen. – Herr Reichstagsabgeordneter, dies wird nicht unsere letzte Begegnung gewesen sein!«

»Bitte schön!« Dr. Fahrenkrog wendet sich bereits dem Ausgang zu. »Sie wissen ja, unter welcher Adresse ich zu erreichen bin.« Und damit und ohne jeden weiteren Gruß verlässt er das Polizeipräsidium.

Die Großmutter will nicht glauben, dass David zurück ist. Vor Freude bricht sie in Tränen aus, küsst ihn links, küsst ihn rechts und streichelt ihn immer wieder. »Bin ja nicht gläubig«, flüstert sie ergriffen, »aber diesmal muss der liebe Gott selbst seine Hand im Spiel gehabt haben.«

Onkel Fritz und Tante Mariechen hätten vor Freude am liebsten getanzt »Da soll doch gleich die Wand wackeln!«, jubelt Onkel Fritz, als er David an sich zieht. »Da denkste nu dein Leben lang, et jibt keene Wunder, und denn passiert doch eens.«

Dr. Fahrenkrog lacht. »Das Wunder haben wir einem jungen Wachtmeister mit Herz und Gewissen zu verdanken. Er hat euren David einfach nicht wiedererkennen wollen.« Und bereitwillig erzählt er, was sich im alten Polizeipräsidium abgespielt hat, und David erfährt zum ersten Mal, dass dieser Dr. Fink mit Vornamen Fürchtegott heißt. »Dr. Fürchtegott Fink!«, wiederholt Dr. Fahrenkrog genüsslich. »Nur fürchte ich, dass dieser Fürchtegott in Wahrheit nicht Gott, sondern allein die weltliche Obrigkeit fürchtet und dass diese Furcht schon so sehr Teil seines Wesens geworden ist, dass sie ihm gar nicht mehr bewusst wird. Er hält sich selbst bereits für Obrigkeit.«

»Aber dieser junge Wachtmeister«, schlägt die Mutter vor, »dem müssten wir doch nun eigentlich Blumen schicken. Schließlich hat er David vor dem Gefängnis bewahrt.«

»Vielleicht ist er ja 'n heimlicher Sozialdemokrat«, vermutet David. Dr. Savitius behauptet das von Dr. Grabbe, weshalb sollen nicht auch Schutzleute heimliche Sozialdemokraten sein?

»Kann sein, muss aber nicht.« Onkel August wünscht sich

einen anderen Hintergrund dieser großherzigen Tat. »Besser, er ist nur einfach'n anständiger Kerl, der nicht will, dass ein junger Bursche wegen einer solchen Lappalie ins Gefängnis kommt.«

Eine Erklärung dieses »Wunders«, die auch David gefällt. Wäre ja furchtbar, wenn es nur unter den Sozialdemokraten anständige Kerle gäbe. Er sagt das und alle stimmen ihm zu. Blumen aber, so Dr. Fahrenkrog, sollten sie dem kleinen Blauen lieber nicht schicken. »Damit würde er in allergrößte Erklärungsnöte gestürzt. Auch vor sich selbst. Er hat ja mal einen Diensteid geleistet.«

»Schade!« Dass sie keine Gelegenheit haben soll, dem kleinen Blauen ihre Dankbarkeit zu beweisen, nimmt der Mutter etwas von ihrer Freude, und David ergeht es nicht anders. Als er, auf die Mutter gestützt, aus der Wachstube hüpfte, hätte er dem jungen Beamten am liebsten vertraulich zugelächelt. Aber auch das musste er sich verkneifen, um nicht ihn und sich selbst zu verraten. So sah er ihn nur wieder lange an und hoffte, dass der junge Mann diesen Blick verstand.

»Schluss jetzt mit dem Palaver!« Onkel August, in Eile, weil er ja zu seinen Patienten muss, die sicher schon lange warten, beordert David aufs Sofa, um ihm noch mal den Fuß einzureiben. Danach verabschiedet er sich mit einem Klaps auf seine Schulter. »So! Jetzt so viel wie möglich kühlen und dreimal am Tag einreiben, dann kannste bald wieder über Dächer, Mauern und Schornsteine springen.«

Alle grinsen oder schmunzeln und David bleibt gleich liegen. Erst jetzt kann er Großmutters gemütliches Sofa so richtig genießen. In den Tagen zuvor quälte ihn die Ungewissheit, wie alles weitergehen würde. Das ist nun von ihm abgefallen wie welkes Laub vom Baum. – Niemand kann ihn mehr ins Gefängnis stecken, er ist der »Spinne« entwischt! Da kann sie ihr

Netz noch so dicht weben, es wird immer wieder Schlupflöcher geben, wenn nicht alle mitmachen. – Und nun? Nun wird er schon bald Anna wiedersehen! Verdammt noch mal, er könnte vor Glück schreien!

### Fremde Schuhe

Er *muss* zur Schule, es geht nicht anders. Die Mutter hat ihm den Fuß mit einem Stützverband fest umwickelt und im Orthopädieladen an der Ecke Wallstraße zwei Krücken ausgeliehen. Mit diesen »Geräten« unter den Armen hat er sich auf den Weg gemacht, egal welch ungute Gefühle ihn begleiten.

Der Habicht und der Frosch, die beiden Zivilbeamten, die ihn verhafteten, waren im Colosseum auf seine Spur gestoßen, so wissen alle Lehrer, auch Dr. Savitius und der Rektor, von seiner Festnahme! – Ein Schüler ihres Gymnasiums unter Polizeiverdacht! Wie werden sie ihm das vergelten? Da nützt es nichts, dass er ja wieder freigelassen wurde, der Verdacht – der berechtigte Verdacht! – ist da und lässt sich durch nichts aus der Welt schaffen.

Er sagte das der Mutter, doch ließ sie nicht mit sich reden. »Willst du das Gymnasium sausen lassen? Wenn du längere Zeit fehlst, werten sie das als Schuldeingeständnis. Dann glauben sie, du hast ein schlechtes Gewissen. – Nein, geh hin und blicke ihnen offen ins Gesicht. Es gibt nichts, wofür du dich schämen müsstest ...«

»Reitest du neuerdings in die Penne?«

Utz! Er hat ihn eingeholt und starrt verdutzt die Krücken an.

So muss er ihn mal wieder als Ersten belügen. »Hatte'n Unfall«, knurrt David nur. »Bin gestürzt. Hab mir den Knöchel geprellt.«

Doch das ist Utz zu mager. »Wobei denn?«, fragt er mit gekrauster Nase.

Oh, wie er sie hasst, diese Lügerei! Jetzt muss er Utz dieses blöde Märchen vom Mützendiebstahl auftischen. Und er muss es mit ehrlicher Empörung tun; wie soll Utz ihm denn sonst glauben?

Utz hört sich alles an, dann nickt er. »Deshalb also war die Polizei in der Schule!«

»Die Polizei?« David spielt den Verwunderten. »War sie denn auch in der Klasse?«

»Nee! Wir wissen es nur, weil der Savitius davon erzählt hat. Er hat gesagt, jetzt habe der Schüler Rackebrandt sich endgültig demaskiert. Und dann hat er irgendwas von Plakate kleben, tätlichen Angriff auf einen Polizeibeamten und Flucht durch die Nacht geschwafelt.«

»Na ja, aber das war nur'n falscher Verdacht.« Was nützt alle Scham, er muss weiterlügen, einfach weiterlügen. »Wegen der Mütze, weißt du? Weil da D. R. drinstand, haben die Blauen mich verdächtigt. In Wahrheit hat der Dieb die Mütze benutzt, um eine falsche Fährte zu legen.«

»Im Ernst?« Utz ist erschüttert. Was für ein kolossaler Kriminalfall, scheint er zu denken. Eine gewisse Verwunderung aber kann er nicht verbergen. »Mensch, hast du ein Pech! Erst der Raubüberfall, jetzt die Sache mit der Mütze. Darfst dich ja kaum noch auf die Straße trauen.«

»Hhm!« Besser, nicht länger darüber reden, jede einzelne Lüge brennt auf der Zunge.

Auch in der Klasse empfangen David neugierige Blicke. Fast so, als hätte niemand mehr damit gerechnet, ihn noch einmal wiederzusehen. Arthur Kraus reimt: »Entdeckter Hinterhalt, verlorene Schlacht – auf Krücken den Helden heimgebracht!«

Einige johlen laut, andere schauen ihn unverhohlen feindselig an. Sitzt mitten unter uns ein politischer Verbrecher?, scheinen sie sich zu fragen. Mal sehen, wie lange sich das Colosseum diesen Fremdkörper noch gefallen lässt.

Erste Stunde: Latein. Und an den ernsten und besorgten Blicken, mit denen er David öfter mustert, ist unschwer zu erkennen, dass auch Dr. Grabbe Bescheid weiß. Während des Unterrichts aber fragt er nichts und schaut ihn nur ein einziges Mal etwas länger an – als Eduard von Wettstädt den Satz »*Fructu non foliis arborem aestima*« übersetzen muss: Einen Baum erkennt man an seinen Früchten, nicht an seinen Blättern.

Was soll diese Hinwendung zu ihm bedeuten? Und wieso kann man einen Baum nicht auch an seinen Blättern erkennen? Davids Verunsicherung wächst.

Als dann die Klingel schrillt, winkt Dr. Grabbe ihn in den Flur. Erst dort, am offenen Fenster einander gegenüberstehend, David auf seine Krücken gestützt, Dr. Grabbe sich nachdenklich das Kinn massierend, kommt der Lehrer auf das zu sprechen, was ihn bewegt.

»Ich will nicht wissen, ob die Polizei Sie zu Recht verdächtigt. Ich will Sie nur vorwarnen: Sie werden noch heute zum Rektor gerufen … Und dann, ja, dann wird man Sie wohl von der Schule verweisen.«

Warum erschrickt er nicht? Weil er Ähnliches schon erwartet hat? Weil er sich insgeheim freut, diesem Muffkasten Adieu sagen zu dürfen? Oder nur, weil da noch immer dieses tiefe Glücksgefühl in ihm ist, nicht ins Gefängnis zu müssen?

Dr. Grabbe lächelt zufrieden. »Ich sehe, Sie tragen es mit Fassung. Das beruhigt mich. Ich bin mir sicher, einer wie Sie wird andere Mittel und Wege finden, die Bildung zu erlangen, die ihm zukommt. Es gibt da ja so einige Möglichkeiten.«

David holt nur tief Luft. Er kann jetzt nichts sagen.

Auch Dr. Grabbe schweigt einen Moment. Dann fragt er: »Sie kennen den Spruch ›*Fides est suadenda, non imperanda*‹?«

Ja, den kennt David. Treue entsteht durch Überzeugung, nicht durch Zwang, lautet die Übersetzung.

»Sehen Sie! Sie waren nie überzeugt von unserer Schule. Sie waren – sicher aufgrund Ihrer Familiengeschichte – auch nie überzeugt von der Welt, die Sie umgibt. Das hat man Ihnen angesehen und das hat Ihnen so manche Schwierigkeit eingetragen.«

Dr. Grabbe nickt, wie um sich selbst zu bestätigen, dann seufzt er, schaut auf seine Taschenuhr und hält David die Hand hin; eine eher ungewöhnliche Geste für einen Lehrer. »Ich wünsche Ihnen für die Zukunft alles Gute. Finden Sie den Ihnen gemäßen Weg. Und trösten Sie sich mit einem Spruch des Lukrez: *Nichts ist so groß und anfangs so verehrt, dass man ihm schließlich nicht den Rücken kehrt.*«

Noch einmal nickt er, diesmal um David aufzumuntern, dann geht er den langen Schulgang hinunter, der Mann mit dem prallen Bauch und den viel zu kurzen Beinen. David schaut ihm nach, bis alles vor seinen Augen verschwimmt, Dr. Grabbe, die Wände, die Türen. – Es hat so kommen müssen! Eines Tages hat es so kommen müssen! Aber nun setzt es ihm doch zu; es ist, trotz aller Trostworte, ja doch eine Niederlage.

Zweite Stunde bei Ti Ätsch, dritte bei Professor Raute, vierte beim Uhu. Und alle drei Lehrer wissen Bescheid, mustern den Obersekundaner Rackebrandt, der da so still in seiner Bank sitzt, ein ums andere Mal und schütteln innerlich über ihn den

Kopf. Hat es sich also doch bestätigt: *Qualis pater, talis filius!* – Wie der Vater, so der Sohn! Und in diesem Fall ist es ja sogar die gesamte Familie, die verseucht ist von diesen gefährlichen sozialistischen Ideen. Da hatte der arme Junge keine Chance. Eigentlich bemitleidenswert! Aber nein, für Mitleid ist keine Zeit; der Unterricht muss seinen Fortgang nehmen.

An David gleitet alles ab, der Unterricht, der auf eine überdeutliche Weise schon nicht mehr ihm gilt, und auch die Blicke der Lehrer und seiner Klassenkameraden. Er sitzt nur noch hier, um auf sein Todesurteil zu warten.

In der fünften Stunde kündigt es sich an, Mathematik bei Dr. Ruin. Da steht plötzlich Onkel Max in der Tür, der kleine, bucklige Schuldiener. Mit verschwörerischer Miene flüstert er Dr. Ruin etwas zu und zeigt danach auf David. Und Dr. Ruin, der den Schüler Rackebrandt zuvor ebenfalls mit nagenden Blicken musterte, tritt sofort vor David hin und befiehlt mit väterlicher Strenge: »Tja, Rackebrandt! Dr. Wirth möchte Sie sehen. Begeben Sie sich bitte ins Rektorenzimmer. Und das mit allen Ihren Sachen.«

Mit allen Sachen? In der Klasse wird getuschelt. Das ist der Rausschmiss!

Ein schneller Blick hin zu Utz, der wie erstarrt in seiner Bank sitzt, dann packt David sein Zeug zusammen. Nun heul mal nicht, sollte dieser Blick besagen, du weißt doch, dass ich nichts lieber tue, als von hier zu verschwinden. In Wahrheit ist ihm ganz und gar nicht zum Frohlocken zumute: Die Mutter, die Großmutter, die ganze Familie, wie enttäuscht werden alle sein! Nur gut, dass sie ihm keine Vorwürfe machen können. Er hat ja ausgehalten, nur die Schule, die hat ihn nicht ausgehalten.

Gemächlich – nur keine Erschütterung zeigen! – und ohne sich noch einmal umzudrehen, verlässt David, auf seine Krücken gestützt, die Klasse, um Onkel Max durch den langen Schulflur vor das Rektorenzimmer zu folgen. Die mächtige, mit allerlei Holzschnitzereien verzierte Eichentür, die hohe, stark geschwungene Türklinke aus Messing, der Spruch über der Tür: *Wisse Deine Kraft zu achten, dass Du magst nach Großem trachten.* Wie oft ist er schon an dieser Tür vorübergegangen, wie oft hat er diesen Spruch gelesen! Und wie lächerlich erscheint er ihm nun! Großes? Kleines gibt es hier und jede Menge Kleinliches, überhaupt nichts Großes oder gar Großartiges.

Onkel Max, dessen Gesicht mal wieder nicht verrät, was in ihm vorgeht, so ganz und gar Diener seiner Herren ist er, hat vorsichtig geklopft, nun wartet er mit an die Tür gelegtem Ohr auf das schrille Herein von Fräulein Süßmilch, der großen, rundlichen, stets dunkel gekleideten Schulsekretärin. Als er es endlich zu hören bekommt, schiebt er erst mal nur den Kopf durch den Türspalt. »Ich bringe den Rackebrandt.«

»Soll reinkommen.«

Mit beflissener Miene schiebt der Schuldiener David in den Vorraum zum Rektorenzimmer, Fräulein Süßmilchs mit Kakteen vollgestelltes Reich. Die wie immer sehr hochgeschlossen und dunkel gekleidete Sekretärin sitzt an ihrer laut klappernden, schwarzen Schreibmaschine, tippt noch zwei, drei Wörter ein und blickt den Hereingeführten danach fast ein wenig furchtsam an. Ist dieser Obersekundaner denn nicht ein polizeilich gesuchter Verbrecher, vor dem unbescholtene Leute sich besser in Acht nehmen sollten? Rasch steht sie auf, klopft an Dr. Wirths Tür, schiebt den Kopf durch den Türspalt und flüstert irgendwas.

Gleich darauf öffnet sie die Tür etwas weiter. »Bitte!«, sagt sie mit flammendem Blick zu David.

Für Onkel Max hat sich die Sache damit erledigt. Er verschwindet zurück in den Flur, während David der Aufforderung folgt. Er könnte auch gleich nach Hause gehen; an dem, was Dr. Grabbe ihm bereits mitgeteilt hat, wird sich nichts ändern. Doch nein, wenn schon, denn schon! Er will auch ihre Abschiedsworte noch mitbekommen.

Ein sehr geräumiges Zimmer voller Akten- und Bücherregale. An der Stirnseite, hinter einem wuchtigen, dunklen Schreibtisch, sitzt Dr. Wirth, das lange, strähnige Haar sorgfältig zur Seite gekämmt, die dicken, weichen Lippen im rundlichen, vom rotblonden Kinnbart geschmückten Gesicht abwehrend gekräuselt. Über ihm die Porträts von Wilhelm I. und Wilhelm II., neben ihm, stehend, Dr. Savitius, dessen große, dunkle Augen vor klammheimlicher Freude blitzen.

David grüßt, wie es sich gehört, dann, kaum hat Fräulein Süßmilch hinter ihm die Tür geschlossen, nähert er sich, auf seine Krücken gestützt, dem Schreibtisch so weit, wie es ihm schicklich erscheint.

Es gibt eine Geschichte, die in der Familie immer wieder mal erzählt wird: Der junge Onkel August, wie er, aus dem Krieg heimgekehrt, in ebendiesem Raum vor Rektor Hertz stand, Tante Nellys Vater, der inzwischen von der Liebe seiner Tochter zu dem Zimmermannssohn erfahren hatte und sich in langen Schimpftiraden über dieses versuchte »Einschleichen« in seine heiligen Familienkreise empörte; Anschuldigungen, auf die der vom Krieg gezeichnete Onkel August mit genauso bösen Worten reagierte. – Wird sich das wiederholen? Ein anderer Rektor, aber wieder ein Jacobi, der vor ihm steht, auch wenn er Rackebrandt heißt ...

Dr. Wirth beginnt eher gemütlich. Er will erst mal nur wissen, wie die Sache auf dem Polizeipräsidium ausgegangen ist. Als er alles weiß, blickt er Dr. Savitius an. Der, bei Davids Antwort immer unruhiger geworden, hat nur darauf gewartet, sich endlich einmischen zu dürfen. Langsam kommt er um den Schreibtisch herum, steckt beide Daumen in die Westentaschen rechts und links unter seinem Rock und baut sich in voller Größe vor David auf. »So! Und Sie meinen also, damit habe sich die Sache für Sie erledigt? Sie sind unschuldig, weil die Polizei Ihnen Ihre Schuld nicht nachweisen kann?« Er lacht verächtlich. »Nun, da geben Sie sich einer argen Selbsttäuschung hin. Auf solche Wahrheitsverdrehungen fallen wir nicht herein, an unserer Schule haben Leute wie Sie nun endgültig nichts mehr verloren.« Und damit will er zu einer langen Tirade ansetzen, um aufzuzählen, was er David schon immer prophezeit habe; Dr. Wirth, der wohl befürchtet, zu viel Zeit mit diesem Rausschmiss zu verlieren, unterbricht ihn: »Bitte, Herr Kollege! Der Fall ist ja wohl klar, wir müssen ihn nicht noch einmal in alle Einzelheiten zerpflücken.«

Und erneut wendet er sich David zu: »Schüler Rackebrandt, Sie sind in einen politischen Fall, ja, sogar in ein politisches Verbrechen verwickelt. So etwas hat es an unserem Gymnasium bisher noch nicht gegeben. Unsere Aufgabe ist es, die Herzen und den Verstand der uns anvertrauten jungen Menschen so zu bilden und zu lenken, dass sie in Gottesfurcht und Liebe zum Kaiserhaus aufwachsen. Die fromme Hingabe an den Staat, der uns Deutsche fördert, ermutigt und beschützt, ist das hehre Ziel, für das wir arbeiten und lehren. Diese Arbeit darf nicht durch Schüler gestört werden, die ganz offensichtlich andere, minderwertigere Ziele und Absichten verfolgen. Deshalb sehen wir uns, unabhängig vom Ausgang der polizeilichen Ermittlungen, gezwungen, Sie von der Schule zu verweisen.«

Er räuspert sich, dann fährt er im gleichen ungeduldigen Tonfall fort: »Sie selber scheinen mir weniger Täter und mehr Opfer zu sein. Vaterlos aufgewachsen – und das in einer moralisch verfallenen und auf politischen Irrwegen wandelnden

Familie –, war Ihnen jede Möglichkeit, sich zu einem vaterlandsliebenden Menschen zu entwickeln, verwehrt. Das mag Sie auf gewisse Weise entschuldigen, darf unseren Entschluss, jedweden schädlichen Einfluss von unserer Schule fernzuhalten, jedoch nicht tangieren.«

Was hat er da gesagt? David steigt das Blut in den Kopf. Moralisch verfallene Familie? Politische Irrwege? Was für eine ungeheure Selbstgerechtigkeit spricht aus diesen Worten! Er ballt die Fäuste und mutig schaut er dem Mann vor ihm in die Augen. »Meine Familie wandelt auf keinerlei Irrwegen. Und moralisch verfallen ist sie auch nicht. Da gibt es ganz andere, deren Moral ich anzweifeln würde.«

Puh! Er hat es gesagt! Hat das wirklich gesagt! Und damit ganz eindeutig auf Dr. Savitius gezielt. Und damit der ihn nicht missverstehen konnte, ihn bei diesen Worten auch noch kurz angeblickt.

Zwei, drei Sekunden lang will der Savitius nicht glauben, was ihm da entgegengeschleudert wurde. Dann überkommt es ihn. Wütend stürzt er auf David los, packt ihn an den Jackenaufschlägen und schüttelt ihn, bis David seine Krücken nicht mehr festhalten kann. Polternd fallen sie zu Boden. »Sie frecher Kerl! Sie ungehobelter Klotz! Was erdreisten Sie sich? Sie haben Ihre Füße in fremde, Ihnen viel zu große Schuhe gesteckt und wagen es … Gehen Sie! Gehen Sie! Es war längst an der Zeit, dass Sie unser Haus verlassen. So was wie Sie muss weg. Sie und Ihresgleichen gehören auf den Müllhaufen der Geschichte, Sie …«

»Bitte! Herr Kollege!« Dr. Wirth ist aufgesprungen, abwehrend hebt er beide Hände. »Lassen Sie sich doch von einem solch dummen Jungen zu nichts hinreißen.«

»Nein! Natürlich nicht!« Dr. Savitius, noch immer hochrot im Gesicht, lässt David fahren und klopft sich die Hände ab, als hätte er sich an dessen Jackenaufschlägen schmutzig gemacht. »Diese Leute sind es ja gar nicht wert, dass man sich mit ihnen beschäftigt. Solchen Wölfen kann man die fettesten Fleischstücke hinwerfen, sie wollen doch zurück in den Wald.«

»Darf ich jetzt gehen?«, fragt David nur ganz ruhig, nachdem er seine Krücken aufgehoben hat. Er weiß, er hat einen Sieg errungen. Dass er den Savitius so aus der Fassung gebracht hat, dass der sogar handgreiflich werden wollte, ist das schönste Abschiedsgeschenk, das er sich selbst machen konnte.

Dr. Wirth schaut ihn noch ein, zwei Sekunden mit quellend vorwurfsvollen Augen an, dann nickt er kopfschüttelnd. Er schafft es tatsächlich, zu nicken und gleichzeitig den Kopf zu schütteln. »Ja, bitte gehen Sie! Und holen Sie sich nächste Woche bei Fräulein Süßmilch Ihr Entlassungszeugnis ab. Allzu gut wird es natürlich nicht ausfallen, doch wer weiß, vielleicht ist es Ihnen später ja mal von Nutzen, nachweisen zu können, dass Sie wenigstens eine Zeit lang eine etwas höhere Bildung genossen haben.«

Ist er traurig? Nein! Was hat er denn verloren? Nichts als all die vielen Tage, die er noch auf dem Colosseum hätte zubringen müssen; Tage, in denen alles Interessante sich draußen abspielt, während er hinter den Fenstern des Schulgebäudes brütet; Tage, die nichts anderes als noch mehr Trübsal und verlorene Zeit bedeutet hätten. Wenn er trotzdem, ganz tief drinnen, eine gewisse Art von Traurigkeit empfindet, dann allein wegen der Mutter, Onkel Fritz, den Großeltern, der ganzen Familie. Sie wollten so sehr, dass er das Gymnasium schafft, haben viel dafür geopfert und nun war alles ganz umsonst.

Ein Laufbursche, die rote Lackmütze mit dem *Express*-Schild auf dem Kopf, überholt ihn, während David, auf seine Krücken gestützt, heimwärts hinkt, ein Zeitungsverkäufer, speckige Melone auf dem Kopf, die große, schwere Ledertasche mit all den kunstvoll drum herumdrapierten Zeitungen und Zeitschriften vor dem Bauch, schreit laut seine Zeitungen aus ... Ja, die leben in einer ganz anderen Welt, haben ganz andere Sorgen, würden vielleicht sogar über ihn lachen ...

Nun auch noch ein Plakatankleber! Leimtopf vor der Brust, Leiter über der Schulter, strebt er der nächsten Litfaßsäule zu. Ja, der darf seine Plakate ankleben! Für Theater-, Tanz-, Konzert- und Sportveranstaltungen, Bier, Haarwuchsmittel oder Mittel gegen Bandwürmer, für alles darf geworben werden, nur nicht für die Freiheit von politischen Gefangenen ...

Jetzt ein Schornsteinfeger. Zylinder auf dem Kopf, all seine Arbeitsgeräte am Gürtel, über der Schulter ebenfalls eine Leiter, kommt er über die Straße. Erst schaut David ihm nur nach, dann wird er trotz seiner Krücken schneller, holt den schwarzen Mann ein und streckt die Hand aus. »Darf ich?«

Der Schornsteinfeger, noch jung, lacht. Er weiß, dass er im Nebenberuf Glücksbringer ist. »Wenn's hilft?« Bereitwillig hält er David den Arm hin.

### Hopsasa und Tralala

**D**er Erste, dem David gegenübertreten muss, ist Onkel Fritz. Im Schatten des Haustores steht er, fast so, als hätte er auf ihn gewartet. Verwundert zieht er seine Glatze kraus. »Schon zurück? Bist aber früh dran heute.«

Er will nicht heulen, Tränen machen ja alles nur noch viel schlimmer. Aber als er Onkel Fritz schildert, was passiert ist, werden ihm doch die Augen feucht.

»Na ja!« Onkel Fritz nickt ein paar Mal seufzend. »Hab mir

so wat schon jedacht. Is ja immer der Krug, der zerbricht, wenn er lange jenug zum Brunnen jejangen is, nie der Brunnen.«

Die Mutter, von Onkel Fritz herbeigeholt und aus ihrer Werkstatt in die Küche geeilt, will sich nicht so leicht mit diesem Rausschmiss abfinden. »Aber das dürfen wir uns doch nicht gefallen lassen«, ruft sie voller Empörung aus. »Der Polizist hat dich nicht wiedererkannt, also giltst du als unschuldig. Wie können sie dich da von der Schule verweisen?«

»Ach, Rieke!« Die Großmutter hat keinerlei Hoffnung mehr. Resigniert winkt sie ab. »Was können wir gegen die Allmacht der Schule schon ausrichten? Willst du etwa vor Gericht ziehen? Damit tust du deinem David keinen Gefallen.«

Onkel Fritz, auf den Schreck hin schon den zweiten Schnaps im Glas, ist derselben Meinung. »Selbst wenn se'n wieder aufnehmen müssten, wat für'n Spießrutenlaufen würde ihm dann bevorstehen! Besser weg mit Schaden. David will's ja auch so. Oder sieht er etwa aus wie einer, dem soeben sein janzet Lebensglück davonjeschwommen is?«

»Aber wir könnten ihn doch auf einem anderen Gymnasium unterbringen.« Die Mutter will noch immer nicht aufgeben. Sie ballt die Fäuste, dass die Knöchel weiß hervorstehen. »Vielleicht stoßen wir ja dort auf einen etwas verständnisvolleren Rektor.«

Es widerspricht keiner mehr, doch allen ist anzusehen, dass es so viel Glück wohl nur im Märchen gibt. Und da, mitten hinein in dieses beredte Schweigen, steht David auf, hüpft zum Mülleimer und wirft seine Gymnasiastenmütze in den Abfall. Auf den Müllhaufen der Geschichte mit ihr, wie Dr. Savitius es so schön formuliert hat.

»David!«, ruft die Mutter entsetzt aus und macht Anstalten, die Mütze wieder herauszukramen.

»Nein!« Mit entschlossener Miene tritt er ihr entgegen.

»Ich geh auf keine Schule mehr, ich werde Zimmerer. Die wollen mich nicht – und ich will die nicht!«

»Aber du bist doch nicht dümmer als andere.« Die Mutter sagt das noch mal voller Verzweiflung, und es klingt wie ein Hilferuf, denn nun glaubt auch sie nicht mehr daran, ihn noch umstimmen zu können.

»Natürlich ist er nicht dumm«, versucht die Großmutter sie zu trösten. »Aber die meisten Lehrer in den Gymnasien, die sind dumm. Ein Handwerkersohn gehört ihrer Meinung nach nicht in ihre Bildungstempel. Das war bei Gustl so, wenn auch erst im letzten Schuljahr, das war bei Köbbe so. Gustl und Köbbe aber wollten unbedingt studieren, David will Zimmerer werden wie sein Vater und seine beiden Großväter. Wozu soll er diesen Leidensweg gehen, wenn er kein Ziel hat, das diesen Weg erfordert?«

Die Großmutter hat sehr ernst, sehr klug und sehr behutsam gesprochen. Und als dann auch noch Tante Mariechen, die bisher, die Pfeife im Mund, nur stumm grüne Bohnen geschnippelt hat, leise sagt: »Sieh's doch ein, Rieke! Besser'n Pferd verlieren als'n Reiter«, gibt die Mutter endgültig auf. Die Schule – das Pferd – ist erst einmal weg, dem Reiter aber ist nichts wirklich Schlimmes passiert. Sie seufzt nur noch leise und schüttelt den Kopf. »Wie verlogen und ungerecht ist sie doch, unsere Welt! Und wir, wir müssen mitlügen und alles schlucken, wollen wir nicht an ihr zerbrechen. Doch hat man zu viel gelogen und zu viel geschluckt, muss einem da nicht eines Tages vor Ekel schlecht werden, wenn man sein Bild im Spiegel sieht?«

Es ist früher Abend. David liegt im Hof auf der Bank, unter dem Kopf ein Kissen, auf dem noch immer schmerzenden, ebenfalls auf Kissen gebetteten Fuß ein feuchtes Handtuch. Über der

Regentonne schwirren Insekten, auf ihrem Rand hocken ein paar Spatzen, die von der warmen Brühe nippen, und auf dem obersten Zweig der Linde tiriliert ein Amselmännchen. Was für ein ruhiger, schöner Sommerabend nach all diesen schlimmen Tagen und Nächten!

Zimmerer! Endlich darf er Zimmerer werden – wie sein Vater, wie seine beiden Großväter. Sie sind eben eine Zimmererfamilie, was ist dabei? Der Vater war immer stolz auf seinen Beruf, trug seine Zimmererkluft wie ein General seine Uniform …

Ein Schmetterling kommt geflogen, ein Admiral, also auch so eine Art General. Er landet auf dem feuchten Handtuch und legt die Flügel zusammen. »Na, du?«, fragt David leise. »Wo kommst du denn her? Und wo willste hin? Und ist's schön, ein Schmetterling zu sein, wenn man so lange eine Raupe war?«

Fragen, an sich selbst gerichtet. Wird die auf der Schule so unglückliche Raupe ein glücklicher Schmetterling werden; einer, der von Baustelle zu Baustelle flattert und mal hier, mal dort im Gebälk hockt?

»Führste Selbstjespräche?«

Die Stimme kommt so sehr aus dem Nichts, dass David sich eine Sekunde lang fragt, ob er sie wirklich gehört oder nur geträumt hat. Dann fährt er herum und – nein, es war kein Traum! Anna! Sie steht hinter ihm und freut sich über sein dummes Gesicht.

»Nee, keine Selbstgespräche!« Er grinst verlegen. »Hab mich mit'nem Schmetterling unterhalten. Aber jetzt haste'n verscheucht und deshalb kann er mir nicht mehr antworten.«

»Und wat haste jefragt? Ob wir dieses Jahr'nen strengen Winter bekommen?« Schon sitzt sie neben ihm und blickt ihn neugierig an.

»Nee, nur ob so'n Schmetterlingsleben Spaß macht.«

»Willste denn eener werden?«

»Vielleicht.« Er erzählt ihr von seinem Rausschmiss aus dem Gymnasium und sagt, dass er nun Zimmermann werden und also zukünftig auch viel herumflattern wird. Doch spricht er so ruhig und abgeklärt, als wäre diese Entscheidung schon vor längerer Zeit gefallen und nicht erst wenige Stunden zuvor.

Bestürzt schüttelt sie den Kopf. »Biste jar nich traurig?«

»Nö!« Er spitzt den Mund, als wolle er pfeifen. Mut gewonnen, alles gewonnen! Einer von Onkel Augusts Doktorsprüchen.

Ein Weilchen denkt Anna nur still nach, dann muss sie mit einem Mal kichern. »Und deine doofe Mütze, jeht die jetzt ohne dir spazieren?«

»Die liegt im Müll.« Nun pfeift er wirklich, doch wird es ein Lied, das es eigentlich gar nicht gibt. Die Melodie fällt ihm erst beim Pfeifen ein, sie klingt nach hopsasa und tralala.

Anna will es nicht glauben. »Freust dir ja sojar!«

»Wenn de nischt dajejen hast.«

Wieder denkt sie erst nach, dann sagt sie so ernst, als müsste sie auf eine wirkliche Frage antworten: »Nee, hab ick nich. Warum denn? Zimmerer is doch'n schöner Beruf.«

Das kam so warm und sanft, einen Moment lang kann David nichts antworten. Er schaut nur wieder ihren Hals an. Das Muttermal!

Sie bemerkt seinen Blick und zieht die Schultern hoch. »Ick meine, da verdient man doch besser als innem Knoppladen oder inner Papierblumenfabrik, oder?«

»Klar!« Er möchte jetzt nicht darüber reden, sieht nur diesen braunen, leicht erhobenen Fleck an. Irgendwann wird er sie dort küssen – direkt auf diese Stelle! Ein Gedanke, der ihn rot werden lässt, und so schaut er lieber wieder zur Linde hin, die Onkel Fritz erst vorhin ausgiebig gegossen hat. »Muss bald mal wieder in den Schlesischen Busch, die Eichen gießen. Das Gewitter vorgestern, das war viel zu kurz und zu heftig, da fließt der Regen zu schnell ab.«

Ein Versuch, nichts als ein Versuch! Er weiß ja, wie wenig ernst Anna seine Sorgen um die jungen Bäume nimmt.

Und richtig, sie lacht ihn aus. »Du und deine doofen Eichen! Jibt so ville Bäume uff de Welt, um die kümmert sich keen Aas. Ick gloob, du bringst dit wirklich fertig, humpelst mit deinem kaputten Been bis in den Schlesischen Busch, nur um Bäumeken zu jießen.«

Eben klang ihre Stimme noch warm und sanft, nun spottet sie wieder! – Nein, das nimmt er ihr übel! Das nimmt er ihr wirklich übel! Ist es denn so schwer, sich vorzustellen, was den Großvater bewogen haben könnte, die drei kleinen Bäumchen zu pflanzen? Zornig blickt er sie an.

Sie aber stichelt weiter. »Tust jerade so, als ob die Bäume von deinem Opa noch Säuglinge sind. Kriejen se nich de Brust, jehn se ein.«

»Sind ja auch noch so was wie Säuglinge, auch wenn du das nicht verstehst.« So ein dummes Huhn! Plappert einfach nur so daher, ohne Sinn und Verstand. Schade um jedes Wort, das er an sie verschwendet.

»Danke schön, Herr Lehrer! Aber ick bin nu mal doof jeboren, ick kann nischt dafür.«

Nein, mit dieser Anna kann und will er nicht reden, da wird er nur traurig, zornig und böse, alles zugleich. Er langt nach seinen Krücken.

Doch ist sie schneller, springt auf, schnappt sich die Gehhilfen und läuft damit zur Regentonne. Und dann tut sie, als wolle sie sie hineinwerfen in diese insektenumschwirrte, warme Brühe.

»Wenn du das machst!«, droht er.

»Wat is'n denn?« Sie kichert. »Springste nach und rettest se, bevor se ersaufen?«

»Du bist blöd! Du bist wirklich blöd. So blöd, dass ... dass ...« Ihm fällt kein passender Vergleich ein und so starrt er sie nur finster an. Wie hat er nur jemals glauben können, dass diese heimtückische kleine Giftnatter irgendwas Warmes, Freundliches, Liebes an sich haben könnte!

»Ja, ja!« Sie seufzt gespielt bekümmert. »Jeistige Trägheit is'n schweret Verbrechen! Aber dit Thema hatten wa schon.«

Wozu noch länger reden, mit Worten ist Anna ohnehin nicht zu schlagen. David sieht sie nur noch einen Moment stumm an, dann hüpft er, sich an der Wand abstützend, auf den Hofausgang zu. Soll sie seinetwegen ewig so stehen bleiben, mit den Krücken in der Hand vor der Regentonne, soll sie die Dinger, wenn sie will, zu Brennholz zerhacken, solche Späße sind ihm zu dumm.

Doch – was ist das? Sie scheint nur darauf gewartet zu haben, dass er so richtig böse wird. Sofort kommt sie ihm nachgelaufen und schiebt ihm die Krücken unter die Arme. Und dann flüstert sie ihm, er kann es kaum glauben, ganz warm ins Ohr: »Aber die Bäume von deinem Opa, die brauchen doch jar keen Wasser. Ick hab se doch noch vor dem Jewitter jejossen. Den janzen Abend lang. Die sind so feucht, die stehen schon fast im Sumpf.«

Will sie ihn mal wieder auf den Arm nehmen? Unsicher schaut er sie an.

Sie macht ein Clownsgesicht. »Großet Kronprinzessinnen-Ehrenwort, ick erzähl dir keene Märchen.«

»Aber warum hast du das getan? So wie du immer redest?«

»Hatte Langeweile ... Und da hab ick mir eben'n Eimer jeschnappt und bin losmarschiert.«

Das ist nun wirklich geflunkert. Anna und Langeweile? So

etwas gibt es nicht ... Zwei, drei Sekunden lang staunt David noch, dann überkommt es ihn mit einem Mal siedend heiß: Sie hat es für ihn getan! Weil sie ihn gern hat! Und weil sie ihr Versprechen, auf ihn zu warten, falls er ins Gefängnis muss, ernst gemeint hat. Erst schüttelt er nur den Kopf, dann muss er lachen, richtig laut lachen. Seine Anna! Was ist sie nur für ein seltsames Mädchen!

»Lach nich über mir!« Sie fühlt sich durchschaut, wird rot und boxt ihm in die Seite. »War'ne janze Menge Arbeit.«

Na gut, wenn er nicht lachen darf, dann küsst er sie eben: Als Dankeschön! Vorsichtig nähert er sich ihrem Mund, und als sie es geschehen lässt, küsst er gleich darauf auch das Muttermal an ihrem Hals. Und das ganz lange und zärtlich. Und als sie da immer noch nicht zurückschreckt, wird er noch mutiger, nähert sich wieder ihrem Mund und setzt zu einem richtigen Kuss an. Und – noch schöner, himmelweit schöner! – sie zuckt noch immer nicht zurück. Im Gegenteil, sie küsst ihn auf genau die gleiche Weise, und mittendrin flüstert sie mal kurz: »Ick freu mir ja so, det de nich hinter Jittern musst.«

Er will etwas antworten, doch da spürt er schon wieder ihre spitze, kleine Zunge. Was für ein Gefühl! Als ob Sonntag wäre und alle Kirchenglocken gleichzeitig zu läuten begonnen hätten. – Anna! Seine Anna! Sie hat ihn wirklich lieb!

Dritter Teil
**Wenn der Teufel lacht**

## Kein Kaiser, König oder Fürst

Dieser weite, lichte Himmel, die milde, noch immer warme, doch längst nicht mehr bedrohlich sengende Septembersonne! Dazu der Geruch und die Rauheit und Härte des Holzes und der Klang, wenn darauf herumgehämmert wird oder wenn die Balken, Sparren und Bretter beim Abladen aufeinanderfallen! Auch die lauten Rufe der Männer, ihr Gewitzel, ihre Flüche – nie zuvor hat David so deutlich gespürt, am Leben zu sein, nie zuvor hat er sich so sehr am richtigen Platz gefühlt.

Im Dachstuhl eines von mehreren vierstöckigen, neu erbauten Häusern an der Prenzlauer Allee hockt er, weit geht sein Blick über die Felder, Wiesen und Kleingärten. Ein völlig neuer Stadtbezirk soll hier aus dem Boden gestampft werden, mit hohen Häusern, hohen Fenstern und einer breiten Allee. Die vielen Kleingärten mit den roh gezimmerten, fähnchengeschmückten Bretterbuden, die hier viele Jahre lang eine Art grünes Vorland bildeten, sind bereits abgeräumt. Oft hatten sich die »Kolonisten«, wie sich die Laubenpieper gern nennen, im Lauf der Jahre richtig kleine Obst-, Gemüse- und Blumenparadiese geschaffen. Damit ist es nun vorbei. Allein die Brauereien, die sich hier angesiedelt haben, die werden bleiben.

Doch nein, kein Grund zur Trauer! Keine Wehmut! Die neuen Häuser werden gebraucht. Es ziehen ja Jahr für Jahr mehr Menschen in die Stadt, Männer, Frauen, ganze Familien. Alle suchen sie Arbeit, alle brauchen sie Wohnungen. Und so werden hier, wo noch vor wenigen Jahren nichts als Windmühlen, Kleingärten, Felder und Wiesen zu sehen waren, bald Straßen, Schulen, Stadtplätze und Krankenhäuser das Bild bestimmen. Und Ernst Garleben und all die Männer der Zimmerei Friedrich Wilhelm Jacobi und auch er, der Lehrling David Rackebrandt, dürfen von sich sagen, daran mitgearbeitet zu haben, nicht anders als all die Maurer, Glaser, Dachdecker, Stuckateure, Maler und Bauklempner, die hier so emsig werkeln.

Es ist wirklich ein viel freieres Leben hier draußen an der frischen Luft. Doch dass ihm dieses Leben so gefällt, hat auch mit Ernst Garleben zu tun, seinem Lehrmeister, den er nun mit ganz anderen Augen sieht. Bisher war er für ihn nur der Mann, der dem Großvater, der ihn einst ohne Lehrgeld ausgebildet hatte, die Treue hielt und die Mutter verehrte. Erst jetzt hat er den großen, hageren Mann mit den ernsten, grauen Augen, dem kantigen Kinn und dem dichten, rotbraunen Haarschopf richtig kennengelernt. – Wie der Meister mit den Gesellen umgeht! Freundlich, aber mit festen Grundsätzen, nie zu laut und nie zu leise. Wie geduldig er alles erklärt! Nur selten wird er ärgerlich; immer dann, wenn einer keine ordentliche Arbeit abgeliefert hat. Ja, und bringt er einen seiner trockenen Scherze an, versteht man ihn erst nach dem zweiten Nachdenken so richtig, muss dann aber noch lange darüber lachen.

Wahrscheinlich ist nur der Ernst Garleben vom Bau der wirkliche Ernst Garleben. Schade, dass die Mutter immer nur seinen schüchtern in der Küche herumsitzenden Doppelgänger zu Gesicht bekommt!

Doch ist es nicht allein Ernst Garleben, mit dem David gut auskommt; mit all den anderen Männern, die für den Großvater arbeiten, versteht er sich nicht weniger gut. Und auch die Männer mögen ihn, und das nicht nur, weil er seines Großvaters Enkel ist. Sie gehen nicht zimperlicher mit ihm um und lassen ihn nicht glimpflicher davonkommen als Eugen, den anderen Stift. Nur an Kleinigkeiten ist zu bemerken, dass sie den Respekt, den sie vor dem Großvater haben, einen Fingerbreit auch auf ihn übertragen, den jungen Rackebrandt, der vielleicht einmal ihr Meister wird.

Der Auffälligste unter den Gesellen ist ohne Zweifel Hubert Gallwitz, von allen nur Gallo genannt und unter diesem Namen, wie er gern behauptet, nicht nur in ganz Deutschland, sondern auf allen Baustellen der Schweiz, Österreichs und Italiens bekannt. Er trägt ständig eine bunte Feder an seiner Schauwerker genannten Zimmermannsmelone und hat nach seiner Gesellenprüfung aus den drei Jahren Wanderzeit, die er eigentlich nur absolvieren wollte, zwanzig gemacht. Unmengen von Geschichten weiß er über diese vielen Jahre zu erzählen.

»Meine Werkstatt war die Welt«, schwärmt er gern. »Und meine Werkstattdecke war mal blau und mal grau, aber immer so unendlich hoch und weit, dass ich das Gefühl hatte, von Ort zu Ort immer noch zu wachsen. Ein Leben in Freiheit, das mir die Lungen füllte und den Kopf klar blies. – Nee, nee, diese Zeit bekommt keiner mehr aus mir raus! Bleibste zu lange an einem Ort, wird mit der Zeit ja alles immer enger, miefiger und piefiger.«

Er kam nur zurück, weil er heiraten wollte und seine Braut unbedingt eine Deutsche sein sollte. »Schön sind die Frauen überall«, so seine feste Überzeugung, »aber so richtig gemütlich machen sie's dir nur im Norden.« Und gemütlich machen, das will er sich sein Leben jetzt; den frischen Wind der Freiheit aber sieht man ihm noch immer an: die Wangenknochen ausgeprägt wie bei einem Mastbullen, die große Buckelnase kupfer-, der dicke Truthahnhals karmesinrot. Obwohl nur mittelgroß, ist er kräftig wie ein Bulle und lebendig wie ein Springball; wird irgendwo ein drittes Paar Hände verlangt, ist er als Erster zur Stelle. Ja, und wird während der Arbeit ein Lied gesungen, wer hat damit begonnen? Gallo!

Da stets zwei Zimmerer zusammenarbeiten, bilden Gallo und Wiggerl ein Gespann. Wiggerl heißt eigentlich Arnulf Ludewig, aber da er aus Bayern kommt, wird er nur Wiggerl gerufen.

Wiggerl ist noch sehr jung, gerade mal zwanzig, doch das größte Kraftpaket von allen. Seine Schultern sind kaum schmaler als Gallos, sein derber Schädel wirkt wie aus Hartholz geschnitzt. Nur die etwas zu klein geratene, flache Nase und die noch so kindlichen Augen passen nicht so recht zu dieser Figur, die, wenn Wiggerl sich seines Hemdes entledigt, ebenfalls wie geschnitzt aussieht.

Nie zuvor hat David solche Muskeln gesehen. Dachsparren, die andere zu zweit tragen oder die mit der Seilwinde hochgezogen werden müssen, schleppt Wiggerl ganz allein. Sieht er, wie die Maurer, Glaser oder Bauklempner ihn wegen seiner Kräfte bestaunen, lacht er nur und lässt seinen ständigen Spruch vom Stapel: »Buttermilch macht hart, nicht sauer!« Was das bedeuten soll, weiß keiner. Denn Buttermilch trinkt er nicht, der Wiggerl, sondern nur Bier, für ihn »die beste Suppe«, obwohl die preußische Plörre, wie er gern betont, nicht an das gute bayrische Gebräu heranreiche, das er »von Kindheit an« gewohnt sei.

Wer David hin und wieder Furcht einflößt, weil er sich oft unbeherrscht gibt, ist Franz Tamm, von allen nur Tamtam genannt; ein großer, schlanker Mann mit einem Vollbart, der an einen alten Besen erinnert. Buschige Augenbrauen zieren seinen zerbeult wirkenden Schädel, und seine Zähne sind vom vielen Priemen schon so braun, dass sie fast schwarz glänzen. Wird er böse, spuckt er den Kautabak in hohem Bogen in Richtung desjenigen, über den er sich geärgert hat, und das ist meistens einer der Lehrstifte. Auch schielt er ziemlich schlimm – mit dem linken Auge immerzu in die rechte Hosentasche, wie Eugen, der schon im dritten Lehrjahr ist, gern spottet. Doch muss er mit solchen Worten vorsichtig sein, Tamtam wirft schon mal mit einem Dollen – einem Holznagel – oder irgendeinem Werkzeug nach dem »Mistkerl«, der es gewagt hat, ihm »ans Bein zu schiffen«. Und hat er einen schlechten Tag, dann fallen ihm noch ganz andere Ausdrücke ein; dann schreit er herum, dass vor Schreck die ganze Vogelwelt verstummt. Grasdackel, Kloakenlump, Bärenschiss sind noch die harmlosesten seiner Beschimpfungen. Doch nimmt das niemand ernst; Tamtam ist kein Stifteschinder, er tut nur gern so.

Für den am ganzen Körper mit Sommersprossen bedeckten Eugen ist es Pech und Glück zugleich, dass er mit Tamtam ein Gespann bildet. Bei all seinen Eigenarten ist Tamtam ja Ernst Garlebens tüchtigster und geschicktester Mann. Von Tamtam können sogar Wiggerl, Gallo, Nante und Flips noch was lernen. Weshalb Eugen gern alle Beschimpfungen schluckt, liebt er doch seinen Beruf und besonders seine Axt. Tausend Sprüche kennt er, alle auf die Axt bezogen: Ein Zimmermann ohne Axt ist wie ein Soldat ohne Gewehr – ein Mann ohne seinen Pimmel – ein König ohne Heer – ein Reiter ohne Pferd. Und lässt ein Zimmerer sich seine Axt stehlen, so gehört er aufgehängt, denn nach Eugen gibt es kein schlimmeres Verbrechen als eine solche Unaufmerksamkeit.

Im Scherz fragte David ihn mal, ob er seine Axt denn abends mit ins Bett nehmen würde, wenn er sie doch so liebe. Aber da kam er an den Falschen, da wurde Eugen zum zweiten Tamtam. Er solle nur achtgeben, dass ihm nicht plötzlich ein Dachsparren auf den Kopf falle, beschimpfte er ihn. Solch nasse Stifte wie er, David, sollten sich gefälligst aufs Bierholen konzentrieren und keine dummen Sprüche zum Besten geben.

Ja, auch zwischen einem Lehrling im ersten Lehrjahr, also einem noch »nassen Stift«, und Eugen, der, obwohl er ja nicht viel älter ist, bald seine Gesellenprüfung ablegen und damit gänzlich »trocken« sein wird, besteht ein Rangunterschied. Auf dem Bau, das hat David als Erstes gelernt, ist jeder stolz auf seinen Stand. Wer das nicht akzeptieren will, der lacht nicht mehr lange.

Hat Eugen seine Gesellenprüfung hinter sich, will er auf die Walz gehen. Erst runter nach Süddeutschland, danach immer weiter bis ans Mittelmeer. Er ist so voller Vorfreude auf diese Zeit, dass er David damit schon öfter ins Grübeln brachte. – Was wird er selbst denn tun, wenn er so weit ist? Der Vater, das hat die Mutter ihm oft genug erzählt, ist ähnlich wie Gallo nach seiner Lehrzeit bis nach Neapel gewandert und hat danach bis an sein Lebensende von Italien geschwärmt. Ein verlockendes Ziel; er würde gern auf seinen Spuren wandeln. Doch was wird dann aus Anna? Darf er sie so lange allein lassen? Würde sie so lange auf ihn warten?

Die zwei Gesellen, vor denen David den meisten Respekt hat, obwohl er oft über sie grinsen muss, sind Nante und Flips; zwei schon fast ehrwürdige alte Männer, die bereits mit dem Großvater zusammenarbeiteten, als er noch Stift war, und ihm später über all die Jahre hinweg die Treue hielten. Die beiden haben aber auch Großvater Rackebrandt und den Vater gut gekannt und wissen viel über sie zu erzählen.

Nante, der Polier, heißt eigentlich Ferdinand Noiret und stammt – wie Tante Mariechen und der Dichter Fontane – von Hugenotten ab. In seiner Jugend soll er feuerrotes Haar gehabt haben, jetzt bedeckt sein Spinnt, wie der längst als altmodisch geltende Zimmermannszylinder genannt wird, eine lang in den Nacken fallende, dichte weiße Mähne und sein Gesicht erinnert an eine von Wülsten und Kratern durchzogene Mondlandschaft. Sein dicht behaarter, strammer Bauch, den er noch immer gern der Sonne aussetzt, ist ein, wie er selbst sagt, mit Bier, Schnitzeln und Bockwürsten angemästeter kleiner Müggelberg, der ihm »die Seele stützt«. Er spricht nicht viel, der Nante, aber sagt er etwas, hat es Hand und Fuß.

So gab er David gleich am ersten Tag zu verstehen, dass weder er noch Ernst Garleben oder irgendein anderer Geselle ihm etwas beibringen könnten, was er nicht ganz von selbst lernen wolle. »Allet andere is nur Schminke – sieht schön aus, aber is nich echt.«

Über den Großvater sagt er: »Ja, der Frieder, der war schon als janz junger Kerl'n heller Kopf, auch wenn er oft janz anders jedacht hat, als et mir hätte jefallen können. Aber alle Achtung: Er hat was aus sich jemacht! Und er war immer auch für andere da.« Über Großvater Rackebrandt: »Der Herrmann, das war'ne echte Persönlichkeit! Streng war er, wenn's um seine Ideen ging, aber hat er politisiert, dann hat der janze Bau die Ohren jespitzt.« Über den Vater: »Tore war'n Feuerkopf. Is immer gleich auf die Barrikade jestiegen, bis se'n schließlich injesperrt haben. Aber nie hat er schlechte Laune jehabt, sojar über seine Krankheit hat er jelacht.«

David könnte Nante ewig zuhören, doch sind es Sternstunden, wenn er mal den Mund aufmacht. Flips, der richtig Philipp heißt, ist zwar redseliger, spricht aber lieber von sich als von anderen. Körperlich eher klein, mit lustigem Gnomgesicht und geschickt um den Kopf verteilten krausen grauen Haaren, erzählt der ständig nach Knoblauch riechende alte Gockelhahn am liebsten Weibergeschichten. Er ist bereits das vierte Mal verheiratet und bringt gerade noch die Namen seiner Frauen und Kinder zusammen; wie die Enkelkinder heißen und wie viele es inzwischen schon sind, weiß er nicht. »Werden ja immer mehr«, prahlt er, wenn er darauf angesprochen wird, »mir reicht's zu wissen, dass meine jetzige Madame Hedwig heißt und nicht etwa Brunhilde wie die davor. Verwechslungen dieser Art mögen die Weiber nicht.«

So wie Tamtam unentwegt einen Priem Kautabak im Mund hat, so gern nimmt Flips eine Prise Schnupftabak zu sich. Muss er danach niesen, strahlt er mit tabakverschmutzter Nase: »Dit jibt Luft im Kopp! Und Luft im Kopp setzt Kräfte frei.«

Aufpassen muss man bei Flips, dass er den nassen Stift nicht mitten im August oder September in den April schickt. David war erst den dritten Tag auf dem Bau, da bat er ihn bierernsten Gesichts: »Lass dir von Gallo mal schnell die Gräte für den Gratsparren geben, die alte hat der letzte Rejen runterjeschwemmt. Aber nimm die jusseiserne, nicht die aus Pappe, se hält sonst nich lange.« Ein andermal verlangte er von ihm, die Hackensäge herbeizuholen, die Knöchelsäge sei nicht scharf genug.

Beide Male fiel er darauf rein und die Männer bepinkelten sich fast vor Lachen, als er sich bei ihnen nach den von Flips erfundenen Werkzeugen erkundigte. Übel nehmen aber darf man solche Späße nicht. Besser ist es mitzulachen.

Mittagspause! Ernst Garleben ruft, und alle begeben sich in den Bauhof hinunter, packen Brote, Käse und Wurst vor sich aus und warten darauf, dass David ihnen ihr Bier holt. Dazu muss er zum Maurerpolier Obschernikat laufen, der, wie viele Maurerpoliere, im Nebenberuf so etwas wie ein Trinkhallenbesitzer ist. Kastenweise kauft er den Brauereien das Bier ab, um es – mit einem kleinen Aufschlag – an all die von Staub und Hitze durstigen Bauhandwerker weiterzuverkaufen, die während der Pausen ihre Lehrlinge zu ihm schicken.

Auf dem Rückweg blicken sie ihm dann bereits ungeduldig

entgegen, die Herren Gesellen, die sich auf die Minute genau im Kreis zusammengesetzt haben. Das ist so Usus, keine Minute zu früh oder zu spät wird mit der Arbeit begonnen; keine Minute zu früh oder zu spät wird damit aufgehört.

Anfangs wird nicht viel geredet, sondern nur gegessen und getrunken. Alles ganz bewusst. Wäre ja schade, sich durch Gerede von einem guten Bissen oder Schluck ablenken zu lassen; der Verstand soll mitbekommen, dass dem Körper neue Kraft zugeführt wird. Und der Schluck Bier zu jedem zweiten, dritten Bissen, der muss sein! Schnaps hingegen ist verpönt. Wer Schnaps trinkt, zündet Häuser an, heißt es; jeder »Schnapslump« fliegt sofort vom Bau.

Auch Eugen darf schon die Flasche ansetzen. David kann sehen, wie es ihm durch die Kehle rinnt; sein Adamsapfel ruckt und zuckt. Er selber, Stift im ersten Lehrjahr, darf noch nicht mal an der Flasche riechen und ist nicht unfroh darüber. Er mag kein Bier, es ist ihm zu bitter. Lieber bringt er sich eine Flasche mit kaltem Tee mit. Eugen allerdings glaubt, dass seine Bierabneigung nicht lange Bestand haben wird. Ein Zimmerer, der kein Bier trinkt? »Das ist wie'n Hahn, der keine Hennen mag. So was gibt's nicht!«

Als alle gegessen haben, legt Tamtam sich auf einen Bretterstapel, um sein übliches Pausennickerchen abzuhalten, während Gallo, Wiggerl und Flips die Karten rausholen, um eine Runde Skat zu dreschen. Jetzt wird nicht mehr geschwiegen, jetzt wird gewitzelt und geflachst. Und natürlich ist mal wieder David die Zielscheibe für Flips' Spott. Ob er eigentlich wisse, wer der erste Zimmermann war, fragt ihn der krausköpfige Alte, nachdem er triumphierend einen Grand ohne Zweien gewonnen hat.

Eine Scherzfrage, auf die sowieso niemand eine vernünftige Antwort geben kann. »Bismarck?«, fragt David grinsend.

»Wie kommste denn darauf?« Flips ist aus dem Konzept gebracht.

»Na, es heißt doch immer, er habe das Deutsche Reich zusammengezimmert.«

»Quatsch! Er hat's zusammen*jeschmiedet*, nich -*jezimmert*.«

»Geschmiedet oder gezimmert, das ist doch gehupft wie gesprungen.« Eugen zwinkert David zu. Jetzt wollen wir den ollen Stifteverarscher mal ein bisschen auf die Schippe nehmen, soll das heißen.

Und Flips fällt darauf herein. »Was für neunmalkluge Naseweislinge ihr doch seid!«, schimpft er. »Wat hat denn Bismarcken mit de Zimmerei zu tun jehabt? Nee, Noah war dit! Weil er die Arche jebaut hat. Und so stammen eben alle Menschen irgendwie von'nem Zimmerer ab, alle anderen sind ja ersoffen.«

»Bismarck ist besser!«, beharrt Eugen. »Den kennen wir wenigstens. Diesen Noah hat's ja vielleicht nie gegeben.«

Ein Widerspruch, der Flips, der sich um seine Pointe betrogen fühlt, noch mehr in Rage bringt. »Nu hört euch diese Küken an!«, ereifert er sich. »Müssen sich noch nich rasieren, wollen'nem ollen Herrn aber schon de Welt erklären! Werd nachher mal'n Sparren ansägen, damit se fliegen lernen.« Und weil er glaubt, sie damit ängstigen zu können, beginnt er Geschichten vom Herunterfallen zu erzählen; die Lieblingsgeschichten aller Zimmerer, unendlich an der Zahl. Gibt ja keinen, der nicht von einem zufälligen oder nicht ganz so zufälligen Absturz gehört hat oder ganz dicht danebenstand, als einer das »Fliegen« erlernte. Furchtbare Todesstürze, zahlreiche trauernde oder, im Gegenteil, nicht lange trauernde Witwen kommen darin vor und jede Menge unerklärliche Wunder des Überlebens.

»Lasst euch bloß keine Märchen erzählen, Jungs!« Ernst

Garleben muss schmunzeln. »Hab in über zwanzig Jahren nur einen einzigen Absturz miterlebt und das war mein eigener.«

Nante, wie in jeder Pause seine »Tante Voss« lesend, die *Vossische Zeitung*, sein Leib- und Magenblatt, aber dennoch mit einem Ohr zuhörend, kichert glucksend in sich hinein. »Aber an dem Absturz warste selber schuld. Musst eben immer schön den rechten Fuß vor den linken setzen, wenn de im Dachstuhl arbeitest, nicht den linken vor den rechten. Sonst weiß der rechte nämlich nich, ob er den linken überholen darf.«

Es wird gelacht, und dann gibt es Streit, weil Flips, von seinen Fluggeschichten abgelenkt, nicht achtgegeben hat und Wiggerl einen Grand Hand gewinnen konnte, den er unbedingt hätte verlieren müssen. Wütend schmeißt Gallo die Karten hin und wirft Flips vor, nur einen Mund, aber kein Gehirn zu haben. »Plapperst zu viel! Erzählst lauter krumme Geschichten! Wie willste denn da den Überblick behalten?«

»Icke – keen Überblick?« Flips schwillt der Kopf. »Dir hat deine Mutter wohl falsch rum jewindelt. Dit Spiel war nich zu jewinnen. Aber so'ne Wanderblindschleiche wie du, die hat ja vom Skat keene Ahnung.«

Er hat noch nicht zu Ende gesprochen, da stehen die beiden Männer einander schon gegenüber, Kinn an Kinn und mit geballten Fäusten. Zeit für Ernst Garleben, einzuschreiten. »Jetzt ist's genug! Immer mit der Ruhe steigt der Pastor in die Schuhe. Wer zuerst zuschlägt, fliegt wirklich – aber vom Bau!«

Eine Mahnung, die wirkt, so leise sie auch daherkam. Die beiden Streithähne knurren sich nur noch an, dann nehmen sie ihre Karten wieder auf und spielen weiter, als ob nichts geschehen wäre.

David muss schon wieder grinsen. In den Pausen gibt es öfter solche Streitereien, aber auch das gefällt ihm. Ist ja alles gar nicht so ernst gemeint, wie es aussieht, und am Ende trägt keiner dem anderen etwas nach.

Was ist ein doppelter Splint? Was bedeutet es, wenn Holz einen wimmerigen, maserigen oder windischen Wuchs hat? Woran erkennt man, ob man das Holz einer Stein- oder Stieleiche, Rot- oder Steinbuche, Ulme, Aspe, Erle, Fichte, Tanne oder Kiefer vor sich hat? Welches Holz eignet sich am besten für einen Dachstuhl, für Treppenstufen, Geländer oder einen Parkettfußboden? Worin unterscheiden sich Mittelbauholz, Kleinbau- und Kreuzholz? Was ist ein Halbholzbalken, was ein Ganzholzbalken und was steckt hinter den Bezeichnungen Hakenblatt mit Keil, gerades Hakenblatt und verdecktes Hakenblatt? Worin besteht der Unterschied zwischen verschwellten und unverschwellten Dachstühlen? Was macht ein Satteldach aus, was Pultdächer, Flachdächer, Mansardendächer, Walm-, Zelt-, Kuppel- und Pfettendächer?

Nie hätte David gedacht, dass es so viel zu lernen gibt, will einer ein richtiger Zimmerer werden. Mit das Schwierigste aber ist, was er jetzt, nach der Mittagspause tun muss: Dollen schlagen! Die Holznägel – die Dollen – werden mit dem Breitbeil geschlagen, doch dürfen sie nicht wie beim gewöhnlichen Holzspalten mit den Fingern, sondern müssen mit dem Handballen festgehalten werden. Was viel Übung erfordert, aber die Finger schützt.

Doch wie hat Nante gesagt: Was einer nicht von selbst lernen will, das lernt er sowieso nicht. Also stürzt David sich mit Feuereifer auch in diese Arbeit, während Gallo und Wiggerl, Tamtam und Eugen, Nante und Flips längst wieder im Dachstuhl hämmern und klopfen. Er will Zimmerer werden, aber ein richtiger, guter Zimmerer, kein bloßer Hutträger. Vielleicht ist es Vererbung, vielleicht redet er sich das auch bloß ein: Er hat das Gefühl, die Zimmerei liegt ihm im Blut. Stolz trägt er die schwarze Zimmererkluft mit dem so breitkrempigen, bei jüngeren Zimmerern immer beliebter werdenden Obermann, den auch Eugen und Wiggerl tragen, während Nante und Flips den Spinnt bevorzugen, den schwarzen Zylinder aus Seidenstoff, den sie von Jugend an gewohnt sind, und Ernst Garleben, Gallo und Tamtam nicht auf ihren Schauwerker – die Melone – verzichten wollen.

Eitelkeit? Vielleicht. Aber es kommt eben auch auf die Kleidung an. Der Maurer läuft weiß herum, der Zimmerer schwarz. Nur zieht der Maurer sich nach der Arbeit um, der Zimmerer nicht; für den Zimmermann ist Arbeitskluft auch Festtagskleid. Die tulpenförmig geschnittene Hamburger Hose muss es sein, oben eng, unten weit, und natürlich wie Rock und Weste aus schwarzem Manchestersamt. Darunter das kragenlose Hemd aus weißer Leinwand, das – so verlangt es die Zimmererehre – stets blitzsauber zu sein hat. Aber das Schönste an seiner neuen Kleidung, so empfindet es David, ist die tief ausgeschnittene Weste, auch Kreuzspinne genannt, die das weiße Hemd so besonders gut zur Geltung bringt und mit zwei Reihen aus jeweils vier weißen Perlmuttknöpfen verziert ist. Die würde er am liebsten überhaupt nicht mehr ausziehen. Die Ehrbarkeit allerdings, das schmale, schwarze Bändchen, das vorn über das Hemd herabfällt, eine Art Schlips oder Krawatte, darf er noch nicht und wird er vielleicht überhaupt nie tragen, weil er ja noch nicht ausgelernt hat und nicht mindestens drei Jahre auf der Walz war.

Wie Anna ihn das erste Mal in dieser Kluft sah! Er hat ihr gefallen, das hat er gleich gesehen, doch natürlich hat sie zuerst gespottet: »Immer trägste'n Hut. Frieren deine Läuse sojar im Sommer?« Später jedoch hat sie zugegeben, dass ihr der neue David sehr imponiert. Wie ein Wild-West-Mann aus Amerika, so sähe er aus, sagte sie, einer von denen, die auf den Rummelplätzen das Lasso schwingen ...

>»*Wo kommen denn die Kirchen her?*
*Und Schlösser noch viel mehr?*
*Schiffsbrücken auf den Flüssen,*
*die aufgeschlagen werden müssen,*
*zu Wasser und zu Land?*
*Ja, das ist unser Hand – werks – stand!*«

Gallo! Hoch oben, rittlings im Dachstuhl sitzend, singt er eines der Lieder, die er auf seinen Wanderungen gelernt hat; sein goldener Ohrring blitzt in der Sonne. Und nun, noch lauter:

»*Kein Kaiser, kein König oder Fürst,*
*er sei nur, wer er ist,*
*der uns Zimmerer kann meiden!*
*In Kriegs- und Friedenszeiten*
*kein Graf, kein Edelmann,*
*der uns ent – beh – ren kann.*«

Kaum hat er es beendet, stimmt er ein neues Lied an. Und danach noch eins und noch eins. »*Mein Handwerk fällt mir schwer, drum lieb ich's umso mehr*«, singt er und: »*Sein Leb-tag wird kein Zimmerer reich, denn was er verdient, das versäuft er gleich.*« Auch: »*Muss von dir schei-heiden, mein prächtiges Berlin!*« und: »*Meister, komm raus und leih mir dein Weib!*«

Fast alle Zimmererlieder sind lustig und erzählen von geizigen Meistern, aber sehr, sehr spendablen und in den forschen Gesellen verliebten Meisterfrauen oder Meistertöchtern. Manche sind ziemlich derb und machten David anfangs verlegen, doch spricht ja nur der Stolz der Zimmerer auf ihren Beruf aus diesem Gesang.

»Na, wird's was?«

Ernst Garleben! Er muss schon seit Längerem hinter ihm gestanden haben, um zuzuschauen, wie er arbeitet. Unzufrieden scheint er aber nicht zu sein. Er nimmt die Dollen, die David gefertigt hat, in die Hand, beäugt sie kritisch und fährt mit dem Daumen übers Holz, ob es auch glatt genug ist. Dann nickt er. »Nicht schlecht! Aber es geht schon noch ein bisschen besser.« Und damit nimmt er das Beil und bessert die eine oder andere Dollenseite noch etwas aus.

Das geht bei ihm sehr flink, doch sagt er, dass David sich davon nicht beeindrucken lassen soll. »Die Schnelligkeit kommt mit der Zeit. Am Anfang ist's wichtiger, keinen Murks zu fabrizieren und sich weder die Finger noch die Hand abzuhacken. Sonst fehlt eine Arbeitskraft und das freut keinen Meister.«

So ist er, der Ernst Garleben! Er sagt nicht, dann bist du Invalide und musst in Armut leben, er sagt: Dann fehlt eine Arbeitskraft! In Wahrheit aber steckt hinter diesen Worten nur die Sorge, er, David, könne sich verletzen.

Ein kurzer Wink, und David folgt ihm an den Bock, auf dem ein Ganzholzbalken liegt, ein sogenannter »schwerer Herr«. Wo er gekürzt werden soll, hat Ernst Garleben ihn bereits markiert, so muss er David nur noch zeigen, wie Winkel und Spannsäge anzusetzen sind, bevor er sich mit ihm an die Arbeit macht.

»Immer im Rhythmus sägen, hörst du? Und vor allen Dingen nicht hastig. Ist ein Balken erst mal verdorben, hast du'ne Menge Geld in die Spree geschmissen.«

David gibt sich Mühe, sich Ernst Garlebens Rhythmus anzupassen. Da immer zwei zusammenarbeiten, werden sie stets in »der Helle« und »der Dumme« eingeteilt – einer, der bestimmt, und einer, der folgt. Und natürlich ist er, der Stift, ständig der Dumme; erst recht beim Sägen, wenn der Helle stößt und der Dumme zieht.

Kaum haben sie den schweren Herrn entsprechend gekürzt, zeigt ihm der Meister, wie mit Planrolle und Lattenmaß umgegangen wird. Er spricht dabei mit seiner üblichen, sachlich ruhigen Stimme, bis er David auf einmal nachdenklich anblickt. »Sag mal, deine Mutter, ist sie denn noch traurig, dass du nun doch kein Studierter wirst?«

Das ist ungewöhnlich. Solche Gespräche werden während der Arbeit nicht geführt. Aber in den Pausen, wenn alle drum herumsitzen, kann Ernst Garleben ihn das natürlich nicht fragen.

David möchte ehrlich antworten, doch weiß er nicht, was er sagen soll. Die Mutter hat ja nichts gegen den Zimmererberuf. Auch ging es ihr nie allein darum, dass er ein Studierter wird. Sie wollte nur, dass er alle ihm gegebenen Möglichkeiten ausschöpfte. Doch wie sie jetzt, nachdem er schon seit zwei Monaten in der Lehre ist, darüber denkt? – Sie hat sich wohl damit abgefunden, hat ja nun ganz andere Sorgen: die Großmutter! Seit Tagen liegt sie im Bett und hustet sich die Lunge aus dem Leib.

Er erzählt Ernst Garleben davon und der Meister macht ein schuldbewusstes Gesicht. »Tja, war lange nicht mehr bei euch ... Aber du weißt ja, warum.«

David weiß, warum: Weil die Mutter seine allzu häufigen Besuche nicht will. So kommt er nur noch alle zwei Wochen, um die Abrechnungen durchzugehen, und verschwindet danach rasch wieder, irgendeine eilige Erledigung vortäuschend.

Ein Weilchen druckst Ernst Garleben noch herum, dann bittet er ihn mit verlegener Miene: »Kannste bei deiner Mutter nicht mal'n gutes Wort für mich einlegen? Ich könnte ihr doch vielleicht gerade jetzt, da deine Großmutter krank ist, in manchem behilflich sein ... Sie ist doch noch so jung – und ganz allein! Ich meine ... als Frau ... Und ich, na ja, bin auch allein.« Von seinen eigenen Worten peinlich berührt, schaut er zur Seite. »Sie muss sich ja nicht gleich in mich verlieben. Mir würde schon ihre Freundschaft genügen. Oder bin ich ein gar so unerträglicher Waldschrat?«

Es geniert ihn sehr, auf diese Weise mit ihm reden zu müssen, doch sieht er darin wohl seine letzte Chance. Und warum denn auch nicht? Er, David, hätte ja gar nichts dagegen, wenn die Mutter und der Meister mal miteinander ausgingen. Sogar heiraten dürften sie seinetwegen. Der Vater ist nun schon so lange tot und Ernst Garleben gehört fast zur Familie. »Ich kann's ja mal versuchen«, verspricht er. »Nur ist's im Augenblick nicht sehr günstig. Sie ist fast immer bei der Großmutter, hat große Angst um sie, arbeitet kaum noch.«

»Danke!« Ernst Garleben nickt erleichtert. Mehr hat er nicht erwartet.

### Not lehrt beten

Es ist still in der Küche. Allein das Knistern, Knacken und Prasseln des Feuers im Herd ist zu hören. Tante Mariechen kocht Rindsknochen aus; für die Brühkartoffeln, die sie morgen Mittag »kredenzen« will.

Auf dem Tisch steht die große Petroleumlampe mit den schweren Bleifüßen, die sich so besonders weit aufdrehen lässt. Mal schaut David, die von der Arbeit noch schweren Arme und Hände im Schoß, in den hellen Flammenschein auf dem Tisch, mal zum zwischen den gusseisernen Ringen so lebendig flackernden Herdfeuer hin. Onkel Fritz stochert immer wieder mit dem Feuerhaken in der Glut herum, bis die Flammen hoch aufschlagen. Er tut das aber nicht, weil es notwendig wäre; er will sich ablenken. Der Großmutter geht es schlechter. Erst war ihr nur koddrig zumute, wie sie sagte, jetzt klagt sie über ständiges Frösteln, schlimmes Kopfweh und Schläfendruck. Auch werden die Hustenanfälle immer heftiger. Manchmal muss sie während eines solchen Anfalls sogar erbrechen. Onkel August war schon zweimal da, um sie inständig zu bitten, doch endlich die Medikamente zu nehmen, die er ihr verordnet hat. Zuletzt hat sie das dann auch getan, seinen Vorschlag, sich von ihm ins Krankenhaus bringen zu lassen, jedoch nach wie vor abgelehnt.

»Was wissen die dort, was du nicht weißt?«, hat sie ihn gefragt. »Nein, ich bleibe hier, harre aus. Vielleicht kommt er ja doch bald, mein Frieder – und dann bin ich nicht da, sondern liege im Krankenhaus und er darf mich immer nur kurz besuchen … Nein, nein, es ist nun mal so, im Herbst verlieren die Bäume die Blätter, und im Winter stirbt, was nicht ewig leben soll. Der liebe Gott wird schon richtig entscheiden. Meint er, dass meine Zeit um ist, wird er mich zu sich rufen; soll ich meinen Frieder noch mal wiedersehen dürfen, wird er sich noch ein bisschen gedulden.«

Und als wäre eine solche Der-liebe-Gott-wird's-schon-richten-Einstellung, wie Onkel August sagt, nicht schon leichtsinnig genug, ist sie am Vormittag aufgestanden, hat sich über alle Proteste hinweg angezogen und in der Küche in ihren mit Decken ausgepolsterten Sorgenstuhl gesetzt. Sie will nicht mehr in ihrem Schlafzimmer bleiben, neben sich Großvaters leeres Bett und die gesamte »schon vorzeitig trauernde« Familie um sich herum. »Noch lebe ick!«, berlinerte sie, wie es sonst gar nicht ihre Art ist.

Und so sitzt sie nun mitten unter ihnen und schaut mal den

einen und mal den anderen an oder hält die Augen geschlossen, wie um in sich hineinzublicken, und niemand weiß, wie er mit diesem Starrsinn umgehen soll.

Die Mutter, Tante Mariechen und David bemühen sich, der Großmutter nicht allzu deutlich zu zeigen, wie sehr sie sich um sie sorgen, Onkel Fritz schafft das nicht. Die Großmutter ist seine Ersatzmutter, als kleiner Junge hat er mit ihr in einem Bett geschlafen und sich Nacht für Nacht an sie ankuscheln dürfen. Auf all ihren Wegen durfte der kleine Fritz seine Tante Jette begleiten, und nun wird sie vielleicht bald nicht mehr für ihn da sein? Diesen Gedanken hält er nicht aus, er muss etwas tun. Wie gut, dass es Feuerhaken gibt!

David weiß nicht, was ihm schwerer fällt, die Großmutter anzuschauen oder an ihr vorbeizublicken. Sie ist so klein und mager geworden in den letzten Wochen. Wie ein halb verhungerter Spatz liegt sie in dem Sorgenstuhl mit den breiten Armlehnen, der, ein Erbstück ihrer Eltern, sie ihr ganzes Leben lang überallhin begleitet hat. In jedes Haus, jede Wohnung. Müde schaut sie zu, wie Onkel Fritz im Herd herumstochert, Tante Mariechen ihr neues Tonpfeifchen schmokt und die Mutter mit großen Holznadeln an einer dunkelblauen Volljacke strickt. Essen will sie nichts, nur bei ihnen sein will sie, ihnen hin und wieder lange ins Gesicht schauen und zwischendurch nachdenklich die Augen schließen.

Auf dem Tisch, gleich neben der Petroleumlampe, stehen noch immer die Nonnenförzken; kleine Schmalzküchelchen, die Tante Mariechen am Vormittag gebacken hat, um sie nach dem Abendbrot servieren zu können; eine von allen Jacobis und Rackebrandts überaus geschätzte Mehlspeise. An diesem Abend jedoch bekommt keiner etwas davon herunter, zu gedrückt ist die Stimmung, zu groß die Sorge um die Großmutter.

Vielleicht ist er, David, aber auch nur zu erledigt, um noch etwas zu essen. So ein langer Tag auf dem Bau schlaucht. Immerzu sich bewegen, immer an der frischen Luft sein – so viel Spaß die Arbeit macht, an den Abenden ist er jedes Mal wie gerädert. »Das dauert'ne Weile, bis de dich daran gewöhnt hast«, hat Nante ihm prophezeit. »Aber dann, Junior, reißte noch um Mitternacht die dicksten Bäume aus.«

Doch jetzt ins Bett gehen, um am Morgen frisch zu sein? Nein, dazu ist die Unruhe in ihm zu groß! Die Großmutter in ihren Decken, dieses kleine, faltige, vom Leben gezeichnete Gesicht; die Angst um sie, er spürt sie in der Brust und im Hals.

Auch Tante Mariechen fällt es schwer, sich an ihrem Pfeifchen festzuhalten. Die Knochen kochen ja von ganz allein aus und um das Feuer im Herd kümmert sich Onkel Fritz. So überlegt sie ununterbrochen, was sie tun könnte, um der Großmutter zu helfen. Jetzt will sie ihr eine Decke holen. »Dir ist doch bestimmt kalt, Jettchen«, sagt sie, und ohne erst eine Antwort abzuwarten, ist sie fort und genauso schnell wieder zurück und legt der Großmutter die Decke um.

Die Großmutter lächelt. »Willste mich ins Schwitzen bringen, Mariechen? Das klappt nicht, schwitze schon seit Jahren nicht mehr.«

»Na, dann kommt die Decke doch gerade richtig.« Tante Mariechens Stimme klingt belegt.

Erneut schließt die Großmutter die Augen, und für ein Weilchen sieht es aus, als wäre sie eingeschlafen. Doch dann ruht ihr Blick plötzlich auf David. »Wie rasch die Zeit vergangen ist!«, wundert sie sich. »In meiner Jugend erschien sie mir endlos – die letzten zwanzig Jahre aber, das waren kaum'n paar Wochen … Ist David denn nicht erst gestern zur Welt gekommen? Und jetzt ist er schon'n junger Mann.«

»Dit jeht den Menschen wie den Leuten«, versucht Onkel

Fritz zu scherzen. »Wie hat Tante Wesemann früher immer so schön jesagt: Wer alt wird, braucht Humor.«

»Tante Wesemann«, sinniert die Großmutter, als müsse sie sich an diesen Namen erst wieder erinnern. »Ja, die war unser aller großes Glück! Hätt se dir nicht das Haus vererbt, Fritz, wer weiß, wie alles gekommen wäre. Aber nun ist sie schon so lange tot ... und vielleicht wird's Zeit, dass ich sie besuche.«

Nein, nicht auf dem Friedhof will die Großmutter diese Tante Wesemann besuchen – sie meint »im Himmel« oder eben dort, wo die schon lange vor Davids Geburt gestorbene Frau jetzt ist. Jene Tante Wesemann, der einst das Haus gehörte, in dem sie noch immer wohnen, war ja so etwas wie der gute Engel der Familie. Hätte sie, die keine anderen Erben hatte, Onkel Fritz nicht das Haus und ihr gesamtes Vermögen hinterlassen, dann hätte Onkel Köbbe nicht studieren und die Mutter nur schwer eine wirkliche Künstlerin werden können. David hat viel von dieser Frau erzählt bekommen, es gibt eine Geschichte über sie, die er früher immer als sehr lustig empfunden hat, die ihm nun, an diesem Abend in der Küche, aber eher Furcht einjagt: Die Geschichte von ihrer Beerdigung. Die so originell denkende alte Frau hatte partout keine Jammerfahrt zum Friedhof gewollt, also nicht mit dem Leichenwagen durch die Stadt gefahren, sondern von den Leichenträgern zu Fuß getragen werden wollen. Und warum? Um der Welt zum Abschied noch einmal zuwinken zu können ... Als Kind hat er über die winkende Tante im Sarg immer lachen müssen, jetzt, mit Blick auf die Großmutter, erscheint ihm jene Geschichte eher gespenstisch.

Die Großmutter sieht ihm an, wie ihm zumute ist. »Ist ja noch nicht so weit, Davidchen«, bemüht sie sich, ihn aufzumuntern. »Am Ende aber, das ist wahr, kommt keiner drum herum. Nur ist der Tod ja gar nicht so schlimm. Als er zu

Tante Wesemann kam, hatte er sehr freundlich-gütige Augen ... Weshalb sollte er zu mir strenger sein?«

Der Mutter kommen die Tränen, sie strickt etwas hastiger; Onkel Fritz haben diese Worte noch mehr erschreckt. »Nu is aber jut!«, schimpft er und fuchtelt mit dem Feuerhaken herum, wie um der Großmutter zu drohen. »Wat du nur allet für'n Plumquatsch redest! Tante Wesemann war ja schon fast neunzig, als se uff'n Friedhof zog. Dajejen bist du ja noch'n richtig junget Ding, frisch und knusprig wie die erste Morjenschrippe.«

»Ach, Fritzchen!« Die Großmutter bewegt die Hände unter der Decke, als wolle sie irgendetwas ordnen. »Du meinst es gut, aber im Himmel gehen die Uhren anders ... Fällt mir ja auch gar nicht schwer, dem Diesseits Adieu zu sagen, nur meinen Frieder, den würde ich zuvor gern noch mal in die Arme schließen.«

»Und das wirst du auch! Vater wird ja bestimmt bald kommen.« Die Mutter hat sich wieder gefasst. »August bemüht sich doch so, rennt von Pontius zu Pilatus, um ihn endlich freizubekommen. Und ist Vater erst zurück, geht's dir bald wieder besser und ihr lebt noch viele schöne Jahre zusammen.«

Ein Weilchen lässt die Großmutter diese Worte in sich nachklingen, dann nickt sie. »Ja, Riekchen, Not lehrt beten.« Doch ihr Blick verrät, dass sie nur wenig Hoffnung hat, die Justizbehörden könnten Gnade vor Recht ergehen lassen. Wenn sie sich an diese kleine Hoffnung klammert, dann nur, weil ihr ja gar nichts anderes übrig bleibt.

Wieder ist lange alles still, nur das Knacken von frisch nachgelegtem Holz im Herd ist zu hören und das Klappern von Mutters Stricknadeln, dann nähern sich auf der Treppe Schritte: Onkel August und Tante Nelly.

Onkel August zieht sich sofort den Hocker vor Großmutters Sorgenstuhl und nimmt ihre Hand, um ihr den Puls zu fühlen. »Wie geht's dir, Mutter?«, fragt er danach mit besorgt gekrauster Stirn. »Aber bitte nicht schwindeln, ich komm dir sowieso auf die Schliche.«

»Na, wie schon!« Sie macht eine schwache Abwehrbewegung. »Du weißt doch, die beste Krankheit taugt nichts. Und deine Medikamente? Gegen den lieben Gott und seinen Willen hat noch keiner 'ne Pille erfunden.«

Eine Antwort, die Onkel August aufseufzen lässt. Der Wunsch, Arzt zu werden, das wissen alle, überkam ihn schon in frühester Jugend. Da war die Großmutter auch mal krank, und das so sehr, dass der alte Arzt, der sie behandelte, bereits alle Hoffnung aufgegeben hatte. Der Großvater aber wollte diese Diagnose nicht so einfach schlucken und ließ für viel Geld einen jungen, aber schon damals sehr berühmten Arzt kommen. Und der heilte sie. Dieses »Wunder« begeisterte den jungen August, von da an wollte er auch Arzt werden. Und nun? Jetzt ist seine Mutter wieder krank und er kann ihr nicht helfen.

»Mutter!«, sagt er heiser. »Wir Ärzte sind keine Zauberkünstler, wir verstehen uns auf keinen Hokuspokus. Doch gibt es Patienten, die unsere Arbeit unterstützen, indem sie mit all ihren Kräften um ihr Leben kämpfen, und andere, die es leichtfertig wegwerfen. Du musst dich entscheiden, willst du zu denen gehören, die der Krankheit zuarbeiten, oder zu denen, die den Arzt unterstützen?«

Der Großmutter gefällt, wie ihr Großer mit ihr spricht. »Ach, Gustl!«, beteuert sie. »Ich kämpfe ja, kämpfe jeden Tag von früh bis spät. Doch hab ich gelernt, das Leben hinzunehmen, wie es nun mal ist. Manche erwarten zu viel, andere zu wenig. Das Leben aber richtet sich nicht nach unseren Wünschen, es macht mit uns, was es will. Sag dir das und du entgehst allzu großen Enttäuschungen.«

»Ja, ja!« Was bleibt Onkel August anderes übrig, als hilflos weiterzuschimpfen? »Wenn Vater hier wäre, würde er dir für diesen philosophischen Quatsch den Kopf waschen. Pass nur auf, dass wir dich nicht verpetzen, wenn er erst wieder bei uns ist.«

»Aber wenn Vater hier wäre, dann wäre ja alles ganz anders.« Müde schließt die Großmutter die Augen und nun will Onkel August ihr nicht mehr widersprechen. Er sieht seine Mutter nur noch still an, bis Onkel Fritz ihn endlich fragt, ob seine Behördenrennerei irgendetwas Neues erbracht habe.

»Hab ein zweites Gnadengesuch eingereicht und auf Mutters Krankheit verwiesen«, antwortet er leise und es klingt nicht sehr optimistisch. »Jetzt nimmt alles seinen ›behördlich geregelten‹ Lauf. Die Amtsmühle aber dreht sich nicht so schnell, mit Ungeduld und ärgerlichem Aufbrausen füttert man nur die Sturheit der Herren Beamten.«

Onkel August sagt das und zuckt hilflos die Achseln, springt dann aber plötzlich auf, um zornig in der Küche auf und ab zu wandern. »Verdammt noch mal, diese Amtsschimmel haben nichts begriffen, aber auch gar nichts! Der Mensch hat doch nicht den Institutionen zu dienen, sondern die Institutionen dem Menschen! Die aber behandeln unsereins wie lästige Bittsteller. Da muss man ja irgendwann den Wunsch verspüren, all diese Amtsärsche in einen Sack zu stecken, ihn feste zuzunähen und in die Spree zu werfen?«

Die Großmutter muss lächeln. »Jetzt redeste schon wie Köbbe, Gustl! Ihr seid eben doch Brüder.«

»Na, ist doch wahr!«, murrt Onkel August, bleibt am Fenster stehen, presst seine Stirn gegen die kühle Glasscheibe und trommelt mit den Fingerspitzen darauf herum. »Mit dieser arroganten Behördenwillkür züchten die Herren Staatsdiener ja geradezu die Revolutionäre, die sie so fürchten.«

Geraume Zeit wird geschwiegen, dann setzt Tante Nelly sich dicht neben die Großmutter, nimmt ihre Hand und streichelt sie und erzählt, dass August und sie Post aus Amerika erhalten haben. Von Michael Meinecke, Großvaters Jugendfreund, der dann in Amerika so etwas wie Onkel Augusts Ziehvater geworden war. »Jedes Mal erkundigt er sich, wie es dir und deinem Frieder geht, immer fragt er, ob ihr irgendwas benötigt.«

»Der Michael!« Die Großmutter, eben noch alle anlächelnd, starrt in irgendeine ferne Vergangenheit hinein. »Was für eine treue Freundschaft! Über die Jahrzehnte und Meere und gegensätzliche Standpunkte hinweg ... Die müssen wir uns doch irgendwie verdient haben, oder?«

Rasch küsst Tante Nelly der Großmutter die Hand. »Natürlich habt ihr euch diese Treue verdient! Solche Menschen wie ihr beide ...« Sie kann nicht weiterreden, nimmt ihr Taschentuch heraus, betupft sich die Augen und schnäuzt sich.

Die Großmutter sinniert ein Weilchen, dann hebt sie den Kopf und schaut Tante Nelly böse an. »Wollen wir nu beede heulen? Oder warten wir, bis wir'n Grund dafür haben?«

Da darf auch Tante Nelly wieder lächeln. »Wir warten. Selbstverständlich – wir warten!«

### Großer Bruder

Vielleicht ist es der letzte schöne Tag in diesem Jahr. Die Sonne scheint warm und freundlich, und die an dieser Stelle so flache, wenn auch hin und wieder ölig schillernde

Spree plätschert so ruhig und gleichmäßig ans Ufer, als wollte sie jeden Moment einschlafen.

Sie haben sich auf einem Wiesenstück zwischen mehreren Büschen niedergelassen, David, Anna und alle ihre Geschwister. Ein heimlicher Ausflug! Einfach mal raus aus dem Schwalbennest, einfach mal einen ganzen Sonntag lang keine Tierfiguren ausschneiden und ausstopfen. Annas Mutter hat es erlaubt, und Annas Vater hat es nicht mitbekommen, weil er in der Nacht zuvor in irgendeiner Kneipe mal wieder zu viel getrunken und danach wie besinnungslos geschlafen hat. Und am Morgen, bevor die ganze Geschwisterschar aufbrach, hatte Anna ihm ein Taschentuch über die noch fest geschlossenen Augen gelegt, damit das Tageslicht ihn nicht vorzeitig weckte.

Sie lacht noch immer darüber. »Manche Väter brauchen erfinderische Töchter.«

Ihre Geschwister lachen nicht. Sie fürchten sich vor der Heimkehr. Wie eine kleine Schar verschüchterter Stubenmäuse hocken sie auf der Wiese und schauen zu der glucksenden und schmatzenden Spree hin. Wenn sie am Abend nach Hause kommen, ob der Vater sie dann wieder am Ohrläppchen durch die Dachstube schleift?

Richard fragt das, der rotblonde Zehnjährige, den Anna nur Rischie nennt. »Na, und wenn schon!«, antwortet sie böse. »Keile verjeht und der Arsch besteht! Wenn de auf den Alten hören willst, kommste nie ins Grüne. Is doch schön hier, oder?«

Rischie nickt nur still, seine Geschwister, die zwölfjährige Hilli, die achtjährige Emma, die siebenjährige Lina und der kleine Bruno aber kucken nur noch verängstigter. Wenn die Keile auch vergeht, erst mal tut sie weh.

David muss die fünf immer wieder anschauen. Wie ärmlich gekleidet sie sind! Das fällt hier, außerhalb des Schwalbennestes, noch mehr auf. Rischie trägt eine knielange Hose aus so festem Stoff, dass sie zwischen den Beinen scheuert – seine Schenkel sind schon ganz rot –, sein kragenloses Hemd ist mehrfach geflickt, die Weste hat ihm seine Mutter aus einer alten Männerjacke zurechtgeschneidert. Hilli, Emma und Lina laufen in langen, grünlich-blauen Kittelschürzen und mit vielfach gestopften braunen Wollstrümpfen herum, Brunos schon ziemlich zerfranste Hose ist ihm nicht nur längst zu eng und zu kurz, sie hat auf dem Hintern auch noch einen riesigen, blauen Flicken. Die Schuhe, die die Kinder tragen, werden nur noch von Schnüren zusammengehalten.

»Habt ihr Hunger?« Unternehmungslustig schiebt David sich seinen Obermann in den Nacken. Tante Mariechen hat ihm für diesen Ausflug ausreichend Proviant in die große Korbtasche gelegt: einen ganzen Schwung Nonnenförzken – Reste und neu gebackene –, dazu Unmengen Schmalzstullen und Äpfel und eine große Kanne mit kaltem Pfefferminztee. Er baut alles vor den Kindern auf und ermuntert sie reinzuhauen. »Geniert euch nicht, frische Luft macht hungrig.«

Einer von Großmutters Sprüchen, doch hier, mitten unter Annas so geduckt herumhockenden Geschwistern, darf er so reden.

Anna kannte noch keine Nonnenförzken, sie schmecken ihr sehr. Über den Namen jedoch muss sie lachen: »Nonnenfürze! Na, in Wirklichkeit duften die wohl nich so süß.«

Auch Bruno strahlt beim Kauen und Schlucken. Er hat sich dicht neben David gesetzt, wie um seinen Geschwistern auf diese Weise zu verstehen zu geben, dass er den jungen Mann in der schmucken Zimmererkluft ja schon viel länger kennt als sie.

Nachdem sie sich satt gegessen und satt getrunken haben, blicken die fünf Stubenmäuse schon etwas vorwitziger um sich. »Und was machen wir nun?«, fragt Hilli, als hätte sie erst jetzt so richtig mitbekommen, wo sie sich befinden.

»Etwas spielen?«, schlägt Anna vor.

»Und was?«

»Bruno verkaufen.« David grinst. Wie er sich das schon dachte, kennt keines der Kinder dieses Spiel und er muss es ihnen erst erklären. Danach geht es los, Hilli spielt die Mutter, Lina die Käuferin und Bruno das Kind, das sich in gehöriger Entfernung unter einer Birke aufstellen muss.

»Ach, liebe jute Frau«, plärrt Lina, »verkoofen Se mir doch Ihren Balg. Ick hab keen Kind und wünsch mir eens.«

Hilli, die Hände auf dem Rücken und mit den Füßen im Gras scharrend, wehrt empört ab: »Nee, um hunderttausend Taler nich! Lieber will ick betteln loofen als mein liebet Kind verkoofen. Betteln loofen aber will ick nich – und mein liebet Kind verkoof ick nich!«

Und damit rennen Lina und Hilli los, und wer zuerst bei Bruno ankommt, darf das Kind mit sich nehmen. Hilli lässt Lina gewinnen, und Lina ist darüber so glücklich, dass sie Bruno an sich zieht und küsst und drückt und herzt, als wäre sie ab sofort wirklich seine Mutter.

In der nächsten Runde ist Anna die Mutter, Rischie der Käufer und die blasse Emma das Kind. Dann soll auch David mitspielen, und alle wünschen sich, dass er das Kind, Bruno die Mutter und Anna die Käuferin ist. Der aufgeregte Bruno aber verhaspelt sich: »Nee, um tausendhundert Taler nich! Lieber will ick betteln … verkoofen als … als zu meinem Kindchen loofen!«

Alle müssen lachen, dann wird gelaufen und natürlich darf Bruno sein Kind David in die Arme schließen.

Es werden noch mehrere Spiele gespielt, und es wird immer lustiger, bis Emma und Lina wieder Hunger bekommen und alle Reste aufgeputzt werden. Kaum sind sie damit fertig, lässt sich ganz in ihrer Nähe ein Storch nieder. Sicher will er sich vor dem Abflug in den Süden noch ein wenig stärken, so aufmerksam, wie er in den Fluss späht.

»Adebar, du Juter, bring mir einen Bruder! Adebar, du Bester, bring mir eine Schwester!«, beginnt Emma zu singen. Ihre Wangen haben nun schon einen rosa Schimmer angenommen, richtig fröhlich sieht sie aus.

Gleich zieht Hilli ihre Stupsnase kraus. »Nee! Bloß nich! Sechse sind schon zu ville.«

»Aber wenn wir nur zu fünft wären, vielleicht würdest ja gerade du olle Kümmelschrippe dann fehlen.« Neugierig blickt Anna ihre jüngere Schwester an. »Würde dir dit jefallen?«

Hilli denkt kurz nach, dann zuckt sie die Achseln. »Na und? Wenn ick nich uff de Welt wäre, würd ick mir det schön machen und den janzen Tach nur pennen.«

»Blöde Kuh!« Rischie tippt sich an die Stirn. »Wer nich uff de Welt is, kann nich pennen. Weil er nämlich jar nich da is!«

Darüber müssen alle Kinder erst mal nachdenken, und weil David nicht will, dass sich die gute Stimmung verdüstert, nimmt er Bruno an die Hand, um ihm eine grüne Raupe zu zeigen, die einen langen Haselnusszweig entlangwandert. Hin und wieder stellt sie sich aufrecht und tastet sich in der Luft vor.

Auch Anna, Lina und Emma, Hilli und Rischie schauen sich die Raupe an. »Warum macht se'n dit?«, will Anna wissen. »Sieht se nischt? Isse blind?«

»Sie hat Augen«, erklärt David, »aber viel sehen kann sie damit nicht.«

»Aber wo kommt se denn überhaupt her? Um noch'n Schmetterling zu werden, isset doch schon viel zu spät.«

»Nicht aus allen Raupen werden später Schmetterlinge.«

David merkt, dass er wieder in seinen belehrenden Ton verfallen ist; achselzuckend fügt er noch hinzu: »Die hier sieht ja auch eher aus wie'n Wurm.«

Sie schauen der Raupe noch ein Weilchen zu, bis eine große Elster herbeigeflogen kommt, sie sich schnappt und mit ihr davonfliegt. Lina klatscht begeistert in die Hände, Bruno beginnt zu weinen. »Will nich, det Vogel se tot macht.«

»Aber Tante Elster hat doch Hunger«, tröstet ihn Anna, und dann schlägt sie vor, Wiesenblumen zu pflücken. »Hilli und Lina die gelben, Emma und Rischie die blauen und Bruno, David und ick die weißen. Und nachher tauschen wir, bis jeder'nen bunten Strauß hat.«

Gelegenheit für David, sie zu necken. »Tauschen zwei, wird einer weinen dabei. Das hat mir mal jemand sehr, sehr Kluges gesagt.«

»Dit ist wat janz anderet.« Sie reagiert darauf ganz ernst. »Mit Leuten, die man mag, darf man tauschen.«

»Und warum nur mit denen?«

»Weil man denen ja ooch wat schenken würde.«

Das ist nun wirklich klug gesagt. Andererseits wirft das eine neue Frage auf. »Wie schön! Also mit mir willst du tauschen?«

»Willste Komplimente hören?«

»Immer her damit!«

»Na denn: Jaa! Mit dir tausch ick! Nu zufrieden?«

Noch nicht ganz. »Und warum gerade mit mir?« Er möchte wirklich noch was Schönes hören. Und wenn die Gelegenheit so günstig ist?

Sie schaut ihn an – und weiß Bescheid. »Na, weil du mir ja nich übers Ohr hauen würdest, oder etwa doch?«

Ein Ausweichmanöver. Aber sie hat recht, nie würde er etwas tun, was Anna schaden könnte.

Sie sieht ihm auch das an, wird verlegen und bückt sich, um

nun endlich Blumen zu pflücken. Und das so emsig und gründlich, als würde sie dafür bezahlt.

Sie sind weitergezogen, suchen eine Stelle im Fluss, die nicht so ölschillernd ist. Bruno hat Davids Angebot, ihm das Schwimmen beizubringen, nicht vergessen. Doch als sie eine saubere, seichte kleine Bucht gefunden haben und David sich schon die Stiefel ausgezogen, die Hose bis über die Knie hochgekrempelt und Jacke, Hemd und Weste ausgezogen hat, bekommt Bruno mit einem Mal Angst. Erst hampelt und trampelt er wie wild, um sich von Anna, die ihn ausziehen will, loszureißen, dann hockt er sich kleinlaut wie ein Käfer, der sich ins Moos duckt, ins Gras.

»Wat biste nur für'ne Memme!«, schreit die große Schwester ihn an. »Erst große Klappe, dann Rühr-mich-nicht-an. Wenn de mal'n richtig großer und starker Junge wie David werden willst, musste viel mutiger sein. Da darfste keene Angst vor Spinnen, Hunden oder Wasser haben.«

Eine Schimpfkanonade, die David nicht gefällt. »Nee«, sagt er. »So wird das nichts.« Und damit geht er vor Bruno in die Hocke, streckt feierlich drei Finger in die Luft und schwört: »Ich versprech dir, dass dir nichts passiert. Du nimmst meine Hand und gehst nur so weit ins Wasser, wie du willst. Ich tue nichts mit dir, was du nicht ganz von selbst willst.«

Erst sieht Bruno ihn nur lange an, den großen, halb nackten Burschen mit dem Zimmermannshut auf dem Kopf, der so verständnisvoll mit ihm spricht, dann steht er mit einem Mal auf, zieht sich die Schuhe aus und geht an Davids Hand bis an den Fluss vor. Dort bleibt er stehen, schaut zögernd zu ihm hoch und taucht erst mal nur den rechten Zeh hinein.

»Ist es sehr kalt?«, fragt David ohne jeden Spott.
Bruno nickt heftig.

»Aber nicht zu kalt, oder?«

Jetzt schüttelt Bruno den Kopf, und das beinahe genauso heftig, dann taucht er tapfer den ganzen Fuß ins Wasser, wartet ein Weilchen und zieht den zweiten nach.

»Bravo!«, ruft David, um nach einiger Zeit vorsichtig zu fragen: »Wollen wir weitergehen?«

Wieder zögert Bruno erst einen Augenblick, dann nickt er zaghaft, und vorsichtig gehen sie weiter in den Fluss hinein, bis Bruno die Wellen schon bis an die Knie schlagen.

»Ja«, sagt David. »Aber jetzt musste dich ausziehen. Sonst werden ja alle deine Sachen nass.«

Im Nu dreht Bruno sich um, rennt ans Ufer und zieht sich nackt aus. Gleich darauf kommt er zurück, um wieder Davids Hand zu nehmen und kühn noch ein paar Schritte zu tun. Doch als ihm das Wasser schon bis an die Hüfte reicht, überkommen ihn neue Bedenken. Mit all seinen Kräften klammert er sich an Davids Hand.

»Wollen wir schon zurück?« David betont das »schon«, um ihm zu verstehen zu geben, wie schade es wäre, jetzt aufzugeben, da er bisher doch so viel Mut gezeigt hat.

Als Antwort schaut Bruno ihn nur hilflos an. Er hat Angst, will David aber nicht enttäuschen.

»Dir kann wirklich nichts passieren«, flüstert David ihm zu. »Ich bin ja bei dir und halte dich fest. Und ich bin doch fast so was wie dein großer Bruder, oder etwa nicht?«

Großer Bruder! Das gefällt Bruno. Seine Augen leuchten auf. Wenn David sein großer Bruder sein will, dann ist das viel mehr, als wenn er nur der Freund der großen Schwester ist.

Sachte tippt David ihm auf den Bauchnabel. »Bis dahin, ja? Sonst kann ich dir das Schwimmen nicht beibringen. Ist es noch zu flach, liegst du mit dem Bauch im Sand und die Fische machen sich vor Lachen in die Hose.«

Bruno holt tief Luft und macht noch vier, fünf Schritte in den Fluss hinein. Erst als das Wasser ihm tatsächlich bis an den Bauchnabel reicht, bleibt er, vor Aufregung heftig keuchend, stehen.

»So!«, sagt David. »Ab hier kannste schwimmen. Willste's mal probieren?«

Bruno atmet noch heftiger, schaut David mit Vergiss-mein-nicht-Blick an – und nickt. Und das, obwohl er viel lieber den Kopf schütteln würde, wie ihm deutlich anzusehen ist.

»Gut!« David bückt sich und bittet ihn, sich in seine Arme zu legen. Und das tut Bruno dann auch, sein ganzes weiteres Schicksal gleich mit hineinlegend, und David feuert ihn an. »So! Und jetzt strampel mal'n bisschen. Erst mal einfach nur strampeln.«

Strampeln kann Bruno. Wie ein Wilder legt er los und spritzt David die Hose voll. Und als er dann wieder aufstehen darf und merkt, dass er ja immer noch am Leben ist, strahlt er glücklich und schreit schon nach zwei-, dreimal Luftholen: »Noch mal!« Und wieder spritzt er David voll und kräht dabei vor lauter Spaß am Vergnügen, dass es weit über den Fluss schallt.

Die Geschwister am Ufer, zuerst nicht unfroh darüber, dass nicht auch sie ins Wasser mussten, staunen. So ist Schwimmen doch keine gar so gefährliche Angelegenheit! Im Nu stehen sie nackt da und stürzen sich ebenfalls in die Spree. Nur Hilli bleibt bei Anna. Sie ist schon zu groß, um sich nackt auszuziehen. Erst recht nicht vor einem Jungen wie David.

Es wird geplanscht und gespritzt und gejuchzt, nur Bruno bemüht sich ernsthaft, ein Schwimmer zu werden. Bis er irgendwann Wasser schluckt und doch wieder Angst bekommt.

Mit einem Ruck stellt David ihn auf die Füße und lobt ihn. »Das war schon ganz gut! Wirklich! Nächsten Sommer, da bist du ja dann schon viel größer, gehen wir noch tiefer hinein.«

Bruno kriegt Kulleraugen. »Kann ick denn jetzt schon richtig schwimmen?«

»Ein bisschen«, antwortet David ernst. »Viel wichtiger aber ist, dass du keine Angst mehr hast. Die Spree kann dir ja gar nichts tun, du musst nur immer schön vorsichtig sein.«

Eine Auskunft, die Bruno so begeistert, dass er ans Ufer saust, erst seine beiden ihn dort laut beklatschenden großen Schwestern nass spritzt und danach immerzu im Kreis rennt. Ein einziger Brummkreisel ist er nun, rennt und rennt, als wollte er nie wieder damit aufhören.

David darf noch nicht an Land zurück. Auch Lina, Emma und Rischie wollen auf diese Weise schwimmen lernen. Dass seine schwarze Zimmererhose auf diese Weise immer nasser wird, kümmert sie nicht.

Zurück auf der Uferwiese, sind dann alle sehr zufrieden. Nur Anna schaut verdutzt drein. Alle ihre Geschwister umringen David; sie kommt sich vor wie abgemeldet.

Erst will sie die Beleidigte spielen, dann gibt sie zu: »Na ja, war falsch, det ick Bruno so anjeblafft habe. Du ... du hast dit viel raffinierter jemacht.«

Er lacht. »Einsicht ist der erste Weg zur Besserung.«

»Na ja!« Sie wiegt den Kopf. »Der eene kann's, der andere nich ... Aber so eener wie du, der müsste eijentlich wirklich Lehrer werden.«

Jetzt ist's an ihm, verdutzt zu kucken. Er – Lehrer? Was für ein verrückter Gedanke!

Das Gewitter, von dem sie zuerst glaubten, dass es nur eine kleine Spätsommerhusche werden würde, erwischt sie auf dem Heimweg. Immer heftiger wird der Regen, bis er irgendwann mit voller Wucht auf die Straße niederprasselt. Riesige Wasserblasen zerplatzen auf dem Pflaster, und am Himmel blitzt und kracht es, als hätten sie, die kleinen Erdenwürmer, den Zorn sämtlicher Götter hervorgerufen.

Innerhalb von Minuten sind sie völlig durchnässt und Anna sucht einen Baum zum Unterstellen. »Eiche weiche!«, zählt sie die Bäume ab, an denen sie vorüberhasten. »Buche suche! Linde finde!«

Da muss David gleich mal wieder den Lehrer spielen, den sie ja sowieso in ihm sieht. »Jeder Baum ist gefährlich«, warnt er. »Egal ob Eiche, Buche, Linde, Kiefer, Tanne oder Fliegenpilz, keiner schützt vor Blitzeinschlägen.« Professor Raute hat die Klasse mal über die Bedenklichkeit solcher Volksweisheiten aufgeklärt.

Doch jetzt will Anna nicht von ihm unterrichtet werden. »Besten Dank, Herr Studienrat«, spottet sie, »aber wir wollen nu mal keine Frösche werden.« Und unbekümmert sucht sie weiter nach einem schützenden Baum, bis sie sich, alle ihre Geschwister um sich geschart, unter eine dicht belaubte Kastanie stellt.

Achselzuckend stellt David sich dazu. Wie soll er Anna und die Kinder denn jetzt alleinlassen? Er ist für Bruno, seit er ihm Schwimmunterricht erteilt hat, doch wirklich so etwas wie ein großer Bruder geworden. »Komm hoch!«, sagt er zu dem Kleinen, der sich zitternd und bänglich, weil es sich durch den heftigen Regen so schnell abgekühlt hat, an ihn presst. »Hier oben friert's sich leichter.« Und damit nimmt er ihn auf den Arm, um ihn an seiner Brust zu wärmen.

Anna sieht es, tut aber so, als nehme sie es gar nicht wahr. Sie hat nicht auf seine Warnung gehört – und er ist trotzdem bei ihnen geblieben! So hat sie mal wieder einen Sieg errungen. Doch freut sie das nicht; viel eher scheint dieser Sieg sie zu beschämen.

David kann innerlich nur den Kopf schütteln. Anna ist wie

ein Chamäleon; ständig nimmt sie andere Farben an. Mal ist sie lieb und nett und verständig, dann wieder uneinsichtig bis zur Sturheit. Und das, obwohl sie doch nun schon ein richtiges Liebespaar sind. Erst gestern haben sie sich wieder ganz lange geküsst, und als sie auseinandergingen, wirkte sie so glücklich, als könnte ihr nie wieder etwas Böses geschehen, weil sie ja nun ihn hat. Und jetzt? Jetzt spottet sie wieder über ihn und will sich nicht belehren lassen, obwohl das mit den Bäumen doch eine wissenschaftlich bewiesene Tatsache ist.

Warum ist sie nur so? Er meint es doch gut mit ihr und ihren Geschwistern. So wie ja auch Tante Nelly und Onkel August es gut mit ihr meinen. Tante Nelly hat ihr sogar eine neue, viel bessere Arbeit besorgt. Herr Quandt, einer von Onkel Augusts Patienten, ein gemütlicher, dicker Glatzkopf, der sich gern mit Tante Nelly unterhält, hat sie eingestellt. Bei jeder anderen Sprechstundenhilfe hätte Herr Quandt auf die Frage, ob er nicht ein tüchtiges Ladenmädchen benötigen würde, wohl nur mürrisch den Kopf geschüttelt, vor der hübschen Tante Nelly wollte er ein bisschen angeben. Sie solle ihm die Kleine mal vorbeischicken, sagte er, seiner Frau und ihm wachse die viele Arbeit schon lange über den Kopf. Wenn das Mädel in seinen Laden passe – also wenn sie Tante Nelly auch nur ein klein wenig ähnlich sehe –, wolle er es gern mal mit ihr versuchen.

Ein Süßholzraspler – und dennoch ein wahrer Glücksfall, dieser Herr Quandt! Die Arbeit in seinem Kolonialwarenladen ist ja weit angenehmer und abwechslungsreicher und wird viel besser bezahlt als die im Knopfladen. Auch war Herr Quandt nach nur wenigen Tagen Probezeit und einer gründlichen Überprüfung ihrer Rechenkünste, die sie glänzend bestand, von Anna so überzeugt, dass er sie gleich fest angestellt hat. Von der »grauen« Kurzwarenverkäuferin zur nach Schokolade und Kaffee duftenden »Leckerbissenmieze« – wenn das kein

Aufstieg ist! Vor allem, weil sie ja eigentlich gar nicht Herrn Quandts Idealvorstellung entspricht. Er hatte wohl wirklich mehr an eine jüngere Tante Nelly gedacht.

Von Tante Nelly hat Anna dann ein hübsches, schwarzes Verkäuferinnenkleid geschenkt bekommen. In diesem Kleid und in ihren roten Knöpfstiefeln und mit einem weißen Häubchen im Haar steht sie nun in Herrn Quandts Kolonialwarenladen in der Oranienburger Straße hinter dem Ladentisch. Doch verkauft sie nicht nur Kaffee und Schokolade, auch Kakao, Tee, Linsen, Reis, Erbsen, Bohnen, Graupen, Öl und Essig und hin und wieder sogar Apfelsinen oder Bananen bietet sie an. Einmal, als wegen heftigen Regens auf dem Bau nicht gearbeitet werden konnte, hatte David sich bei Ernst Garleben abgemeldet und war zu ihr hingelaufen. Und dann hat er vor Herrn Quandts schon von außen sehr vornehm wirkendem Laden gestanden und zugesehen, wie »Fräulein Anna« die Kundschaft bediente. Pitschenass, aber stolz wie ein Hahn auf dem Mist hatte er dagestanden und sie beobachtet: Der lang gezogene weiße Ladentisch, die moderne Kirschholzkasse, die kupfernen Kaffeebehälter und die hohen, mit allerlei Lebensmitteln vollgestellten und mit Szenen aus dem afrikanischen Leben bemalten Regale – was für ein Arbeitsrevier! Und Königin in diesem Revier war sie, seine Anna, das weiße Häubchen ihre Krone! Wie geschickt sie hinter dem Ladentisch herumfuhrwerkte, wie flink ihre Hände aus Papierbögen trichterförmige Tüten rollten! Er hätte zu ihr hineinlaufen und sie abküssen mögen, so sehr hatte sie ihm gefallen.

Eine große Chance, diese Arbeit bei Herrn Quandt! Aber sieht Anna das auch so? Immer öfter lästert sie über den dicken Ladenbesitzer, dem sie nicht schön genug ist und der stets und ständig von ihr verlangt, dass sie mehr aus sich macht. Oder sie schimpft auf seine Frau, die sie geizig nennt und von der sie glaubt, dass sie ihr nachspioniert, um sie beim Diebstahl zu erwischen. Tante Nelly sieht das mit Sorge. Sie müsse ja nicht ewig bei den Quandts bleiben, schärft sie Anna immer wieder ein, die Einkaufswelt verändere sich von Tag zu Tag. Überall in der Stadt würden neue Geschäfte eröffnet und entstünden große, moderne Warenhäuser, die tüchtige Verkaufskräfte benötigen. Eine solche Arbeit sei doch allemal besser, als irgendwo in Stellung oder in die Fabrik zu gehen …

Ein lautes Gurren lässt die kleine Schar, die sich unter die Kastanie geflüchtet hat, zusammenfahren. Auf dem untersten Ast, direkt über ihnen, hockt ein Taubenpaar. Es schnäbelt munter miteinander, Regen, Donner und Blitz scheinen ihm nichts auszumachen.

Da muss Anna lachen. »Kackt mir nich uff meine Frisur!«, droht sie den beiden Tauben. »Mit so'nem Häubchen vergraul ick Quandts die jesamte feine Kundschaft.«

Ja, so ist sie! Eben noch beleidigte Leberwurst, jetzt vergnügt wie ein Clown auf dem Rummelplatz. David will die Gelegenheit nutzen, ihr etwas Versöhnliches zu sagen, wird aber abgelenkt. Rischie hat eine wunderschöne, mahagoniglänzende Kastanie gefunden, eine der ersten in diesem Jahr. Mit geschäftsmäßiger Miene hält er sie David hin. »Willste die koofen?«

David spielt mit. Er zieht die Augenbrauen hoch, als müsse er erst überlegen, dann fragt er genauso geschäftsmäßig zurück. »Für wie viele Pfennige?«

»Fünf.«

»Wie viel?«, staunt David. Für fünf Pfennige kriegt man ansonsten eine ganze Tüte Bonbons oder Kuchenreste.

»Zehn.«

Eine Antwort, die noch erstaunlicher ist. »Aber wieso denn? Du hast doch eben erst fünf gesagt.«

Rischie verzieht keine Miene. »Fünf–zehn! Also fünfzehn!«

Was für eine schlaue Rübe! »Willst wohl Markthändler werden?« Grinsend zückt David sein Portemonnaie und reicht ihm einen Pfennig. »Aber wenn du wirklich Markthändler werden willst, musste feilschen lernen. Du verlangst für die Kastanie fünfzehn Pfennige, ich biete dir einen. Was verlangst du jetzt?«

Doch Rischie will gar nicht feilschen, bereits der eine Pfennig hat seine Augen glänzen lassen. Rasch nimmt er das Geldstück und drückt David die nasse Kastanie in die Hand.

Anna sieht es und seufzt. »Nee, Rischie, aus dir wird nie'n Händler. Vadder hat recht, du bist'n weichet Lamm und landest irjendwann unter Fleischers Hackebeil.«

Wie sie das wieder gesagt hat! David schüttelt den Kopf. »Er ist kein Lamm, freut sich nur über den Pfennig, was ist dabei?«

»Und er is doch'n Lamm!« Anna bleibt stur. »Ick kenn ihn besser. Und im Leben isset nu mal so, allet darfste sein, Köter, Schlange, Tiger, Elefant, nur keen Lamm. Lämmer sind nur da, um jefressen zu werden.«

Die kleine Lina reißt die Augen auf. »Sind wir alle Lämmer?«

Ihre große Schwester zögert einen Augenblick, dann sagt sie streng: »Nee, wenn wir auf uns uffpassen, denn nich!«

»Aber du«, flüstert Bruno David leise ins Ohr, »du bist kein Lamm.«

»Und was bin ich dann?«

»Ein Bär«, tuschelt Bruno ihm ins Ohr, »ein großer, starker Bär.«

Anna hat es trotzdem gehört. »Da haste recht.« Sie kichert. »Ein Bär isser, 'n großer, starker Bär! Und immerzu auf der Suche nach Honig. Ooch da, wo's jar keenen jibt.«

Endlich hat der Regen nachgelassen, auch blitzt und donnert es nicht mehr. Sie können weitergehen. Bruno aber will nicht aufs nasse Straßenpflaster zurück, reitet lieber auf Davids Schultern. Als Kleinster darf er das und David hätte ihn auch gar nicht gern runtergelassen; Bruno ist so leicht, es macht Spaß, ihn durch die nun so würzig nach Staub und Regen riechenden Straßen zu tragen.

»*Wenn die Soldaten komm', denn wirste mitjenomm'!*«, singt er ihm vor, während er in den dazu passenden Marschtritt verfällt, damit den Kindern wieder ein wenig wärmer wird. »*Wirste in'nen Sack jesteckt und ins Felde mitjeschleppt.*«

Er wiederholt den kurzen Text so lange, bis alle mitsingen können, dann stimmt er einen Zungenbrecher an: »*Piefke lief, Piefke lief, Piefke lief die Stiefel schief – die Stiefel lief, die Stiefel lief, die Stiefel lief sich Piefke schief!*«

Es wird gelacht und mitgesungen und ständig verhaspeln sich alle zwischen »lief« und »schief«. Danach beginnen Lina und Emma, Hand in Hand die Arme schwenkend, das allen bekannte Lied vom Schneider in ihrer ganz eigenen Fassung:

>»*Schnipp, schnapp, Schneider!*
>*Mach uns schöne Kleider!*
>*Der Hilli eens aus Seiden,*
>*dit wird se prächtig kleiden.*
>*Der Anna eens mit Spitzen dran,*
>*dit zieht se nächsten Sonntach an!*«

Wieder wird gekichert und gelacht und immer rascher marschiert und nun mehr gebrüllt als gesungen:

>»*Neunundneunzig Schneider,*
>*die wiejen hundert Pfund.*
>*Und wenn se die nicht wiejen,*
>*denn sind se nich jesund.*«

Und noch mal: »*Neunundneunzig Schneider* ...«

Allein Anna bleibt so still, als hätte sie plötzlich viel nachzudenken.

»Machste dir Sorgen?«, fragt David leise. »Wegen deinem Vater?«

Stumm schüttelt sie den Kopf.

»Wenn er Ärger macht, dann lass ihn doch einfach schimpfen. Heute ist Sonntag und da wird nicht gearbeitet. Also dürfen auch deine Geschwister mal raus ins Grüne und du hast'n reines Gewissen.«

Eine Empfehlung, die die widerborstige Anna zum Leben erweckt. »Am jemütlichsten lebt aber nich, wer'n reinet Jewissen hat, am jemütlichsten lebt, wer jar keens hat. Nämlich jenauso eener wie unser Suffkopp zu Hause.«

David will noch etwas entgegnen, da wird der Regen wieder stärker. Als ob im Himmel irgendwelche Schleusen geöffnet wurden, so pladdert es aufs Straßenpflaster nieder. Doch jetzt will Anna sich nicht mehr unterstellen. Sie nimmt nur Emma und Lina an die Hand, dann befiehlt sie laut: »Nich flennen, rennen!«

Und damit flitzt sie auch schon los, mitten durch den auf sie niederprügelnden Regen. Rischie und Hilli hetzen neben ihren Schwestern her, David mit Bruno auf seinen Schultern bildet die Nachhut.

In der Schönholzer Straße angelangt, hat der Regen sie ein zweites Mal durchnässt und von Annas roten Knöpfstiefeln haben sich die Sohlen gelöst. Vor Kummer bricht sie in Tränen aus. »Wat soll ick denn nu morjen anziehen? Ick kann doch nich barfuß hinterm Ladentisch stehen.«

David überlegt nur kurz, dann weiß er Rat: Itzhak Landfahrer! Der alte Schuster wird ihr die Stiefel vielleicht auch am Sonntag reparieren. Er erzählt ihr von der Kellerschusterei im

Scheunenviertel und bittet sie, die Stiefel gleich auszuziehen. »Kannst die paar Meter ja barfuß gehen.«

Ein Angebot, das sie mal wieder in Verlegenheit stürzt. Sie war zuletzt nicht gerade freundlich zu ihm – und nun will er ihretwegen extra noch mal bis ins Scheunenviertel laufen? »Aber es gießt doch wie aus Eimern.«

»Na und? Noch nasser kann ich nicht werden.«

»Ja, aber – du musst se mir ja heute noch wiederbringen … Und dit vielleicht wieder mitten durchs Jepladder.«

»Bin ich aus Schokolade?« Er wird ungeduldig. »Und wenn wir noch lange hier rumstehen und palavern, davon werd ich auch nicht trockener.«

»Na jut! Wenn de unbedingt willst …« Sie bückt sich, zieht die Stiefel aus und reicht sie ihm einen nach dem anderen, blickt ihn dabei aber nicht an. »Hast eijentlich'ne viel bessere verdient als wie mir«, murrt sie nur noch leise.

»Weiß ich!« Er grinst frech. »Nur leider, die Besseren wollen mich nicht.«

Eine Antwort, die ihr gefällt; da darf sie wieder lachen. »Die sind schön doof. So'n Stiefelknecht hat doch'ne Menge für sich.«

Anna, wie sie nun mal ist! Eben noch geknickt wie ein zartes, vom lieben Gott achtlos zertretenes Gänseblümchen, gleich darauf die Kesse aus dem Schwalbennest.

### Du und ich

Itzhak Landfahrer hat sich nicht lange bitten lassen. Froh über die sonntägliche Unterbrechung – den Sonntag sehen die Juden ja nicht als wirklichen Feiertag an[*] –, hat er sich sogleich in seine Werkstatt begeben und Annas Knöpfstiefel erst mit Papier und Tüchern und über zwei Kerzen ein wenig getrocknet und anschließend repariert.

Auch David legte er nahe, seine Kleider und Zimmermannsstiefel auszuziehen und sie ein wenig trocknen zu lassen, um ihn danach, während er in Unterwäsche auf dem zweiten Schemel der kleinen Werkstatt saß und zusah, wie der alte Schuster sich mit Annas Stiefeln beschäftigte, nach allen Regeln der Kunst auszufragen: Wie denn die Sache mit der Polizei verlaufen sei? Wieso er denn nun plötzlich Zimmerer und kein Gymnasiast mehr sei? Ja, und wem denn diese hübschen Stiefelchen gehörten? Ob er gar schon – oijoijoijoi! – eine eigene Braut besitze?

Und David hat geantwortet, hat bereitwillig alles erzählt, was Itzhak Landfahrer wissen wollte. Der alte Schuster hatte ihm schon einmal sehr geholfen und half nun wieder; er war ihm für alles sehr dankbar. Doch nun erweist Itzhak Landfahrer sich auch noch als sehr großzügig, denn als David fragt, was die Schuhreparatur denn koste und ob er ihm das Geld später vorbeibringen dürfe, da er sicher nicht genug dabeihabe, lehnt er jede Bezahlung ab.

»Wozu das?«, fragt er. »Hab gewerkelt a bisschen, du erzählt hast viel. Ist Lohn genug. War a scheener Sonntach.«

So bleibt David nur übrig, sich zu bedanken und zu versprechen, bald mal wiederzukommen. Danach läuft er in seiner nur halb trocknen Zimmererkluft den Weg zur Schönholzer Straße zurück. Zum Glück regnet es nicht mehr, doch ist es spät geworden; es hat Zeit gekostet, Annas Stiefel wenigstens halbwegs trocken zu bekommen.

Der Schein der Gaslaternen spiegelt sich in den pfützenübersäten Straßen wider, und kommt eine Droschke vorübergefahren, muss er sich vorsehen. Dann spritzt es bis an die

Hauswände hoch. Dennoch hüpft es mal wieder in ihm. Soll Anna ruhig sehen, was er alles für sie tut! Vielleicht ist sie dann irgendwann nicht mehr so launisch.

In der Schönholzer Straße wird er langsamer. Auf den blonden Karl und seine Spießgesellen möchte er jetzt lieber nicht treffen. Er ist auch nicht begierig darauf, sich von Annas Vater die Ohren vollschwatzen zu lassen. Nur wird er dagegen kaum etwas machen können; er kann Anna die Stiefel ja nicht bis ins Schwalbennest hochwerfen.

Wenige Schritte vor der Nr. 27 bleibt er stehen. Wer lehnt denn da an der Hauswand, barfüßig, klein und irgendwie verloren wirkend … Anna? – Ja, es ist Anna! Wie eine, die kein Zuhause hat, steht sie da. Hat sie etwa die ganze Zeit hier auf ihn gewartet?

»Anna!«, ruft er leise, und da hebt sie auch schon den Kopf, kommt auf ihn zugestürmt und wirft sich an seine Brust und die Tränen fließen ihr nur so übers Gesicht.

»Was ist denn passiert?«, kann er nur flüstern, so erschrocken ist er über diesen Tränenausbruch.

Anna aber weint nur, schluchzt und ringt nach Luft.

Mit der freien Hand streichelt er ihr den Rücken, in der anderen hält er die Stiefel. »Aber was ist denn? Hat dir dein Vater was getan? Weil ihr heute nicht gearbeitet habt?«

Zuerst will sie nicht antworten, dann bricht es laut aus ihr heraus und David erstarrt. Er will nicht glauben, was er da zu hören bekommt: Ihr Vater hat sie schlagen wollen und da ist sie die Treppe hinabgelaufen. Doch hat er sie eingeholt, ihr mehrfach ins Gesicht geschlagen – und ihr dann plötzlich den Rock hochgehoben und sie an die Wand gedrückt …

Sie verstummt, bringt kein Wort mehr über die zuckenden Lippen, weint nur noch herzzerreißender.

Ihm wird ganz kalt. Das kann doch nicht sein, der eigene

Vater wollte ... oder hat? Annas Vater ist so groß und fett, wie hätte sie sich ihn vom Leibe halten sollen?

Doch nein, das fragt er lieber nicht, hat Angst vor der Antwort. Aber da redet sie schon weiter, die Worte stürzen ihr nur so aus dem Mund. In ihrer Not hat sie laut um Hilfe geschrien, und da ist plötzlich jemand die Treppe heraufgestürmt gekommen, hat ihren Vater von ihr fortgezerrt und, als er sich wehrte, voller Wucht die Treppe herabgestoßen. »Und ... und dit war Karl ... Der ... der hat mir schreien jehört ...«

Wieder weint sie so heftig, dass ihr Schluchzen jedes Wort erstickt. Es erleichtert David sehr, dass es nicht zum Schlimmsten gekommen ist, doch muss er abwarten, bis sie sich etwas gefasst hat. Erst danach kann er fragen, wo ihr Vater denn nun ist. Und ob sein Sturz schlimme Folgen hatte. Er fragt das aber nicht aus Sorge um das Wohlergehen ihres Vaters, sondern nur, um überhaupt etwas zu sagen. Er hätte gar nichts dagegen, wenn dieser Mistkerl sich bei seinem Sturz das Genick gebrochen hätte. Wie kann einer – noch dazu der eigene Vater! – so etwas tun! Das ist so ungeheuerlich, so dreckig; ihm fehlen die Worte, seine Gefühle auszudrücken.

»Er ... liegt oben ... Karl und Mutter haben ihn hochjetragen ... Er ... er sieht schlimm aus.«

Was für ein Glück, dass Karl rechtzeitig kam! Doch natürlich, nun wird er noch entschiedenere Ansprüche auf Anna erheben. »Wo ... wo ist er denn jetzt?«

»Wer?«

»Na, Karl.«

»Abjehauen! Va... Vadder hat jesagt, er will die Polizei holen, weil Karl ihn umbringen wollte.«

»Aber das kann er doch gar nicht. Dann kommt ja heraus, was er mit dir machen wollte. Und dann kommt er ins Gefängnis.«

»Dit ... dit hat Mutter ja ooch jesagt. Aber Vadder hat so'n Spektakel jemacht, da hat Karl Angst bekommen.«

Ein Weilchen schweigen sie, dann muss David loswerden, was in ihm vorgeht. »So ein Schwein! Wirklich – so leid es mir tut! –, dein Vater ist ein richtiges Schwein, ein Dreckskerl, ein ...« Nein! Besser nicht weiterreden. Auch das muss ihr ja wehtun; bei allem, was geschehen ist, bleibt er ja doch ihr Vater.

Erst antwortet sie lange nichts, weint nur seine Brust nass, dann erinnert sie ihn an jenen Tag im Hof, als sie sich stritten und sie ihn ohrfeigte. Damals habe sie ihm nichts davon erzählt, weil sie sich für ihren Vater schämte, in Wahrheit aber sei sie nur deshalb so böse auf ihn gewesen, dass ihr sogar die Hand ausrutschte, weil er so gar nichts von ihr und ihrem Vater wusste und trotzdem alles besser wissen wollte. »Er ... er hat's ja schon mal bei mir versucht ... Nur ... nur beim ersten Mal, da war er nich besoffen, da hat er et wieder sein lassen, als ick mir jewehrt habe ... Heute ... heute war er voll ... und ... und da wollte er mir bestrafen.«

Bestrafen? Auf diese Weise? – Aber ja, er wollte sie erniedrigen, ihren Willen brechen ... Das flaue Gefühl in Davids Magen wird immer stärker. Was es doch für Menschen gibt! Nie wieder darf Anna zu diesem Mann zurück. Er holt tief Luft, dann sagt er ihr das.

Sie vergisst zu weinen, so erstaunt schaut sie ihn an. »Aber wo soll ick denn hin?«

»Das weiß ich noch nicht. Aber dableiben darfste auf gar keinen Fall. Deshalb gehen wir jetzt am besten zu Onkel August und Tante Nelly. Denen erzählen wir alles. Die haben dich gern, vielleicht wissen sie, wo du hinkannst.«

Sofort macht sie sich von ihm los. »Aber ick will dit nich sagen! Dit darf doch keener wissen. Ick ... ick schäme mir doch!«

»Aber mir haste's doch auch gesagt.«

Einen Moment lang starrt sie ihn an, als würde ihr erst jetzt bewusst, dass sie das wirklich getan hat, dann sagt sie leise: »Aber dit is doch janz wat anderet … Du und ick, wir jehören doch zusammen, oder?«

Ja, sie gehören zusammen! Er spürt das schon lange – und jetzt, an diesem Abend, noch viel mehr als je zuvor. Doch braucht Anna Hilfe, eine Hilfe, die er ihr nicht geben kann.

»Komm!«, sagt er nur noch. Und dann nimmt er einfach ihre Hand und zieht sie die dunkle Straße entlang. »Lass uns zu ihnen gehen. Du musst dich für gar nichts schämen. Wer kann schon was für seinen Vater? Und vielleicht wissen sie ja wirklich Rat.«

Ein paar Schritte geht sie mit, barfuß, wie sie noch immer ist – weder sie noch er denken daran, dass sie ja nun ihre Knöpfstiefel anziehen könnte –, dann reißt sie sich mit einem Mal los. »Aber ick darf nich einfach weg! Meine Mutter und meine Jeschwister … Wie die jeweent haben, als er mir jehauen hat! Und meine Oma … Ick kann die nich alleene lassen.«

Ein Weilchen steht er nur da, unentschlossen, was er tun soll. Dann nimmt er erneut ihre Hand. »Auch darüber können wir reden. Onkel August und Tante Nelly sind viel klüger als wir. Und zurückgehen, zurückgehen kannste ja immer noch.«

Auch Onkel August und Tante Nelly wollen nicht glauben, was sie zu hören bekommen. Im bläulichen Schein der Gaslampe sitzen sie am Wohnzimmertisch, haben die Hände auf dem Tisch liegen und schauen sich, als sie alles gehört haben, entsetzt an.

Anna, die nun alles schon zum zweiten Mal erzählt hat, ist vor Scham blutrot im Gesicht. Während sie sprach, hat sie keinen angeblickt, hat nur immer an ihren Fingern gezerrt, als wollte sie sich einen nach dem anderen abreißen. Und sie blickt auch jetzt nicht auf.

»Eines steht fest«, sagt Tante Nelly schließlich, »nach Hause zurück kannst du vorläufig nicht. Ist dir ja gar nicht zuzumuten, weiter mit diesem Mann unter einem Dach zu leben.«

»Aber ... ick muss doch!« Endlich hebt Anna den Blick. Wie ein gehetztes kleines Tier schaut sie Tante Nelly an. »Meine Mutter ... und meine Jeschwister! Die brauchen mir doch! Und ... und wo soll ick denn sonst hin?«

»Fürs Erste könntest du bei uns bleiben«, wirft Onkel August vorsichtig ein. »Danach gilt es zu überlegen, was für alle das Beste ist. Nach Hause aber darfst du wirklich nicht, das ist weder für dich noch für deinen Vater gut.«

»Aber jetzt kann er mir ja nischt mehr tun«, wehrt Anna ab. »Der is so böse jefallen, der liegt drei Tage fest. Und ... und meine Mutter braucht mir doch!«

Sachte nimmt Tante Nelly ihre Hand und streichelt sie. »Aber Anna, tut dir das denn nicht weh, diesen ... deinen Vater auch nur anzuschauen, nach dem, was er dir antun wollte?«

Anna zögert, blickt auf den Tisch und nickt dann zaghaft. Ja, soll das heißen, es tut mir weh, sogar sehr weh, aber ich kann doch nicht einfach bei fremden Leuten bleiben.

»Wie lange kennst du uns nun schon?«, redet Tante Nelly weiter auf sie ein. »Fast alle deine Geschwister hast du zu uns gebracht, wenn sie krank waren. Nun brauchst du selber Hilfe. Aber es gibt keine Salbe, keine Pillen oder Pflaster gegen dein Leid. Du brauchst Menschen, die sich dir zuwenden ... Da hast du nun diese schöne Arbeit bei Herrn Quandt. Wenn du dich zu Hause ängstigen musst, dann sieht man dir das an. Und so gut kenne ich den lieben Herrn Quandt, eine unfrohe, niedergedrückte, verängstigte Anna will er nicht hinter seinem Ladentisch stehen haben.«

Hilflos schaut Anna David an, der noch immer ihre roten Knöpfstiefel neben sich stehen hat. Rate du mir, fleht dieser Blick. Dir vertraue ich. Du bist der Einzige, auf den ich höre.

Vor Glück und Stolz wird er rot. Aber dann nickt er: Ja, bleib hier! Du darfst ihre Hilfe wirklich annehmen, bist ihnen keine Last. Sie haben dich gern und werden alles für dich tun.

»Und … und wo soll ick schlafen?«, fragt sie da nur noch leise, als setze sie ihre letzte Hoffnung darauf, dass es für sie in dieser Wohnung ja gar kein Bett gibt.

»In der Dienstmädchenkammer«, antwortet Tante Nelly sofort. »Da hast du dein Eckchen, dein ruhig Fleckchen. Wir haben ja kein Dienstmädchen, wie du weißt, und wir wollen auch keins, aber eine Dienstmädchenkammer haben wir. Da stehen nur ein paar medizinische Geräte drin, aber die räumen wir raus, dafür findet sich auch woanders Platz. Ein Bett jedoch ist bereits vorhanden, das müssen wir nur noch beziehen.«

Wieder blickt Anna David an, und da nickt er ihr zum zweiten Mal zu: Besser als hier triffst du es nirgends.

»Und damit deine Mutter und deine Geschwister sich nicht um dich sorgen«, sagt nun wieder Onkel August, sich nachdenklich die Narbe reibend, »werde ich, wenn du einverstanden damit bist, gleich mal bei euch vorbeischauen und Bescheid sagen. Noch sind die Haustüren nicht verschlossen. Du musst uns zuvor nur sagen, ob du unsere Gastfreundschaft annehmen willst. Wir sind dir nicht böse, wenn du unser Angebot ausschlägst, nur wäre das nicht sehr klug von dir.«

Zum dritten Mal schaut Anna David an, und als er wieder nickt, da nickt auch sie. Irgendein Wort bringt sie nicht heraus.

»Gut!« Onkel August steht auf, zieht sich Schuhe und Gehrock an und greift sich Arztkoffer und Schirm. »Dann marschiere ich jetzt los. Vielleicht kann ich ja auch für deinen Vater noch was tun.«

Das Letzte hätte er lieber nicht sagen sollen, gleich bricht Anna wieder in Tränen aus. Tante Nelly muss sie in den Arm nehmen, sich mit ihr aufs Sofa setzen, sie wiegen, streicheln und trösten. »Lass mal, Kindchen! Zum Glück ist ja noch gar nichts wirklich Schlimmes passiert. Schon morgen sieht die Welt wieder viel freundlicher aus.«

Als Onkel August zurückkommt, sitzen Tante Nelly und Anna noch immer auf dem Sofa. Zwar weint Anna nicht mehr – Tante Nellys Nähe und ihre guten Worte haben sie ein wenig beruhigt –, das Schluchzen aber kann sie noch immer nicht unterdrücken.

Onkel August legt erst all die armseligen Kleider und sonstigen wenigen Dinge, die Anna gehören und die er mitgebracht hat, auf einen Stuhl, dann setzt er sich an den Tisch, lächelt alle an und sagt schließlich: »Du hast eine sehr vernünftige Mutter, Anna. Sie weiß, dass es besser ist, wenn du deinen Vater vorläufig nicht siehst. Sie bittet dich nur, hin und wieder bei ihr vorbeizuschauen, damit sie weiß, wie es dir geht, und ihr bei dieser Gelegenheit das Geld zu bringen, das du bei Herrn Quandt verdienst. Sie brauchen es ja.«

Anna nickt nur still. »Und Vadder?«, fragt sie danach leise. »Hat der ooch wat jesagt?«

Onkel August nimmt erst den Zwicker ab, putzt ihn mit dem immer dafür bereitliegenden Tuch und reibt sich lange Augen und Stirn. »Na ja!«, sagt er dann. »Er hat herumkrakeelt und mich bedroht. Ich wolle ihm seine Tochter stehlen, hat er geschrien und mir allerlei sehr unschöne und sehr unlautere Absichten unterstellt ... Hat ihm natürlich nicht gefallen, dass du ihn vorläufig meiden willst, doch konnte er nicht viel dagegen einwenden. Hab ihm gedroht: Entweder er stimmt deinem Umzug zu oder ich gehe zur Polizei und erstatte Anzeige ... Eine kleine Erpressung, aber eindeutig im Interesse aller Beteiligten. Er ist dann schnell kleinlaut geworden und hat sich sogar von mir verarzten lassen.«

»Hat ... hat er sich denn böse was getan?«

Onkel August winkt ab. »Nur ein paar Beulen und blaue Flecke. Fett ist ein gutes Polster.«

Damit ist alles gesagt. Es gibt keine weiteren Fragen mehr. Tante Nelly steht auf und reibt sich unternehmungslustig die Hände. »So, meine Herrschaften! Jetzt gibt's erst mal Abendbrot. Und danach machen wir's Fräulein Anna gemütlich.«

Auch David steht auf. Er muss nach Hause, muss raus aus seinen noch immer feuchten Klamotten, damit sie bis morgen früh richtig austrocknen können. Außerdem wird die Mutter sich bereits schlimme Sorgen gemacht haben; sie weiß ja nicht, was ihn aufgehalten hat ... Und die Großmutter! Er hat sie den ganzen Tag nicht gesehen, muss wissen, wie es ihr geht.

Dankbar drückt er Onkel August die Hand und lässt sich von Tante Nelly auf die Wange küssen und sich von ihr ins Ohr flüstern, dass er genau das Richtige getan hat, als er Anna zu ihnen brachte. Dann steht er Anna gegenüber. »Bis morgen, ja?«

Sie sieht ihn lange an, noch immer traurig, dann nickt sie. »Ja! Bis morgen.«

### Worte und Waffen

Onkel Köbbes Freund Nickel ist gekommen, sitzt in der Küche, trinkt von dem Bier, das Onkel Fritz ihm hingestellt hat, und erzählt breit grinsend, was für ein Abenteuer er in den letzten beiden Tagen erlebt hat.

Eben erst ist er aus dem Gefängnis entlassen worden, am Abend zuvor hatte man ihn verhaftet. Und warum? Weil man ihn für Onkel Köbbe hielt! Eine Verwechslung, die er lange nicht aufklärte.

David, mit seinen Gedanken noch immer bei Anna, setzt sich nur still dazu. Als er die Küche betrat, drohte die Mutter ihm kurz mit dem Finger, dann wandte sie sich, erleichtert über seine Heimkehr, gleich wieder voller Neugier Nickel zu. Für eine Strafpredigt ist später noch Zeit.

»Weshalb hätte ich die Herren Staatsschützer über diesen ›Irrtum‹ aufklären sollen?«, beantwortet der Nickel Mutters Frage und grinst belustigt in die Runde. Der bärtige Mann mit dem runden Borstenkopf scheint seine Hafterlebnisse vor allem lustig zu finden. »Solange sie mich für Köbbe hielten, konnte der, den sie suchten, doch in aller Ruhe untertauchen. Dafür war die eine Nacht hinter Gittern kein großes Opfer.«

Mit der Zeit begreift David, was vorgefallen ist: Nickel war bei seinem Freund Köbbe zu Besuch, und irgendwann bemerkten die beiden, dass das Haus von Polizisten umstellt war. Auch im Hof standen Blaue. So war eine Flucht über Küchenfenster und Mauervorsprung nicht möglich. Sie überlegten noch, wie sie auf andere Weise verschwinden konnten, da hörten sie schon Polizistenstiefel die Treppe heraufkommen, und kurz entschlossen schlug Nickel Onkel Köbbe vor, dass er sich im Schrank verstecken sollte. »Sie kommen ja nicht meinet-, sondern deinetwegen«, sagte er. »Dass du hier wohnst, das wissen sie – dass ich bei dir zu Besuch bin, aller Wahrscheinlichkeit nach nicht. Also spiele ich deine Rolle, bis du genügend Zeit hattest zu verschwinden.«

Es gab einen heftigen Streit, weil Onkel Köbbe dieses Opfer nicht annehmen wollte, Nickel jedoch bugsierte ihn einfach in den Schrank. »Wer wird nötiger gebraucht, du oder ich?«

Im gleichen Augenblick wurde schon an der Tür gehämmert. Nickel lief hin, öffnete und beschwerte sich lauthals. »Meine Herren, was soll das? Sie schlagen mir ja die Tür ein.«

»Sind Sie der Journalist Jacob Jacobi?«, wurde er angefahren.

»Was steht denn da?« Frech tippte er auf das Schild neben der Tür und wurde angebrüllt: »Spielen Se hier nich den Schulmeister, sondern ziehen Se sich an und kommen Se mit. Sie sind vorläufig festgenommen!«

Der oberste Blaue, ein Mann mit Erdbeernase und Alt-Kaiser-Bart, sagte das. Nickel muss noch immer über ihn lachen. »Auf diese Weise hat Seine Selbstherrlichkeit mich zu Jacob Jacobi befördert … Tja, wer Hyänen auf den Holzweg locken will, muss wie'ne Hyäne denken.«

Ein Vergleich, der der Großmutter, die wie immer in den letzten Tagen in Decken gehüllt in ihrem Sorgenstuhl sitzt und ab und zu einen Hustenanfall unterdrücken muss, nicht gefällt. »Reden Sie doch nicht so, Herr Patzke!«, schimpft sie leise. »Man darf doch nicht, nur weil man gegen ein Ungeheuer ankämpft, selbst eins werden.« Doch hat sie damit einen ähnlichen Vergleich angestellt, wie ihr sogleich bewusst wird. »Wir sind Ihnen wirklich sehr dankbar für alles, was Sie für unseren Jacob getan haben«, fügt sie erklärend hinzu. »Aber Menschen mit Tieren vergleichen, nein, das sollte man nicht tun. Sonst behandelt man sie eines Tages vielleicht auch so.«

Er hört sich diesen Vorwurf brav an, der Nickel, hat offensichtlich viel Respekt vor der Mutter seines Freundes, dann zuckt er die Achseln. »Liebe Frau Jacobi, es sind die anderen, nämlich die, die uns ausbeuten, die Menschen wie Tiere behandeln. Aber ich nehme mein Wort von den Hyänen, wenn Sie denn unbedingt möchten, hiermit feierlichst zurück. Dankbar allerdings müssen Sie mir nicht sein, Dankbarkeit ist'ne Hundekrankheit. Bin ohne Weib und Kind, habe nichts und brauche nichts und muss mich demzufolge vor kaum etwas fürchten.«

Sagt es und winkt ab, als lohne es nicht, noch länger darüber zu reden. »War ja auch gar nicht so schlimm, diese kleine Stippvisite im Gefängnis. War eher erheiternd. Ich, der Journalist Jacob Jacobi! Als ich der Staatsmacht heute Morgen erklärte, dass mir das Zeug zum Journalisten leider ganz und gar abgeht und ich nichts als ein ungelernter Arbeiter namens Patzke bin, da hat sie mir das zuerst gar nicht glauben wollen. Man hielt mein Geständnis für den Strohhalm, an dem der erfindungsreiche Jacob Jacobi sich festklammerte. Irgendwann allerdings wurden sie nachdenklich und verglichen mein nicht gar so liebliches Antlitz mit einem rasch herbeigeschafften Konterfei meines so viel schmuckeren Freundes Köbbe. Na ja, und da wurde den Schlaufüchsen klar, dass ich sie reingelegt hatte.«

Er lacht zufrieden. »Wie sie da getobt haben, die Herren Staatsschützer! Zwanzig Jahre Haft haben sie mir angedroht. Doch so blöd, ihnen diese leeren Versprechungen zu glauben, sind selbst ungelernte Arbeiter nicht. Hab sie nur mit treuen Augen angesehen und erklärt, ich sei betrunken gewesen und hätte im Moment der Verhaftung gar nicht mitbekommen, dass ich für einen anderen gehalten wurde. – Wie sie mich da angeglotzt haben! Ein Bild für die Götter! Natürlich werden sie mich wieder vorladen, die Suppe ist noch nicht ausgelöffelt. Irreführung der Behörden, Vereitlung der Verfolgung einer Straftat und noch ein paar andere Dinge werden sie mir vorwerfen. Tja, und so werde ich wohl um ein paar Wochen gesiebte Luft nicht herumkommen. Aber erst mal mussten sie mich laufen lassen. An ihrem Irrtum waren sie ja selber schuld. Wieso hatten sie sich Köbbes Konterfei nicht bereits vor der Verhaftung zu Gemüte geführt?«

Er lacht erneut und die ganze Küchenrunde lächelt, schmunzelt oder grinst mit. Was für eine verrückte Geschichte! Und wie selbstlos von Nickel, auf diese Weise dem Freund die Flucht ermöglicht zu haben!

Nickel genießt die Anerkennung, die ihm von allen Seiten zuteil wird, doch dann sagt er etwas, das die Gesichter rasch verdüstert. »Nur gut, dass ich mein scharfes Taschentuch nicht dabeihatte«, erklärt er gut gelaunt. »Hätten se das bei mir gefunden, hätte die ganze Sache wohl'n bissken länger gedauert.«

»Scharfes Taschentuch?«, fragt die Mutter verwundert. »Was ist denn das?«

Nur kurz zögert Nickel, dann langt er in seine Jackentasche – und hält einen Revolver in der Hand. »Das, verehrte Anwesende, nennt man ein scharfes Taschentuch. Gestern hatte ich's nicht dabei, was mein Glück war. Jetzt hab ich's doch lieber wieder eingesteckt. Sicher ist sicher, so ein Schnupfen kommt unverhofft. Droht man damit, werden Riesen zu Zwerge.«

Überrascht, erschrocken und voller Abwehr blicken alle auf die schwarz glänzende Waffe in seiner Hand. Nur David nicht. Er wusste bereits, dass der Nickel manchmal einen Revolver mit sich herumträgt. Onkel Köbbe hat seinem Freund deshalb schon mehrfach prophezeit, dass sein »Taschentuch« ihm eines Tages noch mal großen Ärger machen wird. Nickel hat ja keinen Waffenschein, und ohne Waffenschein ist bereits der Besitz eines solchen »Taschentuchs« strafbar, egal ob es benutzt wird oder nicht. »Außerdem: Hast du so ein Ding in der Tasche«, mahnte Onkel Köbbe erst letztens wieder Nickel, »und du gerätst in Bedrängnis, wie leicht kann es dir passieren, dass du dich damit verteidigst!«

Es ist die Mutter, die sich als Erste von diesem Schock erholt hat. »Bitte, Herr Patzke«, sagt sie mit ruhiger, aber fester Stimme, »verlassen Sie jetzt lieber unser Haus. Wir sind Ihnen alle sehr verbunden für das, was Sie für Köbbe getan haben, aber einen Menschen, der eine Waffe mit sich herumträgt, möchten wir lieber nicht unter uns haben.«

Sie sagt das aus doppelter Vorsicht. Einerseits will sie mit jemandem, der jeden Moment in die Verlegenheit geraten kann, schießen zu müssen, nichts zu tun haben, andererseits könnte der Nickel, obwohl er ihres Bruders Freund ist, ja ein Agent provocateur sein – ein Lockspitzel, von der Polizei angeheuert, um herauszubekommen, wie die Rackebrandts und Jacobis über die Anwendung von Gewalt denken. Sie kennt Onkel Köbbes Freund nicht gut genug; es ist besser, vorsichtig zu sein und für klare Verhältnisse zu sorgen.

»Ganz der Herr Bruder!« Nickel wiegt den Kopf, als hätte er keine andere Reaktion erwartet. »Ich allerdings denke da ein wenig anders. Hab in früher Jugend mal irgendwo gelesen: *Gerechtigkeit erfleht kein Ehrenmann, solange mit dem Schwert er sie fordern kann.* Und was steht im Alten Testament? *Auge um Auge, Zahn um Zahn!* Wer's aber mehr mit dem Neuen Testament hält und auch noch die zweite Wange hinhält, wenn er auf die eine geschlagen wird, der, liebe Leute, wird wohl bis ans Ende seiner Tage geschlagen werden.«

Noch ein spöttischer Blick in die Runde, dann steht er auf, verneigt sich höflich und geht zur Tür. Doch dreht er sich, die Mütze in der Hand, noch einmal um. »Ach ja, eigentlich bin ich ja nur gekommen, um Köbbe für einige Zeit bei Ihnen zu entschuldigen. Wo er sich aufhält, das weiß ich leider nicht. Seine Lissa aber – Sie wissen schon, die kluge Russin! – hält Kontakt zu ihm. Deshalb machen Se sich mal keine Sorgen, er ist in besten Händen.«

Da endlich kann David fragen: »Weshalb sollte Onkel Köbbe denn eigentlich verhaftet werden?«

»Er hat mal wieder einen unerwünschten Artikel geschrieben.« Die Mutter lächelt düster. »*Über die Langmut der Gerichte, wenn es um den politischen Gegner geht,* so der Titel. Die politischen Gefangenen, die noch immer festgehalten werden, sind sein Thema. Klingt nur leider alles sehr ähnlich wie auf dem Plakat, das vor zwei Monaten für so viel Wirbel gesorgt und dich beinahe ins Gefängnis gebracht hat. Nun glaubt man beweisen zu können, dass beide Verfasser miteinander identisch sind.«

»Ja.« Nickel hat die Hand schon auf der Türklinke. »Sie bekämpfen die Wahrheit und die Wahrheit muss untertauchen. Und warum? Weil Worte allein nun mal schlechte Waffen sind.«

Eine Spitze gegen die Mutter. Sie weiß das und kuckt gleich ein bisschen fröhlicher. »Sie irren, Herr Patzke. Es gibt überhaupt keine verlässlicheren Waffen als Worte. Was bereits vor zwei-, dreitausend Jahren gedacht und aufgeschrieben wurde, existiert noch immer und es verletzt noch heute so manchen Uneinsichtigen, während die Waffen jener Zeit längst verrostet und zu Staub verfallen sind.«

Dagegen gibt es nicht viel zu sagen. »Na denn, Ihr *Wort* in Gottes Ohr!« Nickel verneigt sich noch mal, setzt seine Mütze auf und geht.

Kaum sind sie miteinander allein, muss David Bericht erstatten. Weshalb er denn erst so spät gekommen ist, will die Mutter wissen.

Er erzählt alles, verschweigt nichts.

Danach weiß keiner, was er dazu sagen soll. Bis Tante Mariechen seufzend vor sich hin nickt. »Ja, es gibt solche Menschen! Haben sie zu lange gelitten, wollen sie, dass andere unter ihnen leiden.«

Für Onkel Fritz kein Trost. »Aber so'n kleenet Mädchen?«, ruft er empört aus. »Und noch dazu der eijene Vater!«

Der Mutter ergeht es nicht anders. Zutiefst betroffen starrt sie in sich hinein. »Mein Gott, wenn ich so etwas höre, dann sind mir die Nickels doch lieber ... Die wollen sich wenigstens wehren und nicht andere, die ihnen mehr oder weniger hilflos ausgeliefert sind, unter ihrer Not leiden lassen.«

Die Großmutter hat zuletzt nur noch mit geschlossenen Augen zugehört. Jetzt nickt sie, als sei, was sie zu hören bekommen hat, nur eine Bestätigung für vieles, was sie schon vorher wusste. »Ja, ja«, sagt sie leise hustend, »wenn der Teufel lacht, dann weint der Mensch ... Das war schon immer so und wird so bleiben.«

Ein Ausspruch, an den David noch denken muss, als er längst im Bett liegt. Wenn der Teufel lacht ... Heute hat er ganz besonders laut gelacht. Und das vor allem über Anna, die nun in Onkel Augusts und Tante Nellys Dienstmädchenkammer liegt und sicher auch lange nicht einschlafen kann.

Er versucht, sich vorzustellen, wie sie da so allein in dem fremden Bett und in der dunklen, ihr genauso fremden Kammer liegt, und verspürt wieder dieses Ziehen im Herzen, wie es ihn nun schon öfter überkam, wenn er sie ansah oder an sie dachte. Du und ich, wir gehören doch zusammen, hat sie in der Schönholzer Straße zu ihm gesagt ... Und ja, so ist es: Irgendwie kann er sich gar nicht mehr vorstellen, ohne Anna zu sein. Seltsam, dass er noch vor einem halben Jahr gar nichts von ihr wusste!

Er presst den Kopf ins Kissen und muss an seine Albträume denken. Nein, Anna ist nicht beim Schwimmen ertrunken und auch nicht mit der Luftschaukel davongeflogen oder vom Dach gestürzt. Doch ist, was ihr nun geschehen ist, etwa so viel weniger schlimm? Und beweist es nicht, dass seine Furcht um sie nicht unbegründet war? – Er sieht sie vor sich, sieht, wie sie in der Schönholzer Straße auf ihn wartete, nass vom Regen, barfuß und unglücklich, nichts als ein Häufchen Elend. Ein starker Wunsch, sie zu beschützen, überkommt ihn. Ja, er muss und wird auf sie aufpassen! Solange sie ihn hat und auch Onkel August und Tante Nelly, wird ihr nichts geschehen …

Ein Gedanke, der ihn tröstet und endlich einschlafen lässt. Gegen Morgen aber quält ihn wieder ein Traum, wenn auch ganz anderer Art: Nickel und Dr. Savitius, sie wälzen sich in einer feuchten Lehmgrube und versuchen, einander zu erwürgen. Ihre Kleider sind voller Dreck, jeder hat beide Hände am Hals des anderen. Und wie sie keuchen und stöhnen und die Augen aufreißen, dass sie fast tennisballgroß werden und fast nur noch das Weiße zu sehen ist … Er will schreien, will ihnen Einhalt gebieten, doch bringt er kein Wort heraus. Seine Zunge ist so groß und kalt und steif, er hat Angst, an ihr zu ersticken …

Voller Panik fährt er hoch, und dann liegt er schwer atmend und nass geschwitzt im Bett und versteht nicht, wie er so etwas träumen konnte. Die beiden kennen sich doch gar nicht, haben nichts miteinander zu schaffen. Wieso hat er sie in seinem Traum zusammengebracht?

### Schnittblumen

Die Großmutter hat gesagt, er müsse unbedingt mitfahren. Er habe sich in der letzten Woche viel um sie und auch viel um Anna gekümmert und gar keine Freizeit gehabt; er brauche dringend Erholung. Und Anna würde es auch guttun, mal rauszukommen aus der Stadt. Grün sei ja nicht nur für die Augen gut, es stärke vor allem die Seele. So hat er denn Utz' Einladung, diesen Sonntag bei seinem Onkel Alexander auf dem Rittergut draußen bei Neuruppin zu verbringen, am Ende doch angenommen. Einzige Bedingung: Anna musste mitfahren dürfen; die Großmutter hatte recht, auch sie musste mal auf andere Gedanken kommen.

Utz hatte auch gar nichts dagegen. Im Gegenteil, er war neugierig auf Anna, erhoffte sich wohl, dass ihr Ausflug mit einem Mädchen im Schlepptau lustiger werden würde. Und sein Onkel, so seine Worte, sei viel zu großzügig, um einen Fresser mehr oder weniger am Mittagstisch überhaupt zu bemerken.

Also waren sie in aller Herrgottsfrühe zum Stadtbahnhof Jannowitzbrücke marschiert, wo Utz schon wartete, und es gab eine sehr steife Begrüßung. Weil Utz Anna so unverhohlen musterte. Was Anna überhaupt nicht gefiel. Gereizt blickte sie zur Seite. Sie war ja nur mitgegangen, um ihm, David, einen Gefallen zu tun. Seit das mit ihrem Vater passiert ist, geht sie nicht mehr gern unter die Leute. Sie glaubt, alle sähen ihr jene Szene im Treppenhaus an.

»Anna!«, sagte sie dann nur, als Utz sie mit einem formvollendeten »Gestatten, von Sinitzki! Utz von Sinitzki!« begrüßte. »Ick heiße Anna.« Früher hätte sie sich über Utz totgelacht oder ihn lustig nachgeäfft: »Von Liebetanz, Anna von und zu und drunterweg und drüberhin Liebetanz!« In ihrer jetzigen Verfassung war sie dazu nicht in der Lage.

Nun sitzen sie im Zug, der sie nach Neuruppin bringen soll, und das sogar in der vornehmen ersten Klasse, da Utz nie zweiter oder gar dritter Klasse reist, und sonnenbeschienene Felder, Wiesen, Bäume und Büsche fliegen an ihnen vorüber. Durch das von Anna weit geöffnete Fenster weht der Dampf der Lokomotive herein und Utz lässt Anna noch immer nicht aus den Augen. Ein solches Mädchen, klein und zierlich, aber mürrisch wie ein Hausportier, hat er noch nicht kennengelernt. Dabei ist Anna heute herausgeputzt »wie'n Schlittenpferd«, wie sie auf dem Weg zum Bahnhof schimpfte, und längst nicht mehr nur so ein Strich in der Landschaft, seit sie von Tante Nelly bekocht wird. Auch hat Tante Nelly sie völlig neu eingekleidet, hat ihr Wäsche, Strümpfe, ein Paar braune Schnürstiefel, zwei neue Kleider und einen leichten Mantel gekauft. »Tut mir leid«, hatte sie sich bei Anna für diese Neuausstattung entschuldigt, »aber das muss sein. Du wohnst ja nun bei uns. Die Leute sehen dich kommen und gehen und Doktor Jacobis Hausgast muss schon ein wenig auf sich halten. Na, und auch Herrn Quandt wird's gefallen, wenn du ein bisschen netter gekleidet bist.«

Sicher wird Anna Herrn Quandt so besser gefallen und in Wahrheit gefällt sie sich ja auch, nur fühlt sie sich in dem neuen braunen Kleid mit dem runden, weißen Kragen und dem lindgrünen Mantel noch nicht so ganz zu Hause. Seit sie nicht mehr bei ihren Eltern lebt, steckt sie in einer Art Zwickmühle; sie hat das Gefühl, eine ihr fremde Rolle spielen zu müssen, und das liegt ihr nicht. Deshalb redet sie in letzter Zeit immer weniger und versinkt öfter in irgendwelchen schweren Gedanken. Und das vielleicht gerade deshalb, weil es ihr bei Onkel August und Tante Nelly so gut gefällt. Die beiden verwöhnen sie nach Strich und Faden und sie darf Tante Nelly als Dankeschön nicht mal die eine oder andere Hausarbeit abnehmen. »Du schläfst zwar in der Dienstmädchenkammer«, so Tante Nelly, »doch bist du nicht unser Dienstmädchen. Außerdem hast du den ganzen Tag schwer gearbeitet, also ruhe dich aus und lass dich bedienen. Hast du erst deinen eigenen Haushalt, kommen wir dich besuchen und du darfst uns abfüttern.«

Die erste Haltestation! Interessiert schaut Anna auf den Bahnhof hinaus, der heute, am Sonntag, nicht sehr belebt ist, ihr aber die Gelegenheit bietet, keinen der beiden Jungen anblicken zu müssen.

»Und? Was macht das Colosseum?« David will Utz, der Anna ohne Ende anstarrt, auf andere Gedanken bringen. Wenn das mit den beiden so weitergeht, wird dieser ganze Sonntagsausflug ein einziger Reinfall; dann hätten Anna und er besser nur durch den Tiergarten spazieren sollen.

»Immer dasselbe«, weicht Utz aus. Dieses seltsame Mädchen, das ihm da so abweisend gegenübersitzt, interessiert ihn im Augenblick mehr.

Unbekümmert redet David weiter. Er will, verdammt noch mal, endlich Leben in ihren Ausflug bringen, reißt Witze über den Savitius, Ti Ätsch und den Uhu, erinnert sich an Vorkommnisse, die ihm, dem angehenden Zimmerer, nun seltsam lächerlich erscheinen, und lacht über alles, als wäre, was ihn gestern noch tief verletzt hat, schon ewig lange her.

Utz nickt hin und wieder, lacht auch mal mit, dann, mitten hinein in Davids Redestrom, wendet er sein schmales, blasses Gesicht mit dem korrekt gescheitelten Haar mit einem Mal Anna zu. »Darf ich fragen, wo Sie wohnen?«, beginnt er betont höflich. »Auch in unserer Gegend?«

David erschrickt. Was meint Utz denn mit »unsere Gegend«? Utz und er leben nicht »in einer Gegend«; was für eine Gemeinsamkeit will er denn da herstellen? Und zu welchem Zweck? Er will schon verwundert zurückfragen, doch Anna ist schneller. Noch immer zornig bis in die Zehenspitzen auf diesen geschniegelten und gebügelten jungen Herrn im dunklen Sonntagsanzug, der sie nun nicht mehr nur anstarrt, als wäre sie vom Mond gefallen, sondern auch noch »ausfragen« will, spielt sie Gräfin Schnippisch. »Eijentlich wohne ick janz woanders«, flötet sie mit affektiert gespitzten Lippen. »Aber da, wo ick nu wohne, isses ooch sehr schön.«

Eine Antwort, auf die Utz nichts zu erwidern weiß. Verdattert starrt er sie an, bis Anna der Kamm noch mehr anschwillt. »Sag mal, Prinz Kacke, haste noch nie zuvor'n Mädel jesehen? Oder kannste nur jeradeaus kieken?«

»Ich ...«, beginnt Utz, verstummt dann aber wieder. Vorwurfsvoll blickt er David an. Warum hast du die nur mitgebracht, scheint er zu fragen. Versteht die keine Freundlichkeit? Will sie uns den ganzen Tag verderben?

»Na klar hat er schon mal'n Mädel gesehen!« David will vermitteln. »Aber noch keine, die ihn Prinz genannt hat. So einer ist Utz nämlich gar nicht. Er ist mein Freund. Ein wirklicher Freund! Der einzige, den ich auf dem Gymnasium hatte.«

»Und warum sagt er immer Sie zu mir?« Anna zeigt nur wenig Versöhnungsbereitschaft. »Isser so vornehm oder tut er nur so?«

Da wird Utz gleich noch verlegener. »Von mir aus können wir uns gern duzen«, stottert er. »Ich ... ich bin das nur nicht gewohnt, weil ... weil wir uns ja erst so kurz kennen.«

»Ach ja?« David spielt Dr. Grabbe. »*Non ego mendosos ausim defendere mores*, nicht wahr?«

»Wat heißt'n dit?« Gleich überträgt Anna ihr Misstrauen auch auf ihn.

»Lose Sitten kann ich nicht gutheißen.«

»Und warum sagste dit nich uff Deutsch?«

»Na, weil das Latein ist und wir das im Colosseum lernen mussten.« Es kostet David Mühe, nun nicht ebenfalls ärgerlich zu werden. Er hat ja Verständnis für Anna, doch warum ziert sie sich so? Utz ist doch kein schlechter Kerl.

Sie sieht ihm seinen Unmut an und mit böse zusammengekniffenen Lippen schaut sie aus dem Fenster. Bis sie nicht mehr an sich halten kann. »So'n Quatsch! Lose Sitten kann ick nich jutheißen! Wat für'n Brimborium! Anstatt gleich zu sagen: Wie de bist, dit passt mir nich, also juten Tach und juten Weg!«

»Das wäre natürlich kolossal einfach.« Utz hat seine Verlegenheit überwunden. Dass auch David mit diesem Mädchen seine Schwierigkeiten hat, beruhigt ihn. Gleich rückt er ein bisschen näher an ihn heran.

Ein neuer Versuch, irgendeine gegen Anna gerichtete Gemeinsamkeit herzustellen? – Nein, das geht nicht! »Na ja, mir ist das Deutliche auch lieber«, lenkt David ein. »Aber manchmal ist's besser, man spricht durch die Blume.«

»Blumen jehören in'n Jarten.« Anna bleibt Anna.

»Aber wer keinen Garten hat, der hat auch keine Blumen.«

Das hat Utz gesagt. Und nun lacht er, und David spürt, wie das Missbehagen in ihm wächst. Eine böse Retourkutsche! Ist ja klar, dass eine wie Anna keinen Garten hat. Und noch schlimmer, hinter Utz' Worten steckt eine Doppeldeutigkeit: Weil Anna keinen »Garten« hat – also weil sie arm ist und nur wenig Bildung besitzt, wie ihre Sprache verrät –, kann sie, wie Utz meint, nicht »durch die Blume« sprechen, also auf Freundlichkeiten und Höflichkeiten nicht auch freundlich und höflich reagieren. Er will schon etwas Deftiges erwidern, doch ist das mal wieder gar nicht nötig. Anna ist nicht beleidigt. »Ja«, sagt sie und nickt zufrieden, »dit stimmt. Wo nischt is, da is nischt! Außer Schnittblumen natürlich, die kann ooch eener haben, der keenen Jarten hat. Nur leben die nich lange und deshalb tun se mir immer so leid. Dir ooch?«

Ein Weilchen starrt Utz Anna nur verdutzt an. Jetzt hat sie ja doch »durch die Blume« gesprochen! Und wie geschickt sie das gemacht hat! Da bleibt Utz nur, ebenfalls zu nicken.

Sofort macht Anna ein freundliches Gesicht, schafft es sogar, ihn anzulächeln. Doch ist es ein sehr kaltes, fremdes Lächeln; eines, wie David es zuvor noch nie bei ihr gesehen hat.

Utz' Onkel ist selbst gekommen, um sie am Bahnhof abzuholen. Groß und schwer, in Joppe und Reitstiefeln und mit weit aus der Stirn geschobenem schwarzem Filzhut lehnt er neben einer offenen Halbchaise. Der Schnauzbart hängt ihm tief über den kräftigen Mund, in der Hand hält er eine Kutscherpeitsche. Als er Utz, Anna und David aus dem Bahnhofsgebäude treten sieht, lüftet er so höflich seinen Hut, als wollte er ihnen seine spiegelblanke, wettergebräunte Halbglatze vorführen, dann begrüßt er als Erste Anna. »Alexander von Sinitzki, mein Fräulein. Sehr erfreut, Ihre Bekanntschaft zu machen.«

In ihrer Verblüffung bringt Anna sogar so etwas wie einen Knicks zustande. »A...Anna.«

Auch David wird sehr freundlich begrüßt. »Ein Zimmerer!«, ruft Utz' Onkel anerkennend aus, als er ihm die Hand schüttelt. Und dann kneift er ein Auge zu, tut, als müsse er nachdenken, und scherzt: »Na, da werden wir doch gleich mal sehen, ob es nicht was zu tun gibt auf dem Hof.«

Danach wendet er sich seinem Neffen zu. »Na, Bub? Da hast du dir aber eine nette Eskorte ausgesucht. Lauter junge Gesichter! So lieb ich's.« Er umarmt Utz, klopft ihm kräftig auf beide Schultern und befiehlt gleich darauf gut gelaunt: »Na denn, einsteigen, die Herrschaften! Die Post geht ab!«

Beeindruckt von diesem so überaus warmen Empfang, klettern Anna und David in die Kutsche mit dem offenen Lederverdeck und lassen sich in die erstaunlich bequemen Sitze fallen, während Utz zum Onkel auf den Kutschbock steigt. Der lockert die Bremse, knallt mit der Peitsche und schnalzt mit der Zunge und los geht die Fahrt. Erst rattern sie durch ein paar von niedrigen Häusern umsäumte, schlecht gepflasterte Straßen, dann eine sich am Horizont verlierende Chaussee entlang. Rechts und links zieht eine von vielen Herbstwasserlachen gesprenkelte Feld- und Wiesenlandschaft an ihnen vorüber, in der Ferne grüßt ein dunkler Waldstreifen, über ihnen lacht ein hellblauer, von nur wenigen Wölkchen getrübter Himmel.

Gut, dass er auf die Großmutter gehört hat! David freut sich. Wann kommt er denn schon mal raus aufs Land? In bester Stimmung greift er nach Annas Hand. Die beiden auf dem Kutschbock haben im Rücken ja keine Augen. Doch auch wenn Utz oder sein Onkel sich mal umdrehen sollten, was ist dabei? Anna und er gehören zusammen; sollen es nur alle wissen.

Nur kurz überlässt Anna ihm ihre Hand, dann entzieht sie sie ihm mit einer ruckartigen Bewegung.

»Was ist denn?«, flüstert er.

Ein Weilchen schaut sie ihn nachdenklich an; als er danach wieder nach ihrer Hand greift, wehrt sie sich nicht mehr dagegen. Seinen Druck aber erwidert sie nicht.

Die Fahrt geht durch eine Kastanienallee. Sonne fällt durch das dichte, schon leicht braungelbe Laubwerk der weit ausladenden Bäume mit ihren vielen grünen, stachligen Früchten, unzählige große Findlinge säumen den Wegesrand. Die zwei Gäule, ein brauner und ein grau gescheckter, traben munter voran und Utz und sein Onkel unterhalten sich leise miteinander. David kriegt nur wenige Brocken mit, Wörter wie »Mama«, »Papa«, »Schule« und »Landleben«. Doch will er gar nicht zuhören, er will nur so dasitzen, Annas Hand in seiner halten und hoffen, dass es ein schöner Tag wird.

Nun geht es durch eine lange, schnurgerade Dorfstraße. Bauernkaten, wie David sie auf den Fotografien gesehen hat, die Utz ihm zeigte, säumen ihren Weg. Vor den niedrigen, schmalen Steinhäuschen spielen Kinder und sitzen alte Frauen in dunklen Kleidern, die, als sie Utz' Onkel sehen, rasch aufstehen und ehrerbietig grüßen.

Gleich darauf durchqueren sie ein ausgedehntes Waldstück.

Vogelrufe dringen zu ihnen hin, irgendwo hämmert ein Specht. David lauscht still und auch Anna ist beeindruckt. Sicher war sie noch nie in solch einem Märchenwald.

Vor einem stark mit Schilf bewachsenen See lichtet sich der Wald, und das große, zweistöckige Gutshaus mit der Freitreppe und den zwei Säulen, das David ebenfalls von Utz' Fotografien kennt, wird sichtbar. Mit all den vielen Fenstern und dem hohen, roten Ziegeldach wirkt es sehr imposant.

Die Kutsche holpert über eine hohl klingende Bohlenbrücke, die einen schmalen Bach abdeckt, der in den See mündet, und umfährt ein blumenbewachsenes Rondell mit Springbrunnen, dessen Wasserfontäne in fünf Richtungen auseinanderspritzt. Vor der breiten Freitreppe hält Utz' Onkel, stellt die Bremse fest, springt vom Bock und wirft die Zügel einem alten Mann zu, der sich ihnen eiligst genähert hat.

»Nun?«, fragt Herr von Sinitzki höflich, als er Anna aus der Kutsche hilft. »Ich hoffe, die Fahrt hat Sie nicht allzu sehr ermüdet.«

Anna weiß mal wieder nicht, was sie darauf antworten soll. Es ist ihr unheimlich, dass dieser fremde Mann sie wie eine Dame behandelt. Sie hätte doch auch ohne seine Hilfe aussteigen können. »Nee, jar nich«, sagt sie dann nur und wird rot, weil sie spürt, wie wenig diese Antwort zu den gesetzten Worten Herrn von Sinitzkis passt.

»Na, dann ist's ja gut! Bitte die Herrschaften, ins Haus zu treten. Lange Fahrt macht hungrig und Herbstwind durstig. Lassen Sie sich von Wanda verwöhnen, seien Sie unsere lieben Gäste. Danach kann Utz Ihnen Haus und Hof, Wald und See zeigen, ganz wie's beliebt. Mein Herr Neffe kennt hier jeden Weg und Steg.«

Er verneigt sich noch mal vor Anna, die gleich wieder ganz erschrocken knickst. Und bevor er dann raschen Schrittes davongeht, bittet er Utz, nicht den ganzen Tag mit seinen Freunden zu verplanen; er wolle sich auch noch ein bisschen mit ihm unterhalten.

Utz führt sie gleich in die Küche. Eine rundlich-kräftige Frau in weißer Schürze erwartet sie dort. Sicher jene Wanda, von der Utz' Onkel sprach. »Ja, der junge Herr!«, ruft sie aus, als sie Utz erblickt, schlägt die Hände vor der gewaltigen Brust zusammen und strahlt über ihr ganzes rotes, pausbäckiges Gesicht. »Kommt er uns besuchen? Das is schön! Das is sehr schön! Und Freunde hat er auch mitgebracht? Das is noch schöner, noch viel, viel schöner!«

Ein Empfang, der sogar Anna ein Lächeln auf die Lippen zaubert. Sie gibt der drallen Wanda die Hand, sagt leise, sie heiße Anna, und bestaunt danach lange diese riesige Küche mit dem großen Herd, dem mächtigen Tisch und den vielen Schränken voller Küchengeräte, Teller und Tassen.

Die Köchin hat nur Augen für Utz. »Groß is er geworden, der junge Herr! Alle paar Wochen größer! Gar kein Kind mehr. Aber zu schmächtig. Muss mehr essen. Soll sich nur gleich hinsetzen, und seine Freundschaft auch. Gibt Rührei zum Frühstück. Mit Speck und Schnittlauch und Bratkartoffeln. Sollen sich alle drei Herrschaften richtig satt essen, is genug da. Hühner sind fleißig und Kartoffeln haben wir dieses Jahr, damit könnten wir die halbe Mark ernähren und euer Berlin noch mit dazu.«

Mit dem, was sie ihnen dann vorsetzt, wäre zwar nicht die halbe Mark Brandenburg zu ernähren, wohl aber ein kleines Dorf. Und die drei jungen Leute haben Hunger und noch mehr Appetit, und so hauen sie – David seinen Obermann auf den Knien – dermaßen rein, als wollten sie nie wieder aufhören zu essen, und die redselige Wanda erzählt ihnen dabei, wie sehr der heiße Sommer den Feldern zugesetzt hat, dass aber immer, wenn die Not am größten war, ein überaus freundlicher, vom lieben Gott geschickter Regen kam.

David, Utz und Anna hören zu und machen interessierte Gesichter und nicken beim Kauen ab und zu, um ihr Einverständnis kundzutun. Erst als sie beim besten Willen keinen Bissen mehr herunterbekommen, beginnt die Besichtigungstournee.

Es ist ein riesiger Hof mit allem, was zu einem Bilderbuch-Bauernhof gehört. Da ist zuallererst der Bauerngarten mit den vielen Kräuter- und Blumenbeeten, Kirsch-, Pflaumen-, Äpfel- und Birnbäumen, Tomaten-, Mohrrüben-, Blumenkohl-, Kohlrabi- und Zwiebelbeeten. Gleich dahinter befinden sich die Stallungen. Pferde, Kühe, Schweine, Gänse, Enten und Hühner werden hier gehalten. Anna bekommt immer größere Augen. Sie hat so etwas noch nie gesehen.

Nur im Schweinestall, in dem es mächtig stinkt, da spielt sie das Mädchen aus der Stadt, hält sich die Nase zu und kichert: »Wie jut, det die keener melken muss.«

Später spazieren sie durch den Wald und umkreisen den von weißlichen Nebelschleiern überzogenen See. In David wächst die Lust, einfach hineinzuspringen in dieses frische, leise plätschernde Nass. Doch ist es dazu längst zu kühl. Sie könnten nur schwimmen und müssten sich danach rasch wieder abtrocknen, um sich nicht zu erkälten. Aber selbst wenn es wärmer wäre, würde Anna denn – vor Utz! – nackt in den See laufen? Nein, niemals! Ein Gedanke, der ihn stolz macht, und so lauscht er großzügig Utz' langatmigen Erklärungen über all die Fischarten, die es in diesem See geben soll und die von den Gästen geangelt werden dürfen.

Anna ist nicht so geduldig. Als sie zu dritt auf einem weit in den See hinausragenden Steg stehen und sie lange auf die unter ihren Füßen glucksende und plätschernde Wasseroberfläche gestarrt hat, unterbricht sie Utz mit einem Mal: »Sag mal, is in diesem See schon mal wer ertrunken?«

Utz will erst nur die Achseln zucken, gibt dann aber zu, dass sich darin mal eine Magd ertränkt haben soll. »Aber das ist schon ewig lange her, zwei- oder dreihundert Jahre. Und vielleicht ist's ja auch nur'ne Sage.«

»Und warum hat se's jetan?«

»Es heißt, sie war in den jungen Herrn verliebt und der soll sie auch geliebt haben. Seine Eltern aber hätten ihm verboten, sich weiter mit ihr abzugeben. Na, und da soll sie eben in den See gegangen sein.«

Gleich sieht Anna David an. »Siehste! Ooch'ne Schnittblume!«

Ein Vergleich, der ihm nicht gefällt. Vor allem nicht, wenn er unter sich schaut, in dieses klare, durchsichtige Wasser, in dem ein paar kleine Fische die grün bewachsenen Pfähle des Stegs umkreisen. »Nee!« Heftig schüttelt er den Kopf. »Nicht immer gehen solche Geschichten so dramatisch aus.« Und er erzählt von dem Roman *Irrungen, Wirrungen*, in dem das verliebte Paar einander zwar nicht bekommt, deswegen aber noch lange nicht unglücklich, sondern nur eben nicht glücklich wird.

Eine Geschichte, die Utz interessiert. Er will sich Titel und Autor merken. »Na ja, aber ob die beiden Verliebten, wenn sie einander gekriegt hätten, glücklich geworden wären?«, fragt er dann. »Das weiß auch keiner.«

Mal wieder was für Anna. Streng kraust sie die Stirn. »Nee, dit weeß keener! Aber die Magd, die ins Wasser jejangen is, die is janz bestimmt nicht glücklich jeworden.« Und mit vorsichtigem Blick auf David fügt sie hinzu: »Schöner wär's, wenn die in dem Buch sich am Ende jekriegt hätten. Janz ejal, wat alle anderen dazu sagen. Oder?«

Wer wollte ihr da widersprechen? David ganz gewiss nicht.

Das Mittagessen findet im Kaminzimmer statt und ist eine feierliche Angelegenheit. Auf dem mit feinem Porzellan und Silberbesteck gedeckten Tisch stehen zwei große, weitarmige Leuchter und zwei Vasen mit Herbstastern, die schweren Gardinen vor den Fenstern sind zugezogen und im Kamin brennen ein paar Holzscheite. Lustig ist, dass David und Anna einander in dem großen, quadratischen Spiegel über dem mächtigen Büfett beim Essen beobachten können. Sie grinsen ihren Spiegelbildern zu und schneiden Fratzen, wenn sie glauben, dass Utz' Onkel nicht hinsieht.

Wanda hat Rindsbraten mit Klößen und Rotkohl aufgetischt; jeder Bissen die reine Freude. Und so haut Utz noch mal rein, als hätte er nicht erst vor wenigen Stunden königlich gefrühstückt. Ein Wunder, was in den so schmalen, mageren Körper alles hineingeht.

David und Anna schaffen trotz der wiederholten Aufforderung von Utz' Onkel, doch freiweg zuzulangen, nicht mehr so viel. Was Anna sehr bedauert. Am liebsten hätte sie all die leckeren Reste eingepackt und mitgenommen, wie sie David zuflüstert. Vor allem für ihre Geschwister. Die hätten so was Feines ja noch nie gegessen.

Nach dem Essen trinkt Utz' Onkel einen Kognak und zündet sich eine Zigarre an und will sich mit seinem Besuch unterhalten. Wie denn das Zimmereigeschäft in Berlin zurzeit so laufe, will er wissen. Utz habe ihm erzählt, dass David eines Tages den Handwerksbetrieb seines Großvaters übernehmen werde. Na, da werde ihn doch sicher nicht nur das schnöde Holz, sondern auch die Ein- und Ausgabenseite sehr interessieren.

Aber er sei ja erst seit zwei Monaten in der Ausbildung, so Davids verwunderte Antwort, mit den Geschäften habe er noch gar nichts zu tun.

»Richtig so!« Herr von Sinitzki nickt beifällig. »Immer

schön mit den Füßen auf dem Boden bleiben! Wer, wenn es um den Beruf geht, nur ans Geld denkt, fällt irgendwann auf die Nase.« Und nachdenklich vor sich hin paffend sagt er, dass es in der Landwirtschaft nicht anders sei. »Auch der Landmann muss zuallererst jeden Fußbreit seiner Wirtschaft kennen- und lieben gelernt haben, bevor er sich einbilden darf, sein Fach zu verstehen.«

Stumm blickt David auf seinen leer gegessenen Teller. Obwohl Utz' Onkel nichts sagt, dem zu widersprechen wäre, gefällt ihm dieses Gespräch nicht. Es findet auf einer Ebene statt, die irgendwie nicht die seine ist.

»Und das junge Fräulein?«, fragt Utz' Onkel nun. »Stehen Sie auch im Berufsleben? Oder denken Sie bereits an die Aussteuer, Babywäsche und so weiter?«

Ein Scherz! Herr von Sinitzki macht bei dieser Frage ein fröhliches Gesicht. Anna jedoch, längst nicht mehr so eingeschüchtert wie zu Anfang, kraust sofort wieder die Stirn. »Wozu woll'n Se dit wissen? Ick bin doch hier nur zu Besuch.«

»Oh, Pardon!« Jetzt spielt Utz' Onkel den Zerknirschten. »Wusste nicht, dass ich eine ehrenrührige Frage gestellt habe. Dachte, das ist das höchste Glück für eine Frau, niedliche kleine Kinderchen zu bekommen. Meine Frau ist leider viel zu früh gestorben, so bin ich nie Vater geworden. Ein schweres Los für einen Mann, der an die eine große Liebe glaubt und deshalb nicht wieder heiraten will, aber Kinder über alles mag.«

Auch diese traurige Geschichte beeindruckt Anna nicht. »Ick hab fünf Jeschwister«, antwortet sie nur. »Die reichen mir.«

»Tja, dann! Volksstimme ist Gottes Stimme!« Herr von Sinitzki hat das Interesse an dem Gespräch verloren. Stumm lehnt er sich in seinem Stuhl zurück und pafft seine Zigarre, als fühle er sich von diesem Besuch nun doch gestört.

»Wie ist das eigentlich mit den Kindern im Dorf?«, platzt David da mit einem Mal heraus. »Gehen die auch zur Schule?«

Einen Moment lang starrt Utz' Onkel ihn nur verblüfft an. »Natürlich!«, sagt er dann. »Zu jedem Dorf gehört eine Schule. Was haben Sie denn gedacht? Etwa, dass es nur in Berlin Schulen gibt?«

Utz lacht. Doch in Wahrheit ist ihm nicht zum Lachen zumute. Was redest du nur für ein dummes Zeug?, würde er David wohl am liebsten fragen. War Onkel Alex etwa nicht nett zu euch?

David jedoch verspürt noch immer diesen plötzlichen Zorn, von dem er gar nicht richtig weiß, woher er kommt. »Und gibt es auch einen Arzt?«, fragt er betont unbekümmert weiter und dreht dabei seinen Obermann in den Händen, als würde er ihn jetzt, nach dem Essen, am liebsten gleich wieder aufsetzen.

»Der kommt aus Neuruppin«, schnaubt Utz' Onkel. »So wie's überall ist, wenn man auf dem Land lebt. Ich kann doch nicht hinter jeden Tagelöhner einen Doktor stellen.«

Nein, das kann er nicht! Und natürlich hat ein Landarzt mehrere Dörfer zu betreuen. Dennoch, David ist froh, dass er das gefragt hat. Die Sinitzkis sollen nicht glauben, dass ihr Leben nichts als Neid und Bewunderung hervorruft.

Nach dem Essen will Herr von Sinitzki mit seinem Neffen reden. Unter vier Augen. So dürfen Anna und David einen zweiten Spaziergang antreten. Diesmal allein.

Sie umrunden noch mal den See, reden aber nicht viel. Das Gespräch am Mittagstisch hat ihnen endgültig die Stimmung verdorben.

Erst als sie schon fast um den See herum sind, sagt Anna leise: »Det de so'nen Freund hast, hätt ick nich jedacht. Wat findeste denn an dem? Der passt doch jar nich zu dir.«

Sie hat recht, Utz und er, eigentlich passen sie nicht zusammen. Irgendwie klaffte zwischen ihnen schon immer eine Lücke, von der sie nicht wussten, womit sie sie ausfüllen sollten. Dass sie im Colosseum Freunde waren, lag ja nur an ihren Außenseiterrollen. Damit weder er noch Utz ganz allein war, hatte der eine den anderen gesucht und gefunden. Wie soll das jetzt noch funktionieren? Der »Herr von« und der Zimmerer mit dem Mädchen aus der Schönholzer Straße, sie haben keinerlei Gemeinsamkeiten mehr.

Es schmerzt David, das zugeben zu müssen. Doch müssen Utz und er ja, nur weil sie keine Freunde mehr sein können, nicht gleich zu Feinden werden. Er spricht das aus, weiß aber nicht, ob Anna diesen Wunsch so richtig nachvollziehen kann. So kommt er bald auf das zu sprechen, was ihn an diesem Tag am meisten bedrückt hat. »Das mit den Schnittblumen, das hast du doch nicht ernst gemeint?«

»Und wenn doch?« Sie schaut ihn lange an.

»Dann bin ich dir böse.« Er sagt das schroffer als beabsichtigt. »Du bist doch keine ›Schnittblume‹, nur weil du keinen ›Garten‹ hast. Gibt ja auch Blumen, die auf Balkonen wachsen oder auf irgendeiner Wiese.«

Ein paar Schritte lang denkt sie nach, dann muss sie lächeln, wie sie an diesem Tag noch kein einziges Mal gelächelt hat; es wird ein richtig liebes Anna-Lächeln. »Na jut, denn bin ick eben 'ne Wiesenblume! Die leben ja vielleicht sogar noch länger als die im Jarten.«

Na endlich! Er greift wieder nach ihrer Hand – und sie überlässt sie ihm. Und als er sie fest drückt, drückt sie zurück.

## Im Sorgenstuhl

War die Hinfahrt getrübt, so ist die Heimfahrt frostig. Da können sich Utz und David noch so viel Mühe geben, es will einfach keine heitere Stimmung aufkommen. Zuletzt, auf dem Gutshof, als Anna und David von ihrem Seespaziergang zurückkehrten und David ins Haus lief, um dort auf die Toilette zu gehen, bekam er mit, wie in einem der Räume Herr von Sinitzki auf Utz einredete.

»Schade um das Mädel«, sagte Utz' Onkel gerade, »aber Disteln tragen nun mal keine Früchte, egal wie lieblich sie in ihrer Jugend blühen. Und diesem David hat man wohl einige Dummheiten in den Kopf gepflanzt. Doch so ist das nun einmal, wie ein Mensch aufwächst, das formt ihn; mit wem er umgeht, dessen Sitten nimmt er an.« Und er erteilte Utz den guten Ratschlag, von nun an besser auf seinen Umgang zu achten.

Es beschämte ihn, das mit angehört zu haben. Rasch ging er an diesem Raum vorüber. Doch natürlich war er neugierig, wie Utz diese Mahnung aufgenommen hatte, und bemerkte bald, dass der Freund nach jenem Gespräch nachdenklich geworden war. Seines Onkels Worte, haben sie gefruchtet?

Ja! Egal wie sehr Utz sich seither bemüht, sich ungezwungen zu geben, er kann nicht verbergen, dass ihn das Kraft kostet. David spürt, wie ihn Schwermut überkommt. Er hatte sich was schöngeredet, als er zu Anna sagte, dass er Utz nicht gänzlich aufgeben will, nur weil sie nicht mehr gemeinsam unter dem Colosseum leiden. Ihr zukünftiges Miteinander hängt ja nicht allein von seinem guten Willen ab. Sie leben in so grundverschiedenen Welten; da kann Utz' Onkel sich noch so höflich gebärden, mit jedem Zucken seiner Augenlider hat er den Abstand spüren lassen.

Nur: Warum muss das alles so sein? Utz ist doch wirklich kein schlechter Kerl! Weshalb muss immerzu verglichen werden? Du lebst so und du so! Bleibe in deinen Kreisen, sonst vergibst du dir was!

Unter diesen Gedanken geht die Fahrt weiter, bis nach David schließlich auch Utz verstummt. Schweigend sitzen sie einander gegenüber, Anna schaut unentwegt aus dem Fenster und Utz und er blicken mal rechts, mal links aneinander vorbei.

Wenn sie doch nur endlich aussteigen dürfen! Wenn dieser Tag doch nur endlich vorüber ist! So denken sie wohl alle drei.

Als es so weit ist, bringen Utz und David Anna noch bis vor Onkel Augusts Haustür, dann gehen sie zu zweit durch die inzwischen schon dunklen Straßen. Sie wissen beide, dass sie sich von nun an nicht mehr treffen werden, obwohl sie es lieber anders gehabt hätten.

An der Ecke Neue Jacobstraße gibt David Utz zum Abschied die Hand. »Mach's gut!«

Der weiß, wie diese Worte gemeint sind. »Du auch«, sagt er nur leise, dann geht er davon.

Auf dem Hof wird Holz gehackt? An einem Sonntag? Im Dunkeln? Und so laut?

David steigt erst gar nicht die Treppe hoch, er muss wissen, wer da so zornig auf die Holzkloben einschlägt. In der Tür zum Hof bleibt er verdutzt stehen. Es ist Onkel Fritz! In seinem »Seelenwärmer«, der Wollweste, die ihm Tante Mariechen zu Weihnachten gestrickt hat, und mit hochgekrempelten Hemdsärmeln steht er im Schein der alten Öllampe, die sonst über dem Hausdurchgang hängt, am Hauklotz und spaltet Holz.

»Was machste denn da?«

Onkel Fritz erschrickt und dreht sich um. Doch kommt keine lustig-spöttische Antwort, wie David sie erwartet hat. Onkel

Fritz sieht ihn nur stumm an, und als David, überrascht von dieser ungewohnten Schweigsamkeit, näher tritt, bemerkt er, dass seine Augen rot umrändert sind.

»Was … was ist denn passiert?«, bringt er nur heraus.

Ein Weilchen schaut Onkel Fritz still zu Boden, dann versucht er, ein Schluchzen zu unterdrücken. »Meine Jette, deine Großmutter … sie … se is nich mehr!«

Ist nicht mehr? Soll das etwa heißen … David spürt, wie ihm alles Blut aus dem Kopf weicht. Nein, das kann, das will er nicht fragen!

»Se is einfach injeschlafen … in ihrem Sorjenstuhl. Kurz vorher hat se noch jefragt, warum ihre Juste sie denn nich mal besuchen kommt … Is doch meine Schwester, hat se jesagt … Und danach, danach isse dann einjenickert … Hat den Kopp zur Seite jelegt und is einfach injeschlafen.«

David wartet. Er starrt Onkel Fritz an und wartet. Er muss doch noch irgendetwas sagen! Das kann doch nicht alles gewesen sein! Ein Leben kann doch nicht so einfach zu Ende gehen. Onkel Fritz aber wischt sich nur die Augen. »Und nu hack ick Holz … Kann einfach nich stille sitzen … Aber du, du jeh mal hoch und nimm Abschied.«

Die Großmutter sitzt nicht mehr in ihrem Sorgenstuhl. Die Mutter und Onkel August haben sie ins Schlafzimmer hochgetragen und dort auf ihr Bett gelegt. Tante Nelly und Tante Mariechen sind bei ihr, halten Totenwache, in der Küche sind nur die Mutter und Onkel August zurückgeblieben. Im Schein der Petroleumlampe brüten sie vor sich hin, die Mutter den Kopf in beide Hände gestützt, Onkel August sich immer wieder die Narbe reibend. Sie sind so in Gedanken versunken, dass die Mutter David erst bemerkt, als er mit hilflos herabhängenden Armen vor ihr steht. Erschrocken springt sie auf und umarmt ihn, und als sie zu weinen beginnt, kann auch er endlich weinen.

Später, als er mit am Tisch sitzt, versucht Onkel August, ihn zu trösten. Es sei ein ganz stiller, friedlicher Tod gewesen, sagt er. »Ihr Herz, weißt du, es hat einfach aufgehört zu schlagen ... Mitten im Schlaf ... Ein Tod, wie man ihn nur allen Menschen wünschen kann, nur eben nicht so früh.«

Zu früh! Viel zu früh! Vor allem, weil die Großmutter den Großvater ja nun nicht mehr heimkommen sehen wird. David sagt das nicht, die Mutter und Onkel August aber denken an nichts anderes. »Diese Amtsleute! Diese Verbrecher!«, bricht es mit einem Mal aus Onkel August heraus. »Was hab ich sie angefleht, Vater endlich freizulassen! Habe an ihre Menschlichkeit appelliert, habe ihnen ausführlich geschildert, wie krank Mutter war ... Diese kalten, sturen Apparate aus Fleisch und Blut aber haben alle meine Eingaben, Bitten, Beschwerden und Gnadengesuche immer nur ›weitergeleitet‹ ... Man möchte sich die Galle aus dem Hals kotzen, was sind wir nur für eine verbiesterte, menschenfeindliche Gesellschaft! Wäre denn gleich der Staat gefährdet gewesen, wenn zwei alte Leute voneinander Abschied hätten nehmen können?«

Wie hat die Großmutter erst neulich gesagt: Wenn der Teufel lacht, weint der Mensch! Heute, denkt David, muss der Teufel sehr, sehr laut gelacht haben. Aber wer, verdammt noch mal, ist dieser Teufel? Wo steckt er? Und warum gelingt es nicht, ihm das Handwerk zu legen?

Eine Fliege summt geräuschvoll durch die Küche, das Ticken der lauten Johanna erinnert an Hammerschläge. Nein, jetzt will niemand mehr reden.

## Schnee

Der Tag der Beerdigung. Ein Tag so grau, dass Onkel Fritz schon am Morgen grummelt: »Der Nebel da draußen, der is so dicke, den kannste dir direkt uff de Stulle schmieren.«

Ja, ein grauer Tag, grau von außen und von innen. David hat die Großmutter sehr geliebt, doch wie sehr, das weiß er erst jetzt. An jenem Abend, als er von der Landpartie heimkam und die schreckliche Nachricht ihn so niederschmetterte, dass er lange keinen klaren Gedanken fassen konnte, hat er sich noch an ihr Bett gesetzt und sie lange unverwandt angesehen; so, als befürchtete er, ihr Bild aus dem Gedächtnis zu verlieren. Und nun sieht er sie noch immer so daliegen, ruhig und friedlich, als schlafe sie nur. Und er sieht das weiße Tuch vor sich, das Onkel August ihr um den Kopf gebunden hatte, damit ihr der Mund nicht offen stand – der Mund, aus dem die Seele in den Himmel geflattert ist, wie es im Religionsunterricht der Gemeindeschule hieß. Will er die andere Großmutter vor sich sehen, die heitere, lebenslustige, auch mal streitende und ihn, wenn er als Kind irgendwas ausgefressen hatte, streng anblitzende Großmutter, muss er sich richtig Mühe geben.

Tags darauf hat die Mutter die Großmutter dann gezeichnet. *Auf dem Totenbett* heißt das Bild. Aufhängen aber wird sie es nicht; diesen Anblick könnte vorläufig niemand ertragen. Doch ist es eine sehr beeindruckende Zeichnung geworden. Viel Liebe spricht aus diesem Bild, obwohl es ganz und gar ungeschönt ist.

Die Mutter leidet sehr unter diesem Verlust und Onkel August nicht weniger. Am schlimmsten jedoch hat es Onkel Köbbe getroffen. Er durfte, nachdem er die Todesnachricht erhalten hatte, ja nicht sofort in die Neue Jacobstraße kommen;

er lebt noch immer in Verstecken. Erst zwei Tage später, mitten in der Nacht, kam er – mit Vollbart und Brille, was ihn so veränderte, dass sie ihn auf den ersten Blick beinahe nicht wiedererkannt hätten. Ein Abschiedsbesuch, der eine besondere Bedeutung hatte, da Onkel Köbbe ja nicht zur Beerdigung kommen kann. Welch ein gefundenes Fressen für die Blauen, den trauernden Sohn am Grab seiner Mutter festzunehmen.

Und auch der Großvater wird nicht dabei sein, wenn seine Jette unter die Erde kommt. Nicht mal unter Bewachung wurde ihm das gestattet. Die Beerdigung der Ehefrau sei weder ein Freilassungs- noch ein Hafturlaubsgrund, musste Onkel August sich sagen lassen. Jedenfalls nicht für politische Straftäter ...

David spürt, wie die Unruhe in ihm wächst. Die Mutter, Onkel Fritz und Tante Mariechen sind noch dabei, Trauerkleidung anzulegen, er ist bereits fertig, muss warten. Mit auf dem Rücken zusammengelegten Händen stellt er sich ans Küchenfenster und schaut in den nebligen Tag hinaus.

Sie ist entschlafen, heißt es. Sie ist heimgegangen. Sie hat das Zeitliche gesegnet. Sie ist in eine bessere Welt eingegangen. So viele Worte für ein und dasselbe: Sie ist tot, lebt nicht mehr, wird dir nie wieder übers Haar streichen, wird dich nie wieder böse anblitzen ... Er muss sich auf die Lippen beißen. Die ewige Heulerei nützt ja nichts, man kann Großmutters Spruch ja auch umdrehen: Wenn der Mensch weint, dann lacht der Teufel.

Und nun schneit es auch noch! Ganz dünner, feiner Schnee besprenkelt den schwarzen Sarg und die Schultern und Zylinder der Sargträger. Wie ungewöhnlich, Schnee Ende September! Doch bekommt der Trauerzug, der sich langsam die Friedhofsallee mit den hohen Pappeln rechts und links des Weges hinunterbewegt, durch dieses zarte, sanfte Weiß eine noch größere Feierlichkeit verliehen als ohnehin schon.

Es ist keine große Trauergemeinde, die dem Sarg folgt, doch sind neben der Familie, Dr. Fahrenkrog und allen Zimmerern, die ihrer Meisterin die letzte Ehre erweisen wollen, auch Leute gekommen, die David eher fremd sind. Die meisten dieser Fremden jedoch kennen Dr. Fahrenkrog; reden sie miteinander, fallen Worte wie »die tapfere Jette« und »unser Frieder«. Also wird es sich bei ihnen um Sozialdemokraten handeln.

Blaue, egal ob in Uniform oder Zivil, sind nicht zu entdecken. Also hätte Onkel Köbbe doch kommen können? Besser nicht! Vielleicht stehen sie ja hinter irgendwelchen hohen Büschen oder Grabsteinen. Wer jemanden verhaften will, wird sich nicht auf den Präsentierteller stellen.

David geht in der ersten Reihe, zwischen der Mutter und Onkel August. Ihnen folgen Tante Nelly, Tante Mariechen und Onkel Fritz und dahinter Dr. Fahrenkrog, Lissa und eine Nachbarin, mit der die Großmutter sich ganz besonders gut verstanden hatte. Ganz am Ende des Zuges schreiten Ernst Garleben, Nante, Flips, Gallo, Wiggerl, Tamtam und Eugen in ihrer schwarz-weißen Handwerkstracht und die David weniger bekannten Männer und Frauen. Manche halten Kränze in den Händen, andere Blumen.

Der Pfarrer hat sehr schön gesprochen, David aber hatte, als sie noch in der kleinen Kapelle beieinandersaßen, den Blick nur stumm auf den Sarg gerichtet. Was der Pfarrer sagte, so gut es auch gemeint war, hatte so wenig mit der Großmutter zu tun. Er fand nur Worte, die man für fast jede alte Frau hätte finden können. Onkel Köbbe, ja, der hätte eine Rede aufsetzen können, die seiner Mutter gerecht geworden wäre; es macht alles so besonders traurig, dass er und der Großvater nicht dabei sein dürfen.

Das offene Grab! Der Pfarrer segnet es, dann wird der Sarg hinuntergelassen und der Pfarrer wirft drei Hände voll Erde auf den nun so einsam tief unten stehenden, länglichen schwarzen Holzkasten.

»Erde zu Erde!«, ruft er laut aus. »Asche zu Asche! Staub zu Staub!«

Die Mutter seufzt leise und zieht sich die Mantelkapuze noch enger ums Gesicht. Ihre Trauer ist von eher stiller Art. Anfangs wunderte David sich darüber, Tante Mariechen erklärte es ihm. »Sprechen hat seine Zeit«, sagte sie, »und Schweigen hat seine Zeit. Menschen wie deine Mutter wissen, wann was an der Reihe ist. Wozu soll se ihre Trauer denn in alle Welt hinausposaunen? Ein altes Sprichwort sagt: Je lauter der Schrei, desto schneller die Gram vorbei.«

Sie müssen vortreten, einer nach dem anderen, in die Kiste mit der Erde greifen und jeweils drei Handvoll Erde auf den Sarg werfen. Zuerst die Mutter, dann Onkel August, danach er, David. Nach ihm alle anderen. Später steht er mit der Mutter und Onkel August zwischen den Pinien und Zypressen, die die Nachbargräber schmücken, und alle Anwesenden sprechen ihnen ihr Beileid aus. Manche wollen ihn trösten oder ihm Mut machen, andere drücken ihm nur stumm die Hand. Ihm wird immer heißer. Er fühlt sich beengt in dem dunklen Anzug mit dem schwarzen Schlips, den die Mutter ihm extra für die Beerdigung gekauft hat. Ist es so, wie Onkel Fritz sagt, dass bei einer Beerdigung jeder unweigerlich an seinen eigenen Tod denken muss?

Als Ernst Garleben an der Reihe ist, drückt er der Mutter lange die Hand, sagt aber nichts, sieht sie nur fest an. Und die Mutter erwidert diesen Blick mit einer Wärme und Dankbarkeit, wie sie sie zuvor nie für Ernst Garleben aufgebracht hat; so, als wollte sie sagen: Es ist schön, wenn man so gute Freunde hat! Nimm mir nicht übel, dass ich deine Treue nicht immer gebührend gewürdigt habe.

Einen großen Leichenschmaus gibt es nicht. Das hat die Mutter abgelehnt. Nur die Familie, Ernst Garleben und Dr. Fahrenkrog sitzen nach der Beerdigung in der Wohnstube beisammen, trinken Kaffee, essen ein Stück von Tante Mariechens Streuselkuchen und reden leise miteinander.

Dr. Fahrenkrog bedauert sehr, dass Onkel Köbbe seiner Mutter nicht das letzte Geleit geben konnte; daran, dass die Großmutter so lange vergebens auf den Großvater gewartet hat, rührt er nicht.

Lissa, ebenfalls dunkel gekleidet, ist sich jedoch sicher, dass auch ihr Köbbe auf dem Friedhof anwesend war. Nicht etwa versteckt oder verkleidet, wohl aber im Geiste. »Und seine Mutter, egal wo sie jetzt ist, weiß das auch.«

David kann nichts dagegen tun, Lissas Worte treiben ihm die Tränen in die Augen. Hastig springt er auf, läuft aus der Wohnung und die Treppe hinab in den Hof. Er setzt sich auf die nasskalte Bank – das bisschen Schnee ist nicht liegen geblieben –, stützt den Kopf in die Hände und heult, bis er mit trockenen Augen vor sich hin starrt.

Lange kommt niemand, um nach ihm zu sehen. Als dann doch jemand kommt, ist es nicht die Mutter, Tante Nelly oder Onkel August – es ist Tante Mariechen. Behutsam setzt sie sich neben ihn, seufzt und entnimmt ihrer Kittelschürze ein kleines Fläschchen Kornschnaps. »Beerdigungen schlagen mir immer so auf'n Magen«, entschuldigt sie sich, bevor sie einen Schluck nimmt. »Da fragt man sich jedes Mal, ob sich dieses ganze Auf-die-Welt-gekommen-Sein überhaupt lohnt, all dieses lebenslange Gesorge und Gejage, Geschrei und Gezappele … Am Ende aber sieht man ein: Es lohnt sich doch! Gibt ja auch schöne Momente ... Das muss man sich immer wieder sagen, wenn man von einer Beerdigung kommt. Zeit eilt, Zeit heilt! Muss ja Platz werden für die, die nach uns kommen.«

Sie nimmt noch einen Schluck und hält dann auch ihm das kleine Fläschchen hin. »Willste mal probieren?«

Erst schüttelt er nur den Kopf, er mag keinen Schnaps. Zu seiner Einsegnung hatte Onkel Fritz ihm mal ein Gläschen spendiert, weil er doch nun ein Mann sei, wie er sagte. Das scharfe Zeug kam ihm gleich wieder hoch und brannte im Hals und seither macht er darum lieber einen Bogen. Jetzt, nach kurzem Besinnen, greift er doch zu, trinkt und spürt, wie es ihm erst heiß den Hals runterrinnt und sich danach in seinem Bauch eine wohlige Wärme ausbreitet.

Zufrieden nickend nimmt Tante Mariechen ihm das Fläschchen wieder ab. »In meinem Alter zwei, in deinem nur einen Schluck, das ist Medizin. Mehr ist Trostsauferei, die man sich besser erst gar nicht angewöhnen sollte.«

Er antwortet nichts, fühlt sich aber ein bisschen erleichtert. Und als Tante Mariechen kurz darauf sagt: »So! Und nun gehen wir beiden Hübschen wieder hoch, sonst holen wir uns hier unten noch was weg«, steht er gleich auf und geht still hinter ihr her.

Vierter Teil
**Jeder Winter geht einmal vorüber**

### Das große Aufatmen

Der Großvater ist zurück. Im Schein der Petroleumlampe sitzt er in der Küche, hält die Hände im Schoß, sagt nichts, fragt nichts, starrt nur unentwegt den Sorgenstuhl an. Er wusste bereits von Großmutters Tod, die Mutter hatte es ihm geschrieben; eine Besuchserlaubnis zu erwirken, um ihm diese Nachricht schonender zu übermitteln, hätte zu lange gedauert.

Er wirkt nun noch grauer, als David ihn von seinem Frühjahrsbesuch her in Erinnerung hat, fast weiß ist sein Haar. Aber ist er erst jetzt, nach Großmutters Tod, so gealtert? Die Mutter hatte ihm in ihrem Brief alles berichtet, was sie über Großmutters letzte Wochen sagen konnte, eine Antwort hatte in der kurzen Zeit nicht kommen können. Dafür ist er nun plötzlich selbst gekommen, sitzt da und schaut den Sorgenstuhl an.

Ohne jede vorherige Ankündigung ist er entlassen worden. Am Morgen, als im Gefängnis Wecken war, wusste er noch nichts von der Begnadigung, mittags war er schon hier. Die Mutter hatte, als er mit einem Mal so still und stumm in ihrer Werkstatt stand, fast einen Herzanfall bekommen; er, David, wie immer erst spät vom Bau kommend, hatte den Großvater, wie er da so in sich zusammengesunken in der Küche saß, anfangs gar nicht erkannt. Und das, obwohl er doch nun wieder die Kleidung trägt, in der er fast auf den Tag genau vor drei Jahren verhaftet worden war. Dass ihm Jacke, Hose und Hemd inzwischen ein wenig zu groß geworden sind, verändert ihn sehr.

David weiß: Er hätte sich freuen müssen. Zwar hatte der Großvater nicht an Großmutters Beerdigung teilnehmen dürfen, doch dass er endlich zurück ist, dass er wieder mitten unter ihnen ist, ist das denn nicht so etwas wie ein kleines Wunder? Am 30. September lief das Sozialistengesetz aus – und nun ist auch der Großvater zurück! Es ist, als sollte trotz Großmutters Tod alles wieder gut werden. Nur: Warum war der Großvater nicht zwei, drei Tage früher entlassen worden? Dann wäre der gestrige Tag – sein siebzehnter Geburtstag – vielleicht nicht ganz so trübe verlaufen. All die Geschenke, die er erhalten hatte – vor allem sein ganz eigenes Zimmererwerkzeug –, sie hatten ihn nicht froh gemacht. Er sah nur immer die Großmutter vor sich, wie er sie zuletzt gesehen hatte: auf ihrem Bett liegend, mit dem Tuch um den Kopf. Und versuchte er, dieses Bild zu verscheuchen, tauchte Annas Gesicht vor ihm auf – mit dem bösen Blick, mit dem sie ihn nach ihrem letzten Streit angesehen hatte; ein vielleicht nie wiedergutzumachender Streit …

Nein, die zuständigen Beamten hatten nicht extra gewartet, bis sein Geburtstag, von dem sie ja gar nichts wussten, vorüber war. Als gute Bürokraten, so meinte Onkel August, wollten sie wohl nur, dass der Großvater von den vier Jahren, zu denen sie ihn verurteilt hatten, volle drei absitzen musste. Und das auf den Tag genau. Preußische Genauigkeit kann man so etwas nennen oder auch Kalenderdisziplin. Doch hatten sie seinem Enkel damit die einzige wirkliche Geburtstagsfreude genommen …

Onkel August, Tante Nelly, Onkel Köbbe und Lissa sind gekommen; Onkel Fritz hatte ihnen die frohe Botschaft überbracht. Es gibt eine stille, wenn auch sehr bewegte Begrüßung, dann sitzen alle um den großen Küchentisch herum und wissen nicht, was sie sagen sollen. Bis Onkel Fritz sich verlegen über die Glatze fährt. »Eijentlich wollten wir ja'n Schnäpsken zur Brust nehmen, wenn du erst wieder zurück bist, Frieder. Aber dit passt wohl nich so richtig?«

Das passt nicht. Da schüttelt niemand auch nur den Kopf. Besser gar keine Feier als eine halbherzige.

Onkel Köbbe ist es dann, der darauf zu sprechen kommt, was alle so tief verletzt hat: weshalb all die vielen Gnadengesuche, die sein Bruder August an die Behörden gerichtet hatte, so lange erfolglos geblieben waren. »Macht geht vor Moral«, sagt er leise. »Sie sitzen am längeren Hebel und lassen uns das immer wieder spüren.«

Er muss sich nicht mehr verstecken, sieht nun – ohne Vollbart und Brille – wieder wie er selbst aus. Die Geldstrafe, zu der er wegen seines Artikels über die politischen Gefangenen verurteilt worden war, hat seine Partei bezahlt; dass er der Verfasser jenes Textes war, der auf den Plakaten stand, die auch David beinahe ins Gefängnis gebracht hatten, hatte man ihm trotz aller Nachforschungen nicht nachweisen können.

Der Großvater hat nur wie abwesend zugehört, jetzt wendet er seinen Blick der Familie zu. Jedem schaut er ein Weilchen ins Gesicht, bei Lissa verharrt er ein wenig länger. Er kennt sie noch nicht, doch da sie neben seinem Sohn Jacob sitzt, wird er sich denken können, dass die beiden ein Paar sind.

Zuletzt fällt sein Blick auf David. »Hab dir noch gar nicht zum Geburtstag gratuliert«, sagt er mit heiserer Stimme. »Tut mir leid, Junge! Hab's über all die Aufregungen ganz und gar vergessen ...« Er versucht zu lächeln, steht auf und nimmt David, der ebenfalls aufgestanden ist, in die Arme. »Alles Gute, mein Junge! Alles, alles Gute! Vor allem in deinem neuen Beruf. Werd ein guter Zimmerer.«

Die Augen werden ihm feucht, er muss sich setzen. Es hat ihn Kraft gekostet, seine Gedanken von der Großmutter abzuwenden; zu viel Kraft für diesen ersten Tag in Freiheit nach drei Jahren Gefängnis und der bitteren Tatsache, dass er nun zwar in Freiheit, aber ohne seine Jette ist.

Wieder wird geschwiegen, dann will Onkel August den Großvater auf andere Gedanken bringen. Er bittet seinen Bruder Köbbe, doch mal zu erzählen, wie es am 30. September war, dem Tag, als das Sozialistengesetz endgültig auslief. Er als der »Hofberichterstatter der Sozialdemokratie« sei doch überall dabei gewesen.

Dankbar greift Onkel Köbbe diesen Wink auf. »Ein Freudentag war das, nichts anderes als ein einziger großer Freudentag!«, beginnt er sogleich zu schwärmen. Sieben der größten Säle der Stadt seien angemietet worden, um jenen Tag entsprechend zu feiern. Überall sei an die Bespitzelungen, Verhaftungen und Unrechtsurteile der letzten zwölf Jahre erinnert worden, Musikkapellen hätten gespielt, Chöre gesungen und Gedichte seien rezitiert worden. Punkt Mitternacht aber sei alles verstummt und ein Trompetentusch ertönte: Es war so weit! Eine neue Zeit war angebrochen! »Ich war genau zu dieser Stunde im *Eiskeller* in der Chausseestraße, und da hab ich's gespürt, dieses große Aufatmen, das durch die ganze Stadt ging. Diese Nacht, liebe Leute, war bewegender als die wunderbarste Silvesternacht. Da wurde ja nicht nur ein neues Jahr, da wurde eine ganz neue Epoche eingeläutet.«

Der Großvater hat zugehört, doch von seinem Schmerz abgelenkt hat dieser Bericht ihn nicht. Als Onkel Köbbe verlegen verstummt, wendet er sich der Mutter zu: »Riekchen, du hast mir geschrieben, dass du sie noch mal gezeichnet hast … Bitte, gib mir die Zeichnung!«

»Ja, natürlich!« Gleich steht die Mutter auf, um in ihre Werkstatt zu gehen. Nach ihrer Rückkehr zögert sie. »Ich weiß nicht, Vater, ist das denn richtig, sie dir jetzt anzusehen? Willst du damit nicht noch ein bisschen warten?«

»Nein!« Streng runzelt der Großvater die Stirn. »So viel Mut muss ich schon aufbringen.«

Da reicht ihm die Mutter die Zeichnung, und er nimmt sie, ohne einen Blick darauf zu werfen. »Bitte, habt Verständnis dafür, dass ich mich jetzt erst einmal zurückziehe«, sagt er nur leise. »Wir … wir reden dann später miteinander, ja?«

Alle nicken, keiner sagt etwas. Es gibt keinen Trost oder aufmunternde Worte, die in diesem Augenblick nicht hölzern oder dumm geklungen hätten.

Am Morgen ist der Großvater als Erster auf. Er hat die ganze Nacht neben dem leeren Bett der Großmutter gelegen und kaum schlafen können, nun will er auf den Friedhof.

Mutters Begleitung lehnt er ab. »Nein, Riekchen! Später, später können wir gemeinsam hingehen, heute will ich mit ihr allein sein.«

»Aber erst musst du frühstücken, Frieder.« Tante Mariechen! Sie klappert mit den Tellern, als wolle sie nicht zulassen, dass es mit der gedrückten Stimmung so weitergeht. »Hast gestern den ganzen Tag keinen warmen Löffel in den Bauch bekommen. So was hätte deine Jette nie zugelassen.«

Das Leben geht weiter, soll das heißen, und wer lebt, der muss essen. Bei aller Trauer darf niemand sich selbst aufgeben, erst recht nicht einer, der viel Schweres durchgemacht hat.

Der Großvater weiß das. Er murrt irgendwas in sich hinein, isst aber brav sein Brot und trinkt eine Tasse Kaffee.

Dabei schaut er David, der schon auf dem Weg zur Arbeit ist, nachdenklich an. »Macht's dir denn Spaß, das Leben auf'm Bau?«

David nickt nur still. Er kann jetzt nicht reden. Sieht er den Großvater an, würgt es ihm im Hals.

»Werd bald mal mitkommen, den Männern Guten Tag sagen ...«, flüstert der Großvater da nur noch leise in sich hinein, dann bittet er um eine zweite Tasse Kaffee.

Als David am Abend heimkehrt, sitzt der Großvater auf demselben Platz; so, als hätte er die Küche den ganzen Tag nicht verlassen. Doch war er bei der Großmutter und offensichtlich hat der Friedhofsbesuch ihm gutgetan. Er weiß nun, wo er sie finden kann, wirkt ein wenig gelöster, hat ein Bier vor sich stehen und raucht einen seiner in den letzten Jahren sicher sehr vermissten Stumpen.

Auch stellt er viele Fragen, will alles Mögliche wissen und lächelt sogar hin und wieder, wenn er das so emsig um sein Wohlergehen bemühte Tante Mariechen beobachtet.

Später erzählt er, wie es ihm erging, als er vor Großmutters Grab stand.

»Seltsam«, sagt er und schüttelt über sich selbst den Kopf. »Mir wollte jener Tag nicht aus dem Sinn, als ich das erste Mal aus einem Gefängnis entlassen wurde, damals als Achtzehnjähriger ... Da hatte sie mit dir, Fritz, nach mir Ausschau gehalten. Ein richtiger Wintertag war das, überall Berge von Schnee ... Und als ich kam und euch beide, das junge Mädchen, in das ich so verliebt war, und den kleinen Jungen hinter dem so niedrigen, ja nur auf Fußbodenhöhe angebrachten Fenster knien und nach mir Ausschau halten sah, da hätte ich vor Freude am liebsten geheult ... Sie hatte auf mich gewartet! Hatte die ganzen langen acht Monate auf mich gewartet! Und das, obwohl wir zuvor doch kaum drei Worte miteinander gesprochen hatten ...«

Der Großvater, das wird deutlich, sieht auch jetzt wieder alles vor sich.

»Eines Nachmittags hab ich sie dann begleitet. Sie arbeitete zu jener Zeit für eine Hemdenfabrik, in Heimarbeit ... Schnitt und nähte Knopflöcher in Hemden, die sie Tag für Tag in der

Fabrik abliefern musste ... Wieder so ein Schneetag und die Spree war zugefroren, so kalt war es. Vor der Petrikirche liefen Jungen Schlittschuh. Wir aber nahmen alles nur wie nebenbei wahr, zum ersten Mal waren wir miteinander allein ... Sie muss jämmerlich gefroren haben an diesem Tag, weil wir ja so langsam liefen, doch wollten wir dieses erste ungestörte Beisammensein genießen, so lange es nur ging ...«

David versucht, sich jenen Tag vorzustellen: das junge Paar, den Schnee, die zugefrorene Spree, die Schlittschuhläufer – ein Wintertag vor über vierzig Jahren, aber sicher sah die Stadt damals noch ganz anders aus ...

Auch Onkel Fritz kann sich gut an jenen Winter erinnern. »Unmengen von Schnee gab's«, bestätigt er den Großvater, »und fast jeden Tag rieselte es neu vom Himmel herab. Einmal wäre ich fast im Schnee ersoffen, Jette hat mir dann ein Fähnchen an die Mütze gesteckt ... Aber, Frieder, hat Rieke dir eijentlich jeschrieben, dass es auch während Jettes Beerdigung schneite? Zwar nur janz wenig, blieb auch nich lange liejen, aber's war Schnee, richtijer Schnee, keen Rejen. Und dit Ende September! Wie so'ne Art Trostjardine vom lieben Jott.«

Nein, von dem Schnee hatte die Mutter dem Großvater nichts geschrieben. »Ich dachte, das ist nicht so wichtig«, entschuldigt sie sich. »War ja auch wirklich nur so'ne Art Nieselschnee.«

»Hast nichts falsch gemacht, Riekchen«, beruhigt sie der Großvater. »Ist zwar was Besonderes, Schnee im September, aber ob Jette diese Art Trost gefallen hätte? Wer weiß das schon, wer kann das wissen? Sie hat den Winter zuletzt nicht mehr gemocht, die Kälte ging ihr zu sehr auf die Knochen.«

Wer weiß das schon, wer kann das wissen! Großvaters stete Redewendung, wie lange haben sie die nicht mehr gehört! Ja, jetzt ist er wirklich zurück.

## Mit Herz und Hand

Wie sie sich freuen, die Männer um Ernst Garleben! Wie sie zum ersten Mal vergessen, pünktlich mit der Arbeit zu beginnen! Nante und Flips, die beiden Alten, haben Tränen in den Augen, umarmen den Großvater fest und schütteln ihm immer wieder kräftig die Hand. Gallo, noch röter im Gesicht als ohnehin schon, strahlt wie die liebe Sonne an einem milden Frühsommertag, Tamtam sträubt sich vor Aufregung der Besenbart, Wiggerl mit dem Kasperlgesicht lacht und lacht, als fände er diese plötzliche Wiederkehr vor allem lustig. Nur Eugen steht ein wenig abseits. Er hat den Großvater nicht mehr kennengelernt, hat nur viel über ihn gehört; er erstarrte fast vor Respekt, als Gallo ihm zuflüsterte, wer der unrasierte, weißhaarige alte Mann ist, der da wie selbstverständlich auch ihm die Hand hinstreckte.

Und Ernst Garleben? So hat David den Meister noch nicht erlebt. Er hat den Großvater, den Mann, der ihn einst, ohne Lehrgeld zu verlangen, in die Ausbildung nahm, stets bewundert, war als junger Mann nur viel zu schüchtern, um ihm das zu zeigen. Jetzt ist er nicht mehr schüchtern, jetzt zeigt er seine Freude, ist so aufgeregt, wie es sonst gar nicht seine Art ist, und will dem Großvater sogleich Rechenschaft ablegen.

»Nee, Ernst, so haben wir nicht gewettet.« Der Großvater winkt ab. »Bin nur gekommen, um Guten Tag zu sagen und meinem David ein Weilchen bei der Arbeit zuzuschauen. Brauch den Holzduft und'n bisschen frische Luft. Das Geschäftliche erledigen wir später.«

Und nun wandert er auf dem Bau herum, redet mal mit dem einen, mal mit dem anderen und wundert sich schon bald darüber, dass kaum Baugerüste zu sehen sind.

»Das ist die neue Zeit«, klärt Ernst Garleben ihn auf. »Gerüste sind so manchem Bauherren zu teuer, die Maurer sollen über der Hand mauern.«

Ungläubig schüttelt der Großvater den Kopf. »Machste Witze? Wenn die Maurer von innen mauern – mit dem Gesicht zur Straße –, dann können sie doch die Fügung der äußeren Fläche gar nicht sehen. Wie sollen sie da sorgfältig arbeiten?«

»Tja!« Ernst Garleben zuckt die Achseln. »Das fragen sich viele. Es geht eben allein um den Profit.«

»Schöne neue Zeit!«, murrt der Großvater. »Weiß nicht, ob ich mich darin noch zurechtfinden werde.« Und missmutig stapft er weiter über den Bauplatz. Trifft er aber ein bekanntes Gesicht, wird er freudig begrüßt und dann muss er erzählen. Das gehört sich während der Arbeitszeit eigentlich nicht, doch heute ist ein besonderer Tag: Es ist einer zurückgekommen, dem die Obrigkeit böse mitgespielt hat, da darf die Fünf mal'ne gerade Zahl sein.

Später steigt der Großvater zu David und Ernst Garleben in den Dachfirst hoch und schaut zu, wie sie einen Querbalken einsetzen.

»Ja, Junge, im Ernst hast du'nen guten Meister«, sagt er danach zufrieden. »Einen besseren findeste nicht.«

Und Ernst Garleben, der gestandene Mann, wird rot wie ein Schuljunge, der unverhofft von seinem Lehrer gelobt wird. Gelegenheit für David, Nantes Spruch anzubringen: »Man lernt aber immer nur, was man lernen will. Ansonsten kann einem keiner was beibringen.«

Ein Spruch, über den die beiden Männer schmunzeln müssen. Was für ein altkluges Bürschchen, dieser neue Lehrling!

Gegen Mittag ist der Großvater plötzlich verschwunden. Erst zum Feierabend ist er wieder zurück. Wo er in der Zwischenzeit war? Darüber verliert er kein Wort. Er sei, so sagt er, nur wiedergekommen, um David abzuholen. »Will meinen Herrn Enkel mal'n bisschen für mich allein haben.«

David freut es, dass der Großvater extra seinetwegen noch mal gekommen ist. Doch was hat er so Wichtiges mit ihm zu bereden, dass es unter vier Augen geschehen muss?

Kaum sind sie ein paar Schritte gegangen, weiß er Bescheid: Es geht um Anna.

»In den Briefen, die deine Mutter mir ins Gefängnis geschickt hat, war zuletzt von einem Mädchen die Rede«, beginnt der Großvater. »Anna, so glaube ich, heißt sie. Das hat mich neugierig gemacht, und ich dachte, dass ich sie bald mal zu sehen bekomme. Aber nichts da, kein Mädchen, dafür ein Enkelsohn, der mit traurigem Gesicht in der Küche sitzt und mit traurigem Gesicht zur Arbeit geht. Hab mir gedacht, das kann nicht nur an Großmutters Tod liegen, oder irre ich mich da?«

Eine Gesprächseröffnung, die David bestürzt und verwundert. Wie hat der Großvater ihm nur seinen Streit mit Anna ansehen können? Wird man im Alter hellsichtig? Er fragt sich das noch, da beginnt er schon zu erzählen. Und seltsam, er hat ja auch der Mutter von seinem Zerwürfnis mit Anna berichtet, doch das längst nicht so offenherzig und ehrlich, wie er dem Großvater das Ganze schildert. Hat das damit zu tun, dass sie beide Männer sind und der Großvater ihn deshalb vielleicht besser verstehen kann?

Passiert war etwas, das ihn aus seinen schönsten Anna-Träumen riss: Sie hatte Herrn Quandt eine Tafel Schokolade gestohlen, war von Frau Quandt, die mit ihrem Argwohn nun also doch recht behalten hatte, dabei erwischt und auf der Stelle entlassen worden ... Er erzählt das nicht gern, kann das alles noch immer nicht so recht begreifen. Da hatte Tante Nelly ihr nun eine so gute Stelle besorgt, und Herr Quandt war so zufrieden mit Anna, dass er sie, um ihren Zahlenverstand zu nutzen, hin und wieder, wenn keine Kundschaft im Laden war, sogar an seinen Schreibtisch rief und Kassenstürze vornehmen ließ – und nun das! Eine Katastrophe wie aus heiterem Himmel: Rauswurf wegen Diebstahls!

Und noch schlimmer: Vor Scham wagte Anna sich nicht zu Onkel August und Tante Nelly zurück, sondern flüchtete zu ihrer Mutter ins Schwalbennest. Und als Onkel August, nachdem sich Herr Quandt in der Praxis über Anna beschwert hatte, sie dort abholen wollte, um ihr zu zeigen, dass Tante Nelly und er deswegen nicht mit ihr brechen würden, ging sie nicht mit. Sie wollte nicht einmal mit ihm reden, hockte nur klein und verheult in einer düsteren Ecke der Dachbodenwohnung und hob nicht ein einziges Mal den Kopf.

Tags darauf war dann er, David, bei ihr. Und da saßen sie im abendlich stillen Hof auf der Mauer, auf der sie schon mal ein ernsthaftes Gespräch geführt hatten, und er wollte wissen, warum sie das getan hatte. Das sei doch eine riesige Dummheit gewesen, schimpfte er sie aus, wegen einer Tafel Schokolade den Verlust einer so guten Stelle zu riskieren. Ob sie etwa einen so großen Hunger gehabt hätte, dass sie nicht mehr an sich halten konnte? Und da, nach einer Weile trotzigen Schweigens, gestand sie ihm, dass die Schokolade für ihre Geschwister gedacht war. Weil sie die, seit sie bei Onkel August und Tante Nelly wohnte, ja kaum noch sah. Ihr ging es so gut – und ihren Geschwistern so schlecht! Mit einem Mal habe sie große Sehnsucht nach ihnen bekommen – und da sei ihr die Hand ausgerutscht. »Die … die haben so wat ja noch nie jejessen«, stammelte sie. »Ick wollte ihnen 'ne Freude machen, nur 'ne kleene Freude.«

Hätte sie ihm leidtun sollen? Nein, er konnte sie einfach nicht verstehen. Dieser Diebstahl erschien ihm so haarsträubend dumm und leichtsinnig, dass er keine Worte dafür fand.

Was spielte es denn für eine Rolle, dass Bruno, Lina, Emma, Rischie und Hilli noch nie Schokolade gegessen hatten? Sie hätte sich beherrschen müssen, ihre Familie brauchte doch ihren Lohn.

So dachte er an jenem Abend im Hof und so denkt er noch immer. Und deshalb machte er ihr bittere Vorwürfe, die sie ein Weilchen still ertrug. Bis sie auf einmal böse wurde und die Krallen ausfuhr. »Jib nich so an!«, zischte sie zornig. »Bist ja schlimmer als alle zwölf Apostel zusammen. Hab doch jesagt: Mir is die Hand ausjerutscht! Na und? Hab du mal den janzen Tag die tollsten Leckerbissen vor der Neese und zu Hause krümmen sich deine Jeschwister vor Kohldampf, denn darfste mitreden. Vorher nich!«

Eine Zurechtweisung, die ihn ärgerte. Glaubte sie etwa, er wisse nichts von ihrer Not? »Aber begreifst du denn nicht, wie teuer du diese Schokolade bezahlt hast?«, verteidigte er sich. »So eine Arbeit findest du doch nie wieder. Du hast'ne große Chance weggeworfen. Einfach weggeworfen! Und im Tausch wofür? Für'ne Tafel Schokolade, die du am Ende noch nicht mal behalten durftest.«

Sie versteinerte immer mehr, und dann sagte sie etwas ganz Furchtbares: »Du verstehst mir eben nich. Bist jenau so'n feiner Pinkel wie dein Freund. Und ... und deshalb ist's besser, wenn de nich mehr kommst.«

Und damit sprang sie von der Mauer, um ins Schwalbennest hochzulaufen. Er konnte ihr nur ganz verdattert nachschauen. Wieso reagierte sie denn so? Es ging doch um *ihre* Zukunft! Ja, und dann: So schnell schob sie ihn ab? Nein, das nahm er ihr übel! Das konnte er ihr einfach nicht verzeihen. Und so haben sie sich seither nicht wiedergesehen. Sie kam nicht zu seinem Geburtstag, obwohl sie das zuvor so verabredet hatten, und er ging nicht zu ihr. – Sie hat gesagt, es ist besser, wenn er nicht mehr kommt? Gut! Dann kommt er eben nicht mehr! Oder soll er etwa hingehen und vor ihr auf die Knie fallen? Er ist doch im Recht, oder etwa nicht?

Der Großvater hat David kein einziges Mal unterbrochen. Jetzt, vor dem Engelbecken an der Michaelkirche, bleibt er stehen, schaut nachdenklich in das trübe Wasser und krault sich den langsam wieder sprießenden Bart. »Tja!«, sagt er dann. »Ein ehrlicher Bericht! Nur ein Dummkopf gibt nach einem solchen Streit dem anderen die Alleinschuld.«

Wie ist das denn zu verstehen? David glaubt, seinen Ohren nicht trauen zu dürfen. Was für eine Mitschuld soll er eingestanden haben?

Ernst sieht der Großvater ihn an. »Oder glaubst du etwa, alles richtig gemacht zu haben? Mir war so, als machtest du dir insgeheim Vorwürfe. Vielleicht, weil du nicht genügend Verständnis für das Mädchen aufgebracht hast.«

Er und kein Verständnis? David will sich gegen diese Unterstellung wehren, wird aber schon nachdenklich. Der Großvater hat ja nicht von »kein«, sondern nur von »nicht genügend« Verständnis gesprochen. Und kann es denn wirklich so einfach sein – er voll und ganz im Recht und Anna im Unrecht? Wie oft hat er in den letzten Tagen den grünen Knopf angesehen, den er ihr im Sommer im Laden der Frau Czablewski abkaufte, an jenem Tag, als er sie endlich richtig kennenlernte und erst sie ihn und dann er sie küsste. Damit fing alles an – und musste es denn wirklich so enden?

Der Großvater sieht ihm seine Gedanken an. »Siehste!«, sagt er lächelnd. »Hab mich nicht getäuscht. Manchmal weiß man eben etwas und weiß nur nicht, dass man's weiß. Dann muss einer kommen und den Wecker klingeln lassen. – Junge, spring über deinen Schatten! Geh hin, mach den ersten Schritt! Hat die größte Aufregung sich erst mal gelegt, sieht alles gar nicht mehr so schlimm aus. Und wenn sie dich wirklich gernhat, dann wird sie dir verzeihen. Hand drauf!«

Am späten Abend kommt dann auch noch Tante Nelly, um ihm ins Gewissen zu reden. »Anna hat einen Fehler gemacht«, sagt sie, »einen sicher sehr dummen, aber einen aus dem Herzen geborenen Fehler. Ich hab in meinem Leben schon größere Dummheiten gemacht und kann mich nicht damit herausreden, dabei nur an andere gedacht zu haben.«

David ist längst entschlossen, gleich am nächsten Tag nach der Arbeit im Schwalbennest vorbeizuschauen, um sich bei Anna für seine harten Vorwürfe zu entschuldigen. Die Zeit ohne Anna, schwer wie Blei lag sie auf ihm, er will, muss ihr ein Ende bereiten. Doch das weiß Tante Nelly ja nicht, so redet sie weiter auf ihn ein. »Weshalb hat sie denn dermaßen unbedacht gehandelt? Sie warf sich vor, ihre Geschwister im Stich gelassen zu haben. Weshalb sie ihnen und sich beweisen wollte, dass sie noch immer für sie da ist.«

»Ich geh ja morgen hin.« Wenn er noch lange so bearbeitet wird, gibt er am Ende noch zu, ein ganz übler Schurke zu sein.

»Bravo!« Tante Nelly schenkt ihm ihr schönstes Lächeln. »Weißt du, es gibt ein Geheimrezept für zwei, die glauben, zusammenzugehören – das Rezept der berühmten vier V: Verstehen, Vertrauen, Verzeihen und auf Rechthaberei Verzichten. Jedes einzelne V ist überlebenswichtig; fehlt eines, dann ist die Liebe nicht von Dauer.«

»Ein kluges Rezept!« Der Großvater nickt Tante Nelly durch seinen Tabaksqualm hindurch anerkennend zu.

Eine Geste, die sie verlegen macht. Sie hat viel Respekt vor dem Großvater. »Na ja«, wehrt sie ab. »Man macht sich doch Gedanken.« Gleich darauf aber gibt sie zu, dass sie auch schon darüber nachgedacht hat, wie sie Anna eine neue Arbeitsstelle besorgen könne. »Sie hat doch einen so hervorragenden Zahlenverstand, daraus muss sich doch was machen lassen. Ihr fehlt nur Bildung, Schreiben und Lesen. Doch wozu gibt's diesen Frauen- und Mädchenbildungsverein, in dem Köbbes Lissa hin und wieder unterrichtet. Wenn Anna den besuchen würde…«

Eine Idee, die auch der Mutter gefällt. »Ja«, sagt sie, »dort könnte sie all das nachholen, was ihr in ihrer Kindheit verwehrt wurde. Sie muss es nur wirklich wollen.«

Allein Onkel Fritz verzieht das Gesicht. Er hat nichts gegen den Bildungsverein, gibt aber zu bedenken, dass Anna damit ja noch lange kein Geld verdient. »Lernen kann se da allet Mögliche, aber satt werden ihre Jeschwister davon nich.«

Womit sie mal wieder bei Mutters Lieblingsthema sind: Frauenberufe! Was gibt's da schon für Möglichkeiten? Erst vor wenigen Wochen, so erzählt sie, habe sie Skizzen von Maschinennäherinnen angefertigt. Das nackte Elend sei ihr dort begegnet. Ausgemergelte Frauen, die zwölf, fünfzehn, manchmal sogar siebzehn Stunden am Tag an den Nähmaschinen säßen – und das für nicht mal elf Mark Verdienst in der Woche! Zum Sterben zu viel, zum Leben zu wenig. Die Handschuhnäherinnen – noch schlimmer! Die bekämen sogar nur acht Mark. Und Tabak- oder Chemiefabrik? Für ein so zierliches Mädchen wie Anna undenkbar. »Und zur Tippmamsell oder Bürohilfe reicht's bei ihr ja leider nicht, solange sie nicht vernünftig schreiben und lesen kann. Nicht mal Telefonfräulein kann sie werden, so wie sie spricht.«

»Aber ihren Zahlenverstand«, wirft Tante Nelly noch mal ein, »kann man den denn nicht irgendwie nutzen?«

»Wohl nur als Verkäuferin.« Onkel Fritz, der Anna längst tief in sein Herz geschlossen hat, seufzt. »Aber dieser Herr

Quark oder wie der Schokoladenheini heißt, wird ihr kaum'n gutes Zeugnis ausstellen.«

Ja, es besteht nur wenig Hoffnung, für Anna eine neue, einigermaßen brauchbare Arbeit zu finden. Ärgerlich schüttelt die Mutter den Kopf. »Wie niederdrückend muss das für ein so junges Ding sein. Und leider wird sich an dieser Situation so schnell nichts ändern. Jedenfalls nicht solange wir Frauen weder wählen noch in irgendeine Funktion gewählt werden dürfen, um selbst für uns und alle Annas eintreten zu können. Uns sprechen ja sogar viele *Sozial*demokraten jedes Stimmrecht ab. Sozial wollen sie sein, aber nicht wirklich demokratisch und gerecht.«

Worte, die den Großvater aufmerken lassen. »Rieke!«, sagt er. »Ich geb dir in allem recht. Trotzdem darfst du nicht den Mut verlieren. Das Frauenwahlrecht wird kommen, wenn nicht morgen, dann übermorgen. Vorläufig aber geht's allein um dieses Mädchen. Ihr muss geholfen werden! Und das klappt nur, wenn nicht allein sie, sondern auch ihre Familie unterstützt wird. Wahrscheinlich hat das Mädchen das selbst gespürt, deshalb dieser Diebstahl. Bleibt alles, wie es ist, wird sie irgendwann von ihrer Familie aufgefressen. Oder sie macht 'ne neue Dummheit. Das ist wie in der Zimmerei: Du kannst den Dachstuhl nicht an den Himmel hängen, brauchst ein Fundament und Mauerwerk.«

Das kam so fest und bestimmt, dass alle verlegen in die Runde blicken. Wieso sind sie nicht selbst darauf gekommen? Wahre Hilfe kann Anna nur erfahren, wenn auch ihrer Familie geholfen wird. Die Frage ist nur, wie sich das bewerkstelligen lässt.

»Auch das lässt sich regeln«, beruhigt der Großvater Tante Nelly, der diese Aufgabe ein bisschen zu groß erscheint. Und endlich erzählt er, wo er sich heute den ganzen Tag über aufgehalten hat: Er hat Parteifreunde besucht, hat sich darüber informiert, wie jetzt alles weitergehen soll, nachdem sie wieder in aller Öffentlichkeit agieren dürfen.

»Vor allem«, so sagt er, »müssen wir uns ab sofort viel stärker um die Schwachen in unserer Gesellschaft kümmern. Das aber nicht nur in Reden und Parteitagsprogrammen, sondern mit Herz und Hand. Wir müssen ihnen zeigen, dass wir zu ihnen und sie zu uns gehören. Klingt vielleicht'n bisschen dicke, anders aber kriegen wir unsere Gesellschaft nicht reformiert. Vergessen wir unsere ureigensten Ziele, dann sind wir keinen Deut besser als die anderen Parteien, dann machen auch wir Politik allein um der Macht willen.«

Und, plötzlich munter geworden, beginnt er aufzuzählen, von welchen Projekten er an diesem Tag erfahren hat: »Zuallererst geht's um die Preise. Brot, Kartoffeln und Fleisch werden von Woche zu Woche teurer. Davon hab ich in Plötzensee natürlich nichts mitbekommen, Mariechen aber hat es mir bestätigt. Den Wohlhabenden macht der Groschen mehr für den Mittagsteller kaum was aus, andere lehrt er das Hungern. Zweite große Sorge: die Arbeitslosigkeit! Wir müssen durchsetzen, dass mit dem Bau der geplanten städtischen Bauten nicht erst am St. Nimmerleinstag, sondern sofort begonnen wird. Dann können und müssen Arbeitskräfte eingestellt werden. Auch lässt die Straßenreinigung zu wünschen übrig. Warum? Weil Reinigungskräfte fehlen! Und das bei dieser hohen Arbeitslosigkeit! Drittens: Eine Schulspeisung muss her! Immer mehr Eltern können ihren Sprösslingen keine einzige Stulle in die Schule mitgeben. Bei der Stadt heißt es: Dafür fehlt das Geld. Aber wenn's um irgendwelche Festessen, Hohenzollern-Geburtstage oder anderen Firlefanz geht, dann ist Geld da … Na, die Herren werden sich umkucken! Die Starken brauchen die Schwachen nicht weniger als umgekehrt. Den alten Slogan, dass wir uns gefälligst nicht in das freie Walten der wirtschaftlichen Kräfte einmischen sollen, lassen wir uns nicht länger auftischen. Notfalls wird gestreikt. Und das lange und hart, wenn's sein muss.«

»Frieder!« Onkel Fritz ist aufgesprungen, so begeistert ist er von dieser wiedererwachten Leidenschaftlichkeit. »Menschenskind, du bist ja wieder janz der Alte!« Und er lacht und strahlt. »Ach, wat haste uns jefehlt! Deinen Optimismus, den kann nur der Weltunterjang bremsen.«

Auch David lacht. So ist er, der Großvater! Zwar sagt er gern: Wer weiß das schon, wer kann das wissen? Doch wenn es drauf ankommt, weiß er ganz genau, was zu tun ist.

### Geburtstagsgeschenke

Der Herbstwind fegt das Laub von den Bäumen, Regenschauer peitschen durch die dunklen Straßen. Ein Wetter, das die Menschen in ihre trockenen Wohnungen treibt. Allein David kümmern weder Wind noch Regen. Er spürt auch nicht den langen Tag auf dem Bau, der ihn müde machen müsste – er will zu Anna, muss mit ihr reden! Und das nicht nur, um sich mit ihr zu versöhnen – er hat ihr etwas mitzuteilen, etwas sehr, sehr Wichtiges; etwas, das ihn froh stimmt und wärmt.

Kurz vor Feierabend war Gottlieb, der Drucker, auf den Bau gekommen. Der Großvater war am Morgen bei ihm, hatte von Anna und ihrem Zahlenverstand erzählt und ihn gefragt, ob er ihr und ihrer Familie denn nicht helfen könne. Wozu sei er einer der Vertrauensmänner der Partei? Da müsse ihm doch irgendetwas einfallen.

Gottlieb lachte, als er von diesem Gespräch berichtete. Der alte Frieder, so sagte er, sei wohl davon ausgegangen, dass er, wenn er nur wolle, Arbeitsplätze aus der Hosentasche zaubern könne. Er allerdings habe die Aufgaben eines Vertrauensmannes bisher immer ganz anders interpretiert. In den langen Jahren des Verbots waren Verbindungen aufrechtzuerhalten und geheime Treffen und Flugblatt- und Plakataktionen zu organisieren gewesen; da hätten sie nicht auch noch für Leute, die nicht mal der Partei angehörten, den Samariter spielen können. Der Großvater jedoch, so Gottlieb, hätte nicht locker gelassen, sondern sei richtig fuchtig geworden. Wenn ein Mensch über dem Abgrund hinge, dann sei es nicht von Bedeutung, ob er Sozialdemokrat sei oder nicht, dann müsse man zupacken und helfen. Auch seien die alten Zeiten nun vorbei. Neue Zeit, neue Aufgaben! Na ja, und was hätte er dem noch entgegenhalten können? So habe er ihm schließlich versprochen, sich mal umzuschauen.

Und das hat er wirklich getan, der Gottlieb, und war anschließend auf den Bau gekommen, um ihm zu sagen, dass er tatsächlich Arbeit für Anna gefunden habe. In der Lothringer Straße. Dort gäbe es seit Kurzem einen dieser neumodischen Fahrradläden, den Inhaber kenne er gut; es sei sein Freund Paul, der glaube, dass Fahrräder mit zwei gleich großen, luftbereiften Radfelgen und Tretkurbel mit Kettenübertragung eine große Zukunft hätten. Er sei aber nun mal bloß Mechaniker, der Paul, ihm fehle jedes kaufmännische Talent. Weshalb er eine tüchtige Verkaufskraft benötige. Zurzeit helfe seine jüngere Schwester bei ihm aus, doch wolle sie bald heiraten und fortziehen von Berlin.

»Bis dahin könnte sie deine Anna anlernen, wenn sie denn wirklich so gut rechnen kann wie behauptet und so viel schreiben und lesen lernen will, dass ihr die Buchführung keine Schwierigkeiten macht. Auf jeden Fall will er sie sich mal anschauen. Ob ja oder nein, sagt er, das hänge bei ihm ganz allein von persönlicher Sympathie ab. Er will nur jemanden einstellen, dem er bedingungslos vertrauen kann.«

Bei diesen Worten war er zusammengezuckt. Hatte der Großvater Gottlieb denn nichts von der Schokolade erzählt?

Ein kurzer Blick in Gottliebs Gesicht verriet: Doch er hatte! Und auch Gottlieb hatte es nicht verschwiegen. »Das ist wichtig«, sagte er, »offene Karten! Auf Dauer gesehen haben Lügen viel zu kurze Beine.« Seinen Freund Paul jedoch, der ein wahrer Gemütsmensch sei, habe die Geschichte mit der Schokolade nicht beunruhigt. Wenn sie das nicht für sich, sondern allein für ihre Geschwister getan und daraus gelernt hätte, gehe das in Ordnung, habe er nur gesagt.

Eine Antwort, die David noch immer beschämt. Weshalb hatte er, als er von dem Schokoladendiebstahl erfuhr, nicht ähnlich reagiert wie dieser Paul? Weil er Angst um Anna hatte? Das ist dann aber auch seine einzige Entschuldigung.

Die Schönholzer Straße, düster liegt sie da, matter Laternenschein spiegelt sich in den Pfützen. David wird ein wenig schneller. Er will nun endlich Anna wiedersehen, will ihr die Glücksbotschaft überbringen.

Vor der Nr. 27 jedoch prallt er zurück: Hugo, der Tischler, kommt ihm entgegengetaumelt. Er ist mal wieder sternhagelvoll, mit glasigen Augen starrt er Davids Zimmermannstracht an.

»'n Abend!« Vorsichtig weicht David aus. Tischler mögen keine Zimmerleute. Sie nennen sie arrogant, weil viele Zimmerer sich für besser, freier und weltgewandter halten. Es gibt zahllose Berichte über Zusammenstöße zwischen Tischlern und Zimmerern.

»Du«, lallt Hugo und will ihn vor die Brust stoßen, »du …« Doch hat ihn die rasche Bewegung ins Taumeln gebracht, er muss sich an der Hauswand abstützen und kann ihn nur noch blöde anstarren.

Flink will David an ihm vorbei, prallt aber gleich darauf erneut zurück: Karl ist aus der Haustür getreten. Ein Weilchen starrt er ihn nur verdutzt an, dann hat er ihn trotz der Zimmererkluft wiedererkannt. »Kiek an! Kiek an!«, staunt er. »Der Joldlöffel! Keen Jymnasiast mehr? Wie kommt et denn? Zu wenig Grips für die Schule?«

»Ja.«

Eine so schnelle und ihm auch noch zustimmende Antwort hat Karl nicht erwartet. Misstrauisch zieht der blonde junge Mann die Stirn kraus. Will dieser Joldlöffel ihn etwa veräppeln? »Janz schön mutig biste. Kommst einfach her. Hast wohl noch nich jenuch Prügel bezogen?«

»So schlimm war's nu auch wieder nicht.« Karl ist allein. Weshalb soll er sich vor ihm fürchten? Außerdem hat ja auch er sich verändert, trägt nicht mehr seine Melone, sondern die genauso schief aufgesetzte und verwegen wirkende Schirmmütze eines Dienstmannes mit der Nr. 847, wie das Messingschild über dem Schirm stolz verkündet. Also hat er endlich Arbeit gefunden. Doch ob Koffer schleppen, Pakete, Blumensträuße und Briefe austragen das ist, was er sich gewünscht hat?

Karl lässt diese Antwort ein wenig in sich nachklingen, schaut kurz zu dem noch immer an der Hauswand lehnenden, blöde vor sich hin starrenden Hugo hin und umkreist David danach langsam, um ihn und seine Kluft von allen Seiten zu begutachten. »Na ja!«, gibt er schließlich zu. »Zimmerer! Dit is doch wenigstens wat.« Gleich darauf will er wissen: »Und jetzt? Wo jeht's denn hin? Etwa zu Anna?«

»Wohin denn sonst?«

Ein Weilchen sieht Karl ihn nur starr an, als überlege er, ob er sich diese respektlosen Antworten gefallen lassen darf, dann grinst er mit einem Mal. »Na, denn jeh mal hoch, sag schön juten Tach und grüß von mir.«

Hat er sich verhört? Verblüfft starrt David zurück. Will Karl Anna so einfach aufgeben?

»Da trocknet dir die Spucke ein, wat?« Nun grinst er noch breiter. »Aber is nu mal so, ick hab mir von ihr jetrennt. Se is ja schon lange nich mehr die Anna, die se mal war. Wie die jetzt immer rumlooft! Und wie se spricht! Hast se janz schön versaut, die Kleene. Und deshalb isse für mich nich mehr die Richtige.« Er kneift ein Auge zu. »Unter uns Männern, ick hab jetzt'ne andere. Keene, die immer nur nachdenkt und von wat Höheret träumt, aber eene, die jerne mal jekitzelt wird, wenn de verstehst, wat ick meine.«

Ja, David weiß, was gemeint ist. Auf jeden Topf passt ein Deckel. Anna war nicht der richtige Deckel für Karl. Gut, dass er es endlich eingesehen hat!

Karl sieht ihm die Erleichterung an und kommt sich nun wohl doch ein bisschen zu großzügig vor. Drohend ballt er die Faust.

»Deswejen sind wir beede aber noch lange keene so engen Freunde wie Arsch und Unterhose. Biste nich jut zu Anna, fetz ick dir die Rippen aus de Brust, haste verstanden?«

Sagt es, grinst wieder und hält David auf nun schon fast kameradschaftliche Weise die Hand hin. David schlägt ein – und spürt sofort, dass dieser Handschlag keine Besiegelung irgendeiner Art von Waffenstillstand sein soll. Karl versucht, seine Hand so fest zusammenzupressen, dass er vor Schmerz in die Knie gehen muss.

Wütend presst er zurück, und das, so fest es geht! Aber Gott sei Dank, er ist kein Gymnasiast mehr, hat Muskeln und kräftige Finger bekommen in den letzten Monaten. So unterliegt er nicht in diesem stummen, ihm ewig erscheinenden Zweikampf.

Als Karl endlich loslässt, kann er sich ein anerkennendes Lächeln nicht verkneifen. »Kiek an, der Zimmerer! Da muss ick ja wohl bald Angst vor dir haben ... Aber jut, det de so'n kräftijet Männeken jeworden bist, denn hilf mir mal, Hugon ins Bette zu bugsieren.«

Und damit packt er Hugo links und David ihn rechts unter den Arm und so schleppen sie den unverständliches Zeug lallenden Tischler in seine Werkstatt, werfen ihn auf sein sicher schon seit Monaten nicht mehr frisch bezogenes Bett und lassen ihn schnarchen.

Zurück im Hausflur, tippt Karl sich nur noch kurz an die Mütze, dann geht er.

Er steht vor dem Türschild *Ludwig Liebetanz*. Doch ist es viel zu dunkel im Treppenaufgang, um es ohne Licht lesen zu können. Die prall gefüllten Säcke neben der Tür allerdings sind nicht zu übersehen; Säcke voller Holzspäne und sonstiger Holzabfälle. So haben Anna und ihre Geschwister mal wieder »Borkenkäfer« gespielt, sind über die Holzabladeplätze gezogen und haben aufgeklaubt, was da an Brennbarem im Dreck lag. Ein ganzer Tag Arbeit – für drei Groschen Verdienst! Mehr werden diese Säcke kaum einbringen; drei Groschen, die gerade mal für zwei Mittagessen in der Volksküche reichen ...

Zögernd klopft David, obwohl die Tür wie immer nur angelehnt ist, und Schritte nähern sich. – Anna! Es ist Anna, die zur Tür kommt! Er kennt ihre Schritte viel zu gut, um sich irren zu können. Ein heißes Gefühl durchströmt ihn. Wie schön wäre es, wenn er ihr jetzt nichts erklären müsste, sondern ihr einfach nur um den Hals fallen dürfte!

Die Tür wird geöffnet – und dann steht sie vor ihm und starrt ihn an wie jemanden, den sie zwar schon mal irgendwo gesehen hat, mit dem sie aber ansonsten nicht viel anfangen kann. Und je länger sie ihn anschaut, desto eisiger wird ihr Blick.

»Ich ... ich bin gekommen, um mich bei dir zu entschuldigen.« Wozu erst lange um den heißen Brei herumreden? Will er dieses Eis auftauen, muss er deutlich werden.

»Ach?«, spottet sie, ohne auch nur ein wenig freundlicher zu blicken. »Und wofür? Für't schlechte Wetter?«

»Für das, was ich gesagt habe ... wegen der Schokolade.«

Nein, auch dieses Eingeständnis verschafft ihr keinerlei Genugtuung. »Wat denn, eener, der immer allet richtich macht und besser weeß als alle anderen, will sich bei mir Klau-Liese entschuldigen?«, fragt sie nur voller kaltem Hohn. »Brichste dir da nich wat ab?«

»Ich ... ich hatte ja gar nicht richtig begriffen, warum du das getan hast.« Ihm wird ganz kribbelig zumute. Das ist zu blöd, sie in der Tür, er im dunklen Treppenhaus, beide einander so nah und gleichzeitig so fern ... Warum nimmt er sie nicht einfach in die Arme und küsst sie ab? Dann würde sie schon merken, wie lieb er sie hat.

»Ach!«, sagt sie wieder nur, und dann lehnt sie sich an den Türrahmen, als käme sie gar nicht auf die Idee, einen wie ihn noch mal in ihre Wohnung zu bitten. »Und jetzt hat der feine Herr kapiert? – Na, denn sag mir doch mal, warum ick's jetan habe. Bin schon janz neujierig darauf.«

»Darf ich nicht reinkommen? Müssen ja nicht alle hören.«

Sie überlegt kurz, dann tritt sie achselzuckend beiseite, und er geht still an ihr vorüber und kommt ihr dabei noch näher und muss sich nun richtig beherrschen, sie nicht einfach in seine Arme zu nehmen. Er hat sie so lieb, verdammt noch mal, jetzt vielleicht sogar noch viel lieber als je zuvor, sie dürfte ruhig ein bisschen entgegenkommender sein.

Im Schwalbennest ist es dunkel, viel düsterer als an jenem Tag, als er das erste Mal hier war und die pralle Sonne durchs Dachlukenfenster drang. Nur eine schwach hochgedrehte Petroleumlampe und zwei Kerzen funzeln blakend vor sich hin. Das Schlimmste aber ist diese kalte Feuchtigkeit. Das Dach ist nicht dicht, überall stehen Schüsseln oder Eimer, um den Regen aufzufangen, der durch die Ritzen in den Raum tropft.

Annas Oma liegt auf ihrer Matratze, liegt da wie schon gestorben, nur der Kopf auf dem mageren Hals zittert unentwegt; so, als ob er ständig Nein sagen wollte. Annas Mutter hantiert mit dem Abwasch herum. Als sie ihn bemerkt, schaut sie überrascht auf. Hilli, Rischie, Lina, Emma und Bruno sind wie immer dabei, Tierfiguren anzufertigen. Alles im trüben Kerzenschein. Als sie David sehen, strahlen sie. Doch wagt keines der Kinder, ihm entgegenzulaufen. Da ist ja auch noch ihr Vater. In Jacke und mit dickem Schal um den Hals sitzt er in seinem Sessel und hat eine bereits zur Hälfte geleerte Flasche Korn neben sich stehen. Erst stiert er den Besuch nur begriffsstutzig an; als er David erkannt hat, legt er gleich wieder los: »Na, gloobste denn dit? Wen haben wir denn da? Den jungen Spund aus der Sozi-Familie!« Er lacht laut und schlägt sich vor Vergnügen auf die feisten Schenkel. »Kommste, um uns'n Sechser hinzuwerfen? Ja, danke ooch schön! Vielen Dank, der Herr! Erjebenster Diener! Hätt ick'ne Mütze uff, würd ick se ziehen.«

Er nimmt einen tiefen Schluck, lacht noch mal und wird gleich darauf böse. »Ja, betet nur für die bessere Welt, ihr Herren Idealisten, die furzt euch dafür mitten ins Jesichte. Aber dit kapiert ihr nich, ihr Puddingköppe! Meine Maxime hinjejen lautet: Lerne saufen, ohne zu schlucken, lerne buckeln, ohne dir zu ducken.« Er lacht grölend, dann setzt er wieder die Flasche an, um einen Schluck daraus zu nehmen.

David fällt es schwer, den Mann anzublicken. Er kann nicht vergessen, was dieser Mann Anna antun wollte. Annas Vater jedoch ächzt nur kurz, dann redet er weiter: »Ja, so is dit! Da jibt's die eenen Idealisten und die anderen Idealisten, und alle reden se sich ein, se wissen, wie det Leben zu funktioniern hat ... Keene Ahnung von Tuten und Blasen, aber im Orchester mitspielen woll'n! De Schlimmsten aber seid ihr Sozis, posaunt überall herum, der Mensch is jut, er weeß et bloß noch nich ... Isser aber nich, ihr Herren Rotärsche! Er is schlecht, rattenschlecht! – Brüderlichkeit? Die jibt's nich und wird's nie jeben ... Aber'ne Obrigkeit, die jibt's und wird's immer jeben. Und deshalb kennt Ludwig Liebetanzen nur een Rezept, dit wirklich funktioniert, und dit heißt: Kriech deinem Herrn in den Arsch und richte et dir darin ein, da hast du't warm und bequem, nur eben'n bisken feucht und'n bisken duster. Aber hat sich in diesem Milljöh etwa schon mal eener dit Jenick jebrochen? Nee, hat er nich! Dit Traurije is nur, det ick Pechvogel den richtijen Arsch noch nich jefunden hab.«

Er lacht wieder und will noch weiterreden, Annas Mutter fährt dazwischen: »Biste endlich stille! David is jekommen, um Anna zu besuchen. Mit dir besoff'nem Kerl und deinem blöden Jequatsche hat er nischt zu schaffen.«

»Besoffen? Besoffen bin ick noch lange nich.« Wieder nimmt er einen tiefen Schluck, der dicke Mann im Sessel, dann singt er, die Flasche schwenkend: »Ach, da weent det Mädel, dit jestern noch jelacht! Doch ohne meinen Piephahn keen Küken wird jemacht.« Singt es und lacht, bis er mit einem Mal ganz kleine, heimtückische Augen bekommt und seine Frau voller Hass anstarrt. »Willste mir etwa sagen, wat ick zu tun habe, olle Schrulle? Du mit deine ville Kinder, die mir die Haare vom Kopp fressen?«

»Hör am besten jar nich hin.« Annas Mutter schaut David

nur müde an. »Is ja allet nur Säuferblödsinn. Und Anna, die kann nu wirklich nischt für ihr'n Vater.«

»Bin nur gekommen, um mich zu entschuldigen«, kann David da endlich sagen. »Hab ihr Vorwürfe gemacht und ... und das war dumm von mir.«

»Dit is lieb«, sagt Annas Mutter. »Bist'n feiner Kerl!«

Anna jedoch will noch immer nicht freundlicher blicken. »Na, denn sag doch endlich, warum ick's jetan habe. Vielleicht lern ick wat dabei.«

Einen Moment lang schaut er sie nur an, dann sagt er leise: »Na, weil du'n viel zu gutes Herz hast.«

Jetzt reißt sie die Augen auf. »Dit is allet? Sonst is dir nischt einjefallen?«

Ihr Vater, mit trübem Blick zuhörend, brüllt vor Lachen. »Jutet Herz, hat er jesagt! Wat dieser kleene Pisser für'n Stuss redet. – Wer de Weiber kennt und sich nach drängt, ist's wert, det er wird uffjehängt! Dit is die Wahrheit!«

»Kommt, Kinder!« Annas Mutter reicht es. Kurz entschlossen nimmt sie Anna und David bei den Händen und geht mit ihnen ins dunkle Treppenhaus hinaus. Dort streichelt sie Davids Hand und sagt noch einmal: »Bist'n juter Junge! Mit dir hat meine Anna Glück jehabt. Möchte so jerne, det se hier rauskommt. Se soll ja mal'n bessret Leben haben als ihre Mutter.«

»Ph!«, macht Anna nur und steht hilflos dabei, den Blick gesenkt, bis ihre Mutter sie vorsichtig auf David zuschiebt. »Nu sei man nich so, Annaken! Der Junge is jekommen, um sich bei dir zu entschuldijen. Det hat dein Vater bei mir noch nie fertigjebracht ... Und hat er denn so sehr unrecht jehabt, dein David? Een zu jutet Herz zu haben, dit is auf Dauer eben ooch nich jut.«

Damit verschwindet sie wieder hinter der Tür, lässt sie aber offen stehen, sodass ein wenig von dem funzelnden Licht des Dachraumes in das Treppenhaus dringen kann.

Verlegen stehen sie einander gegenüber, Anna noch immer den Kopf gesenkt, David im Bemühen, wenigstens einen klitzekleinen Blick von ihr zu erhaschen. Leise fragt er, ob er sich noch mal bei ihr entschuldigen soll.

»Nee«, antwortet sie genauso leise, »eenmal reicht.«

»Und warum schaust du mich dann nicht an?«

Da kommt es noch leiser: »Weil ick mir schäme.«

»Du? Aber warum denn du? Das brauchste doch gar nicht.«

»Doch!« Sie nickt heftig. »Dit muss ick. Ick bin nämlich jar nich so jut, wie du denkst … Aber du, du bist zu jut … viel zu jut!«

Da muss er lachen. »Na, dann sind wir eben beide die reinsten Engel. Richtige Perlen der Menschheit sind wir. Nach unserem Tod stopfen se uns aus und stellen uns ins Museum.«

Sie lacht nicht mit, und da wird auch er wieder ernst und erzählt ihr, dass sein Großvater aus dem Gefängnis zurück ist und was er zu ihm gesagt hat. Und er verschweigt auch die Vorwürfe nicht, die Tante Nelly ihm gemacht hat. »Hab mich ja vorher schon über mich geärgert. So richtig begriffen, wie dumm ich war, habe ich aber erst jetzt.«

»Ja«, seufzt sie und nickt. »Hab mir ooch jeärgert … und … und alle paar Minuten an dir jedacht … Böset Herz, eijener Schmerz steht uff Mutters Topflappen.«

Da muss er sich ein zufriedenes Grinsen verkneifen. Wie schön, dass auch sie gelitten hat! Der beste Beweis dafür, dass sie ihn wirklich mag. Um aber endlich mal über etwas anderes zu reden, berichtet er ihr von Karl und seiner neuen Großzügigkeit.

Gleich wird sie wieder die alte Anna. »Die olle Quatschtüte! Dit is ja nur, weil er mir nich kriejen kann. Und kriegt eener nich, wat er haben will, denn muss er eben nehmen, wat er kriegt. Nur deswejen jeht er jetzt mit Elli. Bei der aber isser längst nich der Erste, die will jeden mal ausprobiern.«

Sie kann wieder spotten und so darf er ihr endlich von Gottlieb erzählen und vom Fahrrad-Paul. Mit angehaltenem Atem lauscht sie seinen Worten – und will es nicht begreifen. »Aber warum macht ihr denn dit für mich? Dein Großvater, der kennt mir doch jar nich?«

Es ist wie stets auch ein bisschen seinetwegen; der Großvater will *seiner* Freundin helfen. Vor allem aber: Wenn einer am Abgrund steht, dann muss man zupacken! So hat der Großvater Gottlieb überzeugt. Nur: Soll er Anna das so sagen? »Es ist, weil wir einander beistehen müssen«, weicht er aus.

»Wer – wir?« Jetzt nimmt sie keinen Blick mehr aus seinem Gesicht, so gespannt ist sie.

»Na, wir alle!« Das klingt blöd. Als ob ein Pfarrer von der Kanzel predigt. Aber wie soll er das anders erklären? »Ist ja nicht deine Schuld, dass deine Eltern arm sind. Ist ja überhaupt niemand schuld daran, wenn er nicht mit'nem Sack voll Geld unterm Arm zur Welt gekommen ist. Arm darf man ruhig sein, hat meine Großmutter immer gesagt, nur nicht dumm.«

Ein Weilchen denkt sie über seine Worte nach, dann blitzen ihre Augen in der Dunkelheit plötzlich auf. »Siehste! Nu schäm ick mir schon wieder.«

Er will antworten, dass sie dafür doch wirklich keinen Grund habe, rasch legt sie ihm die Hand auf den Mund. »Nee, diesmal mein ick's anders. Ick … ick hab nämlich'n Jeburtstagsjeschenk für dir. Aber jetzt, nach all dit Schöne, wat de mir jesagt hast, kommt et mir janz mickrig vor.«

Ein Geburtstagsgeschenk? Für ihn? So hat sie am Vierzehnten doch an ihn gedacht? Und sich sogar ein Geschenk für ihn einfallen lassen?

»Warte!« Sie witscht in die Wohnung und tritt kurz darauf mit einem brennenden Talglicht in der Hand und etwas auf dem Rücken Verborgenen wieder vor ihn hin. »Mach die Augen zu«, verlangt sie.

Er gehorcht, und dann spürt er, wie sie ihm etwas Warmes um den Hals legt.

Einen Schal! Einen dicken Winterschal! Und als er die Augen wieder öffnen darf, nimmt er den Schal in die Hände und betrachtet ihn lange. – Es ist ein wunderschöner Schal! Aus allen möglichen Wollresten gestrickt und deshalb so verschiedenfarbig, dass ein richtiges Prunkstück daraus geworden ist.

»Jefällt er dir?«, fragt sie bang.

»Er ist – kolossal!«

Da strahlt sie. »Hat'ne Menge Arbeit jekostet, det jute Stück, und an deinem Jeburtstag hat er hier jelegen und mir anjekiekt und olle doofe Kuh zu mir jesagt.«

»Aber wo hast du denn all die Wolle her?«

»Dit warn mal drei Pullover. Die hab erst ick jetragen, denn Hilli und immer so weiter, zuletzt Bruno. Aber nu warn se ihm zu kleen jeworden, und die konnte ja ooch keener mehr anziehen, weil ja die Ellbogen schon janz durch warn ... Na, da hab ick die Wolle uffjeräufelt und, wat noch brauchbar war, in den Schal verstrickt.«

Jetzt müsste er sie endlich küssen, und das ganz fest. Doch darf er das schon wieder? »Danke!«, sagt er nur und schaut sie zärtlich an.

»Jefällt er dir wirklich?« Sie will es noch mal hören, und da wagt er es, sie zu necken. »Na ja, wenn ich ehrlich bin – in Wahrheit ist er mir zu bunt. Wir Zimmerleute gehen nur in Schwarz und Weiß.«

Erst erschrickt sie, dann zahlt sie es ihm mit gleicher Münze heim. »Ja, schade! Und ick dachte immer, nur Totengräber laufen so rum.«

Darauf fällt ihm keine passende Erwiderung ein, und so stehen sie nur da und strahlen sich über das Talglicht hinweg an, bis er endlich mutig wird und es auspustet.

## Keine Indianer mehr

Der kalte, stürmische Regen wird immer heftiger und in den Nacht- und frühen Morgenstunden peitschen erste heftige Schneeschauer durch die Straßen.

Ernst Garleben und der Großvater haben Sorgenfalten auf der Stirn. Wird es dieses Jahr einen frühen und strengen Winter geben? Eine Schreckensvorstellung für die Männer vom Bau, weil dann ja die Stille Zeit beginnt, alle Bauarbeiten eingestellt werden und sie nichts verdienen können.

Doch auch in den nächsten Tagen bessert sich das Wetter nicht; Freizeit, die David nutzt, um sich vom Großvater, dessen frischer neuer, weißer Kinnbart noch ein wenig stachelig wirkt, in Geometrie und Stereometrie unterrichten zu lassen: Inhaltsberechnungen von Drei- und Vierecken und Kreisen, die Proportionalität gerader Linien und Winkel, Flächen und Körper.

Manches kennt er bereits aus dem Mathematikunterricht im Colosseum, doch war das ja nur graue Theorie, hinter dem, was der Großvater ihn lehrt, steckt Wirkliches; etwas, das er in seiner täglichen Arbeit gebrauchen kann.

Kein Wort mehr über das Gymnasium. Es ist gekommen, wie es gekommen ist. Und wie es gekommen ist, so ist es gut. Daran zweifelt inzwischen nicht mal mehr die Mutter. Sie ist ja nicht blind, hat mitbekommen, mit welchem Stolz ihr Sohn die Zimmererkluft trägt.

An den Abenden steht nun wieder öfter Ernst Garleben vor der Tür, setzt sich zu Großvater und Enkel und theoretisiert ein bisschen mit. David hat gar nicht erst mit der Mutter reden müssen, seit jenem Tag auf dem Friedhof, als sie Ernst Garleben so dankbar die Hand drückte, ist sie anders zu dem großen, hageren Mann, scherzt sogar hin und wieder mit ihm, und Onkel Fritz ist überzeugt davon, dass die beiden doch noch »gute Kameraden« werden. »Kuckt der Bauer glücklich, gedeiht das Vieh«, sagt er und reibt sich zufrieden die Hände.

Und er hat recht, seit Neuestem schaut er recht glücklich drein, der Ernst Garleben. Blickt er besorgt, trägt allein das Wetter die Schuld daran. Sollen Gallo und Wiggerl, Tamtam, Nante, Flips und Eugen sich nicht besser schon um Winteranstellungen bemühen?

Der Großvater muss ihn aufmuntern. »Wir haben doch schon viele strenge, frühe Winter miterlebt, Ernst. Sollte es dieses Jahr wieder so einen geben – wer weiß das schon, wer kann das wissen? –, werden wir auch den überleben. Jeder Winter, das steht fest, geht einmal vorüber.«

Jeder Winter geht einmal vorüber! Ein Satz, den David nicht mehr aus dem Kopf bekommt. Er könnte ihn trällern, so sehr freut er sich schon jetzt auf den nächsten Frühling. Erstens, weil das Arbeiten auf dem Bau bei schönem Wetter so viel mehr Spaß macht, zweitens, weil er ja Anna hat und sie, wenn es erst wieder warm genug ist, an den Sonntagen schwimmen gehen können. Mal sie beide allein, mal mit Onkel August und Tante Nelly, mal mitsamt all ihren Geschwistern.

Sie ist nun wieder zu Onkel August und Tante Nelly gezogen und arbeitet beim Fahrrad-Paul und seiner Schwester. Und bisher sind die beiden nicht unzufrieden mit ihr; es besteht Hoffnung, dass sie die Stelle behalten darf.

Und auch ihrer Mutter und ihren Geschwistern wird geholfen. Gottlieb ist einfach bei der Familie Liebetanz aufgetaucht, hat sich alles angesehen und danach Bericht erstattet. »Dem Liebetanz«, sagte er, »ist nicht mehr zu helfen. Der hat sich selbst kaputt gemacht. Und seiner Frau Arbeit zu besorgen, hat keinen Sinn. Sie hat ja die fünf Kleinen und ihre alte Mutter am Hals, wie soll sie da Tag für Tag zwölf oder mehr Stunden in der Fabrik schuften? Nein, da müssen *wir* uns kümmern.«

Dieses Kümmern fing damit an, dass Ernst Garleben, Gallo, Wiggerl und er, David, eines Sonntags im Schwalbennest auftauchten und das Dach reparierten. Damit es endlich nicht mehr durchregnete und Hilli, Rischie, Lina, Emma und Bruno, aber auch ihre Eltern und Annas Oma nicht mehr dieser ewigen Kälte und Feuchtigkeit ausgesetzt sind. Gottlieb besorgte inzwischen einen kleinen Kanonenofen – der Küchenherd allein schafft es nicht, diesen großen, schlecht abgedichteten Dachboden warm zu bekommen – und einen kleinen Holz- und Kohlenvorrat.

Anfangs lästerte Annas Vater, wie es seine Art ist, dann wurde er immer stiller. Zum Schluss hat er nur noch mit offenem Mund zugeschaut. Keiner seiner bösen Sprüche kam ihm noch über die Lippen. Und er hat auch nicht gewagt, dagegen zu protestieren, dass seine Kinder von nun an richtig zur Schule gehen sollen. Kinderarbeit unter zwölf Jahren sei verboten, hat Gottlieb ihm gleich bei seinem ersten Besuch entgegengehalten, obwohl er natürlich weiß, dass sich nur die wenigsten Eltern, die in solcher Armut leben, viel um dieses Verbot scheren können. Und Schulgeld kosten die Gemeindeschulen ja nicht. Also gab es keinerlei Ausflüchte. Auf die Einnahmen aus der Stofftierproduktion allerdings muss Annas

Vater von nun an verzichten. Doch würde man, so Gottlieb, sicher Arbeit für ihn finden, wenn er denn bereit sei, sich mal aus seinem Sessel zu erheben. Herzvergrößerung, geschwollene Füße, nervöse Hände? Na und? Nachtwächter oder Pförtner könne er deshalb doch werden, dumm sei er ja nicht.

Mit Annas Mutter hat Gottlieb später unter vier Augen gesprochen. Im Treppenhaus. Er will eine Sammelaktion starten. Das Geld aber, so legte er es ihr ans Herz, sei allein für sie und ihre Kinder bestimmt. Ihr Mann würde es ja doch nur vertrinken. Deshalb müsse sie sich ihre Unterstützung, solange ihr Mann noch keine Arbeit habe, vor jedem größeren Einkauf bei ihm abholen und gut vor ihrem Ludwig verstecken, weil sonst die Hilfsaktion sofort eingestellt würde.

»Tut mir leid«, sagte Gottlieb, als er von dieser »Erpressung« erzählte. »Aber alle unsere Groschen, Sechser und Pfennige haben andere sich vom Mund abgespart, damit muss man verantwortungsbewusst umgehen.«

Es wird nicht leicht werden, nicht für Anna und nicht für ihre Eltern. Auf ihre Geschwister aber wird nun aufgepasst; schon allein deshalb lohnt die Mühe.

Eines Abends kommt auch Dr. Fahrenkrog. Er hatte bisher noch keine Zeit gefunden, den Großvater zu begrüßen. Erst gibt er ihm nur die Hand und schaut ihn lange an, dann nimmt er ihn in die Arme und klopft ihm bewegt auf die Schulter. »Schön, dass du wieder da bist, Frieder! Nur schade, dass sie dich nicht früher haben gehen lassen.«

Er meint damit aber nicht nur Großmutters Tod, es wurmt ihn noch immer, dass der Großvater überhaupt zu einer solch langen Strafe verurteilt worden war.

»Vorbei ist vorbei!« Der Großvater winkt ab. »Wir sollten jetzt nicht immer nur zurückblicken. Unser Leben besteht ja nicht allein aus Vergangenem, es gibt ja auch noch Gegenwart und Zukunft.« Worte, die ihm, wie er findet, ein wenig zu pathetisch geraten sind. Verlegen kraust er die Stirn.

»Ja, Frieder!« Dr. Fahrenkrog nickt. »Die Vergangenheit können wir nicht ändern, wir können nur versuchen, die richtigen Schlussfolgerungen aus diesen schwierigen zwölf Jahren zu ziehen. Und die Zukunft wird besser und leichter zu gestalten sein, wenn wir uns nicht allzu lange die Wunden lecken.«

Beim Abendbrot – es gibt Bratkartoffeln mit von Tante Mariechen nach einem Geheimrezept eingelegten Bratheringen und einen großen Krug Bier für die Männer – wird dann viel geredet. Mehrere Themen beschäftigen Dr. Fahrenkrog, zu einigen würde er gerne Großvaters Rat hören.

Da gibt es zum einen das immer größer werdende Elend in den Arbeiterquartieren. Die Not der Menschen sei in den letzten Jahren stetig größer geworden, sagt er, und da es so gar keine Aussicht auf eine rasche Verbesserung ihrer Lage gibt, würden sich viele immer radikaler gebärden. »Sie verstecken sich nicht mehr. Sie gehen auf die Straße, zeigen, was aus ihnen geworden ist.«

Das stimmt. Erst gestern hatte die Mutter David gebeten, ihr einen Weg abzunehmen. Eine kleine Galerie in der Johannisstraße will zwei Bilder von ihr ausstellen. Mit den gut verpackten Ölgemälden unter den Armen war er losgezogen und Unter den Linden in eine Demonstration von Arbeitslosen geraten. Sie trugen sehr verschlissene, oft schon richtig zerlumpte Kleider, hatten fahle Gesichter und wurden von den vorbeifahrenden Droschken mit Schneematsch bespritzt. Doch rührten sie sich nicht vom Fleck, standen inmitten all der nassen Kälte und warteten auf den Kaiser. Sie hofften, dass er, wenn er das Schloss verließ, an ihnen vorbeifahren würde. Betroffen von diesem stummen Ausharren ging er weiter, um die

Bilder abzuliefern, und beobachtete auf dem Rückweg, wie die hochverschlossene, gegen alle Blicke geschützte Karosse Seiner Majestät tatsächlich angefahren kam und die Menschen an den Straßenrändern in Bewegung gerieten. »Hunger!«, schrien sie und hoben drohend die Fäuste, und: »Brot! Arbeit!« Und immer wieder und immer lauter: »Hunger! Brot! Arbeit!«

Doch natürlich, der Kaiser ließ sich nicht aufhalten. Die Kutsche ratterte vorüber und vor Wut rissen einige der Arbeitslosen Steine aus dem Straßenpflaster und warfen sie in die gut gefüllten Schaufenster der umliegenden Geschäfte. Glas splitterte und Polizisten kamen herangeritten. Mit ihren Säbeln hieben sie in die Menschenmenge und nahmen einige der Männer und Frauen fest. Die aber lachten nur gehässig. »Ja! Sperrt uns nur ein! Sperrt uns ein, bis wir verreckt sind! Aber so lange müsst ihr uns was zu fressen geben.«

Ein Vorfall, über den er lange nachdenken musste. Was für eine Verzweiflung in diesen Gesichtern! Was für eine Wut! Sie hatte ihm richtig Angst gemacht.

»An sich ist's ja begrüßenswert, dass die Leute auf die Straße gehen.« Dr. Fahrenkrog seufzt. »Doch verlangen nun immer mehr einen gewaltsamen Umsturz. Sie glauben, dass unser parlamentarischer Kampf trotz all unserer Erfolge in eine Sackgasse geführt hat ... Tja, und das wird nun immer mehr zum Problem! Wir wollen keine Spaltung unserer Partei, doch werden wir, wenn nicht heute, dann morgen oder übermorgen wohl nicht darum herumkommen.«

»Ich kann die Leute gut verstehen.« Die Mutter nickt betrübt vor sich hin. »Wenn man sich in den Elendsquartieren umschaut, möchte man ja wirklich mit dem Schwert in der Hand auf all jene losgehen, die diese Zustände zu verantworten haben. Und auch gegen die, die sie für gottgegeben erklären.«

Ein Gespräch, das David an jene Nacht erinnert, in der die

Plakataktion gestartet wurde. Auch Onkel Köbbes Freund Nickel will den radikalen Umsturz. Und haben alle, die so denken, denn nicht recht, wenn sich auf andere Weise nichts ändern lässt? Er fragt das nur sehr leise, bisher hat er sich noch nie in eine solche »Erwachsenen-Debatte« eingemischt.

»Nein«, antwortet der Großvater ernst. »Sie haben nicht recht. Wer mit der Pistole in der Tasche herumläuft oder Bomben schmeißen will, hat bei uns nichts verloren. Blut ist kein Himbeersaft; wenden wir Gewalt an, arbeiten wir allein unseren Gegnern zu. Das war doch seit jeher das Ziel all ihrer Willkürmaßnahmen: Man will uns verbittern und zu Gewalttaten provozieren, um dann, als der militärisch Stärkere, mit reinem Gewissen zurückschlagen zu dürfen.«

Dr. Fahrenkrog ist derselben Ansicht. »Ja«, sagt er. »Wir müssen die Gesellschaft von innen heraus verändern, müssen einen ständigen Reformprozess anstreben. Nur« – und nun hebt er die Schultern und lässt sie wieder sinken – »was machen wir mit den Radikalen in unserer Partei? Sollen wir sie ausschließen?«

»Wenn wir sie nicht zur Abkehr von ihren Überzeugungen bewegen können, bleibt uns ja gar nichts anderes übrig.« Dem Großvater gefällt nicht, dass er das sagen muss, traurig reibt er sich die Stirn. »Klingt hart, ist aber die einzige Möglichkeit, die Öffentlichkeit davon abzubringen, uns mit ihnen in einen Topf zu werfen. Denn das wird sie voller Schadenfreude tun, solange diese Leute vorgeben dürfen, im Namen der Sozialdemokratie zu sprechen.«

Dr. Fahrenkrog denkt einen Moment nach, dann schlägt er ärgerlich mit der Faust auf den Tisch. »Zu dumm, dass wir uns mit solchen Themen beschäftigen müssen! Aber das war schon immer so: Wer radikal denkt, ist stets nur an der ›Menschheit‹ interessiert, nie am einzelnen Menschen. Die Menschheit aber besteht nun mal aus vielen einzelnen Menschen, also nützt der so oft beschworenen Menschheit nichts, was nicht auch dem Einzelnen nützt.«

Eine Weile wird geschwiegen, dann kommt Dr. Fahrenkrog auf den Gewerkschaftskongress zu sprechen, der Mitte November in den Arminhallen stattfinden soll. Stolz berichtet er, dass es inzwischen schon fünfzig gewerkschaftliche Zentralverbände mit etwa dreihunderttausend Mitgliedern in Deutschland gibt. »Das, Frieder, hat bereits Gewicht, doch muss an einer weiteren Stärkung gearbeitet werden. Die Gewerkschaften und wir Sozialdemokraten, wir sind doch so etwas wie siamesische Zwillinge. Geht's dem einen gut, geht's dem anderen auch nicht schlecht. Und wenn doch, dann kann der eine den anderen notfalls stützen.«

Der Großvater hört aufmerksam zu und nickt mehrfach beifällig. Doch ahnt er schon und ahnen auch Onkel Fritz, die Mutter, Tante Mariechen und David, dass dieser langen Einleitung noch etwas folgen wird. Und richtig, da kommt es: »Ich möchte dich zum Delegierten vorschlagen, Frieder«, sagt Dr. Fahrenkrog und lächelt selbst über seine vorsichtige und umständliche Art, zur Sache zu kommen. »Du bist Handwerksmeister und seit über vierzig Jahren im Beruf. Auch hast du ein gutes Ohr für ehrliche und nützliche und eher falsche Töne … Würdest du dich denn schon wieder in der Lage fühlen, dich dermaßen zu engagieren?«

Der Großvater zögert nicht lange. »Wenn ihr mich wählt – was soll ich tun? –, dann mach ich's. Taugt ja die beste Predigt nichts, wenn die Kirche leer bleibt.«

Es wird gelacht und noch der eine und andere Schluck Bier getrunken, dann erhebt sich Dr. Fahrenkrog, um zu gehen. Lange schüttelt er dem Großvater die Hand. »Ja, Frieder, wir müssen in die Zukunft blicken. Doch haben wir in diesen zwölf Jahren viel gelernt. Wir sind, wenn du so willst, erwachsener geworden. Nichts von all dem, was wir durchgemacht haben, war umsonst.«

»Ja«, sagt auch der Großvater. »Mit der Indianerspielerei ist's erst mal vorbei. Aber Fallen wird man uns dennoch stellen, und zwar wo immer es geht. Deshalb müssen wir gut achtgeben, wohin wir unsere Schritte setzen. Wäre zu schade, wenn wir gerade jetzt ins Stolpern gerieten.«

In den nächsten Tagen ist der Großvater viel unterwegs, die Baustelle überlässt er – auch bei günstigem Wetter – fast gänzlich Ernst Garleben. Jeden Sonntag aber geht er auf den Friedhof. Zur Großmutter. Und dorthin nimmt er eines Tages auch David mit.

Lange stehen sie vor dem Erdhügel, den noch kein Grabstein ziert, weil die Erde sich erst noch senken muss, dann sammeln sie die vertrockneten Kränze und Blumen ein und tragen sie weg.

Es ist ein eher milder, schöner Herbsttag, das Laub raschelt unter ihren Füßen. Doch reden sie nicht viel. David weiß, dass der Großvater jetzt an die Großmutter denkt. Und auch er denkt an sie: Wie sie ihn behütete, als er noch klein war! Wie sie ihm Kinderspiele beibrachte! Wie sie sich um ihn sorgte, wenn er krank war! Erst später, als er älter war, wurde sie strenger. Das aber nicht, weil sie ihn nun weniger mochte, sondern nur, weil sie glaubte, dass man Halbwüchsigen Regeln mit auf den Weg ins Leben geben muss. »Sie müssen sich doch irgendwo festhalten können«, so ihre Worte. »Brauchen eine Reling, um nicht ins Wasser zu plumpsen, wenn sie sich auf hohe See begeben.«

Als nichts mehr zu tun ist, steht der Großvater ein Weilchen stumm da und schaut den nackten, nun noch trostloser wirkenden Grabhügel an. »Im Frühjahr werden wir Blumen pflanzen«, sagt er so leise, als spräche er zu sich selbst oder zur Großmutter. »Jetzt ist's dazu schon zu spät.«

David sieht vor sich, wie die Großmutter jedes Frühjahr Stiefmütterchen auf das Grab ihrer Schwester pflanzte – und nun liegt sie selbst auf einem Friedhof und auf ihrem Grab werden Stiefmütterchen oder andere Blumen gepflanzt ... Erst pflegt man Gräber, dann wird das eigene Grab gepflegt!

Auch auf dem Heimweg ist der Großvater in Gedanken noch bei der Großmutter. »Ja«, sagt er leise, »so geht's uns Menschen: Man kommt auf die Welt, werkelt ein bisschen darauf herum, freut sich hin und wieder, leidet viel, ärgert sich, zürnt – und dann ist auf einmal alles vorbei, als wäre man nie gewesen.«

Er verstummt, um weiter nachzudenken, dann fährt er fort: »Weißt du, ob einer schon lange tot oder erst gestern gestorben ist, das macht, blickt man zurück, gar keinen so großen Unterschied aus. Angesichts des Todes wiegt die Zeit nicht mehr viel. Sie wird vom Wind davongetragen wie ein Fetzen Papier ... Deine Tante Guste liegt nun schon seit über vierzig Jahren im Friedrichshain, sie ist als junge Frau gestorben und Großmutter als alte – und jetzt? Jetzt sind beide Schwestern wieder vereint! Fast so, als ob dazwischen gar nichts gewesen wäre.«

Wieder sinniert er einen Augenblick, dann schüttelt er den Kopf. »Wir glauben oft, dass wir uns von der Vergangenheit verabschieden können wie von einem alten, nicht mehr benötigten Möbelstück. Doch das klappt nicht. Je weiter wir glauben, uns von ihr entfernt zu haben, desto fester hält sie uns umklammert.« Er kratzt sich den Stoppelbart, schüttelt noch mal den Kopf und lächelt über sich. »Tja! Komische Gedanken, die einen auf dem Friedhof überfallen, nicht wahr? Aber so ist das nun mal, der Tod lässt das Leben in einem ganz anderen

Licht erscheinen. Vielleicht, weil dieser Schlaf ewig dauert, während wir ja doch nur Eintagsfliegen sind.«

Das ist ein anderer Großvater als der, der so oft voller Optimismus in die Zukunft schaut. Er weiß es selbst und sieht David schuldbewusst an. »Na ja, mit den Friedhofsgedanken ist's wie mit Gespenstern, an die glaubt man auch nur nachts.«

Zur Antwort kann David nur stumm nicken. Weiß er denn, wie ein alter Mensch den Tod sieht? Doch mag er den Großvater, wenn er so redet, noch mehr als sonst; wie furchtbar, wenn eines Tages auch er nicht mehr da ist!

Noch immer sieht der Großvater ihn an, dann bleibt er plötzlich stehen und fragt: »Was machen eigentlich unsere drei Eichen? Haben sie den heißen und trockenen Sommer überlebt?«

Es ist das erste Mal, seit er zurück ist, dass er nach den Bäumen fragt. David war schon ein wenig enttäuscht, dass er so gar nicht mehr an sie dachte. Doch natürlich, es ist so viel Wichtigeres und Trauriges passiert, da waren seine Gedanken abgelenkt. Nun, endlich, darf er berichten; auch wie Anna, als er wegen seines Fußes nicht laufen konnte, für ihn in den Schlesischen Busch hinauswanderte.

»Sauberes Mädel!« Beeindruckt wiegt der Großvater den Kopf. »Jetzt musste se mir aber wirklich bald mal vorstellen. Oder haste Angst, ich schnapp se dir weg, wenn mir der Bart erst wieder so richtig kräftig gewachsen ist?«

Er zwinkert lustig und David muss lachen. »Nächsten Sonntag bringe ich sie mit.«

»Gut! So lange werd ich's noch aushalten. Aber bitte erst am Nachmittag, ja? Vormittags möchte ich in den Schlesischen Busch mit dir und unseren drei Ziehkindern Guten Tag sagen. Bin neugierig auf sie. Du kommst doch mit, oder?«

Was für eine Frage! In den drei Jahren, in denen der Großvater in Haft war, wie oft hatte David sich da vorgestellt, wie es sein wird, wenn der Großvater und er eines Tages wieder in den Schlesischen Busch hinausziehen und er ihm ihre drei inzwischen so viel größer gewordenen Eichen zeigen darf! Und nun ist es endlich so weit, und da will der Großvater wissen, ob er mitgeht!

»Entschuldige!« Der Großvater legt ihm die Hand auf die Schulter. »Hab nur aus lauter Höflichkeit so dumm gefragt.«

Gleich nach dem Frühstück brechen sie auf an diesem zerzausten, windpfeifenden Sonntag, der so recht in den November passt. Dennoch ist der Großvater gut gelaunt. »Weißt du, wonach man sich im Gefängnis am meisten sehnt, abgesehen einmal von seinen Lieben? Nach einem bisschen freie Natur, einem Waldspaziergang oder auch nur dem Blick auf einen einzigen Baum. Da ist einem das Wetter dann ganz egal.«

Eine Sehnsucht, die David sich gut vorstellen kann. Er war ja auch mal eingesperrt, wenn auch nur eine einzige Nacht lang. Die kahlen, grauen Wände, wie haben sie ihn geängstigt! Und das Gewitter draußen, er hat es nur gehört, nicht miterlebt; es war, als gehörte er gar nicht mehr richtig zum Leben dazu.

»Ja, und so ein Herbststurm, der hat doch was für sich. Der bläst die Köpfe klar.« Zügig schreitet er voran, der Großvater; David muss sich sputen, um auf gleicher Höhe zu bleiben. »Und was ist für uns Zimmerleute denn frische Luft anderes als Muttermilch?«

Wir Zimmerleute! Wie das klingt! Auch David gefällt dieser stürmische, trübe Tag immer besser.

Im Schlesischen Busch angekommen, führt er den Großvater vor die drei jetzt nur noch wenig belaubten Eichen, präsentiert sie ihm wie ein Vater seine inzwischen schon fast erwachsenen Kinder.

Der Großvater begutachtet sie von allen Seiten, rüttelt auch an ihren Stämmen, um zu überprüfen, ob ihr Wurzelwerk fest genug angewachsen ist, und nickt danach befriedigt vor sich hin. »Ja, das werden prächtige Kerle. Hast dich gut gekümmert. Aber nun sind ihre Wurzeln bald lang genug und sie können sich selbst mit Wasser versorgen.«

Er bleibt noch ein Weilchen stehen, lässt den Blick schweifen und atmet ein paar Mal tief ein und aus, wie um die hier so besonders frische Spreeluft zu genießen. Dann geht er langsam zum Fluss hinunter, hin zu der Stelle, an der David Anna im Sommer das Schwimmen beibrachte. »So ein Fluss«, sagt er leise, nachdem er lange nur schweigend auf die Spree hinausgeschaut hat, »ist ebenfalls etwas sehr Schönes. Alle großen Städte wurden an Flüssen errichtet. Ohne Wasser – kein Leben!«

Still schaut auch David auf die um diese Jahreszeit bleigraue Spree hinaus. Ach, wie freut er sich auf den nächsten Sommer! Kaum vorzustellen, wie anders es dann hier aussehen wird.

»So ein Fluss«, sinniert der Großvater weiter, »bedeutet Freiheit. Er fließt, wie es ihm gegeben ist. Wir können versuchen, ihn in irgendwelche, uns Menschen genehme Bahnen zu lenken – wird es ihm zu dumm, überflutet er alle ihm von Menschenhand gesetzten Grenzen. Und nie bleibt er gleich, in jeder Sekunde verändert er sein Gesicht.«

»Was ist das denn eigentlich – Freiheit?«, will David da plötzlich wissen. »Ich meine, wann ist man wirklich frei?« Jenes Gespräch, das er mal mit Onkel August führte! Onkel August sagte, er könne sich unter Freiheit eigentlich gar nichts Rechtes vorstellen, nur was Unfreiheit sei, das wisse er ganz genau.

»Kluge Frage!« Der Großvater nickt. »Ich glaube, es gibt eine persönliche Freiheit und eine gesellschaftliche. Deine persönliche Freiheit erlaubt dir – wenn du sie denn gegen alle äußeren Zwänge für dich errungen hast! –, so zu denken, zu leben und zu handeln, wie du willst. Ohne jede gesellschaftliche Freiheit jedoch wird dir das schwer, meistens sogar unmöglich gemacht. Deshalb muss vor allem die gesellschaftliche Freiheit erkämpft werden. Doch das wird ein langer Kampf, einer, der über viele steinige Wege führt.«

Er schweigt einen Augenblick, dann fährt er fort: »Aber ich bin zuversichtlich. Warum? Weil man uns und unseren schon Jahrtausende alten Traum von der Freiheit ja nicht einfach ›abschaffen‹ kann. Sie können uns einsperren, foltern, quälen, aber sie können uns nicht unsere Träume nehmen. Die Grenze ihrer Macht sind wir. Wir erhalten ja nicht nur uns, wir erhalten vor allem sie am Leben. Ohne uns ist all ihr Geld nichts wert, sind Fabriken und Werkstätten nur leere, verstaubte Leichenhallen, fährt keine Eisenbahn, wird kein Palast und keine Hütte gebaut, kein Brief befördert, nichts gesät und nichts geerntet. Ohne uns, David, geht gar nichts. Und deshalb werden wir uns eines Tages durchsetzen und in einer besseren und freieren Welt leben, auch wenn das vielleicht noch sehr lange dauert.«

So ähnlich hat der Großvater auch geredet, als sie die drei Eichen pflanzten. Inzwischen hat er so viel Schlimmes erlebt – und seinen Traum nicht aufgegeben! Aber wird es denn wirklich mal so kommen? Wird Onkel August nicht recht behalten, wenn er sagt, dass es eine wirkliche Freiheit gar nicht geben kann, weil es immer irgendwelche Schranken gibt? David will den Großvater nicht verletzen, doch kann er sich beim besten Willen nicht vorstellen, dass diese Welt, für die der Großvater, Onkel Köbbe, die Mutter und so viele andere kämpfen, eines Tages Wirklichkeit wird. Es ist gut, dass sie diese jetzige, oft so furchtbar ungerechte Welt nicht einfach hinnehmen wollen. Doch wenn irgendwann später mal eine andere Obrigkeit regiert, wird es dann nicht die von Onkel August befürchteten neuen Ungerechtigkeiten geben?

Er stellt diese Frage und der Großvater denkt ein Weilchen nach, dann seufzt er. »Die ideale Welt, nein, David, die werden wir nie erreichen. Doch muss sie so etwas wie der Stern sein, der uns den Weg weist, damit wir uns Schritt für Schritt auf sie zubewegen können. Um möglichst nahe an sie heranzukommen. Im Moment leben wir irgendwie zwischen den Zeiten. Etwas ist zu Ende gegangen, etwas Neues beginnt. Wie alles wird? Wer weiß das schon, wer kann das wissen? Aber stell dir doch nur mal vor, in zehn Jahren lebst du im zwanzigsten Jahrhundert. – Wie das klingt! Zwanzigstes Jahrhundert! Sicher werden Rückschläge nicht ausbleiben, insgesamt aber wird man vorankommen. Das geht gar nicht anders, wir Menschen werden ja stetig klüger, und den Lauf der Welt, nein, den kann niemand aufhalten, kein Kaiser, König oder Kanzler.«

Ja, denkt da auch David, es wäre schlimm, wenn es anders wäre. Dann wäre ja vielleicht alles noch wie vor fünfhundert Jahren. Und wer sonst sollte denn im Leben der Menschen etwas verändern, wenn nicht die, die was verändern wollen?

## Eisschollen

Es ist Dezember geworden, Adventszeit – und der von allen Bauleuten befürchtete frühe, strenge Winter ist eingetroffen.

Langsam und ruhig, aber unaufhörlich fällt dicker, großflockiger Schnee, still und verlassen und von hohen Schneebergen bedeckt ruhen die Bauvorhaben am Prenzlauer Tor. Da können die weihnachtlich geschmückten großen und kleinen

Schaufenster überall in der Stadt kein Trost sein; wer auf dem Bau arbeitet, muss sehen, wie er über die Zeit kommt. Die bange Frage, was sein wird, wenn der Winter lange so streng und frostig bleibt, bedrückt alle.

Gallo, Tamtam, Wiggerl und auch Eugen, der ja noch keinen Lohn erhält, also auch keine Einbuße hat, sich aber trotzdem über den Winter was verdienen will, haben frühzeitig mit der Suche nach einer Winterarbeit begonnen und zum Glück auch jeder eine gefunden. Gallo und Tamtam liefern Kohlen aus, Eugen arbeitet als Aushilfskellner in einer Kneipe an der Brunnenstraße und Wiggerl auf dem Zentralviehhof an der Eldenaer Straße. Sein Vater ist Schlachter, bereits als Kind hat er gelernt, wie man frisch geschlachtetes Fleisch in die verschiedenen, verkaufsfähigen Teile zerlegt. Doch sind das Arbeiten für stolze Zimmerleute? Glücklich ist keiner von ihnen.

Auch David hat eine Winterarbeit gefunden. Als Bierkutscher. Der riesige, dickbäuchige Schorsch Tressler aus dem Nachbarhaus fährt für die *Norddeutsche Brauerei* in der Chausseestraße und braucht einen Beifahrer. Sein nicht minder riesiger und dickbäuchiger zweiter Mann auf dem Bock ist auf schneeglatter Straße gestürzt und hat sich den Arm gebrochen. Mindestens sechs Wochen wird er der Arbeit fernbleiben, solange darf er, David, den Bierlieferanten spielen. Groß ist er ja und kräftig auch, und ein dicker Bauch ist nicht unbedingt notwendig, um die schweren Fässer zu stemmen.

Eine Arbeit, die viel Kraft kostet, aber nicht uninteressant ist. Warm angezogen, obendrüber weiße Arbeitskleidung und Lederschürze, dazu Brauereimütze auf dem Kopf und Annas Schal um den Hals, sitzt er neben Schorsch auf dem Kutschbock, während die zwei mächtigen Brauereischimmel den Bierwagen durch die ganze Stadt ziehen. Wird vor einer Kneipe gehalten, bekommen die Gäule einen Fresskorb unter ihre dampfenden Nüstern gehängt und die vollen Fässer werden abgeladen und an langen Seilen mit Haken dran in den Kneipenkeller hinuntergelassen; danach die leeren Fässer hinaufgeschafft und aufgeladen.

Eine ganz neue Perspektive, aus der er die Stadt zu sehen bekommt. Vom Kutschbock aus sieht ja alles ganz anders aus. Lernt er denn all die Straßen und Plätze, an denen sie immer wieder vorüberkommen, nicht erst jetzt so richtig kennen? Er hat viel Zeit zum Schauen, denn Schorsch redet nicht gern. Nur wenn sie unterwegs etwas besonders Lustiges oder Dramatisches zu sehen bekommen, weist er David darauf hin und schüttelt voller Verachtung über die »Verrücktheiten der Welt« seinen mächtigen Nussknackerkopf.

Einmal begegnen sie während der Fahrt dem dicken Albrecht mit dem roten Gesicht und den struppigen Augenbrauen. Auf seinem Milchwagen an ihnen vorüberfahrend, starrt der Bimmel-Bolle David verdutzt an, hat er ihn doch nur als morgenmüden Gymnasiasten in Erinnerung und nun schon lange nicht mehr gesehen, da der Zimmererlehrling zu ganz anderen, viel früheren Zeiten das Haus verlässt. David winkt ihm vergnügt zu, doch weiß Albrecht nicht, ob er zurückwinken soll. Befürchtet er, nur auf eine gewisse Ähnlichkeit hereingefallen zu sein?

Eines Nachmittags aber hat David eine ganz andere Begegnung – eine, die er lange nicht vergessen wird.

Es ist ein Tag, so kalt, dass das Kalb in der Kuh vereist, wie Onkel Fritz schon am frühen Morgen schimpft. Auf der Tour durch die Stadt klicken die Hufe der Pferde so laut auf dem unter dem frisch gefallenen Schnee blank glänzenden Eis, dass jeder einzelne Schritt mitzuverfolgen ist. Schorsch muss sich alle Mühe geben, die verunsicherten Gäule »bei der Stange«

zu halten. Rutscht einer der Schimmel aus und stürzt, ist der Notschlachter nicht weit.

Lange geht alles gut, dann, am späten Nachmittag, stecken sie mit einem Mal fest. Mitten auf dem so belebten, verkehrsreichen Spittelmarkt hat es einen Unfall gegeben; ein Pferdeomnibus hat eine Droschke zweiter Güte geschnitten. Der Droschkenkutscher, wütend über diese Behinderung, zügelte seine Gäule zu spät, die Räder der Kutsche drehten durch, eines seiner Pferde stürzte, das andere verhakte sich mit seinem Geschirr in dem der Omnibusgäule. Jetzt macht jeder der beiden Kutscher dem anderen die bittersten Vorwürfe, sogar mit ihren Peitschen wollen sie aufeinander los. Passanten müssen einschreiten, sie beruhigen und ihnen helfen, den gestürzten Gaul, der auf dem glatten Eis immer wieder ausrutscht, sich ansonsten aber nichts getan zu haben scheint, wieder auf die Beine zu bringen.

Das Ganze wird zum Spektakel und von vielen Schaulustigen mit hilfreichen und weniger hilfreichen Kommentaren begleitet. David auf seinem Bock schaut den sich abmühenden und immer weiter beschimpfenden Kutschern und ihren Helfern ein Weilchen zu, dann lässt er den Blick über all die zuschauenden Passanten schweifen. Bis es ihn auf einmal heiß überläuft: Dr. Savitius! Der hochgewachsene Mann im dunklen Wintermantel und der schwarzen Pelzmütze auf dem Kopf, der ihn mit seinen großen, sogar an diesem düsteren Wintertag irgendwie leuchtenden Augen so unverwandt anstarrt, ist niemand anderes als Dr. Savitius!

In der ersten Schrecksekunde will er sich die Mütze tiefer in die Stirn ziehen und rasch abwenden. Dann ärgert er sich über diese kleinmütige Reaktion: Hat er etwa irgendeinen Grund, sich zu schämen?

Feindselig starrt er zurück, denn jetzt einfach nur spöttisch oder überheblich grinsen, nein, so gut verstellen kann er sich nicht.

Dr. Savitius fängt seinen Blick auf – und lächelt. Es ist dieses »Jeder ist seines eigenen Glückes Schmied«-Lächeln, das David aus der Schule kennt. Also nicht Maurer, nicht Zimmerer, dafür Bierkutscher, will dieses Lächeln ihm zu verstehen geben. Hab ich's doch gewusst!

Soll er vor dem Savitius ausspucken, um ihm deutlich zu zeigen, was er von ihm hält? – Besser nicht, damit würde er sich eine Blöße geben! Proletariermanieren, würde der Savitius dann nur denken. Ihm bleibt nichts weiter übrig, als diesen Blick und das Lächeln auszuhalten und starr und stumm zurückzuschauen. Schaut er zur Seite oder irgendwo anders hin, könnte der Savitius das am Ende doch für Scham halten.

Eine kleine Ewigkeit vergeht, dann hat der Savitius seinen Triumph zur Genüge ausgekostet. Noch ein höhnisches Verziehen seiner so tief eingekerbten Mundwinkel, dann dreht er sich um und ist schon bald in der Menge verschwunden.

Ein Erlebnis, das David zusetzt. Vor allem, weil er ja sicher noch öfter auf ehemalige Lehrer oder Mitschüler stoßen wird und ihre verächtlichen oder ablehnenden Blicke aushalten muss, egal ob als Bierkutscher oder Zimmerer. Die Mutter sagt, er solle sich für solche Fälle eine Hornhaut auf der Seele zulegen. Nur: Wie kriegt man Hornhaut auf die Seele? Ein Rezept dafür kennt sie nicht.

Nante und Flips haben keine Winterarbeit gefunden. Männer ihres Alters werden nirgendwo mehr eingestellt. Weil sie das schon befürchteten, haben sie von Frühjahr bis Herbst jeden einzelnen Pfennig gespart, den sie nur irgendwie erübrigen konnten. Doch wird das so eisern Zusammengekratzte reichen, wenn der Winter sich bis in den März oder gar in den April hinzieht?

Der Einzige, der jedes Jahr eine feste Winterarbeit hat, ist Ernst Garleben. Ein Cousin von ihm besitzt eine Tischlerei. Schon in ihrer Kindheit waren die beiden Männer Freunde, und so darf der Meister trotz der sprichwörtlichen Feindschaft zwischen Tischlern und Zimmerern jeden Winter bei ihm aushelfen. Was dem Großvater eine schwere Last von der Brust nimmt. In der Stillen Zeit ernährt kein Zimmereibetrieb zwei Meister, und hätte er den Ernst, der ihm so sehr die Treue gehalten hat, etwa zum Kohlenschippen oder Kellnern schicken sollen?

Er beschäftigt sich nun wieder mehr mit der Firma, studiert die Papiere der letzten Jahre, und kehrt David am Abend heim und ist von all dem vielen kräftezehrenden Bierfässerstemmen an der kalten Winterluft nicht zu müde, paukt er weiter mit ihm Geometrie und Stereometrie. Und David reißt sich jedes Mal zusammen, um den Großvater nicht zu enttäuschen. Das Lernen macht ihm ja Spaß; er hat, wie der Großvater immer öfter befriedigt feststellt, eine schnelle Auffassungsgabe. Weshalb soll er es da, so Großvaters stille Hoffnung, später nicht vielleicht sogar bis zum Architekten bringen? Sein eigener Lebenstraum vom Enkel erfüllt, das wäre doch was, wie er der Mutter verraten hat.

Inzwischen hat er auch Anna kennengelernt, und es war, wie er gern scherzt, Liebe auf den ersten Blick. Sehr übertrieben aber ist das nicht. Als Anna in die Küche trat und den Großvater, der gerade das *Volksblatt* vor sich liegen hatte, schüchtern begrüßte, dauerte es nicht lange und die beiden hatten alle Höflichkeitsfloskeln überwunden. Der Großvater fragte sie nach Strich und Faden aus – über ihre Familie, ihre Arbeit in der Papierblumenfabrik, im Knopfladen und bei den Quandts und natürlich auch darüber, wie es ihr denn nun beim Fahrrad-Paul gefiel –, und Anna antwortete ihm bald wie wenige Monate zuvor der Mutter, nämlich so wie ihr der Schnabel gewachsen ist. Sie habe, so verriet sie David, als er sie danach zu Onkel August und Tante Nelly brachte, schon nach fünf Minuten das Gefühl gehabt, vor seinem Großvater keine Angst haben zu müssen. »Wenn der einen ankiekt, denn wird's einem janz warm im Bauch«, sagte sie. »Mit deine Familie, da haste'ne Menge Glück jehabt.«

Und als er danach wieder heimkehrte, klopfte der Großvater ihm auf die Schulter. »Das Mädchen ist richtig, Junge. Klein und zierlich, aber innerlich von beachtlicher Größe. Leider hängt's nicht nur von ihr ab, was aus ihr wird.«

Da durfte er dann gleich dreimal stolz sein: auf den Großvater, auf Anna und ein klein wenig auch auf sich.

Ein Abend kurz vor Weihnachten. Es schneit mal wieder wie selbstvergessen. Nichts anderes als ein ewig andauernder, weißer, tanzender Fransenteppich fällt da vom Himmel. An den Straßenrändern türmen sich die zusammengekehrten Schneeberge meterhoch, Bäume und Büsche scheinen jeden Augenblick unter der Schneelast zusammenzubrechen. Die Droschkenpferde schwingen mit ihren Köpfen vor Anstrengung mal nach rechts, mal nach links, so viel Kraft kostet es sie, in all dem Schnee vorwärtszukommen.

Annas Schal mehrfach um den Hals geschlungen, wandert David durch die schneevermummte Stadt, und alle paar Minuten muss er seinen Obermann abnehmen, um die weiße Pracht abzuschütteln. In seiner Freizeit ist er Zimmerer, nicht Bierkutscher, da trägt er seine Kluft und keine Brauereimütze. Außerdem ist so ein Obermann ein prächtiges Auffangbecken für all das Schneegewirbel und Flockengeriesel. Gut gelaunt kann er darunter hervorspähen, Augen, Mund und Nase sind geschützt.

Und wie sollte er denn keine gute Laune haben, ist er doch wieder mal unterwegs, um Anna abzuholen. Seit Kurzem besucht sie den Frauen- und Mädchenbildungsverein; Lissa und Tante Nelly, mit vereinten Kräften haben sie sie überredet, und nun geht sie an zwei Abenden in der Woche dorthin, um besser lesen, schreiben und reden zu lernen. Nur hat sie deshalb kaum noch Zeit, sich mit ihm zu treffen. An den Tagen, an denen keine Schule ist und sie nicht ihre Geschwister besucht, sitzt sie mit roten Ohren über ihren Büchern und Heften, um »vorauszulernen«. Ein Eifer, unter dem er leidet, für den Lissa sie aber sehr lobt. Sie solle nur nicht übertreiben, sagt sie. Tagsüber Fahrradladen und jeden Abend Bildungsverein, Geschwister oder Vorauslernen, das könne leicht zu viel für sie werden. Anna jedoch kennt keine Grenzen, ist mit einer Hingabe bei der Sache, als wolle sie innerhalb weniger Tage nachholen, was sie ihr ganzes bisheriges Leben lang versäumt hat. So bleiben ihm nur die beiden Abende in der Woche, in denen er sie nach Hause bringen darf. Darauf freut er sich dann schon am Morgen, weil sie ja jedes Mal erst noch ein Stündchen durch die Stadt spazieren, viel miteinander reden und sich küssen, wenn sie sich unbeobachtet fühlen.

Liefert er sie danach bei Tante Nelly ab, gibt es noch ein rasches Abendbrot, dann muss Anna schon im Bett verschwinden, um sich für den nächsten Tag frisch zu schlafen. Fahrrad-Pauls Schwester wird ja bald fortheiraten, bis dahin muss sie von ihr gelernt haben, was es nur zu lernen gibt ...

Da ist es schon, das große, graue Gebäude, in dem der Frauen- und Mädchenbildungsverein einen Raum angemietet hat. Mit dem dichten, schwarzen Qualmteufel über den vereisten Dachtraufen sieht es nicht aus wie eine Schule, eher wie ein

Bürohaus. Doch im ersten, so hell erleuchteten Stock, da sitzen sie nun im Kreis um den großen, runden Tisch, von dem Anna erzählt hat, hören Lissa oder einer anderen Lehrerin zu, machen sich Notizen, schreiben Diktate oder lesen sich etwas vor.

Er ist wie fast jedes Mal viel zu früh dran, also muss er warten und mit den Beinen stampfen, um keine allzu kalten Füße zu bekommen. Doch es dauert mal wieder; erst als seine Füße trotz allen Gestampfes und Getanzes bereits zu schlimmen Eisklumpen geworden sind, kommen die ersten Frauen aus dem Tor. Ihr lautes Lachen hat sie angekündigt, denn die meisten sind noch sehr jung und wie fast immer nach dem Unterricht sehr fröhlich gestimmt. Ein paar ältere jedoch, bereits grauhaarige, sind auch dabei. Anna sagt, dass sie die fleißigsten sind. Sie wollen in ihre Köpfe hineinbekommen, was nur hineingeht. Darüber wunderte er sich anfangs sehr. Die älteren Frauen lernen ja nur um des Lernens willen und nicht, um das Erlernte später irgendwie nutzen zu können. Wollen sie, böse gesprochen, eines Tages mit einem Kopf voller frisch angeeignetem Wissen ins Grab sinken? Warum machen sie es sich nicht lieber gemütlich, spielen mit den Enkelkindern oder besuchen die Nachbarin? – Ein Vorurteil, wie er inzwischen weiß. Lissa machte ihm klar, dass Lernen aus reiner Neugier nicht weniger Spaß machen kann als Singen, Tanzen oder Turnen, nur sei im Colosseum diese Art von Wissensvermittlung wohl nicht praktiziert worden.

Endlich kommen auch Anna und Lissa. Doch sehen sie ihn nicht, so sehr sind sie ins Gespräch vertieft. Gelegenheit für David, sie zu beobachten. Lissa mit ihrer warmen Pelzmütze und dem genauso schwarzen Pelzmuff, in dem ihre Hände stecken, und Anna mit dem dicken, rund um den Kopf geschlagenen Schal, sie wirken wie zwei Schwestern, eine ältere und eine jüngere, die irgendwelche Geheimnisse miteinander teilen.

Fast könnte er eifersüchtig werden. Was bereden sie denn da so Wichtiges? Anna weiß doch, dass er auf sie wartet. Wieso hält sie nicht mal kurz Ausschau nach ihm?

»Guten Abend, die Damen!« Er muss ihnen in den Weg treten, um bemerkt zu werden.

Sie schauen auf, stoßen sich an und lachen laut. »Ah, Monsieur David!«, französelt Lissa. »Wartet er eventuell auf Mademoiselle Anna?«

»Nee, ick trete nur den Schnee fest.«

Kein besonders guter Scherz, irgendwie aber kommt er sich nun doch sehr überflüssig vor.

Anna bemerkt es, packt seinen Arm und drückt ihn. »Aber du weißt ja nichts!«, ruft sie, ganz ohne zu berlinern, aus. »Du hast ja keine Ahnung, was bald sein wird.«

»Was wird schon sein? Weihnachten?«

»Aber nein, viel, viel schöner! Lissa und dein Onkel – sie werden heiraten! Und du, du kriegst'nen kleinen Cousin oder'ne Cousine.«

Wie ein Springteufel hüpft Anna auf ihn zu, küsst ihn auf die Wange, springt zurück und küsst auch Lissa. Sie freut sich, als wäre sie selbst die Braut und kommende Mutter.

Verdutzt starrt er Lissa an. Was soll er denn dazu sagen? Genau das wollte sie doch nicht – sie wollte doch Lehrerin bleiben!

Sie weiß, was er denkt. Lächelnd zuckt sie die Achseln. »Kuck nicht wie's Kalb, wenn's donnert. Darfst dich ruhig auch freuen … Ja, es war nicht so geplant! Aber wenn ein Mensch nun mal partout auf die Welt kommen will, was soll man da machen? Und ein Kind ohne miteinander verheiratete Eltern, das hat's nicht gerade leicht auf der Welt, genauso wenig wie seine ledige Mutter. So hat dein lieber Onkel letztendlich doch seinen Willen bekommen und es wird eine Hochzeit geben.«

»Und die Schule?«, fragt David da nur, obwohl so ganz langsam ja auch er sich zu freuen beginnt. Onkel Köbbe liebt seine Lissa so sehr und sie liebt ihn auch, da ist's doch nur folgerichtig, wenn die beiden heiraten und ein Kind bekommen.

»Den Schuldienst muss ich aufgeben.« Lissa wischt sich eine Schneeflocke von der Nase, sieht aber noch immer nicht so richtig unglücklich aus. »Schüler und Schülerinnen jedoch werde ich behalten – in den Bildungsvereinen. Und vielleicht auch als Privatlehrerin. Gibt ja genug wohlhabende Leute, deren Kinder etwas Nachhilfeunterricht vertragen können.«

»Larissa Jacobi!«, schwärmt Anna. »Was für ein schöner Name!«

»Und euer Kind, wie soll das heißen? Habt ihr euch schon 'nen Namen überlegt?« Eine Ausweichfrage. David weiß noch immer nicht so recht, ob denn nun ein Glückwunsch angebracht ist oder doch lieber nicht.

»Sag mir, ob der neue Jacobi ein Junge wird oder ein Mädchen, dann sage ich dir, welcher Name eventuell infrage kommt.«

Lissa lacht und Anna lacht mit und dann hakt sie sich auf der einen Seite bei David und auf der anderen bei Lissa ein und zu dritt gehen sie die Straße entlang, und David erfährt, dass seiner neuen Tante schon ziemlich lange »schwante«, dass sie schwanger ist, und dass sich das nun auf »handfeste Weise« bestätigt habe. Sie muss schon wieder lachen. »Ja, und das war komisch, da war ich plötzlich von mir selbst überrascht. Nie hätte ich gedacht, dass ich gern Mutter sein will, doch hab ich mich von der ersten Sekunde an auf das Baby gefreut.«

So darf David nun endlich doch seinen Glückwunsch anbringen und zugeben, dass auch er sich auf das Baby freut. »Hab ja noch nie eines im Arm gehalten. Bin gespannt, was das für'n Gefühl ist.«

»Wer weiß!« Lissa wird übermütig, fast wie ein kleines Mädchen kichert sie. »Wenn mir das Muttersein Spaß macht, kriegst du vielleicht noch Übung darin.«

Das ist was für Anna, da muss sie gleich noch eins draufsetzen. »Ja!«, ruft sie laut in die Schneeluft hinein und dabei nun doch wieder berlinernd. »Und bei eurem vierten Kind, da bin denn ick an der Reihe, Patentante zu werden.« Und sie rechnet Lissa vor, dass ja ganz sicher auch Davids Mutter und seine Tanten Nelly und Mariechen Patentanten werden wollen. »Also komm ick erst als Vierte infrage, und dit heißt, dass de mindestens vier Kinderkens kriegen musst, um alle Tanten zufriedenzustellen. Aber keene Bange, ick kann warten! Die letzten Kinder sind nämlich immer die schönsten und liebsten.«

»Jetzt ist's aber gut!« Lissa holt aus, als wollte sie Anna schlagen. »Vier Kinder! Um Himmels willen! Bin ja froh, wenn ich die erste Entbindung überstanden habe. Soll nicht gerade'n reines Vergnügen sein, so eine Geburt.«

»Ach«, widerspricht Anna da nur wegwerfend, »meine Mutter sagt, dit wird bei jedem Mal leichter. Dit is wie's Schuhanziehen. Am Anfang drückt er'n bissken, der neue Schuh, mit der Zeit aber wird er immer bequemer. Bis man am Ende nur noch so rinflutscht.«

Ein Vergleich, der alle drei so laut auflachen lässt, dass es in der ganzen Straße widerhallt und die Leute sich nach ihnen umdrehen. – Was für eine Winterfröhlichkeit! Ob das an dem vielen Schnee liegt?

Auf der Langen Brücke, zwischen dem Schloss und dem über und über verschneiten und deshalb kaum wiederzuerkennenden Reiterstandbild des Großen Kurfürsten, verabschiedet sich Lissa. Sie will noch in die Redaktion, zu Onkel Köbbe.

»Er arbeitet mir sonst zu lange«, sagt sie mit gespielter Strenge. »Als zukünftiger Ehemann und Vater muss er mehr auf seine Gesundheit achten.«

Sie küsst Anna und auch David auf die Wange, dann geht sie beschwingt davon, bis sie hinter dem dichten Schneevorhang verschwunden ist.

Jetzt haben David und Anna Zeit, viel Zeit. Sie lehnen sich übers Brückengeländer und blicken den Eisschollen nach, die, eine die andere jagend, die Spree hinuntertreiben.

»Dieser kleine neue Jacobi«, fragt Anna dann nach einer Weile stillen Nachdenkens, »was der noch so alles erleben wird? Er kann ja, wenn er nächstes Jahr zur Welt kommt und so alt wie meine Oma wird, bis 1960 leben.«

»Vielleicht sogar bis 1970. Aber wie die Welt dann aussieht?« David muss an seine Gespräche mit dem Großvater denken. Lebt der oder die kleine Jacobi dann wirklich in einer besseren Welt?

»Das weiß keiner«, antwortet Anna voller Überzeugung, während sie mit beiden Händen Schnee vom Brückengeländer kratzt, kleine Schneebälle formt und versucht, damit die Eisschollen zu treffen. »Und das will ich auch gar nicht wissen. Wir beide sind dann ja schon lange tot.«

Das Wörtchen »tot«! Sie hat es gesagt, aber es gefällt ihr nicht. An so etwas möchte sie jetzt lieber nicht denken. Rasch streckt sie die Zunge aus, um ein paar von den still und groß niedergehenden Schneeflocken aufzufangen und sie sich im Mund zergehen zu lassen, und drängt ihn, es ihr nachzutun. »Frischer Schnee soll gegen mindestens vierzig Krankheiten helfen. Mach mit, wenn du möglichst lange leben willst.«

»Warme Handschuhe sind gesünder.« Er nimmt ihre blaurot gefrorenen Hände in die seinen, um sie warm zu reiben, und schaut sie vorwurfsvoll an. »Mir haste 'nen Schal gestrickt, aber an Handschuhe für dich selbst haste nicht gedacht.«

»Tante Nelly hat mir ihre Fäustlinge hingelegt, aber ich will sie ihr nicht abtragen.«

Er schüttelt den Kopf. »Bist ganz schön doof.«

»Ick weeß.« Sie kuschelt sich an ihn, und er denkt, dass er ihr, wenn er Geld hätte, zu Weihnachten einen solchen Pelzmuff schenken würde, wie Lissa ihn besitzt. Darin hat man immer warme Hände. »Und'nen Nasenwärmer könntest du auch gebrauchen.« Er küsst sie auf die nicht weniger kalte, feuchte Nasenspitze. »Soll ich dem Weihnachtsmann einen Brief schreiben? So viel Wolle braucht man dafür ja nicht.«

»Wozu denn?« Sie lacht. »Hab doch'nen fest angestellten Hände- und Nasenwärmer.«

Da zieht er sie gleich noch ein bisschen enger an sich, und sie schmiegt sich an ihn, als wolle sie ihm unter die Jacke kriechen. »Ob wir beide auch mal so'n Liebespaar werden wie Lissa und dein Onkel?«

Er will sagen: Aber das sind wir doch schon. Doch juckt es ihn, sie ein bisschen auf den Arm zu nehmen. »Wer weiß das schon, wer kann das wissen?«

Sie hat eine andere Antwort erwartet. Gleich macht sie sich von ihm los und blitzt ihn an, als wolle sie ihn auf der Stelle in Flammen aufgehen lassen. »Na, wenn de dit immer noch nich weeßt, denn such dir mal schnell'ne andere!« Und damit stürzt sie davon, als säße ihr der Teufel im Nacken. Er muss sich sputen, um sie nicht aus den Augen zu verlieren. Hat der dichte Schneevorhang sie erst einmal geschluckt, kann er sie lange suchen.

Sie hetzt in die auch um diese Zeit noch sehr belebte und durch all die Laternen und Schaufenster gut beleuchtete Königstraße hinein und an *Gumperts Konditorei* mit den vier großen, ballonförmigen Gaslaternen vorüber und gerät in Höhe der Kolonnaden beinahe unter einen Pferdeomnibus.

Der entsetzte Kutscher in seinem pelzgefütterten Mantel kann so schnell weder reagieren noch schimpfen, er schaut ihr nur ganz verdattert nach.

»Bleib doch stehen!«, ruft David. »Verstehst du denn keinen Spaß mehr?« Anna bringt es fertig, im Überschwang ihrer Gefühle den ganzen Verkehr zum Erliegen zu bringen.

Doch hört sie nicht auf ihn, flitzt immer weiter die Straße entlang, läuft unter der Bahnüberführung am Alexanderplatz hindurch und quer über den Platz, bis sie hinter dem *Grand Hotel* in die Neue Königstraße einbiegt. Erst als sie den kleinen Park vor der Georgenkirche erreicht hat, gelingt es ihm, sie einzuholen und festzuhalten. Hier liegt der noch fast unberührte Schneeteppich so hoch, dass sie fast bis zur Hüfte darin versinkt, da hat er mit seinen langen Beinen große Vorteile.

Vom Laufen erhitzt, keuchend und strahlend schaut sie ihn an. »Dit hättste nich jedacht, det ick so schnell bin, oder?«

Sie steht direkt unter einem Baum, der Schal, den sie um den Kopf geschlungen trägt und der sich durch diese wilde Jagd ein wenig gelockert hat, ist verschneit, ihr Gesicht feucht von Schneeflocken.

Er sieht sie an – und könnte sie auffressen, so lieb hat er sie. Seine Anna! Sie hat ihn mal wieder nur foppen wollen. In gespieltem Zorn zieht er einen der dick mit Schneepolstern bedeckten Äste zu sich heran und lässt ihn zurückschnellen. Im Nu rieselt eine Wolke weicher Gänsedaunen auf sie herab und das Polster auf ihrem Schal wird noch dicker.

Sie lässt sich's gefallen, sieht ihn nur weiter so strahlend an. Bis sie leise fragt: »Weißte das wirklich nicht?«

Er stellt sich dumm. »Was?«

»Dit, wat ick … was ich dich vorhin gefragt hab.«

»Was war das denn noch mal?« Soll sie ruhig zappeln. Ihn so auf den Arm zu nehmen!

Aber jetzt spielt sie nicht mehr mit. »Ja oder nein!«, verlangt sie mit feierlich-würdiger Miene.

Er wiegt den Kopf, als müsse er erst nachdenken. »Ich weiß nicht, ob ich schon alt genug bin, um solche Fragen zu beantworten. Kannte mal ein Mädchen, die wollte sich erst verlieben, wenn sie achtzig ist.«

»Ja oder nein!« Nun droht sie. Ihre Augen werden zu Schlitzen.

»Jaa!«, schreit er da mit einem Mal los, dass es bis nach Potsdam hin zu hören sein muss. »Ja, ja, ja! Biste nu zufrieden?«

»Na endlich!« Als hätte sie gar keine andere Antwort erwartet, weil jede andere Antwort eine Frechheit gewesen wäre, dreht sie sich von ihm weg und stapft weiter durch den Schnee.

Was war denn das? Erst verlangt sie eine Liebeserklärung, und dann tut sie, als ob nichts Besonderes geschehen wäre? Beleidigt geht er neben ihr her, bis sie am Teutoburger Platz angelangt sind. Was aber sagt Anna da hoheitsvoll, als sie vor der Haustür mit Onkel Augusts Praxisschild stehen? »Wenn du mich heute noch küssen willst, musst du das jetzt tun. Im Beisein deiner lieben Familie erlaube ich dir das nicht.«

Mit gerunzelter Stirn blickt er sie an. »Vielleicht will ich ja gar nicht.«

Aber darüber kann sie nur lachen. »Na klar willste!« Und damit verschwindet sie im Hausflur und muss nicht lange warten, bis er ihr den Beweis liefert, dass sie mal wieder recht hatte.

## Nachwort

Bei dem Roman *Im Spinnennetz* handelt es sich um den Abschlussband einer Trilogie über die Anfänge der deutschen Demokratiebewegung in der zweiten Hälfte des 19. Jahrhunderts. Der erste Band *1848. Die Geschichte von Jette und Frieder* beschäftigt sich mit der bürgerlich-demokratischen Revolution von 1848/49, der zweite Band *Fünf Finger hat die Hand* mit dem Deutsch-Französischen Krieg von 1870/71, der Reichsgründung und dem Erstarken der Arbeiterbewegung als Antwort auf den sich immer zügelloser gebärdenden Kapitalismus und die dadurch entstandenen ungeheuren sozialen Gegensätze. Der nun vorliegende dritte Band berichtet über das Ende des zwölf Jahre andauernden »Sozialistengesetzes«, mit dem die Herrschenden des Kaiserreichs versuchten, jeden Anspruch der unteren Klassen auf Mitwirkung bei der politischen Gestaltung und Entwicklung der deutschen Gesellschaft mit aller staatlichen Gewalt zu ersticken.

Das 1871 gegründete Deutsche Kaiserreich ist groß, beinahe so groß, wie Hoffmann von Fallersleben es in seinem 1841 auf Helgoland gedichteten Einigkeitslied, dem *Lied der Deutschen*, das später als *Deutschlandlied* zur Deutschen Nationalhymne werden wird, beschwor: »Von der Maas bis an die Memel, von der Etsch bis an den Belt.«* Bei Nimmersatt, nicht weit von Memel, liegt der nördlichste Punkt dieses neu entstandenen großen Reiches, der östlichste in Schilleningken bei Schirwind an der Scheschuppe. Der westlichste Punkt liegt bei Aachen, nur wenige Kilometer von der Maas entfernt, der südlichste an der Quelle der Stillach in den Allgäuer Alpen. Von dort bis zum Ursprung der Etsch sind es nur fünfzig Kilometer Luftlinie. Ein großes Reich aber hat einen großen Anspruch und macht besonders seit Regierungsantritt Wilhelms II. im Jahre 1888 diesen Anspruch immer lauter geltend. In den nach 1871 einsetzenden sogenannten »Gründerjahren« unter anderem dank der fünf Milliarden französische Goldfrancs »Kriegsentschädigung« wirtschaftlich stark geworden, will es mitspielen im Konzert der anderen drei europäischen Großmächte England, Frankreich und Russland – eine Politik, deren Gefahren zu jener Zeit nur die wenigsten erkennen.

Mit dem Aufschwung hat sich ein rücksichtsloser Materialismus Bahn gebrochen, begleitet von ausgeprägtem Wohlstandsdenken. Protzigem Reichtum steht unfassbare Armut gegenüber. Hinzu kommt ein über alle Maßen erhöhtes Selbstbewusstsein: Ist das deutsche Militär nicht unüberwindlich, die deutsche Wissenschaft nicht unübertrefflich, einmalig die deutsche Wirtschaftsleistung? Wen von den Kriegsgewinnlern kümmert es, dass noch immer eine Verfassung fehlt*, wie sie sich die USA bereits 1789 gegeben haben, eine, die die Grundrechte des Menschen betont und die Werte des individuellen und sozialen Lebens bestimmt?

Wer im Wohlstand lebt, dem erscheint das von Bismarck mit »Blut und Eisen« zusammengeschmiedete Deutsche Reich als die Erfüllung des so lang gehegten Traumes von der einheitlichen Nation. Dass diese Einheit auf Fürstenwillkür beruht, dass der endlich errungene Nationalstaat keine Gewaltenteilung zulässt und dass nur der als vaterlandstreu gilt, der sich konservativen Werten verschreibt, das wird, wenn überhaupt, nur als geringer Makel empfunden. Die autokratische Selbstdarstellung mit kaiserlichem Pomp, die Vergöttlichung des Militärs und die unumstößliche Klassenstruktur der Gesellschaft in Justiz und Verwaltung übertüncht alles Übrige; wer die konservativen, ja reaktionären Werte infrage stellt, gilt als vaterlandsloser Geselle.

So verficht Deutschland seit Regierungsantritt Wilhelms II. eine eindeutig imperialistische Politik, besitzt aber kein Imperium. Eine Tatsache, unter der jene, die gern Weltmacht sein wollen, leiden und an der vor allem die so rasch erstarkte deutsche Wirtschaft krankt. Immer öfter und immer unverhohlener wird ein »Platz an der Sonne« gefordert, wie ihn England und Frankreich mit ihren überseeischen Kolonien bereits besitzen.

Aus der Rede des deutschen Reichskanzlers von Bülow, gehalten vor dem Deutschen Reichstag im Jahr 1897: »Die Zeiten, wo der Deutsche dem einen seiner Nachbarn die Erde (gemeint ist Frankreich), dem anderen das Meer (die Seemacht England) und sich selbst den Himmel reserviert … sind vorüber. Mit einem Worte: Wir wollen niemand in den Schatten stellen, aber wir verlangen auch unseren Platz an der Sonne.«

Imperiales Gedröhn, Seiner Majestät direkt aus dem Herzen gesprochen. Und so sehen sie aus, die ersten Schritte heraus aus dem Schatten:

1884    Südwestafrika, Togo und Kamerun werden deutsche Kolonien.
1885    Die Kolonie Deutsch-Ostafrika wird »erworben«.
1885 –89    Deutschland »kauft« sich einige Südseeinseln, entweder von anderen Kolonialmächten oder – für ein Butterbrot – von den dort lebenden Insulanern.
1888    Deutsche Truppen schlagen einen Aufstand der Araber in Deutsch-Ostafrika nieder.
1897    Deutsche Truppen besetzen die Festung Kiantschou an der chinesischen Küste. Die deutsche Flotte wird weiter ausgebaut.

1898  Deutsche Truppen paradieren vor Manila/Philippinen. Sie warten auf eine günstige Gelegenheit, in den spanisch-amerikanischen Krieg um Manila eingreifen zu können, finden sie jedoch nicht.
1899  Die Karolinen und Marianen (Inselgruppen im westlichen Pazifik) werden deutsche Kolonien. Deutsche Firmen, finanziert von der Deutschen Bank, erhalten die Konzession für den Bau der Bagdadbahn zwischen Istanbul und dem Persischen Golf. Für England und Russland eine Bedrohung ihrer Einflusssphären.
1900  Deutschland beteiligt sich an der Niederwerfung des Boxer-Aufstandes in China. (Boxer = chinesischer Kampfbund gegen den europäischen Einfluss in China).
1904  Die alten Kolonialmächte Frankreich und England bekommen langsam Angst vor der »Reiselust« der Deutschen. Sie schließen ein Bündnis, genannt »Entente cordiale«, zu Deutsch: Herzliches Einvernehmen.
1905  Wilhelm II. reist nach Tanger, um für Deutschland »gleiche Rechte wie andere handeltreibende Nationen« zu fordern. Dieser demonstrativ in Szene gesetzte Besuch des Deutschen Kaisers löst die 1. Marokkokrise aus, die Europa an den Rand eines Krieges treibt.
1911  Das deutsche Kanonenboot *SMS Panther* taucht vor Agadir auf, um weltmachtpolitische Ansprüche zu erheben. Beginn der 2. Marokkokrise. Die darauf folgenden Verhandlungen enden mit einem Vergleich: Deutschland verzichtet auf Einfluss in Marokko, bekommt dafür aber einen Teil der französischen Kongo-Kolonien zugesprochen.

Aus einer Rede, die später die »Hunnenrede« genannt werden wird, Originalton Wilhelms II., als er im Jahr 1900 deutsche

Soldaten nach China schickt: »Pardon wird nicht gegeben, Gefangene werden nicht gemacht! Wie vor tausend Jahren die Hunnen unter König Etzel sich einen Namen gemacht haben ... so möge der Name Deutschland in China auf tausend Jahre durch euch in einer Weise bestätigt werden, dass niemals wieder ein Chinese es wagt, einen Deutschen auch nur scheel anzusehen.« Und noch eins drauf: »Wo der deutsche Aar seine Fänge in ein Land geschlagen hat: Das Land ist deutsch und wird deutsch bleiben!«

Nur Säbelrasseln? Nein, und auch keine bloße, kurzzeitige Verirrung in der deutschen Politik. Der »deutsche Drang nach Einheit war in die Hände von Gewaltmenschen geraten«, schreibt Heinrich Mann* in seinem Essay über *Kaiserreich und Republik*. »Sie stampften hinweg über das langsame Reifen einer friedlichen Demokratie ... Kaum im Genuss seiner Einheit, verleugnete Deutschland die Gedanken der Freiheit und Selbstbestimmung der Völker.« Aus dem Sieg von 1870/71 sei nichts Positives gemacht, sondern »ein Herrenvolk von Untertanen« geschaffen worden. »Ein bürgerliches Deutschland, auf sich selbst gestellt, auf seine Freiheits- und Völkerliebe, seinen noch lebenden Idealismus, wäre andere Wege gegangen.«

Zudem wird Hass geschürt, nach innen gegen die »Reichsfeinde«, nach außen gegen andere Völker. So kommt es zum Ersten Weltkrieg. »Sie haben ihn nicht gewollt«, schreibt Heinrich Mann, »sie haben nur so gelebt, dass er kommen musste.«

Der Erste Weltkrieg ist ein Krieg, der »kommen musste«, denn in den Kreisen seiner Befürworter gilt »Krieg« als die Fortsetzung der Politik mit anderen Mitteln. Die einen haben den »Kuchen« bereits unter sich verteilt, die Zu-spät-Gekommenen verlangen dennoch ein großes Stück davon für sich. Die einen beharren auf ihrem unrechtmäßig erworbenen Besitz, die anderen wollen sich mit ihrer Katzentisch-Rolle nicht zufriedengeben. Auch haben zu jener Zeit nur wenige eine Vorstellung von der Grausamkeit moderner Kriege. Zumindest die mit Blumen geschmückten, jubelnden Soldaten, die im August 1914 ins Feld geschickt werden, wissen nicht nur nicht, wofür sie in Wahrheit kämpfen, sie wissen auch nicht, was sie erwartet.

Zehn Millionen Menschen werden in den folgenden vier Jahren Maschinengewehren, Flammenwerfern und Gasgranaten zum Opfer fallen, darunter zwei Millionen Deutsche; nicht mitgezählt die unzähligen Hungertoten in den Heimatländern.

Die Sozialdemokratie hatte vor dieser Entwicklung gewarnt und gegen sie angekämpft. Nicht immer mit tauglichen Mitteln, nicht ohne Verirrungen, doch stets und ständig im Kampf gegen einen borbierten und übermächtigen Feind.

Hervorgegangen ist die Partei, die sich ab 1891 »Sozialdemokratische Partei Deutschlands« (SPD) nennt, aus dem 1863 gegründeten »Allgemeinen Deutschen Arbeiterverein« (ADAV) mit Ferdinand Lassalle\* an der Spitze. Da die Lassalleaner jedoch schon bald auf soziale Zugeständnisse durch den Staat setzten, was viele Sozialdemokraten für vergeblich hielten, wurde nur sechs Jahre später in Eisenach eine weitere Arbeitervereinigung gegründet: die »Sozialdemokratische Arbeiterpartei« (SDAP) unter der Führung von August Bebel und Wilhelm Liebknecht\*.

Die Eisenacher forderten unter anderem die Abschaffung der Klassenherrschaft, die Errichtung eines freien Volksstaates, eine gesetzlich geregelte Höchstarbeitszeit, das Verbot von Kinderarbeit sowie eine Krankenversicherung, die allgemeine Schulpflicht, Unabhängigkeit der Gerichte, Volksentscheide und das allgemeine, gleiche, direkte Wahlrecht. Forderungen, die viele Lassalleaner für utopisch hielten. Es kam zu heftigen Auseinandersetzungen zwischen den beiden konkurrierenden Arbeiterparteien, bis mit der Reichsgründung und der Festigung des Bismarck-Staates nach dem siegreich geführten Krieg von 1870/71 viele Gegensätze in den Hintergrund rückten. Vorrangig war nun die Bekämpfung der Nöte der trotz oder gerade wegen des einsetzenden Gründerzeitbooms verelendeten Arbeiterschaft. Ein Zusammenschluss beider Parteien wurde unvermeidlich, er erfolgte im Mai 1875 in Gotha. Neuer Name: »Sozialistische Arbeiterpartei Deutschlands« (SAP).

Für den deutschen Reichskanzler Otto von Bismarck ist diese neue Partei, die bei den Wahlen 1877 bereits eine halbe Million Stimmen auf sich vereinigt, von Anfang an nichts anderes als eine Anhäufung von Reichsfeinden, die er mit Zuckerbrot und Peitsche bekämpft.

Er unterstellt den Sozialdemokraten die »Begehrlichkeit der Besitzlosen nach fremdem Gute«. Bereits am 17. November 1871 – die Partei ist noch gespalten – schreibt er an den preußischen Handelsminister Graf von Itzenplitz: »Nur die Aktion der herrschenden Staatsgewalt kann der Verwirrung der sozialistischen Bewegung Einhalt gebieten, indem sie realisiert, was in den sozialistischen Forderungen als berechtigt erscheint und mit der Staats- und Gesellschaftsordnung vereinbar ist.« Ein Ignorieren dieser Ansprüche sei vergeblich. Der Staat müsse sie diskutieren, namentlich die Themen Arbeitszeit, Arbeitslohn und Wohnungsnot.

Mit anderen Worten: Mit ein paar Zugeständnissen sollen die Klassengegensätze und gesellschaftlichen Widersprüche niedergehalten oder wenigstens überdeckt werden, um das Herrschaftssystem eines scheinkonstitutionellen Feudalismus am Leben zu erhalten. (Der Reichskanzler, der die Minister ernennt, wird nicht vom Volk gewählt, sondern vom Kaiser eingesetzt.) Was dann auch in die Tat umgesetzt wird – mit der Einführung der Kranken- (1883), der Unfall- (1884) und der Invaliditäts- und Altersversicherung (1889). August Bebel darf in seiner Reichstagsrede vom 26. November 1884 zufrieden konstatieren: »Wenn es keine Sozialdemokratie gäbe und wenn nicht eine Menge Leute sich vor ihr fürchteten, würden die mäßigen Fortschritte, die wir überhaupt in der Sozialreform bisher gemacht haben, auch noch nicht existieren.«

So weit das »Zuckerbrot«. Die »Peitsche«: ein *Gesetz gegen die gemeingefährlichen Bestrebungen der Sozialdemokratie*. Jene zwei im Roman beschriebenen Attentate auf den Kaiser, mit denen die Sozialdemokratie erwiesenermaßen nichts zu tun hatte, dienen zur Begründung.

Bereits im Mai 1878 hatte Bismarck den ersten Entwurf für ein »Sozialistengesetz« vorgelegt, zu jenem Zeitpunkt dafür aber keine Mehrheit gefunden. Nach jenen beiden der Sozialdemokratie in die Schuhe geschobenen Attentaten im Herbst 1878 ist die Stimmung umgeschlagen. Nun findet der, wenn es um seine Politik geht, skrupellose Machtmensch Bismarck eine Mehrheit in seinem Kampf gegen das weitere Anwachsen »der bedrohlichen Räuberbande, mit der wir gemeinsam unsere Städte bewohnen«. Reichstagsneuwahlen nach dem zweiten Attentat, bei dem Wilhelm I. erheblich verletzt wurde, und eine beispiellose Hetzkampagne gegen die Sozialdemokratie bescheren ihm das benötigte willfährige Parlament. Seine Attacken auf die »Partei des Umsturzes und der sittlichen Verwilderung, der politischen Zuchtlosigkeit und des sozialen Unfriedens« sowie die andauernde Beschwörung der »roten Gefahr«, mit der er auf die im Adel und Bürgertum vorhandene Furcht vor einem neuen 1848 setzt, erzielen die gewünschte Wirkung. Mit 221 gegen 149 Stimmen wird eine inzwischen noch verschärfte Fassung dieses diskriminierenden Gesetzes angenommen und tritt am 21. Oktober 1878 in Kraft. Zunächst auf drei Jahre befristet, wird es dreimal um weitere drei Jahre verlängert, bis es am 30. September 1890 unter dem Druck der Wahlerfolge der SAP endlich aufgehoben werden muss. Doch wird dieses Bismarck'sche Knebelgesetz vom ersten Tag an mit aller Härte durchgesetzt. Bereits im November 1878 – nur einen Monat nach Inkrafttreten des Gesetzes – sind 153 sozialdemokratische Verbände und zahlreiche weitere Organisationen der Arbeiterbewegung sowie 175 Zeitungen und Zeitschriften verboten und 67 Berliner Sozialdemokraten des Landes Preußen verwiesen worden.

Später werden es im gesamten Deutschen Reich bis zu 900 »Verdächtige« sein, die ihre Heimatländer verlassen müssen. Auch werden am Ende annähernd 1500 Jahre Gefängnisstrafe verhängt sein; hauptsächlich wegen Vergehen gegen das »Sozialistengesetz« und Majestätsbeleidigung. Einzige legale Betätigung bleibt die Beteiligung an Reichs- und Landtagswahlen; eine Wahlteilnahme voller Benachteiligungen, denn nicht einmal Flugblätter dürfen an die Wähler verteilt werden, Wahlversammlungen werden aus fadenscheinigen Motiven aufgehoben.

Und doch wird diese der reinen Willkür unterworfene und schutzlos dem polizeilichen Zugriff ausgelieferte Partei von Wahl zu Wahl stärker. Zwar geht die Zahl der Wahlstimmen anfangs aufgrund der Verleumdungen und staatlichen Hatz etwas zurück, danach aber steigt sie rasant an. 1884 bekommt die SAP 550 000, 1887 dann 763 000 und am 20. Februar 1890 knapp anderthalb Millionen Stimmen. Damit ist sie die stärkste Partei Deutschlands und eine Aufhebung des Sozialistengesetzes unumgänglich geworden.

Eine vernichtende Niederlage für den Reichskanzler Bismarck. Wenn die Entlassung aus seinem Amt auch nicht allein auf seine Erfolglosigkeit im Kampf gegen die Sozialdemokratie zurückzuführen ist – politische Differenzen mit Wilhelm II. in der Außen- und Militärpolitik kommen hinzu –, so spielt sie dennoch keine geringe Rolle bei dieser Demissionierung nach fast 30 Jahren an der Spitze der deutschen Politik mit beinahe unbeschränkten Machtbefugnissen.

Grund genug für die Sozialdemokraten, eine stolze Bilanz zu ziehen. In den zwölf Jahren des »Sozialistengesetzes« ist ihre Mitgliederzahl auf etwa 100 000 angewachsen, die Zahl ihrer Wählerstimmen verdreifachte sich. Jetzt gilt es, die Organisation zu festigen und zu erneuern, doch der frischen Legalität keineswegs zu trauen, denn bekämpft, verleumdet und polizeilich überwacht wird die Partei auch weiterhin. Der Geist des Sozialistengesetzes, er lebt fort; das Wort von den »vaterlandslosen Gesellen«, die nichts als den Umsturz wollen, wird bis zum Ende des 20. Jahrhunderts – in verschiedenen Variationen – immer wieder mal hervorgekramt werden. Stets dann, wenn man glaubt, den politischen Gegner mit anderen Argumenten nicht wirksam genug bekämpfen zu können.

In diesem Zusammenhang lohnt es, Ignaz Auer zu zitieren, einen führenden Sozialdemokraten aus der Zeit des Sozialistengesetzes. In einer *Gedenkschrift*, herausgegeben 1907 in Berlin, heißt es: »Eine Partei der Revolution ist die deutsche Sozialdemokratie nie gewesen und das soll und will sie auch heute, trotz dem Ausnahmegesetz, nicht werden. Die Kraft der deutschen Sozialdemokratie bestand und besteht darin, dass sie (…) die Vertreterin des politisch denkenden Arbeiters ist. (…) Wollen wir bloß eine Sekte sein, dann können wir uns den Luxus einer Revolutionspartei aus Prinzip gestatten; wollen wir aber die Partei der deutschen Arbeiter bleiben, dann muss im Vordergrund unseres Strebens das Verlangen stehen, auf dem Wege der friedlichen – ich sage nicht der gesetzlichen – Propaganda auf politischem und wirtschaftlichem Gebiet Reformen und Umwälzungen herbeizuführen, die der arbeitenden Bevölkerung zum Nutzen gereichen und zugleich uns um eine Etappe dem sozialistischen Staat näher bringen.«

Eine Politik, die, wie die Geschichte beweist, die Sozialdemokratische Partei im Großen und Ganzen bis auf den heutigen Tag betrieben hat. Vielleicht war es ja gerade das Sozialistengesetz, das zwar jede Parteiarbeit verbot, die Beteiligung an Wahlen und die Parlamentstätigkeit jedoch zuließ, das die SPD zur reformerischen Partei prägte. In jener Zeit lernte sie die Parlamentsbühne schätzen. Nur hier konnten ihre Abgeordneten öffentlich wirken und konkrete Anliegen vortragen. Viele Sozialdemokraten bestärkte das in ihrer Zuversicht, dass die Macht im Staate auch ohne eine Revolution, die ja nur noch mehr Leid und Not über die Bevölkerung bringen würde, zu erringen war. Dass es 1918 dann doch anders kam, dass eine Revolution stattfinden *musste*, um das alte, in seiner Weltsicht verbohrte Kaiserreich zu stürzen und eine Republik auszurufen, lag am Ersten Weltkrieg. Die Revolution brach aus, weil nach vierjährigem Leiden und Sterben an der Front und in der Heimat endlich Frieden erkämpft werden musste. Viele führende Sozialdemokraten hatten sie dennoch nicht gewollt. Sie mussten an die Macht getragen werden und versuchten danach alles, um eine wirkliche Machtverschiebung innerhalb der gesellschaftlichen Kräfte zu verhindern.

Ende des 19., Anfang des 20. Jahrhunderts gibt es noch keinen »Burgfrieden«, da wehren Adel und Bürgertum sich verbissen gegen jede weitere Stärkung der Arbeiterbewegung und die kaiserliche Regierung schreckt auch vor Gewaltplanspielen nicht zurück.

Im Dezember 1894 wird eine Vorlage in den Reichstag eingebracht, die Änderungen und Ergänzungen des Strafgesetzbuches, des Militärstrafgesetzbuches und des Pressegesetzes vorsieht. August Bebel bezeichnet sie als Umsturzvorlage und Bankrotterklärung der herrschenden Klassen und geißelt sie als schärfsten Angriff auf die kümmerlichen Rechte des ganzen Volkes, nicht bloß der Arbeiter. Als diese Vorlage im Mai 1895 in zweiter Lesung endgültig unter den Tisch fällt, kommentiert Wilhelm II. das in einem offenen Telegramm an seinen Reichskanzler von Hohenlohe wie folgt: »Besten Dank für Meldung. Es bleiben uns somit noch die Feuerspritzen für gewöhnlich und Kartätschen für die letzte Instanz übrig!«

Drei Jahre zuvor, während einer Rekrutenvereidigung im November 1891 in Potsdam, hatte der Kaiser erklärt, dass »die deutsche Armee (...) gegen den inneren und äußeren Feind« gerüstet sein müsse. Wörtlich: »Es kann vorkommen, dass Ihr Eure eigenen Verwandten und Brüder niederschießen oder -stechen müsst.«\*

Der Apfel fällt nicht weit vom Stamm. Bereits Wilhelm I., damals noch preußischer Kronprinz, ließ zu Kartätschen greifen, dem Enkel fällt nichts Besseres ein. Doch haben die Zeiten sich geändert, was 1848/49 möglich war, hätte um die Jahrhundertwende mit hoher Wahrscheinlichkeit ein noch früheres Ende aller Hohenzollern-Herrlichkeit bedeutet.

So bleibt es bei Drohungen und markigen Sprüchen und die ungeliebte, ja, verhasste Sozialdemokratie gewinnt auch in der Folgezeit immer höhere Stimmenanteile.

Eine Tatsache, die Wilhelm II. und seine Paladine zähneknirschend hinnehmen müssen. Erst 1914, beim Ausbruch des Ersten Weltkrieges, als es darum geht, im Volk Kriegsbegeisterung zu wecken, kennt auch der Kaiser keine Parteien mehr, sondern nur noch Deutsche. (Zuvor waren Sozialdemokraten für ihn nichts anderes als »eine Rotte von Menschen, nicht wert, den Namen Deutscher zu tragen«.) Und die SPD, seit dem Tode August Bebels im Jahre 1913 von Friedrich Ebert* und Hugo Haase* geführt, ist bemüht, sich staatstragend zu geben. Sie lässt sich auf diese Burgfriedenspolitik ein und stimmt geschlossen für die ersten Kriegskredite. Erst im Dezember 1914, nach vier Monaten Kriegsernüchterung, erhebt ein einziger Reichstagsabgeordneter seine Stimme gegen jeden weiteren Kriegskredit: der SPD-Abgeordnete Karl Liebknecht*. Noch im August, während jener ersten Abstimmung, war er – aus Parteiräson – dem Parlament ferngeblieben. Jetzt wehrt er sich gegen die Kriegsbilligungspolitik des Parlaments und seiner Partei. Womit sich eine erneute Spaltung der Sozialdemokratie ankündigt. 1917 wird sie vollzogen. Die »Abweichler«, darunter auch Hugo Haase, gründen ihre eigene, die »Unabhängige Sozialdemokratische Partei Deutschlands« (USPD), aus deren linkem Flügel, dem bereits 1916 gegründeten »Spartakusbund« unter Karl Liebknecht und Rosa Luxemburg*, nach dem Ende des Ersten Weltkrieges und dem Sturz der Monarchie die »Kommunistische Partei Deutschlands« (KPD) hervorgehen wird.

So stehen sich in der Folgezeit wiederum zwei große Arbeiterparteien im erbitterten Streit gegenüber, SPD und KPD, zwischen denen die sehr viel kleinere USPD schon bald zerrieben wird, bis sie nur noch als Splitterpartei im linken Spektrum der deutschen Parteienlandschaft zur Kenntnis genommen wird. Ein Bruderkampf, der weitreichende Folgen haben wird, begünstigt er doch die Machtübernahme durch die für den Zweiten Weltkrieg verantwortlichen Nationalsozialisten unter ihrem Führer Adolf Hitler.

In der zweiten Hälfte des 19. Jahrhunderts wurde aber auch der Kampf um die politischen und gesellschaftlichen Rechte der

Frauen immer intensiver geführt, waren sie doch bis zum Ende des Kaiserreichs politisch entmündigt. So durften sie weder an Wahlen teilnehmen noch gewählt werden und die meisten ihrer Vereinigungen wurden bereits kurz nach ihrer Gründung verboten. Darunter Zusammenschlüsse wie der Verein der Mantelnäherinnen und am 20. März 1895 auch der Berliner Frauen- und Mädchenbildungsverein.

An jenem Tag stehen 21 politisch engagierte Frauen vor Gericht. Sie werden angeklagt, in Berlin, Charlottenburg und Weißensee – zu jener Zeit noch selbstständige, nicht zu Groß-Berlin zusammengeführte Städte und Ortschaften – »Frauenspersonen« in einen »politischen Verein« aufgenommen zu haben. Als Belastungszeugen marschieren 30 Polizeibeamte auf, das sensationslüsterne Publikum, das einen Prostituiertenprozess vermutet, erscheint in Scharen und zieht, als es mitbekommen hat, dass es keine Bettgeschichten hören wird, enttäuscht wieder ab. Dabei hätte es, wäre es geblieben, einen wunderbaren Anschauungsunterricht in Sachen Ungleichbehandlung erhalten, denn die Herren Richter lassen die Frauen ihr »Herrenrecht« deutlich spüren. So verlangen sie unter anderem, dass die 21 Frauen die Verhandlung stehend zu verfolgen haben. Begründung: Sie seien das von ihren Versammlungen her ja so gewohnt. Erst nach heftiger Gegenwehr und wahrer »Standfestigkeit« gelingt es den angeklagten

Frauen, dieses Vorgefecht jenes Prozesses für sich zu entscheiden.

Am Ende werden Geldstrafen über die Frauen verhängt und ihr Verein gilt fortan als verboten. Doch können alle Repressalien nicht verhindern, dass auch die Frauenbewegung immer stärker wird und mit Beginn des 20. Jahrhunderts immer mehr Frauen in die politischen Parteien drängen, um dort für ihre Rechte einzutreten.

Nach Abschluss dieser Trilogie, die ich gern die »Jacobi-Saga« nennen möchte, da ich in den drei Romanen ja vor allem eine erfundene und frei gestaltete Familiengeschichte erzähle, möchte ich mich bei meinem Lektor Frank Griesheimer bedanken, der mir nun schon seit über zehn Jahren mit Rat und Tat zur Seite steht. Ein vertrauensvolleres Verhältnis zwischen Autor und Lektor kann ich mir nicht vorstellen.

Ein besonderer Dank aber gilt meiner Frau und Mitarbeiterin Jutta Kordon, ohne deren tätige Mithilfe ich dieses umfangreiche Projekt nie in Angriff genommen hätte.

Berlin, im Januar 2010*Klaus Kordon*

## Glossar

*zu Seite 21:* **48er Barrikadenkämpfe**
Gemeint ist die bürgerlich-demokratische Revolution von 1848, als es nicht nur in Berlin, sondern in vielen Teilen Deutschlands und Europas darum ging, die Fürstenwillkür zu beschneiden und dem Volk demokratische Rechte zu erkämpfen.

*zu Seite 23:* **Sozialistengesetz**
Von Reichskanzler Otto von Bismarck nach zwei, von den Sozialdemokraten nicht zu verantwortenden Attentaten auf Kaiser Wilhelm I. durchgesetztes Ausnahmegesetz gegen die »gemeingefährlichen Bestrebungen« der deutschen Sozialdemokratie. Beschlossen im Deutschen Reichstag am 21. Oktober 1878 mit 221 gegen 149 Stimmen und zunächst auf zweieinhalb Jahre befristet, wurde es mehrmals verlängert und lief erst am 30. September 1890 aus. Die Sozialistische Arbeiterpartei Deutschlands (SAP), ab 1891 Sozialdemokratische Partei Deutschlands (SPD), war damit praktisch verboten. Da die Wahlgesetzgebung aber die reine Persönlichkeitswahl vorsah, durften sich ihre führenden Mitglieder zur Wahl stellen und die Reichstagsfraktion blieb bestehen. Allerdings wurden die Wahlkämpfer stark behindert. Alle sozialdemokratischen Vereine waren aufgelöst, ihre Schriften beschlagnahmt und viele ihrer führenden Köpfe innerhalb Deutschlands ihres Heimatlandes verwiesen worden.

*zu Seite 26:* **Wilhelm I.**
Wilhelm I. (1797–1888). Seit 1861 König von Preußen, seit

1871 Deutscher Kaiser. Sprach sich für die Niederwerfung der Märzrevolution 1848 aus und schlug 1849 die Aufstände in der Pfalz und Baden nieder.

*zu Seite 26:* **Bismarck**
Otto Eduard Leopold von Bismarck (1815–1898): 1865 Graf, 1871 Fürst von Bismarck, 1890 Herzog von Lauenburg. Ab 1862 preußischer Ministerpräsident und Außenminister, ab 1867 zugleich Kanzler des Norddeutschen Bundes, von 1871 bis 1890 deutscher Reichskanzler.

*zu Seite 32:* **Krieg 70/71**
Gemeint ist der deutsch-französische Krieg von 1870/71, den die deutschen Truppen siegreich gestalteten und der zur deutschen Reichsgründung führte. (Kaiserproklamation des preußischen Königs Wilhelm I. am 18. Januar 1871 in Versailles zum Deutschen Kaiser.)

*zu Seite 36:* **Jung-Wilhelm**
Wilhelm II. (1859–1941). Von 1888 bis 1918 Deutscher Kaiser und König von Preußen. Enkel Kaiser Wilhelms I. und Sohn Kaiser Friedrichs III. Wilhelm II. stand schon früh in Opposition zur liberalen Aufgeschlossenheit seines Vaters. Von seinem auf das Gottesgnadentum gestützten Führungsanspruch fest überzeugt, fiel er vor allem durch forsches Auftreten (Politik des Säbelrasselns) und äußeren Pomp auf. Nach Ende des durch seine Politik mitverursachten Weltkriegs (siehe Nachwort) wurde er zum Abdanken gezwungen. Fortan lebte er in den Niederlanden im Exil, hoffte aber zeitlebens auf eine Wiederherstellung der Monarchie in Deutschland. Ab 1926 näherte er sich den Nationalsozialisten um Adolf Hitler an.

*zu Seite 36:* ... **allgemeine, direkte und geheime Abstimmung**
Die Wahlen zum Deutschen Reichstag erfolgten in allgemeiner, direkter und geheimer Abstimmung. Für die damalige Zeit ein sehr fortschrittliches Wahlrecht und mit ein Grund für die Erfolge der sozialdemokratischen Kandidaten während der zwölfjährigen Knebelung durch das Sozialistengesetz. In Preußen allerdings galt für die Wahl des Preußischen Landtags nach wie vor das Dreiklassenwahlrecht, das dem, der wohlhabender war und mehr Steuern zahlte, größere Stimmenanteile und demzufolge auch größere politische Rechte zusprach. Damit waren Arbeiter, Landarbeiter und Handwerker politisch so gut wie entmündigt. (Wahlberechtigt waren allein Männer ab dem 25. Lebensjahr. Frauen durften erst nach Gründung der Weimarer Republik, also ab dem Jahr 1919, wählen.)

*zu Seite 67:* **Hugenotten**
Französisch entstellte Übersetzung für »Eidgenossen«. In Frankreich übliche Bezeichnung für »Reformierte«, da die Reformation in der Schweiz ihren Ursprung hatte. – 1685 wurde in Frankreich das Edikt von Nantes aufgehoben, das neben der katholischen auch die reformierte bzw. protestantische Religion zuließ. In der Folge verließen Tausende von Hugenotten ihre Heimat. Kurfürst Friedrich Wilhelm (der Große Kurfürst) bot ihnen Asyl, sodass um 1700 jeder dritte Berliner ursprünglich Franzose war.

*zu Seite 84:* **Stadtvogtei**
Stadtgefängnis

*zu Seite 84:* **SAP**
Sozialistische Arbeiterpartei Deutschlands, gegründet 1875 in Gotha, hervorgegangen aus dem 1863 gegründeten »Allge-

meinen Deutschen Arbeiterverein« (ADAV) und der 1869 in Eisenach gegründeten Sozialdemokratischen Arbeiterpartei (SDAP). Siehe Nachwort.

*zu Seite 88:* **General Caprivi**
Georg Leo von Caprivi (1831–1899), seit 1891 Graf von Caprivi. Von 1890 bis Oktober 1894 deutscher Reichskanzler, bis März 1892 auch preußischer Ministerpräsident.

*zu Seite 121:* **Marx'sche Theorien**
Nach Karl Marx (1818–1883), deutscher Philosoph und Nationalökonom. Mit Friedrich Engels Begründer des Marxismus. (Gesamtheit der Lehren von Marx und Engels). Setzte sich ab 1842/43 als Chefredakteur, Herausgeber und freier Mitarbeiter von verschiedenen Zeitschriften immer wieder mit der staatlichen Zensur auseinander und verfasste in den Jahren vor 1848 Artikel über politische und soziale Fragen. Im Februar 1848 erschien unter Mitarbeit von Friedrich Engels *Das Kommunistische Manifest*, eine programmatische Schrift und erste zusammenfassende Darstellung der marxistischen Theorie, der in den folgenden Jahren weitere große ökonomische, philosophische und politische Werke folgten, die ihn und Engels zu führenden Vertretern des wissenschaftlichen Sozialismus bzw. Kommunismus machten. Zur deutschen Sozialdemokratie entwickelte Marx ein kritisches Verhältnis. Bereits die Revolution von 1848 lehnte er als »kleinbürgerlich« ab, die Sozialdemokratie war ihm zu reformistisch bzw. nicht revolutionär genug.

*zu Seite 121:* **Engels**
Friedrich Engels (1820–1895). Philosoph und Politiker. Von Beruf Kaufmann, wurde er zusammen mit Karl Marx zum Mit-

begründer des Marxismus und unterstützte den engen Freund über viele Jahre hinweg auch finanziell.

*zu Seite 235:* **... wer wagt es, Knappersmann oder Ritt ...**
Verballhornung des Verses *Wer wagt es, Rittersmann oder Knapp, zu tauchen in diesen Schlund* aus Schillers Ballade *Der Taucher*.

*zu Seite 243:* **... die letzten drei gewonnenen Kriege**
Gemeint sind die Kriege von 1864 gegen Dänemark, von 1866 gegen Österreich und von 1870/71 gegen Frankreich.

*zu Seite 282:* **August Bebel**
(1840–1913): Drechslermeister, gründete 1869 zusammen mit Wilhelm Liebknecht die Sozialdemokratische Arbeiterpartei (SAP) und stieg in der Folgezeit zum unbestrittenen Führer der deutschen Sozialdemokratie auf.

*zu Seite 293:* **koscher**
Rituelle Speisevorschrift des strenggläubigen Judentums. Als koscher – »rein« – gilt das Fleisch der meisten Geflügelarten und von gesunden Vierfüßlern, die ihre Nahrung wiederkäuen und gespaltene Hufe haben wie Rind, Kalb, Lamm, Ziege und Reh. Schweinefleisch z. B. gilt nicht als koscher. Auch ist Bedingung, dass das Schlachtvieh zuvor nach rituellen Vorschriften geschächtet wird.

*zu Seite 324:* **Maschinenstürmer**
In der Frühzeit der Industrialisierung zerstörten Arbeiter und Handwerker Spinnmaschinen und Webstühle. Sie wollten auf diese Weise gegen die Mechanisierung der Textilindustrie protestieren, der sie die Schuld an ihrer Arbeitslosigkeit gaben.

*zu Seite 348:* **Kartätschen**
Mit einer größeren Anzahl kleinerer Kugeln gefülltes Artilleriegeschoss.

*zu Seite 430:* **»den Sonntag nicht als Feiertag«**
Der traditionelle Ruhetag der Juden, der siebte Tag der jüdischen Woche, ist der Schabbat. Er wird auf die biblische Schöpfungsgeschichte zurückgeführt und wird von Freitag- bis Samstagabend begangen.

*zu Seite 535:* **»bis an den Belt«**
Das von Hoffmann von Fallersleben (1798–1874) 1841 gedichtete *Lied der Deutschen* (Melodie von Joseph Haydn, 1797) zielte auf die deutsche Einigungsbewegung ab. Die erste Strophe »Deutschland, Deutschland über alles« sollte nicht Deutschland über andere Länder und Völker erheben, sondern darauf verweisen, dass sich die vielen kleineren und größeren deutschen Länder zu einem großen, einigen Deutschland zusammenschließen sollten, was dann im Jahr 1871, wenn auch auf von vielen nicht gewünschte, von den Fürstenhäusern diktierte Weise tatsächlich geschah. In der Zeit des Nationalsozialismus (1933–1945) bekam dieses »Deutschland über alles« eine andere Färbung, nun wollte Deutschland sich über die übrige Welt erheben. Weshalb seither nur noch die dritte Strophe, die mit »Einigkeit und Recht und Freiheit« beginnt, gesungen wird. Das nicht zuletzt auch deshalb, weil viele der im Lied genannten Gebiete seit dem Ende des Zweiten Weltkrieges nicht mehr deutsch sind.

*zu Seite 536:* **»noch immer eine Verfassung fehlt«**
In Preußen galt zu jener Zeit noch immer die dem preußischen König Friedrich Wilhelm IV. nach der Revolution von 1848 ab-

gerungene Verfassung vom Dezember 1848, in denen er seinem Volk anfangs einige demokratische Zugeständnisse machte, die er aber nur ein halbes Jahr später wieder »zurücknahm«. Eine »halb wie ein Trinkgeld, halb wie ein Almosen hingeworfene Verfassung«, so K. A. Varnhagen von Ense in *Journal einer Revolution*. Viele Paragrafen waren dem König, nachdem er seine Macht gefestigt hatte, zu sehr vom »Zeitgeist des Liberalismus« durchdrungen. Außerdem wurde in dieser Verfassung das Gottesgnadentum der Monarchie betont, das dem König die ausschließliche Kontrolle über die Exekutivgewalt verlieh. Die Ernennung von Ministern, Beamten und Offizieren blieb sein alleiniges Vorrecht. Nicht anders wurde es im Kaiserreich gehalten.

*zu Seite 539:* **Heinrich Mann**
(1871–1950): Deutscher Schriftsteller (*Der Untertan*, *Professor Unrat* u. a.), von 1930 bis 1933 Präsident der Sektion Dichtkunst der Preußischen Akademie der Künste, ab 1933 emigriert, erst nach Frankreich, später in die USA, wo er 1950 verstarb. H. Mann gilt als bedeutender Repräsentant der europäischen Intellektuellen seiner Zeit.

*zu Seite 540:* **Ferdinand Lassalle**
(1825–1864): Publizist und Politiker. Wurde 1863 zum ersten Präsidenten des in diesem Jahr gegründeten Allgemeinen Deutschen Arbeitervereins gewählt, starb ein Jahr später an den Folgen eines Duells. Lassalles Vorstellungen und Ideen beeinflussten die sozialdemokratische Bewegung stark. Andererseits suchte er Kontakte zu konservativen Kreisen. Auch konnte er sich ein »soziales Volkskönigtum« vorstellen, was viele Sozialdemokraten als »Illusion« bezeichneten.

*zu Seite 541:* **Wilhelm Liebknecht**
(1826–1900): führender Sozialdemokrat. War zusammen mit August Bebel einer der ersten beiden sozialdemokratischen Abgeordneten im Norddeutschen Reichstag (1867–1870), ab 1874 Reichstagsabgeordneter, ab 1890 Chefredakteur der sozialdemokratischen Zeitschrift *Vorwärts*. Vater von Karl Liebknecht.

*zu Seite 546:* **»niederschießen oder -stechen müsst«**
Der Wortlaut dieser Ansprache anlässlich der Potsdamer Rekrutenvereidigung im November 1891 war in der Tagespresse nachzulesen und verursachte bei vielen Lesern große Empörung. Später berichtete eine Hofdame in ihren Memoiren (*Intimes des Berliner Hoflebens unter Wilhelm II.*, neu bearbeitet von Werner Kautzsch, Berlin 1922), dass sie auf dem Schreibtisch des Kaisers zu ihrem Entsetzen ein Konzept dieser Rede gefunden habe, in der Wilhelm II. noch sehr viel deutlicher wurde. »Rekruten!«, heißt es darin. »Erinnert Euch, dass das deutsche Heer ebenso bereit sein muss, Feinde zu bekämpfen, die in unserer Mitte erstehen können, wie fremde Feinde. Heute machen sich Unglaube und Unzufriedenheit in unerhörter Weise bemerkbar; folglich kann Ich Euch jederzeit zusammenrufen, um Eure eigenen Verwandten – Vater und Mutter, Schwestern und Brüder niederzuschießen und niederzustechen. Meine Befehle dazu müssen mit fröhlichem Herzen und ohne Murren ausgeführt werden, wie irgendein anderer Befehl, den Ich erlasse. Ihr müsst Eure Pflicht tun, einerlei, wie die Stimmen Eurer Herzen sein mögen. Und nun geht nach Hause und Euren neuen Pflichten nach.«

*zu Seite 547:* **Friedrich Ebert**
(1871–1925): Sozialdemokratischer Politiker. Trat während des

Ersten Weltkrieges für einen Burgfrieden mit der kaiserlichen Regierung ein. Wurde noch von der kaiserlichen Regierung zum Reichskanzler ernannt und war von 1919 bis 1925 deutscher Reichspräsident.

*zu Seite 547:*  **Hugo Haase**
(1863–1919, starb an den Folgen eines Attentats): Reichstagsabgeordneter von 1897 bis 1906 und von 1912 bis 1918. Leitete zusammen mit F. Ebert die SPD, plädierte 1915 als Mitglied des radikalpazifistischen Flügels gegen die Kriegskredite, ab Ostern 1917 Mitglied der USPD.

*zu Seite 547:*  **Karl Liebknecht**
(1871–1919, ermordet): Rechtsanwalt und bis 1916 sozialdemokratischer Reichstagsabgeordneter. Zusammen mit Rosa Luxemburg Führer des Spartakusbundes und Mitbegründer der KPD. (Siehe Nachwort). Im Mai 1916 wegen seiner Teilnahme an einer Antikriegsdemonstration verhaftet und wegen Hochverrats zu Zuchthaus verurteilt, im Oktober 1918 begnadigt, im Januar 1919 von Freikorpsoffizieren erschossen.

*zu Seite 547:*  **Rosa Luxemburg**
(1871–1919, ermordet): Politikerin. Mitbegründerin der Sozialdemokratischen Arbeiterpartei des Königreiches Polen und Litauen. 1899 Übersiedlung nach Berlin und Eintritt in die SPD. Führende Theoretikerin des linken Flügels ihrer Partei, Mitbegründerin der KPD. 1915–1918 mit Unterbrechungen inhaftiert, im Januar 1919 von Freikorpsoffizieren erschossen.

Klaus Kordon
**Fünf Finger hat die Hand**
Roman. 528 Seiten, Gulliver TB (74117)

Fünf Finger- das sind die die Jacobis, eine Berliner Zimmermannsfamilie. Im Sommer 1870 bricht in ihre Welt die große Politik – Preußen ist im Krieg mit Frankreich. Gegen den Willen seines Vaters meldet sich der 19-jährige August freiwillig an die Front, und hofft, seine große Liebe Nelly bald wiederzusehen. Seine Schwester Rieke träumt davon, Malerin zu werden und mit ihren Bildern ein Zeichen gegen Armut und Ungerechtigkeit zu setzen. Ein Roman von Krieg und Frieden, Liebe und Trennung, sozialer Not und Utopien.

»Die schrecklichen Erlebnisse auf den französischen Schlachtfeldern lassen auch den Leser nicht mehr los. Sie gehören zu den intensivsten Momenten in Kordons Buch. Ein Familienbuch für alle Generationen.« *WDR*

»Ein großer historischer Roman!« *Der Tagesspiegel*

»*Fünf Finger hat die Hand* ist spannend und klar, farbig und ungeschönt. Ein anrührendes Dokument, das die Leser in atemloser Spannung hält.« *Dachauer Nachrichten*

www.beltz.de
Beltz & Gelberg, Postfach 10 01 54, 69441 Weinheim